KB150690

이노하의 붉은 바람

# 이노하의 붉은 바람

1판 1쇄 찍음 2022년 9월 22일
1판 1쇄 펴냄 2022년 9월 30일

지은이 | 단 효
펴낸이 | 정 필
펴낸곳 | (주)뿔미디어

기획·편집 | 심은지
표지 디자인 | 우 물

출판등록 | 2002년 9월 11일 (제1081-1-132호)
주소 | 경기도 부천시 소향로17, 303(두성프라자)
전화 | 032)651-6513  팩스 | 032)651-6094
E-mail | dahyangs@naver.com
블로그 | http://blog.naver.com/dahyangs
비북스 | http://b-books.co.kr

값 12,000원

ISBN 979-11-6895-809-8 04810
ISBN 979-11-6895-807-4 04810 (세트)

DAHYANG
ROMANCE
STORY

# 이노하의 붉은 바람

中

단호 장편소설

# 목

# 차

저버리다

마침내 왕의 가례일이 오늘로 다가왔다.

단휘가 낙안성을 떠난 지 이틀째 되던 날이었다.

묘시(卯時: 오전 5시~7시)를 이제 막 넘긴, 아직 동이 채 트지 않은 어슴푸레한 새벽녘…… 파안제국 황실의 흑룡기를 드높이 치켜든 손파영의 군대가 낙안성 공격을 개시했다.

예견된 적의 공습에 이미 만반의 대비를 갖추어 놓은 아라하군 역시 순조롭게 수성 태세에 돌입했고, 두 숙적의 전투는 초반 치열하게 불붙는 듯싶었으나 예상외로 그리 오래가지는 않았다. 호기롭게 밀어붙이던 초반의 기세와는 달리 파안군의 공격은 저녁나절이 되자 시들시들해지다 급기야 진영을 철수하기에 이르렀다.

손파영으로서는 전투를 길게 끌 까닭이 전혀 없었다. 아라하를 도발하려던 소기의 목적은 이미 충분히 이루었으니, 가능한 조금이라도 군대의 손실을 줄여야 했기 때문이었다.

파안군의 갑작스러운 철수에 아라하의 수뇌부는 큰 혼란에 빠지고 말았다.

공성하는 쪽이나 수성하는 쪽이나 크게 타격을 입지 않은 전투임에는 매한가지이나, 계획한 바대로 아라하를 도발하여 원하는 것을 얻어 내고 속 편하게 군을 철수시킨 손파영과는 달리, 아라하는 고민에 휩싸일 수밖에 없었다. 도무지 파안의 저의를 짐작할 수도 없거니와, 큰 손실을 입지는 않았으나 나라의 가장 큰 중대사에 차질이 생겼기 때문이었다.

모두가 그리도 고대하던 왕의 혼례는 그렇듯 풀리지 않는 혼란스러운 의문들을 남긴 채 허무하게 무산되어 버렸다.

"당최 저의를 알 수가 없습니다. 애당초 전투를 하려던 싸움이 아닌 것만은 분명하나, 단순한 도발이라 하기엔 그럴 만한 명분이나 까닭을 짐작조차 할 수 없으니 답답할 노릇입니다. 하필 전하의 가례일에 성을 공격한 것도 그렇고…… 우연이라 하기엔 어딘지 석연치 않습니다."

아태부의 군장 아타란의 말에 모두가 같은 생각이라는 듯 고개를 주억거렸다. 군장들의 얼굴엔 피로한 기색들이 역력했다. 며칠째 밤을 지새워 가며 머리를 모아 고민해 보았지만 답은 나오지 않았다. 대체 무엇을 위한 도발이란 말인가? 아무리 의논을 거듭해 보아도 딱히 이렇다 할 만한 뾰족한 의견들은 나오지 않고 있었다.

그때 원탁의 상석에 비스듬히 몸을 기울여 앉은 채 무언가 곰곰이 생각하던 소류가 군장들을 둘러보며 입을 열었다.

"이때껏 우리는 하나의 생각에만 얽매여 있었소. 우리를 도발하여 저들이 얻는 게 과연 무엇인지. 그러나 군장들께서도 아시다시피 저들이 얻은 것은 아무것도 없소. 하여 반대로 생각을 해 보았소."

"예? 반대로 생각을 해 보시다니요? 무엇을 어찌 말씀이십니까?"

아타란이 되묻자 소류는 비스듬히 기울였던 몸을 바로 하고는 생각을 곱씹듯 천천히 내뱉었다.

"저들이 우리를 도발한 이유가, 무언가를 얻기 위함이 아니라 잃기 위함이었다면?"

차라리 후자 쪽이라면 모를까, 그렇지 않고서는 서둘러 철군한 이유에 대해 도무지 설명할 길이 없었다. 소류의 그 같은 사견에 아타란이 말도 안 된다는 듯 고개를 저었다.

"하오나 그렇다면 더욱 이해가 가지 않습니다. 3천 병력을 움직이는 수고를 감수하면서까지 저들이 굳이 이곳까지 와 잃어야 했던 것이 과연 있었을까요? 결과적으로 저들이 잃은 것은 사절단이 유일합니다. 병력의 큰 손실 없이 철수하였으니 잃은 것이라면 오로지 사절단뿐이지요. 전하의 추측대로라면 저들이 사절단을 잃기 위해 3천 병력을 움직였다는 것이온데, 일개 사신들에게 과연 그만큼의 가치가 있는 것일는지 저는 납득하기 어렵습니다."

아타란의 발언에 소류는 이해한다는 듯 고개를 끄덕였다. 소류 자신도 바로 그러한 점이 납득하기 어려웠던 것이다. 지금 그에게 들려주고자 하는 그다음 가정을 떠올려 보기 전까지는 말이다.

"나 역시 그 점이 납득하기 어려웠소. 하나, 만에 하나 일개 사신이 아니라면? 그렇다면 아주 말이 안 되는 소리만은 아니지."

"예? 일개 사신이 아니라 하심은⋯⋯."

"3천 병력을 움직여 제거해야 할 만큼 어떤 중요하고 대단한 인사가 혹 사절단 안에 숨어들어 있었다면 말이오."

"설마 그런⋯⋯!"

"물론 어디까지나 가정일 뿐이야."

무언가 희미하게 윤곽이 잡혀 가는 느낌이긴 하나, 기분은 오히려 미궁에 빠져 있을 때보다 더 떨떠름하고 꺼림칙해져 소류는 썩 불편한 심정으로 자리에서 몸을 일으켰다.

그날, 제게 핏대를 세우며 달려들 정도로 필사적이고 절박했던 그녀의 납득할 수 없었던 행동들이 머릿속에 하나둘씩 떠올랐다.

'그래요! 내 정인입니다! 당신이 감히 이런 식으로 손대서는 아니 될 내 소중한 정인이란 말입니다! 그러니 그에게 더 이상 손끝 하나 대지 마십시오! 제발, 부탁입니다. 그

를 풀어 주십시오. 제발 그를 풀어 주십시오……!'

그녀의 말을 곧이곧대로 믿었다. 황제와의 사이가 썩 좋지 않다 들었기에 내심 정인 하나쯤 있는 것도 당연하다 여긴 채 질투심에 눈이 멀어 이성을 잃었었다. 그래서 다른 의심은 조금도 품지 않았었다. 마음을 나눈 정인임에, 제 정인이 겪는 끔찍한 고초를 그저 맥없이 보고 있을 수밖에 없는 그 심정이 오죽 애달프고 괴로우면 저리도 절박하게 빌고 애원을 할까, 그리만 여겼더랬다. 충분히 그럴 수도 있는 일이라고 그리 생각했더랬다. 한데…….

'……내 후궁이 되어 줘. 그리하겠다면 그를 성에서 내보내 주지.'

'……더는 털끝 하나 건드리지 않고, 그를 살려서 내보내 주겠다는 뜻입니까?'

'물론.'

'……그리만 해 준다면…… 당신의 후궁이 아니라, 시첩이라도 되어 드리지요…….'

'내 제안을 받아들이겠다는 건가?'

'……선택의 여지가 없지 않습니까.'

그가 몇 달간 보아 온 진아리라는 여인은, 제 나라를 끔찍이도 위하고 아끼는 여인이었다. 그런 그녀가, 그의 후궁 제안에 일말의 고민도 없이 수긍의 뜻을 내비쳤다. 적국의 왕의 후궁이 된다는 사실이, 영원히 설욕할 길 없는 자국의 씻을 수 없는 치욕임을 모를 리 없는 그녀가…… 사적인 감정으로, 오로지 한 사내를 위하여.

그날은 어찌하여 이런 의문이 들지 않은 것인지 모르겠다. 아마도 저의 이성이 그녀라는 장막에 단단히 가려져 있었던 탓이리라.

"말하였다시피 가정일 뿐이오. 조사를 지시해 두었으니 보고가 올라오는 대로 차차 이야기하도록 합시다."

"예, 그게 좋겠습니다. 흠, 흐음…… 저어, 그보다 전하. 황공하오나, 군장들 모두가 전하께 아뢸 말씀이 있습니다."

아타란이 꽤나 난처한 얼굴로 슬며시 화제를 돌렸다. 선뜻 말을 꺼내지 못하고 뜸을 들이는 것을 보니 곧 도마에 오를 대상이 누구인지 어렵지 않게 짐작이 갔다. 소류는 원탁 모서리에 삐딱하게 기대어 선 채로 어딘지 비장한 표정의 군장들을 무표정하게 바라보다가 곧 창가로 걸음을 옮겨 그들을 등지고 섰다.

"귀비의 이야기라면 그만둡시다."

냉기마저 서린 단호한 음성이었음에도, 군장들은 이참에 아예 그 일을 공론화하기로 작정이라도 한 것인지 제법 대차게 자신들의 뜻을 피력해 왔다.

"전하! 아이혜 님과의 혼례가 무산된 지금, 하필 이러한 시기에 후궁을 들이시는 것은 장부의 도리에도 어긋나는 일이라 사료됩니다. 머지않아 왕비가 되실 아이혜 님의 체면도 헤아려 주셔야 하지 않겠습니까?"

아이혜의 뒤를 이어 혜노부의 차기 군장이 될 해율이 참았던 불만을 토로하며 나섰다. 그의 말은 분명 옳았으나 지금은 일말의 동조도 할 수 없었다.

"내 그리 싫다 하는데도 증표가 나타날 때까지 제발 후궁이라도 들이라며 그간 지겹도록 간청한 것은 그대들 아니었나?"

"하오나 이것과는 사정이 다릅니다. 시기상으로도 그러하고, 소신들이 간청올린 것은 마땅히 아라하 여인을 후궁으로 두셨으면 하였던 것입니다. 파안의, 그것도 파안의 황후를 후궁으로 들이심은……."

"저들을 욕보이는 데는 더할 나위 없이 좋은 방법이지."

"제아무리 원수지간이라 해도 군왕 간의 도의는 지키셔야 함이 마땅하다 사료됩니다. 그러지 않아도 아라하를 미개한 야만인이라 깔보는 저들에게 꼭 그리 무도한 방법을 쓰셔야만 합니까."

격앙된 목소리로 그리 반박하는 해율을 휙 돌아보며 소류는 코웃음을 쳤다.

"언제부터 그대들이 적국에 대한 도의라는 것을 그리 중요시 여기었소? 명분은 그럴듯하나 전혀 가슴에 와닿지는 않으니 누구의 탓인지 모르겠군. 이 핑계 저 핑계 대느라 애쓰실 것 없소. 그대들이 염려하는 바가 무엇인지 아주 잘 알고 있으니까. 성안에 떠도는 괴소문을 나 역시 들어 알고 있소. 참으로 무지몽매한 소문이라 입에 담기도 민망하오만……."

잠시 말을 끊고 언짢은 듯 고개를 내저은 소류가 곧 말을 이었다.

"떠도는 소문으로는, 사내를 홀리는 요사스러운 여우가 계집으로 둔갑해 군왕을 홀리고 나라를 망친다지?"

왕이 소문에 대해 직접적으로 언급하자 군장들 사이에 잠시 침묵이 감돌았다. 요사스러운 여우는 바로 아리를 지칭하는 것이었다. 왕은 무지몽매한 괴소문이라 치부하며 대수롭지 않게 넘어갈 요량인 듯하였으나, 군장들의 생각은 달랐다. 단순한 괴소문이라 여기기엔 모든 정황이 너무도 그럴듯하게 맞아떨어진 것이다.

"전하! 무지몽매한 괴소문이 아닙니다. 그것은 필시 천신께서 내리신 신탁임이 분명합니다."

"신탁? 경론을 삼가시오! 어찌 천신께서 그따위 저열한 신탁을 내리신단 말이오? 그것은 천신에 대한 명백한 모독이오!"

"하오나 전하! 성안에 소문이 파다합니다. 설령 괴소문에 지나지 않는 것이라 해도 모두가 신탁이라 굳게 믿고 있으니, 무지몽매하다 매도하며 그저 덮어 둘 수만은 없는 문제입니다. 또한 그녀를 귀비로 들이겠노라 공표하신 후 흉흉해진 성안의 분위기는 병사들의 사기와 직결되는 문제이기도 합니다. 어찌 수습하려 하십니까?"

"……."

어느 때보다도 강경하고 확고한 눈빛의 군장들을 일별하며 소류는 낮게 한숨을 내뱉었다. 왕의 의관을 처음으로 받아 들던 그 어느 날 이후부터, 현실은 시도 때도 없이 올가미처럼 그의 숨통을 조여 오곤 했다. 바로 지금처럼…….

소류는 성큼성큼 탁자로 되돌아와 자리에 착석하고는 좌중을 냉랭히 둘러보았다.

"……그대들이 진정 원하는 바가 무엇인지 내 모르는 바 아니오."

다시금 한숨이 나오려는 것을 가까스로 누르며, 그는 애써 냉정한 어조로 말을 이었다.

"군심은 그녀의 처형을 원하고 있고, 그대들도 내심 그것을 바라고 있을 테지……. 그러나 불가한 일이오. 적국의 국모라는 최상의 패를 그리 쉽게 내버릴 수는 없는 노릇이니까."

성안을 떠돌던 그녀에 대한 흉흉한 소문은, 왕이 전에 없이 여인을 곁에 두고 있는 지금의 상황을 놓고 보았을 때 꽤 그럴듯한 데다가, 입에서 입으로 전해지는 동안 내용에 살이 붙고 점점 더 구체화되어 마치 한 편의 설화처럼 성내 곳곳으로 퍼져 나가고 있었다.

여인으로 둔갑한 남국의 붉은 여우가 북국의 왕을 홀려 그의 나라를 멸하려 한다는 내용의 그 괴소문은, 어느새 천신의 신탁으로 둔갑하여 병사들을 들끓게 만들고 있었다.

그들이 원하는 것은 오로지 한 가지였다. 군왕의 성심을 어지럽히는 요망한 붉은 여우를 처단하는 것……. 야만적이리만치 단순한 그들의 바람은 신탁의 이행이라는 당위성마저 띤 채 거센 폭풍처럼 성안 곳곳에 휘몰아치고 있었다.

사정이 이러함에, 성내가 떠들썩해질 것을 알면서도 굳이 그녀를 후궁으로 삼고자 한 것이었다. 어찌 보면 왕의 그 같은 처사가 결과적으로는 소문에 살을 더하는 꼴이 되겠지만, 그녀를 보호할 수 있는 길은 현재로서는 그 길만이 유일했다. 제아무리 마음속 깊이 천신을 숭배하는 이들이라 해도, 감히 군왕의 여인을 해코지할 불순한 마음을 품지는 못할 테니 말이다. 모진 말로 그녀를 능멸하던 그의 본심에는 기실 그러한 까닭도 섞여 있었다.

그녀를 후궁으로 들이기로 한 것은 뜬눈으로 밤을 지새우며 고민하고 또 고민하였을 만큼 그로서도 쉽지 않은 결정이었으나, 예상했던 대로 군장들의 반발은 거셌다.

"적국의 국모에게 귀비의 예우를 다하여야 한다니, 이는 어불성설입니다. 또한 그녀는 군심을 흉흉하게 만드는 화근일진대 그런 그녀를 후궁으로 들이심은 불씨를 꺼뜨리기는커녕 도리어 불씨에 기름을 붓는 격입니다. 화를 부르는 싹은 일찌감치 잘라 내는 것이 상책입니다. 무지몽매한 결단이 결과적으로는 가장 현답이었을 수도 있습니다. 지금처럼 혼란한 시국에는 더더욱 말입니다, 전하."

"옳은 말입니다, 전하. 어찌 재앙의 씨앗을 품어 싹을 틔우려 하십니까. 군왕으로서도 장부로서도 도리에 어긋나는 일임이 분명합니다. 군심이 원하는 대로 그녀를 처형함이 마땅합니다!"

"그만! 다들 그만하시오!"

점점 더 거세지는 군장들의 반발에 소류는 일갈을 내지르며 탁자를 쿵 소리 나게 내리쳤다.

"내 이미 말하였다시피 그녀는 최상의 패이자, 혹여 모를 상황에 대비하여 남겨 둘 최후의 보루요. 어떤 의도로 누가 퍼뜨렸는지도 모를 괴소문 따위를 이유로 들어 제거해야 할 만큼 가벼운 대상이 결코 아니란 소리요! 그건 그대들이 더 잘 알고 계시지 않소? 내 군장들께 하나만 묻겠소. 그녀를 처형하여 우리가 얻을 이득이 대체 무엇이오?"

"그, 그야…… 재앙의 화근을 미리…….'"

"핑계치곤 너무 궁색하다 생각지 않으시오? 그런 이유라면 더는 꺼내지 마시오. 신탁으로 둔갑한 근거 없는 괴소문 따위에 마음 쓸 만큼 다들 한가한 처지가 아니실 것이라 사료되오만? 앞으로 소문에 대해 더는 언급하는 일이 없었으면 하오. 군왕인 나의 결정이오. 군장들께서는 믿고 따라 주시길 부탁드리겠소."

왕의 단호한 발언에 여기저기서 묵직한 한숨 소리가 터져 나왔으나, 입 밖으로 불만을 토로하는 이들은 없었다. 왕의 말이 사실 틀린 것 하나 없었기 때문이었다.

기실 모든 군장들이 왕이 그녀를 귀비로 들인 것을 반대하는 건 아니었다. 혜노부의 왕비 배출에 늘 불만을 품어 왔던 아밀부는 겉으로는 다른 군장들과 마찬가지로 그녀의 처단을 주청하고 있으나 내심 그녀가 왕비의 자리까지 꿰차게 될 것을 기대하며 오히려 쌍수를 들고 반기는 입장이었고, 반대하는 다른 군장들 역시 표면적으로는 신탁을 이유로 내세우고는 있으나 저마다의 정치적인 계산이 포함되어 있었다.

그러나 떠도는 흉흉한 소문대로 그녀가 재앙의 씨앗이 될 일말의 가능성이라도 있다고 판단되는 한, 거짓 소문을 퍼뜨려서라도 그녀를 제거해야 한다는 생각에는 다들 이견이 없었다.

"그리고 한 가지 더."

끝난 줄 알았던 왕의 발언이 다시금 이어지자, 지끈거리는 머리를 싸맨 채 다음 안건을 준비하던 군장들의 시선이 긴장감을 담고 일제히 왕에게로 향했다.

왕은 이야기가 나온 김에 아예 단단히 못을 박아 두기로 작정한 모양이었다. 차분하다 못해 서늘한 왕의 시선이 군장들을 차례로 훑었다.

"혹여 귀비 앞에서 소문에 대해 떠드는 자가 있다면 그 누구라도 엄벌에 처할 것이니, 그대들은 물론 휘하 병사들의 입단속도 단단히 해 두도록 하시오. 허울뿐이라 해도 귀비는 엄연한 왕의 아내요. 그녀를 능멸함은 그 지아비인 나를 능멸함과 같음을 잊지 마시오."

그것은 엄연한 경고였다. 그녀를 건드리지 말라는…….

왕의 그 같은 발언에 몇몇 군장들의 표정에 묘한 빛이 어렸다. 이번만큼은 왕의 심중을 조금도 짐작할 수가 없다. 오로지 아라하를 위한 처사라 여겨지다가도, 평소 보지 못했던 왕의 저러한 모습에 군장들은 진정 무엇이 왕의 진심인지 당최 갈피를 잡을 수가 없어 혼란스럽기만 했다.

'참으로 여우에게 홀리기라도 하신 것인가.'

염려스러운 마음을 품은 채 남은 안건 몇 가지에 대한 논의를 서둘러 마친 군장들이 다들 피로한 기색으로 집무실을 빠져나갔다.

횅한 집무실에는 소류와 진 두 사람만이 남아 각자 침묵한 채 자리를 지키고 있을 뿐이었다.


회의 내내 단 한마디의 발언도 하지 않아 회의에 참석한 것인지 불참한 것인지조차 헷갈리게 만들던 진은, 무언가 할 말이 있는 듯 골똘한 얼굴로 생각에 잠겨 있었다. 그리고 그것은 소류 역시 마찬가지였다.

"아이혜는……?"

먼저 침묵을 깬 것은 소류였다. 회의가 시작되기 전, 혜노부의 병사로부터 군장이 몸이 불편하여 회의에 불참한다는 전갈을 전해 받았더랬다. 그러나 분명 다른 이유가 있을 것이라 짐작했었고, 그러한 소류의 짐작은 틀리지 않았다.

"회의가 취소되었다 전갈을 보냈습니다. 전하께서, 오늘 이 같은 발언들을 하실 것 같아 말입니다."

다분히 빈정대는 진의 말에 소류는 아무런 대꾸 없이 그저 묵묵히 고개를 끄덕였다. 비아냥거리며 나무라는 친우의 말이 언짢기는커녕 죄스러운 마음에 고개조차 들 수 없는 심정이었다.

"차라리 날 한 대 쳐라, 진."

푸념처럼 나직이 중얼거리는 소류의 말에 진의 눈썹이 사납게 치켜 올라갔다.

"겨우? 꿈도 크시군. 고작 한 대 치는 걸로 무마할 심산인 거냐? 웃기지 마라. 죽여 달라면 또 모를까."

"……그것도 나쁘지 않겠지."

"닥쳐."

진은 짜증스러운 손길로 머리를 거칠게 쓸어 넘겼다. 애달프고 안타까운 이 마음이 대체 누구를 위한 마음인지조차 이제는 알 수가 없다. 소류를 위한 것인지, 아이혜를 위한 것인지. 아니면 자신을 위한 것인지조차……. 분명한 것은, 그 셋 중 누구를 떠올려도 심장이 찢겨 나가듯 아프고 고통스럽다는 것이었다.

"……아프게 하지 마라. 울리지도 마."

"아이혜를 좋아하나."

"누가 누구를? 웃기는 소리."

가당찮다는 듯 극구 부인하면서도 감정적인 일에 관해서는 표정을 감추는 것이 영 서툰 진답게 얼굴 근육을 실룩거리는 것을 보며 소류는 피식 웃음을 흘렸다.

"나를 바보로 아는군. 아니면 네가 바보이거나……."

어찌 모른다고 할 수 있을까. 정말 몰랐다고, 꿈에도 몰랐다고 어찌 잡아뗄 수 있을까. 그녀의 일이라면 물불을 가리지 않는 진의 행동을 오누이와도 같은 단순한 정 때문일 것이라고만 생각했었다고, 어찌 자신 있게 말할 수 있을까.

세 사람 모두가 이 불편한 관계에 대해 알고 있으면서도 애써 외면해 온 것임을 모르지 않는다. 아이혜와의 혼례를 늘 당연한 듯 받아들였으면서도, 그녀를 끝내 여인으로 생각할 수 없었던 이유는 어쩌면 그런 까닭이었는지도 모르겠다.

그저 운명을 탓하였었다. 가장 가까운 벗이 마음에 품은 여인을 배필로 삼으라 하시니, 천신께서도 참으로 가혹하시다 그리 원망만 했더랬다. 하지만 황룡의 인이 진실로 나타난 지금, 그럼에도 이 불편한 관계를 어찌 돌이켜 놓을 수조차 없으니, 이 같은 현실이 그저 야속하기만 할 뿐이었다.

묵직한 한숨 소리가 집무실 안을 무겁게 맴돌다가 사라지고, 이내 한숨 섞인 푸념이 그 자리를 대신 메웠다.

"혼인 공표를…… 무를 수는 없는 거겠지……."

"물론. 내 손에 죽고 싶지 않다면."

소류는 눈을 치뜨며 진을 가만히 노려보았다.

"그런 너를 알면서 나더러 그녀를 안으라는 건가. 난 그리는 못 해, 진. 그녀는 분명 사랑받지 못하는 비가 될 거다."

"그럼 넌 내 손에 죽어."

낮게 으르렁거리는 진을 흘끗 일별하며 소류는 탁자에 놓인 물그릇을 거칠게 집어 들었다. 자꾸만 갈증이 일었다. 한 모금, 두 모금, 차가운 물로 아무리 목을 축여 봐도 갈증은 조금도 사그라지지 않는다. 목구멍에 가시처럼 걸린 말들을 속 시원히 뱉어 내기 전에는, 이 타는 듯한 갈증은 아마도 영원히 해소되지 않으리라.

헛기침을 내뱉으며 목을 가다듬은 소류는 그리하고도 한참을 침묵한 끝에 작심한 듯 입을 열었다.

"진…… 네가 그녀의 마음을 얻는다면…… 난 평생 눈감아 줄 수 있다……."

진의조차 헤아리기 힘든 위험한 그의 발언에 진이 눈썹을 꿈틀거렸다.

"평생 눈감아 줄 수 있다니……. 지금 무슨 소리를 하는 거지?"

"아이혜와 혼인은 하되…… 너희 둘의 통정을 눈감아 주겠다는 소리야."

"뭐라고? 미, 미친놈!"

"그래, 미쳤지. 그것도 아주 단단히……."

진은 어처구니없다는 듯 눈썹을 치켜올렸다.

"그 정신 나간 생각은 대체 누구를 위한 거냐?"

"우리 모두를 위해서……. 다들 젊어진 것들이 하 많아 쉽게 죽지도 못할 목숨들이니까. 하여 어떻게든 살 방법을 찾으려는 거다."

"그리고 그 모두에는, 당연히 파안의 황후도 포함되어 있겠지."

"……그래."

그녀를 향한 이 감정을 더는 부인하고 싶지 않았다. 그리 순순히 인정하며 소류는 고요한 두 눈을 들어 진과 시선을 마주쳤다.

호수처럼 고요하나 바위처럼 흔들림 없는 그 시선에는 진도 익히 알고 있는 그 어떤 결심의 빛이 서려 있었다. 그에 진의 얼굴에 형용할 수 없는 분노가 치밀어 올랐다.

"……개자식! 천하의 단목소류도 별수 없는 사내였던 거냐. 여자 하나 때문에 이리 치졸해질 수 있다니, 사람을 어디까지 실망하게 만들 참이냐!"

제 친우는 그가 평생 보듬어 줘야 할 정혼녀를 끝끝내 마음에서 저버리기로 결심을 굳힌 것이 분명했다. 진은 주먹을 그러쥔 채 치솟는 분노를 겨우 삭이며 말을 이었다.

"지금 네가 한 말들은 나를 핑계로 아이혜를 내팽개치겠다는 소리에 지나지 않아! 뭐? 우리 모두를 위해서? 네 진심이 진정 그러한가? 가슴에 손을 얹고, 진정 그리 말할 수 있느냐고! 그건 단지 네놈의 그 정신 나간 생각에 대한 합리화일 뿐이야. 그리 합리화해야만 네 마음이 편할 테니까. 어디 입이 있으면 말을 해 보시지? 아니라고 부인할 수 있나?"

"……."

"하, 생각할수록 기가 막히는군. 뭐라고? 다른 계집의 치마폭에 빠져 지내는 대신 나와 아이혜의 통정을 눈감아 주겠다고? 지금껏 들어 본 개소리 중에 가장 끔찍한 개소리로군. 모두를 위한다는 말, 그리 아무 데나 쉬이 갖다 붙이지 마라. 그건 우리 모두를 위한 게 아니라, 오로지 그녀만을 위한 네 알량한 사심때문인 거다! 말해 봐, 소류. 내 말이 틀렸나?"

분노로 떨리는 진의 눈동자를 소류는 차마 마주 볼 수가 없었다. 아니라고, 네가 틀렸다고, 부정하는 그 간단한 말조차 차마 입 밖으로 나오지 않는다. 뻔뻔하게 아닌 척 반박하자니 모른 척 외면하려던 양심이 자꾸만 고개를 쳐들며 그를 조롱했다.

그래, 그런 마음이 아주 없었다고 한다면 그것은 분명 거짓이리라. 진과 아이혜의 관계를 눈감아 주겠다 한 그의 저의는 기실 그녀를 향한 이 불순한 마음을 정당화시키기 위한 구실에 지나지 않았음을, 제 친우는 너무도 쉽게 간파해 버렸다.

일순 홧홧하게 치솟는 수치심과 자괴감이 잔뜩 헤진 속을 엉망으로 헤집어 댔다. 친우로서도 주군으로서도, 지금 이 순간만큼은 그 어떠한 관계로서도 진의 얼굴을 똑바로 쳐다볼 자신이 없었다.

소류는 자리에서 무겁게 몸을 일으켰다. 창가로 다가가 창밖에 시선을 던진채로 그는 한참 동안을 침묵했다. 형편없기 짝이 없는 저의 못난 모습에 울화가 치밀고 넌덜머리가 나 견딜 수가 없었다. 쥐어짜 내듯 겨우 내뱉은 목소리는 고통으로 잔뜩 갈라져 있었다.

"그래……. 네 말이 옳다, 진."

그리 순순히 시인하며 자괴감에 빠져 괴로워하는 소류를 바라보는 진의 얼굴 또한 형편없이 일그러졌다. 분노와 연민, 안타까움으로 복잡하게 얽혀 든 진의 시선이 저만치 저를 등지고 선 제 오랜 벗의 시린 뒷모습을 차마 외면하지 못한 채 아프게 응시했다.

무엇이 너와 나를 이리도 힘겹게 만드는 건가…….

"소류……. 나약해질지언정, 치졸해지진 마라. 너를 위해 내 목숨 잃어도 아깝지 않다 여겨 온 내 지난 세월들이 헛되이 바래지는 건 원치 않으니까."

그것은 충고라기보다는 간절한 염원이며 당부였다. 그의 삶에서 소류가 차지하는 비중은 컸다. 그저 큰 정도가 아니라 소류 자체가 그의 삶이었다고 해도 과언이 아닐 정도로. 태어난 그 순간부터 왕의 수호성으로 운명 지어졌고, 오로지 왕을 위해 길러진 인재답게 그가 하는 사고나 모든 행동들의 중심에는 항상 그의 주군인 소류가 있었다. 그에게 단목소류라는 존재는 마치 한 몸처럼 따로 떨어뜨려 생각할 수 없는 또 다른 자아와도 같았다.

그런 존재가, 늘 거목처럼 단단한 기둥이길 자처하던 미더운 군주이자 제 오랜 벗이기도 한 그가, 바람 앞 등불처럼 하염없이 흔들리고 있었다.

"신탁은 이미 내려졌고, 그녀는 내 배필이 아니라 하는데…… 왜 아무것도 내 뜻대로 할 수 없는 거지? 진, 무엇이 이리도 복잡하고 어려운 것이냐……."

처음으로 힘겹게 꺼내 보이는 친우의 진심에도 위로의 말 한마디 건네줄 수 없는 현실이 그저 원망스러울 따름이다. 북받쳐 오르는 설움에 입을 악다물던 진은 애써 냉정을 유지한 채 부러 더 독살스럽게 쏜소리를 내뱉었다.

"네놈이 그따위 한심한 생각이나 품고 있으니 천신께서 널 벌주시려는 게다."

"그런지도……."

"……못난 놈."

나직이 내뱉는 욕지거리에 소류가 맥없이 웃으며 진을 향해 천천히 뒤돌아섰다.

"그래. 천하에 못난 놈이다."

"머저리 천치 같은 놈……."

"천치도 이런 천치가 없지."

"등신 반편이 같은 놈……."

"……미안하다…… 진……."

그리 욕지거리를 퍼붓는 진의 진심이 어떠하다는 것을 어찌 모를까. 진실한 그 마음을 차라리 몰랐더라면 이리 죄스럽고 면목 없어 괴로울 일은 없었을 텐데.

"……불쌍한 놈."

끝내 연민이 짙게 묻어나는 진의 눈동자를 차마 마주할 수 없어 소류는 고개를 떨구었다.

동정할 가치조차 없는 천하에 못난 놈을 그래도 벗이라고 가엽고 불쌍하다 그리 여겨 주는 것이냐. 그런 너야말로 머저리 천치가 아니냐. 진……. 소류는 괴로운 듯 얼굴을 일그러뜨렸다.

한동안 무거운 침묵이 내려앉았다. 두 사람 사이에 내려앉은 공허한 침묵 위로 시간은 의연히 흘러갔다. 문밖에서 그 같은 고요를 깨뜨리는 작은 소란이 일어나기 전까지는.

"군장님? 미편하시다 들었사온데 어찌…… 흐읍!"

입을 틀어막은 듯 내지르는 괴성과 뒤이어 들려오는 다기 나뒹구는 소리로 짐작해 볼 때, 집무실 안으로 차를 들이려던 시녀와 무언가를 이유로 그런 시녀의 존재가 썩 달갑지 않은 누군가가 맞닥뜨린 것이 분명했다.

몸이 미편하여 금일 회의에 불참한 군장이라면 아이혜가 유일하였음에, 시선을 마주친 소류와 진의 눈빛에는 낭패감이 짙게 자리 잡았다.

"하…… 오늘 아주 제대로 날을 잡는군."

짜증스럽게 뇌까린 진이 벌떡 일어나 다급히 밖으로 달려 나갔다. 얼마간 소란스러운 발소리가 복도를 시끄럽게 울리는 듯하더니 이내 언제 그랬냐는 듯 집무실은 다시 고요 속에 잠겼다.

창가에 우두커니 서 있던 소류는 그 상태로 한참을 더 서 있다가 탁자로 다가와 이내 무너지듯 의자에 몸을 기댔다. 얼굴을 쓸어내리는 투박한 손마디가 저를 향한 분노로 미세하게 떨려 왔다.

정말이지 최악이다…….

"……단목소류…… 네 이리도 형편없는 놈이었구나."

지독한 자괴가 밀려들었다. 소류는 피가 나도록 입술을 깨물었다.

천궁의 자리란 것이 늘 그러하지만, 요즘만큼 버겁게 느껴졌던 적이 전에 또 있었을까. 당장 쓰러져도 이상할 것 하나 없는 피로한 안색으로 그는 붉은 휘장이 나부끼는 창가를 향해 지친 시선을 들었다.

창밖 너머로 보이는 후원에는 어느새 푸르스름한 어둠이 내려앉아 있었다.

부쩍 짧아진 해는 어느덧 겨울이 다가오고 있음을 완연히 느끼게 해 준다.

짧으면 보름, 길면 한 달……. 혹한의 매서운 북풍이 몰아치기 전에 낙안의 아라하군은 해주로 진군할 것이다.

이미 엎질러진 물, 기왕지사 이리된 일. 해주로 떠나는 길에 그녀를 대동해야겠다는 파렴치한 생각이 후안무치하게도 빳빳이 고개를 쳐들었다.

그래, 어쩌면 영 틀린 소리만은 아니다…….

우매한 병사들이 입방아를 찧어 대는 것처럼, 어쩌면 그녀에게 홀려도 단단히 홀려 버린 것인지도 모른다.

붉은 데오니를 닮은 남쪽 나라의 붉고 뜨거운 어느 한 여인에게, 다른 무엇도 생각하고 싶지 않을 만큼 지독하게 빠져든 것인지도…….

무표정한 얼굴 위로 짙은 자조가 피어올랐다.

"……미친놈."

뇌리에 선연히 떠오른 그녀의 말간 얼굴을 끝내 몰아내지 못한 채, 그는 그런 제 자신을 책망하듯 쓰디쓰게 웃었다.

# 18
# 죄악(罪惡)

계절은 어느새 겨울로 들어서는 문턱까지 다가와 있었다.

추워지는 날씨 탓에 더 이상 출정을 미룰 수 없었던 소류는 체력 좋고 무예에 출중한 병사 5천을 정예군으로 차출하여 그들을 이끌고 해주로 향하는 원정 길에 올랐다.

길게 이어진 군 행렬이 파도치듯 절도 있게 전진했다. 전진하는 행렬을 따라 칼날처럼 매서운 찬 바람이 행군하는 병사들의 살갗을 수차례 시리게 훑고 지나갔다. 오랜 행군과 추위로 퍽 지쳤을 법도 하건만, 그러나 병사들의 표정과 걸음걸음에는 그 어느 때보다도 사기가 넘쳐흘렀다.

해주로의 진격…….

그것은 아라하의 모든 병사들의 또 하나의 희망이자 염원이었다. 이미 낙안이라는 난공불락의 성을 함락시킨 그들이므로, 파안의 도성으로 향하는 그 두 번째 관문인 해주로 행군하는 그들의 걸음에는 승전에 대한 확신이 이미 짙게 자리해 있었다.

결과야 어찌 되든 그것은 나쁘지 않은 현상이었다. 아이혜의 문제를 제외하고는, 해주로 진군하기까지 모든 일들이 뜻한 바대로 순조롭게 흘러갔다.

"전하. 바람이 찹니다. 잠시 마차에 오르시는 것이 좋을 듯싶습니다."

곁으로 다가선 친위대장 무흔이 걱정스러운 얼굴로 그리 권하는 것을 물끄러미 바라보다가, 소류는 전방 저만치에 희미하게 보이는 마차 후미로 가만히 시선을 돌렸다.

끝내 고집스럽게 해주로 진군하는 길에 그녀 아리를 대동한 것은, 그래, 순수하게 오로지 저의 욕심 때문이었다. 사심 가득한 사내의 이기적인 욕망 때문이었다. 숨기고 자시고 할 것도 없이 이미 모두가 알아 버린 마음이라고 생각하니, 굳이 감추고 조심하여 무엇 하나 하는 후안무치한 마음도 더러는 있었던 것도 사실이었다. 하지만 그렇다 한들 무엇이 문제이랴. 무엇인들 어떠하고 아무려면 또 어떠하단 말인가. 그녀는 이미 공식적으로 인정받은 그의 유일무이한 후궁인 것을…….

언제든 알게 될 일, 언제든 터졌을 일이다. 그저 조금 일찍 알게 되었을 뿐이고, 조금 일찍 터져 버린 것뿐이다. 매도 먼저 맞는 것이 낫다더니, 천하에 몹쓸 놈이 되었어도 마음 한구석이 조금이나마 후련해졌음은 부인할 수 없었다.

"전하. 잠시 마차에서 몸을 좀 녹이십시오. 사나흘은 더 행군을 해야 하오니 부디 옥체를 보존하심이……."

"되었다. 병사들 모두가 추위와 싸우며 힘겹게 행군하고 있거늘, 명색이 왕이란 작자가 고작 마차에나 들어앉아 있으라는 것이냐."

"바로 그 병사들 모두를 책임지셔야 할 군왕이시니 드리는 말씀입니다."

소류는 특유의 우직한 얼굴로 대꾸하는 무흔을 가만히 쳐다보았다. 짐짓 아닌 척 군왕 운운하며 응당 권해야 할 바를 권하는 것인 양 구는 제 수하의 속내에는 실은 꺼낸 말과는 전혀 다른 꿍꿍이속이 있음을 모르는 바 아니다. 그도 아내를 둔 필부로서, 오래도록 혼자였던 제 주군이 여인을 마음에 품었다는 사실이 어찌 기쁘지 않을까마는…… 목에 걸린 가시처럼 여전히 그를 짓누르는 또 다른 그녀의 존재가 묵직하게 가슴을 옥죄어 오는 탓에, 수하의 그 같은 충심에 어떻게도 응대할 수 없었다.

"고뿔 따위로 쓰러지기야 할까. 염려 마라."

"미열이 있으시다 들었습니다. 의녀가 말하길 이리 계속 찬 바람을 쐬시면 풍한열에 걸리실 수도 있다 하였습니다. 그러니 고집 좀 그만 피우시고 신의 말대로 하십시오."

"말을 듣지 않으면 억지로 마차에 처넣기라도 할 기세로군."

"못 할 것도 없습니다."

"건방진 놈."

무흔의 진심 가득한 충정이 마냥 싫지만은 않아 소류는 피식 웃었다. 기실 그의 권고를 뿌리치던 아까의 그 순간부터 괜한 실랑이를 벌이고 있는 지금까지도 마음속에 이는 갈등을 삭이려 무던히 애쓰고 있음이 사실이다.

합환주도 나누지 못하였고, 초야도 치르지 않았다. 하지만 어찌 되었든 그녀는 이제 엄연한 저의 후궁이었다. 귀비의 교지는 정식으로 내려졌고, 무흔의 말대로 지금 저 마차에 올라 그녀와 함께한다 해도 흠 될 것이나 문제 될 것은 분명히 없었다. 단 하나, 아이혜가 걸리는 것을 빼면 말이다.

그에게 결코 가벼울 수 없는 아이혜라는 존재는 끓어오르는 그의 욕망을 한순간에 잠재우고 이성을 끝없이 부추기는 그런 존재임에는 두말할 필요도 없다. 그러나 어찌 된 일인지 지금은 그마저도 신통치가 않았다.

의녀가 무흔에게 이른 말이 거짓은 아니었던 터라 기실 몸이 썩 편치 않은 것이 사실이었고, 찬 바람이 몸을 훑고 지나갈 때마다 지독한 한기와 현기증이 일어 말고삐를 놓칠 뻔한 적도 한두 번이 아니었다. 쉬고 싶은 마음이 드는 것이 당연했다. 당장 마차 안으로 뛰어 들어가 언 몸을 녹이고 싶은 마음이 간절한 것은 물론이었다.

그러나 그러한 이유들은 다만 핑계에 지나지 않았다.

"그래, 네놈 말을 들으마."

소류는 무흔이 뭐라 대꾸하기도 전에 고삐를 힘껏 휘두르며 말에 박차를 가했다. 몸이 편치 않으니 마음까지 나약해진 탓이런가. 늘 저를 무겁게 내리누르던 그 단단한 이성을 감정이란 놈이 참 쉽게도 내리눌렀다.

파안의 사절단장이란 사내를 지독하게 고문했던 그날 이후부터 지금까지 근한 달여 동안, 그녀는 그에게 눈길 한 번, 말 한마디조차 건네지 않았다. 처음엔 그저 그녀의 화가 풀릴 때까지 묵묵히 기다리자 하였던 것이 시간이 흐를수록 초조해지고 급기야는 화까지 치밀었다. 달래도 보았고 사정도 해 보았고 역정도 내 보았지만, 그녀에게서 돌아오는 것은 늘 한결같았다.

지독히도 냉담한 그 얼음장 같은 얼굴과 고집스러운 침묵…….

해주까지는 앞으로 사나흘……. 그래, 그 좁은 공간 안에서 과연 누가 더 오래 버틸지를 가늠해 보는 것도 썩 나쁘지 않겠지. 먼 길, 하 적적하고 지루할 그녀에게도 분명 나쁘지 않을 일이리라. 그녀가 이길지, 그가 이길지, 소리 없는 내기를 하는 것이다.

히힝! 마차 곁에 다다라 말고삐를 잡아당기자 말이 긴 울음을 울며 달리던 속도를 늦추어 마차와 나란히 걸었다. 서너 달쯤 전이던가. 낙안으로 행군하던 길에도 분명 이런 순간이 있었다.

그는 마차의 손잡이로 손을 뻗었다. 찰나 기대감과 초조함이 그의 얼굴을 스쳤다.

끼이익—! 천천히 마차 문을 열자 마차의 어두운 내부가 조금씩 드러나기 시작한다. 이제, 들이치는 햇살에 눈을 찡그린 그녀가 놀란 얼굴로 이쪽을 돌아볼 것이고, 불청객의 얼굴을 확인한 그녀는 더 두고 생각할 것도 없이 예의 그 얼음장 같은 얼굴로 그에게서 냉담히 시선을 거둘 것이다.

거기까지가 그가 예상한 그녀의 반응이었다. 그러나 그녀의 반응은 다소 뜻밖이었다.

"……."

햇빛에 찡그린 그녀의 시선은 불청객의 존재를 확인하고도 어째서인지 한참을 그의 얼굴에 머물렀다. 갑작스러운 일이어서인지, 순간 당황을 한 까닭인지,

한참을 머물고 나서야 뒤늦게 그런 저의 행동을 깨달은 듯 그녀는 흠칫 놀라며 얼마쯤 당황한 얼굴로 고개를 돌렸다.

"잠시 마차에 오르겠소."

"……."

역시나 묵묵부답인 그녀를 일별하곤 그는 말에서 훌쩍 뛰어내려 마차에 올라탔다. 그 반동에 마차가 순간 크게 휘청거리며 마차 안에 앉아 있던 그녀의 몸도 함께 흔들렸다.

소류는 반사적으로 손을 뻗어 마차 벽에 부딪히려던 그녀의 어깨를 붙잡아 일으켰다. 그녀는 그를 쳐다보지도 않은 채 그의 손을 매몰차게 뿌리치고는 흐트러진 몸가짐새를 바로 했다. 그러고는 철저히 그의 시선을 외면한 채 창밖을 고집스럽게 바라보았다.

"사나흘쯤 더 가면 해주에 도착할 거요. 고생스럽겠지만 조금만 더 참으시오."

"……."

여전히 돌아오는 대답은 없다. 그러나 그는 개의치 않았다.

"옷을 조금 더 든든히 챙겨 입는 게 좋겠소. 마차 안이라고 우습게 볼 추위가 아니오. 그러다 고뿔이라도 들면 안 그래도 먼 길에 익숙지 않은 몸, 고생이 이만저만이 아닐 터."

"……."

제 몸에 한기가 들어서인지 꽤나 두툼하게 차려입은 그녀의 차림새를 보고도 그리 염려가 앞섰다. 그녀는 그런 그의 마음이야 제 알 바 아니라는 듯 차가운 얼굴로 여전히 창밖만 내다보고 있을 뿐이었다. 그런 그녀를 착잡한 심정으로 잠시 바라보던 소류는 곧 옅은 한숨과 함께 가만히 몸을 일으켰다.

"기다리시오. 옷을 가져오겠소."

"……."

돌아오는 건 여전한 침묵뿐……. 쓸쓸한 미소가 그의 입가를 타고 흘렀다.

"그동안 이거라도 걸치고 있으시오. 금방 돌아올 터이니."

"……."

소류는 어깨에 두르고 있던 호피로 만든 표의를 벗어 들어 그녀의 무릎 위에 내려놓았다. 그녀의 몸이 잠시 움찔하는 듯도 싶었지만, 다만 그뿐, 그녀는 더 이상 어떤 작은 반응조차도 보이지 않았다.

입을 꾹 다문 채로 고집스럽게 창밖만 내다보고 있는 그녀를 한숨 섞인 얼굴로 일별한 그가, 돌아서 마차 문을 열려던 바로 그 순간이었다.

"……그럴 것 없습니다. 이 옷도 필요 없습니다."

마차 문을 열던 그의 손이 우뚝 멈추었다. 그녀가 지금 어떤 말을 한 것인지는 중요하지 않았다. 근 한 달여 만에 제게 처음으로 말을 건넸다는 것, 그것이 믿기지 않아 그는 장승처럼 우뚝 멈춰 선 채로 그녀를 놀란 듯 돌아보았다.

"지금…… 뭐라 하였소?"

"필요 없다 하였습니다."

"무엇이?"

"전하의 이 옷과 더 걸칠 옷들 말입니다."

"내 말하였지 않소. 그러다 고뿔이라도 들면 고생이 이만저만이 아니라고."

"춥지 않아요."

그녀가 제 말에 일일이 대꾸하는 것이 신기하고도 벅차 그는 아무 말이나 계속해서 지껄이고 싶은 심정이었다. 그러나 그보다도 의문이 앞섰다. 근 한 달여를 고집스럽게 침묵하던 그녀의 말문을 열게 만든 것, 그것이 대체 무엇이었을까.

어떠한 감언이설과 협박으로도 결코 넘어오지 않던 그녀였음에 그의 그러한 궁금증은 이루 말할 수 없이 컸다. 자신이 지금 그녀에게 한 일이라고는 단지 제 옷을 벗어 주고, 그녀의 옷을 가져오겠다 말한 것뿐이었다. 그 행동 어디에 그녀가 말문을 열 만한 이유가 있단 말인가. 도무지 알 수 없는 일이었다.

"글쎄, 기다리시오. 내 금방 다녀올 테니."

"필요 없다는데도요!"

"어찌 그리 과민하게 반응하는지 모르겠군."

"제, 제가 무엇을요!"

"아니면 되었소. 그럼 내 잠시 다녀오리다."

"되었다 하는데 어찌 그리 고집을 피우십니까? 그리하실 시간에 전하의 몸이나 살피십시오!"

"……."

마지막 말은 저도 생각지 못하게 튀어나온 말인지 놀란 눈으로 제 입을 틀어막는 그녀를 보며 그는 잠시 어리둥절해졌다.

그러니까…… 지금 그녀는 저를 걱정하고 있는 건가……?

허울뿐이든 무엇이든 간에 그녀는 현재로선 왕을 모시는 유일한 후궁이니, 아침에 저를 진맥한 의녀는 아마 군왕의 몸 상태가 이러저러하시다 하며 그녀에게 일일이 고해 올렸을 것이 분명했다. 이런 차림으로 찬 바람을 쐬는 것이 좋지 않은 몸 상태에 더욱 무리를 줄 수 있는 행동임은 꼭 의녀가 아니더라도 누구나 알 수 있는 사실이다. 한참을 어리둥절한 채 서 있던 그는 그만 큰 소리로 웃고 싶어졌다.

기쁨과 벅참, 살아오면서 때론 소소하게 때론 장중하게도 느껴졌을 그 감정들……. 숱한 전투를 치르며 얻어 낸 값진 승전 뒤에 늘 함께하던 눈물겹도록 기쁘고 벅찬 그 감격스러운 마음들……. 감히 그것과 견줄 만한 기쁨과 벅참이 지금 이 순간 그의 폐부에 가득 들어찼다. 환희의 정점에 서 있는 듯, 떨려 오는 심장이 격렬히 요동쳤다.

"그러니까…… 지금 날 염려해 주는 거요?"

"착각하지 마십시오. 전하를 염려하여 그런 것이 아닙니다."

"그래, 물론 그대를 위함이겠지. 내 몸이 편치 않으면 곁에서 보살펴 주어야 할 사람은 그대가 유일하니까."

"아무렴요. 그런 수고까지 더하고 싶지는 않습니다. 그러니 전하의 몸이나 살피십시오."

그리 퉁명스럽게 대꾸하며 쌀쌀맞게 고개를 돌리는 그녀를 바라보는 그의 눈동자가 가만히 휘었다.

"하지만 나도 오기라는 게 있소. 그대가 그리 나오니 꾀병이라도 한번 부려 볼까 싶은데."

"유치하기 짝이 없군요."

"사내들이 다 그렇지."

"다 그렇기야 하겠습니까?"

"나는 그래. 그대와 있을 때는……."

"……."

아리는 또다시 혼란스러워지려는 마음을 부단히 누르려 애쓰며 자꾸만 그에게로 향하려는 시선을 가까스로 창가에 붙잡아 두었다.

그는 스스럼없이 제 감정을 드러낼 줄 아는 사람이다. 그녀가 오래도록 보아오던 또 다른 사내와는 달리, 마음을 드러내는 것을 두려워하지 않는 사내……. 그것이 단목소류라는 사내였다.

늘 그것이 그녀를 흔들리게 했다. 제아무리 다부지게 마음을 다져 먹어도 결국은 그녀의 마음을 나부끼는 가랑잎처럼 이리저리 휘청거리게 만들었다. 감정을 저리 솔직히 내보일 때는 대체 어찌 대처해야 하는 것인지, 그녀는 스물일곱 해 내내 모른 채로 살아왔다. 이제 와 모르던 것이 갑자기 알아질 리도 없는 노릇이었다.

그녀는 깊은 당혹감에 빠진 채 제 얼굴에 분명 드러났을 난색을 지우려 무던히 애썼다. 어쩌면 약점이라 할 수도 있을 그녀의 그러한 점들은 이미 그가 진즉에 꿰뚫은 사실들이라 기실 그녀의 그런 노력은 무의미한 것이었지만.

"독설을 퍼부어도 좋고, 비난을 쏟아 내도 좋아. 눈을 치뜨며 흘겨보아도 좋고, 어떤 혐오의 시선으로 쳐다본다 해도 다 참아 낼 수 있어."

그간의 시간들이 참으로 견딜 수 없었다는 듯, 그는 묵직한 한숨을 내쉬고는 말을 이었다.

"보이지 않는 사람처럼, 곁에 없는 사람처럼, 있는지 없는지도 모를 먼지나 공기 따위처럼…… 그렇게 있는 듯 없는 듯 지나치지만 말아 줘. 말 한마디 건네는 것조차 스스로 용납할 수 없다면, 혐오에 찬 시선이라도 한번 건네 달란 말이야."

"……."

"유치한 데다, 구차하기 짝이 없지. 아무려면 어떠할까. 그대와 있을 때는, 난 이리돼."

그녀의 약점을 꿰뚫고 있다 하여 그것을 딱히 염두에 두고 하는 말들은 아니었다. 솔직한 그의 심정이었고, 참고 참아 내다 언제고 끝내 터졌을 그의 진정이었다. 넘치도록 쌓이고 쌓여 이제는 그만 터뜨려 쏟아 내 주기만을 기다리던 마음속 숱한 감정들이 제멋대로 뛰쳐나온 것인지도 몰랐다.

"하아……."

새벽부터 이마에서 느껴지던 미열이 서서히 전신으로 퍼져 나가자 소류는 저도 모르게 옅은 한숨을 토해 냈다. 머쓱해진 이 상황에 몸이 반응을 보이는 것인지, 찬 공기를 쐬다 몸이 녹으니 자연히 생기는 현상인지, 아니면 정말로 몸 어딘가에 문제가 생긴 것인지는 알 수 없었다.

뒷골이 묵직하게 당겨 와 저도 모르게 인상을 찌푸리는데, 불현듯 아찔한 현기증이 일며 눈앞이 뿌옇게 흐려졌다. 순간 이마와 등줄기에서 배어 나온 식은 땀이 눅진하게 살갗에 들러붙었다.

자꾸만 짙어지는 시야의 뿌연 장막을 거둬 내려 애쓰며 그는 정신을 차리려는 듯 고개를 흔들었다.

단순한 몸의 반응이 아니다……. 의녀의 염려를 흘려들은 탓일까. 그것은 분명한 몸의 이상 신호였다.

"……전하?"

그녀의 조심스러운 목소리가 메아리처럼 귓가를 울리며 맴돌았다. 그는 묵직하게 감겨드는 눈꺼풀을 치뜨려 애썼다.

몸이 스르륵 기울었지만 가눌 수조차 없었다. 이런 몸으로 여태껏 어찌 버틴 것인지 모르겠다. 꺼져 가는 의식 속에서도 그는 실소했다. 한 나라의 군왕이라는 작자가 참으로 대책 없는 노릇이다. 못 이기는 척 무흔의 말을 듣지 않았더라면 그 많은 병사들 앞에서 이리 한심한 꼴을 보일 뻔하였지 않나.

그리 부단히 자신을 책하며 소류는 서서히 의식을 놓았다.


"전하!"

태산 같던 사내의 몸이 힘없이 기울어졌다. 아리는 너무 놀라 자리에서 벌떡 일어나 쓰러지는 그를 붙들었다.

아침에 자신에게 다녀간 의녀에게서 그의 몸 상태를 전해 듣고는 이런 순간을 아주 잠깐 상상해 보기는 하였으나, 막상 이리 현실이 되고 보니 당황스럽고 가슴이 철렁하기는 마찬가지였다.

그가 마차에 오르던 그 순간, 그라는 것을 알면서도 쉽사리 시선을 뗄 수 없었던 것은, 의녀가 아침에 전해 주고 간 말이 내내 마음에 걸렸었기 때문이었다. 아울러 그의 친위대장인 무흔이 건넨 말까지도.

'전하께서는 괜찮다 고집을 부리시지만 이미 풍한열에 걸리신 듯싶사옵니다. 고열을 미열이라 저리 우겨 대시니 소인 어찌하여야 할지 모르겠습니다. 저리 계속 찬 바람을 쐬시다간 참으로 사달이 날 수도 있사옵니다. 어찌하옵니까, 마마?'

'소신 친위대장 무흔, 귀비 마마께 간청드립니다. 마마께서 전하께 마차에 동승하여 함께 가십사 청하신다면 응당 전하께서는 그리하실 것이니 한 번만 그리 청해 주시면 아니 되겠습니까?'

참으로 모를 일이었다. 그녀에 대한 괴소문은 그녀 역시 익히 들어 알고 있는 사실이었고, 그녀를 보는 시선들이 곱지만은 않다는 것도 알고 있었다. 한데, 자신들이 해결치 못하는 그의 문제들에 관하여서는 모두가 저리 어김없이 자신을 찾아와 하소연을 늘어놓곤 하는 것이다. 마치 그의 문제를 해결해 줄 사람은 오로지 그녀만이 유일하다는 듯이…….

하여 울상을 지으며 고해 올리는 의녀와 친위대장을 차례로 달래어 보내고 나서 그녀는 오래도록 고민에 빠져 있었다. 어찌해야 할까. 그의 몸이 축날 것을 염려하여 마차로 불러들이자니, 제 지아비란 사내를 인두로 잔인하게 지지던 그날의 잔혹함이 떠올라 또다시 울컥하는 마음이 이는 것이었다.

결국 이도 저도 못 한 채 한참 고민에만 빠져 있는데, 어느 순간 마차의 문이 벌컥 열리며, 들이치는 햇살 사이로 거짓말처럼 그가 나타났다.

의녀의 말이 거짓이었나 싶을 정도로 기세 좋고 위풍당당한 자태였지만, 어느새 빛에 익숙해진 시야로 보이는 그의 낯빛은 꽤나 좋지 못하여 자꾸만 그녀의 시선을 붙들었다. 그가 입고 있던 옷까지 제게 내던진 채 밖에 나가 옷을 가져오겠다 하였을 때엔, 한 달여를 고집스럽게 입 다물고 지내게 만들던 그 통탄스러운 이유조차 잊은 채 극구 만류하기까지 하였다. 그의 말마따나 별것도 아닌 말에 과민한 반응을 보이면서까지 말이다.

그가 그녀에게서 느꼈을 그 모든 의외의 반응들은, 혹시라도 그가 이리될 것을 염려한 까닭에서 비롯된 것이었다.

아리는 혹여 누군가 마차 안을 볼세라 다급히 창장을 치고는 그에게 다가갔다.

"전하! 전하, 눈을 떠 보십시오."

저도 모르게 자꾸만 목소리가 높아지려는 것을 겨우 누르며, 아리는 놀란 마음을 애써 진정시켰다. 병사들에게 지금 그의 상태가 알려져서 좋을 것이 없다. 그것은 병사들의 사기에도 직결되는 문제였고, 그에게도 좋을 것이 하나 없음은 굳이 말할 필요도 없었다. 병사들의 행렬에 혹여 숨어들어 있을지 모를 불온한 세력들에게 더없이 좋은 기회를 제공하는 것이나 다름없을 테니까.

파안의 황후인 그녀로서는 그에게 일어나는 그 모든 변고들을 기쁘게 여겨야 함이 마땅하겠지만, 수개월 동안 파안을 떠나 아라하에서―보다 정확히는 아라하의 왕인 단목소류라는 사내의 곁에서― 생활한 탓일까, 그녀는 자신도 모르는 사이에 알게 모르게 정체성의 혼란을 겪고 있었다.

아리는 낑낑대며 그의 몸을 바로 세워 창가 쪽 벽에 기대게 하고는 반대쪽 창가로 다가가 창문을 빼꼼히 열었다. 눈동자만 드러나도록 살짝 연 창틈 사이로, 꽤 지척에서 말을 타고 있는 친위대장 무흔이 보였다. 아리는 창문을 아주 조금 더 위로 들어 올리고는 그에게 들리도록 큰 소리로 외쳤다.

"친위대장! 전하께서 찾으시니 속히 대령하세요!"

그가 이쪽을 돌아보는 것을 확인하고는 아리는 창문을 닫고 그를 기다렸다. 친위대장을 기다리는 동안, 벽에 머리를 기댄 채 단잠이라도 자는 듯한 제 또 다른 지아비라는 사내의 얼굴을 한참을 뜯어보았다. 이리 자세히 들여다보는 것도 처음이다. 그의 잠든 모습을 본 적이 있을 리 만무했다.

긴 눈매는 파안의 지아비와도 꽤 닮았다. 그 아래로 난 속눈썹이 길고 가지런하기로는 아마 그 주단휘를 따라올 사내가 없을 테지만. 날렵한 콧날은 그보다 조금 더 선이 굵어 사내다운 느낌을 준다. 한일자로 다물어진 입술은 언뜻 보면 고집스러운 듯도 보이나, 위로 살짝 들어 올려진 입꼬리는 평소 농이나 유쾌한 입담을 즐기던 그의 소년 같은 해맑음도 지니고 있는 듯했다.

"마마, 친위대장 무흔 대령하였습니다."

마차 밖에서 사내의 목소리가 들려왔다. 사내는 전하가 아닌 마마를 찾는다. 저를 불러들인 그녀의 뜻밖의 행동에 제 주군에게 필시 뜻밖의 변고가 생긴 것임을 직감한 것이리라.

"마마, 소인 대령하였습니다."

재차 고하는 굵직한 목소리에 초조함이 짙게 묻어났다. 아리는 밖에서도 충분히 들리도록 부러 목청을 높여 말을 건넸다.

"잠시 마차 안에 오르세요. 전하께서 긴히 하실 말씀이 있다 하십니다."

"예, 마마."

그의 측근답게 눈치 빠르게 사태를 파악한 사내가 서둘러 마차에 올랐다. 비스듬히 벽에 머리를 기댄 채 잠이 든 듯한 제 주군을 잠시 걱정스레 바라보던 사내는 곧 그에게 가까이 다가가 조심스럽게 말을 건넸다.

"전하. 전하, 무흔입니다. 괜찮으십니까?"

"혼절하신 듯합니다."

"하오면 서둘러 의녀를……."

"의녀를 부른다 하여 나을 병이 아닌 듯싶습니다. 더 이상의 행군은 무리입니다. 흔들리는 마차 안에서 얼마나 회복되실 수 있겠습니까? 저리 다리도 제대로 펴지 못하고 자는 잠이라니. 친위대장. 행군을 멈추세요, 지금 당장. 다만 반나절이라도 제대로 쉬신다면 금세 추스르실 것입니다. 그대도 알고 있다시피 워낙 강건하신 분이지 않습니까."

"하오면 행군을 잠시 멈추겠습니다."

"그리하세요. 전하의 막사는 최대한 가까운 곳에 짓도록 하고요."

"존명."

아리는 부복한 채 대답하는 사내를 물끄러미 쳐다보았다.

"아라하의 친위대장은 그리 쉽게 무릎을 꿇으며, 그리 쉽게 다른 이의 명을 따릅니까?"

"천궁 전하 내외분께만 그렇습니다."

예상치 못한 사내의 대답에 아리의 어깨가 흠칫 떨렸다.

"나는 그저…… 후궁일 뿐인 것을요."

"천신께서는 달리 일러 주셨습니다. 미천한 소인은 그저 천명을 따를 뿐입니다. 왕비 마마."

"이것 보세요, 친위대장. 말을 조심하세요. 나는 그저 볼모에 불과한……."

그녀가 무어라 말을 채 끝맺기도 전에, 사내는 그녀의 말을 끊듯 '소인, 왕비 마마의 명 받들어 이행하겠습니다.' 라며 제 할 말만을 고집스레 남기고는 홀연히 마차 밖으로 사라졌다.

"하아……."

사내가 사라져 간 문을 바라보며 아리는 작게 한숨을 내쉬었다. 우직하고 고집스럽기로는 자함이나 백하와 견주어도 모자람 없을 위인이다. 저리 충직한 자들을 지척에 한둘씩은 꼭 두고 있는 것을 보면, 군왕 된 자는 타고난 인복이라도 있는 모양이지. 그리 실없는 생각을 떠올리며 싱겁게 웃은 그녀는 다시금 맞은편의 잠이 든 그를 물끄러미 응시했다.

"······."

내가 파안의 황후가 아니었거나, 당신이 아라하의 왕이 아니었다면······ 당신이나 나나 지금보다는 조금쯤 덜 힘들었겠지.

당신과 나의 부부로서의 인연이 지금보다는 조금쯤 말이 되는 경우가 되었을는지도 모를 일이고······.

아리는 마차 바닥에 나뒹구는 그의 표의를 그제야 깨닫고는 허리를 숙여 가만히 주워 들었다. 묵직한 털옷을 그의 어깨에 덮어 주곤 자리에 앉아 지친 눈으로 다시금 그를 바라보았다.

창백하지만 수려한 사내의 얼굴을 한참 들여다보고 있자니 무언가 가슴속에서 왈칵 북받쳐 오르는 것만 같다. 아리는 그와 있을 때면 늘 그렇듯 고질병처럼 심장이 뻐근해져 오는 것을 느끼며 지친 듯 눈을 감았다.

눈가에 차오르는 서러운 눈물은 대체 무엇을 비탄하고 아파하는 것인지, 이제는 그조차 모르겠다.

"······미워할 수도, 마음을 줄 수도 없어. 그러니 다가오지 마······. 당신도 나도 아프기만 할 테니까."

그저······ 더는 바라지 않는다.

나로 인해 아파하는 사람이 생기는 것도, 누군가로 인해 내가 아파지는 것도······.

10년의 세월을 하루처럼 지겹도록 겪어 온 일이니 이제는 진심으로 그만두고 싶을 뿐이다.

뭔지 모를 슬픔이 가슴을 저민다. 찢기고 뒤엉킨 마음들이 심장을 잔뜩 헤집는다. 그래, 미워할 수도, 마음을 줄 수도 없다. 제자리로 돌아가는 것만이 유일한 최선임은 이미 뼈저리게 알고 있는 사실이다.

아리는 잠든 소류의 얼굴을 쓸쓸히 응시했다. 파안으로 돌아갈 방도를 모색해 보아야겠다. 물론 그는 절대로 동의하지 않을 테지만. 그러니 모든 절차는 그에게는 철저히 비밀에 부친 채 그녀 홀로 진행시켜야만 하리라.

사혼단과 도중에 헤어졌다던 유와는 지금쯤 어디서 무엇을 하고 있을까. 어쩌면 이미 지척에 와 있을지도 모를 일이다. 유와라면 충분히 그리하고도 남을 위인이다.

며칠째 숙면을 취하지 못한 탓인지 눈이 따끔따끔 아려 왔다. 아리는 가만히 눈을 감았다. 요행히 유와와 연락이 닿는다면 그때부터 차근차근 일을 진행시켜도 늦지 않으리라. 왕이 기운을 차려 조금은 이목이 느슨해진 때라야 움직이기도 수월할 것이다. 굳이 무리해서 서두를 필요는 없었다.

그래, 제자리를 찾아가는 것이다. 진작 그리하였어야 했다.

파안의 황궁으로 돌아가, 황후의 의복을 입고, 태현궁 내실의 보료 위에 다시금 앉는 그날……. 그날이 되면 마음껏 비웃어 줄 수도 있으리라. 눈이 있으면 다들 똑똑히 보라고, 내 이마 위에 새겨진 이 선연한 황룡의 인을……. 그대들의 천신은 이리도 엉터리가 아니었느냐고, 그리 큰소리로 비웃어 줄 날이 머지않아 반드시 올 것이다.

아리는 가만히 눈을 떴다. 잠이 든 그는 무척이나 평온한 얼굴이다. 지친 그녀의 얼굴 위로 서글픈 미소가 피어올랐다. 시린 마음처럼 창백한 뺨 위로 그예 서러운 눈물이 한 줄기 흘러내렸다.

우리는 결코 만나서는 아니 되었을 연(緣)…….

인연의 실 따위 애당초 맺어지지 않았던 그 무연(無緣)의 관계로…… 그래, 돌아가는 것이다.

그것만이…… 당신과 나의 어긋난 연으로 인한 이 지독한 아픔을 끊어 낼 유일한 방도일 테니까.

어느덧 해가 뉘엿뉘엿 저물어 어슴푸레한 어둠이 서서히 사위를 뒤덮었다.

임시로 세워진 병영에서는 왁자지껄한 병사들의 말소리와 흥얼거리는 노랫소리가 끊이지 않고 흘러나왔다. 영문도 모른 채 꿈같은 휴식을 얻게 된 병사들의 기분은 한껏 고조되어 있었고, 왕이 미편하다는 사실을 알 리 없는 그들이었기에 군 전체가 마치 축제 분위기처럼 들떠 있는 것도 무리는 아니었다.

아리는 흔들리는 호롱불에 무심한 시선을 던진 채 막사 밖에서 희미하게 들려오는 병사들의 노랫가락 소리를 멍하니 듣고 있다가, 그가 잠들어 있는 침상을 향해 천천히 시선을 들었다.

고열로 얼굴이 붉게 상기된 그는 불규칙적인 숨을 힘겹게 내쉬고 있었다. 거친 숨을 토해 내는 그의 입술은 수분을 모조리 빼앗긴 듯 하얗게 메말라 있었다.

아리는 어찌 이런 상태로 몇 날 며칠을 쉬지 않고 행군할 수 있었을까 싶을 정도로 예전에 비해 부쩍 마르고 수척해진 그의 얼굴을 한참을 그저 멍하니 바라만 보다가, 이내 몸을 일으켜 천천히 침상으로 다가갔다.

침상 옆 협탁 위에는 조금 전 의녀가 두고 간 하얀 무명천과 물이 담긴 대야가 가지런히 놓여 있었다. 주저하는 얼굴로 그것들을 물끄러미 내려다보던 그녀는 곧 무겁게 한숨을 내쉬고는 가만히 무명천을 집어 들었다. 천을 물에 적신 후 적당히 물기를 짜내어 손에 든 채로, 침상 옆에 마련된 의자에 앉아 한동안 그의 잠든 얼굴을 뚫어지게 응시했다.

감모 따위로 쓰러지실 나약한 체력이 절대 아니라고, 친위대장이란 사내는 안쓰러운 눈빛으로 제 주군을 살피며 그녀에게 푸념하듯 늘어놓았다. 근자들어 전하의 성심을 어지럽히는 여러 복잡한 일들이 있어 심신이 부쩍 쇠약해지셨다며 수심 가득한 얼굴로 부디 성심껏 보살펴 주십사 간청하는 당부의 말 또한 그는 잊지 않고 거듭했다.

그간 얼마나 심신이 고달프고 지쳤으면 이 태산 같던 사내가 감모 따위로 이리 맥없이 쓰러졌을까. 하얗게 마른 입술을 젖은 무명천으로 축여 주고 이마에 송골송골 맺혀 있는 땀방울을 닦아 주며 잠시 안쓰러운 마음이 이는 것이 사실이었으나, 아리는 이내 그런 자신을 책하며 스스로 연민이라 치부해 버린 그 헛된 감정을 냉정히 몰아내려 애썼다.

사람과 사람의 사이에 연민보다 더 무서운 감정이란 것이 있던가. 연민은 독과도 같았다. 한번 중독되면 헤어날 수 없는 치명적인 독……

"하아……"

가쁜 숨을 토해 내며 불편한 듯 몸을 뒤척이는 그를, 순간 잔뜩 경직된 채 긴장 어린 눈으로 바라보던 아리는, 그가 잠에서 깨어난 것이 아님을 확인하고는 안심한 듯 작게 한숨을 내쉬며 그의 이마를 닦아 주던 무명천을 서둘러 거두었다.

머릿속에서 무수한 생각들이 저들끼리 부딪고 부딪혀 단 한 가지의 생각조차 제대로 할 수가 없다. 땀을 닦아 낸 천을 대야의 물에 담가 헹군 뒤 물기를 짜내다 말고, 그녀는 하던 행동을 우뚝 멈추었다. 갑자기 속에서 무언가가 왈칵 치밀어 오른 까닭이었다. 순간 비릿한 웃음이 미친 듯이 터져 나올 것만 같아 그녀는 한껏 숨을 멈추고 이를 악물었다.

자신의 지아비를, 제국의 지존을 감히 상해한 자다. 미개한 야만 부족의 수괴이며, 수백 년간 싸워 온 적국 아라하의 왕이기도 한 자……. 바로 그러한 사내의 수발을 들고 있는 것이다. 명색이 제국의 황후라는 자신이. 지금 당장에라도, 힘겨운 숨을 토해 내는 저 입을 틀어막고 목을 졸라 죽여도 시원치 않을 자신이 말이다.

파리한 낯빛 하나에 마음이 흔들려 마차에 오르는 그를 끝내 거절하지 못하였고, 찬 바람을 쐘 혹여 몸 상태가 더 악화되지 않을까 저어되는 마음에 마차 밖으로 나가려던 그를 붙잡기까지 한 자신이었다. 시위라도 하듯 고집스럽게 지켜 오던 한 달간의 침묵을 깨어 버린 데에는 그야말로 일말의 망설임조차 없었던 것이다. 그런 자신에 대한 분노와 자책이 뒤늦게 한꺼번에 휘몰아쳐 그녀를 괴롭혔다.

배 속이 간질거려 왔다. 가슴이 터질 듯이 조여 오고 영문도 모르게 코끝이 찡해져 오는데, 울음 대신 발작적인 웃음이 자꾸만 터져 나왔다. 손으로 제 입을 틀어막은 채 입 밖으로 터져 나오려는 굉소를 간신히 눌러 삼키며 그녀는 의자에서 거칠게 몸을 일으켰다.

그가 어찌 되건 자신이 알 바가 아니다. 막사 밖에서 혹여 누가 저를 막아서더라도, 그와 함께여야만 하는 이 숨 막힐 듯한 공간에서 벗어날 수만 있다면 그 어떤 실성한 행동조차 서슴지 않을 작정이었다. 그에게서 등을 돌리며 매정히 돌아서던 그 순간, 그의 머리맡 침상 한구석에서 반짝하고 빛나는 무언가를 보지 못했더라면…….

"……."

검게 빛나고 있는 그것의 존재를 그녀의 머리는 똑똑히도 기억해 냈다.

그와의 훈련 때마다 늘 보아 오던 그것은 마치 그녀를 부르기라도 하듯 미약하게 흔들리는 옅은 호롱불 빛 아래에서도 선연하게 제 몸체를 빛내고 있었다.

군왕의 검…….

흑철석을 제련하여 만든 검날은 흑색을 띠어 흑양검이라 불리기도 한다 했었다. 만들어진 시기도 만든 부족도 서로 다르지만 왕비의 검 은월검에는 백옥이, 군왕의 검 흑양검에는 흑옥이 마치 처음부터 한 쌍이었던 것처럼 칼자루의 중앙 똑같은 위치에 똑같은 크기로 장식되어 있다던 그의 설명 또한 기억이 났다.

바로 그 흑양검이 제 온몸으로 빛을 발하며 그녀에게 저의 존재를 끊임없이 알리고 있었다.

우우웅— 우우우웅—

착각일까. 음산하고도 처연한 검 울음을 분명 들은 것만 같다.

아리는 조용히 침상을 돌아 무엇인가에 홀린 듯 그곳으로 다가갔다. 가까이 다가서자 침상에 기대어진 채 비스듬히 세워져 있는 흑양검의 자태가 오롯이 눈에 들어온다.

군왕의 검이 제 주인의 손에서 온전히 떠나 있는 순간이 얼마나 될까. 실제로 그녀는 아라하에서 지낸 지난 몇 달간 저 흑색 검을 몸에 지니고 있지 않은 그를 본 적이 단 한 순간도 없었다.

그러니 지금의 이 순간은 어쩌면 일종의 계시일는지도 모를 일이다. 하필 이런 순간에, 굳이 저런 물건이 자신의 눈에 띄었다는 것……. 이마저 신의 안배라 한다면 너무 심한 억지이려나.

심장이 거세게 두방망이질하기 시작했다. 자신이 무슨 생각을 하고 있는지, 어떤 상상으로 극도로 긴장하고 있는 것인지를 스스로 채 인지하기도 전에, 온몸이 격렬하게 떨려 왔다.

덜덜 떨리는 다리로 한 걸음을 더 내디뎠을 때, 칼자루에 박힌 흑옥이 다시 한번 반짝하고 빛났다. 마치 저를 이 갑갑한 검집 안에서 꺼내 달라는 듯이…….

아리는 잠든 그를 곁눈으로 흘깃 확인하고는 뭔가에 홀린 듯 떨리는 두 손을 뻗어 조심스레 검을 집어 들었다. 잔뜩 긴장한 탓인지 손바닥 가득 식은땀이 흥건히 배어 나왔다. 검의 엄청난 무게에 손목이 시큰하게 저려 왔다.

그녀는 혹여 검을 놓치기라도 할까 싶어 손아귀에 단단히 힘을 준 채로 검집에서 천천히 검을 꺼내 들었다.

스르릉—

검집과 검날이 미끄러지듯 고요히 맞부딪치며 만들어 낸 차갑고 시린 쇳소리가 요란하게 가슴속에서 요동친다. 밖은 병사들의 들뜬 소란으로 시끌벅적하건만, 그 미세한 쇳소리가 저를 집어삼킬 듯 마치 천둥처럼 우렁차게 귓가를 때렸다.

이쯤 되면 어디선가 검은 사신 같은 왕의 친위대가 불쑥 나타나 저의 목에 서슬 퍼런 검날을 겨눌 법도 한데, 이상스러울 만치 사위는 고요하기만 했다. 그 고요함이 도리어 야속할 정도로…….

아무런 방해물도 훼방꾼도, 분명 이 순간, 이 공간 속에는 없는 것이다.

“…….”

떨리는 다리로 간신히 몸을 지탱한 채 넋 나간 사람처럼 한참을 멍하니 서 있던 아리는 비장한 얼굴로 천천히 검을 고쳐 잡았다.

그래, 어쩌면 이것이 가장 현명한 끝이다.

군더더기 없이 깔끔한, 더할 나위 없이 완벽한, 끝.

그 모든 엉킨 인연의 고리를 끊어 낼…… 확실한, 끝…….

당신도 이런 내 선택에 이의는 없겠지. 당신도 나도, 우리의 끝이 어떤 형태로든 가장 불행한 끝이 되리라는 것을 이미 뼛속 깊이 알고 있었으니까. 그럼에도 멈추지 못한 죄, 그 죗값으로 이 정도면 충분한 것이겠지…….

그녀는 천천히 검을 들어 올렸다. 두 눈 가득 서러운 눈물이 그렁그렁 차올랐다. 눈물로 뿌옇게 가려진 시야 덕에 지금 이 순간 고맙게도 그의 얼굴이 보이지 않으니 참으로 다행한 일이다. 그녀는 들어 올린 검을 고쳐 쥐며 그의 왼쪽 가슴을 향해 조용히 검을 겨누었다.

그런 그녀의 단호한 행동과는 달리, 바람에 나부끼듯 갈피를 잡지 못하는 마음을 대변하기라도 하는 듯 그의 심장을 향해 겨누어진 검 끝이 주체할 수 없이 덜덜 떨려 왔다. 수천 번 수만 번 마음을 다져도 보았지만 점점 격렬해지는 떨림을 도저히 멈출 수가 없어 그녀는 몇 번이고 검을 고쳐 들었다.

여기서 멈출 수는 없었다.

되돌리기에는 너무 늦어 버렸다.

이대로 멈춰 버리기에는…… 너무 지쳐 버렸다.

“……흑…… 흐흑…….”

저도 모르게 터져 나오려는 울음을 간신히 삼킨 채, 양손으로 단단히 그러쥔 검을 치켜든 그녀는 뿌연 시야로 비치는 잠든 그의 모습을 처연히 응시했다. 이대로, 자신의 체중을 실어 그의 가슴을 겨누고 있는 이 검푸른 칼날을 그의 심장을 향해 단칼에 찔러 넣기만 하면 된다.

그것으로, 그와 자신의 고통은 끝이 나는 것이다.

아리는 검을 쥔 손아귀에 힘을 주었다. 온몸이 걷잡을 수 없이 떨려 오고, 두 눈가에서는 하염없이 눈물이 흘러나왔다.

다리가 떨려 와 더는 서 있을 수조차 없을 지경이었지만, 그녀는 입술을 깨물며 마음을 굳게 다잡았다. 모든 것을 끝낼 수 있는 지금 같은 기회는 아마도 이번이 마지막일 것이기에, 그녀는 격렬히 떨려 오는 손마디에 힘을 주며 애써 마음을 모질게 먹었다.

떨리는 검 끝이 천천히 그의 가슴을 향했다. 아리는 그 상태로 한참을 미동 없이 서 있다가, 마음을 먹은 듯 두 눈을 감았다. 아릿한 통증과 함께 무언가가 날카롭게 뚫고 지나간 듯 휑하고 시린 가슴속에서 아픈 마음들이 서럽게 휘몰아친다.

'부디 다음 생에서는 그대와 나, 우연으로라도 마주치는 일 없기를……'

뺨을 타고 흐른 서러운 눈물이 그예 그의 어깨로 후드득 떨어져 내린다. 그리고 그것과 동시에, 그의 심장을 향해 겨누어진 시린 칼날이 서서히 그의 가슴을 파고들었다.

언제 난 것인지 모를 굵은 흉터 위에 또다시 생채기를 만들어 내며 조금씩 살갗을 파고드는 검날 주위로 붉은 피가 몽글몽글 맺히기 시작했다. 아리는 그의 가슴에서 스며 나오는 그 선연한 붉은빛을 혼 빠진 사람처럼 멍하니 바라보았다.

머릿속이 새하얗게 변해 버려 백치가 되어 버린 듯 아무 생각도 할 수 없었다. 온몸이 뻣뻣하게 굳어져 갔다. 지독한 악몽을 꾸듯 심장이, 온몸의 맥박이 무섭게 요동쳤다.

검날 주위로 고이던 새붉은 피가 그의 옆구리를 타고 한 줄기 흘러내렸다. 시퍼렇게 질린 얼굴로 침상을 감싼 새하얀 금침이 붉게 젖어 들어가는 것을 망연자실 바라보던 아리는, 흠칫 놀라 저도 모르게 그의 가슴을 찌르고 있는 검을 빼내려 다급히 팔을 당겼다.

그러나 번뜩이는 흑색 검날은 그런 그녀의 행동과는 반대로 그의 심장 가까이로 더욱 강하게 당겨졌다. 놀란 그녀가 반사적으로 검을 제 쪽으로 더 세게 당기며 고개를 들자, 언제 깨어난 것인지 심연처럼 아득한 그의 두 눈동자가 일말의 혼탁함을 띤 채 그녀를 고요히 응시하고 있었다.

고열 때문인지 가슴에 난 상처 때문인지 잠시 고통스러운 듯 미간을 찌푸리던 그가 곧 건조하게 입을 열었다.

"……도움이 필요한가."

제 가슴에서 조금씩 달아나고 있는 검날을 투박한 손마디로 그러쥔 그가 서서히 손을 당겨 자신의 심장이 위치한 곳으로 정확히 가져갔다. 그러더니 곧 날카롭게 벼리어진 검푸른 검날이 다시금 그의 살갗을 파고들기 시작했다.

"미, 미쳤어요? ……이, 이거 놔요!"

그가 손에 쥔 검을 당겨 자신의 가슴을 찌르자, 놀란 그녀가 그에게서 검을 빼앗으려 다급히 검을 잡아당겼다. 하지만 그가 맨손으로 검날을 쥐고 있어 그마저도 조심스러워 애를 먹고 있는 그녀였다. 자신이 낸 상처 바로 옆으로 또 다른 상처가 벌어지고 있었다. 이미 크고 작은 흉터로 가득한 그의 맨몸은 차마 눈 뜨고 보기 힘들 지경이었다.

"그, 그만해요. 제발……."

"죽이려던 것 아니었나? 기회는 지금뿐이야."

흐릿한 눈동자를 들어 건조하게 말한 그가 다시금 손에 쥔 검을 당겼다. 제아무리 앓아누워 있는 그라 해도 그녀의 힘으로 그의 힘을 당해 낼 수 있을 리만무했다. 그에게서 검을 빼앗으려 제 쪽으로 조심스레 검을 잡아당기던 그녀의 몸이 그가 한순간 힘을 주어 검을 휙 잡아당기자 순간 휘청하며 중심을 잃었다.

두 사람 사이의 팽팽하던 힘의 균형이 깨어지자, 그 반동으로 그녀의 몸은 마치 그를 덮치듯 그의 가슴 위로 쓰러졌다. 흡사 그의 품에 안긴 듯한 민망한 모양새가 되어 버렸다는 사실보다도, 혹여 그의 상처를 건드리게 될까 봐 두려웠던 그녀가 다급히 몸을 일으키려 했지만, 그는 어느새 제 손에 오롯이 들어

온 흑양검을 저만치 던져 버리고는 도망치려는 그녀의 어깨를 잡아 품에 안았다.

"이, 이러지 말아요."

"잠시만. 부탁이야. 잠시만⋯⋯."

"하지만 상처가⋯⋯."

"⋯⋯부탁이야. 쉬고 싶어."

절실하다 못해 간절하기까지 한 그의 지친 한마디에 마음이 아릿해져 와 아리는 아무런 저항도 하지 못한 채 그가 하는 대로 그저 가만히 내버려 두었다. 누구의 것인지 모를 거센 심장의 고동 소리가 귓가에 끊임없이 메아리쳤다.

"미안⋯⋯해요."

그를 죽이려 마음먹었던 자신이 너무도 죄스러워 차마 고개조차 들지 못한 채 그녀가 기어들어 가듯 작은 목소리로 그리 웅얼거리자, 그녀의 얼굴을 가만히 들어 올린 그가 눈물이 가득 차오른 눈동자를 애틋한 눈으로 바라보았다.

가슴이, 심장이 뜯겨 나갈 것처럼 아프다고 하는 건, 이런 느낌일까⋯⋯.

차마 그를 마주 보지도 못한 채 힘겨운 듯 시선을 피하는 그녀의 뺨을 그가 조심스럽게 쓸어내렸다.

"미안한 건 오히려 나야⋯⋯. 미안해⋯⋯. 당신에게 이런 고통을 줘서⋯⋯."

죽을 만큼⋯⋯ 모든 것을 다 내던져 버리고 싶을 만큼⋯⋯ 진심으로 미안해⋯⋯.

안쓰럽게 흔들리는 그녀의 시린 눈동자를 바라보는 그의 눈동자 역시 고통스럽게 일렁이고 있었다.

"원치 않는 인연을 만들어 버려서⋯⋯."

그녀의 허리를 감싸고 있던 그의 거친 손이 등을 어루만지듯 스쳐 올라가 그녀의 가는 목덜미를 가만히 그러쥐었다. 여린 목덜미를 제 투박한 손안에 가둔 채 그녀를 조금씩 끌어당기던 그는 입술이 닿을 듯 말 듯 한 거리에서 가까스로 멈추고는, 갈라진 목소리로 힘겹게 진심을 뱉어 냈다.

"……말도 안 되는 연정을 품어 버려서."

여리지만 뜨거운 그녀의 숨결이 자신의 메마른 입술 위에서 희미하게 느껴진다. 긴장한 듯 숨을 멈추고 있던 그녀의 몸이 점점 격렬히 떨려 오는 것 또한 고스란히 전해져 왔다. 그녀의 거칠어진 호흡이 다만 긴장했기 때문일 뿐이라는 것을 모르는 바 아니다. 그러나 그는, 충동이라기보다는 사내로서의 본능에 가까운 저의 그 행동을 멈출 수가 없었다.

힘겹게 억눌러 온 감정들을 한꺼번에 폭발시키듯 집요하고 농밀하게 그녀의 입술을 파고드는 그의 깊고 진한 입맞춤은 그녀의 여린 저항쯤은 간단하게 잠식시켰다. 자꾸만 달아나는 그녀를 품 안에 단단히 가둔 채, 그는 그녀의 입술에 길고 긴 입맞춤을 퍼부었다.

한참을 저항하던 그녀의 몸이 어느 순간 저의 집요하고 끈질긴 구애에 끝내 고집을 꺾듯 미약하게나마 반응하기 시작하는 것을 느낀 순간, 그는 가까스로 붙잡고 있던 자제력을 완전히 놓아 버렸다. 억누르고 참아 왔던 한창인 사내의 들끓는 정념은 더 이상 그의 의지로 제어할 수 있는 성질의 것이 아니었다.

그는 그녀를 안은 채로 몸을 굴러 순식간에 그녀를 제 아래에 가두었다. 혼탁한 그의 시야로 너무 놀라 더는 커질 수 없을 만큼 크게 떠진 그녀의 눈동자가 잔뜩 겁을 집어먹은 채 자신을 올려다보고 있는 것이 보였다.

그 역시 그런 그녀와 크게 다를 바 없기에 조금도 두렵지 않다면 분명 거짓일 테지만, 가슴 가득 차오른 그녀를 향한 절박함은 일말의 망설임마저 맥없이 사그라지게 만들었다. 지금 이 순간 그녀를 안지 않으면, 어쩐지 그녀라는 존재가 그의 인생에서 완전히 사라져 버릴 것만 같은 불길한 예감이 자꾸만 그를 엄습해 왔다. 자꾸만 그를 불안하고 초조하게 만들었다.

"이대로 그댈 안아 버리면, 평생 날 원망하겠지……."

한숨처럼 웃은 그가 그녀의 겁에 질린 두 눈동자를 괴로운 듯 응시했다.

"하지만 상관없어. 평생 그대 곁에서 그 원망 전부 들어 줄 테니까……. 평생 그대에게 사죄하며 살 테니까. 그러니까⋯⋯."

애원인지 탄식인지 모를 깊은 한숨이 그의 입가를 타고 흘렀다.

"그러니 제발⋯⋯ 날⋯⋯ 밀어내지 마."

행여 그녀가 달아나기라도 할까 봐 그녀를 양팔 아래에 가둔 채 그는 조금은 거칠게 입맞춤을 퍼부었다. 거의 무방비 상태로 갑작스럽게 당한 좀 전과는 달리 단단히 앙다물고 있던 그녀의 입술 새를 그는 집요하게 어르고 달래며 비집고 들어갔다.

한층 농밀하게 입 안을 헤집는 그의 움직임에 안 그래도 경직되어 있던 그녀의 몸이 긴장과 두려움으로 나무토막처럼 뻣뻣하게 굳어지는 것이 느껴졌다. 그는 그런 그녀를 안심시키려는 듯 퍽 거칠게 퍼붓던 입맞춤을 가까스로 멈춘 채, 고개를 들어 붉게 상기된 그녀의 얼굴을 한동안 물끄러미 바라보았다.

그녀의 까만 동공에 어른어른 비치는 자신의 모습은 어딘지 이질적이고 낯설지만, 마치 그가 살아 있음을 증명해 주기라도 하듯 그의 심장을 뜨겁게 요동치게 만든다. 단순히 살아지고 살아가는 것이 아니라, 온 힘을 다해 살아 내고 싶어지도록⋯⋯.

그는 괴로운 듯 입매를 비틀었다.

천신이시여⋯⋯.

당신의 신탁, 부디 거두지는 마소서⋯⋯.

지금 저에게로 향해 있는 저 까만 눈동자 안에 평생토록 자리할 그 누군가가, 늘 지금 이 순간과 같기를 바랍니다.

대가를 원하신다면, 남은 제 생을 모두 걸고서라도⋯⋯.

"은애해⋯⋯. 내 온 마음을 다해서⋯⋯ 그대를⋯⋯ 은애한다."

두려움으로 가득하기만 하던 그녀의 눈동자에 이내 아득한 슬픔이 내려앉는 것을 조용히 눈에 담으며, 그렁그렁 서러운 눈물이 가득 차오르는 그녀의 눈가에 가볍게 입을 맞춘 그는 그녀의 어깨에 가만히 자신의 얼굴을 묻었다.

"은애해. 진심으로⋯⋯."

훅 끼쳐 오는 그의 뜨거운 숨결이 흘러내린 옷깃 사이로 살짝 드러난 그녀의 어깨 위로 가감 없이 전해져 왔다.

"그대만이…… 내 마음이 허락한 유일한 나의 반려, 유일한 나의 비(妃)다……."

감정을 억누르듯 그리 나직이 뱉어 낸 그는 더 이상 아무런 행동도 취하지 않은 채 그녀의 어깨에 더욱 깊이 얼굴을 파묻었다.

그의 길고 검은 머리카락이 아무렇게나 흐트러진 채 그의 어깨를 타고 흘러내려 그녀의 뺨과 목덜미를 간질였다. 그녀의 어깨가 격하게 오르내릴 때마다 그의 맥박 또한 깊은 떨림을 안은 채 같은 빠르기로 거세게 고동쳤다.

시공이 그대로 멈춰 버린 듯 주위를 둘러싼 그 모든 것들이 두 사람을 고요히 에워싼 채 찰나인 듯 영원처럼 아득히 흘러갔다.

그리고 그 순간, 두 사람의 이마에 또렷이 새겨진 황룡의 인은 시리도록 찬연한 황금빛을 머금은 채로 그 어느 때보다도 찬란하고 눈부시게 빛을 발하고 있었다.

마치, 오래도록 이 순간만을 기다려 왔다는 듯이…….


"하아…… 하아……."

양팔 사이에 가둔 채 물끄러미 내려다본 그녀의 까만 눈동자는 오롯이 그의 눈동자를 향해 있었고, 가녀린 몸의 격한 떨림은 그녀를 내리누르고 있는 그의 온몸으로 가감 없이 전해져 오고 있었다.

가쁜 숨소리가 한데 뒤엉켜 적막이 내려앉은 고요한 공간에 미세한 파장을 일으켰다. 잔뜩 숨죽인 채 조심스레 내뱉는 그녀의 고르지 못한 숨소리가 겨우 내리누르고 있는 그의 욕망을 집요하게 자극하고 있었다.

살짝 벌어진 연홍빛 입술 사이로 새어 나온 뜨거운 숨결이 자신의 얼굴 위로 고스란히 와 닿는 것을 느끼며, 소류는 그녀와 여전히 눈동자를 맞춘 채 그녀의 이마 위로 흘러내린 까만 머리카락을 손끝으로 조용히 쓸어내렸다.

"……."

고요한 까만 눈동자가 순간 긴장한 듯 파르르 떨렸지만, 마주친 그의 시선을 딱히 피하려 들지는 않는다. 소류의 입꼬리가 가만히 휘었다. 그래, 지금은 그것이면 충분했다. 그 이상의 무언가를 감히 바란다는 건, 파렴치한 욕심이며 이기심일 뿐이라는 것을 너무도 잘 알고 있는 그였다.

그는 한참 동안 그녀와 시선을 마주치다가 이내 그녀의 입술로 시선을 옮기며 천천히 고개를 숙였다. 그녀의 얇은 옷가지 하나를 사이에 두고 맞닿은 살결 위로 그녀의 따스한 체온과 부드러운 촉감이 고스란히 전해져 온다. 이대로 그녀를 안고 싶은 마음이 굴뚝같았지만, 소류는 그녀의 입술 앞에서 가까스로 멈춘 채 한참 그대로 있었다.

서두르고 싶지 않았다. 원치 않는다면 강요하고픈 마음도 없었다. 그러나 사실을 이야기하자면, 남아 있는 이성을 모두 쥐어짜 내어 최대한의 자제력을 발휘하고 있는 그에게 기실 어떠한 이성적인 여유 같은 것이 남아 있을 리 없었다. 그간 매정하도록 참아 온 욕망들이 뜨겁게 달아오른 가슴 안에 차고 넘쳐서 당장에라도 그녀를 안지 않으면 미칠 것만 같았으니까.

그럼에도 선뜻 그 이상의 어떤 행동도 취하지 않고 있는 건, 그녀의 거절이 두려워서는 아니었다. 그의 욕망과 진심이 선택한 그 길이, 그녀에게는 무엇으로도 끊을 수 없는 잔인한 족쇄가 되리란 것을 뼛속 깊이 알고 있는 까닭이었다.

"그대를 안고 싶어……."

솔직한 그의 바람에 순간 흠칫 떨리는 그녀의 가녀린 어깨를 가만히 쓸어내리며, 소류는 나직이 한숨을 내쉬고는 말을 이었다.

"하지만 그대에게 먼저 기회를 주지."

그는 다른 건 몰라도 이 문제에 있어서만큼은 전적으로 그녀의 선택을 존중해 줄 생각이었다. 강제로 그녀를 어찌해 볼 생각 같은 건 추호도 해 본 적이 없었다. 지금도 그러하거니와 앞으로도 영원히, 그러한 자신의 생각에는 변함이 없을 것이다.

"도망치고 싶나?"

힘겹게 절제된 그의 갈라진 음성이 그녀의 귓가를 고요히 울린다.

뜻밖의 물음에 그녀가 아연한 얼굴로 그를 올려다봤다. 혼란스러운 와중에도 잠시 그의 뜻을 곰곰이 헤아려 보건대, 그는 아마도 그녀가 원치 않는다 하면 순순히 보내 줄 모양이었다.

아리는 오롯이 저를 향해 있는 그의 검고 깊은 두 눈동자를 빤히 응시한 채 한동안 침묵했다. 덤덤한 듯 건조한 목소리로 무심히 물은 것에 비해, 그는 눈에 띄게 경직된 얼굴로 그녀의 입에서 대답이 떨어지기만을 기다리고 있었다.

그녀는 한참이 지나서야 대답 대신 저의 몸을 덮친 채 육중하게 저를 내리누르고 있는 그의 상체를 천천히 밀어 냈다.

"……."

찰나, 그의 눈동자가 흔들린다. 그러고는 이내 실망한 기색이 미미하게 번지는 얼굴 위로 빠르게 체념과 수긍의 빛이 스쳐 지나갔다.

분명 거절의 뜻으로 받아들인 것이리라.

아리는 그를 밀어 내는 저의 행동에 두말 않고 저를 덮치고 있던 상체를 일으키는 그를 물끄러미 바라보다 조용히 입을 열었다.

"아직 대답하지 않았어요."

멀어지던 그의 몸이 일순 멈칫하는 것이 느껴진다. 그녀는 자신이 입고 있는 은의의 윗도리로 천천히 제 손을 가져갔다. 그러고는, 어떤 대단한 각오라도 하듯 퍽 비장한 표정으로 눈을 꼭 감으며 윗도리의 옷고름을 가만히 풀러 내렸다.

꼭 감긴 눈꺼풀 위에 드리운 속눈썹이 긴장으로 파르르 떨리고 있었다.

"나도…… 당신을 원해요. 그러니까……."

아리는 잠시 말을 멈춘 채 깊이 숨을 들이켰다.

"……안아 줘요."

이 마음이 죄악이라는 것을 안다…….

하여 평생을 죄인으로 살아가며 그 죗값을 치러야 한다는 것 또한…….

들릴 듯 말 듯 작은 목소리였지만 그녀의 말은 그의 귓가에 똑똑히 전해져 심장을 천둥처럼 뒤흔들었다. 예상치도 못한 그녀의 대답에 그의 눈동자가 혼란함을 가득 담은 채 무섭게 흔들렸다.

거세게 요동치는 심장이 가슴을 뚫고 튀어나올 지경이었지만, 그는 그대로 굳어져 버린 듯 미동도 하지 않은 채 혼란스러운 눈으로 그런 그녀를 바라보고만 있을 뿐이었다.

"듣고 있어요? 나도 당신을 원한다고요…….”

잔뜩 긴장한 채 한참을 기다려도 그에게서 아무런 대꾸가 없자, 그의 반응을 기다리다 못한 그녀가 슬그머니 눈을 떠 그를 올려다보았다. 두 번 다시 입 밖에 꺼내기도 민망한 낯 뜨거운 말들을 겨우겨우 다시금 꺼내 보았지만 그는 여전히 묵묵부답이었다.

무언가에 쫓기듯 성마른 그녀의 목소리엔 두려움과 떨림이 가득 차 있었다. 아무렇지 않은 듯 태연하게 말을 꺼냈지만 그녀 역시 그 못지않게 지금의 이 상황이 충격적이고 혼란스럽기는 마찬가지였다.

다만, 그 어느 날 호숫가에서 제게 진심을 보여 주던 그에게 더러운 사통이니 야합이니 운운하며 그를 매도하고 위선 아닌 위선을 떨어 대던 자신이, 이 순간 끝내 그를 거절하지 못한 이유는…… 오로지 단 하나였다.

'내가 당신에게 해 줄 수 있는 게…… 이것뿐이니까.'

나의 태생이란 것이 당신네들 천신의 신탁 같은 것은 도저히 따를 수 없는 운명이고……, 나의 신분이란 것이 죽어도 당신 곁에는 머물 수 없는 뼈아픈 굴레이니까.

그러니까…… 끝내 당신을 떠날 결심을 한 내가, 지금 당신에게서 도망치지 않는 건…… 바로 그런 까닭이야.

"……"

풀어 헤쳐진 앞섶 사이로 그녀의 여린 속살이 드러났다. 봉긋 솟은 젖가슴이 은의 앞섶에 아슬아슬하게 가려진 채 마치 그의 손길을 기다리기라도 하듯 유려한 제 굴곡을 수줍게 드러내고 있었다.

한참을 말없이 그녀를 내려다보던 소류의 눈동자가 한순간 크게 일렁였다. 하지만, 그녀에게서 허락이 떨어졌음에도 불구하고 그는 어째서인지 여전히 아무런 행동도 취하지 않고 있었다.

"……하……."

불현듯 한숨인지 탄식인지 모를 그의 짧은 탄성이 적요한 공기를 미세하게 갈라놓았다.

군신의 조각상처럼 오만하며 드팀없던 그의 얼굴이 그예 서서히 고통스럽게 일그러지기 시작했다.

"날 원한다고……."

혼잣말처럼 그리 나직이 되뇌는 적막한 음성은 고요하나 어딘지 스산해서, 아리는 그 서늘함에 저도 모르게 흠칫 어깨를 떨며 그를 다시 올려다보았다. 한일자로 꾹 다물린 입술과 무겁게 가라앉은 눈빛에는 일말의 서글픈 분노가 담겨 있었다.

그래. 느껴지지 않았을 리가 없다…….

감히 아이혜라는 변명거리를 앞세워 그의 이기심과 부도덕함을 통렬히 비난하며 그를 세상천지에 둘도 없을 몹쓸 사내로 몰아붙이던 자신이, 이리 급작스럽게 태도를 바꾸어 버린 것을 그가 그저 무심히 흘려버렸을 리 없다.

소소한 것 하나 놓치는 법이 없는 그가, 그러한 급작스러움을 눈치채지 못하였다면 도리어 그 편이 납득하기 어려울 일이다.

"거절한다 해도 상심하지 않겠다고 다짐했었어. 그조차 파렴치하다 생각했으니까."

"……."

"……결국…… 떠날 작정인 건가."

그녀는 아무런 대답도 하지 못한 채 그의 서늘한 시선을 피해 고개를 돌렸다. 하지만 그녀의 의지와는 상관없이 다시금 고개가 그를 향해 되돌아갔다. 그녀의 턱을 그러쥔 그의 투박한 손마디가 서러운 분노로 미세하게 떨리고 있었다.

"그러니까, 날 원한다는 그 말은…… 떠나기 전에 선심이라도 베풀겠다는 뜻인가……. 마지막이니까, 떠나고 나면 다시는 보지 않아도 될 사람이니까…… 그리 선심 쓰듯 몸도 마음도 다 주고 가겠다, 그런 건가."

원망이 다분한, 그러나 아프게 정곡을 찌르는 그의 말에 아리는 흔들리는 눈동자로 그를 위태롭게 바라보다가, 떨리는 손을 들어 무언가 더 말하려는 듯 달싹이는 그의 입술을 가만히 막았다.

"……그러지 말아요……."

혼탁하게 가라앉은 그의 눈동자가 그녀를 힐난하듯 사납게 으르렁대고 있었다. 순간 울컥 서러운 마음이 북받쳐 올라 아리는 입술을 깨물었다. 금세라도 눈물이 왈칵 쏟아져 내릴 것처럼 눈가에는 눈물방울이 가득 차올라 있었다.

빨갛게 충혈된 채 눈물이 그렁그렁한 눈으로 그녀는 서글프게 그를 바라보았다.

"……그리 못되게 굴지 않아도 이미 충분히 아프잖아……. 당신도 나도……."

그녀로 인해 그가 그녀에게, 또한 그 자신에게 생채기를 내는 일은 더 이상 없기를 진심으로 바란다.

그도, 그녀도 더 이상은 부디 아프지 않기를 바란다.

지금 이 순간, 그녀의 이 절실한 바람들이 그에게 곡해 없이 전해지기를 간절히 바란다.

"……그래요. 당신 말이 맞아……. 어쩌면 지금 나 당신에게 선심 쓰려는 건지도 몰라요."

아리는 그의 입술을 막고 있던 손을 천천히 내리며 여전히 사나운 그의 눈길을 먹먹히 받아 냈다.

떠날 마음을 먹었기에 지금의 이러한 고백이 가능한 것이라는 사실을 안다. 그것을 굳이 부정하고 싶은 마음은 없다.

하지만 지금에 와 굳이 그러한 것들을 따져 무엇 할까…….

어찌하여도 좁혀지지 않을 그와 그녀 사이에 놓인 그 멀고도 먼 거리를, 두 사람 모두가 너무도 잘 알고 있는데…….

"하지만 진심이야. 전에 내게 물었었죠? 하루만, 단 하루만 솔직해질 수는 없는 거냐고……. 지금 난…… 솔직하지 못했던 그날의 진짜 대답을 하고 있는 거예요……."

"……."

격랑처럼 거세게 일렁이는 그의 눈동자에 찰나 무수한 것들이 스쳐 지나간다.

딱 꼬집어 말할 수는 없지만 아리는 어쩐지 그의 눈동자에 스쳐 간 그 무수한 상념들을 전부 다 이해할 수 있을 것 같았다. 아마도 지금 그녀의 눈동자 역시도 그의 눈동자와 꼭 같은 것들로 가득 차 있을 테니까.

그러니 더 이상의 논쟁은 불필요한 것이다.

그리고 그녀가 말하고자 하는 그 모든 진심들을 전부 헤아렸다는 듯, 또한 그 모든 것들을 다 인정한다는 듯, 그제야 그가 깊은 한숨과 함께 그녀를 으스러질 듯 다시금 제 품 안에 꽉 끌어안았다.

"진심이어도 좋고, 선심이라 해도 상관없어. 하지만 지금 내게서 도망치지 않은 거, 후회하게 될 거야……. 앞으로도 영영 내가 그댈 보내지 않을 거니까."

호언하듯 그리 내뱉은 소류는 그녀를 두 팔 안에 단단히 가둔 채 그녀의 입술에 거칠게 입을 맞췄다. 가쁘게 토해 내는 거친 숨소리가 적막을 흩뜨리며 두 사람 주위의 공기를 뜨겁게 데웠다.

그리고 그즈음이 되어서야, 이 공간 안에서는 유일하게 두 사람 사이를 가로

막고 있던 그녀의 얇은 옷가지들이 하나둘 침상 바닥으로 떨어져 내렸다.

마주 닿은 보드라운 맨살의 감촉을 고스란히 느끼며 그는 달뜬 숨결을 토해 냈다. 그녀의 연홍빛 입술을, 고운 뺨을, 하얗고 보드라운 목덜미를, 여린 어깨를 탐닉하는 그의 성마르고 서툰 몸짓에는, 그간 참아 왔던 갈망만큼이나 크고 깊은 애틋함과 간절한 진심이 담겨 있었다.

그것이, 오래전 그 어느 날 죽음보다 더한 고통을 겪었던 그녀를 이 순간 두렵지도, 고통스럽지도 않게 만들었다.

"하아…… 아아……!"

그의 입술이 닿는 곳마다 새붉은 열꽃이 피어나 그녀를 온통 붉게 물들였다. 뜨거운 숨결이 한데 뒤엉키며, 묘한 설렘과 흥분이 그녀를 혼미하게 뒤덮었다. 그동안 가슴 깊이 단단히 봉인한 채 철저히 외면해 왔던 여인의 욕망이 일순 고개를 쳐들며 꺼내 달라고 아우성을 쳐 대는 것만 같았다.

주위를 둘러싼 모든 것들이 그대로 멈추어 버린 듯했다. 꿈결처럼 아득하기 그지없는 무아지경 속에서 오래도록 상념 없이 서로를 탐하다, 서로를 향한 갈망이 최고조에 다다랐을 즈음…… 그때껏 가까스로 욕망을 억누르던 그가 마침내 고요한 파도처럼 천천히 아주 조심스럽게 그녀를 향해 굽이쳐 들어왔다.

"……아아……!"

굳게 잠겨 있던 여린 빗장을 조심히 열어젖히며 그가 그녀 안으로 묵직하게 밀려들어 오자, 고통스러운 신음과 함께 그녀의 몸이 긴장과 두려움으로 잔뜩 굳어지며 파르르 떨렸다.

찢을 듯이 날카로운 통증이 한 차례 그녀를 강하게 훑고 지나갔다. 짜릿한 쾌감 같은 것은 조금도 느껴지지 않는다. 다만 등줄기에 순간 식은땀이 확 솟아날 만큼 아찔한 고통이 느껴져 아리는 저도 모르게 다리를 오므리며 그의 어깨를 세게 움켜쥐었다.

잔뜩 숨죽여 내뱉는 가느다란 신음에 그가 그대로 움직임을 멈춘 채 고개를 들어 서둘러 그녀의 안색을 살폈다. 그새 배어 나온 식은땀으로 범벅이 된 채 아무렇게나 엉겨 붙어 있는 그녀의 머리카락을 가지런히 쓸어 넘겨 주고는, 그는 그녀의 이마에 살며시 입을 맞추었다. 그러고는 그녀의 작은 어깨 위에 가만히 얼굴을 파묻었다.

"……두렵나."

달뜬 욕망을 진정시키느라 한껏 갈라진 음성이 작지 않은 파장을 일으키며 그녀의 귓가에 내려앉았다.

굳이 속일 생각은 없다는 듯 그녀가 천천히 고개를 끄덕였다. 그에 소류는 선선히 웃으며 고개를 들어 그녀를 보았다.

"나도……."

가벼운 투로 그리 농담처럼 대꾸하곤 한참 동안 그녀를 빤히 응시하던 그의 얼굴에서 이내 서서히 웃음기가 사그라졌다.

덤덤히 흘러나온 그의 평온한 목소리 속에 숨겨져 있는 절박함을 어쩐지 엿본 듯해, 아리는 가슴을 죄어 오는 먹먹함을 느끼며 아릿한 눈으로 그런 그를 바라보았다.

"나도 두려워."

방금 전과는 달리 침잠한 목소리로 그가 혼잣말처럼 중얼거렸다. 자신을 향해 있는 그녀의 까만 눈동자를 조용히 응시하는 그의 눈동자가 한없이 일렁이고 있었다.

소류는 가만히 손을 뻗어 그녀의 뺨을 쓸어내렸다. 그녀라는 존재 하나로 가슴이, 심장이 부서질 것처럼 격렬하게 고동치고 있는 지금의 자신이 조금도 낯설지가 않다. 그녀라는 존재 하나로 세상을 쥘 수도, 놓을 수도 있을 것만 같은 지금 자신의 이 절박한 마음이 더 이상 낯설지가 않다.

그래서 두렵다…….

손을 뻗으면 허상처럼 흩어져 내릴 것만 같아서…… 깨어나면 이 모든 것이 다 한낱 꿈일 것만 같아서…….

"나도…… 두려워……."

폐부를 찢어 놓을 듯한 이 불안감을, 그녀는 알까…….

"이대로 그대를 안아 버리고 나면…… 그대가 신기루처럼 사라져 버릴까 봐……."

여전히 그녀 안에 저를 가둔 채 아우성치는 욕망을 가까스로 억누르던 그는, 한참을 자신과 싸우다 이내 패배를 시인하듯 다시금 뜨겁게 그녀를 안았다.

긴장과 고통으로 가득 찬 여린 탄성이 찰나 그의 귓가를 자극하며 빠르게 스쳐 간다. 잔뜩 긴장한 그녀를 안심시키려 그는 가쁜 숨결을 토해 내는 그녀의 입술에 길고 부드럽게 입맞춤을 했다.

어찌하여도, 잡을 수 없다는 것을 안다.

그와 그녀 사이에 놓인 그 멀고도 먼 거리는, 어찌하여도 좁혀지지 않을 것이라는 사실 역시도…….

그러니 생에 단 한 번쯤은 그저 이렇게 모든 것을 다 내려놓고서, 물 흐르듯 바람이 스치듯 그저 이 마음이 향하는 대로 그렇게 흐르고 스쳐도 좋지 않을까.

비겁하고 치졸한 변명이라고 아우성치는 마음 저변의 항변을 무던히 억누르며, 그는 끈덕지게 저를 붙들어 잡아당기던 이성을 끝내 덧없이 놓아 버렸다.

시각은 새벽을 달리고 있었다.

동이 트고 나면, 이 밤의 시간은 흔적 없이 사라질 터였다.

19

드리운 그림자

푸르른 여명이 병영 곳곳에 내려앉았다.

언덕배기에서 내려다보는 새벽빛으로 물든 병영의 아스라한 풍경은 지금이 전시(戰時)라는 사실이 무색하리만치 퍽 고아한 운치가 있었다.

적요한 새벽 공기 속에 두 사람의 그림자가 어른어른 땅바닥에 드리워졌다. 천궁의 막사에서는 그리 멀리 떨어지지 않은 곳이었다.

"어째서 묵인하고만 있었던 거냐. 그러다 진짜 소류를 죽이기라도 했으면 어쩌려고?"

군왕의 검 흑양검이 다른 이의 손에 들린 채 제 주인의 가슴을 파고들어 가던 그때, 천궁의 친위대는 이를 알고 있었으나 그 같은 상황을 저지하지 않았다. 그들이 철저히 왕의 사람이었음에도 차마 거역할 수 없는 누군가의 명이 있었기 때문이었다.

진의 힐난에 아이혜가 그를 흘끗 쳐다보곤 무미하게 대꾸했다.

"죽이지 못할 거란 걸 아니까."

"장담하기 힘든 문제야. 그녀는 적국의 황후다. 충분히 그를 죽이고도 남아."

"황룡의 인을 받은 그녀가 그런 짓을 할 리가 없잖아. 천신께서 설마 그를 죽일 여인을 그의 반려로 점지하셨으려고……."

"하, 아무리 그래도……."

아이혜의 입에서 황룡의 인이 언급되자 진은 자책감에 말을 얼버무리곤 깊은 한숨을 내쉬었다. 사실 이런 문제로 아이혜와 옥신각신하고 싶은 마음은 없었다. 지금 미치도록 신경이 쓰이는 건 파안의 황후가 소류를 죽이려 했다는 사실이 아니라, 그 이후에 벌어진 일들이었으니까.

왕을 호위하는 이들은 본의 아니게 왕의 지극히 사적인 일과 맞닥뜨리기도 하는데, 이번의 경우는 그야말로 최악의 상황이라고 할 수 있었다. 하물며 그 대상이 아이혜였음에야…….

그렇기에 사실은 그녀의 처신을 힐난하기보다는, 지금 너 괜찮은 거냐고 그리 묻고 싶은 것이 솔직한 진의 심정이었다.

"저지했어야 옳아."

하지만 기껏 입 밖으로 나온 말은 이런 것뿐이다. 그 같은 상황을 저지하지 않으므로 해서 결과적으로 소류와 파안의 황후가 서로의 마음을 확인한 꼴이 되었으니, 그런 결과를 어쩌면 충분히 예상하고 있었을 아이혜가 부러 막지 않은 건가 싶어 조금은 원망스럽기까지 한 그였다.

잔뜩 인상을 구긴 채 여전히 그녀의 처신을 힐책하고 있는 진을 아이혜가 물끄러미 응시했다.

"그 상황을 저지했다면 그녀는 왕을 시해하려 한 극악무도한 죄인이 되었겠지. 그리되면 그녀는 그 즉시 군장들의 도마 위에 올랐을 테고, 소류가 아무리 무마하려 해도 아마 만장일치로 죽음을 면치 못하게 되었을 게 뻔해. 그리되는 것이 옳아? 진심으로 소류를 위해서 그리되는 것이 옳은 거냐고."

"……."

"진, 대체 뭘 걱정하고 있는 거야?"

진은 복잡한 얼굴을 한 채 아무런 대답도 하지 못했다. 그런 진을 한참 동안 말없이 바라보던 아이혜는 곧 짧게 한숨을 내쉬고는 이내 올곧은 어조로 말을 이었다.

"연정과 충정……. 그중 하나를 고르라면 내가 무얼 고를 것 같아?"

뜬금없는 그녀의 물음에 진은 모르겠다는 듯 어깨를 으쓱하고는 시큰둥하게 대꾸했다.

"다른 건 몰라도, 네가 소류를 아주 오래전부터 흠모해 왔다는 사실 정도는 아주 잘 알지."

딱히 비꼬려는 의도는 아니었다. 다만 사실을 상기시키려던 것일 뿐. 그리 충격적인 일을 목도하고도 아무렇지 않은 듯 담담한 얼굴을 하고 있는 그녀가, 실은 삶의 그 어느 순간보다도 가장 크고 깊은 상처를 입었을 게 분명하리란 사실을 너무도 잘 알고 있는 그였으니까.

저리 꼭꼭 숨기고 감추다가는 속에서 곪고 또 곪아 영영 손쓸 수 없을 지경이 되어 버릴지도 모르니까……. 당장은 아프더라도 차라리 밖으로 끄집어내 들쑤셔 놓는 편이 낫다고 생각했다. 하여 필요하다면, 그녀에게 그 어떤 잔인한 말도 서슴지 않을 생각이었다.

그런 진을 한참 말없이 마주 바라보던 아이혜가 이내 짧은 한숨을 내뱉으며 덤덤히 입을 열었다.

"그래, 네 말대로 난 아주 어렸을 때부터 그를 흠모해 왔어. 하지만 그 흠모라는 게, 꼭 남녀 간의 애정에만 국한된 거라고 생각하니?"

담담한 어조와는 달리, 날 선 눈초리가 진에게 날카롭게 날아가 박혔다.

저의 주군을, 제 오랜 벗을, 아라하의 천궁을, 단목소류라는 사내를, 흠모했다. 그러나 오랜 세월 동안 그를 흠모하고 은애해 온 그 무수한 감정들을 어찌 연정이라는 단 하나의 마음으로만 정의 내릴 수 있단 말인가.

"진. 내게는 연정보다도 목숨보다도 더 중요한 게 있어."

어린 시절부터 지금껏 오누이처럼 서로 보듬고 의지하며 지내 온 사이이건만, 오늘만큼은 저를 알아주지 않는 진이 야속하다는 생각에 아이혜는 입술을 깨물며 서운한 표정을 굳이 숨기지 않은 채로 말을 이었다.

"내 충정을 업신여기지 마. 내 명예를 더럽히지도 말고, 나를 우습게 만들지도 마……. 사랑에 울고 웃는 그런 나약해 빠진 여자들과 감히 나를 동일 선상에 두지 말란 말이야."

그래, 어쩌면 그것은 그녀 자신에게 거는 주문인지도 몰랐다.

사랑받지 못할 바에야 절대 그런 시시한 여자로는 그의 곁에 남지 않으리라는 유치하고 치졸한 바람일 수도 있었고, 혹은, 아무리 부정해도 제 안에 분명 어쩔 수 없이 존재하는 '여자'에 대한 저항이며 반발일 수도 있었다.

하지만, 이것 하나만큼은 분명히 단언할 수 있었다.

"연정과 충정. 그중 하나를 택하라면 나는 미련 없이 내 충정을 택할 거다, 진."

그것은 어쩌면 그녀로서는 너무나도 당연한 선택이었다.

그의 사랑을 받기보다는 저의 사랑을 주는 것에 익숙한 그녀였고, 그의 보호 아래 제가 머물기보다는 저의 보호 아래 그를 머물게 하는 것에 훨씬 익숙한 그녀였다.

사랑이든 목숨이든 그 무엇이 됐든, 어떠한 상황이 오더라도 그녀는 그에게만큼은 받는 쪽보다는 주는 쪽을 택할 것이었다.

"그렇게 살아왔고, 그래야 설아이혜니까."

그래. 거기까지가 천신께서 허락하신 자신의 몫인 것이다.

깨끗하게 인정해 버리고 나면 그리 억울할 것도 서러울 것도 없는 일인 것을, 왜 그토록 부정하고만 싶었던 걸까.

하지만 더 늦지 않아 다행이다. 더 오래 방황하지 않을 수 있어서 정말 다행이다…….

이제는 그 무엇에도 흔들리지 않고, 그와 그의 그녀를 위해 지금껏 달려온 길을 그대로 달려 나가면 될 테니까…….

"내가 누구라는 걸 잠시 잊고 있었어."

여명의 푸르스름한 빛을 등진 채 아이혜가 천천히 진을 돌아보았다. 음영이 드리워 잘은 보이지 않았지만, 어슴푸레한 새벽빛 속에서도 더없이 빛나는 그녀의 미소가 순간 진의 가슴속에 또렷이 박혀 들었다.

"나는…… 천궁의 충신, 혜노군장 설아이혜다."

그리고, 그녀의 그 눈부신 미소보다도 더 찬연하고 강렬한 빛 무리가 돌연 진의 동공에 맺히기 시작했을 때, 탄식과도 같은 묵직한 탄성이 그의 입에서 터져 나왔다.

"아……!"

아이혜의 이마 위에서 푸르게 빛나는 그것의 존재를, 진은 단 한 번도 직접 본 적이 없었지만 단박에 알아볼 수 있었다.

청룡의 인(印)……. 왕의 충신에게만 나타난다는 바로 그 천신의 증표…….

찰나 또렷이 새겨졌다가, 한순간 거짓말처럼 흔적도 없이 증표가 사라진 그녀의 반드러운 이마를 한참을 노려보던 그는 곧 허탈하게 웃음을 터뜨렸다.

"하…… 하하……."

실없는 웃음이 한참이나 헛헛하게 입 안을 맴돌았다. 북풍처럼 몰아닥치는 쓰디쓴 마음들을 도무지 달랠 길이 없어 그는 무연히 하늘을 올려다보았다.

천신이시여…….

결국 이것이 당신의 뜻이었습니까…….

당신의 뜻이 이러했다면 오래전에 알려 주셨어야지요……. 이 녀석에게만큼은 진작 보여 주셨어야지요.

어찌 이리도 무정하고 잔인하십니까. 괜한 마음고생은 다 시켜 놓으시고서…… 이제 와서…….

"하…… 어째서 이제야……."

"응? 뭐가?"

혼란스러운 눈으로 자신을 바라보고 있는 그를 아이혜가 의아한 얼굴로 마주 바라보고 있었다. 그때까지도 넋이 나간 얼굴로 그녀의 이마 위에 흐릿하게 남은 청룡의 인의 잔상에서 눈을 떼지 못하던 진은, 이내 허탈한 마음을 털어 내기 위해 머리를 흔들고는 그녀에게 우악스럽게 어깨동무를 하며 제 쪽으로 휙 잡아당겼다.

"뭐긴 뭐야, 인마……. 이제야…… 이제야 내가 알던 못난이 녀석으로 돌아온 거냐고……."

"아……. 풋, 그러게……. 이제야 정신이 좀 드네. 정말 못나 빠지게, 이제야 말이야."

진은 침잠한 마음을 감춘 채, 장난스럽게 웃는 아이혜의 머리를 헝클어뜨리며 애서 그녀를 따라 웃었다. 어렵사리 방황을 끝낸 그녀가 이 순간 무척 기특하고 대견한 것도 사실이었지만, 애잔한 마음이 앞서는 것은 어쩔 수 없는 일이었다.

진은 새벽빛이 푸르게 내려앉은 아이혜의 옆얼굴을 시리게 응시했다.

"……돌아온 걸 환영한다, 못난아."

그녀가 엷은 미소를 떠올리며 묵묵히 고개를 끄덕인다. 새벽녘의 청량한 바람이 한차례 그녀를 스쳐 지나갔다. 나란히 서 있는 두 사람의 어깨 너머로 어슴푸레한 여명의 검푸른 빛이 하늘 가득 아득히 펼쳐졌다.

아직은 어둠이 채 가시지 않은, 빛과 어둠의 묘한 경계 속에서 맞이한 오랜만의 해후는, 퍽 다감하고 따사롭게 그들 두 사람의 곁에 머물러 있었다.

여명이 드리운 새벽녘에 느껴지는 미약하지만 따사로운 아침의 온기처럼, 그렇게…….


컴컴하던 막사 안에 어슴푸레한 빛 무리가 스며들며 어둠 속으로 사라졌던 주위의 모든 것들이 조금씩 형태를 되찾아 가기 시작했다. 동이 트는 모양이었다.

곁에서 규칙적으로 들려오는 낮은 숨소리는 간밤 내내 귓가를 한시도 떠나지 않던 것이라 익숙해질 법도 하건만, 도무지 꿈인지 생시인지 실감이 나지 않아 아리는 바로 누워 천장을 바라본 채로 자신의 볼을 가만히 꼬집어 보았다.

아프지 않을 리 없다. 꿈일 리가 없었다. 굳이 제 살을 꼬집어 보지 않더라도 자신의 몸 어딘가에서 느껴지는 그 묵직하고 쓰라린 통증 하나만으로도 충분히 알 수 있는 사실이었으니까.

"하아……."

아리는 혹 그에게 들릴까 싶어 잔뜩 숨죽인 채 무겁게 한숨을 내쉬었다.

무슨 짓을 저지른 것인지 모르겠다. 기억나는 것이라고는, 고열로 불덩이 같던 그의 몸이 뿜어내던 뜨거운 열기와 온몸에 각인을 새기듯 붉은 흔적들을 만들어 내던 그의 뜨겁고도 거친 숨결…… 그리고 그 어느 날 죽음처럼 맛보았던, 처참하고 끔찍한 고통이 온몸을 찢을 듯이 관통하며 사고를 마비시키던 순간의 그 아찔함과 두려움뿐…….

아니, 그리고 한 가지 더……. 제정신이 아니었다손 치더라도 도저히 인정하지 않을 수 없는 건, 죽음 같던 기억이 스쳐 지나가던 그 와중에도 분명, 그때와는 다른 어떤 벅찬 느낌이 그녀 안에 자리 잡고 있었다는 사실이었다.

잔인한 폭력이라고밖에는 생각되지 않던 야만적인 행위가, 더는 폭력으로 느껴지지 않아 저를 당황케 만들던 지난밤의 순간이 다시금 떠올라 그녀는 혼란스러운 듯 머리를 흔들었다. 머릿속이 복잡했다. 그 어떤 생각도 제대로 할 수가 없었다. 그러나 지금은 그러저러한 것들을 생각할 때가 아니었다.

지금 그녀는 그보다 훨씬 더 심각한 문제에 직면해 있었다. 저를 안은 채 잠이 든 그는 정말 잠이 든 것인지, 아니면 자는 척하는 것인지 의심스러울 정도로 그녀가 그의 품에서 벗어나려 조금만 몸을 달싹거려도 더욱 세게 그녀를 안으며 품에서 놓아주지 않았다. 덕분에 옷가지 하나 걸치지 못한 채 그의 품 안에서 뜬눈으로 밤을 지새워야 했던 그녀는 이젠 자신이 대체 무슨 짓을 저지른 것인가 하는 고민보다도, 어떻게든 그에게서 벗어나 최소한 옷이라도 입고 싶은 심정으로 가득했던 것이다.

조금씩 밝아 오는 사위와 어디선가 들려오는 새들의 지저귐 소리가 어렴풋이나마 시간을 짐작게 해 주고 있었다. 지금 그녀가 원하는 것은 오로지 하나였다. 동이 완전히 트기 전에, 사위가 이보다 더 밝아지기 전에, 그에게서 도망치는 것. 오로지 그것뿐이었다.

그가 깨어나면 어떤 얼굴로 그를 봐야 할지도 모르겠고, 아무렇지 않게 그를 대면할 자신도 없었다. 지난밤 일로 인한 자신의 혼란스러움을 그에게 고스란히 내비치는 것 또한 원치 않았다. 마음을 정리할 시간이 필요했다. 아니, 솔직히 말하자면, 그에게 몸을 허락한 자신에 대한 변명거리를 떠올려 낼 시간이 필요한 것인지도 몰랐다.

어깨에 올려진 그의 묵직한 팔을 가만히 들어 올리며 그녀는 밝아 오는 미명에 고스란히 선이 드러난 그의 얼굴을 덤덤히 살폈다. 이번에도 실패할 거라 내심 생각했었기에 그다지 조심스러운 행동이 아니었음에도, 오히려 그는 진땀을 흘리며 무척이나 조심하던 이전의 시도들 때와는 달리 미동조차 하지 않았다. 아마 그도 푹 잠들지 못한 채 선잠이 들고 깨고 하다 새벽녘이 되어서야 깊은 잠에 빠져든 모양이었다.

들어 올린 그의 팔을 제가 벴던 베개 위에 가만히 내려놓고 그녀는 조심스레 상체를 일으켰다. 한 자세로 오래 누워 있었기 때문인지, 아니면 꽤 버거웠던 그와의 간밤의 정사 때문인지, 온몸에 힘이 다 빠져나간 것처럼 사지가 무겁고 나른했다.

덮고 있던 두툼한 이불을 완전히 걷어 내자 한기가 훅 끼쳐 들어와 온몸에 오소소 소름이 돋았다. 문득 그녀의 시선이 그의 가슴께를 향했다.

"······."

외면하려 그리도 애를 썼건만······ 상처 자리를 단단히 싸맨 하얀 면포 위로 번져 나온 새붉은 혈흔을 바라보는 그녀의 낯빛이 더할 수 없이 무겁게 가라앉았다. 어찌 그런 몸으로 저를 안았을까······. 자책과 안쓰러움이 혹독하게도 그녀의 가슴을 훑고 지나갔다.

깔고 잔 금침 위에도 그 서러운 붉은 자국들은 산란히 남아 있었다. 그 흔적들을 손끝으로 무심코 쓸어내리던 아리가 불현듯 쓴웃음을 떠올렸다. 처음 사내와 몸을 섞고 나면 이리 붉은 흔적이 남는다 하질 않던가.

마치 그마저도 그의 배려인 양 느껴져 가슴이 뻐근해져 왔다. 아리는 무방비로 쏟아져 나오려는 그 감정들을 가까스로 주워 담으며 애써 마음을 추슬렀다. 지금은 해묵은 감상 따위에 젖어 있을 때가 아니었다. 당장이라도 깨어나 또다시 저를 뒤흔들지 모를 그라는 존재는 이미 그녀에게 너무도 크고 두려운 존재가 되어 있었다.

잠시 심호흡을 한 그녀는 후들거리는 다리를 움직여 침상에서 내려왔다. 바닥에 떨어진 옷가지들을 주워 서둘러 몸에 걸친 뒤 흐트러진 머리카락을 정돈하고 나서야, 조금 마음의 여유가 생겼다. 그러나 이곳에서 더 오래 버티고 있을 정도의 여유는 아니었다.

서툴게 틀어 올린 머리 위에 침상 한편을 굴러다니던 머리꽂이를 마지막으로 꽂아 넣은 그녀는, 그가 잠들어 있는 침상을 등진 채로 한참을 미동 없이 서 있다가, 뒤돌아보지 않은 채 잰걸음으로 서둘러 막사를 나섰다.

"……."

막사 밖으로 나오자 순간 청량한 새벽 공기가 폐부로 확 밀려들어 왔다.

그러나 그 청량한 새벽 공기로도 씻기지 않는 사실 하나가 폭풍처럼 뇌리를 휘젓고 무섭도록 무겁게 가슴을 짓눌렀다.

오만하며 후안무치하기 이를 데 없던 한 사내를, 더는 비난할 수 없다…….

열세에 몰리곤 하던 그 어떤 불리한 언쟁의 순간에조차 늘 가슴 한구석에 당연한 듯 자리하던 그 주단휘를 향한 근원적인 승리감은, 그녀가 지난밤 다른 사내를 허락하던 순간, 지금껏 저를 누려 온 그 모든 자격들을 박탈하겠노라 그녀에게 선고하듯 한순간에 흔적도 없이 사라져 버렸다.

사람이란 이 얼마나 간사하고 이기적인 존재인가……. 십수 년간 치가 떨리도록 혐오하고 미워해 왔던, 단 한 순간조차도 용서라는 단어를 허하여 본 적 없는 그의 그 추악한 과오에 이제는 도리어 감사한 마음마저 드니 말이다.

지난날 저를 비참하게 만들던 그의 그 과오들이 아니었더라면, 지난밤 그리 씻을 수 없는 죄과를 저지르고도 과연 이리 아무렇지 않은 얼굴로 평정을 유지할 수 있었을까…….

그를 용서할 그 어떤 자격도, 더 이상은 그녀에게 남아 있지 않았다.

그의 아내로서도, 제국의 황후로서도⋯⋯.

그의 아내라는 제 신분을 스스로 조롱하듯 지난날 황궁에서 크고 작은 말썽들을 빈번히 일으키면서도 그에게 떳떳하고 늘 당당할 수 있었던 건 오로지 단하나의 이유 때문이었다.

비록 순결하지 못한 몸일지언정, 스스로 더럽히는 그와는 분명 다르다는 그 치졸한 이유⋯⋯. 치졸하기 그지없으나 유일했던 그 자격을 그녀 스스로가 놓아 버린 것이다.

하지만 그것을 지켜 내지 못한 것에 대한 일말의 후회나 자책은 없었다. 어차피 주단휘와 진아리의 관계는, 애당초 이러한 허물이 서로에게 어떤 대단한 문제가 될 만큼 애틋하고 돈독하지 않았으니까. 그렇기에 지금과 같은 관계의 변화가 가져올 후폭풍 따위가 있을 턱이 없었다. 하여 그것에 대하여서는 티끌만큼도 염려할 필요가 없는 것이다.

그래, 분명 그러하다 자신하건만⋯⋯ 한데, 차마 모를 노릇이다.

어째서, 언제일지도 모를 그와의 재회를 떠올리면서 뒷덜미가 서늘해지도록 이다지도 불안한 마음을 느끼는 것일까.

"하아⋯⋯ 유와, 대체 어디에 있는 거니⋯⋯."

어찌 되었든 현재로서 분명한 것은, 우선은 한시라도 빨리 소류의 곁을 떠나야 한다는 것이었다. 그것만이 지금으로서는 그녀가 유일하게 할 수 있는 일이었고, 이를 해결하기 위해서는 무엇보다도 유와의 도움이 절실히 필요했다.

아리는 잠시 자리에 멈춰 선 채로 숨을 크게 들이마시고 천천히 내뱉었다. 생각이 차고 넘치도록 많아 여전히 골머리가 아픈 것은 사실이었지만, 지끈거리던 뒷골이 한순간이나마 가라앉는 것을 느끼며 다시금 걸음을 떼려던 순간이었다.

핑一!

공기를 가르는 날카로운 굉음이 청각을 예민하게 자극함과 동시에, 번쩍이는 무언가가 전광석화처럼 날아와 그녀의 발치에 매섭게 내리꽂혔다.

너무 놀라 터져 나오려는 비명을 겨우 눌러 삼킨 그녀의 눈에 들어온 것은 서늘하게 빛나는 자색 표창이었다.

아니, 보다 정확히 말하자면, 자색 표창과 그것에 매달려 있는 하얀 종이…….

'……유와?'

아리는 긴장된 얼굴로 다급히 주위를 살피며 그것을 주워 들어 품 안에 갈무리했다. 흔치 않은 자색 표창은 의심할 여지 없이 유와의 것이 분명했다. 늘 그녀가 필요로 할 때면 당연하다는 듯 어김없이 저의 곁을 지켜 주곤 하던 그 유와답게, 그녀가 그를 절실히 필요로 하는 바로 지금, 용케도 그런 저를 알아 약속이라도 한 듯 그녀 앞에 나타나 준 것이리라.

너무도 시기적절한 순간에, 절박하기 그지없는 이런 순간에, 그가 거짓말처럼 자신의 존재를 알려 온 것이다. 사유와는 진아리에게 늘 그러한 존재였으니까…….

잰걸음으로 막사를 벗어나 그리 멀지 않은 곳에 세워 둔 마차로 향한 아리는 마차에 올라타 서둘러 서찰을 펼쳐 들었다. 서찰 안에는 늘 제멋대로인 제 주인과는 달리 단정하고 유려하던 그의 서체가 지금 제가 처한 다급함을 알리듯 아무렇게나 휘갈겨져 있었다.

「서쪽으로 2리쯤 떨어진 곳에 우물이 하나 있습니다. 그곳에서 기다리고 있겠습니다.」

휘갈겨 쓴 필체는 그의 것이라고도 또 아니라고도 단언하기 힘들었다. 그러나 종이에 적힌 글자들을 겨우겨우 알아볼 수 있을 정도로 날려 쓴 필체에서는 더없는 긴박함과 초조함이 고스란히 묻어나 있었기에 고민할 시간이 없었다.

아리는 서찰을 다시금 품 안에 갈무리하고는 마차를 박차고 나왔다. 그리고는 그사이 제법 동이 터 올라 어둠이 반쯤 걷힌 대지 위에 자신의 긴 그림자가 선연히 드리우는 것을 잠시 물끄러미 바라보다가, 그 그림자의 끝이 가리키고 있는 방향을 향해 이내 빠르게 내달리기 시작했다.

"하아, 하아!"

서찰에 쓰인 대로 서쪽으로 2리쯤을 가자 작은 우물이 모습을 드러냈다. 그곳에 도착한 아리는 쉬지 않고 달려오느라 턱까지 차오른 숨을 진정시키며 재빨리 주변을 살폈다.

우물은 이미 말라 버릴 대로 말라 버려 그 형상만을 겨우 유지하고 있었고, 주변은 풀포기 하나 없이 삭막한 기운만이 감돌고 있어 인기척이라고는 조금도 찾아볼 수 없는 그런 황량한 곳이었다. 한눈에 보기에도 사람이 살고 있지 않은 낡은 폐가 서너 채만이 흙먼지 속에서 스산하게 제 존재를 알리고 있을 뿐이었다.

용케 이런 곳을 찾아낸 것을 보니 아마 꽤 일찍부터 이곳 아라하의 군영에 스며들어 제 곁을 맴돌고 있었던 모양이다.

유와와 마지막으로 헤어진 것이 언제였더라? 아라하의 옥사에 감금되어 고문을 당하던 때였으니까, 그때가 아마 석 달쯤 전이었나?

그래, 석 달……. 고작 석 달이 흘렀을 뿐인데 체감하기로는 10년도 훨씬 더 넘게 흐른 것만 같은 기분이었다. 그만큼 그 석 달 동안 감당하기도 벅찬 수많은 일들이 그녀에게 끊임없이 일어났었고, 그녀는 여전히 끝맺지 못한 그 버거운 현실 속에 놓여 있었다.

"유와! 나 왔어. 어디에 있어, 유와?"

유와라면 응당 먼저 나와 저를 기다리고 있었을 것이 분명하건만, 한참이 지나도록 아무런 기척도 느껴지지 않자 아리는 불안한 마음으로 다급히 그의 이름을 부르며 주변을 돌아보았다. 하지만 어디에서도 그의 대답은 들려오지 않았다. 소름 끼치도록 고요한 정적만이 주변을 맴돌고 있을 뿐…….

무언가 잘못되어 버린 것만 같은 불길한 예감이 자꾸만 폐부 깊숙이 들어차는 것을 간신히 억누르며, 아리는 다시 한번 그를 불러 보려 깊이 숨을 가다듬었다.

그때였다.

쉬익! 파파팟—!

검은 복장을 한 괴한의 무리가 찰나 어디선가 불쑥 나타나 그녀의 주위를 순식간에 빙 에워쌌다. 모두가 복면으로 얼굴을 가리고 있어 살기를 띤 위협적인 눈동자만이 형형하게 빛을 발하고 있었다.

"……웬…… 웬 놈들이냐!"

아리는 낭패감에 눈앞이 깜깜해졌다. 경솔한 판단이었다는 것을 뼛속 깊이 깨닫게 된 지금, 후회 따위를 해 보아야 이미 늦은 일이다.

검은 복면, 검은 복장의 괴한들…….

넉 달 전 행궁으로 향하던 그날 비를 피해 어쩔 수 없이 머무르게 된 휘월루에서 맞닥뜨렸던 괴한들과, 아라하의 데오니 화전에서 저와 소류를 공격해 오던 자객의 무리들이 자연스럽게 머릿속에 떠올랐다.

이들이 그때의 그 괴한들과 같은 자들일까? 만일 그러하다면 대체 이들의 정체는 무엇이며, 대체 무슨 목적으로 저를 해치려는 것일까?

그러나 짐작할 수 있는 것은 아무것도 없었다. 다만 이 순간 분명한 것은, 유와의 자색 표창과 필체조차 알아볼 수 없었던 서찰 하나에 그녀가 미련스럽게도 완벽하게 속아 넘어갔다는 사실이었다.

"모셔 오라는 분부를 받았습니다. 소란이 일어 좋을 것은 서로 없으니 얌전히 가 주십시오."

"누가 시킨 짓이냐."

"때가 되면 자연히 알게 되실 것입니다. 그럼, 모시겠습니다."

"자, 잠깐…… 흐읍, 흡……!"

그녀에게 다가선 괴한의 우두머리가 하얀 천으로 그녀의 코와 입을 틀어막자, 찰나 강한 향이 그녀의 코끝을 스치며 시야가 어지러이 빙빙 돌았다. 몸이 자신의 의지와는 달리 힘없이 축 늘어지는 것을 느끼며 아리는 그대로 정신을 놓아 버리고 말았다.

쓰러지는 그녀를 안아 어깨에 둘러멘 사내가 수하들 몇몇에게 나직이 명령을 내렸다.

"흔적을 지워라."

"존명!"

명을 받은 사내들이 순식간에 허공 속으로 모습을 감추었다. 남은 무리들을 향해 우두머리가 고갯짓을 해 보이자 그들 역시 거짓말처럼 자취를 감추며 사라졌다.

앞뒤로 포진한 수하들의 엄호 속에 우두머리로 보이는 사내 역시 아리를 안아 든 채로 민첩하게 운신을 개시했다. 늦장을 부릴 여유가 없었다. 쉬지 않고 내달린다면 목적지인 교하성까지 사흘 안에 도착할 수 있을 것이다. 사내는 어깨에 둘러멘 아리를 다시금 고쳐 메고는 운신에 박차를 가했다.

"일전에 데오니 화전을 습격했던 무리들 같습니다. 저들의 목적은 전하가 아니라 저분이었던 모양입니다."

아리를 납치해 간 괴한들이 자취를 감추자마자 기다렸다는 듯 불쑥 제 곁에 모습을 드러낸 무흔을 흘끗 일별한 아이혜는 괴한들이 사라져 간 방향을 향해 골몰한 시선을 던졌다.

진과 헤어지고 나서 천궁의 막사로 돌아온 아이혜를 기다리고 있었던 건 막사 앞을 서성이던 아리의 모습이었다. 그녀와 예전처럼 서먹하지 않은 관계로 지낼 수 있게 되기를 누구보다 바라고 있는 아이혜였지만, 아무리 그렇다 해도 지금 당장 그리 지내는 것은 무리였다. 더욱이 간밤의 일을 속속들이 알고 있는 자신이 아니던가.

아무리 현실을 받아들이고 마음으로 골백번 그들을 이해했어도, 자신에게도 추스를 시간이란 게 필요했다. 사정이 그렇다 보니 아리가 다시 막사 안으로 들어갈 때까지 본의 아니게 그녀를 피한 채 멀찍이서 지켜보고 있었던 것인데, 뜻밖의 사건이 눈앞에서 벌어진 것이다.

아리에게 날아든 자객의 표창. 그리고 그 후 이어진 그녀의 수상쩍은 행동…….

품 안에 표창을 서둘러 갈무리하고 다급히 막사를 벗어나는 아리를 쫓아 이곳까지 와서 눈에 담게 된 사건의 결말은 더욱이 기가 찼다. 적국의 황후라는 사실에는 변함없지만, 그녀는 명백히 아라하 왕의 후궁이기도 했다. 한데, 납치라니. 그것도 감히 아라하의 군영 내에서.

"누가 보낸 자들일까."

"알아보고 있는 중입니다만, 통 덜미가 잡히지 않습니다. 쉬운 인물은 아닌 것 같습니다."

마뜩잖은 대답에 미간을 좁힌 아이혜는 미간에 진 주름을 검지로 쓱쓱 문지르며 곰곰이 생각에 잠겼다. 천궁의 친위대장 무흔이 저 정도의 표현을 쓴다는 것은 상대가 누구인지는 몰라도 정말로 어려운 상대라는 뜻이었다. 하여 무흔도 저도 이 같은 상황을 목도하고도 아무에게도 알리지 않은 채 고민하고 있는 것일 터였다.

생포한다 하여 사실을 발설할 자들이 아니라는 것쯤은 무인의 직감으로 어렵지 않게 알 수 있는 사실이다. 그렇기에 차라리 방관하여 뒤쫓는 편이 덜미를 잡기엔 훨씬 쉬울 것이라는 똑같은 판단이 이 순간 두 사람의 머릿속에 동시에 그려지고 있는 것이었다.

"어쨌든 무흔, 넌 돌아가 전하의 곁을 지켜. 그녀는 내가 뒤쫓아 갈 테니까."

"직접 움직이시는 건 위험합니다. 제가 가겠습니다."

이미 충분히 예상했던 무흔의 만류에 아이혜가 짐짓 정색을 하며 그를 쳐다보았다.

"그녀를 납치해 갔다고 해서 꼭 그녀가 저들의 목적이라는 보장은 없어. 오히려 저들의 진짜 목적은 전하일지도 모르지. 상황이 이런데도 친위대장인 네가 자리를 이탈하겠다고? 그게 말이 된다고 생각해? 무흔, 넌 이럴 때일수록 전하의 곁을 지키는 데 온 힘을 쏟아. 친위대면 친위대답게. 그게 친위대의 본분이잖아."

"전하의 명에 따를 뿐입니다. 전하께서 제게 그분의 호위를 명하셨습니다."

"알고 있어. 그러니까 그거, 이제 너 대신 내가 하겠다고."

"아이혜 님……."

무흔의 눈동자가 찰나 크게 흔들렸다. 웬만한 일에는 절대 자신의 감정을 드러내는 법이 없는 그였지만, 현 사안이 사안인지라 일렁이는 눈동자에는 고민하는 빛이 역력했다. 그것을 놓칠 리 없는 아이혜가 확신을 주듯 고개를 한 번 크게 끄덕여 보이자, 마지못한 한숨을 내쉰 무흔이 어쩔 수 없다는 듯 입을 열었다.

"좋습니다. 하지만 정 그리하시겠다면 대원들을 대동하십시오."

"친위대를 대동하라고? 미행하는 와중에 줄줄이 달고 다니라는 거야? 그러다 저놈들이 눈치채기라도 하면 일이 더 골치 아파지지 않겠어?"

"그건……."

딱히 반박할 말이 없자 무흔이 난감해진 얼굴로 말끝을 흐렸다. 아이혜가 거보라는 듯 피식 웃었다.

그가 무엇을 걱정하고 있는 것인지는 잘 알고 있다.

"걱정 마. 위험한 행동은 안 할 테니까. 근거지만 파악하면 바로 돌아올 거야. 목적이 뭔지는 모르겠지만 그녀를 죽일 거였으면 벌써 죽였겠지. 무리해서 그녀를 빼내 올 생각 같은 거 하지 않을 테니까 안심하고 전하를 지키는 일에만 집중하라고. 알았지?"

"지금 하신 말씀들 꼭 지키겠다고 약조해 주십시오. 특히 근거지가 파악되는 대로 즉시 돌아오시겠다는 그 말씀 말입니다."

"그래. 약조할게. 약조한다고. 됐어?"

"분명히 그리 약조하신 겁니다."

"그렇다니까? 나 원, 믿는 도끼에 발등 찍혀 죽은 귀신이라도 붙었나?"

여전히 불안한 얼굴로 마지못해 수락하는 무흔을 슬쩍 흘겨본 아이혜는 그리 툴툴대며 바닥에 주저앉았던 몸을 벌떡 일으켰다. 괴한들의 다급한 모양새로 보아 그녀 역시 오래 지체할 시간이 없었다.

아이혜는 말을 매어 둔 곳으로 서둘러 걸었다. 바람이 한차례 불어와 뿌옇게 인 흙먼지 속을 휘적휘적 헤쳐 걸으며 그녀가 뒤돌아보지 않은 채로 무흔을 향해 소리쳤다.

"그럼 다녀올게! 전하를 부탁해!"

마치 그녀의 외침이 신호인 양 찰나 바람이 더욱 강하게 불어와 기괴하리만치 짙은 흙먼지를 흩뿌리며 앞을 분간키 어려울 만큼 사위를 온통 시커멓게 뒤덮었다.

마치 그 거대한 흙먼지가 그녀를 삼켜 버리기라도 한 듯 아이혜의 모습이 이내 시야에서 완전히 사라져 버리자, 그때까지도 불안한 시선으로 그곳을 응시하던 무흔이 마른 입술을 잘근거리고는 나직이 중얼거렸다.

"반드시…… 반드시 무사히 돌아와 주십시오. 아이혜 님……."

ㅁ ■ ㅁ

회복되지 않은 몸으로 무리하게 말을 달려온 것치고, 도성에 당도하기까지를 예측한 시간과의 오차는 기껏해야 반나절로 적은 편이었다.

그러나 생각보다도 수월하게 도성에 당도하여 맞닥뜨리게 된 현실은, 예까지 달려온 그 순탄했던 길들과는 다르게 도저히 넘을 수도 무너뜨릴 수도 없는 높디높고 육중한 장벽과도 같은 모습을 하고 있어 보는 이를 절망케 만들고 있었다.

"하, 꼴좋게 됐군……."

전시의 수성 태세를 방불케 하는 대규모의 병력이 외성을 겹겹이 메우고 있는 바, 작금의 도성이 어떠한 상황에 놓여 있는가 하는 문제에 대해 단휘는 어렵지 않게 짐작할 수 있었다. 외성의 망루를 지키고 선 병사는 아마도 황제의 입성에 두말 않고 성문을 활짝 열어 줄 테지만, 그 문으로 들어가는 순간 기다렸다는 듯 황제의 목이 댕강 잘려 나가 바닥을 구를 것이라는 건 저들도, 또 단휘 본인도 능히 짐작할 수 있는 사실이었다.

다분히 충동적이었던 순간의 결정이 끝내 이러한 참사를 낳고야 말았다. 부정할 수 없는 사실에 짙은 자조를 떠올린 채로 단휘는 저 멀리 외성 너머로 아스라이 보이는 자신의 황궁을 쓰디쓰게 응시했다.

"폐하! 대장군으로부터 전령이 도착했습니다."

하지만, 그렇다 해도 이건 너무 빠르다. 아우들이 대체 어떤 술수를 부려 이리 빠른 시일 안에 도성의 세를 끌어모을 수 있었을까…….

황궁을 향해 있던 시선을 거두고, 단휘는 발치에 부복한 전령을 내려다보았다. 도성에 도착하기가 무섭게 자함의 전령이 자신의 앞에 나타난 것을 보면, 아마 몇 날 며칠 외성의 주변에서 진을 치며 저를 기다리고 있었으리라. 도성의 상황에 대해 제 손바닥 보듯 훤할 것임에는 의심할 여지가 없을 터.

"사실대로 고하라. 도성이 언제부터 이리되었느냐."

"그, 그것이…… 소, 소신은 그저…… 황공하옵니다, 폐하! 죽여 주시옵소서!"

사색이 된 얼굴로 바닥에 이마를 내리찧으며 '신을 죽여 주시옵소서!' 하는 말만 울부짖듯 되풀이하는 전령을 무표정하게 내려다보면서 단휘는 일전에 자함이 보내온 서찰을 떠올렸다.

도성은 건재하니 해주를 먼저 살피라던 자함의 그 마지막 서찰이 아직 제 내용을 채 갖추지도 못하였을 그때, 도성은 이미 이복형제들의 손에 넘어가 있던 것이다.

"가서 너의 상관에게 전해라. 감히 황제에게 거짓을 고한 죄, 엄히 묻겠노라고."

하지만 막상 자함을 만나면 욕보았다는 듯 그저 어깨나 툭툭 두드리고 말겠지. 황제의 안위를 위한 최선의, 그리고 최후의 결단이었으리란 사실만큼은 부인할 여지가 없었으니까. 또한 애당초 일을 이 지경으로 만든 장본인은 따로 있질 않던가. 지금 이 순간 엄히 죄를 따져 묻고 싶은 대상이 있다면, 그것은 자함이 아니라 다름 아닌 단휘 자신이었다.

단휘는 힘껏 말을 박찼다. 도성에서 행궁까지는 넉넉잡아 반나절. 아마 쉬지 않고 달린다면 두어 시진 안에는 충분히 도착할 수 있을 것이다.

이상하리만치 마음이 차분히 가라앉았다. 분노가 일지 않는 것인지, 아니면 이미 분노로 꽉꽉 들어차 한번 터져 나오면 감당하지 못할 것을 알아 지레 한

올 내비치지조차 못하는 것인지, 그것까지는 알 수 없었다.

다만 분명한 것은, 허망하기도 또 안타깝기도, 생각해 보면 못내 서글프기도 한 어떤 알 수 없는 예감 하나가 그의 가슴속에 짙게 번지고 있다는 사실이었다.

끝이 다가오고 있다는······.

도성에 당도하신 황제께서 행궁으로 떠나셨노라는 전령의 전갈을 받자마자 자함은 그 즉시 행궁의 외곽까지 마중을 나가 초조하게 단휘를 기다리고 있었다.

마침내 저 멀리 뿌연 흙먼지를 일으키며 성문 쪽으로 빠르게 다가오고 있는 무리들이 시야에 들어오자 그는 그곳을 향해 빠르게 말을 몰았다. 그들과 점점 거리가 좁혀지자 아스라이 흐릿하던 형체가 보다 또렷하게 눈에 들어왔다.

도열한 무리들의 중앙에 자리한 사내는 전보다 수척하게 야윈 모습이었으나, 그 위용은 여전히 드높고 찬연해서 못내 서글프게 시야에 박혔다. 낙안에서 그가 겪은 지독한 수모와 고초들을 백하를 통해 전해 들은 그였기에 제 주군의 상한 얼굴을 보니 그예 참을 수 없는 울분이 차올랐다. 울컥 치미는 그 감정을 애써 추스르며, 그들에게 가까이 다가간 자함은 곧 말을 멈추고 바닥으로 내려서 사내 앞에 부복했다.

"신 대장군 자함, 폐하를 뵙사옵니다! 폐하······ 고초를······ 겪으셨다 들었습니다······. 괜찮으십니까."

"······아니, 전혀. 조금도 괜찮지 않아. 지금 그리 뻔뻔히 내 안위 따위나 염려하는 누구 때문에."

"폐하, 소신은······."

"변명은 그만두게! 자함, 대체 어찌 내게······!"

기억하고 싶지조차 않을 치욕과 수모를 군이 헤집는 것이 아닌가 싶어 그를 염려하는 것조차 죄스러워하며 전전긍긍하고 있을 자함을 모를 단휘가 아니었다. 그러나 자함의 얼굴을 보자마자 다짜고짜 역정을 터뜨리며 따져 묻고 싶은 것도 그의 솔직한 심정이었기에 책망 어린 일갈이 저도 모르게 목구멍 밖으로 울컥 터져 나오는 것을 막을 수가 없었다.

찰나 치솟은 화를 가까스로 눌러 담아 꾸역꾸역 밀어 넣은 채, 단휘는 제 앞에 죄인처럼 부복한 사내를 착잡한 눈으로 응시했다.

"하…… 그래, 어찌 되었든 홀로 애쓰느라 고생이 많았겠군. 일단 들어가지."

"폐하, 소신 소임을 다하지 못한 죄 죽음으로 달게 받겠습니다. 신을 죽여주시옵소서!"

머리를 바닥에 찧을 듯 조아리며 단죄를 청하는 자함을 잠시 우두커니 바라보던 단휘가 이내 일말의 노기와 쓸쓸함이 밴 음성으로 나직이 입을 열었다.

"내 누누이 말하지만, 죄는 살아서 갚게. 자네에겐 달지 몰라도 내게는 쓰니까……. 내 미편하거늘 이리 세워 둘 참인가. 그만 들어가세."

"송구하옵니다, 폐하……."

비꼬는 말이 아닌 진심이었음에도 그 진심을 모를 리 없는 자함의 얼굴은 오히려 더욱 죄인처럼 참담하게 굳어져 어찌할 바를 몰라 했다. 그런 그를 보고 있자니 마음이 더욱 무겁고 착잡했다. 정작 일을 이 지경으로 만든 장본인인 자신이 제가 못난 탓에 온갖 험한 꼴을 다 겪으며 이리로 맥없이 굴러오는 동안, 홀로 전전긍긍하며 고군분투하였을 그가 아니던가. 떨쳐 내기 힘든 지독한 자괴감과 미안함이 가슴을 갑갑하게 짓눌렀다.

행궁의 안채에 도착해 내실 중앙의 의자에 몸을 던지듯 아무렇게나 걸터앉은 단휘가 그 앞에 고개를 숙인 채 정자세로 서 있는 자함을 흘끗 쳐다보고는 앞의 탁자를 툭툭 치며 맞은편의 의자를 턱짓으로 가리켜 보였다.

"앉게. 천장이라도 무너졌으면 싶은 심정이네만, 유감스럽게도 그런 일은 일어나지 않을 테니까."

이 와중에도 시답잖은 농지거리가 나오는 것을 보니 아직 정신을 차리려면 먼 모양이다. 단휘는 짜증스러운 헛웃음이 터져 나오려는 것을 가까스로 삼키며 제 앞에 마주 앉은 자함을 빤히 응시했다.

"도성이 저들에게 얼마나 넘어간 거지?"

"거의…… 대부분입니다. 면목 없습니다, 폐하."

거의 대부분이라. 이복형제들의 손에 도성 대부분의 세가 넘어갔다. 상상했던 것 중 가장 최악의 대답에 단휘의 미간이 형편없이 구겨졌다.

"도성을 비운 건 길어야 고작 한 달밖에 되지 않아. 그 짧은 시간 안에 저들이 이 정도로 세를 모은다는 건 거의 불가능한 일이야. 말도 안 돼."

납득할 수 없는 표정으로 허공을 어딘가를 응시하고 있는 단휘를 보며 자함이 조심스럽게 입을 열었다.

"기억하십니까. 일전에 폐하께 이런 말씀을 올린 적이 있지요."

"무슨……."

"……여인과 어미는 다른 법이라고 말입니다."

"……!"

다소 뜬금없다 싶은 자함의 발언에 단휘가 기도 안 찬다는 듯 헛웃음을 지었다.

"초혜를 의심하는 건가. 그럴 리 없어, 자함. 자네도 알지 않나. 초혜가 내게 그런 짓을 했을 리가……. 초혜는, 아니 은조는…… 미워할지언정 가슴속에 묻고 홀로 삭일 아이이지, 나쁜 마음을 먹고 누굴 해할 생각 같은 걸 할 그런 아이가 아니야."

"심성이란 것은 변하기도 하는 것입니다. 소의 마마가 장왕과 태현궁에서 몇 차례 접촉한 정황을 포착한 증거가 있습니다."

"그것만으로 어찌 확신할 수 있나. 황제의 아우로서 그 형수인 황후에게 문후 드리는 것이야 응당 당연한 일 아닌가. 장왕은 아리가 있을 때에도 태현궁에 종종 문후를 들곤 했으니까……."

하지만 저의 그 말이 스스로에게조차 변명처럼 느껴지는 지금의 불확실한 상황에 단휘의 얼굴이 눈에 띄게 굳어졌다. 그런 단휘의 심경의 변화를 눈치챈 자함이 차분하게 말을 이었다.

"장왕이 과연 소의 마마를 황후 마마라고 생각하고 있을까요. 그분의 눈썰미가 보통이 아니라는 건 폐하께서도 잘 알고 계실 겁니다. 그분이라면 지금 태현궁에 있는 이가 소의 마마라는 것을 이미 진즉에 눈치챘을 겁니다. 믿고 싶지 않으시겠지만 사실이 그러합니다."

"추측일 뿐이야."

"물론 그럴 수도 있지요. 하오면 이것은 어찌 설명하시겠습니까. 황후 마마와 척을 졌던 가문들이 지금은 오히려 황후 마마를 옹호하고 지지하는 데 앞장서고 있습니다. 불과 얼마 전까지만 해도 전쟁을 발발하게 만든 원흉이라며 황후 마마를 비난하고 헐뜯던 세력들이 지금은 언제 그랬냐는 듯 오히려 쉬쉬하며 그 과오를 덮고 있단 말씀입니다. 소의 마마와 장왕의 그 몇 번의 접촉이 있고 나서부터 말입니다."

"……우연이다. ……초혜가…… 내게 그럴 리 없어."

"폐하."

"그만해…… 그만……. 그만하게, 자함……."

부정하고 싶지만 부정할 수 없는 사실임을 이미 마음속으로 시인해 버린 까닭일까.

단휘는 이내 텅 빈 듯 공허한 얼굴로 허탈하게 웃었다. 침잠한 눈동자가 목적지를 잃은 듯 의미 없이 허공을 부유하고 있었다.

"참으로 뻔뻔히도 바랐다……. 내 아무리 개차반처럼 굴어도, 아무리 모질게 상처 주고 내쳐도 그 아이는 늘 그렇게 꿋꿋하게 견딜 거라고……. 속이 곪아 터지도록 상처가 쌓이고 또 쌓여도, 홀로 가슴속에 삭이고 또 삭일지언정 나처럼 개차반이 되지도, 형편없이 망가지지도 않을 거라고……."

"폐하……."

"아무리 괴롭히고 아무리 상처를 줘도 다음 날이면 언제 무슨 일이 있었냐는 듯 늘 웃는 낯으로 날 대하는 초혜를 보면서…… 나는 아마 위로받고 안도했던 것 같아. 그 말간 얼굴 위에 못나 빠진 나를 투영하면서…… 나도 언젠가는 초혜처럼, 아리 앞에서 저리 의연해질 수도 있지 않을까 하고……."

단휘는 주먹을 그러쥐었다. 일순 저를 향한 혐오와 분노가 감당할 수 없을 만큼 무섭게 치솟았다.

"결국은 내가 그 아이를 망가뜨린 거나 다름없어."

"그리 자책하지 마십시오. 이번 일은 명명백백히 소의 마마의 잘못입니다."

"그조차 내가 자초한 일이야."

"폐하……."

자조 어린 쓸쓸한 목소리가 껄끄럽게 입 안을 맴돌았다. 지렁이도 밟히면 꿈틀한다 하였건만, 그 무딘 지렁이는 골백번을 밟히고 나서야 제 아픈 것을 안 모양이다. 그러니 어찌 그것을 탓하랴. 그녀를 그리 만든 그 모든 원인은 자신에게 있건만.

모든 것은 인과응보, 뿌린 대로 거두는 것이다.

그러니 설령 그녀가 저를 불지옥으로 떠민다 하더라도, 차마 그녀를 탓할 수는 없으리라.

"초혜는…… 복중 태아는 무탈하다던가."

지금 같은 때에 누구의 잘잘못을 가리는 것이야말로 무용한 일일 터였다. 피로한 듯 눈두덩을 지그시 누르며 말을 자르고 화제를 돌리는 단휘를 흘끗 본 자함이 조용히 고개를 끄덕였다.

"예, 폐하. 강건히 잘 자라고 계신 듯합니다. 그리고…… 소의 마마가 서찰을 보내오셨습니다."

"그래, 뭐라던가."

"곧 행궁으로 오겠다고 하십니다."

"여길?"

"예. 폐하께서 도성에서 이리로 향하셨다는 소식을 전해 들으신 모양입니다."

단휘는 굳이 그 이유에 대해 따져 묻지는 않았다. 그리 전한 자함도, 또한 단휘 자신도 초혜의 그 같은 행동의 이유를 능히 짐작할 수 있었기 때문이었다.

애초에 남을 해할 수 있는 심성을 지닌 이가 아니었다. 만일 티끌만큼이라도 그런 심성을 지녔더라면 지금껏 황후에게 그리 고분고분히 굴며 유순하게 지내 오지는 못하였을 것이다. 그것은 다른 후궁들에게 또한 마찬가지였다. 초혜는 궁에 들어와 지낸 십여 년 동안을 운화당에서 있는 듯 없는 듯 조용히 칩거해 왔었다. 그녀의 지아비라는 작자, 바로 그 주단휘의 바람대로.

스스로 감당 못 할 큰일을 저질러 놓고 좌불안석일 그녀가 이 순간 두려워하며 염려하고 있는 것은 그녀 자신의 안위도, 복중 태아의 안위도 아닐 터였다.

정확히 언제라고는 딱 집어 말할 수 없지만, 아주 오래전부터 그녀는 늘 한결같이 그래 왔었다. 그녀의 그 모든 사고와 행동의 이유는 늘 당연하다는 듯 오로지 그 주단휘 한 사람에게만 맞추어져 있었다.

초혜 소의 연은조는 그에게는 늘 그런 여인이었다.

"괜한 짓을 하는군. 지금쯤이면 거동하기도 편치 않을 터인데."

감히 저를 배반하고 역모를 꾸몄음에도 끝내 저를 놓지 못하는 그 아둔한 미련이 더없이 뻔뻔하면서도 한편으로는 안쓰럽게 느껴져 단휘는 쓴웃음을 떠올렸다. 그에게 차마 못 할 짓을 저지른 그녀가 도저히 맨정신으로 마냥 궁에 틀어박혀 있을 수는 없었으리라. 그에게 어떤 비난을 받든, 또다시 어떤 꼴로 내쳐지든, 그를 제 눈으로 직접 마주하여야만 마음이 놓일 터였다.

기어이 오겠다고 고집을 피운다면 굳이 말릴 생각은 없었지만 행궁은 그녀가 있을 만한 곳이 아니었다. 언제 중앙군의 습격을 받을지 모르는 일이었고, 또한 그녀를 지척에 두어 상대하고 싶은 마음이 지금의 그에게는 조금도 없었다.

"자함, 초혜에게 전갈을 보내게. 스스로의 죄를 안다면 태현궁에 잠자코 있으라고. 궁을 나서는 순간 그 어쭙잖은 황통의 연조차 끊어 낼 것이니 그리 알고 자중하라, 분명히 전하게."

"예, 폐하."

말을 마친 단휘는 이내 의자에서 몸을 일으켰다. 창가로 다가가 창장을 휙 열어젖힌 그는 어느새 어둑어둑해진 하늘 위로 떠오른 초승달을 물끄러미 응시했다. 온전치 못하게 이지러진 달의 모습이 이 순간 문득 그와 꼭 닮은 누군가를 떠올리게 하여 마음이 시리고 아릿해져 왔다.

격랑처럼 너울대는 감정들을 최대한 억누른 채 무심히 대화를 나누던 동안에도, 혼란한 뇌리 한편에, 뼈아픈 심장 저변에 깊이도 박혀 그를 들쑤시고 휘젓던 존재가 그제야 그의 의식 밖으로 오롯이 꺼내어졌다.

"그녀는…… 잘…… 있겠지……."

"……."

지칭하는 대상이 다소 모호한 아리송한 말에 자함이 의아해 되물으려다가, 곧 그것이 누구를 향한 것인지를 금세 깨닫고는 그대로 입을 다문 채 착잡한 눈으로 단휘의 뒷모습을 바라보았다.

"나도 이리 잘 있으니, 분명 잘 있을 테지……. 그러니 조금만…… 조금만 기다려 줘, 아리. 반드시 그댈 다시 찾을 테니까……."

안타까움과 염려가 짙게 밴 불안한 목소리가 적요한 방 안을 고요히 맴돌고 있었다. 자함은 그 애상스러운 목소리를 듣는 순간 문득 초혜의 처연한 얼굴을 떠올렸다. 과거 자신이 은애해 마지않았던, 하여 여전히도 눈에 밟히는, 원망스럽지만 더없이 가련하고 안타까운 그녀 초혜의 얼굴을…….

그녀라는 존재는, 이렇듯 그의 주군인 단휘에게는 잠시의 연민의 대상이 될 수는 있을지언정 결코 그 이상의 의미는 될 수가 없는 것이었다. 그의 정신을 송두리째 거머쥐고 있는 여인은 이미 따로 존재하였으므로……. 무정하고 야박하다 욕할지언정 그 누구도 그의 이런 마음을 탓할 수는 없을 것이다. 심지어 그 초혜조차도. 그 어느 날엔가 자신을 버리고 단휘를 선택한 초혜를 끝내 미워할 수 없었던 그 자신처럼…….

자함은 금일따라 야속하게도, 또 그 버거운 무게에 안쓰럽게도 느껴지는 제 주군의 힘겨운 뒷모습을 한참이나 말없이 바라보다가, 이내 그의 시선을 따라 무연히 창밖의 하늘을 올려다보았다.

어둑한 하늘 위로 삐죽이 솟아오른 희미한 초승달이 고요하게 세상을 비추

는, 고적하기 그지없는 그런 밤……. 사념에 젖어 드는 지금 같은 여유는 아마
도 오늘 이 밤이 마지막이리라고, 한 치 앞도 내다볼 수 없는 작금의 위태로운
현실을 새삼 자각하며 자함은 자조하듯 속으로 나직이 되뇌었다.

머지않아 행궁에는, 지독한 혈향으로 가득한 광풍이 불어 닥칠 것이었다.

10년 전 참담하였던 그 어느 날과도 같이…….

□ ■ □

대지를 쏜살같이 내달리는 날쌘 적마를 따라 흙먼지가 뿌옇게 일고 있었다.

놓칠 듯 말 듯 근근이 남겨진 괴한들의 흔적들을 쫓아 지리멸렬한 추적을 벌
이기 시작한 것도 금일로 벌써 사흘째였다.

체력적인 문제도 문제였지만, 진짜 문제는 괴한들의 흔적이 이따금씩 완전히
사라져 버리곤 하여 그럴 때마다 그녀를 진퇴양난에 빠지게 한다는 점이었다.

지금까지는 운이 좋게도 다시 흔적을 되찾곤 하였지만 또 언제 어떻게 그들
을 놓치게 될지는 장담할 수 없는 문제였다. 그나마 희망적인 것은 간밤 자정
쯤이 지난 시점부터 그들의 흔적이 부쩍 눈에 띄는 것을 보면 그들에게 시간적
여유가 그리 많아 보이지는 않는다는 사실이었다.

"반 시진쯤 전인가?"

아이혜는 불씨가 완전히 꺼진 모닥불의 숯덩이들을 물끄러미 응시하다가,
바닥에 어지러이 난 말발굽 자국들을 따라 시선을 옮겼다.

이번에도 역시 북쪽이다. 그들이 이대로 계속 같은 방향으로 향한다고 가정
했을 때, 그들의 목적지로 짐작되는 곳이 한 군데 있기는 했다.

교하성. 설유의 국경과 맞닿아 있는 곳. 그렇기에 그 이상을 간다는 것은 그
들에게나 자신에게나 불가능한 그런 곳……. 다만 한 가지 납득이 가지 않는
점이라면, 교하성은 이미 낙안성보다도 훨씬 앞서 자신들이 함락시킨 성이라는
점이었다. 애초 설유국과의 동맹을 조건으로 내걸었던 조약대로 현재는 그 소

유권이 설유국 왕에게 넘어가 있기는 하지만 말이다.

혹 그렇다면 괴한들의 정체가 설유와도 연관이 있다는 소리일까? 그런 게 아니라면 저로서는 전혀 짐작도 못 할 어떤 배후가 정말로 있기라도 한 것일까.

머릿속에 빽빽하게 잡생각이 들어찼다. 아이혜는 잡념을 몰아내듯 머리를 흔들고는 말고삐를 힘차게 휘둘렀다. 어찌 됐든 우선은 그곳에 가 보아야 사정을 알 수 있으리라.

히히힝! 앞다리를 허공에 허우적대며 울음을 길게 토해 낸 적마가 이내 바람 속으로 쏜살같이 내달리기 시작했다. 교하성까지는 이곳에서 반나절 정도면 충분히 도착할 수 있는 거리였다. 이곳의 흔적에서 이전과는 달리 조금은 느슨해진 그들의 여유가 느껴진 것도 아마 목적지가 가까워진 때문이리라.

"이랴!"

그녀의 우렁찬 호령에 적마가 더욱 속도를 붙이며 빠르게 내달렸다. 흙먼지 사이로 헤쳐 달리며 아이혜는 불현듯 친위대장 무흔과의 약조를 떠올렸다.

어떠한 위험한 행동도 하지 않고, 근거지를 파악하는 즉시 돌아가겠다던 그 약조……

하지만 그녀는 이내 머릿속에서 그것을 지워 버렸다. 괴한들의 목적지가 교하성일 것이란 사실은 지금은 다만 자신의 추측에 지나지 않는 것이었다. 그렇기에 본영(本營)으로의 귀환은 우선은 교하성에 감금된 아리를 제 두 눈으로 똑똑히 확인하고 난 후가 되어도 늦지 않을 것이었다.

아리의 행방과 생사가 분명하게 확인되지 않은 지금, 섣불리 돌아가기에는 아직은 때가 일렀다.

## 20
### 석양이 저무는 시간

얼마나 오래 정신을 잃고 있었던 것일까…….

희미하게 되돌아오는 의식을 겨우 붙들며 잠시 몸을 뒤척이던 순간 등 뒤로 와 닿은 폭신한 금침의 감촉에 아리는 순간 화들짝 놀라 눈을 번쩍 떴다.

마지막으로 기억하는 그녀의 현실과는 도무지 어울리지 않는 그 포근한 느낌은 섬뜩하리만치 이질적인 것이어서 정신이 번쩍 들게 만들었다.

독한 약성 때문인지 정신이 들자마자 묵직한 두통이 몰려왔다. 아리는 지끈 거리는 머리를 짚으며 겨우 상체를 일으켜 다급히 주위를 둘러보았다. 침상맡 협탁 위에 놓인 작은 등잔 하나가 어슴푸레한 방 안을 희미하게 비추고 있었 다.

방 안의 형체들을 따라 불안하게 움직이던 그녀의 눈동자가 방 한편의 탁자 앞에 다다르자 그대로 굳어 버린 듯 우뚝 멈추었다. 의자에 여유롭게 몸을 기 댄 채 그런 그녀의 반응을 흥미로운 듯 지켜보고 있는 사내의 퍽 익숙한 얼굴 이 일순 그녀의 사고를 마비시키고 있었다.

"……낙안……성주……? 그대가 어찌 이곳에……?"

낙안성이 함락되고, 패전하였으나 살아남았다면 응당 해주성의 방비에 힘을 모으고 있어야 함이 마땅할 그 낙안성주가, 어째서 지금 어딘지도 모를 이곳에, 게다가 괴한들이 저를 납치해 온 이곳에 와 있는 것일까.

풀리지 않는 의문들이 그녀의 머리를 스치고 지나갔다. 그러다 문득 쇠망치에 얻어맞은 듯 머릿속에 번쩍하고 떠오르는 사실들에 아리의 안색이 창백하게 변했다.

낙안성을 탈출하던 날, 지하 통로에서 백하가 들려주던 이야기들……. 배신자가 있었다던, 군대를 움직여 사절단으로 위장한 황제를 위험에 빠뜨린 자가 바로 이자 낙안성주일지도 모른다던 백하의 말들…….

의심에 지나지 않았던 그 짐작들이 실은 모두 다 사실이었던 걸까. 눈앞의 사내가 마치 그렇다고 대답하고 있는 것만 같아 불안했다. 파안제국 황실에 몰아닥친 그 모든 불운에 불씨를 던진 것이 바로 자신이라고, 꼭 그리 말하고 있는 것만 같아 두렵고 섬뜩했다.

커져 가는 의혹에 그녀가 혼란스러워하고 있을 즈음, 사내가 등받이에 기댔던 몸을 바로 세우며 나긋한 목소리로 입을 열었다.

"어려서부터 마마께서는 꽤 영민하신 분이셨지요. 혀를 내두를 정도로 눈치 또한 빨라 짓궂은 장난 따위는 애당초 꿈도 못 꾸어 보았을 정도로 말입니다."

호쾌히 웃으며 태연자약하게 말을 내뱉은 사내가 탁자 위의 찻잔을 향해 가만히 손을 뻗었다. 그가 여유 있게 차를 한 모금 삼키는 동안 아리는 그런 사내를 불안하게 응시했다.

초조한 듯 맞잡은 손을 자꾸만 지근거리는 자신의 행동을 자각조차 하지 못한 채, 아리는 떨리는 목소리로 입을 열었다.

"날 납치한 게 그대로군요."

"짐작하신 대로, 보시는 바와 같이……."

한 치의 망설임도 없이 사내에게서 대답이 돌아왔다. 그렇다는 것은 그가 명백하게 반역을 도모하고 있다는 사실을 스스로 인정한다는 뜻과도 같았다. 또한 그러함을 인정한다는 것은, 그가 도모하고 있는 일이 어느 정도 성취되어 가고 있음을 의미했다. 실패를 가정에 두고 있지 않은, 무모하리만치 당당한 사내의 자신감이 그것을 증명해 주고 있었다.

아리는 굳어진 시선으로 사내를 싸늘하게 노려보았다.

"낙안성에 파안의 사절단이 당도하여 머무를 적에, 파안군이 느닷없이 그곳에 파병되어 사절단을 곤경에 빠뜨린 일이 있었죠. 결국 사절단을 오인한 아라하의 왕은 그들 모두를 참형시켰고요. 그날, 낙안성에 군대를 보낸 것이…… 그대의 짓이었나요?"

"그렇습니다."

여유롭게 돌아오는 간결한 대답에 아리는 분노를 참듯 입술을 깨물었다.

"어째서 그런 짓을 한 거죠? 사절단이 위험에 빠질 거라는 걸 모르고 한 짓은 분명 아닐 텐데요. 그들을 위험에 빠뜨려 당신이 얻을 이득이 대체 뭐였죠?"

그녀의 날 선 질문에 파영이 턱을 괸 채 피식 웃었다.

"마마께서는 이미 잘 알고 계실 텐데요. 한 사람의 목숨을 끊어 놓는 것……, 그것이 제가 얻을 이득이었지요. 안타깝게도 그 한 사람만이 지금 제 앞에 계신 어느 분 덕에 겨우 목숨을 부지하였지만 말입니다."

"……!"

그 한 사람이란 다름 아닌 단휘를 말하는 것이었다. 그를 죽이지 못해 정말이지 아쉽다는 듯 이마를 짚은 채 한숨을 내쉬는 손파영을 보며 아리는 저도 모르게 주먹을 꾹 움켜쥐었다. 손마디가 새하얘지도록 힘껏 움켜쥔 주먹이 분노로 부들부들 떨려 왔다.

그 일로 인해 저의 지아비이며 제국의 지존인 한 사내가 씻을 수 없는 치욕과 참담한 고초를 겪었다. 붉게 달구어진 인두가 맨살을 태우며 단휘의 가슴을 파고들어 가던 그 참담한 광경이 마치 눈앞에 펼쳐지듯 다시금 생생하게 떠올랐다. 그러자 곧 죽을 것처럼 숨통이 막혀 왔다. 십여 년 전의 그 악몽 같던 날과도 감히 비교할 수 없을 만큼, 그날 그의 모습은 그녀가 본 중 가장 처참하고 참담했다. 몇 번을 죽었다 깨어난다 해도 도저히 잊히지가 않을 것 같을 정도로.

"어째서…… 어찌 그 같은 짓을……!"

아리는 분노로 걷잡을 수 없이 떨려 오는 몸을 겨우 추스르며 눈을 부릅뜬 채 사내를 노려보았다. 하지만 통탄스럽게도 그렇게 노려보는 것 외에 그녀가 할 수 있는 일은 아무것도 없었다. 후일 시국이 바로잡히는 날 반드시 그를 단죄하겠노라, 그리 으름장을 놓을 수 있는 처지도 아니었다.

난공불락이라 믿어 의심치 않았던 낙안성을 적국 아라하에 빼앗겼고, 해주성의 상황도 안심할 수 없는 상태였다. 게다가 도성은 황태제와 장왕의 손에 넘어가 있었다. 안팎으로 설 자리를 잃은 처지인 그녀가 대관절 무엇 남은 게 있어 그에게 으름장을 놓는단 말인가.

하물며 그 모든 악재의 근원이 자신이었음에야…….

물론 그녀의 행보와는 상관없이 손파영과 황태제가 손을 잡은 채 끊임없이 반역을 도모하였을 것이란 사실은 변함없었을 테지만, 만약 그녀가 단휘의 말을 어기고 행궁으로 떠나지만 않았더라면 상황이 이 지경으로까지 흘러가지는 않았을 터였다.

모든 게 자신의 탓인 것만 같아 심장이 버석버석 바스러져 내렸다. 가슴속에 휘몰아치는 깊은 자책과 회한의 찬 바람이 살을 에고 뼈를 깎아 내듯 시리고 고통스럽게 그녀를 옥죄어 왔다. 그 무용한 감정이 자신을 갉아먹을 뿐이라는 걸 알면서도 지독하게 파고드는 자괴감을 도저히 멈출 수가 없어 아리는 괴로운 듯 가슴을 부여잡았다.

사내가 그런 그녀의 사고를 환기시키듯 똑똑 하고 탁자 위를 두드렸다.

"기왕 이리된 것, 너무 원통해 마시고 마음 편히 계십시오. 이곳에서 지내시기에 큰 불편함은 없을 것입니다. 존체를 상하게 한다든지 여인으로서 참지 못할 수모를 겪게 한다든지 하는 그런 어떤 위해도 결코 없을 것이라 제가 장답하지요. 유년의 정을 나눈 사이인데 제가 설마 마마를 어찌하기야 하겠습니까."

"눈물 나도록 고맙군요."

"별말씀을."

같잖지도 않은 그의 호의에 아리는 흘러나오는 실소를 굳이 숨기지 않은 채로 싸늘하게 그를 응시했다.

"굳이 나를 납치한 이유가 뭐죠? 모든 게 이미 당신이 계획한 바대로 흘러가고 있을 텐데요."

사실 그가 계획한 바가 정확히 어디서부터 어디까지인지 그녀가 자세히 알 턱이 없었다. 하여 앞으로의 계획을 그에게서 끄집어내기 위해 화두를 던진 것일 뿐이었다. 사내 역시 그러한 그녀의 의도를 모르지 않을 것임에도, 그는 굳이 숨길 것 없다는 듯 한껏 여유로운 태도로 그녀가 원하는 대답을 순순히 꺼내 놓았다.

"머지않아 도성의 수비군이 행궁을 공격할 것입니다. 황제가 행궁에서 피신 중인 것은 마마께서도 아실 테지요."

조용히 고개를 끄덕이니 그 역시 가볍게 고개를 주억거리고는 말을 이었다.

"아라하가 2만의 설유국 동맹군과 함께 조만간 해주를 칠 것이란 사실도 알고 계십니까?"

"알고 있어요."

바로 그 해주로 원정을 가던 아라하군의 행군 중에 자신이 납치된 것 아니던가. 차라리 도성의 상황을 모르면 몰랐지 아라하의 일이라면 속속들이 알고 있는 그녀였다. 다음 말을 채근하듯 뚫어지게 사내를 바라보자 그 모습에 파영이 피식 웃음을 터뜨렸다.

"제가 무엇을 알려 드린들 마마께는 소용없는 일입니다. 제게서 무엇을 알아낸다 해도 이곳에 손발이 묶인 마마의 상태로는 저를 훼방 놓지 못할 테니 말입니다."

"알아요. 그러니 숨길 것도 없지 않나요? 그저 내 궁금증을 풀기 위한 것일 뿐이에요. 설마 내가 알게 되는 게 신경 쓰이는 건 아니겠죠? 당신 말대로 난 이곳에 손발이 묶여 아무것도 할 수 없는데도 말이에요?"

혹시라도 그가 그냥 방을 나가 버릴까 봐 마음이 다급해진 아리는 눈을 동그랗게 뜬 채 슬쩍 도발까지 해 가며 그를 설득하려 애를 썼다. 그런 그녀를 빤히 쳐다보던 사내가 문득 큰 소리로 웃음을 터뜨렸다.

"하하, 어릴 적에도 그러셨지요, 마마께서는. 하고자 하는 바가 생기면 수단 방법 가리지 않고 어떻게든 상대를 설득하려 애를 쓰곤 하셨지요. 바로 지금처럼 말입니다. 여전히 변한 것이 없군요."

"옛날 옛적 코흘리개 시절을 잘도 기억해 주는군요. 그래요, 난 여전해요. 그러니 어서 말해 봐요. 내가 알아도 달라질 게 없잖아요."

"알고 나면 속이 타실 텐데요."

"지금 내 걱정을 해 주는 건가요? 고맙지만 사양하겠어요. 당신의 걱정 따위는 필요 없어요."

"걱정이 아니라…… 경고입니다."

느른한 어조로 그리 정정한 사내가 이내 나긋하게 말을 이었다.

"뭐…… 좋습니다. 이리 경고를 해 드렸는데도 정 알고 싶으시다면야……."

피식 입꼬리를 올려 웃던 사내가 탁자에서 벌떡 일어서더니 대뜸 그녀가 앉아 있는 침상으로 다가와 곁에 걸터앉았다.

한 손으로 침상을 짚은 채 그녀를 향해 위협적으로 상체를 바짝 기울이는 사내의 움직임은, 성적인 도발이라기보다는 다분히 조롱기가 묻어나는 행동이었기에 아리는 코앞까지 온 사내의 시선을 굳이 피하지 않고 똑바로 마주쳤다. 그녀의 당찬 태도에 사내의 입꼬리가 즐거운 듯 말려 올라갔다.

"해주성의 성주가 저와 결탁을 했습니다. 아시다시피 충절로는 둘째가라면 서러울 위인이라 그를 설득하느라 참으로 애를 먹었지요. 얼마 후면 해주 역시 낙안성처럼 아라하에 성을 내어 줄 것입니다."

"그…… 그럴 리가……! 해주의 성주가 그리 쉽게 변절할 리가 없어요. 설마 그 말을 내가 믿을 거라 생각하는 건가요?"

"제 말을 믿지 않으셔도 좋습니다. 하지만 제가 굳이 마마를 속일 이유가 있다고 보십니까?"

"그렇지만…… 말도 안 돼요……. 그가 어찌 그런 짓을……."

애써 부정하고 있었지만 온몸이 떨려 오는 것은 어쩔 수 없었다. 그의 말대로 그가 그의 모든 계획을 털어놓은 마당에 굳이 저를 속일 이유가 있을 리 만무하다. 믿을 수 없다는 듯 망연자실 사내를 바라보는 아리를 향해 그가 거보라는 듯 어깨를 으쓱해 보였다.

"그래서 분명히 경고해 드렸지 않습니까. 속이 타실 거라고. 해주가 함락되고 아라하군이 도성에 당도할 때쯤엔 이미 도성 수비군이 행궁에 들이닥쳐 황제와 한창 전투를 벌이고 있겠지요. 그곳이 바로 결전지가 될 겁니다. 아라하와 파안의 최후의 결전지 말입니다. 양국이 야차처럼 서로를 물어뜯고 피 흘리고 나면, 죽어 가는 그들의 숨통을 설유국과 저의 군대가 끊어 놓을 겁니다. 이해하시겠습니까, 황후 마마? 방휼지쟁, 그것이 저의 계획입니다."

방휼지쟁(蚌鷸之爭: 조개와 도요새의 싸움, 서로 다투다가 제삼자가 이익을 가로챔을 이르는 말). 파안과 아라하 양국에 싸움을 붙여 힘을 빼 놓은 후 손쉽게 그 둘을 삼켜 버리는 것이 그가 세운 계략이었다.

생각보다도 더 충격적인 그의 거대한 음모에 혼미해지는 정신을 다잡으려 애쓰는 그녀에게 손파영은 친절이라도 베풀 듯 설유국 왕을 자신의 편으로 회유한 방법에 대해서도 덧붙여 설명해 주었다.

그는 설유국 왕에게 환각제로 쓰이는 데오니의 유일한 생산지인 아라하 화전(花田)의 절반에 대한 소유권을 설유국에 양도하겠다는 조건을 제시했고, 데오니의 엄청난 환각 효과와 그 가치에 대해 맹신하고 있는 설유국 왕은 그의 조건을 흔쾌히 받아들인 것이다.

그녀가 생각하기에도 2만의 군사를 내어 주고 얻는 대가로 데오니 화전의 절반에 대한 소유권을 양도받는다는 것은 결코 손해 보지 않는 장사였고, 거기에 더하여 손파영의 계획대로 두 호랑이를 손쉽게 처치할 수만 있게 된다면 설유국 왕에게는 분명 더할 나위 없는 최상의 조건임에 의심할 여지가 없었을 터였다.

이렇듯 밖으로는 설유국을 등에 업은 채 안으로는 해주의 성주와 결탁한 이상, 그의 계획을 터무니없는 것이라 우습게 여길 수 없는 노릇이었기에 그가 경고한 대로 아리의 속은 바짝 타들어 갔다. 불행히도 현재로서는 그의 계획대로 이루어질 가능성이 차고 넘치도록 충분했다. 이 같은 사실을 양국의 두 지존 중 어느 한 사람에게라도 알려 전쟁을 멈추게 하지 않는 이상은······.

일순 눈앞이 핑 도는 듯해 아리는 두 눈을 질끈 감았다. 문득 코앞으로 바짝 다가왔던 사내의 기운이 점차 멀어지는 것이 느껴졌다. 그 기척에 다시금 눈을 뜨자, 손파영은 더는 들려줄 이야기가 없다는 듯 휘적휘적 문가를 향해 걸어갔다.

"이유가 뭐죠?"

등 뒤로 툭 날아든 그녀의 질문에 그의 걸음이 멈칫 멈추었다.

"어릴 적 내가 알던 당신은 이런 부류의 인간은 아니었어요. 무엇이 당신을 그렇게 변하게 만든 거죠?"

"······."

그녀를 등진 채로 아무런 대답 없이 서 있던 그가 이내 조용히 뒤돌아서더니 알 수 없는 미소를 띤 채 그녀를 물끄러미 응시했다.

"······인간은 망각하는 존재이지요. 기억하고 싶지 않은 일이라면 더더욱······."

"그건 내가 무언가 잊고 있다는 뜻인가요?"

"글쎄요. 무어 정히 모르시겠다면 그만그만한 구실 하나쯤은 둘러대 드릴 수도 있으니 괘념치 마시기를."

"······."

뜻 모를 말들에 까닭도 모른 채 두려움이 엄습해 왔다. 자꾸만 사지가 떨려 오고 오한이 들어 아리는 저도 모르게 손으로 양팔을 감쌌다. 손파영이 그런 그녀를 흘끗 일별하곤 말을 이었다.

"오래전 제 정혼녀였던 여인이 황제의 후궁이 되어 있다고 하면, 조금은 그 럴싸한 구실이 되겠습니까? 사실 제게는 큰 명분은 아니지만 말이지요."

"……!"

"진정으로 은애하던 이는 아니었지만 궁금하기는 하더군요. 정혼녀의 아비가 하루아침에 파혼을 결심하게 만들 만큼 그 대단한 황실이라는 게 대체 어찌 생겨 먹은 곳인지……. 주인으로 한평생을 살아 봐야 속속들이 알 수 있지 않을까 싶어 말입니다."

더 놀랄 일은 없을 것이라 여겼는데, 아리는 충격에 다시금 머리가 어질해졌다.

"……미쳤군요. 진정 은애하던 이도 아니었다 그리 쉬이 이야기하면서…… 고작 그런 이유로 어찌 역심을……."

"하하, 하여 미리 말씀드렸지 않습니까. 큰 명분은 아니라고 말입니다. 하지만 그 '고작' 인 이유가 제 야욕을 일깨워 주는 데 작게나마 일조를 한 것은 사실이니, 조금쯤 시시하다 한들 무엇이 문제가 되겠습니까?"

조롱하듯 이죽거리는 손파영을 노려보며 아리는 경고하듯 나직이 말을 이었다.

"지금이라도 멈춰요. ……그녀는…… 잘 버텨 내고 있었어요. 황제의 후궁으로서 모자람 없는 예우를 받고, 폐하의 총애를 받으면서 그리 황실에서 잘 살아가고 있었다고요. 쉽지 않았을 그 안온함을 정녕 깨뜨리고 싶은 건가요?"

"……."

손파영은 무어라 부정도 긍정도 하지 않은 채 그 자리에 우두커니 서 있었다.

무의대제 주단휘의 두 번째 후궁, 혜빈 최씨……. 그녀가 입궁하였던 당시,

그녀에 대해 떠돌던 해괴한 소문에 관해서라면 아리도 잘 알고 있었다. 그 소문들을 잠재운 이가 바로 아리 자신이었으니까.

후궁들의 텃세와 시기로 인한 헛소문이라 치부해 버리고 만 일이지만 어째서인지 오래도록 기억에 남아 있었다. 그녀에게는 고향에 두고 온 정혼자가 있으며, 그를 잊지 못하여 매일같이 눈물로 밤을 지새우던…… 당시에는 그저 흘려듣고 말았던 그저 그런 소문…….

그때는 괜한 말이 나돌지 않도록 궁인들의 입단속에만 신경을 썼더랬다. 저에게 아침 문후를 들던 어느 날인가 퉁퉁 부어 있던 혜빈의 눈두덩을 한참 쳐다보았던 기억이 새삼 떠올랐다.

당시에는 구태여 이유를 묻지 않았다. 물론 그때 이유를 물었다 한들 이같은 일들이 일어나지 않았으리라는 보장은 없었겠지만…… 전혀 생각지 못한 인과(因果)에 깊은 안타까움이 이는 것은 어쩔 도리가 없었다.

"그런 이유라면 당장 멈춰요."

"불가합니다."

"후회할 거예요. 분명히."

기실 충격에서 조금도 벗어나지 못한 상태였으나, 이미 무너질 대로 무너져 버린 황후의 위신을 지키고자 최대한 냉정하게 쏘아붙인 그녀를 향해 손파영은 그저 싱긋 웃어 보일 뿐이었다. 즐거운 논쟁을 벌이듯 입꼬리를 바짝 당겨 올린 채로 그녀의 말을 받아치는 그의 음성은 더없이 호쾌했다.

"해도 후회, 안 해도 후회라면 마마께서는 어떤 선택을 하시겠습니까? 저는 전자가 마음에 듭니다만……?"

"……."

묵묵부답인 채 저를 노려보는 아리를 보며 손파영은 마치 어린아이를 놀리듯 코를 찡긋거리고는 이내 할 말을 다 끝냈다는 듯 미련 없이 몸을 돌려세웠다.

문가로 향하는 그의 걸음은 거침없었으나, 방을 막 나서려던 그는 어째서인지 잠시 멈칫하더니 잊은 게 있다는 듯 그녀를 향해 다시금 뒤돌아섰다.

"아차, 그러고 보니 정작 물으신 것에는 답을 드리지 않았군요. 마마를 납치한 이유가 뭐냐고 물으셨습니까?"

사실 그녀가 궁금해하던 답은 모두 들었음을 그녀도 그도 알고 있었다. 하여 굳이 답이 필요한 질문은 아니었으나, 손파영은 여전히 침착하고 냉정한 황후를 보니 어쩐지 조금 심술을 부리고 싶어졌다.

"물론 그럴 리는 없겠지만 만에 하나 제 계획이 틀어졌을 때…… 잔뜩 성이 난 두 호랑이들을 조련할 따끔한 채찍 하나쯤은 갖고 있어야 할 테니까요. 낙안으로 정찰 보냈던 수하들의 말로는 바로 그 채찍으로 황후 마마가 제격일 거라 하더군요. 아라하의 왕도 그러할진대, 사절단 행세를 하며 몸소 적진에까지 뛰어드신 우리 황제 폐하에 대해서라면 뭐 굳이 더 말할 필요도 없겠지요."

"……!"

"말인즉슨…… 황후 마마가 제게는 그들을 부릴 수 있는 채찍이요, 그들에게는 치명적인 급소가 된다, 이 말씀입니다."

"대체…… 무……슨 소리를 하는 건지 모르겠군요."

도무지 알아듣지 못하겠다는 듯 빤히 그를 쳐다보는 아리를 보며 손파영이 그 속을 다 안다는 듯 피식 웃었다.

"……연모라는 것은 참으로 덧없고 쓸데없는 감정입니다. 누군가는 연모해서는 아니 될 적국의 국모를 마음에 품고, 또 누군가는 적국의 군주에게 씻을 수 없는 치욕을 당하고도 놓지 못하는…… 참으로 어리석고도 어리석은 감정……. 아니 그렇습니까?"

파리하게 굳어지는 그녀의 얼굴을 흥미롭게 지켜보던 손파영이 조롱하듯 짓궂게 덧붙였다.

"아아, 또 누군가는 못나게도 정혼자를 빼앗겨 역심을 품기도 하고 말이지요. 하하!"

고개를 젖힌 채 호탕하게 웃음을 터뜨리던 손파영은 그제야 모든 용무를 후련히 마쳤다는 듯 휘적휘적 방을 나섰다.

그가 방에서 나가자 문밖에서 딸칵하고 자물쇠 채우는 소리가 들렸다. 방 안에 홀로 남은 아리는 혼란스러운 얼굴로 닫힌 문을 망연히 바라보다 이내 깊은 한숨과 함께 무너지듯 무릎에 얼굴을 묻었다.

충격과 절망감이 끝도 없이 잠식해 왔지만 언제까지 그것들에 잠겨 있을 수만은 없는 노릇이었다. 한참을 미동 없이 앉아 있다가 불안한 마음을 겨우 억누른 채 고개를 들어 주위를 살펴보니 그제야 방 안의 풍경이 제대로 눈에 들어왔다.

작은 창 하나조차 나 있지 않은 어두컴컴한 방 안, 바깥과는 철저하게 단절되어 있는 공간……. 빠져나갈 틈새 같은 것은 조금도 보이지 않는다. 깊은 절망감이 폐부를 옥죄듯 차올랐다. 숨을 쉬는 것조차 버거워 아리는 저도 모르게 옥죄어 오는 가슴을 꼭 움켜쥔 채 몸을 웅크렸다. 자신이 처한 절망적인 상황을 한탄하듯 그녀의 얼굴이 고통스럽게 일그러졌다.

무엇을 어찌하여야 할까. 아니, 무엇을 어찌한다는 것이 지금 그녀의 처지로 가당키나 한 말일까.

이곳에서 빠져나갈 수 있는 가능성이 티끌만큼도 없음을 모를 리 없는 그녀였다. 그러나 한 가지 확실한 것은, 그럼에도 불구하고, 분명 길이 보이지 않음에도 불구하고 쉽사리 포기가 되지 않는다는 점이었다. 그만큼 절박하고 절실하게 그들에게 알려야만 하는 진실 하나가 그녀의 손에 들려져 있었다.

"막아야 해. 반드시…… 막아야 해……."

그녀는 벌떡 일어나 침상에서 내려왔다. 불안한 듯 방 안을 서성이며 그녀는 머리를 굴리고 또 굴렸다. 딱히 묘책이 떠오를 리 없었지만, 어찌해도 방법이 없다는 것을 알지만, 이대로 포기한 채 손을 놓고 있는 것보다는 절망감에 부딪히고 또 부딪혀 가루가 되도록 부서지는 편이 차라리 나았다.

어떻게든 이 전쟁을 막아야만 한다……. 막을 수 없다면 그 시기만이라도 늦춰야 한다.

전쟁을 영원히 막을 수야 없겠지만, 지금 싸우는 건 손파영의 손아귀 안에서 놀아나는 꼴밖에는 되지 않는다. 막을 수 없는 전쟁이더라도, 수백 년간 각국의 명분을 내걸고 싸워 온 숙명적인 싸움이라 해도, 이번 전쟁의 실상은 이러하다는 사실을 그 전쟁의 중심에 있는 그 두 사람에게만큼은 분명히 알려 주어야만 했다. 다른 이유들은 차치하고라도 적어도 주단휘와 단목소류 이 담대한 두 사내가 고작 손파영 따위의 음모에 휘둘리는 꼴은 결코 보고 싶지 않았다.

아무리 부정하려 해도 끝내 부정할 수 없는 사실 하나가 그녀를 뼈아프게 옭아매 왔다. 손파영은 단휘와 소류를 움직일 채찍이자 동시에 그들의 가장 큰 약점이기도 한 그것이 무엇인지를 아주 명확하게 알고 있었다. 그 두 사내가 가장 잃고 싶지 않아 하는 것, 가장 지키고 싶어 하는 것…… 그것은 바로 아리 자신이었다.

예측할 수 없는 전쟁의 결과에 대비해 주단휘와 단목소류 그 둘 모두에게 채찍 혹은 회유의 구실을 톡톡히 해낼 그녀를 납치한 것은 손파영으로서는 더없이 현명한 판단이며 훌륭한 계책이었음에 틀림이 없었다.

이 모든 사실들을 어찌하면 그들에게 전할 수 있을까…….

탄성처럼 토해 낸 무거운 한숨이 묵직하게 입술을 타고 흘러 방 안의 서늘한 공기 속에 고요히 섞여 들었다. 손파영의 말마따나, 이렇게 수족이 묶여 버린 채로는 그녀가 어떤 대단한 사실을 알고 있다 한들 그저 무용한 일일 뿐이었다.

□ ■ □

어둠이 내려앉은 성채의 주위로 초겨울 밤의 매서운 바람이 한차례 휩쓸고 지나갔다.

성채 중앙에 자리한 건물의 주변을 지키고 있는 병사들의 수를 가만히 헤아려 보던 아이혜는 어둠 속에 몸을 숨긴 채로 묵직한 한숨을 토해 냈다. 건물을 지키는 병사들의 수는 차치하고라도, 성채에 주둔해 있는 군대의 실로 어마어마한 규모에 놀라 입을 다물지 못하는 중이었다.

교하성에 이 정도 규모의 군대가 주둔해 있다는 사실은 금시초문이다. 아라하군이 수개월 전 낙안을 치기 위해 교하성을 지나쳐 올 때만 해도 분명 이곳의 사정은 이렇지 않았었다. 이곳은 거의 비어 있는 성이나 다름없었고, 이곳이 지리적으로도 요새로서의 역할을 하지 못하게 된 것은 꽤 역사가 긴 일이었다. 게다가 낙안성을 함락시키기 전 이미 이곳의 소유권은 설유와의 동맹 체결 조건대로 설유국 왕에게 넘어가 있던 상태였다.

누군가 그다지 유쾌하지 않은 장난을 치려는 것이 분명했다. 병사들의 의복으로 보아서는 설유군도 파안군도 아니었다. 누군가의 사병으로 짐작되지만 그 누군가가 누구인지는 당최 알 수 없는 노릇이었다.

'뭐가 어떻게 돌아가는 거야, 대체…….'

아이혜는 골치가 아파 짜증스럽게 머리를 쓸어 넘겼다. 하지만 그 이상 고민하며 지체할 여유가 없었다. 그녀는 암흑 속에 몸을 숨긴 채 저 멀리 어두운 그림자를 드리운 건물 안으로 미끄러지듯 숨어들어 갔다.

무사히 건물 안으로 잠입하여 아리가 있을 만한 곳을 샅샅이 훑기 시작했다. 보초를 도는 병사들을 피해 아래층을 탐색하는 동안 그녀의 흔적을 발견하지는 못했지만, 그나마 다행한 점은 건물 안의 감시가 생각보다 허술하여 이동하기에 수월하다는 것이었다.

아래층을 살피고 난 후 위층으로 오르는 층계로 향하려 할 때였다. 때마침 아래층으로 내려오고 있는 병사들의 두런거리는 대화 소리가 적막으로 가득한 층계를 타고 들려왔다. 아이혜는 황급히 층계에서 빠져나와 복도로 몸을 숨긴 채 그들의 대화에 청각을 곤두세웠다.

"아, 이 사람아. 뭘 그렇게 겁을 먹고 그래? 잠깐 비운다고 뭐 큰일이 나기야 하겠어? 밖에서 잠근 문을 무슨 수로 따고 나가겠느냐고. 만에 하나 자물쇠가 고장이라도 나서 문이 저절로 열렸다 쳐도 여자 혼자 몸으로 이 감시를 뚫고 성을 빠져나가는 게 어디 가당키나 해? 하여간 명색이 군인이라는 놈이 간이 콩알만 해 가지고서는! 쯧쯧."

"아, 시끄러워! 사람 일이란 게 혹시 또 모를 일이니 그러는 거지. 매사에 조심하는 게 뭐 나쁜 일이라고. 아무튼 성주께서 떠나셨다는 이야기는 틀림없이 확실한 거야?"

"두말하면 입만 아프다니까? 걱정 붙들어 매셔. 그나저나 오늘 판돈이 엄청나게 크다니까 돈이나 왕창 긁어모을 궁리나 하라고. 큭큭."

"에라 이놈아, 잃을 걱정이나 해."

"어이구, 하여간 네놈 간이 콩알만 한 건 알아줘야 한다니까!"

병사들이 복도 저편 모퉁이를 돌아 완전히 사라질 때까지 아이혜는 몸을 숨긴 채 그들의 대화를 잠자코 엿들었다. 저들이 말하는 여자는 십중팔구 아리일 것이다. 또한 저들의 말대로라면 그녀가 위층 어딘가에 감금되어 있음이 확실했다. 하지만 그녀를 찾을 수 있게 되었다는 안도감도 잠시, 찝찝한 의문이 똬리를 틀었다.

대체 저들이 말하는 '성주'란 누구를 칭하는 것일까. 주인 없는 빈 성에 성주가 존재한다는 것은 말이 되지 않는다. 그것도 저토록 큰 규모의 사병을 소유하고 있는 성주라면 더더욱……. 저들의 정체를 알 수 없는 지금, 눈덩이처럼 불어나 폐부를 옥죄어 오는 이 막연한 불안감은 어쩌면 너무도 당연한 것인지도 몰랐다.

위층 복도를 쏜살같이 내달리던 중 아이혜는 멀리서부터 시선을 잡아끌던 어떤 방 앞에 멈추어 섰다. 방문에 굳게 채워진 자물쇠가 그 안에 갇혀 있는 누군가가 바로 제가 찾고 있는 사람일지도 모른다고 알려 주고 있었다.

아이혜는 재빨리 주위를 살핀 후 문 앞으로 바짝 다가섰다.

"……귀비…… 마마, 거기 계십니까……? 귀비 마마, 제 말 들리십니까?"

한껏 목소리를 낮춘 채 방 안을 향해 외치고는 문가에 바짝 귀를 가져다 대며 방 안의 반응을 살폈지만 아무런 기척도 느껴지지 않았다. 마음이 조급해져 와 성마르게 방문을 두드리며 다시금 '귀비 마마' 하고 그녀를 불러 보았지만 방 안은 역시나 묵묵부답이었다.

헛다리를 짚은 건가, 잠시 고민하는데 문득 어떤 생각 하나가 머릿속을 퍼뜩 스치고 지나갔다. 그제야 아이혜는 한심한 듯 제 이마를 한 대 치고는 문 너머를 향해 조용히 외쳤다.

"아리! 거기 있어요? 내 말 들리면 대답해요, 아리!"

"……아……이혜? ……설마…… 아이혜예요?"

아직은 서로에게 익숙지 않은 그 낯선 호칭을 버리자 방문 너머에서 그제야 반응이 돌아왔다. 그녀의 목소리가 들려오자 아이혜는 저도 모르게 안도의 한숨을 내쉬었다.

"하…… 그래요, 나예요. 내가 제대로 찾아왔군요. 다행이에요."

"아이혜! 어찌 된 거예요? 대체 여긴 어떻게…… 아니, 그보다 나 꼭 당신에게 전해야 할 얘기가 있어요!"

"기다려요. 우선 이 자물쇠를 열 방법부터 찾아보고 난 후예요."

어딘지 절박한 아리의 목소리가 마음에 걸렸지만 열쇠든 뭐든 나갈 방도를 찾아야 했기에 잠시 자리를 뜨려는데, 아리가 다급한 말투로 그런 아이혜를 붙들었다.

"아니요! 그럴 필요 없어요. 날 구해 주지 않아도 돼요, 아이혜. 제발…… 제발 중요한 이야기니까 어디 가지 말고 내 말부터 들어 줘요. 부탁이에요!"

너무도 급박한 목소리에 아이혜는 주변을 살피려던 걸음을 멈추고는 방 앞에 멈춰 섰다.

"무슨 이야기인데 그래요? 지금 여기서 빠져나가는 것보다 중요한 게 어디 있다고……."

"훨씬 더 중요한 얘기예요. 나 하나쯤 여기서 죽어 나간다고 해도 그깟 일 아무것도 아닐 만큼, 중요한 얘기……."

"대체 무슨 이야기이길래……."

사실 그녀를 구해야 할지, 아니면 무흔과의 약조대로 근거지만 파악한 뒤 일단은 홀로 이곳을 빠져나가야 할지 그 순간까지도 끝없이 고민하고 고민하던 아이혜였기에, 아리의 이야기는 그 경중과는 관계없이 아이혜의 걸음을 붙잡아 놓기에 충분했다.

그녀를 홀로 두고 돌아간다는 것은 정말이지 내키지 않는 일이었기에 우선은 그녀를 구하고 보자는 심정이 잠시 스쳤던 것은 사실이었으나, 무흔과의 철석같은 약조를 무시한 채 쉽사리 위험 속에 몸을 던질 수도 없는 노릇이었다. 그렇기에 스스로 비겁하게 느껴지는 그런 자신을 설득할 만한 변명이나 명분이 이 순간 아이혜에게는 무엇보다도 절실하게 필요하던 차였다. 그리고 지금 아리가 바로 그 변명거리가 되어 줄지 모를 어떤 이야기를 저에게 들려주려 하고 있었다.

"아이혜, 농담이 아니니 잘 들어요. 어떻게든 이 전쟁을 막아야 해요. 파안과 아라하 양국이 서로 싸우다 지칠 때를 노려 방휼지쟁으로 두 나라를 무너뜨리려는 자가 있어요. 거듭 말하지만 허튼소리가 아니니까 내 말 똑똑히 듣고 당신의 왕에게 꼭 전해 줘요."

문 앞에 잠자코 선 채 아리의 이야기를 듣던 아이혜의 얼굴이 생각한 것보다도 더 심각한 이야기에 딱딱하게 굳어졌다.

"설유는 지금 아라하와 동맹을 맺고 있지만 도성군과의 전투로 양국의 전력이 약해지면 그땐 동맹을 깨고 아라하를 배신할 거예요. 낙안성주가 이 음모의 배후에 있어요. 그때가 되면 낙안성주의 군대와 설유군이 결탁해서 기다렸다는 듯 약해진 두 나라의 뒤를 칠 거예요. 큰 출혈 없이 너무도 쉽게 두 나라를 삼키게 될 거라고요."

"그, 그게 다 무슨…… 지금 무슨 말을 하고 있는 거예요?"

"갑작스럽고 믿기 힘들다는 거 알아요. 나도 그랬으니까. 하지만 그 모든 게 사실이에요. 낙안성주에게 직접 들은 이야기니까요."

"직접 들었다고요? 그럼 이곳에 주둔해 있는 군대의 주인이 바로 그……?"

"네. 낙안성주 그자의 군대예요."

저를 어지럽히던 의문이 이제야 속 시원히 풀렸건만 속이 시원해지는 게 아니라 머릿속만 더 복잡해졌다. 한시라도 빨리 이곳을 벗어나 해주로 진격 중인 본진의 소류에게 이 사실을 알려야만 한다. 아리의 말이 사실이라면 지금의 전투가 당장의 승리로 끝난다 해도 기실 아무런 의미가 없는 것이었다.

"자세한 내막은 모르겠지만, 당신보다 더 막중하고 시급한 사안이라는 것만은 분명한 것 같군요. 일단 전하께 사실부터 알리고 다시 돌아와야겠어요. 미안해요, 아리."

"미안해할 것 없어요. 내가 원하는 바니까. 어서 가요, 아이혜."

고민에 고민을 거듭하다 어렵사리 건넨 말에 아리는 그것이 당연하다는 듯 아무렇지 않게 대꾸했다. 아이혜는 뻐근하게 밀려오는 죄책감에 얼굴을 굳힌 채로 문 너머 저편에 있을 그녀를 향해 다짐하듯 말했다. 내키지 않는 마음을 대변하듯 그 목소리가 자꾸만 갈라져 나왔다.

"꼭 다시 올 테니 기다려요. 알았죠? 늦지 않게 꼭 다시 올 테니까 조용히 기다리고 있어요."

"알았어요. 아무 짓도 하지 않고 얌전히 기다릴 테니 어서 가요. 이러다 누가 오겠어요. 어서요."

"꼭 무탈하게 있어요. 꼭······."

마지막으로 힘겹게 당부의 말을 내뱉고는, 차마 떨어지지 않는 발걸음을 모질게 채근하며 아이혜는 빠르게 왔던 길을 되돌아 건물 밖으로 빠져나왔다.

"······."

밖으로 나오자 살갗을 파고드는 찬 기운에 흠칫 몸이 떨려 왔다. 아이혜는 펼쳐진 밤의 풍경에 잠시 헛헛한 시선을 던졌다.

까만 밤하늘에 별이 촘촘히 박혀 있는 구름 한 점 없는 선연한 달밤······. 자신이 처한 상황과는 조금도 어울리지 않는 고아한 밤의 풍경이 야속하게만 느껴져 저도 모르게 쓴웃음이 흘러나왔다. 착잡한 마음으로 그렇게 잠시 하늘을 올려다보던 아이혜는 이내 잡념을 떨쳐 내곤 빠르게 몸을 놀렸다.

병사들의 눈을 피해 어두운 성벽에 몸을 감추고 있다가 감시가 느슨해진 틈을 타 서둘러 그곳을 벗어나려는데, 그녀의 존재를 깨닫지 못한 채 두런거리며 주위를 지나쳐 가던 병사 둘의 대화가 그런 그녀의 걸음을 붙들었다. 그들이 지나쳐 간 자리에 알싸하고 구리터분한 곡주 내음이 스치듯 머물렀다.

"얼굴이 꽤 반반하단 말이야. 몸은 또 어떻고? 낭창낭창 호리호리하니 사내들 밑에 깔려 교성깨나 내지르게 생겼다니까?"

"그러게. 거참 사내들 환장하게 생겼더라고. 크큭. 어이, 이봐. 오늘 우리가 당번인데 자네는 어때? 성주도 안 계시고 누구 그 방 찾아올 사람이 있을 리도 없고…… 자네랑 나만 입 다물면 된다고. 어때, 생각 있어?"

"킬킬, 이놈아. 나야 굳이 마다할 이유가 없지. 자정에 교대하기로 했으니 야심한 게 시간도 딱 좋구먼. 나 원 얼마 만에 여자를 안아 보는 건지. 아랫도리가 벌써부터 묵직하고 뻐근한 게 미치고 환장하겠네."

"크큭, 오늘 원 없이 아랫도리 좀 적셔 보자고. 나부터야, 나부터. 나 참 내 생전에 그 고귀하신 황후님을 안아 볼 줄을 누가 알았겠나. 세상 참 살아 볼 만하지 않느냐 말이지. 크큭!"

"아, 내 말이 그 말이라니까? 흐흣, 이럴 땐 우리도 잘 통하는구먼."

부들부들 떨리는 손마디가 어느새 저도 모르게 검 자루를 단단히 그러쥐고 있었지만, 아이혜는 차마 검을 뽑아 들지는 못한 채 분노를 삭이려는 듯 숨을 깊이 들이마셨다.

감히 그녀를 겁간하겠다는 것인가? 일개 병졸인 저들 따위가, 감히 아라하의 천궁 단목소류의 비(妃)를?

마음 같아서는 당장 저들을 도륙 내어도 성에 차지 않을 듯싶었지만, 분통 터지게도 지금은 도륙을 내기는커녕 저들 앞에 나설 수 있는 처지조차 못 되는 자신이었다.

어찌해야 할까. 지금 그녀를 구한다면 무사히 돌아갈 수 있는 확률은 반반,

아니 어쩌면 그 이하였다. 저들에게 존재를 들킨다 해도 혼자라면 수월하게 도주할 수 있겠지만, 그녀와 함께라면 이야기가 달랐다. 게다가 지금은 반반의 확률로는 도저히 그녀를 구할 엄두조차 내기 힘들 만큼 중차대한 사실을 전달해야 할 막중한 책임이 자신에게 있었다.

'훨씬 더 중요한 얘기예요. 나 하나쯤 여기서 죽어 나간다고 해도 그깟 일 아무것도 아닐 만큼, 중요한 얘기……'

고뇌에 고뇌를 거듭하던 아이혜는 아리의 그 말을 변명처럼 떠올리며 굳은 얼굴로 괴롭게 눈을 감았다. 구차하고 졸렬한 자신이 역겨워 토악질이 나올 것만 같았다.

'미안해요, 아리. 미안해요…… 정말 미안해……'

하지만 또한 알고 있었다. 나라와 군주를 섬기는 자로서 때로 무정하고 비정해야 함이 마땅한 일이며, 지금이 바로 그러해야 할 때라는 것을.

짙게 드리우는 죄책감을 매정히 몰아내고 무감해지려 애쓰며 감시가 뜸해진 틈을 노려 성벽을 훌쩍 넘어 성채를 벗어난 아이혜는 외곽의 수풀에 다다라 잠시 숨을 골랐다.

무사히 성채를 빠져나왔음에도 쉽사리 발길이 떨어지지 않는 것은 사람임에 어쩔 수 없는 일이었다. 수풀에 매어 둔 적마는 다행히도 그대로였지만, 말 등에 올라탄 지 한참이 지나도록 아이혜는 여전히 그곳을 벗어나지 못하고 있었다.

"젠장! 젠장, 빌어먹을!"

아이혜는 머리를 쥐어뜯듯 짜증스럽게 흐트러뜨리며 거칠게 욕설을 내뱉었다. 그러고는 마침내 오랜 고뇌를 끊어 내듯 말에서 훌쩍 뛰어내려, 흡사 아귀를 벌리고 있는 듯한 어두운 성채를 한참 동안 노려보며 서 있다가, 이내 그곳을 향해 다시금 벼락처럼 내달리기 시작했다.


"저, 저리 가……! 무, 무슨 짓을 하려는 것이냐……! 성주는…… 성주는 어디에 있지? 성주를 불러…… 까악!"

아이혜를 보내고 난 후, 자신이야 이곳에서 어찌 되든 그에게 사실을 알릴 수 있게 되었음에 안도하던 것도 잠시, 전혀 생각지도 못한 끔찍한 일이 아리를 기다리고 있었다. 당번을 서던 보초들이 작당하여 그녀를 겁간하려 방 안에 쳐들어온 것이다.

"아이고, 우리 황후님. 애타게 찾으시는 성주께서는 이곳 뜨신 지 오래인데 이를 어쩝니까? 아 거, 성주는 그만 찾으시고 우리하고도 좀 놀아 주십쇼, 예? 낄낄."

역겨운 술 냄새가 코끝을 스쳤다. 아리는 머릿속이 새하얗게 변해 버려 아무런 생각도 떠올릴 수 없었다. 그저 본능적으로 온몸으로 그들을 거부하고 있었지만 사내 둘의 힘을 그녀가 감당할 수 있을 턱이 없었다.

"괜한 힘 빼지 말고 부디 발정 난 짐승들에게 그 고귀하신 존체 적선하는 셈 치십쇼. 그럼 마마도 좋고 우리도 좋고, 누이 좋고 매부 좋다는 말이 딱 이럴 때 쓰는 말입죠. 암요. 크큭."

"흑흑! 아, 안 돼……!"

아리의 저고리 앞섶을 우악스럽게 뜯어 단숨에 벗겨 낸 병사가 발버둥 치는 그녀의 몸 위로 냉큼 올라탔다. 취기 가득한 병사의 끈적한 숨결이 드러난 맨살 위를 제멋대로 누비고 다녔다. 아리의 얼굴이 새파랗게 질렸다. 10년 전 그 어느 날의 악몽이 현실이 되어 끔찍하게 되살아나고 있었다. 그 참담한 기억과 악몽 같은 현실이 마치 하나인 듯 겹치며 숨이 멎을 듯 심장이 쿵쿵 떨려 왔다.

"흑…… 제발…… 제발 그만……!"

이런 일을 또다시 겪게 될 줄은 차마 상상조차 못 했다. 손파영의 호의를 너무 쉽게 믿어 버린 탓일까. 그는 분명 그녀의 신변에 어떤 위해도 없을 것이라 장담했었다. 하지만 일개 병사를 일일이 단속하기에는 그도 무리가 있었던 모양인지, 이런 끔찍한 상황에 또다시 내던져지고 말았다.

아무리 몸부림쳐 본다 한들 이 상황을 벗어날 방법이 있을 리 없었다. 그 사실을 뼈저리게 깨달은 아리는 못내 체념하듯 의연히 마음을 다잡으려 애썼다. 제 위에 올라탄 채 치마를 들추려 용을 쓰고 있는 병사의 추악한 얼굴을 끔찍한 시선으로 바라보다가, 이내 그녀는 저항하며 밀어 내던 것을 멈추고 힘없이 몸을 축 늘어뜨렸다.

"크큭. 그래, 그리 얌전히 계십쇼. 우리 어여쁜 황후님, 내 원 없이 기쁘게 해 줄 터이니!"

"암, 좋은 게 좋은 거라고 기왕 이리된 것 서로 즐기는 게지. 얼굴만 어여쁘신 줄 알았더니 상황 파악도 빠르시구먼. 괜히 황후님이 아니시지, 킬킬."

그녀의 순종적인 태도에 한껏 기분이 고조된 병사들의 기꺼운 대화를 한 귀로 흘려들으며, 아리는 이깟 일쯤 아무것도 아니라고 속으로 수없이 되뇌고 또 되뇌었다. 사실 생각해 보면 크게 의미를 둘 행위도 아니었다. 이미 더한 일도 겪은 자신이건만 새삼스럽게 무얼 두려워하는 건가 싶어 목구멍 가득 쓴웃음이 고였다. 여자로서의 자신은, 게다가 누군가의 여인으로서의 자신은 이미 어찌해도 자격이 없지 않던가. 그 오래전 어느 날부터 이미 그러한 채로 평생을 살아왔던 자신이 아니던가……

병사가 조급한 손길로 치마의 허릿단을 거칠게 죽 잡아 내렸다. 허릿단에 꽁꽁 싸매져 있던 그녀의 가슴골이 아찔하게 드러나자 흥분한 듯 숨을 헐떡이던 병사가 더는 못 참겠다는 듯 허겁지겁 제 바지를 내렸다. 술에 잔뜩 취해 게슴츠레한 두 눈동자가 광인처럼 번들거리고 있었다.

아리는 제게 달려드는 병사의 끔찍한 얼굴을 멍하니 응시하다 그예 무연히 눈을 감았다. 두려움이 사그라진 자리에는 어느새 체념이 짙게 내려앉아 있었다. 제 운명이 참으로 얄궂다는 생각이 들었지만 억울한 마음은 들지 않았다.

아마도 벌을 받는 것이리라……

이것이 제가 저지른 죄악에 대한 업보인 모양이라 생각하니 차라리 마음이 편했다.

기적을 바라는 것마저도 죄악이란 생각에 북받치는 서러움을 애써 삼킬 때쯤, 욕정에 사로잡힌 병사가 단숨에 그녀를 덮치며 온몸을 포개 왔다.

바로 그 순간이었다.

퍽—!

의문의 소음과 함께, 곁에서 흥분한 채 침을 꿀꺽 삼키며 동료의 하는 양을 구경하던 다른 병사 하나가 바닥으로 털썩 고꾸라졌다.

"헉! 웬, 웬 놈이냐……!"

"이 개자식아! 닥쳐!"

"커헉!"

제 옆에 쓰러진 동료의 허옇게 뒤집힌 눈동자를 보며 놀라 고개를 쳐든 병사가 침입자의 존재를 확인하곤 뜨악한 얼굴로 몸을 물리려던 찰나, 날카로운 단도가 병사의 목덜미에 내리꽂혔다.

목을 찌른 단도가 들어올 때처럼 순식간에 빠져나가자 병사의 목덜미에서 분수처럼 피가 뿜어져 나왔다. 고통스러운 신음 소리 함께 병사의 몸이 쿵 하고 속절없이 바닥으로 고꾸라졌다.

눈앞에서 벌어진 끔찍한 유혈극에 아리는 너무 놀라 그대로 굳어져 버린 채 제 앞에 거짓말처럼 나타난 누군가를 혼란스럽게 바라보았다.

"아이혜……?"

아이혜는 여전히 분이 풀리지 않는지 바닥에 널브러진 병사의 몸뚱이에 화풀이하듯 포악하게 발길질을 해 대는 중이었다. 그런 그녀를 보며 아리는 눈만 끔뻑거렸다. 무어라 선뜻 말이 나오지 않았다. 조금 전 자신이 당할 뻔한 끔찍한 일도, 지금 눈앞에서 벌어지고 있는 일도 도무지 현실처럼 느껴지지 않는 탓이었다.

어째서 그녀가 다시 이곳에 와 있는 걸까. 아니, 이유가 무엇이건 간에 그녀는 결코 돌아와서는 안 되었다. 아이혜를 바라보는 아리의 눈동자가 혼란과 근심을 가득 담은 채 위태롭게 흔들리고 있었다.

"감히 누구를 건드리는 거야! 감히 누구라고……! 이 짐승만도 못한 새끼!"

"아이혜! 어째서…… 어째서 돌아온 거예요? 당신 미쳤어요? 대체 왜 여길 다시 돌아온 거예요?"

"이 죽여도 시원치 않을 놈! 사지를 찢어 죽일 놈! 산 채로 기름에 튀겨 죽일 놈!"

"그만해요, 아이혜! 내 말 듣고 있어요? 당장 여기서 나가요. 지금 당장 여기서 나가라고요!"

잔뜩 흥분한 채 쓰러진 사내들을 향해 미친 듯이 발길질을 해 대는 아이혜를 만류하며 아리가 다급하게 소리치자 아이혜가 눈을 치뜨며 그런 아리를 향해 불퉁하게 쏘아붙였다.

"하, 그런 꼴을 하고서 잘도 떠드네. 당신 꼴이 지금 어떤 줄이나 알아?"

"당신이 신경 쓸 일이 아니에요. 그러니 어서 가요. 무사히 이곳을 나가서 당신이 꼭 해야 할 일이 있잖아요!"

"몰라. 난 그딴 거 모르겠으니까 당신은 그냥 잠자코 있어."

늘 해 오던 존대도 잊은 채 지금의 이 상황이 몹시도 못마땅하다는 듯 엉망이 된 아리를 짜증스럽게 내려다보며 미간을 찌푸리던 아이혜는, 그제야 발길질을 멈추더니 아리가 무어라 떠들어 대든 듣는 둥 마는 둥 하며 뭔가를 찾는 듯 방 안을 헤집고 다녔다. 그러고는 잠시 후 원하는 것을 찾았는지 손에 든 무언가를 아리에게 휙 내밀었다.

문갑을 뒤져 찾아낸 여벌의 옷이었다. 아마도 손파영의 호의인 듯싶었다. 아리가 입고 있던 저고리는 앞섶이 찢어지고 병사들의 피까지 묻어 흉물스럽게 변해 있었다. 드러난 제 몸을 가릴 생각조차 하지 못한 채 아이혜를 멍하니 올려다보던 아리는 제게 내밀어진 옷을 잠자코 바라보다가 이내 완강히 고개를 저었다.

"아니요. 난 이곳에 남겠어요. 말했잖아요. 내 목숨보다도 훨씬 더 중요한 일이라고……. 당신도 알고 있잖아요. 함께 도망치는 건 힘들다는 걸……."

아리의 단호한 말에 아이혜의 얼굴에 찰나 혼란스러운 동요와 고뇌의 빛이

108

스치다 빠르게 사라졌다.

물론 알고 있다……. 하지만 그녀의 안위가 지금의 저에게는 그 어떤 것들보다도 훨씬 더 중요하다는 사실 또한 분명히 깨달아 버렸다.

그녀는 그의 여인이니까……. 천신께서 맺어 주신 천궁 단목소류의 유일한 반려이니까…….

무사히 지켜 낸 그녀를 보니 씁쓸한 안도감이 서걱거리는 가슴을 스쳐 지나간다. 하지만 분명 씁쓸함보다는 안도감이 크다고 자신 있게 말할 수 있었다. 조금 더 지체하고 조금 더 망설였더라면, 하마터면 두고두고 그의 얼굴을 볼 면목이 없는 그런 끔찍한 일을 당할 뻔했다. 생각만 해도 아찔했다.

아이혜는 바닥에 요지부동으로 앉아 있는 아리를 잡아 일으켜 반강제로 옷을 입혔다. 그러고는 절박하게 그 손목을 잡아끌었다.

"당신이 잘못되면 그에게 내 면이 서질 않아. 그래서 그래. 그러니까…… 같이 가 줘요. 부탁이야."

"……아이혜, 나는……."

어째서 진심이란 것은 하필 외면하고 싶은 이런 순간에 이토록 짙고 깊게 드러나 차마 외면할 수 없게 만드는 걸까. 잡힌 손목을 물끄러미 내려다보던 아리는 한참을 망설이다 종내 체념하듯 작게 한숨을 내쉬고는 가만히 고개를 들어 아이혜를 올려다보았다.

선을 가르듯 명쾌히 선후(先後)를 못 박을 수는 없었다. 아이혜의 지금 그 말 역시 그녀에게는 일의 경중을 따지기 힘들 만큼 결코 하찮지 않은 의미임을…… 또한 그 말 속에 담긴 진실이 그녀의 오롯한 진심임을 알기에 차마 외면할 수 없는 까닭이었다.

아이혜의 말과 눈빛 속에선 여인으로서의 행복, 그것을 앗아 간 누군가에 대한 티끌만큼의 원망조차 찾아볼 수가 없었다. 그것이 아리의 마음을 고통스럽게 베어 내고 있었다.

"당신은…… 내가 원망스럽지 않나요……?"

무거운 자책이 고스란히 담긴 눈으로 그리 묻자, 그런 그녀를 물끄러미 쳐다보던 아이혜의 얼굴에 찰나 시린 미소가 스쳤다.

"원망스러워. 너무 밉고……. 그런데 어쩌겠어. 이게 내 운명이라는데……."

"당신이라는 사람…… 정말 바보로군요……."

"……그러게……."

피식 웃곤 순순히 시인하듯 고개를 끄덕여 보인 아이혜가 어서 가자는 듯 제 손목을 잡은 손아귀에 힘을 가하는 것이 느껴졌다. 아리는 서걱거리는 눈으로 그런 아이혜를 바라보았다.

그녀를 왕의 비로 선택지 않은 천신의 안배를 이제야 수긍할 수 있을 것 같다.

여인이라는 미약한 이름 안에 가두기엔 너무도 크나큰 사람…….

마주 본 그녀의 눈동자 깊은 곳에 담긴 절절한 진심이 느껴지는 것만 같아 마음 한구석이 아려 왔다. 지금의 이 시간을 아마 자신은 평생토록 잊지 못할 것이다. 또한 그녀 아이혜에게도 역시 그러하리라고, 지금 이 순간만큼은 믿어 의심치 않았다.

서로의 마음을 헤아리듯 두 사람의 말간 눈동자가 한참을 허공 속에서 올곧게 마주쳤다. 다른 듯 닮은 두 시선이 그렇게 무한한 신뢰와 절의(節義)의 빛을 띤 채 서로에게 무연히 가닿고 있었다.

ㅁ ■ ㅁ

하루하고도 반나절을 넘기도록 변변한 휴식도 취하지 못한 채 쉬지 않고 내달렸다. 말도, 사람도, 더 이상은 무리였다.

다시금 전속력으로 내달리고자 잠시의 답보를 택하였으나, 막상 말에서 내려 멈추어 살펴본 상황은 좋지 않았다.

둔덕 아래를 내려다보던 아이혜의 시선이 저 멀리 먼지바람을 일으키며 이쪽을 향해 무섭게 질주해 오는 무리에게 박힌 채 움직일 줄 몰랐다. 심각하게 굳어진 그녀의 표정이 사태의 심각성을 말해 주고 있었다.

"역시 무리예요, 아이혜. 아무래도 안 되겠어요. 지금이라도 늦지 않았으니 날 두고 당신 혼자 가요."

아리가 보기에도 손파영의 수하들의 추격은 무시무시했다. 이대로 가다간 잡히는 건 시간문제였다. 둘 중 하나가 남아야 한다면 그건 마땅히 자신이 되어야 했다.

마음을 다잡듯 저 멀리 뿌옇게 일고 있는 먼지바람을 결연히 바라보며 서 있는데, 그런 그녀를 아이혜가 못마땅한 듯 돌아보며 미간을 좁혔다.

"그럴 수는 없어요. 쓸데없는 소리 그만해요."

"손파영 그자에게 난 최후의 보루 같은 그런 존재예요. 다시 붙잡혀도 저들이 날 어쩌지는 못할 거예요."

"그자가 당신에게 무슨 짓을 하지 않을 거라는 걸 어떻게 장담하죠? 말했잖아요. 당신이 잘못되면 그에게 내 면이 서질 않는다고. 그러니 내 입장도 좀 생각해 줘요."

"아이혜……."

우물쭈물 말끝을 흐리는 아리에게서 시선을 뗀 채 아이혜가 단호히 내뱉었다.

"아리, 당신이 가요. 내가 저들을 막을 테니까."

아리가 괴한들에게 납치되던 그날, 무흔은 분명 친위대원들을 불러 홀로 그녀를 찾으러 떠난 저를 뒤따르게 하였을 것이고, 그들은 사력을 다해 저의 흔적을 찾고 있을 것이다. 운이 좋다면 그리 오래지 않아 그들에게 발견될 수도 있으리라.

물론 이것은 어디까지나 가정일 뿐으로, 역설하자면 막연한 가정 하나에 희망을 걸고 싶을 만큼 지금의 상황이 어렵다는 소리나 다름없기는 했다. 하지만 그러한 요행이 꼭 일어나지 말란 법도 없지 않은가. 얄팍하며 무모한 결단이라는 것을 인정하지만, 달리 기대할 바가 없으니 지금은 이것이 최선임에는 분명했다.

그녀의 무모한 발언에 아리가 말도 안 된다는 듯 눈을 치켜뜨며 펄쩍 뛰었다.

"나 혼자 도망치라는 건가요? 당신을 방패 삼아서 말이에요? 어찌 나더러 그리하라는 거죠? 난 못 해요! 그럴 수는 없어요. 절대 그렇게는 못 해요, 난……!"

"조금 전 당신이 내게 한 말이야. 당신도 못 하는 걸 나더러는 하라는 건가?"

"그, 그건 사정이 다른 얘기잖아요!"

"아니, 전혀 다르지 않아."

펄쩍 뛰는 아리의 어깨를 완강히 붙들며 아이혜가 단호한 얼굴로 말을 이었다.

"잘 들어요, 아리. 난 무사예요. 이런 상황에 무사로서 내가 해야 할 일이란 이런 거야. 쓸데없는 의협심에 빠져서 더 크고 중요한 일을 그르치진 말아 줘요. 부탁이에요."

"그러다 잘못되면 죽을 수도 있어요! 모르고 하는 소리예요?"

"이보다 더한 전장에서도 숱하게 살아남은 나야. 그런 내가 그리 쉽게 죽을 것 같아요?"

아이혜의 호언장담에 아리가 기가 찬 듯 헛숨을 내뱉곤 말을 이었다.

"당신이야말로 어떻게 그리 장담하죠? 어찌 그리 자신해요? 그건 당신들이 믿는 그 천신이나 알고 계신 일이겠죠. 안 그래요?"

"……그래요……. 그럴지도……."

절박하게 다그치는 아리를 보며 아이혜가 인정한다는 듯 피식 웃었다. 하지만 저의 마음을 돌리기 위해 꺼낸 말이라면 그녀의 그 말은 적절치 못하다. 그녀의 말대로라면 오히려 제 결심은 더욱 확고해질 뿐이니까. 천신의 뜻이라면 어떤 것이든 기꺼이 받아들일 각오가 되어 있는 자신이 아니던가.

다만, 묻고 싶기는 했다.

세상에 나던 순간부터 평생토록 성심을 다해 섬겨 온, 지금 이 순간에도 저와 그녀를 굽어보고 계실 바로 그 천신께, 태어나 단 한 번 그 이유를 따져 묻고 싶기는 했다.

"모르겠어……. 어째서 천신께서 당신을 그의 반려로 정하신 건지……. 응당 내 자리라 여긴 채로 평생을 살아왔는데, 그걸 가져갈 만한 자격이 과연 당신에게 있는 건지……."

달리 바라는 바는 없었다. 다만 그 자격을 확인하고 싶을 뿐.

그리하여 일말의 의심도 없이, 그녀라는 존재를 천궁의 비(妃)로서 제 스스로 오롯이 인정할 수 있도록…….

"내게 진심으로 미안해하고 있다는 거 알아요. 내게 사죄하는 의미로 뭐든 할 수 있다는 것도 알아. 그러니 증명해 봐요. 원했든, 원하지 않았든 황룡의 인의 주인으로서 당신의 존재를 당신이 직접 내게 증명해 봐……. 어떻게든 돌아가 그에게 사실을 알리고, 반드시 이 전쟁을 막아 줘요. 굳이 당신을 걸어야 겠다면 나 말고 이 전쟁을 막는 일에 걸어요. 그게 당신이 내게 사죄하는 유일한 길이니까."

"아이혜……."

이 모든 것이 천신의 뜻이라면, 그녀를 그에게 보내신 데에는 다 그만한 이유가 있을 것이다. 그러니 만일 둘 중 하나가 그의 곁에 남아야 한다면, 그것은 자신이 아닌 그녀여야 하리라.

아이혜는 결의에 찬 얼굴로 둔덕 아래 먼지바람을 가르며 다가오는 무리를 향해 고요히 시선을 던졌다. 곁에 선 적마가 본능적으로 위험을 감지한 듯 앞발을 어지러이 디디며 투레질을 해 댔다. 그런 적마를 달래듯 목덜미를 가만히 쓰다듬으며 아이혜는 당부하듯 나직이 중얼거렸다.

"부탁해. 그녀를 멀리멀리…… 그에게로 꼭 데리고 가 줘."

그 말에 마치 맹세하기라도 하듯 적마가 히힝 하고 우렁차게 울음을 울며 허공에 힘차게 앞발질을 해 대는 것을 잠시 바라보다가, 아이혜는 더는 지체할 수 없다는 듯 아리를 향해 다급히 손을 내밀었다.

저의 설득에 결국 고집을 꺾은 아리가 마지못해 내민 손을 잡아 왔다. 그녀가 말 등 위에 올라타는 것을 도와준 뒤 아이혜는 마지막으로 그녀와 시선을 마주쳤다.

걱정과 두려움이 혼재한 눈동자가 말 위에 올라타서도 한참이 지나도록 선뜻 저를 떠나지 못한 채 어지러이 흔들리고 있었다.

어떤 서글픈 예감이 이 순간 그녀를 스쳐 간 것일까. 아리의 일그러진 눈동자 가득 차오른 서러움이 하 애달프고 버거워 아이혜는 가슴이 아려 왔다.

"꼭…… 꼭 돌아와야 해요. 약속해요, 아이혜. 반드시 그리하겠다고……."

"……."

어쩌면 자신과 크게 다르지 않을 그 불확실한 예감을 인정하게 될까 두려워 감히 어떤 내색도 내비치지 못한 채, 마치 작별 인사를 하듯 울음을 삼키며 떨리는 목소리를 토해 낸 아리를 향해 아이혜는 그저 묵묵히 고개만을 끄덕여 보였다.

가슴속 가득 피어오르는 공허하고도 서글픈 미소를 지금만큼은 그녀에게 들켜서는 안 된다고 그리 마음을 다잡으면서, 아이혜는 그녀를 향해 있던 시선을 거두고는 가만히 고개를 들어 붉게 노을 진 저녁 하늘을 올려다보았다.

긴 울음처럼 너른 대지 위를 길게 물들이며 내려앉는 붉은 노을이 눈물인 양 그녀의 동공 가득 맺혔다.

감히 성공 여부를 점치지는 않을 것이다.

선택은 자신이 했으되, 이후의 일은 자신의 주관이 아니었다.

모든 것은 오로지 천신의 뜻대로…….

'바라옵건대…… 천신이시여. 부디 저희를 보우하시기를…….'

부디 저의 간절한 기도가 저 하늘 위에서 저를 굽어보고 계실 천신께 안온히 가닿기를……. 아이혜는 그리 빌고 또 빌며 아리를 태운 적마의 등을 손바닥으로 힘껏 내리쳤다.

"가라! 그녀를 부탁해……!"

커다란 외침과 동시에, 히히힝, 적마가 길게 울음을 울며 노을이 내려앉은 붉은 대지 위를 전속력으로 내달리기 시작했다.

아리를 태운 적마가 멀어지는 것을 아득히 응시하던 아이혜는 이내 그 반대편 방향으로 뒤돌아서서는 점점 거리를 좁혀 오는 먼지바람을 향해 덤덤한 시선을 던졌다.

흡사 핏빛 연기 같은 붉은 먼지바람을 일으키며, 말을 탄 무리가 이곳을 향해 맹렬히 질주하고 있었다.

"그럼, 어디 한번 싸워 볼까?"

피식 한쪽 입꼬리를 올리며 그리 내뱉은 아이혜는 은월검의 매끈한 손잡이를 굳은살 가득한 손바닥 안에 단단히 그러쥐었다.

무장으로서 승산 없는 싸움은 응당 피해 왔던 자신이었으나, 패할 것을 안다 해도 그에게 면목 없지 않으니 그것으로 된 것이었다. 아이혜는 속으로 그리 되뇌며 나긋이 웃었다.

스르릉, 칼집에서 빠져나온 검이 고요히 공기를 갈랐다. 저녁 바람이 시리게 칼끝을 스쳐 갔다.

어느 명장(名將)의 묘비처럼 흐트러짐 없는 자태로 결연히 서 있는 그녀의 머리 위로 피처럼 붉은 석양이 장중하게 쏟아져 내리고 있었다.


석양으로 붉게 물든 대지 위를 적마가 무서운 속도로 질주했다. 행여 고삐를 놓칠세라 필사적으로 움켜쥔 채 아리는 폭주하듯 내달리는 적마의 맹렬한 기세를 견뎌 내고 있었다.

절박함은 사람을 참으로 빠르게도 변화시킨다. 몇 달 전까지만 해도 홀로 말

을 탄다는 것은 상상도 하지 못했던 그녀가, 낙마에 대한 예전의 그 깊은 공포
감을 완전히 지워 낸 채 질주하는 말 위에 온전히 몸을 내맡기고 있었다. 뇌리
가득 들어차 마음을 헤집어 대는 아이혜의 생사에 대한 불안감은 그깟 낙마의
공포감에 비할 바가 아니었다.

아이혜는 무사할까. 아니, 어찌 무사할 수 있을까……. 제아무리 용맹하고
뛰어난 무장이라 하나 그 역시 여인의 몸……. 장정 여럿을 홀로 상대하며 무
사하길 바란다는 것은, 차마 마주하기조차 두려운 현실에 대한 비겁한 회피일
뿐이었다.

저의 비겁함이 역겨워 토악질이 올라왔다. 마지못해 떠밀리듯 이리 홀로 떠
나오는 것이 아니었다. 대의를 위해 어쩔 수 없다는 듯, 그녀를 사지에 홀로 버
려둔 채 그에게 진실을 전해야 한다는 알량한 핑계 하나로 이리 뻔뻔하게 떠나
오는 것이 아니었다. 끝까지 그곳에 남아 어떻게든 그녀의 안위를 지키고 위기
를 모면할 다른 방법을 찾아냈어야 했다.

"워! 워어!"

힘껏 고삐를 당기는 단호한 손길에 멈춰 선 적마가 숨이 가쁜 듯 투레질을
하며 메마른 땅 위에 어지러이 발을 굴렀다. 뿌옇게 이는 흙먼지가 잠시 혼란
하게 사위를 에워쌌다. 그 혼탁한 공기 속에 망연히 선 채 아리는 지금껏 달려
온 길을 뒤돌아보았다.

아득히 멀어진 저 너머 어딘가에서 피를 흘리며 홀로 사투를 벌이고 있을 아
이혜의 모습이 찰나 참담하게 뇌리를 스쳐 지나갔다. 더 늦기 전에, 돌이킬 수
없게 되어 버리기 전에 당장 그녀에게로 돌아가야 한다고 마음이 아우성을 쳐
댔지만 순순히 그 마음을 따를 수도 없었다. 정말이지 만에 하나 그녀가 잘못
되었을 경우에, 자신이 돌아가 다시 손파영에게 붙잡힌다면 그녀의 그 숭고한
죽음을 헛되이 만드는 것이나 다름없기 때문이었다.

차마 되돌아갈 수도, 차마 이대로 나아갈 수도 없는 깊은 갈등 속에 놓인 채
아리는 붉어진 대지를 하염없이 응시했다. 저 붉디붉은 노을을 등진 채로 아이

혜가 제게 하던 말들이 떠올랐다.

'내게 진심으로 미안해하고 있다는 거 알아요. 내게 사죄하는 의미로 뭐든 할 수 있다는 것도 알아. 그러니 증명해 봐요. 원했든, 원하지 않았든 황룡의 인의 주인으로서 당신의 존재를 당신이 직접 내게 증명해 봐……. 어떻게든 돌아가 그에게 사실을 알리고, 반드시 이 전쟁을 막아 줘요. 굳이 당신을 걸어야겠다면 나 말고 이 전쟁을 막는 일에 걸어요. 그게 당신이 내게 사죄하는 유일한 길이니까.'

그녀는 진심으로 절박하게 당부하고 있었다. 그래, 그녀의 말대로 어쭙잖은 의협심에 흔들린다면 그녀의 그 숭고한 뜻마저 물거품으로 만드는 결과를 낳을 지도 모른다. 그때의 후회는 감히 지금과 비할 수 없으리라.

아리는 어렵게 결심을 굳힌 채 고삐를 단단히 고쳐 쥐었다. 석양이 내린 붉은 대지를 다부지게 응시하던 결연한 얼굴은 애석하게도 그리 오래가지 못했다.

"……!"

붉은 흙먼지를 일으키며 그녀가 있는 곳을 향해 돌풍처럼 달려오는 무리들의 기세는, 보는 것만으로도 공포심을 불러일으킬 만한 것이었다. 희미하게 들려오기 시작하던 말발굽 소리가 차츰 요란하게 지축을 울려 대며 무시무시한 속도로 가까워지고 있었다.

아리는 사색이 된 채 다가오는 무리를 절망 어린 시선으로 바라보았다. 심장이 터질 듯이 쿵쾅거리며 울려 댔다. 저들이 만일 손파영의 수하들이라면 아이 혜는…… 그녀는…… 무사하지 못하다는 이야기가 된다…….

불길하고 참담한 숱한 감정들이 폭발할 듯 일렁이며 가슴을 때리고 스쳐 지나가고 있었지만, 바싹 말라 오는 입술을 악다물며 아리는 애써 마음을 다잡았다. 그 어느 때보다도 마음을 단단히 하여야 한다. 설령 최악의 상황이 벌어진다 해도 저에게는 반드시 해내야만 하는 일이 있지 않던가.

아리는 순식간에 가까워진 말들의 무리를 무연히 바라보았다. 마침내 지척까지 다다른 무리의 선두가 말에서 훌쩍 뛰어내리더니 맹호처럼 그녀를 향해 달려왔다. 그 맹렬한 기세에 놀란 적마가 흥분한 듯 허공에 앞발을 굴러 댔다.

고삐를 꽉 움켜쥔 채 놀란 말을 진정시키려 애쓰는 그녀 앞으로 훌쩍 다가선 사내가 거친 숨을 토해 냈다. 사내의 등 뒤로 석양이 붉게 저물고 있었다.

"하아……! 대체 언제까지…… 언제까지 이리 찾아 헤매게 만드실 겁니까? 예?"

"……!"

깊은 한숨과 함께 다짜고짜 따지듯 툭 내던져진 익숙한 목소리에 순간 아리의 눈동자가 커다랗게 떠진 채 걷잡을 수 없이 흔들렸다.

"대체 얼마나 더 지겹게 말씀드려야 합니까? 제발 부탁이니까 사람 피 말리는 짓은 이제 그만 좀 하시라고요!"

"……유……와……?"

아리는 믿을 수 없다는 듯 떨리는 눈으로 제 앞의 사내를 바라보았다. 그리 툴툴거리며 제게 시퉁하게 손을 내미는 사내는 틀림없는 유와였다. 몇 날을 쉬지 않고 달려온 듯 초췌하고 수척해진 얼굴을 한 그가 책망하듯 그녀를 쏘아보고 있었다.

"하, 내가 진짜…… 아직 장가도 못 가고 창창한 나이인데 마마 때문에 속이 다 썩어 문드러져서 낼모레면 세상 하직할 영감님보다 더 늙은 기분이라니까요? 아시겠어요? 예?"

"……미안해, 유와…… 미안…… 정말 미안해……."

아리는 그만 눈물이 왈칵 쏟아져 나올 것만 같아 입술을 깨물었다. 늘 이런 식이었다. 그녀가 그를 간절히 필요로 할 때면 늘 어김없이 나타나, 입으로는 저리 툴툴대면서도 눈으로는 심려를 가득 안은 채 걱정스레 그녀를 살피곤 했었다. 지금처럼. 마치 그것이 '사유와'임을 증명이라도 하듯이…….

주위를 돌아보니 어느새 그들 곁에 도착한 백하와 사혼단이 그녀를 향해 깍듯한 예를 갖추며 부복해 있었다. 아리는 여전히 말에서 내리지 않은 채로 제게 내밀어진 유와의 손을 빤히 응시했다. 반갑기 그지없는 마음이야 한량없지만, 지금은 한가로이 감상에 빠져 있을 때가 아니었다. 사람 피 말리는 짓 좀 그만하라는 유와의 그 당부 아닌 당부를 유감스럽게도 이번은 들어줄 수 없었다.

"마지막으로…… 정말 마지막으로 이번 한 번만 도와줘."

"예? 뜬금없이 무슨 소릴 하시는 겁니까? 또 무슨 짓을 하시려고요?"

"갚아야 할 빚이 있어. 이번만 아무 말 말고 도와줘. 앞으로는 무슨 말이든 고분고분히 들을 테니까 이번 한 번만 제발……."

"하, 이리 뵙자마자 또 이런 식으로 나오실 거예요?"

미간을 한껏 구긴 채 불안한 눈빛으로 저를 응시하는 유와에게서 시선을 뗀 아리는 절박한 표정으로 백하와 사혼단을 차례로 돌아보았다.

"아라하의 여장(女將)이 날 구하려다 위험에 처했어요. 반드시 그녀를 구해야 합니다. 부탁합니다, 모두들……!"

그녀의 간절한 부탁에 백하와 휘하 단사들은 더 이상 아무것도 묻지 않은 채 깊이 국궁하며 하명을 받들었다. 단 한 사람, 유일하게 구시렁대며 불평불만을 쏟아 내는 유와를 뒤로한 채 아리는 말고삐를 힘껏 휘둘렀다. 시각을 다투는 급박한 상황이기에 당장은 더 소상히 설명해 줄 수 없지만, 나중에라도 사정을 알게 된다면 유와도 이런 자신을 분명 이해해 줄 것이다. 그도 절개와 신의를 아는 무인이니까…….

잠시의 휴식으로 기력을 찾은 적마가 무시무시한 속도로 왔던 길을 거슬러 질주했다. 유와와 사혼단이 질풍처럼 그런 그녀의 뒤를 따랐다. 아이혜는 잘 버텨 내고 있을까……. 자꾸만 불안감이 엄습해 왔지만 아리는 그 불길한 예감을 내리누르듯 마음을 다지고 또 다졌다.

그녀는 분명 무사할 것이다. 그녀와 헤어져 홀로 내달려 온 시간이 영겁처럼 길게 느껴진다고는 해도, 실제로는 일각(一刻: 15분)을 넘기지 않을 시간이었다. 이제 저물기 시작한 석양이 그것을 말해 주고 있었다. 이미 흘러간 일각의 시간과 앞으로 내달려 되돌아가야 할 그 일각의 시간을, 그녀라면 분명 충분히 버텨 낼 수 있을 것이다. 그녀는 아라하 혜노부족의 군장 설아이혜이니까…….

어째서 유와가 백하와 함께 있는 것인지 모를 노릇이었지만 그것은 차후에

물으면 될 일이었다. 지금은 다만 그러한 요행이 천운처럼 느껴져 그녀를 구할 수 있으리란 희망이 더욱 굳건해지고 있을 뿐이었다. 그래, 요행이 아닌 천운이 었다고, 머지않은 어느 날 그리 웃으며 그녀와 함께 오늘을 떠올릴 날이 분명히 올 것이다.

그러니 제발 무탈하기를. 어떻게든 버텨 내 주기를…….

그리 간절히 빌며 아리는 유와와 사혼단과 함께 아이혜가 있을 그곳으로 있는 힘을 다해 질주했다.


"하아, 하아…… 쿨럭……!"

울컥 붉은 피를 쏟아 내고 나니 시야가 뿌옇게 흐려졌다.

승산 없는 싸움이라는 것을, 저들과 처음 검합을 주고받던 그 순간부터 이미 아이혜는 절감하고 있었다.

하나와 상대해도 쉽지 않을 실력을 지닌 자가 무려 셋이었다. 진이나 소류였다면 분명 얘기가 달라졌겠지만, 아무리 뛰어난 무장이라 해도 여인이라는 한계를 완전히 뛰어넘기란 애석하게도 힘든 일이라, 홀로 저들 모두를 쓰러뜨린다는 것은 아이혜로서는 불가능한 일이었다.

언젠가 이생을 놓아야 한다면, 무장으로서 전장에서 치열하게 죽어지기를 바라 마지않았었다.

꿈꿔 오던 그런 죽음은 아니었으나, 이러한 죽음도 생각해 보면 썩 나쁘지 않은 죽음이었다.

적어도, 그에게 면목 없고 부끄러운 그런 죽음은 아니니까…….

그의 소중한 그녀를 지켜 냈으니, 충신으로서든 벗으로서든 이만하면 그에게 할 도리는 다하고 가는 것이다.

"쿡…… 그래…… 대견해, 아이혜……. 이만하면…… 잘했어…….'

아이혜의 무릎이 힘없이 풀썩 꺾였다. 메마른 땅 위로 피투성이의 몸이 장렬하게 쓰러졌다.

언제였던가……. 어린 어느 날의 자신이 목검을 든 채 처음 그에게 결투를 청하던 날이 스치듯 떠올랐다. 저보다 키가 한 뼘이나 작은 어린 계집아이를 가만히 내려다보던 제법 어른 같던 소년은 짐짓 엄한 얼굴로 타일렀었다.

'계집아이는 이런 걸 갖고 놀면 못 써.'

혜노부족의 후계자로서 이미 그때부터도 당연하듯 제 주위에는 온갖 험한 무기들을 손에 쥐어 주며 무예를 가르치던 거친 무예 스승들로 가득했기 때문이었을지, 어린 마음에도 저를 오롯이 계집아이로만 보아 주며 그리 말해 주던 소년이 실은 얼마나 고맙고 근사하기까지 하든지……. 괜한 오기를 부리며 그에게 달려들긴 했었지만 속으로는 두근대는 마음을 진정시키려 꽤 애를 먹었던 기억이 난다.

아마 그 때문이었을 것이다.

그 어린 어느 날 이후 성인이 되고, 또 무사가 되고, 부족을 책임지는 군장이 된 지금까지도, 저를 바라보는 그의 시선에는 늘 여인으로서의 그녀에 대한 안쓰러움이 짙게 묻어 있었다.

바로 그 시선 때문이었을 것이다…….

모두가 우러르고 예우하는 혜노부족의 군장을, 그저 한 사람의 여인 설아이혜로 온전히 보아 주던 바로 그 온정 가득한 시선 때문이었을 것이다.

그것이 사랑이 아닌 연민이었음을 조금만 더 일찍 알았더라면 이리 애달픈 외사랑을 좀 더 일찍 끝낼 수도 있지 않았을까.

만일 그랬더라면 괜한 헛물켜지 않고 일찌감치 다른 어울리는 짝 찾아 지금쯤 다른 행복을 꿈꾸며 살아갈 수도 있지 않았을까.

피식, 건조한 웃음이 스쳤다.

아니…… 그렇다면 그건 설아이혜가 아니다…….

힘겹게 몸을 누인 메마른 대지 위로 지축을 울리는 말발굽 소리가 심장의 고동처럼 우렁차게 울려왔다.

환청일까…….

멀지 않은 곳에서 저를 부르는 목소리가 들려오는 것 같아, 아이혜는 무겁게 감겨 오는 눈꺼풀을 힘겹게 들어 올렸다.

"아이혜……!"

어느새 제게 달려와 제 곁에 풀썩 쓰러지듯 주저앉은 가녀린 형상이 어른어른 시야에 비쳤다. 힘없이 늘어진 제 몸을 감싸 안는 여린 팔이 위태롭게 떨리고 있었다. 아이혜는 흐릿한 시야의 장막을 거두어 내려 눈을 힘주어 떴다.

"아이혜…… 일어나요……! 아이혜……! 제발 일어나란 말이야, 흐흑……!"

무너질 듯한 얼굴로 저를 내려다보는 여인의 얼굴 가득 내려앉은 처연한 슬픔이 죽어 가던 심장마저 두드려 깨우며 울컥하게 만든다. 하지만 욱신거리는 심장의 아픔을 굳이 몰아내려 애쓸 필요는 없었다. 생의 마지막…… 그러한 나약함 정도를 묵인해 줄 아량쯤은 있었으니까.

제 마지막을 기억해 줄 이가 그의 그녀임에, 새삼 안도감이 드는 건 무슨 까닭일까.

뜻 모를 웃음이 찰나 스치듯 잇새를 비집고 흘렀다.

천신께서는 아마 지금쯤 저와 그녀를 짓궂은 눈으로 내려다보고 계시려나…….

"아이혜! 눈을 떠 봐요, 제발……! 나예요, 날 알아보겠어요?"

절박한 얼굴로 외치는 아리를 안심시키듯 아이혜는 가만히 고개를 끄덕였다.

"……어찌…… 당신을 알아보지 못하겠어……. 꿈에서도 죽어서도…… 지울 수 없는 얼굴인데…… 잊으려 해도…… 차마 잊히지 않을 얼굴인데……."

"아이혜…… 흐흑…… 미안해요. 정말 미안해요……. 역시 내가 가는 게 아니었어요. 내가 당신을 사지로 떠밀었어요……. 내가 당신을……!"

"바보 같은 소리……. 누가 떠민다고 그리 쉽게 떠밀릴 사람 같아, 내가……? 이 설아이혜가……? 쓸데없는 소리 말고…… 내 말 똑똑히 들어요, 아리……."

고통에 얼굴을 일그러뜨리다 이내 정색을 하며 그녀를 꾸짖고는 아이혜는 거친 숨을 몰아쉬며 말을 이었다.

"약속해⋯⋯. 반드시 이 전쟁을 막겠다고⋯⋯ 또한 반드시 살아남겠다고⋯⋯. 인정하기 싫지만, 그의 곁에는 내가 아니라 당신이 있어야 하니까⋯⋯ 그러니 부디 살아서⋯⋯ 그의 곁을⋯⋯ 지켜 줘⋯⋯."

그리하여 준다면 조금은 마음 놓고 이 생을 놓을 수도 있으리라⋯⋯.

편히 두 눈 감은 채로 그를 떠날 수도 있으리라.

미련 없는 삶이었다고 그리 자부할 수는 없다 해도, 남은 미련 모두 거두어 눈감을 수 있으리라.

"혜노의 군장 설아이혜가⋯⋯ 처음이자⋯⋯ 마지막으로⋯⋯ 천궁 단목소류의 비(妃) 진아리에게⋯⋯ 부탁이란 걸 하는 거야⋯⋯. 부디 살아남아⋯⋯ 그의 곁에서⋯⋯ 그를⋯⋯ 커헉⋯⋯!"

"아이혜⋯⋯!"

울음기 가득한 얼굴로 다급히 저를 부축하는 아리를 만류한 채, 선혈을 토해 내며 거친 숨을 몰아쉬던 아이혜가 마지막 힘을 쥐어짜 내듯 힘겹게 속삭였다.

"⋯⋯소류를⋯⋯ 지켜 줘⋯⋯."

평생을 한결같던, 이 생에서의 마지막 간절한 바람을 남은 생명의 불꽃을 남김없이 태워 버리며 힘겹게 토해 낸 아이혜는 눈을 뜨고 있는 것조차 버거울 만큼 무거워진 눈꺼풀을 그제야 조용히 내리깔았다. 아리가 다급하게 그런 아이혜의 어깨를 잡아 우악스럽게 흔들어 댔지만, 짙은 속눈썹이 가지런하게 내려앉은 아이혜의 꽉 닫힌 눈꺼풀은 미세한 떨림조차 허락지 않았다.

"흐흑⋯⋯ 안 돼요, 아이혜⋯⋯! 눈을 떠요, 제발⋯⋯ 당신 강한 사람이잖아. 이렇게 가 버리면 안 되는 거잖아⋯⋯! 이리 허망하게 떠나 버리면 안 되는 거잖아⋯⋯!"

뼈아픈 절규가 핏빛 노을 아래 서글피 울려 퍼졌다. 더는 전할 수 없는 아픈 말들이 가시처럼 심장을 할퀴며 허공을 맴돌고 있었다.

"이리 당신을 죽이고 무슨 낯으로 그의 얼굴을 보라는 거야……! 나 때문에 당신의 왕비가 죽었다고…… 나를 살리려다 대신 죽어 버렸다고…… 그런 말을, 그리도 뻔뻔한 말을…… 나더러 어찌 그에게 하라는 거야……! 나는…… 못 해…… 나는 못 해!……흑흑…… 그러니 어서 일어나요! 어서 눈을 떠, 제발…… 제발, 아이혜……!"

아이혜의 어깨를 거칠게 흔들어 대며 미친 듯이 절규하던 아리의 간절함이 부질없게도, 마지막 삶의 미련을 부여잡듯 허공을 힘겹게 부유하던 아이혜의 창백한 손이 마침내 힘없이 스르륵 바닥으로 떨어져 내렸다.

마지막이라기엔 너무도 간결한 당부의 말을 남긴 채, 그녀는 미련 가득한 자신의 생애에 끝내 작별을 고했다.

"안 돼! 눈을 떠요, 아이혜! 제발…… 제발 눈을 뜨란 말이야! ……아이혜…… 흑흑…… 아이혜……!"

그녀를 부둥켜안은 채 서럽게 쏟아 내던 아리의 절규가 일순 멈추었다. 순간 눈이 부시도록 시리고 찬란한 빛이 시야로 가득 쏟아져 들어왔다. 눈물로 뿌옇게 흐려진 시야 가득 넘실거리는 푸른 빛줄기를 망연자실 바라보다가 아리는 이내 눈물을 훔쳐 내고는 그것을 제대로 눈에 담았다.

"……!"

아리의 눈동자가 걷잡을 수 없이 떨려 왔다. 처음에는 푸른빛의 청룡의 형상을 하고 있던 그것은 이내 서서히 사그라지며 찬연한 황금빛으로 변해 갔다. 언젠가 제 눈으로 직접 보았던 황룡의 인과 꼭 같은 형상을 한 그것이 아이혜의 이마 위에서 모든 것을 삼킬 듯 찰나 강렬히 번쩍하고 빛을 발하더니 이내 거짓말처럼 한순간 흔적 없이 사라져 버렸다.

"……아이혜…… 흑흑…… 아이혜……."

천신이시여, 당신의 뜻은 결국 이런 것이었습니까…….

살아생전 그녀가 그리도 바라 마지않던 황룡의 인을 이제 와 그녀에게 허락하시는 겁니까…….

치열했던 그 삶을 놓아 버린 후에야…… 그녀가 그의 진실한 반려였음을, 이제 와 인정하시는 겁니까…….

천신이시여…….

어찌 이리도 모질고 잔인하십니까…….

아이혜……. 당신네들의 천신은 이리도 심술궂고 잔인하건만, 당신은 그 운명을 어찌 그리 미련하게, 어찌 그리 우직하게 따르고 가는 것입니까…….

하면, 이리 남아 버린 나는…… 당신을 죽이고 홀로 살아남은 나는 이제 어찌 살아가야 하는 건가요…….

아이혜…… 제발 대답해 줘요…… 아이혜…….

'부디 살아남아…… 그의 곁에서…… 그를…… 소류를…… 지켜 줘…….'

저미듯 쓰라린 가슴 한편으로 마지막 숨을 다해 힘겹게 뱉어 내던 그녀의 서글픈 당부가 쓰리게 휘몰아쳤다. 아리는 차디차게 식어 가는 아이혜의 몸을 끌어안은 채 서럽게 울부짖었다.

간절한 그 바람이 눈물겨워서, 숭고하고 지극한 그 사랑이 너무나도 애통하고 서글퍼서…… 마지막이란 걸 알면서도 사죄의 말 한마디조차 차마 꺼낼 수 없을 만큼 죄스럽고 한스러워서…… 식어 가는 그녀의 몸을 온몸으로 부둥켜안은 채 심장을 에는 깊은 비탄에 잠겨 하염없이 목 놓아 울음을 터뜨렸다.

스러지는 석양이 마치 작별을 고하듯 그들 뒤로 긴 핏빛 그림자를 토해 내던, 어느 초겨울의 늦은 저녁 무렵이었다.


"행궁으로 모시겠습니다, 마마."

"아니……. 해주로 가자……."

유와는 말 위에 올라탄 채 먼 곳을 망연히 응시하는 아리를 흘끗 올려다보았다. 그녀가 구해야 한다던 아라하의 여장(女將)은 운이 없게도 자신들이 이곳에 도착했을 때는 이미 돌이킬 수 없는 치명상을 입은 후였다.

힘겨운 사투 끝에 손파영의 수하들을 쫓아내고 여장의 시신을 땅에 묻는 그 순간까지도 아리는 그렇게 허망하게 무너져 내린 채 평생 흘릴 눈물을 모두 쏟아 내듯 하염없이 울고 또 울었다.

한참을 오열하다 어느덧 울음을 멈춘 그녀의 얼굴에는 끝 모를 지독한 공허와 비통함이 흐르고 있었다. 유와는 그런 그녀가 염려스러워 입 안이 타들어 갈 만큼 바짝 애를 태우고 있었다.

"하지만 해주는 위험하다고요. 그곳은 지금……."

"행궁이 위험한 것도 매한가지야. 부탁해, 유와. 해주로 데려다줘. 아라하의 왕에게 꼭 전해 줘야 할 게 있어."

"하…… 정말……."

탄식처럼 한숨을 내뱉으며 그녀가 등에 메고 있는 물건에 가만히 시선을 던지던 유와는 이내 어쩔 수 없다는 듯 마지못해 고개를 끄덕이곤 자신의 말에 올라탔다.

여장이 남긴 유품이었다. 그것을 그에게 전하고 그에 합당한 원망과 힐난과 증오를 그에게서 받아 내야만 그녀를 내리누르는 죄책감이 조금쯤 가벼워질 수 있는 거라면, 기꺼이 그녀를 그에게 데려다줄 수 있었다. 단, 그것은 어디까지나 그곳에서 어떠한 상황이 닥친다 해도 제 목숨을 걸고 그녀를 지켜 낼 수 있다는 전제하에서였다.

"여장이 죽은 걸 알면 그들이 마마를 살려 두지 않을 겁니다. 지금 마마가 하시려는 짓이 어떤 짓인지나 아세요? 불나방이 불로 뛰어드는 꼴이라고요."

"……그게 내 운명이라면 그리되는 수밖에 없겠지."

"하, 아니 대체 마마께서 언제부터 그런 걸 믿으셨다고 그래요? 예? 운명 같은 거 엿이나 바꿔 먹으라고 입버릇처럼 말씀하시던 분이셨잖아요!"

그녀의 고집에 성질이 나 버럭 악을 쓰는 그에게 그녀가 조용히 대꾸했다.

"이제부터 믿어 보려고……. 그 엿이나 바꿔 먹을 운명에 목숨까지 걸었던 사람이…… 그 사람의 죽음이…… 나 때문에 무의미해질까 봐 겁이 나……. 그래서 그래…… 그래서 이제라도 믿어 보려고……."

갑갑함에 말문이 막힌 듯 씩씩대던 유와가 '아, 몰라. 맘대로 해요!' 라고 퉁명스럽게 내뱉고는 신경질적으로 말 등을 향해 고삐를 내리쳤다. 히히힝! 길게 울음을 울며, 유와를 태운 흑마가 맹렬하게 출발했다. 그 뒤를 아리가, 또 그런 그녀의 뒤를 백하와 사혼단이 조용히 뒤따랐다.

그리고…… 그들이 그곳에서 완전히 벗어나자, 멀리서부터 그들을 지켜보고 있던 한 사내가 조용히 모습을 드러냈다.

'귀비 마마……?'

사내는 아리와 은월검, 그리고 그녀의 호위무사를 단번에 알아보았다. 불길한 예감이 사내를 옭아맸다. 그들이 땅에 묻던 이가 설마 제가 애타게 찾던 그분은 아닐 것이다……. 사내는 떨리는 손으로 미친 듯이 땅을 헤쳤다. 무른 흙을 정신없이 파헤쳐 마침내 그 안의 시신이 모습을 드러냈을 때, 사내의 얼굴은 무너질 듯 무참히 일그러졌다.

"아이혜 님……!"

차마 눈에 담기 힘들 만큼 처참한 모습으로 차디찬 땅 위에서 생을 다한 그녀를 품에 안은 채로, 사내는 주먹을 으스러지도록 꽉 움켜쥐었다. 붉게 충혈된 두 눈이 방금 전 사라진 이들을 좇듯 허공 어디쯤을 잡아먹을 듯이 노려보고 있었다.

그들이다. 혜노의 군장 설아이혜를 죽인 것은, 다름 아닌 귀비와 그의 무사들임에 틀림없었다.

사내는 이를 악물었다. 이 참혹한 사실을 하루빨리 전하께 알려 드려야만 한다. 하여 귀비와 그 일당들을 반드시 처단하여야만 하리라. 아이혜의 시신을 말 위에 조심스럽게 태운 후, 사내는 지금쯤 자신들의 왕이 전투를 벌이고 있을 그 해주성을 향해 미친 듯이 말을 몰았다.

## 21
## 천명(闡明)

암흑 같은 공간 속······.

목적도 이유도 모른 채 소류는 어둠이 깔린 그 길을 하염없이 걷고 있었다.

이곳은 어디일까. 어디로 가고 있는 것일까. 아무리 고민해 보아도 머릿속은 장막을 두른 듯 까마득하기만 할 뿐, 답을 떠올려 낼 수 없었다.

소용없는 의문은 심신을 지치게 만들고 있었지만, 그에 기운이 빠지기보다는 어쩐지 마음 한구석이 홀가분해졌다.

내려놓는다는 것이 이런 느낌일까. 가끔은 이런 순간이 절실히 필요할 때도 있었다. 앞이 보이지 않는 까마득한 미래에 불안에 떨기보다는, 그저 툭 내려놓은 채 한 걸음 물러서서 관조하는 그런 여유······. 왕이 된 그 어느 날부터 지금까지 그 여유를 너무 오래 잊고 살았다.

한 나라를 짊어진 군왕 된 자로서 참으로 퍽퍽하고 고단한 삶을 살았노라 자부하지만, 그것이 억울하지는 않았다. 그러한 삶을 버티어 살아 내고 있는 이가 어디 비단 저 하나뿐이랴······. 하루에도 수많은 백성들이 굶주린 삶을 버텨 내지 못해 모진 생을 다하건만, 그들에 비하면 자신은 얼마나 호사스러운 삶을 살아왔던가……

상념에 잠긴 채 소류는 묵묵히 어둠 속을 걷고 또 걸었다.

한참을 걷고 또 걸어도 영영 끝나지 않을 것 같던 어두컴컴한 저 길 너머로 희미한 빛 무리가 모여드는 것이 보이자, 소류는 단숨에 그곳으로 달려갔다.

빛이 사라질지도 모른다는 막연한 불안감에 성마르게 내달린 그 노고를 보상해 주기라도 하듯, 그곳에 다다르자 빛 무리는 사그라지기는커녕 오히려 더욱 선명히 모여들었다.

그리고 그 빛의 중심에…… 그녀가 서 있었다.

'아……리……?'

처연한 미소를 떠올린 채 그녀는 말없이 그를 바라보고 있었다.

세상의 모든 슬픔을 홀로 짊어진 듯 처연하고 애처로운 미소에 가슴이 아려와 소류는 그녀를 안아 주려 한 걸음 다가섰지만, 다가설수록 오히려 그녀는 멀어지기만 할 뿐이었다.

아무리 손을 뻗어 봐도 도저히 그녀를 잡을 수가 없었다. 손이 닿지 않아 안타까움에 마음을 태우는데, 그녀가 그런 그를 보며 애처로이 입술을 달싹였다.

'……오지…… 말아요…….'

누구를 향한 원망일까. 혹은 안타까움일까. 잔뜩 일그러진 얼굴로 그녀가 그를 밀어 내듯 절박하게 손짓해 댔다.

가까이 다가서려 수없이 걸음을 떼 보았지만, 꿈인 듯 환영인 듯 느리고 더딘 시간의 흐름 속에서도 그녀는 도무지 잡히지가 않아 그의 애간장을 태우고 있었다.

'아리, 도망치지 마, 제발……. 이리 와…… 나와 함께 가자…….'

'안 돼요…… 오면…… 안 돼……! 아…… 으으……!'

'아리……!'

그녀의 고통스러운 신음과 함께 일순 번쩍하고 섬광이 발하더니 그녀의 손에 그 빛의 근원지인 듯한 하얀 물체가 들리어졌다. 하얗게 빛나는 그것에선 새붉은 피가 하염없이 흘러나오고 있었다.

소류는 단박에 그 물체를 알아보았다. 어찌 그것을 알아보지 못할 수 있을까.

왕비의 검, 은월검……. 그녀는 어느새 붉은 피를 토해 내는 은월검을 그에게 겨눈 채, 경멸에 가득 찬 시선으로 그를 싸늘히 노려보고 있었다.

'……당신 때문이야…… 모든 게 다 당신 때문이야……! 죽어……!'

머리 위로 은월검을 치켜든 아리가 그를 향해 섬뜩하게 뇌까렸다. 그녀 주위로 하얗게 모여들던 빛줄기는 어느새 붉게 변해 있었다.

'죽어…… 죽…… 커헉!'

그녀가 치켜든 검을 그에게 내리꽂으려던 찰나, 은월검이 번쩍 빛을 발하며 그녀의 손을 떠나 허공에서 빙글빙글 돌더니 돌연 그녀의 심장을 향해 날아가 박혔다. 그녀의 심장에서 붉은 피가 뚝뚝 흘러내려 바닥을 핏빛으로 물들여 가기 시작했다.

'아리!'

창백한 얼굴로 서서히 무너져 가는 아리를 향해 소류는 황망히 손을 뻗어 보았지만, 여전히 그는 그녀에게 닿을 수 없었다.

붉은 피가 흥건히 고인 바닥 위로 그녀가 속절없이 무너져 내렸다. 그를 경멸하듯 원망 가득한 눈으로 조소를 머금은 채 그녀는 처연히 죽어 가고 있었다.

'안 돼! 아리……!'

소류는 안간힘을 쓰며 그녀를 향해 필사적으로 손을 뻗었다. 그러나 여전히 그녀에게 닿을 수 없었고, 마치 생이 꺼지듯 붉은 빛줄기가 서서히 사그라지기 시작했다.

그리고 마침내 빛줄기가 완전히 사그라졌을 무렵…… 그녀는 흔적도 없이 사라지고 없었다.

"으윽…… 안 돼……! 안 돼, 아리……!"

"전하! 괜찮으십니까? 전하!"

"헉……!"

땀에 흠뻑 젖은 채 소스라치듯 놀라며 잠에서 깨어난 소류가 벌떡 몸을 일으키고는 꿈인지 생시인지조차 분간하기 힘들다는 듯 불안과 혼란이 가득한 눈으로 사위를 위태롭게 둘러보았다.

곁에 자리한 친위대장 무흔이 염려 가득한 시선으로 조심스럽게 그런 소류의 안색을 살피고 있었다.

아무리 충정으로는 둘째가라면 서러울 무흔이라지만, 한 나라의 수장 된 자로서 제 신속(臣屬)에게 요즘 들어 부쩍 못나고 부족한 모습을 보이는 듯싶어, 소류는 그런 제 자신이 영 못마땅했다. 그는 미간을 구긴 채로 침상 옆 탁자 위에 가지런히 개켜진 웃옷을 다소 거칠게 집어 들었다.

"소식은……."

"……송구합니다, 전하."

아리와 아이혜가 사라진 지 오늘로 보름째……. 면목 없다는 듯 고개를 숙인 무흔을 무연히 응시하며, 소류는 조금 전 꾸었던 꿈을 떠올렸다.

다시금 떠올리는 것만으로도 등줄기가 서늘해질 만큼 끔찍한 악몽…….

왕비의 검 은월검이 붉은 피를 하염없이 흘리는 꿈……. 피로 붉게 물든 은월검을 손에 든 채 원망 가득한 눈으로 자신을 바라보던 아리가 돌연 은월검에 심장을 찔려 붉은 피를 뚝뚝 흘리며 죽어 가던 불길한 꿈…….

어찌하여 꿈마저도 이리 불길하단 말인가…….

"아라하의 정보력이 이 정도로 형편없었나. 벌써 보름이 흘렀건만 흔적 하나 찾아내지 못하다니."

"면목 없습니다, 전하. 죽여 주십시오."

애먼 상대에게 분풀이를 하고 있다는 것을 어찌 모를까. 하루하루 속이 새까맣게 타들어 가는 것만 같은 심정이다. 보름 전 풍한열로 쓰러졌던 그는 깨어나자마자 아리와 아이혜가 감쪽같이 사라져 버렸다는 청천벽력 같은 소식을 들어야 했다.

소류는 아리의 호위를 맡겼었던 친위대장 무흔을 불러 자초지종을 물었고,

무흔에게서 뜻밖의 대답을 들었다. 아리가 사라진 그 시각 무흔을 비롯한 친위대 전원은 아이혜의 명으로 천궁의 막사를 지키고 있었으며, 그 시간부로 아리의 호위는 아이혜가 대신 맡기로 하였다는 것이다.

아리의 얼굴을 쳐다보는 것조차 괴롭기 그지없을 아이혜가 어찌하여 갑작스럽게 그런 결단을 내린 것일까. 아무리 생각을 해 봐도 도저히 이해할 수 없는 노릇이었다.

소류는 가만히 관자놀이를 짚었다. 머리가 지끈거렸다. 그나마 위안이 되는 사실은 두 사람이 함께 사라졌으니 아이혜가 아리의 곁을 지키고 있을 가능성이 크다는 것이었다. 그러나 그것은 동시에 그들 두 사람에게 어떠한 변고가 생겼을 가능성 역시 크다는 뜻과도 다름없었으므로 마냥 넋 놓고 낙관할 수만은 없는 상황이기도 했다.

사라진 그녀들에게만 온 신경을 쏟아부을 수 있는 상황이라면 아마 어쩌면 진작 그녀들을 찾아냈을 수도 있었겠지만, 애석하게도 지금은 전시(戰時)였다. 군주로서, 사사로운 감정과 전쟁 그 둘 중 냉정히 선후를 따지자면, 두말할 것 없이 응당 전쟁이 먼저였다. 아리와 아이혜가 사라졌다고 해서 병사들이 한창 사기충천해 있는 이런 때에 그 맥을 끊듯 해주로의 행군을 멈추는 어리석은 짓을 할 수는 없었다.

소류는 병석에서 털고 일어나자마자 서둘러 해주로 진군했다. 외성 밖에 자리를 잡아 군영을 세우고 군대를 정비하자마자 지체할 것 없이 공성을 개시하였고, 그렇게 공성이 시작된 지 오늘로 꼭 나흘째였다.

이미 난공불락의 낙안성을 함락시킨 전적이 있는 아라하군의 사기는 하늘을 찌를 듯 기세등등했지만, 개미굴만큼도 틈을 내어 주지 않을 정도로 해주성의 방비는 그야말로 철통같았다. 그녀들을 찾아내지 못한 그 보름이란 시간을 이래저래 아무런 소득도 얻어 내지 못한 채 무의미하게 흘려보내고 있을 뿐이었다.

숨이 넘어갈 듯한 기색으로 헐레벌떡 왕의 막사로 뛰어 들어온 병사가 군주께 예를 올리는 것도 잊은 채 다급히 보고를 올리기 전까지는, 분명히 그랬다.

132

"헉, 헉……! 전하! 보…… 보고 올립니다!"

"무엄하다! 어찌 전하께 예조차 올리지 않고 이리 경망하게 구는 게냐!"

"소, 송구합니다! 급한 마음에 소인이 그만 죽을죄를……!"

"되었다. 무슨 일이냐."

병사에게 호통치는 무흔을 만류한 소류는 다소 심각한 얼굴로 병사의 입이 떨어지기만을 기다렸다. 혹 그녀들이 돌아왔다는 소식은 아닐까 하는 기대감이 잠시 스치긴 했지만, 그것이 아님을 알았을 때 실망하거나 낙담하지는 않았다. 병사의 입에서 나온 말은 그것과 경중을 논하기 힘들 만큼 충분히 놀랍고도 중차대한 소식이었기 때문이었다.

"전하! 북쪽 외벽이 뚫렸습니다! 북쪽의 방비가 무너졌습니다!"

"뭐……?"

소류는 자신의 귀를 의심했다. 북쪽의 방비가…… 무너졌다……?

공성이 시작된 지 이제 나흘이 지났을 뿐이었다. 전력이 비등한 경우라면 응당 공성보다는 수성이 쉬웠다. 또한 아직은 어느 한쪽도 무너질 시기가 아니었다.

"내 직접 확인해 보아야겠다."

"전하, 소신도 따르겠습니다."

자리를 박차고 일어서 막사 밖으로 나서는 자신의 곁을 재빨리 따르는 무흔의 기척을 등 뒤로 느끼며 소류는 걸음을 서둘렀다.

낙안에서의 공성전에 이어 두 번째……. 해주성이 함락된다면야 물론 더할 나위 없이 좋을 것이나, 요행처럼 다가온 이 두 번의 우연찮은 기회가 썩 편치만은 않게 그의 뇌리를 맴돌았다.

병사가 대령시킨 말에 올라탄 소류는 지체 없이 북쪽 외성을 향해 말을 몰았다. 성벽을 타고 수차례 휘몰아친 칼날 같은 바람이 그의 어깨 아래로 늘어진 긴 흑발을 사납게 헝클어뜨리고 지나갔다. 어느새 다가온 혹한의 계절이 기세 좋게 제 기운을 뿜어내고 있었다.

북쪽의 외성에 도착해 보니 과연 병사의 보고대로 그곳의 방비는 무너져 있었다. 애초 계획했던 것보다 훨씬 더 빠르고 가파르게 시국이 흘러가고 있었다. 어쩌면 한겨울의 혹한을 채 맞이하기도 전에 파안의 도성으로 진격할 수 있을지도 모르겠다. 소류는 그림처럼 펼쳐지는 계획들을 머릿속에 그려 보며 저 멀리 보이는 내성의 성채를 아득히 응시했다.

까마득히 멀기만 했던 견고한 성채가 금세라도 손안에 잡힐 듯 어느새 이만큼이나 훌쩍 다가와 있었다.

그리고…….

그로부터 정확히 사흘 후…….. 마침내 해주성이 함락되었다.

북쪽의 방비가 뚫려 적군의 침입을 허락한 해주성은 그렇게 사흘 만에 허무하리만치 손쉽게 무너졌다. 너무도 손쉬워 어딘지 꺼림칙한 마음을 지울 수 없는 의문스러운 승전이었으나 그것은 다만 군 수뇌부의 한때의 고민이었을 뿐, 승리에 도취된 병사들은 하나같이 그 흥이 하늘을 찌를 듯하였고, 병영은 승전의 기쁨에 취한 듯 어느 때보다도 소란스러운 활기로 가득 차 있었다.

한없이 들뜬 병사들에게 지금까지의 노고를 치하하며 승전에 대한 후한 상을 내리고 난 후, 소류는 군장들과 함께 차근히 도성으로의 진격을 준비했다.

북쪽 방비가 무너진 것에 대한 의구심을 완전히 걷어 내지 못한 그였지만, 사정이 어떠하든 해주성은 이미 아라하의 차지가 되어 있었으므로 따지고 보면 딱히 골치를 썩일 필요는 없는 문제였다.

약간의 꺼림칙함이 남아 있다고는 해도 승전으로 마음이 기분 좋게 들뜨는 건 소류 역시도 예외는 아니어서, 막사에서 한가로이 검을 손질하는 능숙한 손놀림이 그 어느 때보다도 경쾌했다.

해주에 도착한 이후 처음으로 긴장을 내려놓은 평화로운 한때였다.

아직 찾지 못한 그녀들에 대한 염려를 제외한다면, 분명 더없이 평화롭고 안온한 한때였다.

저녁 바람이 스산하게 땅 위를 스치고, 석양이 적요하게 대지를 물들이는 고요하고 평화로운 시간……. 마치 그 안온함을 깨뜨리듯 망루 저 너머에서 거칠게 질주해 오던 한 필의 말이 성문에 채 닿지도 못한 채 털썩 쓰러졌다.

말과 함께 쓰러진 사내가 가까스로 몸을 일으켜 망루를 향해 쓰러질 듯 위태로운 걸음을 옮겼다. 해질 대로 해진 의복에 흙먼지까지 잔뜩 뒤집어써서 몰골이 말이 아니었지만, 망루의 병사들은 그를, 정확히는 그의 목에 걸린 친위패를 충분히 알아보았다.

"저, 저것은……!"

"친위대다! 친위대가 돌아왔다! 당장 전하께 알려라!"

친위대장 무흔의 지시로 아이혜의 뒤를 쫓아 정찰을 떠났던 정예 대원 중 하나……. 소류와 진이 그토록 돌아오기만을 학수고대해 마지않았던 바로 그 사내…….

그가 마침내 해주의 군영으로 돌아왔다.

이루 말할 수 없이 참담한…… 차마 믿어지지 않는 비보(悲報)와 함께…….


하늘은 온통 붉었다.

붉디붉은 피 울음을 토해 내며 석양이 서천(西天) 너머로 이울고 있었다.

석양을 등진 채 일렬횡대로 늘어서 있는 군장들의 발 아래에 황혼의 붉은 그림자가 짙게 드리워졌다. 붉게 타들어 가는 불꽃이 탁탁 소리를 내며 서서히 내려앉는 어둠 속으로 튀어 올랐다.

비보가 날아든 아라하 군영의 비통함은 이루 말할 수 없이 컸다. 승전의 기쁜 소란은 순식간에 씻긴 듯이 사그라져 병영엔 침통한 적막만이 가득 차 흐르고 있었다. 친위대원이 전해 온 비보는 천인공노할 만한, 아니, 그 이상의 어떤 말로도 이루 다 표현 못 할 만큼 원통하고 참담했다.

충직하고도 강건한 아라하의 여장, 혜노부의 군장 설아이혜가 죽었다……!

왕의 귀비…… 아니, 적국 파안제국의 황후에게 원통한 죽임을 당했다……!

왕을 홀렸던 남쪽 나라의 붉은 여우가 기어코 자신들의 왕비를 죽인 것이다!

군장들의 분노는 하늘을 찌를 듯했다. 귀비를 감싸고도 한 듯한 왕의 태도에 그간 불만이 컸음에도 내색하지 않던 그들은 이제 와 우려하던 일이 기어코 일어난 것이라며 분통을 터뜨렸다.

소류는 그런 그들의 분노를 잠자코 지켜볼 뿐 어떠한 반응도 보이지 않고 있었다. 아이혜를 잃은 슬픔과 그녀를 지키지 못한 자신에 대한 분노가 너무 커다른 것을 생각할 여력이 없는 탓이었지만, 그의 침묵을 다른 의미로 곡해한 몇몇 군장들은 그런 왕에게 불만을 넘어서 지독한 배신감마저 느끼고 있었다. 소류 역시 그것을 모르는 바는 아니었다.

"천신께 돌려보냅니다. 부디 그녀를 가호하시기를……."

타닥타닥 타들어 가던 불꽃이 어느새 완전히 사그라지고, 그녀의 시신은 한 줌 재로 화하여 작은 유골함 안에 고이 담겼다. 그 비통한 광경에 모두가 참담한 심정으로 침묵하며 애도하는 가운데, 친위대장이 왕에게 조심스레 유골함을 건넸다.

왕실의 예법대로라면 시신을 화장한 후 바로 풍장을 치르는 것이 순서였지만, 소류는 풍장의 시기를 기약 없이 미루었다. 왕의 그 같은 처사에 대해 군장들 중 누구도 불만을 표하는 이는 없었다. 차마 이 땅 위에서는 그녀를 보내 줄 수가 없는 왕의 그 비통한 심정만큼은 모두가 헤아려 아는 까닭이었다.

유골함을 받아 드는 소류의 투박한 손이 찰나 파르르 떨렸다. 침통한 두 눈동자가 붉게 물든 대지 위를 허망하게 부유했다.

저 대지의 끝에서 굽이쳐 흐르는 거대한 미우강…… 그 너머에는 척박하나 사무치게 그리운, 그의…… 또한 그녀의 땅이 있었다. 어린 아이혜가 뛰놀던 그 메마른 땅 위에, 따가운 모래알들이 춤을 추는 그 붉은 바람에 그녀를 실어 보내리라……. 모래알 가득한 그 사나운 삭풍을 맞으며, 척박하기 그지없는 그 메마른 땅 위를 구르며, 더없이 치열한 삶을 살다 간 그녀이니까.

한평생 그리 치열히 살다 간 그녀이건만 그 삶의 무게에 비해 턱없이 가볍기만 한 그녀의 유골함을 품에 안은 채, 소류는 울컥 치미는 속울음을 겨우겨우 안으로 삭이며 침통히 북쪽을 응시했다.

늘 전장을 함께 누비던 그녀가, 실력 좋은 장정들과 견주어도 한 치의 모자람이 없던 그녀가 이리 허망한 죽음을 맞이할 수도 있으리라고는 단 한 순간도 생각해 본 적이 없었다. 그녀가 이리도 일찍 제 곁을 떠날 수 있으리라고는 차마 상상조차 해 보지 못했었다. 더욱이, 그녀를 해한 자가 그가 처음으로 마음 내어 준 여인이 될 수도 있으리라고는…… 차마 꿈에서조차 생각해 본 적이 없었다.

그것이 자만에 가까운 믿음이었다는 것을 알았지만 이미 늦어 버렸다.

제 오랜 벗이자 진실한 충신이었던 아이혜는 이미 하얀 가루로 화하여 자신의 손에 들린 이 작은 유골함 안에 담겨 있었다.

"아이혜……."

천 번을 불러도 더는 대답 없을 이름……. 그 사실이 그의 가슴을 사무치게 후벼 팠다.

당연하다 여기었던 그 모든 신의가 그의 가슴속에서 산산조각 나 부서져 내리고 있었다.

벼랑 끝에 선 듯 늘 위태롭기만 하던 연정이 끝끝내 제 살점을 잔인하게 도려내며 그의 심장에서 뜯겨 나가고 있었다. 후벼 파내어진 자리가 하 쓰라려 깨닫게 된 이후에도 그는 종내 그것을 막지 않았다.

그 미련한 감정을 붙들고 있는 건, 떠나간 아이혜에 대한 배반이나 다름없었다.

그것은 씻을 수 없는 죄악이었다. 행여 남아 있는 감정의 찌꺼기가 있다면 매정히 쓸어 내야 함이 마땅했다. 마음 저변에 쌓인 그것들을 소류는 부단히 깨부수고 쓸어 냈다.

그리고…….

깨어진 신의의 남은 조각들마저 버석버석 부서져 바닥에 횡횡하게 나뒹굴고 있을 때, 그녀가 제 발로 해주성을 찾아왔다.

아이혜를 떠나보내고 모두가 비탄에 잠긴 그날, 석양마저 머물지 못하고 떠나가 버린 늦은 저녁 무렵의 일이었다.

망루 위에 내걸린 붉은 깃발이 거센 바람에 이리저리 펄럭였다.

본래 자리했을 해주성의 백색 문장기는 흔적도 없이 사라지고 붉은빛이 그 자리를 대신하고 있었다.

바람에 찢기듯 사납게 펄럭이는 주작기에 잠시 시선을 빼앗겼던 유와는 이내 고개를 돌려 제 곁에 고집스럽게 서 있는 주인을 바라보았다.

"결심은 변함없으신 겁니까?"

"응."

더 생각할 것도 없다는 듯 단호한 아리의 대답에 유와가 미간을 좁혔다. 예까지 오는 동안 부러 먼 길을 돌아 오며 틈틈이 그녀를 끈질기게 설득해 보았지만, 결국엔 그녀의 고집을 꺾지 못한 채 기어이 이곳 해주성까지 오고야 말았다.

"마마께서 무사하지 못하실 수도 있어요. 이미 해주성마저 함락시킨 그들입니다. 마마라는 볼모가 지금의 그들에게 군이 필요할 것 같습니까? 제발 다시 생각해 보십시오, 마마."

"다른 방법이 없다는 거, 유와 너도 잘 알고 있잖아."

"방법은 찾으면 됩니다. 단 마마의 목숨이 붙어 있을 때의 이야기예요. 아시겠어요? 이 방법은 너무 위험하다고요."

유와의 걱정 가득한 시선이 아리를 향했다. 아라하의 여장이 죽었다. 제 주인을 구하고 대신 세상을 떠나 버렸다. 아라하의 정보력이라면 그 사실이 이미 그들의 귀에까지 흘러들어 갔을지도 모를 일이다. 날조되지 않은 진실 그대로가 전해졌다고 해도 아리가 여장을 죽게 만든 원인을 제공했다는 사실마저 부정하기는 힘들 것이다. 거기에 오해까지 더해진다면 그녀가 여장을 죽였다는 누명을 고스란히 뒤집어쓸 수도 있었다.

"마마의 말을 몇이나 믿어 줄 것 같아요? 마마께서 무슨 말을 하든 그들이 콧방귀나 뀔 것 같습니까?"

"그는…… 내 말을 분명 믿어 줄 거야……. 그러면 분명…… 믿어 줄 거야."

말과는 달리 확신 없는 목소리에 유와가 답답한 듯 탄식을 내뱉었다.

"하, 마마께서 그를 믿는 것처럼 그도 마마를 믿어 줄 거라고, 정말로 그렇게 생각하고 계신 거예요? 그가 누구인지 정말로 잊으신 겁니까?"

뼈아픈 힐난이 심장을 아프게 찔러 댄다. 아리는 입술을 깨물었다. 어떻게 잊을 수 있을까. 자신은 파안의 황후, 그는 적국 아라하의 왕……. 한시도 잊어 본 적 없는 사실이다.

"잊지 않았어……."

"그런데 어찌 그리 무모한 말씀을 하십니까? 저길 들어가면 마마는 그 즉시 목숨을 잃을 수도 있어요. 여장의 죽음이 벌써 저들에게 전해졌을 겁니다. 그 죄를 마마께서 다 뒤집어쓰시게 될지도 모른다고요!"

"알아. 나도 잘 알고 있어……. 하지만 지금은 달리 방도가 없어."

씁쓸히 내리깐 눈으로 공허하게 바닥을 훑던 그녀가 이내 조용히 고개를 들었다.

"그녀와 약속을 했어. 반드시 이 전쟁을 막겠다고……. 잘못될 수 있다는 것도, 위험한 방법이라는 것도 잘 알아. 하지만 그 약속을 지키지 못한다면 난 살아도 사는 게 아닐 거야. 어떻게든 이 전쟁을 막고 싶어. 반드시…… 무슨 짓을 해서든 꼭 막을 거야……."

그 말에 유와의 눈썹이 사납게 꿈틀거렸다.

"어떻게요? 대체 무슨 짓을 어찌하셔서 막으실 건데요? 당장 저 안에 들어가 살아남을 방법은 있으시고요?"

유와가 답답하다는 듯 매몰차게 쏘아붙였다. 아리는 무겁게 한숨을 내쉬었다. 퉁명스레 구는 유와를 이해 못 하는 것은 아니었다. 자신이 생각해도 대책 없이 무모한 짓임에는 틀림이 없었으니까. 하지만 믿는 구석이 아주 없지는 않았다. 너무도 허황되고 파렴치해서 그것을 믿는 자신이 한심스럽기는 해도……

"저들의 천신……. 그게 내가 가진 유일한 패야. 그 패에 내 운명을 걸어 보려고 해."

그리 혼잣말처럼 중얼거리며 아리는 이마에 쓴 타란으로 손을 가져갔다. 도저히 믿기지 않아 종종 까맣게 잊곤 하던 천신의 증표가 손끝에 느껴지는 타란의 감촉처럼 머릿속에 생생히 되살아났다. 유와가 기가 차다는 듯 입을 떡 벌린 채 헛숨을 내뱉었다.

"예? 누구한테 뭘 걸어요? 천신이요? 운명이요? 하, 그런 걸 언제부터 믿으셨는데요? 죽고 사는 게 무슨 애들 장난인 줄 아세요? 내기하듯 걸고 말고 하게요?"

숨도 쉬지 않고 그리 이죽거리는 유와를 바라보며 아리는 한숨을 내쉬었다.

"유와, 그만 좀 이죽거려. 행궁으로 돌아간다고 해도 내가 무사할 거라는 보장은 없어. 행궁 사정이 좋지 않은 건 네가 더 잘 알고 있잖아. 조금의 가능성이라도 있다면 우선은 어떻게든 전쟁을 막아 보는 게 내가, 우리 모두가 살 수 있는 길이야."

전쟁을 막지 못한다면 손파영의 계략대로 양국은 무너지고 그가 천하를 거머쥐게 될 것이다. 설유의 왕은 겉으로는 아라하와 동맹을 맺고 파안을 협공하면서, 실상은 그런 손파영을 뒤에서 돕고 있었다. 그들의 결탁을 어떻게든 끊어 내야만 한다. 그것을 해낼 수 있는 이는 단 한 사람밖에 없었다. 물론 그가 자신의 말을 모두 믿어 줄 때의 이야기였지만.

"그를 설득해 볼 거야. 그가 내 말을 믿을지 아니면 날 내칠지는 저들 천신의 안배대로 되겠지."

"하, 그놈의 천신 타령 좀 그만하세요. 결국엔 아무 대책도 없다는 뜻이잖아요!"

유와가 버럭 역정을 냈다. 그의 말이 딱히 틀리지 않았기에 뭐라 대꾸할 말이 없어진 아리는 그저 입을 다물었다. 유와에게는 매번 미안한 마음뿐이었다. 항상 이번이 마지막이라며 철석같이 약속하고서는 한 번도 그 약속을 제대로 지켜 본 적 없는 그녀였다.

인상을 쓴 채 여전히 투덜대고 있는 유와를 착잡하게 바라보다 그녀는 곁에 세워 둔 적마에게로 다가갔다. 아직은 혼자서 말 위에 올라타는 게 서투른 그녀라 한참을 안장을 붙든 채 버둥거리며 용을 써야 했다. 그 모습에 유와가 짜증스럽게 한숨을 내쉬더니 그녀가 말에 올라타는 것을 시퉁하게 도왔다. 그녀를 만류하고픈 마음은 지금도 변함이 없지만, 그녀의 말마따나 달리 방법이 없는 것이 사실이었다.

"사혼단주와 수하들이 뒤따라 잠입할 겁니다. 그때까지 어떻게든 버티고 계세요."

그녀를 말에 태우고 한 걸음 물러선 유와가 애써 감정을 삭이며 무뚝뚝하게 말했다. 그녀를 지키라는 황제 폐하의 엄명을 어길 수는 없노라며 도성으로 돌아가라는 아리의 명을 거부한 사혼단주 백하는 수하들을 대동한 채 함께 이곳 해주에 남아 있었다. 가만히 고개를 끄덕인 아리가 의아한 얼굴로 유와에게 조심스레 물었다.

"유와 너는? 행궁으로 가려는 거니?"

"행궁을 왜요? 제가 거길 왜 갑니까?"

"그럼 넌 어디로 가려는 거야?"

"주변을 살피고 있을 겁니다. 도주로는 확보해 놓아야 할 것 아닙니까. 뭐 성에서 빠져나올 수나 있으실지 의문이지만."

퉁명스러운 대꾸였지만 채 감추지 못한 염려와 애정이 가득하다. 아리는 그런 유와를 먹먹한 눈으로 응시했다.

"미안해. 만날 고생만 시켜서……. 부디 조심해야 해, 유와……. 우리 무탈하게 꼭 다시 만나, 응?"

말 위에 앉은 채 그리 인사를 건네며 유와에게 가만히 제 손을 내미는데 그제야 울컥 눈물이 치솟는다. 어쩌면 마지막일지 모를 서글픈 순간이 멍이 들듯 가슴속에 뻐근하게 퍼져 나갔다.

떠날 때가 되었음을 눈치로 아는 모양인지, 유와의 말이 그의 곁으로 다가와 투루루 투레질을 해 댔다. 유와는 제 곁을 서성이는 말을 내버려 둔 채 우두커니 서서 그녀가 내민 손을 물끄러미 바라만 보았다. 그러다 이내 머뭇거리며 그녀의 손을 마주 잡았다.

작고 여리지만 따스한 그녀의 손……. 유와는 전보다 거칠어진 그녀의 가는 손을 깨질세라 조심스레 그러쥐었다. 결코 이것이 마지막은 아니리라고, 아릿한 가슴으로 그리 간절히 빌었다.

"더 이상 배행은 하지 않겠습니다. 부디 무탈하십시오, 마마."

감정을 누른 채 딱딱하게 툭 내뱉은 인사와는 달리 제 손안에 가둔 그녀의 손을 쉬이 놓지 못하고 있는 유와의 모습에 울컥해진 아리가 그에게 잡혀 있는 자신의 손을 먼저 냉정히 빼내었다.

온기가 빠져나간 헛헛한 손을 꾹 말아 쥔 채 유와는 한참을 미동 없이 서 있다가 이내 자신의 말에 훌쩍 올라탔다. 더는 지체하고 싶지 않았다. 이별 따위, 숱하게 겪어 왔으나 결코 익숙해지지 않는 이런 순간 따위…….

"이랴!"

그는 기합을 내지르며 있는 힘껏 고삐를 휘둘렀다. 기다렸다는 듯 바람처럼 내달리는 말에 온몸을 맡긴 채, 그는 그렇게 그녀로부터 빠르게 멀어져 갔다. 등 뒤로 자신을 바라보는 그녀의 시선이 느껴졌지만 단 한 번도 돌아보지 않았다. 돌아보면 다시는 그녀를 떠날 수 없을 것만 같아서…….

유와가 떠나간 자리에 뿌옇게 흙바람이 일었다. 멍하니 그곳을 응시하던 아리는 곧 마음을 다잡고 비장한 얼굴로 성채를 향해 돌아섰다.

사위에는 옅은 어둠이 스며들고 있었다. 그녀는 등 뒤에 둘러맸던 은월검을 앞으로 돌려 가슴에 품듯이 안았다. 망루의 보초병들은 그들 왕비의 검을 단박에 알아볼 것이었다.

고삐를 단단히 틀어쥔 채 출발 신호를 보내자 휴식을 취한 적마가 사나운 기세로 힘차게 달려 나갔다. 몸으로도 마음으로도 버겁기만 한 육중한 은월검을 가슴 깊이 품은 채로, 아리는 흙먼지를 일으키며 성문과의 거리를 빠르게 좁혀 갔다.

집무실 곳곳에 밝혀 둔 등불이 어둠을 사르고 있었다. 굳은 얼굴로 원탁에 둘러앉은 군장들은 너 나 할 것 없이 열변을 토하며 분통을 터뜨려 댔다.

"그 계집이 애당초 작정하고 전하께 접근한 것이 틀림없습니다!"

"그렇습니다, 전하! 황후라는 이가 궁을 놔두고 기루에 머물 이유가 하등 없질 않습니까! 처음부터 다 계획되었던 겁니다. 자객의 습격도 다 그 계집이 꾸민 짓이고 말입니다!"

아리를 부르는 호칭은 '귀비'로 시작해 그다음은 '적국의 황후'로, 그리고 급기야는 '그 계집'으로 격하되어 있었다. 군장들의 격분한 목소리는 집무실의 천장을 뚫고 나갈 기세였다. 왕왕거리는 언성에 골이 다 지끈거려 왔지만, 소류는 그런 그들을 만류할 생각은 없었다. 하는 말들을 가만히 듣고 있노라면 그들의 그 열띤 주장에 차라리 동조하고 싶은 마음이 일기도 했다.

"전하! 친위대원이 깨어났다 합니다. 즉시 대령시키겠습니다!"

때마침 내실로 들어와 다급히 보고를 올린 병사를 향해 소류는 조용히 고개를 끄덕였다. 친위대원은 아이혜의 시신을 발견한 곳과 아이혜를 살해한 이들을 힘겹게 뱉어 내곤 그대로 정신을 잃었었다. 그에게 아직 물을 것이 많았다. 정신을 잃기 전 겨우 전한 짧은 보고만을 철석같이 믿고 아이혜의 죽음을 아리의 소행으로 단정할 수는 없었다. 그것이 이성적인 것에서 비롯된 판단이든, 감정적인 것에서 비롯된 판단이든, 아이혜의 죽음으로 제아무리 큰 충격과 슬픔에 빠져 있다 해도 정황과 심증만으로 속단할 수는 없는 문제였다.

그리고 또 한 가지……. 수습하여 잠시 안치해 두었던 아이혜의 시신에 남아 있던 의문스러운 흔적 또한 그의 그러한 생각을 더욱 굳어지게 만들고 있었다. 아이혜의 목 언저리에 선명히 남아 있던 톱니바퀴 자국……. 그러한 암기를 쓰는 자들을 일전에 딱 한 번 마주친 적이 있었다. 휘월루에서 아리와 처음 마주쳤던 그날, 그녀를 공격하던 자객들 중 하나가 그와 비슷한 암기를 사용했던 기억이 분명히 남아 있었다.

하지만 그것만으론 그들이 동일 인물이란 걸 증명할 수 없었다. 증좌도 없는

143

얘기를 군이 꺼내 보았자 잔뜩 성이 난 군장들에게는 그저 둘러대는 소리로밖에 들리지 않을 것이 분명했다. 유감스럽게도 군장들은 그들의 왕인 소류에게 적국의 황후이며 또한 그의 후궁이기도 한 그녀가 얼마나 각별한 존재인지를 잘 알고 있었으니까.

"전하, 무엇을 망설이시는 겁니까? 어서 명을 내려 주십시오! 별동대를 보내 당장 그 계집과 일당들을 잡아들이셔야 합니다, 전하!"

"그렇습니다, 전하! 당장 추적을 시작해도 꼬리를 잡기가 쉽지 않을 터인데, 이리 지체한다면 영영 그들을 놓칠 수도 있습니다!"

"혜노군장의 죽음을 이대로 허망하게 덮으실 생각이십니까? 그게 아니라면 지금 당장 그들을 잡아 처단하라 명을 내려 주십시오!"

군장들의 목소리에는 강한 힐난이 스며 있었다. 군장들의 분노는 이제는 그녀가 아니라, 지금과 같은 사태에도 모호한 태도를 보이고 있는 자신들의 왕에게로 향하고 있었다.

일제히 저에게로 날아와 박히는 불신 어린 눈초리들을 묵묵히 받아 내며 소류가 나직이 대꾸했다.

"어떠한 경우에라도 속단은 금물이오."

"전하! 속단이라니요! 친위대원이 직접 보고해 올린 명백한 사실입니다!"

"그렇습니다, 전하! 혜노군장을 죽인 것은 귀비와 그 일행이 틀림없습니다!"

군장들은 강하게 반박했다. 소류는 그에 가타부타 대꾸하지 않았다. 우선은 친위대원에게서 자초지종을 듣고 난 연후에 판단할 문제였다. 시신에 남은 의문의 상흔에 대해서는 지금은 그저 보류해 두는 수밖에 달리 방법이 없었다.

그때 문밖에서 부름을 받은 친위대원이 대령하였음을 알려 왔다. 안으로 들이라 명하자 아직 회복이 덜 된 듯 초췌한 낯빛의 친위대원이 내실로 들어왔다. 그는 군주께 깍듯이 예를 갖추어 올리고는 그 앞에 부복했다. 한숨 돌릴 틈도 없이 왕의 하문이 떨어졌다.

"가감 없는 사실만을 답하여야 할 것이다."

"예, 전하."

"그들이 아이혜를 죽이는 것을 네 눈으로 직접 보았느냐?"

문책하듯 서늘한 어투에 친위대원의 어깨가 일순 움찔했다. 그에 군장들이 발끈했다.

"전하! 어찌 그런 질문을 하시는 겁니까! 친위대원은 이미 그러하다 보고를 올렸습니다. 설마 사실을 부정하고 싶으신 겁니까?"

"정녕 그 계집을 위해 진실을 덮으시려는 겁니까, 전하? 어떤 괴소문이 나돌아도 저는 절대 믿지 않았습니다. 한데 소문이 사실이었던 것입니까?"

소류를 향한 군장들의 불신이 무섭게 터져 나왔다. 이 모든 것이 그녀로 인한 것임은 부정할 수 없는 사실이었다. 소류는 묵직한 한숨을 내쉬고는 군장들을 가만 휘둘러보며 대답했다.

"부정하려는 것도, 덮으려는 것도 아니오. 사실을 알고자 함일 뿐. 보다 적확한 사실을 말이오."

몇몇 군장들이 구시렁대며 작게 불만을 토했지만 더 이상 나서는 이는 없었다. 소류는 그들에게서 시선을 떼고 친위대원을 빤히 응시했다.

"답해 보아라. 그들이 군장을 죽이는 것을 네 직접 보았느냐?"

소류가 거듭 묻자, 친위대원이 당황한 듯 머뭇거리며 대답했다.

"주…… 죽이는 것은 직접 보지 못했습니다. 하, 하지만 귀비 마마가 은월검을 들고 있는 것을 보았습니다. 혈흔이 잔뜩 묻어 있었습니다. 그 검으로 분명, 분명 군장님을……!"

직접 보았노라고 고해 올리면 모두가 편할 것을. 친위대다운 저 미련스러운 정직함에 군장들은 일제히 속으로 혀를 찼다. 그의 확신 없는 대답에 왕의 고개가 보란 듯 모로 기울어졌다.

"하나, 그것은 짐작이지."

친위대원은 그 말에 어떤 반박도 하지 못한 채, 시인하듯 그저 고개를 푹 숙였다. 지금 자신에게 요구되는 것은 다른 무엇도 아닌 오로지 명징한 사실이라는 것을 그는 알고 있었다. 왕께서 저를 못 믿어 저리하시는 것이 아니라, 오히려 진정 믿으시기에 제게 사실을 확인하시려는 것이다. 그것을 알기에 심중이 아무리 확고하다 한들 거짓을 고할 수는 없었다.

"모두 들었다시피, 귀비와 일행이 혜노군장을 죽이는 것을 직접 목격하지는 못하였다 하오. 난 이 부분부터 확실히 하여야 옳다고 보는데, 그대들은 어찌 생각들 하시오?"

얽히고설켜 있는 것들이 너무도 많아서, 머리가 터져 버릴 것처럼 모든 게 다 엉망진창으로 뒤엉켜 있어서, 차라리 그녀를 범인이라고 믿어 버리는 편이 소류에게도 속 편한 일일지도 몰랐다. 하지만 아니 될 말이었다. 군장들이 염려하는 것처럼 아리에 대한 실낱같은 믿음이 남아 있어서가 아니었다. 그에게는 오롯이 아이혜를 위해서 진범이 누구인지를 확실히 밝혀내야 할 책임이 있었다.

모두가 침묵 속에 반박할 말들을 찾고 있을 때, 원탁 한구석에서 있는 듯 없는 듯 군장의 자리를 지키고 있던 사내가 불쑥 입을 열었다.

"그 정도면 사실로 보아도 무방합니다."

서문진이었다. 흡사 사자(死者)와도 같은 음산한 기운을 내뿜으며 그가 나직이 뇌까렸다. 모두가 숨을 들이켠 채 일제히 진이 있는 곳을 쳐다보았다. 친위대원에게서 비보를 전해 듣던 그 순간 폭주하며 날뛰던 진의 광기 어린 모습이 모두의 뇌리에 동시에 떠오른 듯 표정들이 하나같이 경직된 채였다.

"사실로 보아도 무방하다? 하지만 만에 하나 사실이 아니라면?"

그리 차분히 맞받아치며 이의를 제기하는 소류의 얼굴 역시 미미하게 굳어져 있었다.

진을 마주하는 것이 버겁고 또 버겁기만 하다. 한 부족을 책임지는 군장으로서 벗의 죽음 앞에서마저 무감해야 하는 그를 보고 있자니 꼭 제 생채기를 건드리는 것처럼 애달프고 괴로워 견딜 수가 없다. 아무렇지 않은 듯 감정을 억누른 채 묵묵히 나누는 논쟁도 생살을 파고드는 칼날처럼 쓰리고 아파 소류는 지그시 입술을 깨물었다.

"만에 하나 사실이 아니라면 진짜 범인은 어딘가에서 우릴 비웃겠지. 우린 그것을 영영 알 수 없을 테고……. 아이혜를 죽인 자가 수없이 우리 곁을 지나쳐 가도 우린 그를 매번 알아보지 못할 것이오. 심지어 우호적인 관계라면 계속 그 관계를 유지한 채 살아가겠지."

물론 그것은 어디까지나 아리가 범인이 아닐 경우의 이야기였다. 굳이 그 가능성을 배제하지 않으려 함은 진정으로 아이혜를 위함이 컸지만, 이미 불신으로 가득 찬 군장들은 아마 그런 저의 진정을 믿어 주지 않을 터였다. 또한 그것은 진 역시 크게 다를 바가 없어 보였다.

"염려하시는 것이 진정 그것입니까?"

다분히 뒤틀어진 질문에 소류가 일순 얼굴을 굳혔다.

"……원하는 대답이 뭐지?"

"전하의 진심을 듣고 싶은 것뿐입니다. 말씀해 주십시오. 염려하시는 것이 진정 그 하나뿐입니까."

"……."

팽팽한 시선이 허공에서 맞부딪쳤다. 진은 폐부 가득히 들어찬 신경질적인 웃음을 가까스로 눌러 안으로 삼키고 또 삼켰다.

비열하게 딴지를 걸고 있다는 것을 어찌 모를까. 하지만 치미는 화를 어찌 삭여 볼 방도가 없었다.

아이혜가 죽었다……. 무언가를 더 헤아려 판단할 이성이 남아 있는 소류가 도저히 용서되지 않는다.

그 까닭이 진정 그의 말대로 진실을 구하기 위함일 뿐인지, 아니면 귀비를 구하기 위함인 것인지, 도무지 그 속을 헤아릴 수가 없다. 후자라면 응당 그를 죽이고 싶을 만큼 분노가 차오르겠지만, 전자라 해도 용서가 되지 않기는 마찬가지였다.

이미 충분한 정황이 있다. 아이혜를 잃은 지금, 굳이 그 뚜렷한 정황이 사실인지를 증명해 밝히는 것이 무슨 소용일까. 정황을 사실로 굳히고 추격에 박차

를 가해도 성에 차지 않는 이때, 굳이 사실 운운하며 진실을 캐내려 한다는 것
은, 결국…….

'소류, 너의 선택은 그런 것이냐……!'

진은 고통스럽게 얼굴을 일그러뜨리며 자리를 박차고 일어섰다. 기울어진
의자가 쿵 소리를 내며 바닥을 굴렀다. 그리고 바로 그다음 순간, 소음의 잔해
가 채 사라지기도 전에 병사 하나가 안으로 헐레벌떡 뛰어 들어왔다.

"헉, 헉! 저, 전하!"

모두의 시선이 일제히 병사를 향했다. 모두가 익히 아는 얼굴의 그는 망루
파수병들을 통솔하는 분대장이었다.

망루의 책임자인 그가 직접 움직여 보고하여야 할 중차대한 소식이란 것이
대관절 무엇일까.

군장들은 청각을 바짝 곤두세운 채 사내에게 시선을 집중시켰다. 예까지 한
달음에 달려오느라 흐트러진 숨을 고를 새도 없이 그가 떨리는 목소리로 다급
히 고해 올렸다.

"전하! 귀, 귀비가…… 귀비가 돌아왔습니다!"

예고 없이 몰아닥친 돌풍처럼 느닷없이 들려온 소식은 모두를 충격 속에 몰
아넣기에 충분했다.


손목과 발목을 강하게 옥죄는 쇠의 감촉은 소름 끼치리만치 차가웠다. 아리
는 결박을 당한 저를 단단히 포위한 채 황급히 이동 중인 병사들의 무리를 따
라 무거운 걸음을 애써 재촉했다.

낙안과는 달리 낯설기만 한 해주의 정경은 불안한 마음에 더 큰 두려움을 안
겨 주고 있었다. 각오하지 않은 것은 아니었지만 그를 마주한다는 사실이 두렵
고 또 두려웠다. 그녀가 이곳에 나타났다는 보고는 아마 지금쯤 이미 그에게
전달되었을 것이다. 그가 지금 어떤 심정으로 자신을 기다리고 있을지 가늠조
차 할 수가 없어 마음이 조여들어 왔다. 심장이 당장이라도 터질 듯 요란하게

쿵쾅거리고 있었다.

어둡고 긴 복도를 지나 커다란 문 앞에 다다르자 병사들의 걸음이 멈추었다. 문 앞을 지키던 병사 하나가 기다렸다는 듯 큰 소리로 그녀가 당도하였음을 알렸다.

"전하! 귀비를 끌고 왔습니다!"

복도를 쩌렁쩌렁 울리는 목소리가 채 가시기도 전에 집무실의 문이 벌컥 열렸다. 성정이 급하기로 이름난 익숙한 얼굴의 군장 두엇이 문밖으로 앞다투듯 튀어나와 그녀를 잡아먹을 듯 분노 가득한 일갈을 터뜨렸다.

"이 요망한 계집! 감히 제 발로 찾아오다니 무슨 속셈이더냐!"

군장들의 험악한 기세에 놀란 그녀가 저도 모르게 움찔하며 뒤로 물러섰지만, 병사들의 우악스러운 완력에 집무실 안으로 거칠게 밀쳐진 그녀는 그대로 바닥에 맥없이 나동그라졌다. 그녀가 쓰러진 몸을 겨우 추스르는 동안, 자리를 지키던 나머지 군장들 역시 잔뜩 분개하여 자리에서 벌떡 일어나 왕을 향해 소리쳤다.

"전하! 혜노군장을 살해한 계집입니다! 결코 저 계집을 살려 두어서는 아니 될 것입니다!"

"그렇습니다, 전하. 당장 참수하여도 시원치 않을 계집입니다!"

그녀의 등장으로 그렇지 않아도 시끄럽던 집무실은 한층 더 소란스러워졌다. 격분한 군장들의 노성이 공기를 찢을 듯 쩌렁쩌렁 울려 댔다. 그 소란 속에 소류의 시선이 빠르게 그녀를 훑었다. 그녀의 얼굴은 창백하고 야위어 보였지만 딱히 상한 곳은 없어 보였다. 분홍빛 타란은 여전히 그녀의 이마 위를 단단히 덮고 있었다.

잠시 살피던 시선을 멈춘 채 그가 조용히 그녀를 불렀다.

"귀비……."

낮게 가라앉은 위압적인 목소리에 그녀의 몸이 흠칫 떨렸다. 불운하게도 유와의 우려는 현실이 되어 있었다. 귀비라는 그 익숙지 않은 호칭이 이 순간 그녀를 몹시도 몸서리치게 만들었다.

그는 어떤 얼굴로 자신을 바라보고 있을까. 집요하게 제 얼굴에 와 닿는 그의 시선이 느껴졌지만 아리는 숙인 고개를 끝끝내 들지 않았다. 그저 원망만이 가득할, 가슴 떨리던 그 절절한 마음들을 남김없이 지워 버린 채 그저 증오만이 가득 남아 있을 그의 싸늘한 시선을 아직은 도저히 받아 낼 엄두가 나지 않았다.

그녀가 고개를 숙인 채 미동 없이 서 있자 그가 성큼성큼 그녀를 향해 걸어 왔다. 바닥을 향해 있는 그녀의 시선 끝에 제 앞에 멈춰 선 그의 검은 옷자락이 그의 발치에서 흔들리는 것이 보였다. 한 걸음을 사이에 두고 선 그의 고요한 숨소리마저 들릴 정도로 집무실 안엔 소름 끼치도록 차가운 정적이 내려앉아 있었다. 그의 건조한 음성이 싸늘히 정적을 부수었다.

"……아이혜가…… 살해되었다. 납치된 그대를 구하고자 따라나섰다가 봉변을 당하였지."

그는 잠시 말을 멈춘 채 빤히 그녀를 응시하다 이내 말을 이었다.

"그대의 소행인가."

고저 없이 억누른 목소리에는 어떤 감정도 실려 있지 않았다. 아리는 그저 그의 발끝에 망연히 시선을 둔 채 침묵했다. 날카로운 무언가에 찔린 듯 심장이 아릿해져 와 아무런 대답도 할 수가 없었다. 아이혜를 죽게 만든 것은 결국 그녀 자신이 아니던가. 무슨 염치로 그것을 부인한단 말인가.

안쓰럽게 흔들리는 그녀의 눈동자는 그에게 말하지 못한 무수한 이야기들을 펼쳐 놓고 있었지만, 형체 없는 그것들이 그에게 가닿을 턱이 없었다. 그녀가 부인조차 하지 않자 군장들은 거보라는 듯 목청을 높였다.

"보십시오, 전하! 확인할 필요도 없습니다. 저 계집이 죽인 것이 틀림없습니다!"

"그렇습니다, 전하! 응당 죽음은 죽음으로써 벌하여야 마땅할 것입니다! 당장 저 계집에게 참형을 내려 주십시오!"

너도나도 앞다투어 목소리를 높였다. 그들의 언성은 쉬이 잦아들 것 같지 않았다. 소류는 그들에게 여전히 등을 보인 채로 한 손을 들어 올려 그런 그들을 저지했다.

"물론 필요하다면 그리할 것이오. 하지만 스스로를 변론할 기회 정도는 주어도 늦지 않아."

불만을 누르듯 낮은 한숨들이 흘러나왔으나 반박하는 이들은 없었다. 소류의 시선이 다시금 아리를 향했다.

"대답해. 그대가 아이혜를 죽였나."

재차 던져진 왕의 질문에 모두의 시선이 일제히 그녀에게로 쏠렸다. 여전히 깊은 자책의 늪에서 헤어 나오지 못한 그녀의 눈동자는 짙은 체념의 빛을 띤 채 어둡게 가라앉아 있었다. 차마 그의 시선을 마주 볼 수 없어 고개를 푹 숙인 채로 힘없이 머리를 끄덕이려는데, 그 순간 그녀의 귓가에 처연한 목소리가 환청처럼 선명히 떠올랐다.

'약속해…… 반드시 이 전쟁을 막겠다고…… 또한 반드시 살아남겠다고……'

아이혜의 마지막 당부……. 꺼져 가는 생을 겨우 붙들며 눈을 부릅뜬 채 그리 힘겹게 당부하던 그녀의 처연한 모습을 떠올린 순간 참았던 눈물이 왈칵 치솟았다.

어찌 이다지도 못난 제게, 그리 숭고한 당부를 남기고 떠나서는 저를 이리도 힘겹게 하는지…….

'그의 곁에는 내가 아니라 당신이 있어야 하니까…… 그러니 부디 살아서…… 그의 곁을…… 지켜 줘……. 그를…… 소류를 지켜 줘……'

어찌 그리 눈물겨운 순애보로 이다지도 못된 저를 울려서는, 끝내 그 당부를 저버리지 못하게 만드는 것인지…….

눈물이 방울져 바닥으로 툭 떨어져 내렸다. 어찌 그 애달프던 마지막 바람마저 매정히 저버릴 수 있을까. 그리 버거운 당부를 남기고 떠나 버린 그녀가 야속했지만, 더는 살아 만날 수조차 없기에 원망할 수도 없었다. 먹먹한 가슴에 다시금 억눌렀던 고통이 빼곡하게 들어찼다.

아리는 힘겹게 고개를 들었다. 애써 무거운 자책을 떨쳐 내고 독하게 마음을 다져 먹었다. 아이혜와의 약조를 지키기 전까지는 어떻게든 살아남아 있어야 한다. 그러지 않고서는 후일 저승에서 그녀를 볼 면목이 없었다. 그러자면 우선 지금 제게 닥친 이 위기를 어떻게든 모면해야만 했다. 자책은 그 연후에 해도 늦지 않으리라.

"아닙니다. 아이혜를 죽인 건 제가 아닙니다. 그녀를 죽인 자는 따로 있습니다."

"네 이년! 닥쳐라!"

"이 천벌을 받을 계집! 참으로 뻔뻔하고 악랄하도다!"

언제 그랬냐는 듯 태도를 바꾸어 완강히 부인하는 그녀의 행태에 군장들이 펄쩍 뛰었다. 이제야 속셈을 드러내는 것이 아니냐며 그들은 잔뜩 흥분한 채 버럭 고함을 내질렀다. 찢어 죽일 듯한 기세로 제게 악담을 퍼붓는 군장들의 등쌀에도 그녀는 기죽지 않은 채 소류를 올곧게 올려다보았다.

"낙안성주 손파영이란 자를 아십니까?"

"……."

소류는 마저 이야기를 해 보라는 듯 대답 대신 느리게 고개를 끄덕였다. 그 자에 대해서라면 이미 무흔을 통해 조사를 끝내 놓았다. 기대하지도 않았던 낙안과 해주의 함락에 어쩌면 그자가 깊이 관여하고 있을지도 모른다는, 불확실하지만 가능성이 다분한 가정을 세우게 된 까닭이었다. 긴장이 되는 탓인지 잠시 숨을 고른 그녀가 곧 말을 이었다.

"아이혜를 죽인 건 바로 그자입니다. 정확히는 그자의 수하들이지요. 그에게 납치된 저를 구해 주다가 아이혜가 저 대신 변을 당한 겁니다."

아리의 말에 군장들이 분기탱천했다.

"말도 안 됩니다! 꾸며 낸 거짓이 분명합니다. 요사스러운 계집이 혜노군장을 죽인 제 죄를 덮으려 지어낸 핑계일 뿐입니다. 절대 저 악랄한 꾀에 속으셔서는 안 됩니다, 전하!"

"그렇습니다, 전하! 이리 제 발로 찾아온 것을 보면 작당들과 꾀를 낸 것이 틀림없습니다. 당장 저 요망한 계집을 처단하셔야 할 줄로 압니다, 전하!"

집무실이 삽시간에 소란스러워졌다. 저들의 분노를 십분 이해하지만, 이런 상태로 그에게 진실을 제대로 알려 줄 수나 있을까 싶어 아리는 초조한 심정으로 소류를 바라보았다.

"전하께 따로 긴히 드릴 말씀이 있습니다. 청컨대 주위를 물려 주십시오."

절박한 심정으로 그리 청하였으나, 야속하게도 그에게서 돌아오는 반응은 냉담했다.

"불가하다. 이 자리에서 하지 못할 이야기라면 굳이 들을 필요 없겠지."

싸늘히 날아와 박힌 말만큼이나 냉담한 그의 시선을 그녀는 서글픈 심정으로 바라보았다. 한때는 그녀를 애정이 넘치던, 따스하고 다정한 시선으로 바라보던 그였더랬다. 변해 버린 그의 차가운 시선이 송곳처럼 그녀의 심장을 날카롭게 찔러 대고 있었지만 아리는 애써 의연한 얼굴로 그를 응시했다.

그가 자신의 말들을 믿어 줄지는 알 수 없다. 다만 그가 믿어 주지 않는다면 그녀가 지금 입 밖으로 꺼낼 이 말들이 그녀의 목숨을 끊어 놓을 칼날이 되어 그녀에게 되돌아올 것이란 사실만큼은 분명히 알고 있었다.

아리는 긴장감을 감추려 숨죽여 심호흡을 한 뒤 각오한 듯 입을 열었다.

"좋습니다. 하면 이 자리에서 말씀드리지요……. 전하께서는 설유의 왕을 믿으십니까?"

다소 경직된 어투로 묵직하게 내뱉어진 말에 소류의 표정이 한순간 싸늘하게 굳었다. 그녀가 무엇을 말하고자 함인지 대번에 알아차린 탓이었다. 그리고 그것은 군장들 또한 마찬가지일 것이었다.

한 걸음을 사이에 둔 채 마주 서 있던 그녀를 향해 위압적으로 바짝 다가선 소류가 으스러질 듯 그녀의 팔을 움켜쥐었다. 그 엄청난 완력에 아리의 입에서 가는 신음이 흘렀다. 그가 허리를 숙여 그런 그녀의 귓가에 대고 경고하듯 속삭였다.

"정녕 죽고 싶은가. 그 입 다물어. 살고 싶으면……."

아리에게만 겨우 들릴 정도로 작은 목소리였다. 군장들의 눈에는 흡사 사내가 여인을 조롱하는 것으로 보일지 모를 그 행동은 기실 그녀에게 진심으로 충고하기 위한 행동이었다.

그녀의 발언은 너무도 위험했다. 지금 이 상황에 다짜고짜 설유의 왕을 믿느냐니. 동맹군의 신의를 들먹이는 그녀의 저의까지는 알 수 없었지만, 그녀를 죽이지 못해 안달인 군장들이 구실로 삼기에는 그만인 사안이었다. 그것을 아는지 모르는지 그녀는 도무지 멈출 생각이 없어 보였다.

그의 충고에도 아랑곳하지 않고 그에게 잡힌 팔을 뿌리친 그녀가 그를 똑바로 올려다보며 힘주어 말했다.

"부디 전쟁을 멈추세요. 설유는 머지않아 아라하와의 동맹을 파기할 것입니다. 믿었던 그들이 아라하를, 바로 당신들을 배신할 것이에요. 그 배후에 그자 손파영이 있습니다. 파안과 아라하, 당신들 두 군주가 서로의 숨통을 조르고 나면 그자가 기다렸다는 듯 당신들 둘을 집어삼켜 버릴 겁니다. 그때가 되면 돌이킬 수 없어요. 그러니 반드시 지금 멈추어야 합니다."

소류의 얼굴이 딱딱하게 굳었다. 그가 어찌 반응을 보일 틈도 없이 군장들이 대로하여 소리쳤다.

"저, 저런 요망한! 전하, 지금 저 계집이 하는 말을 들으셨습니까? 설유와 아라하를 이간질하려는 간계입니다! 혜노군장을 죽인 것도 모자라 동맹국인 설유국과 우리 아라하를 이간질하려 하고 있습니다! 절대 저 계집을 살려 두어서는 아니 됩니다! 당장 저 계집의 목을 치십시오, 전하!"

"그렇습니다, 전하! 동맹국과의 사이를 이간질하여 아라하의 군기를 흩뜨려 놓을 심산임이 분명합니다. 시국이 파안에게 불리하게 돌아가니 이런 간계를 꾸민 것 아니겠습니까? 그렇지 않고서야 혜노군장을 죽이고도 어찌 저리 겁도 없이 아라하의 군영에 혈혈단신으로 돌아올 수 있었겠습니까? 당장 저 요망한 계집을 처단하셔야 합니다! 속히 명을 내려 주십시오, 전하!"

대로하여 날뛰는 군장들의 발언에도 소류는 말이 없었다. 그는 입을 꾹 다문

154

채 굳은 얼굴로 그녀를 응시하고 있었다.

아리는 그런 그의 시선을 피하지 않고 차분히 바라보았다. 그의 깊고 어두운 두 눈동자에 담긴 것이라고는 온통 삭막함과 서늘함뿐이다. 역시 그도 군장들과 다르지 않은 것이리라. 아리는 얼음장처럼 차갑게 내리꽂히는 그의 시선에 태연해지려 애쓰며 최대한 덤덤하게 입을 열었다.

"저를 죽이신다 해도 상관없습니다. 그런 것은 두렵지 않습니다. 다만 그녀와의 마지막 약조를 지키지 못할까 그것이 두려울 뿐……. 제 말들을 믿고 안 믿고는 전하께서 판단하실 일입니다. 죽이시려거든 지금이라도 죽이십시오. 단, 그 전에 제가 알고 있는 진실을 전하께 전부 다 말씀드릴 기회를 주십시오."

진심을 다한 호소에도 그의 표정은 여전히 서릿발처럼 차갑기만 했다. 그런 그를 바라보는 그녀의 눈동자 가득 서러움이 물밀듯이 차올랐다. 하지만 그를 원망할 수 없었다. 그에게, 또한 그들에게 평생을 속죄한다 해도 결코 용서받지 못할 죄를 지은 그녀였으니까. 하지만, 또한 그렇기에 이대로 포기할 수도 없었다.

"제게 믿을 이는 오직 전하 한 분뿐입니다. 결단코 당신들의 신의를 매도하려는 것이 아닙니다. 전하, 제발 제 말을 믿어 주세요. 청컨대 부디 저를 믿어 주십시오. 전하, 부디……!"

마지막이라 여겨 더없이 절박하게 애원하였지만, 그녀의 말은 채 끝맺어지지 못한 채 공중으로 흩어졌다. 서슬 퍼런 검날이 일순 매섭게 공기를 가르며 그녀의 목을 향해 날아들었기 때문이었다.

그녀는 헉하고 놀란 숨을 들이켰다. 목에 아릿한 통증이 느껴졌다. 잘 벼려진 시퍼런 검날은 그녀의 목에 가는 생채기를 남긴 채 아슬아슬하게 비껴가 있었다.

"대체 언제까지 그저 보고만 계실 겁니까! 전하의 의중이 대체 무엇입니까!"

그녀를 아슬아슬하게 비껴간 검을 짜증스럽게 거둔 뒤 사납게 소류를 돌아본 이는 다름 아닌 서문진이었다. 진의 일갈에 여기저기서 군장들의 묵직한 동조가 터져 나왔다. 그들은 10년 묵은 체증에 시달리기라도 하는 듯 얼굴에 거북한 심기를 고스란히 드러낸 채 진과 소류의 대치를 숨죽여 지켜보고 있었다.

갑작스러운 칼부림에 기함할 만큼 놀란 이는 오로지 아리 하나뿐이었다. 그녀의 하는 양을 지켜보다 참다못해 검을 날린 진도, 검이 날아올 것을 예상이라도 한 듯 동요 없이 막아 낸 소류도, 그런 그들을 관망하는 군장들도 이 순간 관심사는 오직 하나였다.

"말씀해 보십시오! 전하의 의중이 대체 무엇입니까?"

잔뜩 성이 난 얼굴로 저를 다그치는 진을 소류가 표정 없이 바라보았다. 기실, 소류 자신조차 답을 알 수 없는 물음이었다. 자신의 의중을 스스로조차 진심으로 알 수 없었다.

"아이혜를 죽인 계집입니다. 또한 설유와 아라하를 이간질하려는 사악한 간계마저 꾸민 계집입니다. 그러한데도, 정녕 살려 두실 작정이십니까?"

진의 분노 섞인 일갈에 군장들은 책망 가득한 시선으로 왕의 반응을 주시했다. 상황이 이리 흘러간다면 아무리 왕인 소류라 해도 합당한 명분으로 그녀를 처형코자 하는 그들의 주청을 까닭 없이 거부할 수 없었다.

그녀는 감히 그 입에 아라하와 동맹국 설유의 이름을 담지 말았어야 했다. 그녀의 말대로 그녀가 아이혜를 죽인 진범이 아니라면 우선은 그 사실부터 증명했어야 옳다. 의도가 무엇이었든 간에 그녀의 처신은 경솔했다.

"저 계집을 그저 두고만 보신다면 저는 더 이상 가만있지 않을 겁니다."

진이 낮게 으르렁거렸다. 진의 표정으로 보건대 저 말은 단순한 협박이 아닌 진심이었다. 진의 그 말을 시작으로 군장들이 너도나도 한목소리로 외쳤다.

"저 역시 그저 보고만 있지는 않을 것입니다! 저 계집을 당장 죽여 혜노군장의 한을 풀어 주어야 합니다, 전하!"

"전하께서 용단을 내리지 못하시겠다면 이번 일만큼은 저희 군장들에게 일임하여 주십시오! 더 이상 저 계집이 간사하게 입을 놀리는 꼴을 보고 있을 수가 없습니다! 저희 군장들은 더는 참지 못하겠습니다!"

왕의 둘도 없는 친우인 진이 나서자 군장들은 천군만마라도 얻은 듯 더욱 거세게 항의했다.

등 뒤에서 쏟아지는 군장들의 노성을 가만히 들으며 소류는 제 앞에서 파리한 안색으로 저를 올려다보는 불안한 눈동자를 고요히 응시했다.

제 냉랭한 시선을 받아 내는 떨림 가득한 눈동자는 이 순간에도 그저 까맣고 맑기만 하여 그를 심란하게 만든다.

더 이상 그녀에 대한 그 무엇도 확신할 수 없다. 신뢰는 이미 깨어진 지 오래다.

하지만…….

가루처럼 부서져 사라졌다 생각한 감정의 찌꺼기들이 고스란히 쌓인 채로 가슴속에 남아 있는 탓만은 아니었다. 지독한 암흑 같은 불안한 눈동자 속에 찰나 미약한 빛처럼 스쳐 가던 그 절실함을, 그 간절함을 그는 다시 한번 믿고 싶었다.

"……더는 참지 못하겠다……?"

소류는 군장들의 말을 무미건조하게 되뇌었다. 그들이 원하는 바는 오직 하나였다.

무감하게 읊조린 말끝에 묵직한 한숨이 따라 흘렀다. 천신도, 아라하도…… 그 어떤 사명도, 명분도…… 그녀의 생사(生死)라는 근본적인 문제 앞에서는 지극히 사소한 그 어떤 하찮은 의미조차도 되어 주지 못한다. 까닭도 명분도 모른 채 군장들과 소모적인 줄다리기를 벌이던 조금 전까지의 시간들이 무색하게도, 소류는 그 사실을 그제야 확연히 깨달았다.

그녀를 죽여 천하를 얻는다 한들, 그녀를 죽여 아이혜가 살아 돌아온다 한들, 그것이 그에게 기꺼울 수 있을까……. 평생 저만을 오롯이 담길 바랐던 저 까만 눈동자가 생명의 온기를 영영 잃어 더는 빛나지 않게 된다면, 자신은 과연 견딜 수 있을까…….

인지하지도 못한 채 내내 고민하던 물음들의 해답이 그제야 내려졌다.

소류는 확신 없이 내리깔았던 시선을 똑바로 치켜뜬 채 나지막하지만 단호한 어조로 입을 열었다.

"이래도 말인가?"

왕의 뜻 모를 물음에 앵무새처럼 그녀의 처형만을 집요하게 주청하던 군장들이 잠시 입을 다문 채 서로 의아한 눈짓을 주고받았다. 그런 그들을 건조하게 바라보던 소류가 그들에게 등을 보이며 그녀를 향해 천천히 뒤돌아섰다.

소류의 의중을 눈치챈 진이 이를 악물며 주먹을 움켜쥐었다. 손등에 힘줄이 솟도록 세게 움켜쥔 주먹이 분노로 부들부들 떨렸다. 끝끝내 그는, 저의 친우는, 자신들의 왕은, 사내로서도 왕으로서도 그녀를 놓지 않을 모양이다. 저도 모르게 깨문 입술이 터졌는지 비릿한 피 맛이 입 안으로 퍼져 나갔다.

진은 소류를 노려보았다. 느끼지 못했을 리 없는 그 시선을 끝내 외면한 채, 소류가 그녀를 향해 조용히 손을 뻗었다.

말릴 틈도 없이 뻗어진 그의 손길에 그녀의 이마를 가렸던 분홍빛 타란이 속절없이 바닥으로 떨어져 내렸다.

"……!"

내실은 일순 찬물을 끼얹은 듯 소름 끼치는 정적에 휩싸였다. 아리는 사색이 된 채 황망히 그를 올려다보았다.

이마에 와 닿는 차가운 공기는 몹시도 낯설어 몸서리가 쳐졌지만 그런 것은 중요하지 않았다. 갑작스러운 그의 행동에 놀란 것도 잠시, 이내 상황을 깨닫고는 드러난 이마를 가리려 황급히 손을 들어 올렸지만, 그가 그런 그녀의 손목을 가만히 낚아채며 그것을 저지했다.

음산하던 집무실 안이 짙은 황금빛으로 물들어 갔다. 그녀의 하얀 이마 위에서 찬연한 황금빛으로 고고히 빛나고 있는 황룡의 인이 순간 모두의 시야에 날카롭게 각인되고 있었다.

눈앞의 현상을 사실로 받아들이기에는 꽤 오랜 시간이 필요할 만큼 누구도 감히 예상치 못한 충격적인 일이었기에, 모두가 할 말을 잃은 채 그녀의 이마에서 눈부시게 빛나는 황룡의 인을 그저 넋이 나간 것처럼 망연자실 바라볼 뿐이었다.

한참이 흘러 정신을 차린 몇몇이 묵직한 탄성을 터뜨리고 난 후에야, 내실은 서서히 술렁이기 시작했다.

"황, 황룡의 인이다……!"

"천신의 증표다! 귀비에게 증표가 나타났다……!"

경악한 군장들의 시선이 그녀의 이마에 못 박힌 듯 내리꽂힌 채 떨어질 줄 몰랐다. 눈앞에서 펼쳐진 믿을 수 없는 광경에, 그들은 경악에 찬 탄식을 내질러 댔다. 더러는 너무 놀라 입을 떡 벌린 채 석상처럼 굳어져 버린 이들도 있었다.

소류는 그런 그들을 서늘히 바라보다 이내 건조하게 입을 열었다.

"……천신께서 점지하신 왕의 반려다. ……그대들이, 감히 죽일 수 있겠는 가."

숨이 막히도록 무거운 정적이 내려앉았다. 모두가 꿀 먹은 벙어리처럼 말이 없었다. 그들은 여전히 충격 속에서 헤어 나오지 못한 채 혼란 속을 부유하고 있었다.

소류는 조용히 눈을 감았다. 지금 저들의 침묵이 수긍과 인정의 의미가 아니라, 다만 혼란과 불안으로 점철된 폭풍 전야와 같음을 모르지 않는다.

여파는 클 것이다.

그러나…… 후회는 없다.

## 22
## 흐르는 운명, 깊어 가는 인연

천신(天神)······.

아라하와 그 동맹 부족들에게 천신의 존재는 더없이 맹목적이고도 절대적인
것이어서, 아리에게 나타난 황룡의 인이 공표된 이후 부족들 간의 그 어떤 논
쟁이나 다툼도 없이 마치 당연한 자연의 순리를 따르듯 왕의 가례는 서둘러 추
진되었다.

일사천리로 진행되는 혼례 절차에 그저 순순히 응하는 것 외에는 달리 지금
의 위기를 벗어날 방법이 없었으므로, 아리는 황룡의 인 공표 이후 저에게 요
구되는 그 모든 것들을 체념하듯 따를 뿐이었다. 감히 그들에게 이의를 제기할
생각 따위는 할 수 없었다. 그것은 벼랑 끝에서 가까스로 붙든 동아줄을 스스
로 끊어 내는 짓이나 다름없었기 때문이다.

왕의 가례는 세 단계의 예식으로 구성되어 있었다. 그 언젠가 낙안성의 호
숫가에서 오색찬란한 깃발들 사이로 눈부시게 걸어가던 소류와 아이혜처럼 눈
부신 금빛 은의를 입고서 그와 함께 나란히 걸으며 가례의 첫 번째 예식인 착
의례를 치른 것이 불과 사흘 전의 일이었다. 그 후 황룡의 인 공표 소식을 듣고

아라하로부터 해주까지 부리나케 달려온 신녀 별리하의 주관하에 그 두 번째 예식인 성혼례를 별 탈 없이 끝마친 것이 바로 어제의 일이다. 그리고 금일은 그 마지막 예식인 합금례를 치르는 날이었다.

왕실의 관례상 착의례를 준비하는 기간에는 부부가 될 이들의 만남이 금지되어 있었기에, 첫 번째 예식인 착의례를 준비하는 그 이틀 동안 아리에게는 그와 대면할 기회가 잠시도 주어지지 않았다. 두 번째 예식인 성혼례는 왕의 혼인이 성립되었음을 천신께 고해 올리는 제사로 그 준비 기간에 특별히 부부의 만남이 금기시되어 있지는 않았으나, 뵙기를 청하는 그녀의 요청을 번번이 거절하는 그로 인해 아리는 그 기간 역시 그와 마주할 기회가 없었다. 근 반나절이나 이어진 기나긴 예식이 끝난 후에도 그는 그녀와 독대할 생각이 전혀 없다는 듯 서릿발처럼 차갑게 돌아서 그녀의 곁을 스쳐 지나갔을 뿐이었다.

무슨 일이 있어도 그에게 반드시 전해야만 하는 말들이 목구멍에서 아우성치고 있건만, 도무지 전할 길이 없어 아리의 속은 타들어 갔다. 짐작건대 그는 자신을 믿지 못하고 있는 것이 분명했다. 물론 그러한 그의 불신과 냉대가 이해가 가지 않는 것은 아니었다. 아이혜에 대한 죄책감이 너무도 큰 터라 저를 밀어내는 그의 태도에 대해 원망은커녕 일말의 서운함조차 품고 있지 않았다. 다만 애가 타들어 가도록 조바심이 일었다. 끝내 그녀를 지키지 못한 것처럼 그녀의 마지막 뜻마저 지킬 수 없게 되어 버릴까 봐…….

"왕비 마마, 전하께서 곧 드십니다."

조심스레 고해 올리고는 뒷걸음질 쳐 조용히 방을 나서는 어린 시녀의 뒷모습을 물끄러미 바라보다가, 아리는 퍼뜩 정신을 다잡았다. 머릿속이 알 수 없는 감정들로 뒤범벅되어 심장이 쿵쿵 요동쳐 댔다.

마침내 오늘이 되기까지 꼬박 엿새라는 시간이 흘렀다. 그리도 애를 태우고 또 태우며 기다리던 재회의 순간이었다. 명백히 공적인 자리이지만 또한 지극히 사적이기도 한, 단둘만의 공간에서 갖는 그와의 재회…….

바싹 타들어 가는 입술을 잘근거리며 혼례복의 새하얀 소맷자락을 초조하게 매만지던 아리는 다시 한번 심호흡을 하며 애써 긴장을 가라앉혔다. 그가 오면 반드시 전해야 할 말들이 머릿속에 뒤죽박죽 들어차 있었다. 보다 신중히 말을 고를 필요가 있었다. 정리되지 않은 말들로 우물쭈물한다면 그가 그런 자신의 이야기를 끝까지 들어 줄 리 만무하니까.

물론 이후의 모든 일들이 제 바람대로 순조롭게 흘러가기만을 기대하는 것은 아니었다. 그것이 지나친 욕심이란 것을 너무도 잘 아는 그녀였다. 잠시 후 다가올 그와의 재회가 오로지 그의 원망과 증오로만 가득 차지 않을 수 있다면 그것만으로도 다행한 일일 터였다. 고르고 고른 말들을 또다시 거르고 거르는 것은 그런 까닭이었다.

아리는 주안상이 차려진 탁자를 바라보던 시선을 가만히 위로 들어 올렸다. 탁자 너머 침상 위에는 보드라운 백색 금침이 고이 펼쳐져 있었다. 합금례(合衾禮)……. 이제 한 이불을 함께 덮고 살아가는 부부가 되었음을 서약하는 혼례의 마지막 예식……. 행여 때가 탈까 잠시 손대는 것조차 저어될 만큼 하얗디하얀 순백의 금침을 바라보고 있노라니, 저 금침의 주인이 더더욱 자신은 아니라는 생각이 든다. 하지만 자괴감에 빠져 괴로워할 필요는 없었다. 애당초 그와의 혼인은 그저 눈속임에 지나지 않는 것이다. 다만 대체 누구를 향한 눈속임인 것인지 그의 뚜렷한 의중을 알 수 없어 혼란스러울 뿐이었다.

상념이 꼬리에 꼬리를 물던 찰나, 신방의 문이 드르륵 소리를 내며 조용히 열렸다. 굳이 고개를 돌려 그곳을 확인하지 않아도 누가 안으로 드는 것인지 알 수 있었다. 서걱거리며 스치는 옷자락의 고요한 마찰음이 천둥처럼 귓가를 때렸다.

작은 바람을 일으키며 제 곁을 스치듯 돌아 맞은편 자리에 가 앉은 그가 두말없이 술병을 들어 자신의 빈 잔을 채우더니 단숨에 입 안으로 털어 넣었다. 이어 그녀의 잔에 술을 채워 넣은 그가 할 일을 마친 듯 술병을 저만치 밀어 둔 채 말없이 그녀를 응시했다. 아마 형식적으로나마 예식의 절차를 지키려는 의중 같았다. 아리는 제 앞에 놓인 술잔을 가만히 들어 입에 가져갔다. 합환주인 만큼 그리 독하지 않은 달콤한 과실주가 목 안을 타고 부드럽게 넘어갔다. 그리고 그녀가 빈 잔을 내려놓은 것과 동시에, 그가 입을 열었다.

"설유의 배신을 증명할 수 있나."

그는 거두절미하고 본론부터 꺼내 놓았다. 그녀에게 대답을 고를 시간을 주지 않기 위해서일 수도 있었고, 그 자신이 더는 기다릴 여유가 없어서일 수도 있었다. 둘 중 어느 쪽일지는 이리 얼굴을 마주하고 앉아 있는 그녀로서도 차마 알 길이 없었다.

"증명할 수 있습니다. 하지만 지금 당장은 어렵습니다."

"증명할 자신이 없다는 소리로군."

툭 내뱉은 말이기는 하나 조롱이 담긴 말투는 아니었다. 아리는 그의 말을 순순히 시인했다.

"예, 자신이 있을 리 없지요. 전하께서 저를 믿지 않고 계시니까요."

담담한 대답에 흘끗 그녀를 일별하고는 저만치 밀어 두었던 술병을 다시 집어 든 그가 돌연 문밖의 시녀를 불러들였다. 달달한 과실주는 역시 그의 취향은 아니었다. 그의 지시에 밖으로 나간 시녀가 이미 밖에 술을 대령해 놓았던 듯 금세 되돌아와 탁자 위에 술병을 올리고는 조용히 나갔다. 소류는 새로이 올려진 술병을 집어 들어 자신의 빈 술잔을 채웠다. 갑갑한 속이 한잔 술로 해결될 리는 만무하지만 쓰린 속을 더욱 쓰리게는 해 줄 터였다.

아직도 도저히 믿기지 않는 아이혜의 죽음……. 그 뼈아픈 상실감과 심장을 옥죄는 고통이 지금 제 눈앞에 살아 숨 쉬는 작고 애처로운 여인의 무탈함에 안도하는 또 다른 자신과 끊임없이 상충하며 그를 끈질기게 괴롭혔다.

그렇게 온 마음이 갈가리 찢기고 있는데도, 차마 어느 한쪽도 놓을 수가 없었다. 신뢰는 깨어졌건만, 그럼에도 아리의 진실이 증명되길 바라는 자신의 마음을 부정할 수가 없었다. 어찌하면 그녀를 다시 신뢰하게끔 제 자신을 설득할 수 있을까를 이 순간에도 고민하고 있는 그였다. 소류는 다시금 술잔을 가득 채워 입 안에 털어 넣었다. 그의 이런 마음들을 올올이 안다면 아마 진은 미련 없이 그에게 칼을 빼 들고도 남을 것이었다.

잠시 아리에게 향해 있던 그의 시선이 조용히 방 한구석에 가닿았다. 침상의 머리맡 협탁 위에 가지런히 놓인 한 쌍의 검……. 크기도 색도 서로 다르지만 분명한 한 쌍인 흑양검과 은월검이 각자의 자태를 뽐내며 자신들의 존재를 오롯이 알리고 있었다.

그중 하나의 주인이라 오래도록 여겨 왔던 이의 부재가 이 순간 너무도 깊게 그의 가슴을 옥죄어 왔다. 아리를 구하고자 그는 아이혜의 죽음을 덮어 둔 채 기어이 황룡의 인을 공표했다. 죽는 날까지 스스로 용서치 못할 그 파렴치한 선택을, 그럼에도 차마 비난할 수 없는 건 명백히 자신의 비열한 이기심 때문임을 그는 부정할 수 없었다. 그런 자신이 치가 떨리도록 혐오스러울 뿐이었다.

그의 굳어진 얼굴 위로 미미하게 번지는 고통과 슬픔을 감지한 아리의 시선이 그의 시선을 따라 협탁 위에 머물렀다. 익숙한 사물이 눈에 들어오자 그녀의 얼굴 역시도 찰나 고통스럽게 일그러졌다.

불쑥불쑥 아이혜의 죽음을 깨달을 때마다 마음이 지옥 가시덩굴 속을 구르고 천 길 낭떠러지로 떨어져 내렸다. 벗으로서도 그 무엇으로서도 그녀 앞에서 단 한 번도 진실한 적이 없었다. 그럼에도 그녀는 제게 목숨을 건 신의를 남긴 채 떠났다. 그것이 깊은 회한으로 남아 아리의 가슴을 갈기갈기 찢고 있었다. 단 한 순간조차도 건네지 못한 진심이 송곳이 되어 심장을 할퀴어 댔다.

아리 자신도 인지하지 못한 사이 굵은 눈물방울이 탁자 위로 툭 하고 떨어져 내렸다. 탁자에 깔린 붉은 보가 짙은 자줏빛으로 물들어 갔다. 자신조차 이럴진대, 그는 지금 어떤 심정으로 저곳에 앉아 있을까……. 그의 고통은 또 어떠할 것인가……. 평생의 벗을 잃은 그 상실의 무게를 자신이 감히 헤아려 알 수나 있을까…….

도저히 그를 볼 낯이 없었다. 살아 있어 주기만 하였다면 언젠가는 아이혜의 것이었을 왕비의 혼례복을 몸에 걸친 채 그와 마주하고 앉아 있는 자신의 모습이 역겹고 뻔뻔스러워 견딜 수가 없었다.

"흑……."

참고 참았다가 툭 터져 나온 울음은 이미 그녀가 제어할 수 있는 성질의 것이 아니었다. 치유할 수 없는 깊은 자책이 그녀를 잠식했다. 해주성에 당도한 이후에는 마음 놓고 아파하고 괴로워할 틈도 없었던 그녀였다. 하필 지금에서야 꾹꾹 눌렀던 그것들이 하나둘 터져 나오려는 모양이었다. 하필 지금 이곳, 자신보다도 더 힘들 그의 앞에서…….

억눌린 울음소리에 그의 시선이 그녀를 향했다. 한참을 말없이 그녀를 응시하던 그가 나직한 한숨과 함께 조용히 눈을 감았다.

저 눈물을…… 저 마음을…… 증명하지 않는다는 이유로 어찌 불신하여 저버릴 수 있단 말인가……. 숨죽여 오열하는 그녀의 떨리는 어깨를 다독여 위로해 줄 수조차 없는 작금의 현실이 그저 한탄스러울 뿐이었다.

술잔을 움켜쥔 손등 위로 불거진 핏줄이 그의 심정을 고스란히 보여 주고 있었다. 당장에라도 품에 보듬어 안아 그녀의 눈물을 닦아 주고 위로해 주고 싶은 마음을 꾹꾹 누른 채, 그는 무너져 내릴 듯 창백한 그녀를 애써 덤덤히 응시했다.

"내가…… 죽였습니다……. 나 때문에…… 나를 구해 주려다가 그만 아이혜가…… 흑흑…… 그날 아이혜를 그리 두고 나 혼자 도망치지만 않았더라면 그녀는 무사할 수도 있었어요. 나 때문에 아이혜가 죽은 거예요. 내가 그녀를 죽였어요! 내가……! 흑, 흑흑……."

서러운 눈물을 하염없이 쏟아 내며 무겁게 자책하는 그녀의 모습이 소류의 동공 가득 아프게 들어찼다. 결국에는 쉬이 그녀를 믿어 버릴 자신이라는 것을, 어쩌면 그는 이미 알고 있었는지도 모르겠다. 그것이 죄책감으로 남아 이 순간 가시처럼 심장을 파고들고 있었지만, 눈앞에서 무너져 가는 그녀를 차마 외면할 수가 없었다.

하여 결국에는…… 무정하게도…… 떠나간 벗을 기어이 외면하고야 만다.

"그만…… 그만해도 돼……."

아이혜…… 널 잃은 것이 견딜 수 없이 괴롭고 고통스럽다…….

그러나 너의 죽음이 저의 탓이라 자책하며 평생을 살아갈 그녀의 고통을 마주하는 것 역시…… 견딜 수 없이 괴롭고 고통스러운 일임을 차마 부정할 수가 없다.

너의 죽음을 도저히 믿고 싶지 않은 지금 이 순간에조차, 나의 시선은 너의 부재가 가시처럼 올올이 날아와 박히는 이 뼈아픈 공간이 아니라, 너를 떠나게 만든 죄책감에 잠식되어 바닥까지 침잠한 채 지금 내 앞에 위태롭게 앉아 있는 한 여인에게 머물러 떠날 줄을 모른다.

너에게 나라는 놈은, 끝까지 이리 지독히도 잔인하고 매정한 놈이다.

아이혜…… 이런 나를 네 차마 모르지 않겠기에 그리 쉬이 버리고 간 것이냐…….

"그대의 잘못이 아니다……. 천신의 뜻이 그러하신 것일 뿐……."

이리 네게 잔인할 나를 알아, 네 그리 야속하게도 날 떠난 것이냐……. 이것이, 나란 놈에게 살아 벌주지 못한 너의 마지막 복수인 것이냐……!

너답지 않구나. 아이혜…….

네 이리 잔인하고 무정한 여인이었던가……!

그가 저를 두둔하리라고는 조금도 예상치 못한 듯 혼란함이 가득한 얼굴로 그를 바라보는 아리를 소류가 씁쓸하게 응시했다. 차마 더는 좁힐 수 없는 그녀와의 거리가 비수가 되어 가슴속에 사무치게 박혀 왔다. 그런 그를 혼란스럽게 마주 보던 그녀가 이내 흐트러진 마음을 다잡은 듯 차분히 입을 열었다.

"죽어 가던 그 순간까지 아이혜가 제게 신신당부한 것이 있어요. 전하께서 더이상 저를 믿지 않는다 해도, 저는 어떻게든 그녀와의 약조를 지켜야 합니다."

어느새 울음을 멈춘 그녀의 얼굴에는 비장함이 가득 차 있었다. 소류는 가만히 머리를 쓸어 넘기며 갈라진 목소리로 대꾸했다.

"그대를 믿어. 하지만 설유의 이야기라면 그만둬."

단호히 쳐 내는 말에 그녀가 원망 어린 시선으로 그를 바라보았다.

"어째서요? 믿는다면서, 어째서 이야기조차 들어 보려 하지 않는 건가요?"

"그건……"

그대가 걱정되어서라고, 차마 어찌 그리 답을 할 수 있을까.

그녀의 무죄가 아무것도 입증되지 않은 지금, 왕으로서든 떠난 이의 벗으로서든 차마 어찌 그리 뻔뻔한 답을 늘어놓을 수 있을까.

소류는 뒷말을 쓰게 삼킨 채, 울분에 찬 얼굴로 저를 노려보는 그녀를 말없이 바라보았다. 어둡게 가라앉은 그녀의 눈동자가 그런 그를 향해 아프게 가닿았다.

"그건…… 믿지 않아서겠지요."

저를 믿지 않는 것이 당연하다고 생각했는데도 막상 그의 반응을 확인하고 나니 꾸역꾸역 서글픈 마음이 차올랐다. 저도 모르게 입술을 깨문 아리는 자꾸만 새어 나오려는 눈물을 들킬세라 고개를 숙이고는 애먼 술잔만 만지작거리다 가만히 입에 가져갔다. 과실주의 다디단 향이 입 안 가득 퍼져 가는데, 어째서 마음은 이리도 쓰디쓴 것인지 알 길이 없었다.

그라는 마지막 희망이 무너진 지금, 결국 이곳에서 벗어나야 한다는 사실만이 자명해졌다. 행궁으로 돌아가 황제를 설득하는 것이 제게 주어진 유일한 방도이리라. 차라리 그리 마음을 먹고 나니 서러움도 심란한 마음도 한결 차분하게 가라앉았다.

아리는 크게 심호흡을 했다. 애써 정신을 가다듬고 마음을 추슬렀다. 서러워할 시간도, 아파할 시간도 없었다. 저를 위해 죽어 간 아이혜를 생각하면 그런 감정들은 사치에 불과했다.

"그래요. 그만두지요. 하지만 아직 전하지 못한 말이 있어요……. 아이혜가 제게 남긴 마지막 당부를…… 전하께서도 꼭 알아주셨으면 합니다……."

아이혜의 마지막을 언급하자 그의 얼굴에 고통 어린 균열이 일었다. 아이혜를 속속들이 아는 그라면 그녀의 마지막 당부가 무엇이었을지 이미 직감으로 알고도 남을 터였다.

"그녀의 마지막 당부가…… 뭐였나……."

그러쥔 주먹 위로 툭툭 불거져 나온 굵은 핏줄을 아릿하게 바라보며 아리는 힘겹게 입술을 달싹였다. 그가 느낄 고통과 자책을 모르는 바 아니지만, 세상 모두가 모른다 해도 그만은, 단목소류만은 설아이혜의 마지막을 알아주어야만 했다.

"……단목소류, 당신이요……."

그새 눈물이 차올라 뿌옇게 흐려진 시야 너머로 그의 모습이 위태롭게 흔들렸다.

"당신을 부탁한다고…… 혜노의 군장 설아이혜가 처음이자 마지막으로 그리 부탁한다고……, 부디 살아남아서…… 당신 곁에서…… 당신을 지켜 달라고……."

그렇게 생이 꺼져 가는 그 마지막 순간에까지도, 설아이혜라는 여인의 의식에는 그녀의 일생이 그러했듯 오직 단 한 사내 단목소류뿐이었다고…….

한 손으로 제 얼굴을 감싼 채 고개를 숙인 그는 미동조차 하지 않았다. 얼굴을 반쯤 덮은 투박한 손의 가느다란 떨림이 탁자 맞은편에 앉은 아리의 뿌연 시야로도 확연히 전해져 왔다.

울고 있다, 그가…….

어느 누구의 앞에서도 차마 울음을 보일 수 없었을 그가, 아마도 무너질 듯 일그러져 있을 제 얼굴을 가린 채로 그녀 앞에서 소리 없이 울고 있었다.

아리는 저도 모르게 그를 향해 뻗어진 손을 힘겹게 거두었다. 그를 위로할 자격이 그녀에게는 없었다. 그에게 이 같은 애상(哀傷)을 안겨 준 원흉이 바로 그녀 자신이었으므로.

거두어진 손이 탁자 아래로 힘없이 툭 떨어졌다. 아리는 미어지듯 아려 오는 마음을 가까스로 추스르고는 조용히 몸을 일으켰다. 아이혜에게는 면목 없는 일이지만, 역시 이 자리는, 그의 곁은, 자신의 것이 아니라는 사실을 뼈저리게 절감하면서, 그녀는 위태롭게 무너지는 그를 홀로 남겨 둔 채 쓸쓸히 신방을 빠져나왔다.

그 누구도 예상치 못했던 뜻밖의 인물을 급작스럽게 왕비로 맞이한 그 충격의 여파가 아직 고스란히 남아 있었지만, 시국이 시국인 만큼 아라하는 전시의 분위기로 되돌아와 도성으로의 출정 준비에 한껏 박차를 가하고 있었다.

귀비, 아니 왕비에 대한 그 어떤 불평이나 불만도 없이, 오로지 천신의 증표 그 하나로 왕의 혼인은 모두에게 사실로써 당연하게 받아들여졌다. 왕비를 대하는 예우는 무척이나 극진했지만, 아리에게는 바로 그것이 문제였다.

예우가 극진할수록 운신이 자유롭지 못한 것은 자명했다. 단 한시도 떨어지지 않고 수발을 드는 시비들 덕분에 아리는 가례 이후 오늘로 닷새째 유와와의 접촉을 시도조차 하지 못하고 있었다. 그나마 다행스러운 일은 합금례 날 신방을 홀로 빠져나온 이후로 소류가 그녀의 처소로는 발걸음조차 하지 않고 있다는 것이었다.

어떤 꾀라도 부려 저들을 떼어 놓고 잠시라도 이곳을 벗어날 수 있는 방법을 강구해 내야 했지만, 아무리 고민해 봐도 딱히 뾰족한 수가 떠오르지 않았다. 하루하루 시간이 흐를수록 조바심에 속이 바짝바짝 타들어 갔다.

금일 역시 아리는 그렇게 다른 날들과 다를 바 없이 그저 시름을 거듭하고 있을 뿐이었다. 그러던 그녀에게 다른 날들과는 다르게 생각지도 못한 일이 벌어진 것은 그녀가 석반을 물리고 잠시 바람을 쐬고 온 후였다.

"……."

아리는 손에 들린 향낭과 서찰을 뚫어지게 바라보았다. 서탁 안에 든 그것들을 발견한 순간에는 정말이지 너무 놀라 심장이 터져 버리는 줄 알았다.

그녀가 시녀들을 대동한 채 잠시 처소를 비운 사이 그 틈을 노려 감쪽같이 이곳을 다녀갈 자라면 유와나 백하 둘 중 하나임이 분명했다. 밖이 조용한 것을 확인한 후 다급히 서찰을 펼치니 과연 눈에 익은 정갈한 필체가 종이 위로 유려히 펼쳐졌다.

「황후 마마, 소신이 직접 움직여 모셔 올 수 없어 송구합니다. 향낭에 든 것은 수면 제입니다. 물에 적셔 코로 들이마시게 하면 바로 잠에 빠져들게 될 것입니다. 시녀를 재우고 옷을 바꿔 입으신 후 후원 연못으로 나와 주십시오. 시각은 해시(亥時: 밤 9시에서). 북문으로 마지막 보급품이 들어오는 시각입니다. 그 시각은 출입 검문이 비교적 허술하여 유혈 없이 성을 빠져나갈 수 있을 것으로 사료됩니다. 금일, 해시입니다. 모두가 대기하고 있습니다. 부디 성공하시길⋯⋯. 그럼 해시에 뵙겠습니다. 조심하십시오, 마마.」

'백하 배상'이라고 끝맺은 정갈한 글씨를 바라보며 아리는 잠시 생각에 잠겼다. 행궁으로 떠나고자 하는 자신의 뜻이 전해졌을 리도 만무하건만, 마침맞게도 탈출을 권고하는 이 같은 서찰이라니.

이것으로 닷새를 허송세월한 시간이 그리 아깝지만도 않게 되었다. 물론 무사히 성을 빠져나가기 전까지는 안심하기 일렀지만.

"왕비 마마, 침수 드실 시간이옵니다. 소인 들어가 자리를 펴 드려도 되겠사옵니까?"

"그리하거라."

그리도 흐르지 않던 시간이 어느덧 흘러 약속한 해시가 되었다. 아리는 제 허락이 떨어지자 조심스럽게 안으로 들어서는 시녀를 긴장한 채 바라보았다. 아리가 왕비가 되던 날부터 침수 준비를 도맡아 하던 시녀는 마치 천신의 안배라 여겨질 만큼 아리와 두상이나 체구가 꼭 닮아 있었다. 대수롭지 않던 사실들이 그제야 눈에 들어왔다.

시녀가 이불장에서 금침을 꺼내 가지런히 펼치는 동안, 아리는 미리 적셔 둔 향낭을 손에 쥔 채 마음을 단단히 먹고 시녀에게 조심조심 다가갔다.

"⋯⋯흡! 우읍⋯⋯!"

시녀의 등 뒤로 다가가 향낭을 감싼 젖은 천으로 재빨리 코와 입을 틀어막자, 잠시 놀라 발버둥 치던 시녀의 몸이 한순간 힘없이 금침 위에 풀썩 쓰러졌다. 혹 비명 소리라도 새어 나갈까 싶어 있는 힘껏 우악스럽게 틀어막았던 탓에 손이며 팔이며 어깨가 벌벌 떨렸다.

아리는 몸의 떨림을 추스르려 애쓰며 서둘러 시녀의 옷을 벗겨 갈아입은 후, 시녀에게는 제가 입었던 침의를 입혀 금침 위에 반듯이 눕히고 그 위로 이불을 덮어 놓았다. 그러고는 잠시 방 안에 선 채 거칠어진 숨을 골랐다. 이마에 송골송골 맺혔던 땀방울이 주르륵 뺨을 타고 흘러내렸다. 옷소매로 땀을 닦아 낸 그녀가 각오하듯 크게 심호흡을 한 뒤 닫혀 있는 방문을 노려보았다.

이제부터가 진짜 시작이었다. 무슨 일이 있어도 누구에게도 들키지 않고 이곳을 무사히 빠져나가야만 한다. 그래야만 이 전쟁을 막을 희망이 조금이나마 생기는 것이다. 만에 하나 막지 못한다 해도 최소한 잠시라도 늦출 수는 있으리라. 그리만 된다면 후일 또다시 방법을 모색하면 되리라.

드르륵, 열린 문틈으로 아리는 조심스럽게 발을 밀어 넣었다. 이내 문밖으로 그녀의 모습이 빨려 들어가듯 사라지고, 열릴 때처럼 방문이 스르륵 고요히 닫혔다.


"하아, 하아……!"

후원의 연못까지는 그리 먼 거리가 아니었음에도 잔뜩 긴장한 채로 있는 힘을 다해 뛰어온 탓에 금세 숨이 턱까지 차올랐다. 연못 옆 그늘진 수풀에 몸을 숨긴 채 숨을 몰아쉬고 있는데 자의와는 상관없이 몸이 휙 돌려세워졌다.

"마마, 이쪽입니다."

"헉……!"

갑자기 손목을 잡아채 몸을 돌려세우는 손길에 놀라 숨을 들이켠 것도 잠시, 아리는 눈앞에 보이는 익숙한 얼굴에 안도의 한숨을 내쉬었다.

"유와, 무사했구나. 백하는?"

"다들 북문에서 기다리고 있습니다. 상단의 단원으로 위장한 채 대기 중입니다."

"상단의 단원?"

"예, 성안에 보급품을 전달하고 돌아가는 상단 인원들 틈에 껴서 성을 빠져

나갈 생각입니다. 오늘 마지막 보급품은 해주의 상단이 바치는 것이더군요. 덕분에 일이 수월해졌습니다. 작은 상단의 사람들이라 그런지 은자 몇 푼에 혹해 흔쾌히 협조하더군요."

주위를 살피며 빠르게 말을 마친 유와가 손에 들고 있는 옷가지를 건넸다.

"평복입니다. 위에 걸치십시오."

"응, 이리 다오."

아리는 서둘러 옷을 건네받아 잽싸게 소매를 팔에 꿰며 초조한 얼굴로 주위를 두리번거렸다. 닷새 동안 있는 듯 없는 듯 얌전히 지낸 덕분일까. 다행히 왕비의 처소 주변의 경비는 삼엄하지 않았고, 후원 연못으로 나오는 동안에도 병사 하나 마주치지 않았다. 아리는 재빨리 평복 상의를 걸치고 허리띠를 묶은 후 다급히 유와의 손을 잡아끌었다.

"다 입었으니 어서 가자."

"이쪽으로."

평소라면 휘영청 밝은 달이 떠 있을 시각. 하지만 금일은 요행히도 하늘에 잔뜩 낀 구름 뒤에 달이 숨어 있었다. 숨이 턱까지 차오르도록 뛰다시피 하여 유와의 뒤를 바삐 쫓아 북문에 도착했을 때는, 마침 상단 일행이 보급품을 모두 옮기고 돌아가기 위해 점호를 시작하려 하고 있었다. 자연스럽게 상단 무리에 스며든 유와와 아리는 대기 중이던 백하와 눈짓을 주고받고는 북문의 출입로를 향해 이동하는 무리를 따라 걸음을 옮겼다.

아리는 긴장으로 손바닥에 배어 나온 땀을 옷에 문지르며 곁에 선 유와를 흘끗 올려다보았다. 출입로를 뚫어지게 노려보고 있는 유와의 낯빛은 어째서인지 아까보다 확연히 굳어져 있었다. 단순히 긴장 때문이라고 하기엔 어딘지 묘하게 다른, 까닭 모를 낭패감에 은근히 치솟는 불안감을 억누르며 아리는 초조하게 유와의 팔을 잡아끌었다.

"왜 그래. 뭐가 잘못된 거니?"

"……아니요. 꼭 그렇다기보다는…… 빠져나갈 통로가 이곳뿐이니 어차피 달리 선택의 여지도 없기는 하지만…… 그냥 뭔가 느낌이 좀 이상합니다."

"느낌이 이상하다니?"

"그날…… 그날도 꼭 이런 느낌이었습니다. 그날도 이렇게…… 그저 술술 풀리기만 했었다고요. 아무런 방해물도 없이."

"무슨 뜻이야. 유와, 너 지금 설마……."

정말이지 믿을 수 없게도 아리에게 왕의 반려의 증표인 황룡의 인이 나타나 그녀가 천궁의 침실에 감금되어 있던 그때, 아리의 행적을 어렵사리 알아내곤 그녀를 구출하기 위해 그곳으로 잠입해 들어갔던 그날……. 조금 전 유와가 불현듯 느낀 기시감은 분명 그때 그날의 기억으로 인한 것임이 틀림없었다.

모호하게 흘러나온 유와의 말들을 철석같이 알아들은 아리는 불안감과 낭패감에 몸을 떨었다. 그리고, 마치 신의 짓궂은 장난처럼, 그런 그들의 불안감은 곧 현실로 나타났다.

챙! 채앵—!

이제 막 출입로를 통과하려던 그들을 향해 날아든 서슬 퍼런 검날들이 잠시 얼굴을 드러낸 달빛에 번쩍 빛을 발했다.

"으악!"

"사, 살려 주십시오! 살려 주십시오!"

느닷없이 날아든 시퍼런 검날에 비명을 내지르며 혼비백산하여 바닥에 넙죽 엎드린 상인들과는 명백히 대비되는 모습으로, 겉옷 안에 갈무리해 두었던 검을 내뽑은 채 친위대와 대치하고 선 백하와 유와, 그리고 사혼단사들……. 그리고 그런 그들이 에워싸듯 보호하고 있는 아리의 모습까지……. 뜻 모르던 기시감은 더 이상 기시감이 아니었다.

그날과 다른 점이라면 호위하는 인원이 조금 늘었다는 것과, 지금 아리의 일행을 가로막고 선 자가 아라하의 왕, 천궁 단목소류는 아니라는 점이었다.

"시각이 야심합니다. 이 늦은 밤 어디를 가려 하십니까, 왕비 마마?"

천궁 단목소류의 둘도 없는 친우. 아라하의 군부 세절부의 군장 서문진…….

아마도 아리에게 가장 큰 원망을 품고 있을 사내. 아마 죽어서도 결코 그 원망을 버리지 못할 사내……

진의 서늘한 시선이 그녀를 꿰뚫듯 날카롭게 날아와 박혔다.

"너희들은 돌아가도 좋다."

진이 나직이 내뱉자 넙죽 엎드려 있던 상인들이 후다닥 일어나 줄행랑을 쳤다. 그 작은 소란이 잦아들자 사위는 숨 막히는 정적으로 둘러싸였다. 터질 듯 팽팽한 긴장 속에 대치한 사내들의 눈빛마다 형형한 검광이 번뜩였다.

일촉즉발의 상황……. 당장은 호기롭게 부딪쳐 볼 만큼 수적 조건이 비등한 상황이지만, 결코 동등할 수 없는 입장임을 감안했을 때, 이 싸움의 결과는 절대로 바람직한 것일 수 없었다. 아리는 그리 판단을 내리고 각오한 듯 입을 열었다.

"백하, 검을 거두세요."

"황후 마마."

"부탁입니다. 모두 검을 거두세요."

아리의 결단이 확고하다는 걸 알아챈 백하가 마지못해 검을 거두자 사혼단 모두가 그를 따라 검을 거두었다. 유와 역시 낮게 한숨을 내뱉으며 짜증스럽게 검을 내려놓았다.

모두가 검을 거둔 것을 확인한 아리는 저를 막아선 사혼단 사이를 비집고 나가 진의 앞에 가만히 멈춰 섰다. 마치 그때를 기다렸다는 듯 전광석화처럼 뽑혀 나온 시퍼런 검날이 아리의 목 언저리에 서늘히 가닿았다.

"황후 마마!"

"모두 멈춰요! 그대로 있어요, 명령이에요!"

진이 검을 뽑아 든 것과 동시에, 백하와 유와, 사혼단사들 모두가 일제히 검을 뽑으려 했지만, 아리의 불호령 같은 단호한 일갈에 마지못해 행동을 멈추곤 온 신경을 곤두세운 채 상황을 주시할 뿐이었다.

"결국 도망치는 건가? 결백 따위는 애당초 증명할 생각도 없었다는 듯이?"

예리하게 벼려진 검날이 그녀의 가느다란 목을 지그시 눌러 왔다. 날카로운 통증과 함께 뜨거운 액체가 뭉글거리다 주르륵 흐르는 것이 느껴졌다. 통증이 상당했지만 아리는 이를 악문 채 검을 피할 마음 따위는 없다는 듯 턱을 치켜들고 진의 시선을 똑바로 마주쳤다.

"내가 죽어야만 내 결백이 증명되는 거라면 군이 피할 마음은 없어요. 구차한 목숨 부지하기 위함이 아니라는 것을 꼭 그리해야만 증명할 수 있는 거라면…… 언제라도 이 목을 내어 드리지요."

"그래? 그것 참 반가운 소리로군. 난 널 살려 둘 마음이 전혀 없으니까."

"그래요. 나 또한 잘되었군요. 이대로 보내 줄 수 없다면 지금 여기서 내 목을 베십시오. 차라리 그 편이 나도 아이혜에게 면목이 설 테니까."

마치 금기를 깨듯 아이혜를 언급하자 진의 눈초리가 사납게 꿈틀거렸다.

"그 이름, 감히 함부로 입에 올리지 마."

"하지만 그것이 내 진심입니다. 죽는 것은 두렵지 않아요. 그녀와의 마지막 약조를 지키지 못하게 될까 봐 그것이 두려울 뿐……."

매섭게 노려보는 시선을 묵묵히 받아 내며 아리는 하던 말을 계속했다.

"분명히 말했다시피 설유의 왕은 당신들을 배반할 겁니다. 낙안성주가 배후에서 그를 조종하고 있어요. 당신들의 왕은 그런 내 말을 들으려고도 하지 않더군요. 물론 그것은 당신도 마찬가지겠지요. 하지만 내가 전하려던 말은 한 치의 거짓도 없는 사실입니다. 내 말을 믿고 믿지 않고는 당신의 선택에 달렸어요. 또한 당신의 그 선택으로 많은 것들이 달라지게 될 겁니다."

"……"

"내겐 다른 선택의 여지가 없어요. 당신의 왕은 더 이상 날 믿지 않아요. 하여 난 행궁으로 돌아가 나의 황제를 설득해 볼 생각입니다. 물론 내가 그를 설득한다고 문제가 해결되는 것은 아닐 테지요. 그러나 그 끝을 빤히 알면서도 그저 두고 볼 수만은 없어요……. 당신의 왕이, 또한 나의 황제가…… 손파영과 같은 미치광이에게 휘둘리는 것을 보고 싶지는 않아요."

떠올리는 것만으로도 끔찍하다는 듯 미간을 찌푸리던 그녀가 결연한 목소리로 말을 이었다.

"난 내가 할 수 있는 일을 할 겁니다. 유일하게 할 수 있는 일을요……. 행궁으로 돌아가 반드시 그를, 나의 황제를 설득할 겁니다. 그러니 서문진 당신은 부디 당신의 왕을 설득해 주세요. 물론…… 그 전에 당신이 나를 믿는 것이 먼저여야 할 테지만 말이에요."

아리는 말을 멈추고 가만히 진을 응시했다. 사내의 시선에는 조금의 동요도 없었다. 어쩐지 그답다는 생각에 쓴웃음이 나면서도 가슴 한편이 뻐근해져 왔다. 아이혜의 곁에 저런 사내가 있었다는 것이 이 순간 적지 않은 위안으로 다가왔기 때문인 걸까……. 아리는 먹먹한 눈을 들어 차분히 그를 응시했다.

"내가 아이혜와 마지막으로 약조한 것이 무엇인지 아십니까?"

또다시 아이혜의 이름을 언급했지만 사내는 이번에는 분노 대신 침묵을 선택했다. 그것이 어쩐지 조금은 아리를 안심시켰다.

"어떻게든 양국의 전쟁을 막는 것……. 손파영의 계략에 휘말려 두 나라가, 두 지존이 그의 손아귀 안에서 휘청거리지 않도록…… 손파영 그자를 처단하기 전까지는 어떻게든 이 전쟁을 막아 내는 것. 그것이 나와 아이혜가 한 약조입니다."

"……."

아리는 전할 얘기를 모두 끝냈다는 듯 깊은숨을 내쉬었다. 여전히 저를 믿지 않는 듯 그가 날카로운 눈초리로 서늘히 노려보고 있었지만, 아리는 마음을 비운 듯 의연히 그와 시선을 마주쳤다. 속에 있는 모든 말들을 꺼내어 전했으니 더 이상 미련은 없었다.

"이 모든 게 그저 내 변명일 뿐이고 다만 달아나기 위한 구실이라 여겨진다면 그 검으로 지금 이 자리에서 내 목을 베십시오. 어떻게든, 무엇이 되었든…… 난 내가 할 수 있는 일을 할 겁니다. 나의 죽음으로 내 말이 거짓이 아님을 증명할 수 있다면 난 그것으로 충분합니다. 그러니……."

감히 무엇을 더 바랄까. 아이혜의 벗, 서문진 그의 선택을 천신의 뜻으로 여겨 그저 순응하리라.

"선택은 서문진 당신이 하십시오……. 내 모든 진심과 진실을…… 난 빠짐 없이 당신에게 전했습니다."

마음을 꺼내어 보여 줄 수 있다면 얼마나 좋을까. 저의 진심이 부디 진에게 오해 없이 가닿기를 간절히 바라며 아리는 처연한 심정으로 진을 바라보았다. 제게 증오와 원망이 가득할 그의 심경을 절실히 이해하면서도, 또 그 절실함 속에서 염치없는 바람과 헛된 기대가 스멀스멀 피어오르는 것은 그녀로서도 어찌할 도리가 없었다.

그것이 저 사내에게 얼마나 몰염치하며 죄스러운 일인지를 뼛속 깊이 알면서도, 이미 그렇게 몰염치하고 죄스러웠던 저를 위해 자신을 내던져 소중한 이를 지키려 했던 한 여인이 있었기에, 그 여인이 제게 남긴 마지막 당부를 제 숨이 붙어 있는 한은 어떻게든 지켜 내야만 하는 그녀였다.

"어찌하시겠습니까. 어서 선택을 하시지요. 이 자리에서 날 죽일 것인지, 아니면 속는 셈 치고 이대로 모른 척 보내 줄 것인지."

여전히 목 언저리를 지근거리는 예리한 쇠의 감촉을 느끼며 아리는 의연히 눈을 감은 채 그가 결단을 내리길 조용히 기다렸다.

"……."

또다시 짙은 구름 사이로 달이 잠시 고개를 내밀었다 사라졌다.

바로 그 순간, 찰나 달빛에 번뜩이던 검날이 빛의 소멸과 함께 스르륵 소리 없이 물러났다.

"……가라."

낮게 가라앉은 음성에는 고민의 흔적이 역력했으나 어딘지 단호한 확신이 배어 있었다.

아리는 놀란 눈으로 진을 바라보았다. 그리 배짱을 부리면서도, 마지막 희망처럼 실낱같은 기대를 놓지 못하면서도, 기실 그를 설득할 수 있다는 생각 같은 것은 애당초 꿈도 꾸지 않았었다.

"진 님! 정녕 이대로 보내실 생각이십니까."

친위대장 무흔이 진의 앞을 가로막고 섰다. 그의 그런 반응을 예상하기라도 한 듯 진이 픽 웃었다. 소류에게 이런저런 핑계를 둘러대며 굳이 친위대장을 제 곁에 대기시켜 두었던 건, 어쩌면 이런 결과를 예감해서였는지도 모르겠다. 그의 사람임에도 저를 무한히 신뢰하며, 그를 위해서라면 그게 무엇이 되었든 거리낌 없이 그에게조차 숨기고 함구할 수 있는 사람……. 그 조건에 이토록 제격인 자가 무흔 외에 또 누가 있으랴.

"전하께는 함구한다. 모든 책임은 내가 질 것이다."

"하지만, 진 님!"

"보내지 않는다면 아마 나는 이 일을 그냥 덮지는 않을 거야. 어느 쪽이 파장이 더 클 것 같나. 과연 어느 쪽이 전하의 골치를 더 썩게 만들까. 조용히 사라지는 것과 이대로 남아 왕비의 죄목을 하나 더 추가하게 하는 것, 그 둘 중에 과연 어느 쪽이."

"……."

"알겠나, 무흔. 차라리 이대로 전하의 곁에서 소리 소문도 없이 사라져 버리는 게 나을지도 몰라. 전하를 위해서. 그리고……."

무언가를 더 말하려던 진은 뒷말을 삼킨 채 통행로를 막고 서 있던 몸을 물렸다. 한참 고민하는 듯하던 무흔 역시 결국 진의 뜻을 따르기로 결심한 듯 그를 따라 슬며시 통행로에서 비켜서며 아리와 일행에게 길을 터 주었다.

잔뜩 경계한 채 상황을 주시하던 백하와 사혼단 그리고 유와가 아리를 빙 둘러싸 호위하며 민첩하게 통행로를 빠져나갔다. 그 모습을 조용히 지켜보던 진은 그들이 북문에서 완전히 사라지는 것을 확인하고는 이내 몸을 돌려세웠다. 무흔이 그런 그의 곁으로 바짝 다가와 섰다.

"전하를 위해서라는 이유만으로는 납득이 되지 않습니다. 어째서 그냥 보내신 겁니까. 혹 그녀를 믿으십니까?"

진이 늘어놓은 구실을 일부 수긍은 하면서도 못내 그것으로는 부족했던지 무흔이 그 이상의 해명을 요구해 왔다. 진은 그런 무흔을 보며 피식 웃었다.

"아니. 절대 안 믿어."

"그런데 어째서……."

어둑한 사위를 무의미하게 휘돌던 진의 시선이 가만히 무흔에게 향했다.

"아이혜라면 분명 그리했을 테니까."

"예……?"

원망이 가벼워진 것도, 용서할 마음이 생긴 것도 아니었다. 다만 오래전 어느 날, 무리한 행군에 몸살을 앓고 쓰러져 있던 소류의 가슴에 검을 찔러 넣던 그녀마저도 추호도 의심하지 않았던…… 아이혜의 그 까닭 모를 신뢰를, 그 확신을, 판단을…… 진은 처음이자 마지막으로 이번 한 번만 믿어 보기로 했다.

내내 부정해 왔지만 어쩌면 마음으로는 그때 이미 인정했던 것이었는지도 모른다. 모든 것이 거짓이라 단단히 못 박은 채로 영영 인정하고 싶지 않았던 저 여인의 진심이, 실은 진실일 수도 있다는 것을…….

"하, 자꾸 묻지 좀 말라고. 나도 정말 모르겠으니까. 아이혜 그 녀석이 귀찮게 자꾸 꿈에 나와 속을 긁어 대잖아. 자길 좀 믿으라고. 쪼잔하게 굴지 말고 그냥 한번 믿어 보라고."

그리 시큰둥하게 중얼거린 진은 지겨운 듯 기지개를 켜며 주위를 둘러보았다. 바짝 군기가 들어간 얼굴로 북문의 통행로에 일렬로 도열해 있는 스무 명 남짓의 보초들을 잠자코 훑어보던 진이 그들을 향해 경고하듯 잠시 날카롭게 눈을 치뜬 채 미간을 좁혀 보였다.

굳이 따로 으름장을 놓을 필요도 없이 저들은 조금 전 이곳에서 일어난 일들을 함구할 것이다. 시대와 나라를 막론하고, 주먹은 늘 법보다 가까운 곳에 있는 법이니까.

진은 아직 검집에 꽂지 않은 채 들고 있던 검을 괜히 한차례 허공에 휘휘 휘둘러 대고는 이내 검집에 쓱 꽂아 넣었다. 그러고는 아무 일도 없었다는 듯 느릿하고 태평한 걸음으로 한가로이 북문을 벗어나기 시작했다.

달빛이 잠시 대지를 비추었다가 다시 슬그머니 구름 속으로 숨어들었다.

이제 막 축시를 넘긴, 밤이 한창 여물어 가는 시각. 소류는 달빛이 사그라져 다시 어둠 속으로 스며들 듯 짙은 그늘이 드리워진 별채를 우두커니 응시했다.

합금례 날, 끝내 그녀의 간곡한 이야기들을 외면한 채 혼례의 마지막 절차만을 형식적으로 마친 뒤 그녀와 헤어졌다. 그 후, 그는 그녀를 부르지도, 이곳 왕비의 별채에 따로 걸음을 하지도 않았다.

도성으로의 원정 문제로 군장 회의가 밤낮없이 계속된 탓도 있었지만, 그렇다고 눈 붙일 시간조차 없었던 것은 아니었다. 누가 보기에도 명백히 의도적으로 그녀를 피하는 동안 닷새가 훌쩍 흘렀다.

불신이 기저에 깔린 그의 미온적인 태도에 아마도 그녀는 그를 오해했을 테지만, 기실 그는 설유국과의 동맹에 대한 그녀의 주장을 이미 기정사실화하고 있었다. 아라로서는 더할 나위 없이 좋은 조건으로 선뜻 동맹을 자처하고 나선 설유……. 내내 풀리지 않던 의혹이 그녀의 주장으로 말미암아 더없이 명쾌해져 버린 것이다.

하지만 그녀의 주장 외에는 그 어떤 증좌도 없는 사실을 군장들에게 증명해 보이기란 쉽지 않았다. 지금껏 그녀를 피해 온 것은 그러한 까닭이 컸다. 설유의 왕과 재협상의 자리를 마련하기로 결심을 굳힌 것은 오롯한 그의 뜻이었고, 그러한 자신의 결정에 행여 조금이라도 그녀의 입김이 작용한 것처럼 보여서는 안 될 일이었다.

군장들에게는 설유의 왕과 군주 대 군주로서 비밀리에 협상을 타결하여 그를 완전한 제 편으로 확실히 회유한 후에나 이 같은 사실들을 알릴 생각이었다. 자신과 그녀 사이에 놓인 모든 감정적 문제들을 차치하고서라도, 그때까지는 가급적 그녀를 멀리할 필요가 있었다.

일찍이 모두가 왕의 반려라 굳게 믿으며 따랐던 아이혜가 목숨을 잃었고, 아리는 그와 혼인을 맺었어도 여전히 군장들에게는 살인자라는 의혹을 벗지 못한 남쪽 나라의 간악한 붉은 여우일 뿐이었다.

상황이 이렇고 보니 제아무리 이제 갓 왕비를 맞이한 한창나이의 왕이라 해도 여인의 치마폭에 놀아나는 군주로 비쳐져서는 두 사람 모두에게 결코 좋을 것이 없었다. 지금 둘 사이에 그러한 기류가 흐를 리도 만무했지만, 그 사실을 아는 것은 오로지 당사자인 그와 그녀 두 사람뿐일 테니까.

소류는 불 꺼진 별채의 침실을 우두커니 응시하다 조용히 몸을 돌려세웠다. 그러나 채 몇 발짝을 떼지도 못한 채 그는 자리에 우뚝 멈추어 섰다. 까닭은 그조차 알 수 없었다. 멈춰 선 것을 인지하는 데에도 약간의 시간이 필요할 만큼 돌발적인 행동이었다.

"전하. 별채에 드실 요량이십니까."

묵묵히 곁을 따르던 친위대장 무흔이 조심스레 물어 왔다. 잠시 침묵하던 소류가 이내 고개를 끄덕였다.

"……잠시…… 그리할까 한다."

어째서 그리할 마음이 든 것인지는 모르겠지만 지금은 왠지 그냥 지나칠 수가 없을 것 같았다. 매일 별채의 시녀를 통해 보고받은 바대로 잘 지내고 있을 것이 분명하지만, 금일은 어쩐지 그 모습을 직접 눈으로 확인하고 싶었다.

몇 걸음 온 길을 다시 되돌아가 별채를 향해 성큼 발을 내딛는데, 만류하는 듯한 무흔의 목소리가 등 뒤에서 들려왔다.

"불이 꺼진 것을 보니 이미 침수에 드신 듯합니다."

"……"

소류는 슬며시 미간을 좁혔다.

"……그래서?"

짧게 반문하며 돌아선 그의 날 선 시선이 가만히 무흔을 향했다. 예민해진 탓일까. 지금의 무흔은 분명 평소와는 달랐다. 어떠한 경우에라도 군주의 지극히 사적인 일에는 감히 개입하지 않는다. 그것이 친위대의 철칙이었다. 그런데 바로 그 철칙을 다른 이도 아닌 친위대장 무흔이 깨뜨린 것이었다.

"왜, 왕비가 잠들었다고 해서 지아비인 내가 별채에 들면 안 되는 이유라도 있나?"

"아……닙니다. 소신이 주제넘었습니다. 용서하십시오, 전하."

차분한 목소리 속에 미미하게 섞여 들어 있는 것은…… 낭패감 혹은 조바심…….

네 무엇을 내게 감추려 하느냐……. 소류는 무흔을 서늘히 일별하고는 그대로 뒤돌아 별채로 향했다.

별채로 들어서자 왕의 갑작스러운 방문을 알아챈 시녀들로 인해 잠시 별채 안의 기류가 어수선해졌다. 그 어수선함 속에서 분명히 느껴지는 터질 듯한 긴장감……. 그 또한 분명 평소의 그것과는 달랐다.

소류는 별채에 무언가 큰 문제가 생겼음을 직감했다. 일순 지독한 불안감이 그를 엄습해 왔다. 침실로 향하는 걸음이 자연히 빨라졌다.

침실의 문 앞을 지키고 선 왕비부의 최고 시녀는 왕실에서 잔뼈가 굵은 노련한 인물이었다. 그가 어려서부터 보아 와 익히 그 면면을 알고 있는. 저이를 왕비부의 전속 시녀로 배치한 것이 바로 소류였다. 웬만해서는 감정의 변화를 보이는 법 없던 그녀의 고요한 눈동자가 그를 마주하고 서 있는 지금 눈에 띄게 흔들렸다. 시간을 벌듯, 혹은 각오를 다지듯, 마른 입술을 혀로 축인 뒤 가만히 숨을 들이켠 시녀가 침착한 어조로 또박또박 말을 내뱉는 것을 소류는 가만 눈여겨보았다.

"전하, 늦은 시각에 기별도 없이 어인 일이시옵니까. 왕비 마마께서는 조금 전 침수에 드셨사옵니다. 며칠 잠을 통 이루지 못하시다가 이제 곤히 주무시는지라……."

행여 잠에서 깨어나실까 저어되오니 부디 돌아가 주시옵소서……. 시녀의 간곡한 눈빛이 뒷말을 대신하고 있었다. 소류는 잠시 그 말을 그대로 믿을 뻔했다. 아니, 심장이 터질 듯 요동치는 이 지독한 불안감이 너무도 두렵고 버거워서 차라리 그리 믿고 싶었다는 표현이 옳을 것이다. 이대로 제가 예민한 탓이라 치부하며 발길을 돌려 버릴까도 잠시 고민한 것이 사실이었다.

"열어라."

하지만 불안하게 뛰는 심장이 그런 그를 만류했다. 그의 단호한 명령에 사색이 되어 가는 시녀의 낯빛을 보며, 그는 자신의 예감이 틀리지 않았다는 사실을 다시 한번 깨달았다.

"화, 황공하오나, 전하……. 왕비 마마께서 잠귀가 밝으셔서……."

그녀답지 않게 말까지 더듬거리는 게, 이제는 아예 한눈에 알아볼 만큼 온몸으로 불안감을 드러내고 있었다.

"염려할 것 없다. 조용히 있다 가마."

"전하, 황공하오나…… 왕비 마마께서 깨우지 말라 신신당부를……."

"……열어라."

돌연 싸늘히 얼굴을 굳히며 단호히 명하자, 시녀가 이내 체념한 듯 두 눈을 질끈 감은 채 덜덜거리는 손으로 문을 열었다.

스르륵 열린 문틈으로 밖의 불빛이 새어 들어가 어두운 실내의 모습을 희미하게 비추었다. 어슴푸레한 침실 안, 방 한가운데에 반듯하게 깔린 금침 위에 모로 돌아누워 있는 여인의 형상이 어렴풋이 보였다. 침실 안에는 불빛 한 점 없었다. 오로지 문밖의 등불 하나에 의지하고 있는 그의 시야는 어둡기 그지없었다. 그러나 그 어두운 시야로도 돌아누운 여인의 몸이 격하게 떨리는 게 고스란히 보였다.

"불을 켜라."

"송구하오나, 전하. 왕비 마마께서……."

"당장 불을 켜래도!"

일갈을 내지르자 잠시 황망한 소란이 일더니 곧 침실에 불이 환하게 밝혀졌다. 내부가 밝아지자 금침 위에 누운 여인의 떨림이 더욱 격해졌다.

소류는 그녀를 향해 가까이 다가가 곁에 가만히 자리를 잡고 앉았다. 조용히 손을 뻗어 뒤돌아 누운 여인의 떨리는 어깨를 지그시 붙잡던 그 순간, 여인이 벌떡 몸을 일으켰다.

"저, 전하! 죽을죄를 지었사옵니다! 소, 소인을 죽여 주시옵소서!"

소류의 손이 어깨에 닿기가 무섭게 튀어 오르듯 벌떡 몸을 일으킨 여인이 군주를 향해 넙죽 엎드렸다. 사시나무 떨듯 떨고 있는 가녀린 몸은 더없이 안쓰러울 지경이었지만, 소류는 지금 이 순간만은 그것에 마음을 쓸 만큼 자애로운 군주가 아니었다.

야속하게도 불길한 예감은 늘 그를 비껴가는 법이 없다.

"왕비는…… 어디에 있느냐."

"모, 모르옵니다. 소인은 참으로 모르옵니다. 왕비 마마께서 이것으로 소인을 기절시키시고는, 제 옷으로 바꿔 입으신 채 사라지셨사옵니다."

"얼마나 되었더냐."

"두, 두어 시진쯤 전이옵니다."

"어찌하여 그 즉시 사실을 고하지 않은 것이냐."

"그, 그것은……."

머리를 조아린 채 바들거리는 여인이 말을 잇지 못하자, 소류의 시선이 그녀의 곁에 선 최고 시녀를 향해 매섭게 날아가 박혔다. 시녀는 모든 것을 체념한 듯 순순히 사실을 실토했다.

"진 님께서 그리하라 당부하셨사옵니다. 모든 것을 책임지시겠다고, 이는 전하를 위하는 일이니 어기는 자는 엄벌에 처할 것이라고……."

어찌 돌아가는 상황인지 알 것 같았다. 이만하면 사태 파악은 충분했다. 소류는 문밖에서 조용히 대기 중인 무흔을 돌아보지 않은 채로 나직이 물었다.

"무흔, 너 역시 알고 있었나."

"……송구합니다, 전하."

"그래, 이제 속깨나 후련하겠군. 그 성미에 영 편치 않았을 터인데."

"죽여 주십시오."

소류는 기가 막혀 헛웃음을 흘렸다. 비아냥대는 제 말에도 구차한 변명들을 늘어놓는 대신 그저 순순히 시인하며, 벌을 내리시거든 달게 받겠다는 듯 한결같이 우직한 표정을 지어 보일 뿐인 사내…… . 친위대장이라는 위인의 저 뻔뻔하고도 자약한 태도에 이제는 익숙해질 법도 하건만, 헛웃음이 흐르는 것은 어쩔 수 없는 일이다.

"죄는 차후에 물으마. 무흔. 지금 당장 친위대를 집결시켜라. 인원은 스물, 대략 사나흘간의 여정이 될 것이다."

"존명!"

그래, 저들이 그 모든 것들을 쉬쉬하며 감추려던 이유가 자신을 위함이란 걸 안다. 그것을 알기에 지금은 저들의 잘잘못을 추궁하기보다는 당면한 문제를 수습할 길을 모색하는 편이 보다 생산적이고 효율적인 판단일 것이었다.

죄인처럼 바짝 엎드린 채 통곡하듯 울부짖으며 죄를 비는 시녀들에게 우선은 자신의 자리를 지키고 있으라 명한 후 소류는 서둘러 별채를 벗어났다.

아이혜와의 약조를 지켜야 한다던 그녀의 의지와 소망이 더없이 굳건하고 간절해 보이긴 하였으나, 이리 성급하게 나올 줄은 미처 몰랐다. 자신의 짐작이 맞는다면 그녀는 지금쯤 분명 제 옛 지아비를 설득하기 위해 행궁으로 향하고 있을 테지. 또한 행궁으로 가는 그 길을 그자 손파영이 필시 지키고 있을 것이라는 짐작 역시 그리 억지스러운 것이 아니었다.

마음이 다급해졌다. 그는 집무실을 향해 빠르게 내달렸다. 일각이라도 지체할 수가 없었다. 두 시진을 먼저 떠난 그녀를 따라잡으려면 한시도 허투루 써서는 안 되었다.

서둘러 떠날 채비를 꾸리고 집무실이 있는 안채 앞 너른 마당으로 나섰을 때엔, 무흔을 위시한 스무 명의 친위대가 이미 준비를 마친 채 대기 중이었다.

저만치 세워 둔 말들이 투루루 투레질을 하며 언제라도 달려 나갈 기세로 힘차게 앞발질을 해 댔다. 소류는 별다른 지시 없이 그곳으로 가 자신의 말 위에 훌쩍 올라탔다. 그것을 신호로 도열해 있던 스무 명의 친위대 전원이 일제히 각자의 말에 올라탔다.

소류가 막 출발하려 고삐를 치켜들던 순간이었다. 말을 탄 누군가가 흙먼지를 일으키며 무서운 속도로 너른 마당을 가로질러 이쪽으로 질주해 왔다.

진이었다. 이곳의 상황을 전달받은 듯 한달음에 달려온 그가 말을 탄 채로 소류의 앞을 거칠게 막아섰다. 갑작스레 제 앞을 막아선 방해꾼이 영 못마땅한 모양인지 흥분한 채 길길이 날뛰는 말을 진정시키며 소류는 가만히 진을 응시했다.

"소류, 어디를 가려는 거냐!"

"잘 알고 있지 않나……. 왕비를 찾으러 가는 길이다."

화를 삭이는 듯, 진의 얼굴 근육이 꿈틀거렸다. 왕에 대한 존칭 따위는 이미 저만치 날려 버린 그였다.

"찾으러 간다니. 어디로 갔을 줄 알고 찾아 나서겠다는 거야!"

"……나를 설득하는 데 실패했으니…… 누구에게로 갔을지는 뻔하지 않나."

소류의 착잡한 대꾸에 진이 거칠게 그의 멱살을 틀어쥐었다.

"단목소류, 넌 지금 제정신이 아니야! 기껏 여자 하나 때문에 아라하를 버려둘 참이냐!"

진의 노기 띤 일갈에 소류의 눈동자가 크게 흔들렸다. 사실 진의 말은 틀리지 않았다. 자신이 생각해도 확실히 지금 제가 제정신인 것 같지는 않으니까. 정신이 온전했다면 이런 식으로 자신의 부재에 대한 아무런 대비책도 마련해 두지 않은 채로, 무턱대고 그녀를 뒤쫓을 생각 따위는 하지 않았을 테니까.

하지만…… 이성을 지키려다 행여 그녀를 잃게 될까 두렵다.

모두를 이해시키고, 모든 것에 대비한 채, 적당한 때를 기다리며, 차근히 절차를 밟아 나가 해결하고 수습하기엔…… 그녀를 잃을지도 모르는 상황은 그에겐 절체절명의 위기에 놓인 것과 마찬가지일 정도로 너무도 중차대하며 급박한 사안이었다. 부정하려 애써 왔지만 단목소류라는 사내에게 진아리라는 여인은 어느덧 그런 존재가 되어 버렸다.

그러나 그런 자신을 알아 달라 감히 바라는 것은 진에게도, 죽은 아이혜에게도 씻을 수 없는 죄악이리라. 그리고 그리 바라는 마음을 홀로 품고 있는 것 또한 스스로조차 용서할 수 없을 만큼 이기적이고 추악한 악행이라는 것을 너무도 잘 아는 그였다.

하지만 그럼에도 차마 끊어 낼 수가 없다.

차마…… 버려둘 수가 없다.

도저히…… 그녀를 잃고 싶지 않았다.

"진…… 난 무엇도 버리지 않는다. 아라하도 그녀도……. 네 눈에는 보이지 않나. 더는 무엇도 잃고 싶지 않아서 이리 발버둥 치는 내가……."

고통의 무게가 고스란히 담긴 갈라진 목소리가 공기를 미약하게 흔들었다. 진은 이를 악문 채 그런 소류를 노려보았다. 마치 스스로에게 다짐하듯 덤덤히 읊조리는 소류를 한참이나 노려보다가 이내 짜증스럽게 고개를 돌렸다.

군주와 사내, 그 갈림길에서 끝없이 고뇌하며 괴로워하는 소류의 애처로운 모습에 심장이 제멋대로 찌르르 울려 댄다. 그 마음이 진심인 것을 어찌 모를까. 그가 이미 오래전부터 그녀를 자신의 온전한 반려로 받아들였음을 진은 알고 있었다. 하지만 그것은 자신이 일생을 우러러보아 온 그 강건하고 고결해야 할 사내에게는 절대 허할 수 없는 마음이었다. 벗으로서도, 동지로서도, 그 무엇으로서도…….

진은 주먹을 그러쥔 채 다시금 소류를 노려보았다. 절대로 인정하고 싶지 않았다. 지금의 소류를 이해하고 용납할 일말의 여지조차 진은 절대로 보여 주고 싶지가 않았다. 그것은 그에게 어떤 금기와도 같은 것이어서, 그것을 깨뜨리는 일은 죽은 아이혜를 배신하는 것과 마찬가지였다.

그의 이런 속을 아마 제 속 드나들듯 분명히 알고도 남을 소류였다. 그런 소류가 그럼에도 멈추지 않는다는 것은, 단 하나 남은 벗에게 모진 상처를 주고 또 그리한 자신을 자책하며 스스로를 난도질하더라도 끝까지 그녀를 지키겠다는 무언의 선포와도 같은 것이었다.

"아이혜를 잃었다. 다시 그녀마저 잃는다면…… 난 도저히 나를 용서할 수 없을 것 같다, 진⋯⋯."

하여 소류가 저리 진심을 내비쳐 올수록 저열한 속이 도리어 뒤틀어지는 것이다.

침통하게 흘러나온 공허한 넋두리에 진의 입꼬리가 비열하게 말려 올라갔다.

"웃기는 소리 하지 마! 차라리 솔직해지지 그래? 왕비 대신 아이혜를 잃어서 천만다행이라고! 그리 지껄이는 게 훨씬 덜 가증스러우니까! 그게 네 진심이지 않나? 그런 너를 내 모를 줄 알고!"

사람이 어디까지 잔인해질 수 있을까. 과연 어디까지 바닥을 드러낼 수 있을까.

비수 같은 제 말에 미세하게 일그러지는 소류의 얼굴을 고통스럽게 응시한 채, 진은 자신의 비열함에 자학하며 치를 떨었다. 모진 말로 그를 할퀴어 댔으나 정작 상처 입은 쪽은 자신이었다.

"빌어먹을!"

"⋯⋯."

"젠장! 가. 꺼져 버려! 당장."

"진⋯⋯."

얽히고설킨 마음들이 먹먹한 가슴속에서 아무렇게나 나뒹굴며 그를 할퀴어 댄다. 진은 저를 바라보고 서 있는 소류를 차마 더는 마주 볼 수가 없어 고개를 돌려 시선을 피했다.

과연 자신은 무엇을 불안해하고 무엇을 염려하는 것일까. 단 한 올조차 원래의 온전한 모습으로 풀어질 일 없다 해도, 엉망으로 뒤엉켜 끊어 낸다 한들 끊어지면 끊어진 대로 서로 질기게 달라붙어 뭉쳐 있을 그들일진대⋯⋯.

그래, 그러니 이 애처로운 관계를 군이 바로잡으려 애쓰는 것은 지금만큼은 그저 가혹하고 잔인한 처사에 지나지 않을 뿐이다. 두 사람 다 죽을 만큼 힘든 이 시기에 군이 서로에게 아픈 생채기를 보낼 필요는 없는 것이다.

모든 건 시간이 해결해 줄 테니까⋯⋯.

"……가십시오."

일순 달라진 어투에 소류가 물끄러미 진을 응시했다.

"전하의 부재는 제가 어떻게든 메꾸고 있을 테니…… 왕비 마마를 찾으시는 대로 속히 귀환하십시오."

언제 다투었냐는 듯 순순히 태도를 바꾸어 한발 물러나는 진을 보며 나직이 한숨을 내쉰 소류가 뒷일을 부탁한다는 뜻으로 진에게 짧게 고갯짓을 해 보였다. 오랜 세월 동안, 하 많은 일들을 함께 나누어 온 벗……. 그런 그들에게 무슨 말이 더 필요하랴.

새벽녘, 하늘은 컴컴했다.

적막한 어둠이 깔린 너른 마당을 스물한 필의 말이 앞다투어 출발하는 것을 진은 물끄러미 응시했다. 저와 무흔의 모의는 그렇게 시시하게 끝이 나 버렸지만, 그것이 실망스럽다거나 한심하지는 않았다. 어쩌면 그 또한 이미 예상된 결말 중 하나였으니까.

다만 그를 시험해 보고 싶었다. 그가 품은 마음의 깊이를 가늠해 보고 싶었다.

하여 그것이 저보다 깊지 않다면, 군주의 이성으로 혹은 죽은 벗에 대한 의리로 충분히 참아 낼 수 있을 만한 것이었다면, 아마 평생토록 아이혜의 죽음을 둘의 탓으로 돌리며 끝끝내 두 사람을 향한 원망을 놓지 않았으리라.

여전히 둘을 용서할 수는 없지만, 그 진심을 조금은 인정해야 할 듯싶었다. 진은 그렇게 이쯤에서 한발 물러서기로 했다.

제 속에 남아 있는 원망들은, 앞으로 더 두고 보면 알 일일 테다.

말들의 무리가 한차례 요란하게 발을 구르며 떠나간 마당 위로 적요한 바람이 불었다. 구름 뒤에 숨었던 달빛이 때마침 모습을 드러내 텅 빈 마당 위에 은은하게 쏟아져 내렸다.

달빛이 비추는 마당을 멍하니 응시하고 있는 진의 등 뒤로 자박자박 조용한 발자국 소리가 들려왔다. 굳이 돌아보지 않아도 누구의 것인지를 단박에 알아맞힐 만큼 익숙한 걸음걸이…….

"저런, 군주라는 분께서 저리 뒤도 안 돌아보고 매정히 떠나시다니요. 전하 덕에 진 님 어깨에 짐만 늘었군요. 이를 어찌합니까? 군장들께 꽤나 시달리시 겠습니다."

"누가 아니랍니까."

불퉁스러운 진의 대꾸에 별리하가 슬며시 미소 지었다.

"아이혜가 예 있었다면 아마 부둥켜안고 기특하다 엉덩이라도 두들겨 주었 을 텐데요. 신녀는 그리 격 없이 대해 드릴 처지가 못 되니 이것 참 애석하군 요."

그녀의 농에 피식 웃어 보이던 진의 얼굴이 이내 수심에 잠겼다.

"……모르겠어. 별리하."

"무엇을 말인가요?"

"전부 다……."

진은 답답한 듯 거칠게 마른세수를 하고는 혼란이 가득 담긴 눈으로 하늘을 올려다보았다. 별리하의 온화한 눈동자가 그런 진을 가만히 따랐다.

"그중 진 님이 알고 싶은 것은 무엇입니까?"

"확신할 수 없는 모든 것들."

광대한 대답에 그녀가 조용히 웃었다.

"불안하십니까. 행여 지금의 선택이 잘못됐을까 봐서요?"

진은 부인할 마음이 없다는 듯 순순히 고개를 끄덕였다.

"무엇이 그를 위한 것인지를 모르겠어. 이 선택이 그를 단단하게 만드는 것 인지, 외려 무르게 망가뜨려 놓는 것인지를. 별리하, 그대라면 혹 그 답을 알고 있을까."

"제가, 설마요. 하늘님이라 한들 과연 그것을 아실까요."

잔잔한 미소를 떠올린 채 그녀는 진의 시선을 따라 가만히 밤하늘을 올려다 보며 말을 이었다.

"천신께서는 다만 우리를 이곳에 존재하게 하실 뿐…… 인연을 엮어 가는 것도, 운명을 만들어 가는 것도, 선택의 기로에 놓여 끝없이 방황하는 것도, 돌이킬 수 없는 순간의 선택으로 기뻐하거나 괴로워하는 것도…… 모두 우리의 몫이지요."

"신께서도 모르신다면, 아무런 확신도 들지 않을 때 우리는 어찌해야 하지."

"진 님, 당신이 이미 알고 계신 대로요. 그저 소신대로 꿋꿋이 앞을 향해 나아가다 보면, 언젠가는 그토록 바라던 곳에 가까워져 있을 테지요……. 가는 길이 불안하여 잠시 돌아보면 또 어떻습니까. 뒤돌아보면 그동안 걸어온 곧고 반듯한 길이 보일 터인데."

싱긋 웃는 별리하의 미소가 별빛보다도 달빛보다도 포근하고 따사롭다. 그녀의 평온한 얼굴에서는 일말의 슬픔이나 고뇌의 빛 따위는 찾아볼 수가 없었다. 천신을 모시는 여인, 이 나라 아라하의 정신적 지주……. 결코 범인과 같을 수 없는 존재였다. 하지만 평소에는 참으로 미덥고 든든하기만 하던 그 사실이 지금만큼은 더없이 멀고 생경하게만 느껴졌다.

"별리하, 그대는 조금도 원망하지 않나. 그대에게 아이혜는 사사로이는 혈육일진대."

어찌 아무렇지 않을 수 있느냐고 책망하는 듯한 말투에 별리하가 가만히 미소 지었다.

"누구를, 또 무엇을 원망할까요……. 신녀는 그 아이가 그저 기특할 뿐입니다. 이 생에서의 마지막 순간까지 온 힘을 다해 제 소신을 지켰으니, 스스로를 기특히 여기면서 평온히 눈감았을 테니까요. 어떤 원망도 없이, 어떤 미련도 없이……. 하여 저는 그 아이가 그저 기특하고 대견합니다."

"……."

오롯한 진심이, 그 어떤 의도도 없는 순수한 신념이 위로가 되는 순간이 있다. 겨울밤의 시린 바람이 피부를 찢을 듯 매섭게 스며 오는데, 가슴속에는 그와 달리 얼마쯤 데워진 미온한 바람이 휘돌았다.

바람이 불어오듯, 그리고 다시 또 불어 가듯…… 그렇게 가슴속에 휘몰아치는 바람을 따라 그저 흐르고 흐르다 보면, 별리하의 저 말처럼 언젠가는 바라고 바라던 그곳에 마침내 닿아 있을지도 모른다.

그러니 어찌하여도

을 거스를 수 없다면, 그저 부는 바람에 온몸을 내맡긴 채 흘러오고 흘러가다가, 제 운명이 다하는 날 미련 없이 후회 없이 이 덧없는 생을 마쳐도 좋으리라.

그녀 아이혜가 그리 살다 간 것처럼…….

어느덧 인시(寅時). 동이 틀 무렵까지는 충분히 행궁에 다다를 수 있을 시각…….

두 사람이 무사히 만나게 되든, 영영 만날 수 없게 되든, 그것은 그들의 운명일 테다.

진은 원망 따위는 잠시 접어 두고, 그렇게 그와 그녀의 예측 불허한 운명에 제 운명을 한번 걸어 보기로 했다.

그의 심경 변화를 읽은 듯 조용히 웃음 짓는 별리하를 향해 시큰둥하게 어깨를 으쓱해 보이고는, 진은 이내 처소로 돌아가기 위해 발길을 돌렸다. 동이 트면 간밤의 일들을 별수 없이 군장들에게 전달해야 할 테고, 그리되면 한바탕 난리가 날 것임은 두말할 필요도 없었다.

벌써부터 목뒤가 찌르르 저려 오는 듯해 진은 제 목덜미를 꾹꾹 주무르며 걸음을 재촉했다. 아침 댓바람부터 잔뜩 흥분한 군장들과 상대하려면 정신이 온전히 붙어 있어야만 할 테니 조금쯤은 잠을 자 두어야 할 터였다.

23

## 붉은 밤의 탄식

말들이 서로 경쟁이라도 하듯 대지를 박차며 거침없이 질주했다. 사위에는 컴컴한 어둠이 내려앉아 있었다. 살을 에는 듯한 찬 바람이 사방에서 매섭게 몰아쳤다.

옷을 두툼하게 껴입었지만 혹독한 겨울밤의 추위는 짐승의 털이나 몇 겹의 옷감 따위로 해결될 성질의 것이 아니었다. 귀가 얼어붙도록 사납고 차디찬 겨울바람이 피부를 짓찢듯 할퀴어 대며 세차게 휩쓸고 지나갔다.

외성문을 통과하고 한 시진 남짓을 달려왔을 때였다. 앞서 달리던 백하가 어쩐 영문인지 갑작스럽게 말의 속도를 늦추었다.

휘아— 휘이익—!

그가 올려다본 하늘 위에서 매의 울음소리가 길게 울렸다. 어두운 하늘을 빙글빙글 돌던 송골매가 목표물을 찾은 듯 하강을 시도하자 백하가 가만히 허공을 향해 한 팔을 뻗어 올렸다. 어느새 대지 가까이 하강한 송골매가 그의 팔뚝 위에 가볍게 착지했다. 자함이 보낸 전서응이었다.

일행은 달리던 것을 멈추었다. 송골매의 다리에 묶인 서찰을 풀어 펼친 백하가 다급히 글자를 읽어 내려갔다. 백하의 낯빛이 어둡게 변해 갔다. 상황이 좋지 않은 것이야 이미 알고 있는 사실이었으나 사태가 보다 심각해진 것이 틀림없었다. 아리는 재빨리 백하의 곁으로 다가갔다.

"백하, 뭐라 적혀 있습니까? 행궁은 어떻답니까? 폐하께서는요? 무사하시답니까?"

불안한 듯 질문을 쏟아 내는 그녀를 복잡한 시선으로 응시하며 백하가 어렵게 입을 뗐다.

"중앙군이 닷새 뒤 행궁으로 출격한다는 전언입니다."

아리는 잠시 눈앞이 아찔해졌다. 닷새 뒤 출격이라니⋯⋯. 백하의 대답이 메아리처럼 귓전을 때리며 머릿속을 어지럽혔다.

황제의 이복형제들이 이제라도 마음을 돌려 주기를 기대한 적도, 또 그들이 황제의 사정을 조금이라도 더 오래 봐주기를 바란 적도 없었다. 그렇다 해도 닷새 뒤는 너무 빠르지 않은가.

"⋯⋯하면⋯⋯ 우리가 그 안에 중앙군보다 먼저 도착할 수 있을까요?"

물론 그들보다 먼저 도착할 수 있다손 치더라도 그녀가 이복형제들의 반란까지 막을 수는 없을 테지만, 엎친 데 덮친 격으로 행궁을 덮칠지 모를 아라하와의 전쟁을 조금은 유보할 수 있을지도 몰랐다. 속절없이 무너져 내렸던 신뢰로 인해 차마 들여다보지 못했던 소류의 진심이 그녀에게 미약하게나마 어떤 확신 같은 것을 가져다주고 있었다.

설령 그것이 그녀의 막연한 기대에 지나지 않을지라도 아리는 그것에 마지막 희망을 걸어 볼 수밖에 없었다. 정말로 그것 외에는 아무 방법도 없다는 사실이 절망이 되어 그녀를 덮쳐 왔지만, 그녀는 그 소득 없는 감정을 재빨리 털어 내고는 대답을 재촉하듯 백하를 바라보았다. 잠시 생각에 잠겼던 백하가 그녀의 질문에 답했다.

"쉬지 않고 달린다면⋯⋯ 시간상으로는 가능한 일이겠지요."

시간상으로는 가능한 일⋯⋯.

아무런 방해물도 없이, 손파영에게 덜미를 잡히는 불운 따위도 없이…… 그렇게 쉬지 않고 달려야만 가능한 일…….

아리는 백하가 말하려는 바를 충분히 알아들었다.

"하면 이리 꾸물거릴 틈도 없겠군요. 시간상으로라도 가능하도록 해야 할 테니까요. 자, 어서 출발해요."

말을 마친 그녀가 당장이라도 출발할 듯 고삐를 치켜올리자, 그때까지 둘의 이야기를 잠자코 듣고만 있던 유와가 대뜸 말에서 훌쩍 뛰어내리더니 펄쩍 뛸 듯이 그녀의 앞을 가로막았다.

"멈추십시오! 멈추시라고요! 그러다 손파영에게 다시 잡히기라도 하면 그땐 어쩌실 건데요? 뭐가 얼마나 급박하게 돌아가는 건지는 모르겠지만, 전 지금 당장 마마의 안전에만 신경 쓰기에도 벅차서 아주 죽을 맛이라고요!"

유와가 이리 성을 내는 것도 당연했다. 하지만 한시라도 빨리 행궁에 당도하는 것 외에는 달리 방도가 없었다. 그의 말대로 지금 여기서 멈춘다면 돌아갈 곳이 없었다.

"내가 갈 수 있는 곳이 그곳뿐이야. 내가 할 수 있는 일도 이것뿐이고……. 가서 그를, 폐하를 만나야 해. 시간이 없어, 유와. 중앙군이 출격하기 전에 행궁에 꼭 도착해야만 해."

손파영의 계략 그리고 아이혜의 유언……. 반드시 막아야 하는 명분과 지켜내야만 하는 절대적인 대의가 그녀를 어느 때보다도 절박하고 조급하게 만들고 있었다.

그러나 처절하리만치 절박한 그 각오와 다짐의 틈새에는 기실 지극히 개인적인 작은 소망도 하나 섞여 있었음을 그녀는 차마 인정하지 않을 수 없었다.

주단휘와의 엉킨 인연을 풀어내어 이제는 지옥 같았던 시간들로부터 자유롭고자 하는 작은 열망……. 어지러운 시국만큼이나 혼란하게 소용돌이치는 감정의 찌꺼기들이 더는 억눌려 있지 못한 채 심장을 찢고 나올 듯 팽창해 있었다. 더는 그것을 버텨 낼 재간이 없었다.

아마도 때가 된 것이라고 생각했다.

이제는 그만 서로를 놓아줄 때가 온 것이라고 생각했다.

더 큰 불행이 미처 달아나지 못한 그들을 조롱하고 비웃으며 또다시 악몽처럼 덮쳐 오기 전에…….

인연이 아니었던 주단휘와 진아리가 억지 인연으로 엮여 서로가 서로에게 고통만을 안기던 그 시간들을…… 심장이 찢기고 피를 흘리면서도 미련스럽게 서로를 놓지 못하던 그 시간들을 이제는 원망 없이 놓아줄 때가 온 것이라고 그녀는 생각했다.

그리 생각하니 마음이 더욱 조급해졌다.

"그 안에 도착하지 못하면, 그를 다시 볼 수 없을지도 몰라……."

그리되면 주단휘로 기억되는 그 시간들은 끝내 그녀 안에서 격통과 상실로만 남은 채로 영영 사라지지 않을지도 모른다.

설령 내일 당장 죽음을 맞이한다 해도, 그런 채로 이 생을 끝내고 싶지는 않았다. 그 지독한 악연을 내생에까지 이어 가고 싶지는 않았다. 업(業)이 허락한다면 그와의 모든 것을 이 생에서 깨끗이 정리하고 싶었다.

그렇기에 그에게 또다시 위험이 닥치기 전에, 자신에게 그 어떤 변고가 생기기 전에, 서로의 숨이 아직은 무사히 붙어 있을 때 이 생에서 그를 꼭 다시 만나야 했다.

"하지만 불길해요. 마마와 이리 다니는 순간마다 불길하지 않은 적이 없었지만, 오늘, 지금 이 길은 더욱 불길하다고요!"

유와는 빽 고함을 치고는 정말이지 불길해 못 견디겠다는 듯 인상을 잔뜩 구긴 채 어둑한 대지 저 너머를 죽일 듯이 노려보다가, 돌연 백하를 홱 돌아보았다.

"어이, 단주 양반. 당신 천관이라며. 천기를 읽을 줄 안다며? 그래서 하늘이 뭐라는데? 행궁에 당도할 때까지 정말로 아무 일도 없을 거래? 그리 장담할 수 있어?"

빈정거림과 절박함이 반반씩 섞인 초조한 질문에 백하는 그저 침묵했다. 아리의 시선이 그런 백하를 향했다. 무엇도 예측할 수 없는 지금, 하늘을 읽는 영묘한 능력을 지닌 백하의 대답이 못내 궁금해지는 것은 아리 역시 어쩔 수 없었다. 그녀의 눈빛 속에 어린 미미한 기대감을 읽은 백하가 무거운 얼굴로 고개를 가로저었다.

"천기는 더없이 어지럽고 불길합니다. 하지만 단지 그뿐, 소신 역시 그 이상을 알기는 어렵습니다……. 황후 마마를 행궁으로 모셔 가고자 하였던 것은 하늘이 아닌 저의 뜻이니, 마마께서 지금에라도 돌아가길 원하신다면…… 소신은 황후 마마의 명을 따르겠습니다."

"그래요, 마마. 차라리 그냥 돌아갑시다! 제발요, 예?"

초조한 얼굴로 그리 채근하는 유와를 보며 아리는 쓸쓸히 고개를 저었다.

"돌아가다니 어디로……. 유와, 네 말대로 그는…… 아라하의 왕은 날 믿지 않아. 그에게 돌아간다면 난 아마 아이혜의 살인 누명을 쓴 채 옥에 갇히거나…… 어쩌면 처형될지도 모르지. 황룡의 인이 그리되는 걸 막아 줬지만, 내가 이리 도주를 했으니 이젠 얘기가 또 다르겠지. 글쎄. 운이 좋으면 네가 그리 지긋지긋해하는 그 천신이 도와 저들의 꼭두각시 왕비 노릇이라도 하게 되려나……?"

"……."

"그런 채로는 아무것도 할 수가 없어. 손파영의 계획대로 흘러가는 걸 무력하게 지켜보는 것 외에는…… 그러다 어느 날엔가 모두가 파국을 맞게 되는 걸 두 눈 뜨고 그저 지켜보는 것 외에는…… 아무것도……."

"하아, 대체 뭐가 이리 복잡해요! 진짜 이러지도 저러지도 못하겠고 사람 환장하겠네! 아니, 전하 그 양반은 도대체 왜 마마의 말을 안 믿어 주는 거예요? 그가 마마를 분명 믿어 줄 거라고 그리도 자신만만해하셨잖아요? 어떻게 된 겁니까, 예? 그것 보십시오, 마마. 내 이럴 줄 알았다니까요? 꼴 한번 좋으십니다?"

"……."

"아, 몰라요 몰라! 마음대로 해요! 여기서 우리가 다 죽어 나간다고 해도 난 이제 상관 안 할 테니까!"

잔뜩 빈정거릴 땐 언제고 풀 죽은 아리를 보니 속이 상했던지 버럭 역정을 낸 유와가 씩씩거리며 말 위에 올라탔다. 그가 있는 힘껏 채찍을 휘둘러 말을 출발시키자 말이 주인만큼이나 사납게 땅을 박차며 무서운 기세로 달려 나갔다.

유와의 불길한 예감이 어김없이 적중한 것은 바로 그 순간이었다.

히히힝―!

무섭게 질주하던 유와의 말이 돌연 앞발을 치켜들며 고통스럽게 몸부림치더니 픽 고꾸라져 사정없이 바닥에 나동그라졌다. 동시에 민첩하게 몸을 날려 바닥을 두어 번 구른 유와가 튕겨 오르듯 재빨리 몸을 일으켰다.

그 순간 쉬익 하고 공기를 가르며 전방에서 또다시 날아든 화살 하나가 찰나 그의 뺨을 아슬아슬하게 스치고 지나갔다. 화살촉에 쭉 긁힌 뺨에서 주르륵 피가 흘렀다.

"유와!"

낭패감에 굳어진 시선들이 유와의 시선을 따라 일제히 그의 정면으로 향했다. 컴컴한 사위 저 너머로 검은 무리들이 어둠을 뚫고 맹렬한 기세로 거리를 좁혀 오고 있었다.

손파영의 마수는 그렇게 이미 지척까지 닿아 있었다. 옥신각신하던 두 사람의 실랑이는 기실 아무런 의미도 없었던 것임을 그제야 뼈저리게 깨달은 모두의 얼굴 위로 짙은 낭패감이 번졌다.

"……젠장, 모두 마마를 지켜……!"

전방을 노려보던 유와가 소리쳤다. 아리의 낯빛이 사색이 된 채 하얗게 질려 갔다. 백하와 유와 그리고 사혼단사들이 바짝 몸을 긴장시킨 채 눈앞의 적에게 온 신경을 집중시켰다. 그들은 다가오는 무리를 참담히 응시하며 각자의 검을 힘주어 움켜쥐었다.

그 시각, 해주성 외곽 인근.

온기가 채 가시지 않은 타다 남은 잿더미 주위를 말들이 어지러이 서성거렸다. 말에서 훌쩍 뛰어내린 친위대장 무흔이 손으로 잿더미를 만져 보곤 말 위에 탄 소류에게 보고했다.

"떠난 지 한참 지난 듯싶습니다. 곳곳에 진을 치고 있는 모양입니다. 이대로 가다간 마주칠 확률이 큽니다, 전하. 어쩌면 왕비 마마께서 이미⋯⋯."

소류는 굳은 얼굴로 뒷말을 삼키는 무흔의 등 뒤로 펼쳐진 어두운 대지를 묵묵히 응시했다.

해주에서 도성까지는 아무리 서두른다 해도 이틀은 족히 걸리는 거리였다. 그는 행궁으로 가는 가장 빠른 행로를 차분히 머릿속으로 되짚어 보았다.

여기서 하루하고 반나절쯤을 더 달려 얕은 강 하나를 건너면 도성이 바로 코앞이었다. 강을 피해 가려면 멀리 산을 끼고 돌아가야 했기에 아마 그녀 역시 강을 가로지르는 이 길을 선택했을 것이다.

강가에서 행궁까지는 꼭해야 50리⋯⋯. 강을 건너 30리쯤을 달리다 보면 도성 안팎으로 명성이 자자한 휘월루의 화려한 전각이 보이기 시작한다. 바로 그 휘월루를 중심으로 동쪽 15리쯤에는 황궁이, 서쪽 25리쯤에는 행궁이 위치해 있었다. 휘월루의 루주 아향을 직접 찾아가 만나 본 것도 수차례이니 그 길은 소류에게도 제 동네처럼 훤했다.

문제는, 행궁으로 향하는 그 길목을 지금 이곳처럼 손파영이 지키고 있을 것이란 사실이었다. 만일 정말로 그녀가 저들 무리에게 발각되기라도 한다면 아마도 그녀는 최악의 상황을 면치 못하리라.

"⋯⋯."

어둡게 가라앉은 눈동자가 전방 먼 곳을 향했다. 만에 하나⋯⋯ 그녀가 다시 손파영에게 붙잡혀 버리는 최악의 사태에 직면하게 된다면 그는 당장 무엇부터 해야 할까. 아니, 과연 지금의 그가 무엇을 할 수 있을까⋯⋯. 왕비가 된 그녀는 그 자격을 스스로 박찬 채 제 곁을 떠났고, 왕인 자신은 모두가 한껏 기대하는 출정을 목전에 두고 있는 이러한 마당에⋯⋯.

그녀가 떠나간 것을 알았을 때 느꼈던 무력감과 절망감이 다시금 되살아나 폐부를 들쑤셔 댔다. 그녀를 지키겠다는 명목 아래, 그녀의 진심을 그리 모질게 외면하는 것이 아니었다. 기실 그 모든 냉대가 그녀를 위한 행동이었다손 치더라도 최소한 그것을 알아차릴 만한 일말의 암시 정도는 해 주었어야 옳았다. 그리 홀로 모든 절망을 짊어진 채 쓸쓸히 제 곁을 떠나가도록 만들지는 말았어야 했다⋯⋯.

침잠한 얼굴 위로 혹독한 겨울밤의 매서운 칼바람이 사정없이 몰아쳤다. 소류는 흉갑 위에 두른 표피를 고쳐 여미고는 힘껏 채찍을 내리쳤다.

히힝! 구슬픈 소리를 내며 길게 울음을 운 말이 언 땅을 박차며 무서운 속도로 달려 나갔다. 그것을 신호로 왕을 수호하는 스무 명의 친위대가 그 뒤를 따라 쏜살같이 질주했다.

□ ■ □

적의 머릿수는 열. 이쪽은 여섯⋯⋯.

두 배에 가까운 수였다. 불리한 전투가 될 것임은 자명했다. 게다가 이쪽은 보호해야 하는 대상이 있었기에 공격에만 전념하기도 힘든 상황이었다.

말을 잃고 땅에 우두커니 선 채 전방을 노려보고 있는 유와를 일별한 백하가 돌연 자신의 말에서 훌쩍 뛰어내려 아리가 타고 있는 말 위에 민첩하게 올라탔다. 이곳까지 오는 동안 그는 그녀가 장정들에 맞추어 좀 더 속도를 낼 수 있도록 그녀에게 자신의 명마를 내어 주었었다. 평소에 갑옷을 입은 저를 숱하게 태우던 놈이니 무거운 갑옷 대신 가냘픈 여인 하나쯤 더 태운다 해도 크게 거부하지 않고 얼마쯤은 잘 버텨 줄 것이다. 아니, 반드시 그리 버텨 주어야만 한다.

갑자기 등에 올라탄 백하로 인해 놀라 요동치던 말이 이내 주인의 익숙한 목소리가 들려오자 언제 그랬냐는 듯 얌전해졌다. 놀란 것은 말뿐만 아니라 아리 역시 마찬가지였지만 아리는 그의 의도를 빠르게 헤아렸다. 아마도 제 말을 잃은 유와를 배려한 것이리라. 아리는 그리 짐작하며 백하가 조금 더 편히 앉을 수 있도록 자리를 내어 주며 앞으로 바짝 당겨 앉았다. 그러자 백하가 본능적으로 그런 그녀의 허리를 휘감아 도로 제게로 바짝 끌어다 앉히고는 한 손으론 말고삐를 단단히 붙들며 나직이 외쳤다.

"위험합니다. 제게서 조금도 떨어지지 마십시오."

조금이라도 바짝 붙어야 그녀를 지키기도, 운신하기도 쉬웠다. 감히 성모의 존체에 손을 대는 저의 불경함에 대한 사죄는 지금은 그저 마음으로만 대신하며 백하는 전방을 노려보았다. 거리를 좁혀 오는 살수들로부터 지독한 살기가 뿜어져 나왔다.

백하가 버린 말이 투루루 투레질을 하며 빈 땅 위를 서성이자 잠시 그쪽을 흘긋 쳐다본 유와가 바닥에 쓰러진 제 말에게로 다시 시선을 돌렸다. 목덜미에 화살이 박힌 채 고통스럽게 숨을 헐떡이고 있는 제 말을 향해 비정하게 검을 치켜든 그는 이내 이를 악문 채 말의 목을 향해 힘껏 검을 내리쳤다. 순간 퍽 하고 피가 튀었다. 목이 잘려 나간 말의 몸이 잠시 파르르 경련을 일으키다 곧 잠잠해지자, 유와는 그제야 숨통이 완전히 끊어진 제 말에게서 착잡한 시선을 거두고는 재빨리 백하가 내어 준 말에 올라탔다.

두두두두─!

대지를 요란하게 울리며 적들이 매섭게 질주해 왔다. 모두가 각오를 다지며 다가오는 적을 비장하게 응시했다. 유와와 사혼단이 아리와 백하의 곁을 둥그렇게 빙 둘러싼 채 바짝 붙으며 방어태세를 갖췄다.

"마마, 꽉 잡으십시오!"

백하가 외치는 사이 적들이 맹렬히 공격을 개시해 왔다. 절반에 불과한 수적 열세로 인해 이미 적들에게 완벽하게 포위된 형상이었다. 이길 확률은 없었다. 무사할 수 있는 확률 또한 전무했다. 요는 얼마나 버티느냐 하는 것이었으나, 버틴다 하여 누군가 달려와 저희를 도울 리 없으니 기실 그 또한 무의미한 것이었다. 하지만 그렇다 해도 생의 마지막이 올 때까지는 결코 남은 생을 쉬이 포기할 수 없는 그들이었다. 숨이 다할 때까지 지키고 또 지켜 내는 것이 그들의 생이자 또한 업이었으니까.

말과 사람이 거칠게 토해 내는 가쁜 숨이 겨울밤의 차가운 공기 속에서 하얀 입김으로 변했다. 어둠이 혹은 혹한이 그 하얗고 뜨거운 숨을 시샘하듯, 살수의 길고 예리한 창이 사혼단사의 옆구리를 단번에 뚫고 들어가 그를 바닥으로 가차 없이 내동댕이쳤다. 붉은 피가 잔혹하게 바닥에 흩뿌려졌다. 그야말로 순식간에 벌어진 일이었다.

"흑영!"

백하의 외침 소리가 날카롭게 공기를 갈랐다. 흑영은 늘 자신의 곁을 지키던 세 명의 부총사 중 하나였다. 오래전 행궁으로 떠나던 황후를 호위하다 목숨을 잃은 적예, 그녀처럼 허망하게 그를 잃게 될까 봐 찰나 지독한 두려움이 스쳤다. 백하는 입술을 깨물었다. 기실 지금 자신이 이리도 두려운 것은 오롯이 순수한 인정(人情)으로 말미암은 것이 아니었다. 혹여 그를 잃게 될지 모를 두려움보다도, 그의 부재로 인해 힘겨워질 이후의 상황을 더욱 크게 염려해야 하는 비정한 현실이 못내 쓰라리게 백하의 가슴을 후벼 팠다.

애당초 상대가 안 되는 싸움이었다. 이후의 싸움은 잔혹하리만치 너무도 일방적으로 흘러갔다.

"유와!"

아리의 비명 같은 외마디 외침이 날카롭게 사위를 울렸다. 적이 내리친 검에 오른팔을 크게 베인 유와가 말고삐를 놓쳐 중심을 잃고 또다시 바닥으로 굴러떨어졌다. 바닥을 구르는 그를 향해 조금 전 사혼단사의 옆구리를 뚫었던 날카로운 창이 매섭게 날아들었다.

"헉······!"

창은 아슬아슬하게 그의 옆구리를 스쳐 지나갔다. 그에 안도감을 느낄 새도 없이 뒤이어 적들의 무시무시한 공격이 쉴 틈 없이 쏟아졌다. 다시 말에 올라 탈 여유는커녕 그런 그들의 공격을 막아 내는 것조차 힘에 부치는 상황이었다.

다친 오른팔 대신 왼손으로 검을 옮겨 쥔 유와가 저를 향해 다시금 맹렬히 돌진하는 적을 향해 방어태세를 취했다. 재차 그를 향해 매섭게 내리꽂힌 서슬 퍼런 창날을 막아 냈다고 생각한 순간, 등 쪽에서 전신을 강타하는 듯한 엄청난 충격이 그를 집어삼켰다. 유와의 몸이 크게 휘청거렸다.

"으윽……!"

꾹 다물렸던 그의 입에서 참지 못한 고통스러운 신음이 터져 나왔다. 후미를 노려 공격해 오던 적의 검이 순식간에 그의 등을 베어 버린 것이다. 웅크린 등에서 붉은 피가 솟구쳤다. 하얗게 질린 채 그 모습을 지켜보던 아리의 처절한 비명 소리가 다시금 공기를 찢으며 사방으로 울려 퍼졌다.

"유와, 안 돼! 아악! 유와!"

부들부들 몸을 떨며 겨우 버티고 서 있던 유와의 한쪽 무릎이 힘없이 픽 꺾였다. 불에 덴 듯 뜨겁고 날카로운 통증이 등허리로부터 시작해 전신을 타고 흘렀다. 숨도 쉴 수 없을 만큼 강하게 몰아닥치는 고통에 잠시 몸을 웅크렸던 유와가 이내 이를 악물고는 꺾였던 무릎을 다시금 일으켜 세웠다. 끝까지, 숨이 붙어 있는 한 끝까지…… 그녀를 지켜 내야 한다.

"유와! 흑…… 유와……!"

울부짖는 그녀의 목소리가 귓전을 크게도 맴돌았다. 어떤 얼굴로 그녀가 제 참혹한 모습을 바라보고 있을지를 떠올리니 가슴이 아려 왔다. 자꾸만 휘청거리는 몸을 가누며 유와는 부단히 정신을 다잡았다. 검을 움켜쥔 손끝의 감각이 서서히 둔해져 가고 있었다.

마지막을 각오한 듯 그의 얼굴 위로 초연한 결의의 빛이 짙게 피어올랐다.

가슴이 시리도록 파고드는 절망감과 불안감을 애써 떨쳐 내던 그의 시선이 어둑한 밤하늘 저 끝에 찰나 머물렀다.

빌어먹을 당신이 정말로 존재한다면……

그 빌어먹을 놈의 천신이 정말로 우리 곁에 존재한다면……

제발 그녀를…… 우리 모두를 지켜 줘…….

원망처럼, 혹은 탄식처럼 그리 속으로 내뱉은 유와는 다시금 이를 악문 채 저와의 거리를 좁혀 오는 적들을 노려보며 결연히 검을 치켜들었다.

얼마나 버텼을까……. 얼마의 시간이 흐른 것인지 감조차 잡히지 않는다.

영겁이 흐른 듯했지만 실상은 찰나가 지났을 뿐이었다. 수차례의 공격이 날아드는 동안 공격 한 번을 제대로 하지 못한 채 겨우 방비만을 했을 뿐이다. 유와가 당한 부상은 치명적이었다. 깊이 베인 옆구리에서 울컥울컥 피가 쏟아져 나왔다. 너무도 참담하여 차마 눈에 담기조차 힘든 모습이었다. 그럼에도 유와는 검을 놓지 못한 채 악착같이 버티고 서 있었다. 아리는 새파랗게 질린 얼굴로 그런 유와를 망연자실 바라보았다. 창백한 뺨 위로 뜨거운 눈물이 쉼 없이 서럽게 흘러내렸다.

남은 세 명의 사혼단사들의 상황 또한 유와의 사정과 다를 것이 없었다. 적의 공격에 속수무책으로 당하며 무고한 피를 흘리는 그들의 참혹한 모습을 바라보는 아리의 얼굴이 고통으로 일그러졌다. 그들이 흘린 피로 붉게 젖어 들어가는 대지를 만월의 둥근 달이 야속하게도 선연히 비추고 있었다.

"그만…… 그만해! 그만…… 흑…… 그만해, 제발! 나만 데려가면 되는 거잖아. 그러니 이제 그만둬……. 부탁이야. 이제 그만 멈추란 말이야…… 흐흑……."

그리 애원하는 그녀를 흘끗 돌아본 살수가 이내 조소하듯 피식 웃음을 흘렸다.

"진작 그리하셨어야지요. 보시다시피 이미 늦었습니다."

수괴로 보이는 사내가 아리와 백하를 턱짓으로 가리키자 살수 셋이 두 사람을 에워쌌다. 나머지 일곱은 물러선 채 그저 관람하는 듯한 태도를 취했다. 온전치도 못한 하나를 처리하는 데 모두가 힘을 뺄 필요는 없었다.

그 잠시의 흐트러짐을 틈타 백하가 돌연 거칠게 말 머리를 돌리며 고삐를 힘껏 휘둘렀다.

히히힝—!

흥분한 말이 그들을 둘러쌌던 살수들의 빈틈을 뚫고 거칠게 내달렸다. 얼마 못 가 잡힐 것은 자명한 일이었다. 다른 기대가 있는 것도, 뾰족한 수가 있는 것도 아니었다. 부딪쳐 싸우는 것, 달아나는 것, 두 가지 모두 무모한 선택이 될 테지만 그럼에도 조금이나마 시간을 벌고자 하는 것은 그 어떤 기대라기보다는 그저 생에 대한 인간의 본능 같은 그런 것일 터였다.

피잉—!

찰나 날카로운 소리와 함께 어둠 속에서 날아든 예리한 물체가 백하의 뺨을 할퀴고 지나갔다. 아슬아슬하게 스쳐 간 작은 톱니 같은 물체가 뺨의 살점을 한 점 한 점 뜯으며 허공으로 날아갔다. 좀 더 가까이 날아들었더라면 아마 얼굴 한쪽이 성치 못했으리라.

순식간에 바로 뒤까지 쫓아온 살수들이 그의 등 뒤에서 매서운 공격을 가해 왔다.

"크윽!"

"백하!"

그의 신음에 아리가 절규하듯 비명을 내질렀다. 그가 그녀 쪽으로 몸을 웅크리는 것이 느껴졌다. 그의 몸이 움찔거리며 떨리고 있었다. 아리의 두 눈에서 왈칵 눈물이 치솟았다.

"백하! 날 내려 줘요. 내가 저들을 설득해 볼게요. 이대로 죽는 건 그저 개죽음일 뿐이에요!"

그리 애타게 외치는 그녀의 어깨로 그의 머리가 슬며시 내려앉았다.

"마마…… 기억하십니까."

엄습해 오는 고통을 감추려 애쓰는 듯 그가 나직이 그리고 고요히 입을 열었다. 그의 침잠한 목소리가 마치 어떤 끝을 선고하는 듯해 아리는 울컥 서러움이 북받쳐 올랐다.

"저는 평생…… 당신께 죄인입니다……."

목숨으로도 갚을 수 없는 빚을 진……. 그가 하려는 말을 알아들은 아리의 뺨 위로 뜨거운 눈물이 왈칵 흘러내렸다.

"제발 말하지 마요, 백하……. 조금이라도 힘을 아껴야 해요."

그녀의 절박한 만류에 백하가 희미하게 미소 지었다. 통증을 견디기 힘든 듯 고통스럽게 입을 악다물며, 그는 남은 말들을 마저 힘겹게 뱉어 냈다.

"언젠가는 반드시…… 당신만을 위해…… 당신을 지켜 드리겠다던…… 그 맹세……."

"……."

"……소신…… 내생에서는…… 반드……시…… 지키겠습니다……."

목구멍에서 비린 맛이 울컥 올라왔다. 이미 피투성이가 된 몸은 그녀를 안은 앞쪽을 빼곤 성한 곳이 없었다. 검을 쥔 손이 파르르 떨려 왔다. 끔찍한 검상을 입은 옆구리가 축축이 젖어 갔다. 더 이상 고통은 느껴지지 않았다. 아니, 어쩌면 점점 깊어지는 극심한 고통에 무뎌져 버린 것인지도 모르겠다.

컴컴한 하늘 위에 걸린 달이 참으로 시리게도 밝았다. 어둠 속에서 불어오는 바람이 살을 에듯 혹독하게 전신을 스쳐 갔다.

위태롭게 그를 돌아보는 그녀의 뺨에서 붉은 피가 가늘게 스며 나왔다. 제 아무리 온몸으로 그녀를 보호하려 애를 썼어도 이런 지경에 그녀가 조금도 다치지 않았을 리는 만무했다. 그것을 감수한 채로 아무런 기대도 아무런 방도도 없이 무작정 시간을 번다는 것은 애당초 무모한 일이었다. 그녀를 지킨다는 명목으로 그녀의 상처를 이리 방관하는 것 또한 이제는 확연하게 무의미해져 버린 일이다.

"하앗!"

그는 마지막 남은 힘을 끌어모으듯 기합을 내지르고는 말에서 뛰어내렸다.

"백하!"

그녀의 절규를 뒤로한 채 백하는 온 힘을 다해 살수들을 향해 달려 나갔다. 마치 그런 그를 상대해 주겠다는 듯 뒤쫓아 온 살수 셋이 자신들의 말에서 털썩 뛰어내렸다. 백하의 검이 그중 하나의 옆구리를 닿을 듯 말 듯 아슬아슬하게 스쳐 지나갔다. 공격이 허사로 돌아간 것을 깨닫고는 재빨리 검을 거두어들이는 그 순간, 방어할 수 없는 그 찰나의 순간에 나머지 둘이 동시에 그를 가격해 왔다.

"크흑!"

가슴 아래 길게 베인 상처에서 울컥 뜨거운 것이 흘러나왔다. 다시금 베인 오른쪽 팔은 더는 검을 쥐고 있지 못한 채 경련을 일으켰다. 챙강! 바닥으로 떨어진 검의 푸른 날이 달빛에 반사되어 명멸하듯 시린 빛을 흩뿌렸다.

떨어진 검을 줍지 않은 채 그가 컴컴한 하늘을 올려다봤다. 그에게 허락된 운은 아무래도 여기까지인 듯싶었다. 그러나 자신의 운은 아무래도 좋았다. 그녀를 끝내 지키지 못한 사실이 천추의 한으로 남아 저승에서도 편히 눈을 감지 못할 터였다.

팔을 타고 흐르는 뜨거운 액체가 툭, 투둑 바닥으로 떨어져 내렸다.

흐릿해진 시야가 껌뻑껌뻑 느리게 뜨였다 감기기를 반복했다. 마지막임을 알리듯 거칠게 포효하며 제게로 내달려 오는 적을 일별한 백하는 마침내 체념하듯 눈을 감았다.

"안 돼! 멈춰요! 제발…… 그만해! 그만……!"

휙, 들어 올려진 검이 만들어 낸 바람 소리가 윙윙거리며 귓전을 때렸다. 그녀의 처절한 절규가 못내 아릿하게 가슴에 박혀 들었다.

생의 미련을 놓은 듯 눈을 감은 채 처연히 버티고 선 백하를 비통하게 바라보던 아리의 시야가 이내 뿌옇게 흐려졌다. 서럽게 터져 나온 울음이 멈출 줄 모르고 뺨을 적시며 흘러내렸다.

아이혜…… 미안해요……. 당신의 마지막 당부를 나 더 이상은 지키지 못할 것 같아…….

먹먹히 조여드는 가슴 가득 애끓는 설움이 북받쳐 올랐다. 아리는 고통스럽게 미간을 일그러뜨렸다.

그날 당신이 목숨마저 버리며 날 선택하지 않았더라면…… 아마 지금 같은 일은 없었을지 몰라…….

이렇게 모두를 죽이고, 또다시 나 홀로 살아남아서…… 결국엔 아무것도 해내지 못하는 지금 같은 이런 일은…….

보고 있어요, 아이혜? 당신이 틀렸어요.

그때 당신이 내 말을 들었어야 했어요……. 날 버리고 당신이 살아남았어야 했어…….

깊은 절망과 서러운 탄식이 고통스럽게 그녀를 옥죄어 오며 처참하게 심장을 베어 냈다.

북받치는 고통에 그녀는 얼굴을 일그러뜨린 채로 붉어진 눈시울을 들어 백하를 응시했다. 서슬 퍼런 검날이 그의 목을 노리듯 이내 방향을 틀어 사선으로 번쩍 치켜올려졌다. 차마 그의 마지막을 눈에 담을 수 없어 그녀가 질끈 눈을 감으며 고개를 돌리던 순간이었다.

쉬익 하고 바람을 가르는 칼날 같은 살성(殺聲)이 침잠한 공기를 찰나 맹렬히 부수었다. 그와 동시에, 쩅강, 쇠가 맞부딪치는 요란한 굉음이 천지를 뒤흔들고 고막을 찢을 듯 사위에 날카롭게 울려 퍼졌다.


쩅강—!

어둠 속에서 맹렬히 날아와 요란한 굉음을 내며 살수의 검을 쳐 낸 긴 창이 튕기듯 날아가 거칠게 바닥을 긁고는 저만치에 멈추었다.

날아와 부딪친 창의 위력에 손바닥이 찢겨 나간 살수가 미간을 일그러뜨린 채 어둠 속을 뚫어지게 노려보았다.

두두두두—!

저 멀리 짙은 어둠 속에서 수십의 무리가 지축을 울리는 장렬한 말발굽 소리와 함께 검은 흙먼지를 일으키며 이쪽을 향해 무서운 속도로 질주해 오고 있었다. 살수들의 살기등등하던 눈동자에 서늘한 긴장감이 서렸다. 조금 전과는 달라질 전투의 양상을 쉽게 예견한 까닭이었다.

맹렬히 좁혀지는 거리. 금세라도 부딪힐 듯한 일촉즉발의 순간…….

"퇴각한다!"

살수들의 수괴가 다급한 눈초리로 싸늘히 외쳤다. 어둠 속에서도 목표물을 향해 내리쳐지는 예리한 검날을 정확히 조준하여 쳐 낸 창술은 충분히 가공할 만한 것이었다. 그것으로 이미 다가오는 적들의 무공을 능히 짐작한 그들이었다. 게다가 그 수가 이쪽보다 압도적으로 많았다.

수괴의 외침에 재빨리 아리가 탄 말 위에 오른 살수가 거칠게 말을 출발시켰다. 살수들 모두가 급히 방향을 틀어 내달리기 시작했다. 승산이 없을 것이란 사실을 간파한 순간, 다른 것을 고민하고 있을 시간이 없었다. 그들의 목적은 오로지 하나였으므로.

갑작스러운 상황에 망연자실한 아리는 어지럽게 흔들리는 시야로 짙게 펼쳐진 어둠 속을 멍하니 응시했다. 충격과 슬픔을 받아들일 틈도 없이 저를 덮쳐 온 혼란한 현실이 버겁고 무겁게 가슴을 짓눌러 왔다.

저를 옥죄어 오는 이 악몽 같은 현실이 그저 꿈일 수만 있다면…….

백하와 유와 그리고 사혼단 모두에게 벌어진 그 참혹한 일들이 사실이 아닐 수만 있다면…….

제게 닥쳐온 이 모든 시련들을 그렇게 처음으로 다시 돌이킬 수만 있다면…….

숨 막힐 듯 죄어 오는 절망과 자책에 또다시 무력하게 잠식당한 채, 이리 허무하게, 이리 허망하게 모든 것을 체념해 버린 채로 순순히 저들의 뜻대로 되고 있는 자신이 경멸스러웠다. 토악질이 올라왔다. 그런 제 자신에게 환멸이 느껴졌다.

"세워……, 세우란 말이야! 당장……!"

아리는 있는 힘껏 몸을 비틀었다. 백하와 유와 그리고 아이혜, 또한 저를 위해 죽어 간 수많은 이들……, 그들이 목숨 걸어 지키려 했던 그 숭고하고 처절한 사명을 이런 식으로 허사로 돌아가게 만들 수는 없었다. 이대로 손파영에게 또다시 붙잡혀 버리느니 차라리 말에서 떨어져 말발굽에 차이고 밟혀 죽는 것이 나으리라. 그래, 차라리 그렇게 죽어 없어지는 편이 나았다.

버티어 살아 낸다 한들 과연 지금보다 무엇이 더 나아질 수 있을까. 아니, 제가 살아 있음으로 해서 나아진 일들이 과연 있기나 할까. 모두가 목숨 걸어 지킨 그 대단한 진아리는 고작 이런 존재일 뿐이다. 살아서도 죽어서도 그 무엇도 해낼 수 없을 위인……, 목숨을 내걸어 지킬 만한 자격도, 신의를 다 바쳐 따를 만한 가치도 없는 존재……. 진아리를 정의 내릴 수 있는 말들은 다만 그런 것들이다.

그것을 이미 모르지 않았었는데, 너무도 잘 알고 있었는데, 사가에서 아무런 탈 없이 평안하던 그 시절에도 자신은 그저 그런 철없는 계집아이일 뿐이었는데……. 자질도 깜냥도 없던 자신이 어찌 황가의 두 사내의 눈에 들어 이리 버거운 그들의 삶 속으로 떠밀려 휩쓸리게 되어 버린 것인지는 그녀도 알 수 없었다. 도망치려, 벗어나려 발버둥을 치며 부단히도 애를 썼었다. 하지만 그리할 때마다 오히려 더 큰 고난과 시련이 그녀를 덮쳐 와 어느새 이리 아득히도 멀리 떠밀려 와 있었다.

아이혜는 아마 이런 제게 그리 말할 것이 분명했다.

그것이 너의 운명이라고……. 그러니 비겁하게 달아나지 말고, 그런 네 운명에 순응하라고…….

감히 신의 뜻을 의심치 말라고……. 미련하고, 바보 같고, 우직하게 그저 그 뜻을 따르라고…….

그깟 신 따위…… 그깟 운명 따위가 무엇이라고……!

당장 눈앞에 나타나 제 존재를 증명치도 못할 그깟 신 따위가 대체 무엇이라고……!

아리는 터져 나올 듯한 울음을 삼킨 채 컴컴한 하늘 저편을 먹먹한 눈으로 바라보았다.

하늘님……. 이런 저를 굽어보고 계신다면, 어디 한번 증명해 보소서…….

천신이라 해도 좋고 그 무엇이라 해도 좋으니, 이 땅에 깃든 모든 신이여. 부디 제 물음에 답해 주소서.

누가 보아도 아이혜가 제격일 왕비의 자리, 또한 그녀만이 이루어 낼 대의, 오로지 그녀만이 헤쳐 나갈 역경과 시련들…….

오직 그녀만이 감당할 그 사명들을, 어찌 제게 대신 지우려 하시는 것입니까…….

그 버거운 짐들을 어찌 그녀가 아닌 제게 맡기려 하십니까…….

어찌 제가…… 그녀의 대신이어야 합니까…….

아리의 얼굴이 고통스럽게 일그러졌다. 찰나 불현듯 그런 그녀의 뇌리에 누군가의 처연한 얼굴이 스쳐 지나갔다. 저와 꼭 닮은 얼굴의 여인……. 그 죄로 평생을 저를 대신하며 빈껍데기처럼 살아온 그 초혜 소의 연은조의 경멸스럽고 혐오스럽기 그지없던 얼굴이…….

제 상처에 가려져 깨닫지 못했던 가혹했을 그 삶이 그제야 가슴을 비집고 들어왔다. 제 삶만큼이나, 아니 어쩌면 그보다 더 서글프고 비참했을 그 삶이 뒤늦게 심장을 먹먹하게 조여 왔다.

구겨진 얼굴 위로 쓴웃음이 번졌다. 눈물이 왈칵 치솟았다. 아리는 저를 가둔 살수의 팔을 밀어 내려 안간힘을 썼다. 이대로 떨어져 목이 꺾여 죽는다 해도 이제는 진심으로 두려울 게 없었다.

죽음보다 더한 격통을 겪었던 그 어느 날 이후, 삶에 대한 일말의 미련도 없다고 스스로를 그렇게 속여 왔지만, 실은 모나고 부서지지 않은 온전한 삶에의 채 버리지 못한 갈망이 해진 가슴속에 누구보다도 뜨겁게 남아 있었다. 기실 그러한 미련이 있었다.

이제는 그것을 후련히 놓아 버릴 수 있을 것 같았다.

아리는 살수의 팔 안에서 빠져나가려 온 힘을 다해 발버둥을 쳤다. 살수의 한 팔을 물어뜯자 그가 신음을 흘리며 팔을 비틀어 뺐다. 말에서 뛰어내리려는 그녀의 의도를 간파한 살수가 그런 그녀의 복부를 주먹으로 인정사정없이 가격했다.

"헉……!"

복부에 가해진 엄청난 충격에 신음을 흘리며 그녀가 몸을 한껏 웅크렸다. 이내 그런 그녀의 몸이 힘없이 축 늘어졌다.

"젠장, 얌전히 있으라고."

그리 욕설을 내뱉은 살수가 기울어지는 그녀의 몸을 한 팔로 추슬러 안았다. 어느 쪽도 버거운 것은 마찬가지였지만 몸을 가누지 못하더라도 차라리 잠잠한 것이 나았다.

어느새 후미를 바짝 추격해 오는 존재가 그런 그를 압박해 오고 있었다. 돌아볼 여유조차 없었다. 그는 전방에 꽂힌 시선을 떼지 않은 채 필사적으로 내달렸다.

"이랴!"

그런 살수의 바로 뒤까지 바짝 따라붙으며 쏜살같이 내달리던 소류가 비도(飛刀)를 꺼내 들었다. 살수의 목을 향해 맹렬한 기세로 날아간 비도가 정확히 그의 뒷덜미에 박혀 들어갔다.

"컥!"

비명을 삼킨 살수가 얼마를 못 버티고 그대로 땅을 향해 곤두박질쳤다. 저를 지탱하고 있던 존재가 사라지자 그녀의 몸이 기우뚱 중심을 잃었다.

소류는 그녀 옆으로 최대한 바짝 말을 붙이며 쓰러지려는 그녀의 허리를 한 팔로 휘감아 번쩍 안아 들었다. 그리고 그 반동을 이용해 그녀를 그대로 제 앞에 풀썩 앉혔다. 그러나 축 늘어진 몸은 반대쪽으로 위태롭게 기울어졌다. 그런 그녀의 몸을 재빨리 제 쪽으로 당겨 안으며 그는 말의 속도를 서서히 줄였다.

그사이 달아나는 살수들을 완전히 따라잡은 친위대가 그들과 격전을 벌이며 서서히 그들을 한데로 몰아가고 있었다. 어느새 자신들의 주위를 둥글게 에워싸며 포위망을 좁혀 오는 친위대를 살수들이 등을 맞댄 채 긴장 어린 눈초리로 응시했다.

"모두 척살하라!"

친위대장 무흔이 그리 기합을 내지르며 내달리자, 친위대 전원이 살수들을 향해 맹렬히 달려 나갔다.

"하아앗!"

서로를 향해 내지르는 우렁찬 포효와 함께 마침내 두 무리가 폭발하듯 충돌을 일으켰다.

쇳소리와 비명 소리가 순식간에 정적을 깨뜨리며 그들을 덮쳤다. 현란하게 번쩍이는 검광들이 만월의 시린 빛을 검붉게 물들였다.

챙강—!

무흔이 무시무시한 위력으로 휘두른 대검이 위아래로 크게 반월을 그리며 수괴의 머리를 부숴 버릴 듯 내리쳐졌다. 가까스로 검을 막아 낸 수괴의 몸이 한쪽으로 쏠리며 말에서 크게 균형을 잃고 떨어져 바닥을 굴렀다.

다시 말 머리를 틀며 저를 향해 돌아서는 무흔을 향해 어느새 민첩하게 몸을 날려 검을 내뻗던 수괴의 가슴팍에 소류의 창이 벼락처럼 날아가 꽂혔다.

퍼억—!

살을 뚫는 잔혹한 소리를 만들어 내며 창은 정확하게 수괴의 심장을 뚫고 들어갔다. 제 가슴에 날카롭게 박혀 들어온 창을 고개 숙인 채 내려다보던 수괴가 이내 무릎을 꺾으며 바닥으로 털썩 고꾸라졌다.

그 이후의 상황은 살수들이 아리의 무사들에게 자행했던 것과도 꼭 같은 양상이었다.

검 끝에 조금의 인정도 두지 않은 친위대의 무자비하고 잔혹한 공격이 거의 일방적으로 살수들에게 가해졌다. 두 배의 전력 차이, 개인의 실력에 월등한 차이가 나지 않는 이상은 불 보듯 뻔한 결과였다.

전투는 예상보다도 빠르게 종결되었다. 무흔이 숨이 붙어 있는 살수를 끌고

와 왕 앞에 꿇어앉혔다.

혼절한 아리를 친위대에게 맡기고 말에서 내린 소류가 살수의 앞에 무릎을 세우고 앉았다. 그러곤 손을 뻗어 살수의 머리채를 홱 당겨 고개를 들게 하고는 가만히 물었다.

"보낸 자가 누구냐."

"……크윽……!"

심각한 내상에 울컥 피를 토해 낸 살수가 대꾸 없이 소류를 노려보았다.

"손파영인가."

재차 묻는 질문에도 살수는 입을 악다문 채 아무런 대답도 하지 않았고, 그 어떤 동요도 보이지 않았다. 하지만 그것이 오히려 대답이 되었다.

무흔이 건넨 창을 받아 든 소류가 이내 그것을 고쳐 쥐고는 살수의 가슴을 향해 인정사정없이 창날을 내리꽂았다. 다시금 컥 하고 신음을 내뱉은 살수의 눈이 흰자위를 더욱 드러내며 커다랗게 뜨였다. 그러고는 털썩 바닥으로 고꾸라졌다. 잠시 냉랭하게 그것을 지켜보다 이내 무표정한 얼굴로 돌아선 소류가 무흔에게 명했다.

"왕비의 무사들을 수습해라."

"존명!"

왕의 명령에 친위대가 그곳으로 달려갔다. 살수들이 썰물처럼 빠져나간 자리에는 끔찍한 유혈만이 남아 있었다.

등과 옆구리에 깊은 창상을 입은 채 쓰러져 있는 유와의 맥을 짚어 본 무흔이 그의 몸에 난 상처들을 살펴보고는 소류에게 고했다.

"창상이 꽤 깊습니다만 장기는 비껴간 것 같습니다. 오른팔을 다시 쓸 수 있을지는 모르겠지만 적절한 치료가 이루어진다면 살릴 수는 있을 것 같습니다."

안도일까. 찰나 가슴에 우련히 번지는 미묘한 감정에 소류가 묘한 얼굴로 가만히 고개를 끄덕였다. 그런 두 사람 곁으로 사혼단사 네 명을 살펴보고 온 대원들이 돌아왔다. 대원들은 그들이 확인한 바를 보고했다. 안타깝게도 무사들의 숨은 모두 끊어져 있었다.

"전하! 살아 있습니다! 아직 숨이 붙어 있습니다!"

그때 그들과 조금 떨어진 곳에서 친위대원이 다급히 소리쳤다. 소류는 무흔과 함께 그곳으로 다가갔다. 소류가 이곳에 도착하자마자 창을 날려 쳐 내었던 살수의 검, 바로 그 검이 내리치려 했던 사내. 이자에 대한 무흔의 보고가 정확하다면, 그는 파안제국 황제의 근위대인 사혼단의 수장이었다. 이름이 담리백하라 하였던가. 사내에게는 신녀 별리하처럼 천기를 읽는 능력이 있다고도 했었다.

황제의 수족과도 같은 이런 자를 어찌 자신의 손으로 살려 내고 있는 것인지 도무지 모를 일이다. 그의 생이 저로 인해 얼마나 더 길어지게 될는지는 모르겠지만, 그 사실에 기가 차 헛헛하게 차오르는 헛웃음을 삼키며 소류는 쓰러져 있는 사내를 응시했다.

문득 그의 얼굴 한쪽이 눈에 들어왔다. 정확히는 사내의 왼쪽 뺨에 난 상처가 소류의 시선을 잡아끌고 있었다. 살점이 한 점 한 점 뜯겨 나간 톱니바퀴 자국 같은 상처······.

"아이혜 님의 시신에 남겨져 있던 것과 같은 상흔입니다."

"역시 그렇군."

소류의 시선을 알아차린 무흔이 보고하자 소류가 대꾸하며 묵묵히 고개를 끄덕였다. 아이혜의 죽음에 잠시나마 아리를 의심했던 제 자신을 용서할 수 없을 것만 같았다. 쓰디쓰게 올라오는 후회와 자책을 삼키며 소류는 무흔을 돌아보았다.

"상태는 어떤가."

"맥이 너무 약합니다. 겨우 숨이 붙어 있는 정도입니다. 유혈도 심한 데다 내상이 심각합니다. 당장 제대로 지혈을 한다 해도 과연 얼마나 버텨 줄지는 모르겠습니다."

남은 지혈제를 탈탈 털어 응급 처치만을 겨우 마친 무흔이 그리 보고하며 자리에서 일어섰다.

"인근에 저들을 치료할 만한 곳이 있나."

"50리쯤 떨어진 위치에 마을이 하나 있습니다. 상단이 지나다니는 길목이라 크고 작은 객잔이 제법 있는 곳입니다."

"우선 그곳으로 가자. 금세 몰려올 테니 여기부터 뜨는 것이 시급할 터."

"존명."

사혼단사들의 시신을 수습하고, 친위대원 둘이 백하와 유와를 각각 자신의 말에 실었다.

복부에 가해진 충격에 그대로 혼절해 버린 아리는 여전히 깨어나지 못하고 있었다. 그러나 내상 때문이라기보다는 정신적인 충격이 큰 탓일 터였다. 소류는 차라리 잠시 그리 정신을 잃고 있는 편이 그녀에게도 나을 것이라 생각했다. 요행히 무사 둘의 목숨이 아직 붙어 있기는 했지만 생사를 장담할 수는 없었다. 게다가 무사 넷은 불운하게도 목숨을 잃었다. 그녀는 또 이전처럼 자책할 것이 뻔했다. 모든 것이 저의 탓이라고…….

그녀가 깨어났을 때 전해야 할 현실들은 그에게도 가볍지만은 않은 것이어서, 착잡하게 가라앉은 얼굴로 그는 말을 출발시켰다.

선두로 내달리는 왕을 따르며 친위대원들이 맹렬히 속도를 붙이기 시작했다.

무리는 이제야 뚜렷한 목적지를 되찾은 채 전력을 다해 빠르게 질주하고 있었다.

## 24
## 치유의 시간

운이 나쁘게도 며칠째 드나드는 객 하나 없던 허름한 객잔에 피를 뒤집어쓴 한 무리의 험상궂은 장정들이 들이닥친 것은, 기실 차라리 객주에게는 며칠간의 부진을 한 방에 날릴 만큼 크나큰 행운과도 같았다.

물론 아내와 어린 자식들이 잠시 볼모로 잡힌 상태이기는 했지만 자신을 완전히 믿지 못해 경계하는 것일 뿐, 고분고분히 그 요구들만 잘 따른다면 자신들을 해치지는 않을 거라는 굳은 믿음이 있었다.

많은 사람들을 상대하는 객주로서 다년간 쌓아 온 그 같은 직관은 마냥 헛된 것만은 아니어서, 객주는 제 자신과 식솔들을 그리 안심시키며 간만에 팔까지 걷어붙인 채 객잔을 구석구석 쓸고 닦는 등 부지런을 떨고 있었다. 콧노래를 흥얼거리며 선불로 받은 두둑한 은자 한 꾸러미를 서랍 안에 고이 모셔 놓고는, 그는 며칠 만에 찾아든 객이 원하는 그 모든 요구들을 성심성의껏 이행하고 있는 중이었다.

그들이 요구한 것은 마을에서 가장 용한 의원과 음식 그리고 씻을 수 있는 물이었다. 게다가 그들은 하루도 아니고 한 시진쯤을 쉬어 간다 하였다. 며칠째 허탕 친 것을 단시간에 몇 배로 보상받게 된 객주의 얼굴에는 모처럼 화색이 돌고 있었다.

그들의 당부대로 말들을 두어 마리씩 나누어 주변 객잔에 따로 맡겨 두고 돌아온 그는 서둘러 목욕물을 준비했다. 객주들과 별다른 마찰은 없었다. 마사(馬舍)를 사용하는 값을 두둑이 치렀기에 객주들 모두가 마다 않고 자신들의 마사 한 귀퉁이를 흔쾌히 내어 주었다.

객의 인원이 많아 목욕물을 데워 각 객실로 나르는 것만 해도 반 시진은 족히 걸릴 터라 일을 서둘러야 했다. 그는 하인들과 함께 진땀을 빼며 서둘러 객실에 차례로 목욕물을 들였다.

객주는 그들이 머무는 객실 앞을 지나칠 때는 특히 더 신경을 쓰며 보는 이가 없어도 스스로 제 귀를 틀어막은 채로 다녔다. 물론 하인들에게도 그리할 것을 단단히 일러두었다. 오로지 안전과 이득만을 취하려는 그의 그러한 태도는 객주로서의 오랜 경험으로 터득한 본능과도 같은 것이었다. 굳이 위험한 객의 의심과 불신을 자초할 필요는 없었다.

객주가 그렇게 주의에 또 주의를 기울이며 발소리조차 죽인 채 지나쳐 간 한 객실 안……

보통 때처럼 멀쩡히 불려 오지 못하고 난데없이 보쌈을 당해 온 마을 제일의 의원이 형편없이 부상을 입은 사내들 앞에 심각한 얼굴로 앉아 있었다. 난감한 얼굴로 무겁게 한숨을 내쉰 그가 곁에 앉은 젊은 사내를 돌아보며 말했다.

"워낙 상처가 깊어 이 늙은이도 장담할 수가 없……"

"살리게. 무조건."

그러나 제 말을 가로막는 사내로 인해 의원은 그대로 입을 다물 수밖에 없었다. 의원은 손바닥에 흥건히 배어 있는 식은땀을 옷자락에 문지르고는, 사내를 흘끔 쳐다보았다. 치료는 고사하고 사내가 내뿜는 그 위압감에 숨조차 제대로 내쉴 수가 없을 지경이었다.

"예, 물론 소인도 그리되도록 노력은 하겠지만…… 그, 그것이 워낙…… 상처도 깊고, 그리고 또…… 그게……."

"수하의 말로는 살릴 수 있다 하였다. 혹 내 여기 있는 것이 방해가 되어 그러나."

"예? 예, 그, 그렇습죠, 물론…… 예? 아, 아니 그것이 아니옵고……!"

저답지 않게 이리 깍듯한 존대까지 써 가며 쩔쩔매고 있는 게 스스로도 이해가 가지 않았지만, 사내의 저 위압적인 기운과 마주한다면 그 누구라도 아마 지금의 저처럼 머리를 조아린 채 굽실거리게 될 것이 분명하다고, 의원은 그리 스스로에게 변명하듯 제 자신을 위로했다.

"진작 그리 말하였으면 내 애당초 피해 주었을 것을."

"소, 송구합니다."

"부탁하네. 반드시 살려야 하네. 최선을 다해 주게."

"여부가 있겠습니까. 이 늙은이 최선을 다해 치료할 터이니 시, 심려 마시고 건너가 계십시오, 나리."

젊은 사내가 그를 배려해 자리를 피해 주자, 의원은 그제야 긴장이 풀린 듯 땅이 꺼져라 한숨을 내쉬었다.

"휴우, 내 안 그래도 얼마 남지 않은 명이 반으로 줄어드는 줄 알았네그려."

의원은 그리 중얼거리고는 이내 정신을 차리려는 듯 제 양 뺨을 철썩 때렸다.

각종 약재들과 뜸, 침. 그리고 자신이 평생에 걸쳐 익힌 모든 의술들과 평생에 걸쳐 모은 모든 의서들을 총동원한 채, 의원은 그들의 치료에 혼신의 힘을 쏟아부었다. 객주가 쥐여 준 은자 한 냥 때문은 아니었다. 저를 바라보던 젊은 사내의 그 서늘한 냉정함 속에 깃든 미묘한 안타까움과 절박함, 그것이 어쩐지 반드시 이들을 살려 내야만 한다는 의원으로서의 제 사명을 묘하게 건드린 탓이었다.

"이보시게들. 내 최선을 다해 볼 테니 꼭 이겨 내시게들."

의원은 혼잣말처럼 조용히 중얼거렸다. 자신과는 아무런 연도 없는 이들이었지만 의원은 진심으로 이들이 잘 버텨 내 주기를, 그리고 무탈히 회복될 수 있기를 빌었다.

"……."

악몽을 꾼 것 같았다. 이대로 눈을 뜨면 사라져 버릴 그런 악몽을…….

힘없이 떠진 초점 없는 눈동자가 낯선 방 안을 멍하니 배회했다. 벽에 걸린 작은 호롱불 하나가 어두운 방 안을 희미하게 비추고 있었다. 느리게 껌뻑이던 눈꺼풀이 다시금 무겁게 감겨 들었다.

어디에 와 있는 것일까. 결국 또다시 손파영에게 잡혀 버리고 만 것일 까……. 그리 체념 비슷한 마음이 고개를 들던 찰나, 선연한 기억들이 뇌리를 스쳐 갔다.

갑작스럽게 퇴각을 외치던 다급한 목소리와 제 말에 올라타 쫓기듯 내달리던 살수의 긴박한 몸짓, 그리고…… 말에서 뛰어내리려던 제 복부를 강타하던 힘도, 그 엄청난 고통에 정신이 흐려지던 것도…… 쓰러지던 몸을 벼락같이 낚아채던 거친 손길도…… 희미하게 잠겨 들었던 그 모든 기억들이 선명히 떠올랐다.

내내 그렇게 정신을 잃고 있었던 모양이었다. 배를 가격당한 이후의 일들은 아무것도 기억나지 않았다. 기실 기억해 내고 싶지도 않았다. 무엇을 기억하든 돌이킬 수 없을 테니까. 그저 무력하게 현실을 받아들이는 것 외에는 아무것도 할 수 없을 테니까.

죽을 것처럼 숨이 막혀 왔다. 무엇인가가 제 심장을 난도질하듯 서걱서걱 가슴이 베어져 나갔다. 단 하나의 기억조차도 떠올려 내고 싶지 않았다. 그녀에게 닥쳐왔던 그 끔찍한 악몽들…… 저의 지독한 불운으로 잃어야 했던 그 소중한 사람들…… 저를 위해 피 흘리며 쓰러져 가던 그들의 그 참담했던 모습을…… 지울 수만 있다면 기억 속에서 영원히 지워 버리고만 싶었다.

그렇게 그들을 영영 잊은 채로, 그리 비겁하고 무정하게 시린 망각 속에 숨어 버린 채로 평생을 살다 눈감을 수만 있다면 얼마나 좋을까…….

하지만 그런 바람이야말로 헛되고도 무용한 것이리라.

어찌 제 평생에 그들을 잊을 수 있단 말인가…….

"……흑…… 흐흑……."

죽음을 각오하던 그 눈빛들이, 끝까지 저를 안심시키려던 그 나직한 음성이, 경련하듯 몸을 떨며 제게 기대어 오던 그 처연한 몸짓이, 피를 흘리며 처절하게 쓰러져 가던 그 참담한 마지막이 시시각각 떠올라 그녀를 고통스럽게 옥죄어 왔다.

눈물이 하염없이 뺨을 타고 흘러내렸다. 울컥 터져 나오는 뜨거운 눈물을 그칠 생각도 하지 않고 그저 내버려 둔 채 한참을 울던 그녀가 이내 지친 시선을 들어 방 한편을 멍하니 응시했다.

흔들리는 불빛에 비친 흐릿한 인영이 그제야 그녀의 시야에 고요히 박혀 왔다.

"……."

의자에 꽉 차는 커다란 어깨, 팔걸이 아래로 늘어뜨린 길고 강인한 팔…… 잠든 상태에서도 검을 놓지 못하는 안쓰러운 손…….

등받이에 비스듬히 몸을 기댄 채 미동 없이 앉아 있던 흐릿한 인영이 그녀가 있는 쪽을 향해 고개를 돌렸다. 벽에 걸린 등불을 등지고 있어 그의 얼굴엔 음영이 내려앉아 있었다. 그렇기에 그가 지금 저를 보고 있는 것인지, 아니면 그저 잠들어 작게 뒤척인 것인지는 알 수 없었다.

그것을 확인하고 싶은 마음이 드는 순간, 고맙게도 그가 직접 그것을 확인시켜 주었다.

"……정신이 드나."

너무도 익숙한 음성…….

때론 아프고 버겁기만 하던, 또 때론 사무치게 그립기도 하던…… 그의 그 깊고 진중한 목소리…….

어쩐지 현실감이 없게 느껴져 풀린 눈으로 멍하니 그쪽을 응시하던 아리가 이내 번쩍 정신을 차리며 몸을 벌떡 일으켰다. 순간 복부에 묵직한 통증이 느껴졌지만 그런 것은 문제가 되지 않았다. 그가 단목소류라는 것을 깨달은 순간, 이곳이 어디인지, 그가 어떻게 지금 제 앞에 와 있는 것인지, 그러한 의문들에 굳이 답을 구하는 행위 자체가 무의미한 일이 되어 버렸다.

　무엇이 어찌 된 것인지는 적어도 지금 이 순간만큼은 중요치 않았다. 이 순간 그녀에게 중요한 것은, 그녀가 알아야만 하는 사실은 오로지 단 하나였다.

　"제 무사들은 어디에 있습니까? 백하와 유와는…… 사혼단사들은……!"

　어찌 되었느냐고, 차마 뒷말을 잇지 못한 채 아리는 불안함으로 가득한 시선으로 그를 위태롭게 응시했다. 그에게서 돌아올 대답이 두려우면서도, 그 참혹한 마지막 모습들을 생생히 기억하면서도, 지금 제 눈앞에 있는 그라는 존재로 인해 뻔뻔한 희망과 기대를 품고 있는 자신이 역겹고 가증스러워 토악질이 올라올 것만 같았다.

　"무사 넷은 즉사하였소. 하나……."

　묵은 피로에 목소리가 잔뜩 갈라져 나와 그가 잠시 말을 삼켰다. 그사이 '즉사'라는 단어만이 그녀의 귓전을 요란하게 울려 대고 있었다. 아리는 그대로 눈을 감았다. 헛된 희망이라 되뇌고 또 되뇌었음에도 심장을 짓이기듯 숨도 쉬지 못할 만큼 엄청난 고통이 그녀를 덮쳐 왔다. 몸을 둥글게 말아 잔뜩 웅크린 그녀가 세운 무릎 위로 제 얼굴을 묻었다. 숨마저 멈춘 듯 미동도 없던 가느다란 몸이 이내 격하게 떨려 왔다. 그런 그녀를 착잡하게 바라보던 소류가 나직이 한숨을 내쉬고는 말을 이었다.

　"담리백하와 사유와."

　익숙한 이름이 그의 입에서 흘러나오자, 절망 속에서 허우적거리며 흐느끼던 그녀의 떨림이 일순 멈추었다. 그녀가 창백한 얼굴을 들어 그를 절박하게 바라보았다.

　"그 둘은 다행히 숨이 붙어 있어. 의원이 그들을 치료하는 중이오."

　"……숨이…… 붙어 있다 하셨습니까……? 그들이…… 살아 있다는 말씀이십니까……?"

가만히 고개를 끄덕이는 그를 망연자실 바라보던 그녀가 이내 벌떡 일어나 침상에서 내려왔다.

"지금 어디에 있습니까? 그들을 보게 해 주십시오."

"걸을 수는 있겠소?"

"예, 전 괜찮습니다."

실수에게 가격당한 그녀의 배를 잠시 바라본 그가 시선을 옮겨 그녀의 안색을 한참 살폈다. 정말로 괜찮다는 듯 조급해진 그녀의 얼굴을 자세히 보던 그가 이내 몸을 돌려 문으로 향했다.

벌어지는 문틈 사이로 불이 훤히 켜진 복도가 보였다. 복도로 나가고 나서야 아리는 지금 그들이 와 있는 곳이 객잔이라는 것을 알았다. 백하와 유와가 있는 곳은 바로 옆 객실이었다. 소류가 조용히 문을 두들기자 안에서 의원이 들어오라 대답하는 소리가 들려왔다.

소류가 먼저 객실 안으로 들어서며 그녀를 돌아보았다. 그를 따라 머뭇머뭇 방으로 들어선 아리가 바닥에 눕혀 있는 그들을 발견하고는 곁으로 천천히 다가갔다. 심상찮은 분위기를 눈치챈 의원이 탕약을 준비해 와야 한다며 잠시 자리를 떴다.

그들은 온몸을 붕대로 칭칭 감은 채 미동 없이 누워 있었다. 가만 그 얼굴에 차례로 귀를 가져다 대 보니 미약한 숨소리가 느껴졌다. 그 처연하고 여린 생명의 기운에 왈칵 눈물이 쏟아졌다.

"……미안…… 미안해요……. 유와…… 미안해…… 미안해요, 백하……."

아리는 자책 어린 얼굴로 두 사람을 고통스럽게 응시했다. 핏기 없이 창백한 얼굴의 그들이 금세라도 눈을 떠 저를 향해 웃어 줄 것만 같아서…… 늘 그랬던 것처럼 그렇게 저를 위로해 줄 것만 같아서…… 그녀는 서럽게 북받쳐 오르는 눈물을 참지 못한 채 그들 곁에 주저앉아 한참을 흐느껴 울었다.

한동안 그리 울음을 쏟아 낸 그녀가 힘겹게 고개를 들었다.

"반드시 살아 줘요……. 부디 꼭 이겨 내 줘요……."

이제는 날 위해서가 아니라, 그대들 자신을 위해서…… 반드시 버텨 줘요.
부탁이야.

"……."

소류는 그저 묵묵히 그런 그녀의 곁을 지켰다. 저 역시 곁에 두었던 숱한 이
들을 잃었다. 군주인 저를 위해 미련 없이 목숨을 내던지며 죽어 가던 그들은
여전히 그에게 고통으로 남아 있었다. 그러한 고통은 날카로운 파편이 되어 심
장에 박힌 채로 그의 숨이 다할 때까지 사라지지 않을 터였다.

그 처절한 고통과 슬픔은 그렇게 오롯이 홀로 견뎌 내야만 하는 것이었다. 누
구와도 차마 나눌 수 없는 혼자만의 고통, 혼자만의 처절한 회한……. 그것들과
싸우며 버텨 내는 것 또한 오롯이 혼자 감당해야 할 자신만의 몫인 것이다. 그녀
역시 그것들과 싸우고 있었다. 그가 도울 수 있는 것은 아무것도 없었다.

그녀가 비틀거리며 몸을 일으켰다. 부축하려던 그를 슬며시 밀어 내는 손길
에서 미미한 원망과 힐난이 느껴졌다. 그가 그녀를 물끄러미 응시했다. 그를 등
진 채 유와와 백하를 침통하게 내려다보던 그녀가 이내 몸을 돌려 객실을 조용
히 빠져나갔다.

방으로 되돌아온 두 사람 사이에는 나가기 전보다 더욱 무거운 정적이 흐르
고 있었다.

적막한 어둠 속에서 고요히 맞부딪친 시선이 서로에게 가시처럼 박혀 들었
다. 이제 남은 것은 자신들의 이야기였다.

"……."

아리는 침상에 우두커니 앉은 채로 어둠 속의 그를 말없이 응시했다. 그 역
시 처음처럼 탁자 맞은편 한 귀퉁이에 멀찍이 앉아 입을 꾹 다문 채 그녀를 응
시하고 있었다.

각자 고집스럽게 침묵을 지키는 사이 시간은 더디게도 흘러갔다. 그 무거운
압박을 견디지 못하고 결국 먼저 말문을 연 쪽은 아리였다.

"저를 믿는다고, 제 말을 믿는다고…… 다만 어떤 언질이라도 주셨더라면,

적어도 그렇게 해주를 떠나오는 일은 없었을 겁니다."

얼마쯤 원망이 담긴 시선으로 말하는 그녀를 보며 잠시 침묵하던 그가 이내 의자에 기댄 몸을 일으키곤 조용히 대꾸했다.

"어떤 언질이 더 필요했나. 난 이미 그대를 믿는다 답하였는데."

낮게 한숨을 내뱉은 그가 나직이 말을 이었다.

"믿지 않은 건 외려 내가 아니라 그대겠지."

"……."

그는 그리 말하곤 몸을 일으켜 그녀가 앉아 있는 침상으로 다가왔다. 곁으로 바짝 다가온 그가 신경 쓰인 탓도 있었지만, 아리는 그만 말문이 막혀 그의 시선을 피해 고개를 돌리고 말았다. 그의 말에 반박할 수가 없었다. 그의 말은 한 치의 틀림도 없는 사실이었다. 그는 분명 그녀를 믿는다고 말했고, 그 말을 믿지 못해 그의 곁을 떠나온 것은 그녀였다.

다시금 속에서 울컥 뜨거운 것이 치솟았다. 그래, 그를 믿고 기다릴 만큼의 여유와 확신이 있었더라면 분명 선택하지 않았을 길이었다. 하지만 무엇도 보여 주지 않는 그에게서 어떻게 그러한 여유와 확신을 기대할 수 있단 말인가.

그를, 해주를 떠나기로 작정한 것은 그녀로서도 쉽지 않았던 결정이었다. 매일, 매시간, 매 순간마다 고민에 고민을 거듭하여 정말이지 어렵게 내린 선택이었다. 그런 저의 선택으로 말미암아 너무도 큰 것을 잃었다. 너무도 많은 것들을 잃었다. 너무도 소중한 이들을 이미 잃었거나 또는 그렇게 잃을 뻔했다. 물론 그의 탓이 아니라는 것쯤은 알고 있었다. 그러나 그 대상이 잘못됐다는 것을 모르지 않으면서도 그를 향해 솟구치는 원망과 설움들을 도저히 막을 수가 없었다.

"전하만은, 오로지 전하 한 분만은 제 편이 되어 줄 거라 그리 여기며, 그리 믿으며…… 죽을 각오로 그렇게 제 스스로 해주로 돌아왔습니다."

"……."

"전하를 믿지 못한 것이, 그리 믿지 못하게 된 것이…… 어찌 저만의 잘못입니까."

북받치는 감정들이 억눌려 있던 서러움을 토해 냈다. 터져 나온 감정들이 제 멋대로 날카롭게 날을 세웠다.

"이 모든 일들을 어찌 저만의 잘못이라 하십니까……!"

안다. 억지라는 것을…….

시작을 명확히 정의할 수는 없지만, 그 시작부터가 자신의 잘못이었다는 것을…….

차마 그를 볼 수 없어 내리깐 두 눈에서 뜨거운 눈물이 흘러내렸다. 그의 무거운 한숨 소리가 가만히 귓전을 울렸다.

"그대의 잘못이라 하지 않았어."

"……."

"내 잘못이다……."

그리 말한 그가 얼굴을 일그러뜨린 채 가만히 손을 들어 제 한쪽 얼굴을 쓸었다. 그녀에게 오롯한 믿음을 주지 못하였던 것은, 기실 그가 그녀를 오롯이 믿지 못하였기 때문이었다.

고백하자면…… 아이혜의 죽음 앞에서, 차마 그녀를 믿는다는 것이 죄스럽게만 느껴졌었다. 하여 믿고 싶은 그 마음을 부단히 밀어내고 또 밀어냈었다. 그녀를 믿어 버리는 일이 어쩐지 아이혜를 배반하는 일인 것만 같아서…… 그녀를 모질게 외면하고 또 외면했었다.

그는 그렇게 비겁하게 등을 돌린 채 저만치 물러서 있었다. 그런 자신이 경멸스럽고 혐오스러웠다. 그러나 아무리 후회한다 해도 이미 늦어 버린 일이었다. 결국은 그녀에게 이리 큰 상처를 안기고 말았다.

"……애도할 시간이…… 필요했어……. 그녀를…… 보내 줄 시간이 필요했어……."

갈라진 그의 목소리가 힘겹게 흘러나왔다. 그의 쓰라린 고백이 시린 가슴에 서럽도록 아프게 박혀 왔다. 그녀가 젖은 눈으로 그런 그를 서글프게 올려다봤다.

그를 헤아려 주지 못한 자신이, 그 힘겨웠을 시간들을 기다려 주지 못한 자신이 원망스러워 견딜 수가 없었다.

끝내 울음을 터뜨리는 그녀를 소류가 가만히 제 품에 끌어안았다. 자그마한 몸을 꽉 보듬어 안은 채 그가 아프게 속삭였다.

"……미안해…… 홀로 떠나게 해서……."

"……."

"그 믿음을…… 지켜 주지 못해서……."

"……."

"또 이렇게 아프게 해서……."

"……흐흑……."

그의 나직한 한숨이 그녀의 머리 위로 고요히 내려앉았다. 낮게 가라앉은 그의 목소리가 애처롭고 안쓰럽게 귓가를 파고들었다.

"……세상이 무너지는 심정이었다……. 또 그렇게 사라져 버려서…… 그댈 영영 찾지 못하게 될까 봐……."

억눌린 한숨처럼 묵직하게 터져 나온 그의 진심이 그녀의 가슴에 아릿하게 박혀 왔다. 차마 그를 밀어 내지 못한 여린 손이 그의 품 안을 힘없이 배회했다.

그의 진심을 몰랐더라면, 과연 그를 은애하지 않을 수 있었을까…….

이토록 아프게 저를 바라보는 저 진실한 눈동자를, 끝내 모른 채 외면할 수 있었을까…….

"다시는…… 내 세상을 무너뜨리지 마……."

뺨과 맞닿은 그의 가슴께에서 쿵쾅거리며 요동치는 그의 심장의 박동이 고스란히 전해져 왔다.

"……그대가 내 세상이다."

한숨처럼 나직이 토해 낸 그의 진심이 해일처럼 그녀의 마음을 집어삼켰다. 그리 아득히 휩쓸려 가는 제 마음을 멀거니 지켜보기만 할 뿐 그녀는 그것을 조금도 막지 못했다.

너른 품 안에 단단히 가두었던 그녀를 놓아주며, 소류가 조용히 그녀와 눈동자를 마주쳐 왔다. 절절한 그 마음만큼이나 곧고 맑은 눈동자 속 가득히 그녀의 모습이 펼쳐졌다.

그가 제 커다란 손으로 가만히 그녀의 뺨을 감쌌다. 거칠지만 조심스러운 그의 손길을 느끼며 아리는 저를 가득 담고 있는 그의 눈동자를 시리게 바라보았다.

강직한 눈동자 속에 오롯이 존재하는 그녀라는 커다란 세상……

일렁이는 눈동자 속에 아득하게 펼쳐진 그의 세상이 하 애절하고 안타깝기만 해, 그녀는 더는 그를 밀어내지 못하고 베어져 나간 시린 가슴을 부여잡은 채 순순히 그의 품 안에 안겼다.

소류는 그런 그녀를 한참이나 보듬어 안고 있다가, 이내 가만히 손을 뻗어 그녀의 고개를 들어 올렸다. 제게로 오롯이 향해 있는 말간 눈동자를 지그시 바라보며 그가 그녀를 향해 천천히 고개를 숙였다.

광활한 그의 우주가 그녀를 향해 쏟아져 내리고 있었다.

거부할 수 없는 그의 거칠고 순수한 세상이 태풍처럼 그녀를 덮쳐 오고 있었다.

그라는 운명이 그녀에게는 더없이 불가항력적인 것임을, 결국 그녀 스스로가 인정해 버리고 만 탓이었다.

□ ■ □

욕조 위로 하얀 수증기가 모락모락 피어올랐다. 잠시 뿌옇게 시야를 가리다 흩어지는 수증기 너머를 멍하니 응시하던 소류가 맨살이 드러난 아리의 어깨를 한 팔로 가만히 감싸 제 품으로 끌어당겼다. 찰박거리는 물소리가 정적을 고요히 흩뜨리며 묘한 기류를 만들어 냈다.

"당신 이야기를 해 봐."

"예……?"

그에게 등을 기댄 채 그와 다를 것 없이 허공 어딘가에 멍하니 시선을 던지고 있던 아리가 느닷없는 말에 조용히 되묻자, 그가 그런 그녀의 어깨를 가만히 쓰다듬으며 대답했다.

"내가 모르는 당신의 이야기……. 당신은 어떤 사람이었지?"

그제야 아리는 잠시 고민하듯 골몰한 얼굴로 가만히 대답할 말들을 떠올렸다.

"……음…… 말괄량이 안하무인에 고집 세고 콧대 높은 아가씨요……?"

당대 최고의 세가였던 흑무문 가주의 외동딸로 나고 자라 남부럽잖을 부귀영화를 누리며 유년 시절을 보낸 그녀였다. 그때는 그렇게 세상의 모진 풍파 따위는 저와는 아무런 상관도 없는 일인 줄로만 알았더랬다. 그저 세가의 콧대 높은 여식일 뿐이던 그때까지는 분명 그러했었다.

"하면 황궁에서는, 그대는 어떤 사람이었지?"

이어진 그의 질문에 아리의 얼굴에 문득 씁쓸한 자조가 스쳤다. 떠올리면 온통 고통뿐인 기억만이 가득한 그곳……. 그러나 어찌 된 일인지 지금 이 순간은 황궁을 떠올리는 일이 전보다는 버겁지 않게 느껴졌다. 저를 향한 그의 무조건적인 신뢰와 애정이, 아니, 그라는 존재 자체가 그녀에게 큰 위로가 되어주고 있었기 때문이다.

"황궁에서의 진아리는…… 표독스럽고 고약한 황후였지요."

"내 물론 풍월로 그리는 들었지만."

"풋. 거기까지 소문이 자자했나 보군요."

"어째서 그대가 그런 사람이 되었지? 내가 아는 그대는 전혀 그렇지 못한 사람인데."

농담처럼 대꾸한 그녀와는 달리 그는 진지하게 물어 왔다. 그녀는 대답 대신 저도 모르게 어깨를 움츠러뜨렸다. 그런 그녀를 소류가 뒤에서 가만히 껴안았다.

"대답하고 싶지 않으면 하지 않아도……."

"아니요. 말하고 싶어요……. 이제는…… 이 안에 있는 것들을, 다 꺼내 버리고 싶어…….”

이제는 훌훌 털어 버려야 할 때가 온 것 같았다. 스스로마저 속이듯 그리 꼭 꼭 감춘 채로 남은 생을 살아가기에는 곪아 터진 상처가 너무도 컸다. 지금 그의 앞에서가 아니라면 아마 다시는 누구에게도 그 상처들을 꺼내 보일 수 없으리라. 그리고 그것들은 그렇게 평생을 제 안에서 곪아 터지고 썩어 가며 죽는 그 순간까지도 저를 괴롭힐 게 뻔했다. 이제는 그것으로부터 조금은 자유로워지고 싶었다.

"어디서부터 말을 하면 좋을까…….”

나직한 혼잣말에 그가 고개를 숙여 그녀의 어깨에 입을 맞추었다. 물속에서 제 허리를 부드럽게 감아 오는 그의 손길을 느끼며 아리는 가만히 눈을 감았다.

따뜻한 욕조 안, 그리고 그보다 따뜻한 그의 체온…… 애정과 진심이 가득한 그의 손길……. 과연 이보다 더 좋은 순간이 있을까. 곪고 곪은 지독한 상처를 잘라 내기에 그만일 그런 순간이…….

"파안의 세가는 계절마다 돌아가며 축제를 열곤 했어요. 그를 처음 만난 건…… 지금의 이 추운 계절이 지난 어느 봄…… 우리 가문에서 연 연회에서였어요.”

조곤조곤 흘러나오는 목소리를 들으며 그가 그녀를 더 가까이 당겨 안았다. 그런 그에게 순순히 제 등을 기댄 채 아리는 실로 오랜만에 그날의 일을 떠올렸다. 빛이 바래도록 오랜 시간 속에 묻혀 있던 기억들이 마치 어제 일처럼 되살아나 하나하나 생생하게 그녀의 뇌리에 펼쳐지고 있었다.

진씨 세가 흑무문의 축제, 가비연佳緋宴…….

한 해의 포문을 여는 첫 번째 계절의 첫 번째 축제는 그 시작이라는 설렘에 부응하듯 늘 어느 연회보다도 화려하고 다채롭게 치러지곤 했다. 불꽃놀이가 한창이던 안채 앞 너른 마당은 늘 그렇듯 구경꾼들로 북새통을 이루고 있었다. 혼잡한 그곳을 빠져나와 한적한 연못가의 다리 위를 한가로이 거닐던 아리는 밤하늘을 화려하게 수놓는 불꽃들에 시선을 빼앗긴 채 홀로 여유롭게 축제를 즐기는 중이었다.

고아하게 내리쬐는 달빛과 유유히 흘러가는 구름, 연못 위로 흩날리는 매화 꽃잎까지……. 하늘에서 내려온 선녀와 마주친대도 이상할 게 하나 없을 것만 같은 그 오묘하고도 가슴 떨리던 느낌은, 지금 이 순간의 풍경과 함께 아마도 평생토록 그녀의 기억 속에서 지워지지 않을 것만 같아서 그녀는 몹시도 벅찬 기분에 휩싸였더랬다.

그렇게 축제의 들뜸에 잔뜩 취해 있던 그녀가 저를 찾는 시비의 외침 소리에 작게 툴툴대며 다리 건너편 쪽으로 몸을 돌리던 순간이었다.

달빛 아래 흩날리는 붉은 매화 꽃잎……. 그 꽃비를 맞으며 마치 천상의 선인(仙人)처럼 신비롭고 고아한 자태로 서 있는 제 또래의 청년……. 마치 스스로 빛나는 듯한 그 오묘하고 영롱한 모습에 저도 모르게 시선을 빼앗겼다가 문득 정신을 차렸을 때, 그는 어느새 제 코앞까지 다가와 있었다.

연못의 다리는 폭이 좁아 한 방향으로만 통행이 가능했기에 누구 한 사람은 뒤돌아 왔던 길을 되돌아가야만 했다. 연못 자체가 크지 않았고 건너편을 훤히 볼 수 있는 구조였으므로, 보통은 건너편 다리에 이미 누군가 먼저 오른 사람이 있다면 상대가 건너올 때까지 기다려 주는 것이 예의였다. 그러나 제 앞을 막아선 오만한 청년은 기다려 줄 의향이 전혀 없어 보였다.

저보다 머리 하나는 더 있을 법한 훤칠한 키에, 여자보다 더 고운 하얀 피부, 어딘지 날 선 인상이지만 꽤 단정한 이목구비…… 그리고 몸에 걸친 결 좋고 빛깔 고운 화려한 비단옷……. 한눈에 보기에도 내로라하는 어느 세도가의 자제임이 분명한 모습이었기에 그녀는 외려 더욱 당당히 허리를 편 채 고개를 빳빳이 치켜들었다. 그 내로라하는 세도가 중 제일인 바로 그 진씨 세가 흑무문의 금지옥엽이 바로 그녀 진아리였으니까. 더군다나 세가 시절의 그녀는 그 신분만큼이나 퍽 오만불손한 안하무인이기도 했다.

'어느 집 자제분이신지 몰라도 참으로 무례하기 짝이 없으시군요. 어찌 먼저 건너는

231

사람을 보고도 굳이 여기까지 오셔서 앞을 막아서시는 겁니까? 당장 길을 비키십시오!'

표독스러운 눈초리로 당돌하게 요구하는 저를 보며, 그는 흥미롭다는 듯도, 또 어처구니없다는 듯도 한 얼굴로 눈썹을 치켜뜬 채 픽 하고 헛웃음을 흘릴 뿐이었다.

'오호라, 바로 너인 모양이로구나. 그래, 그 오만불손한 본새를 보면 한눈에 딱 알아볼 것이라 모두가 그리들 말하더라만.'

그는 대뜸 하대를 하는 것으로도 모자라 기가 찬 말들을 거침없이 퍼부어 대며 기어이 그녀를 발끈하게 만들었다.

'하, 뭐라고요? 오만불손이란 말의 뜻을 잘 모르시나 봅니다? 그건 그쪽 같은 무뢰한에게나 쓰는 말이지요. 그쪽이야말로 그 오만불손한 작태로 부모님 존안에 멱칠이나 하셨겠습니다. 바른 행실로 효를 행하셔야 댁의 부모님께서도 만수를 누리시지 않겠습니까?'

작정하고 비아냥댄 그녀의 말에 그는 화를 내기는커녕 오히려 눈을 가늘게 뜨며 웃었다.

'안 그래도 내 그간 아버님 존안에 너무 멱칠을 해 대어 그런지 근자 들어 그 존안이 아주 흙빛이 되셨다더군. 쉬쉬하고는 있지만 듣기로는 오늘내일하신다고 하니…….네 어디 접집이나 하나 차려 보는 게 어떠하냐? 이제 보니 네게는 세가의 영애보다는 무당이 딱 어울려 보이는데.'

'말을 가려서 하십시오. 어느 댁 어른께서 편찮으시다는 소리는 듣지 못했습니다. 오늘내일하신다니, 부모님을 두고 어찌 그런 끔찍한 망발을, 어찌 그리 패악스러운 언사를 지껄이시는 것입니까? 세가의 자제분 중에 이리 패륜한 자가 있다는 말 역시 들어 본 적 없습니다. 대체 어느 가문의 자제분이십니까?'

버릇없고 오만하기로는 그녀 역시 뒤지지 않았지만 그런 그녀조차 부모에 대한 애정만큼은 각별해서 사내의 그 같은 언사에 적잖이 충격을 받은 것이 사실이었다. 하지만 그는 뻔뻔하게도 참으로 태연자약하게 웃어 보일 뿐이었다.

'패륜? 하하! 부모 운운하며 먼저 날 건드릴 땐 언제고, 그리 혼자 발뺌하며 이젠 날 패륜아로 몰아가는 것이냐? 네 그 본새가 참으로…… 하, 그래, 참으로 깜찍하구나, 형남께서 정녕 미치지 않으시고서야…… 정말이지 머리가 어찌 되신 게 아니고서야, 어찌 너 따위를 마음에 두셨는지 참으로 모를 일이다.'

'……무슨 소리를 하시는 겁니까? 알아듣게 말씀을 하시든지, 아니면 길을 비키시든지 둘 중 하나를 하십시오. 아니, 헛소리 따위를 듣고 있을 까닭이 없으니 당장 비키십시오. 이리 마주 보고 서 있는 것조차 심히 불쾌합니다.'

'피차일반이다. 그러니 그리 불쾌하면 네가 돌아가면 될 것 아닌가.'

'어찌 제가 돌아가야 합니까? 나중에 온 그쪽이 돌아가는 것이 순리이지요. 아니 그렇습니까?'

생전 겪어 보지 못한 사내의 그 오만불손함과 방자함과 무례함에 기가 막혀 그리 쏘아붙이는데 안 그래도 지척에 있던 그가 위협적으로 한 걸음 더 바짝 가까이 다가섰다.

그녀가 물러서지 않으면 정말이지 몸이 닿아 버릴 듯 아슬아슬한 거리까지 다가온 그는 오만하게 턱을 치켜든 채 그녀를 내려다봤다. 놀란 마음을 애써 감추며 고개를 빳빳이 쳐든 그녀를 향해 그가 여유롭게 팔짱을 낀 채로 불쑥 상체를 기울였다.

'순리 따위, 따르는 취미가 없어 말이다.'

그녀의 귓가에 대고 속삭이듯 그리 내뱉은 그는 순식간에 그녀를 번쩍 안아 들더니 어깨에 둘러멨다.

번쩍 들려 그의 어깨에 걸쳐진 그녀가 혼비백산하며 비명을 내지르자 그는 사악하게 씩 웃어 보이며 선택을 강요했다.

'어찌해 주랴. 연못에 빠뜨려 주랴, 아님 내 이리 널 둘러메고 건너랴?'

수치심과 모욕감에 화가 머리끝까지 치밀었지만 곱상한 생김새와는 달리 무례하고 거칠기 이를 데 없는 저 불한당을 도저히 혼자 힘으로는 감당해 낼 수 없을 것 같았다. 그녀는 연못 주위를 두리번거리며 다급히 제 하인들을 찾았다.

'여봐라! 여봐라! 게 아무도 없느냐!'

하지만 그녀만 몰랐을 뿐, 양쪽의 하인들은 이미 연못가에 모여든 지 오래였다. 그들은 각자 제 상전의 눈치를 살피며 다리에 오르지도 못한 채 안절부절 못하며 그들을 지켜보고 있을 뿐이었다. 사람 한 명 겨우 지나가는 다리 위에 굳이 자신들이 올라 무엇을 어쩔 수 있단 말인가.

다리 밖에서 우왕좌왕하는 하인들을 보며 그는 안쓰럽다는 듯 쯧쯧 하고 혀를 찼다.

'성질머리만 고약한 줄 알았더니 머리도 좀 모자란 게 아니냐? 저들이 예 와 봐야 무엇을 할 수 있다고, 기껏해야 네 뒤로 줄밖에 더 서겠느냐? 하하!'

그는 웃음을 터뜨리며 얄밉게 빈정대더니, 그녀를 정말로 연못에 빠뜨리기라도 할 것처럼 그녀의 몸을 위협적으로 휙 던지듯 거칠게 고쳐 안았다.

'꺄악!'

얼굴이 하얗게 질린 채 다시금 비명을 내지른 그녀는 정말이지 울고 싶은 심정이었다. 하인들이 다 보는 앞에서 이런 우스꽝스러운 꼴을 당하고 있는 것도 기가 찰 노릇이었지만, 이리 굴욕적인 상황에서 아무도 저를 도울 수 없다는 사실이 너무도 분하고 비참해 차라리 그대로 연못에 뛰어들고 싶다는 생각까지 들었다. 일면식도 없는 이에게 이리 당하는 이유라도 안다면 조금은 덜 억울할 것도 같았다.

'어느 댁의 자제분이십니까! 대체 무슨 까닭으로 절 이리 능욕하시는 것입니까?'

분을 삭이며 그리 묻는 그녀가 참으로 가소롭다는 듯 그는 코웃음을 치며 느릿느릿 내뱉었다.

'하늘 아래 귀한 혈통이 어디 네 가문 하나일까. 그리 궁금하면 어디 네 스스로 한 번 알아내 보거라. 날 알아내어 찾아온다면 오늘 내 무례는 그때 갚으마.'

오만하게 말한 그가 얄밉게 덧붙였다.

'어느 쪽이 무례한 것인지는 잘 모르겠지만.'

절대 길을 비켜 줄 것 같지 않던 그는 뜻밖에도 그 길로 그녀를 내려놓고는 더 이상 용건이 없다는 듯 휙 뒤돌아서 성큼성큼 저편으로 되돌아갔다. 그녀는 그 자리에 못 박힌 듯 선 채 분한 마음에 후들거리는 다리를 겨우 진정시키며

234

그 뒷모습을 한참이나 우두커니 쏘아보고 있었을 뿐이다.

그것이 흑무문의 금지옥엽 진아리와 황태자 주단휘의 첫 만남이었다. 두 사람 모두 참으로 유치하고 용렬하게 발끈하며 날을 세우던 기억이 아직도 어제 일처럼 생생히 남아 있었다.

"그 후로 알게 되었지요. 그의 이복형인 일 황자가 절 마음에 두고 있었다는 사실을요. 도대체 언제부터 저를 봐 온 것인지, 어째서 저를 마음에 둔 것인지 는 모를 일이었지만……."

늦게 본 외동딸을 그저 오냐오냐 키운 탓에 행실이 썩 곱지도 않았을뿐더러 떠도는 평판 또한 그다지 좋지 못했다. 그러한 사실을 그녀 스스로도 잘 알고 있는 터라 일 황자의 그 같은 마음은 그날 단휘의 반응과 마찬가지로 썩 이해 하기 힘든 일이기는 했다.

그러나 한편으로는 또 그런 마음이 드는 것도 사실이었다. 사람의 마음이란 것이, 꼭 어떤 대단한 이유가 반드시 있어야만 닿는 것은 아닐 거라고. 다만 그 저 눈에 든 것으로, 그저 옷깃을 스친 것만으로도, 평생을 끊어 내지 못할 그런 절절한 인연으로 닿을 수도 있는 것이라고…….

그저 단 한 번 스친 미소에 마음을 빼앗기기도 하고, 처연한 눈물 한 방울에 심장이 쿵 하고 내려앉기도 하고, 연심이든 연민이든 그렇게 찰나에 감정을 불 러일으켜 한 사람의 삶을 송두리째 뒤흔들 수도 있는 것이라고…….

그 치열한 감정의 경중을 그 당사자가 아니면 감히 누가 어떤 잣대로 판단할 수 있을까. 떨어지는 꽃잎 하나에도 의미를 두던, 꿈 많고 설렘 가득했던 이팔 청춘 꽃다운 나이의 진아리는 그리 생각을 했더랬다.

물론 지금에 와서도 그 생각은 크게 달라진 바 없었다. 연심이라는 것은 굳 이 그 이유를 들어야 할 필요도 까닭도 없는 것이다. 설령 누군가에게는 어리 석어 보일지라도, 사람이 사람을 은애한다는 건, 연모한다는 건…… 그저 그 자체로 특별하고 애틋한 것이니까.

어쩌면 그렇기에 제게로 향하는 일 황자의 그 거침없는 애정과 관심들을 당연한 듯 받아들였었는지도 모르겠다. 늘 제 주위엔 사랑을 주는 이들뿐이어서, 그땐 그것이 특별할 것도 없는 그만그만한 일로만 여겨졌었다.

흑무문의 축제가 끝나고 그 봄이 지나는 동안, 그렇게 그녀는 친부를 따라 황궁을 드나들며 일 황자와의 만남을 가졌다. 일 황자는 무례하던 이복동생 황태자와는 달리 자상하고 다정다감한 사내였다. 혼기가 꽉 찬 탓도 있었겠지만, 보다 더 이른 시기에 만났더라도 충분히 마음이 끌릴 만한 그런 사람이었다.

봄이 지나 초여름에 접어들 무렵, 일 황자비의 간택이 시작되었다. 여러 가문의 규수들이 일 황자비의 간택 단자에 이름을 올렸지만, 이미 일 황자비는 흑무문의 진아리로 내정되어 있었다.

후일 어째서 선황의 지엄한 결정이 뒤집혀 그녀가 황태자비로 둔갑해 버리게 된 것인지는 그녀에게도 여전히 풀리지 않는 수수께끼로 남아 있었다.

"모르겠어요. 그는 첫 만남에서부터 저를 지독히도 멸시하고 혐오했어요. 일 황자비의 간택 내정자로 황궁에서 그와 다시 마주쳤을 때에도 그는 처음과 달라진 게 없었어요. 절 쳐다보는 눈빛에는 경멸과 조롱이 자득했죠. 그런 제가 어째서 그의 비가 되어 버린 것인지 도무지 모를 일이었어요."

일 황자 단유와 황태자 단휘 사이에 어떤 사정이 있었던 것인지는 그녀도 알지 못했다. 다만 귀비 유씨의 소생인 일 황자 단유와 그 동복아우 단흉, 단훤삼 형제의 바르고 곧은 인품과 두터운 우애에 대해서라면 그녀도 풍월로 종종 듣기는 했었다. 세 사람의 이복형제인 황태자 단휘가 그런 그들의 형제애를 동경하며 시샘하더라는 근거 없는 소문들과 함께 말이다.

"그저 소문일 뿐이었어요. 그 복잡한 형제들의 사적인 관계에 대해서는 저도 아는 바가 없어요. 딱히 알고 싶었던 적도 없었고요……. 정말 모를 일투성이였지만, 다만 한 가지 어렴풋이 깨달은 바는 있었죠."

그녀가 씁쓸한 미소를 떠올리며 말을 이었다.

"삶이 하 윤택하여 한순간 방심하다 보면…… 악연이 인연처럼 다가오기도 하더군요."

신의 장난처럼, 틀어진 운명처럼…… 그들 형제들과의 악연은 마치 우연한 인연처럼 그렇게 한순간에 그녀를 덮쳐 왔다.

아리는 저를 안은 커다란 손 위에 가만히 제 손을 포개고는 잠시 상념에 잠긴 얼굴로 멍하니 허공을 응시했다. 그들 형제의 이야기를 이리 아무렇지 않게 꺼내고 있는 자신의 모습이 문득 생경하게 느껴졌다.

"……그리고…… 그 후에는 또 어떤 일들이 있었더라……."

마치 이제는 떠오르지도 않는 먼 기억이라도 된다는 듯이, 그렇게 잊은 척 말을 꺼내 보았지만 티끌만큼이라도 잊었을 리가 없었다. 차마 그리 쉬이 지워졌을 리가 없었다.

떠올리는 것만으로도 잔뜩 곪은 상처가 터져 역겨운 피고름이 주르륵 쏟아져 나오는 것만 같은 그 지옥 같은 기억을, 아리는 생살을 도려내듯 부득부득 끄집어냈다. 누군가의 앞에서 스스로 그 상처들을 끄집어내기까지 10년이라는 긴 시간이 걸렸다.

괴로운 마음만큼이나 육신 또한 그날의 기억을 선연히 기억하고 있어서일까. 찰나 가늘게 떨려 오는 그녀의 몸을 소류가 제 품 안에 꽉 힘주어 안았다. 아리는 제 등에 와 닿는 그의 맨살의 감촉을 고스란히 느끼며 움츠렸던 어깨를 가만히 폈다.

그날처럼 발가벗은 자신, 그리고 그런 저와 마찬가지로 실오라기 하나 걸치지 않은 사내……. 사내와의 이런 순간을 편안히 받아들일 수 있는 날이 오리라고는 그날 이후로 상상조차 해 본 적이 없었다. 그것은 그녀에게 더없이 두렵고, 참혹하며, 잔인한 일이었다. 이미 모두가 알며 쉬쉬하는 일이었음에도 행여 누군가의 입 밖으로 끄집어져 나올세라 꼭꼭 숨겨 두기에만 급급했던, 그 어느 참담했던 과거의 기억…….

문득 불안감이 엄습해 왔다. 과연 지금 저를 안고 있는 그가, 그런 제 과거를 씻어 내 줄 수 있을까……. 그저 불운했던 과거일 뿐이라고, 그리 받아들여 주기는 할까. 그리 더럽혀진 그녀라는 것을 알고도, 과연 지금처럼 그녀를 아끼고 은애하여 줄까…….

"……흑……."

무엇을 어찌해 볼 새도 없이 툭 하고 서러운 울음이 먼저 터져 나왔다. 그의 투박한 손이 가만히 뺨을 타고 올라와 그녀의 눈가를 자상히도 쓸어내렸다. 그에 결국 참지 못하고 그녀는 하염없이 눈물을 쏟아 냈다. 10년이 넘도록 꾹꾹 참아 왔던 눈물이 마치 봇물이 터지듯 쉴 새 없이 터져 나왔다.

그런 그녀를 다독이며 그가 조용히 입을 열었다.

"10년 전…… 그날의 일이라면 그리 힘들게 꺼내지 않아도 돼."

"……."

그의 말에 아리는 숨을 삼키듯 흐느낌을 멈춘 채 가만히 고개를 들었다.

"그대가 파안의 황후라는 것을 알아냈던 그때 이미 모든 사실을 알았으니까. 그대가 직접 말해 주기도 전에 이리 먼저 알아 버려 미안하지만……."

모두가 쉬쉬했을 테지만 그것은 10년 동안 살을 덧대고 덧대며 부풀려져 저자에조차 흉흉하게 나도는 흉측한 소문 중의 하나가 되어 있었다. 휘월루주 아향이라는 정보통을 끼고도 그것의 진실 여부를 파악하는 데에 꼬박 며칠이 걸렸더랬다.

소문이 사실임을 알게 되었던 날 그는 뜬눈으로 밤을 지새웠다. 그녀를 처음으로 품던 그날엔 폭주하듯 날뛰는 욕망들을 겨우 누르고 또 누르며 그녀의 몸도 마음도 다치지 않게 하기 위해 안간힘을 썼던 그였다.

"그대에겐 삶을 좌지우지할 만큼 힘든 일이었을 테지만 내게는 티끌만큼의 의미도 없는 일이야. 다만 먼지처럼 그대를 스쳐 지나갔을 뿐인 그저 그런 일……."

고통을 억누른 채 애써 덤덤히 내뱉는 그의 목소리가 서럽게 그녀의 귓가를 울렸다.

일순 가슴속에서 무언가가 툭 터져 나가듯 심장에 뻐근한 통각이 일었다. 아리는 그 아릿한 고통 속에 가만히 눈을 감았다.

어쩌면, 과거의 그때 또 다른 그에게 듣고 싶었던 말도 이런 말들이 아니었을까…….

그가 그리 말해 주었더라면 조금은 덜 아파했을 수도 있었을까. 조금은 덜 비참했을 수도 있었을까……. 조금은 덜…… 미워했을 수도 있지 않았을까…….

"내게는 그래. 그러니 이젠 그대에게도 그저 그렇게 스쳐 간 먼지 같은 일이었으면 좋겠어. 더는 아파하지도 말고, 스스로를 괴롭히지도 말고……."

그러니 그들과의 인연을 이제는 그만 잘라 내 버리라고, 그는 애절한 제 진심을 담아 온 마음으로 이야기하고 있었다.

누구라 할 것 없이 온몸에 흠뻑 뒤집어썼던 피가 어느새 욕조 물에 깨끗이 씻겨 나갔다. 엷은 핏빛으로 변한 물을 멍하니 바라보고 있는데, 그가 그런 그녀의 허리를 가만히 잡아 일으켜 세우더니 곧 자신도 일어나 그녀를 욕조 밖으로 이끌었다.

피부로 스며드는 서늘한 한기에 그녀의 몸이 움츠러들었다. 소류는 오소소 소름이 돋은 그녀의 몸에 남은 물기를 구석구석 닦아 주고는 제 몸의 물기도 대강 닦아 낸 후 그녀를 양팔로 안아 들어 침상으로 향했다.

안긴 품 안은 따스하고 편안했다. 그러나 그의 따스한 체온이 온몸으로 전해져 오고 있음에도 불구하고 아리는 마음 한구석이 여전히 시렸다. 이렇게 그의 팔에 안긴 채 침상 위로 눕혀지고 있는 순간에도, 채 잘라 내지 못한 가책이 그녀의 마음속을 끊임없이 어지럽히고 있는 탓이었다.

목에 걸린 가시처럼, 끔찍한 고통까지는 아니더라도 그로 인한 불편함을 매 순간 치가 떨리도록 느끼게 하는…… 그 껄끄러운 가책과…… 까닭 모르게 심장을 조여 오는 죄책감…….

행여 배반일까…….

주단휘의 마음을 추호도 알 수 없는 그녀로서는, 지금 그녀의 변절을 딱히 무어라 정의 내릴 수 없어 혼란스럽기만 했다.

곪았던 상처는 진심으로 저를 품어 준 단목소류라는 사내로 인해 서서히 아물어 갈 테지만, 제 쪽에서의 일방적인 단절만으로는 완전히 잘라 낼 수 없는 상처임을 그녀는 인정하지 않을 수가 없었다. 악연 같은 인연 때문이든, 차마 외면하지 못한 연민 때문이든, 주단휘와 직접 풀어내야만 하는 엉킨 실타래가 분명 그녀에게는 남아 있었다.

그런 그녀의 사정을, 아마 그도 이해해 주리라.

"······행궁으로 가겠어요."

묵직하게 제 몸을 덮쳐 온 소류를 조용히 올려다보며 그녀가 속삭이듯 말했다. 그녀를 향해 고개를 숙이던 그가 일순 멈칫했다.

"······."

그는 아무런 대꾸도 없었다. 미미하게 굳어진 그의 표정은 곧 깨어질 듯 위태로워 보였다. 그녀는 마른 입술을 잘근거리며 머뭇머뭇 힘겹게 말을 이었다.

"그에게도······ 손파영의 일을 알려야 하니까요. 그리고······."

"그리고······?"

"······상처야 도려낼 수 있겠지만······ 엉킨 인연을 풀지도 않은 채로 그저 잘라 내기만 해서는, 도려낸 자리가 완전히 아물 것 같지가 않아요······."

그렇지 않을 거라고, 그대의 생각이 틀렸다고, 차마 자신 있게 말해 줄 수 없는 현실이 그저 통탄스러울 뿐이었다. 소류는 저를 올려다보는 그녀의 까만 눈동자를 들여다보다 이내 무겁게 한숨을 토해 냈다.

"허락하지 않으면, 또 도망치듯 내 곁을 떠날 텐가."

나직한 탄식에 아리가 가만히 손을 뻗어 그의 뺨을 어루만졌다.

"전하 곁에, 온전히 머물기 위함이에요."

"······온전히······ 내 곁에 머물기 위함이라고······."

소류는 그리 되뇌며 제 뺨을 쓰다듬는 손을 움켜쥔 채 복잡한 눈으로 그녀를 바라보았다. 도성 곳곳에 심어 둔 세작들을 통해 근래 도성의 상황이 급박하게 돌아가고 있다는 보고를 받았다. 그 보고 안에는 실세를 쥔 황제의 이복형제들이 곧 군대를 움직일 것이라는 소식도 포함되어 있었다. 제게 수모를 당했던 황제는 낙안을 떠나 곧바로 행궁으로 향했다 들었다. 그곳에서는 이미 그의 친우인 대장군이 남은 군대를 이끌고 정군 중이라 하였고⋯⋯.

이복형제들이 차지한 도성의 반쪽짜리 군대가 어디로 향할 것인지는 안 봐도 뻔한 일이었다. 손파영의 계략대로 둘로 쪼개진 파안의 군대는 서로 창칼을 맞댄 채 결전을 눈앞에 두고 있는 형국이었다. 그러한 시국에, 그 결전지가 틀림없을 바로 그 행궁으로 떠나겠다니⋯⋯!

손파영의 계획과 이제까지의 모든 정황들에 대해 명징하게 알게 된 이상, 이대로 파안제국과의 전쟁을 감행한다는 건 불나방이 불 속으로 뛰어드는 것만큼 무모한 짓임에 틀림이 없다. 만일 그녀의 말대로 황제가 그것을 믿고 받아들인다면, 이쪽에서도 보다 시급한 불부터 끄고 싶은 심정일 것임에야 굳이 더 말해 무엇 하겠나. 하지만 그러하여도 아니 될 일이다.

"안 돼."

"전하⋯⋯."

"그대가 어떤 마음으로 그리하려는 것인지는 잘 알고 있어. 하지만 지금은 너무 위험해."

손파영이라는 자의 속셈을 아는 바, 또한 아이혜의 죽음과 제 소중한 이들의 희생을 헛되이 할 수 없는 바, 그자의 계략을 한시바삐 황제에게 알려 양국의 애꿎은 출혈을 막고자 하는 그녀의 그 처절하리만치 급박한 심정도 잘 알겠고, 악연이라 해도 함께 지내 온 세월이 있으니 둘 사이의 꼬인 매듭을 기왕지사 곱게 풀어내고자 하는 그 모질지 못한 정리 또한 이해할 수는 있었다. 하지만 그것은 모두 그녀가 살아 있을 때의 이야기였다.

"그러다 그대가 변고를 당할 수도 있어."

"물론 그렇겠지요⋯⋯. 사가에서도 황궁에서도 늘 그랬어요. 쓸데없는 고집을 부리다 낭패를 본 일이 참 많았지요. 한데 그때마다 꼭 누군가 저를 대신해 죽거나 다치더군요⋯⋯. 그건 황궁을 떠나서도 마찬가지였어요. 많은 무사들이 목숨을 잃었고, 백하와 유와도 저리되었어요. 다시는, 정말이지 다시는 그런 무모한 짓들을 저지르고 싶지 않아요. 그런 참담한 불행을 또다시 겪고 싶지는 않아요. 정말이지 두 번 다시는…… 하지만……."

그녀는 잠시 내리깔았던 시선을 가만히 들어 그와 눈을 마주쳤다.

"무모한 짓이라는 걸 너무도 잘 알고 있지만…… 더 큰 적을 눈앞에 두고도 서로의 목을 조르고 있는 당신들을 그저 보고만 있을 수는 없어요……. 조금의 시간이라도 벌 수 있다면, 당신들 둘을 멈출 수 있는 시간을 조금이라도 벌 수 있다면…… 전 뭐든 할 거예요. 뭐든 해야 하고요……."

"아리……."

"그를 설득할 수 있는 사람은 저뿐이에요. 아니, 어쩌면 그저 제 착각인지도 모르죠. 하지만 시도조차 하지 않은 채 이대로 체념해 버릴 수는 없어요……. 아이혜와도 그리 약조를 했어요……. 어떻게든 이 전쟁을 막겠다고……."

고요히 흘러나온 목소리는 퍽 의연했다. 그러나 그를 향해 열린 까만 눈동자는 거센 파도처럼 일렁이고 있었다. 오랜 세월을 마주해 온 것은 아니지만, 지금 그녀의 눈빛이 의미하는 바를 소류는 어렴풋이 알 수 있을 것 같았다.

"하……."

결연한 얼굴을 빤히 내려다보던 그의 입에서 묵직한 한숨이 터져 나왔다. 지금 이 순간에도 하늘 어디선가 저를 굽어보고 계실 천신께 문득 원망 비슷한 마음이 일었다. 어찌 손안에 가둘 수도, 손에 쉬이 잡히지도 않는 여인을 그의 반려로 점지해 주셔서는 이리도 애를 태우시는지……. 그리 책망하는 자신이 우스워 픽 실소를 터뜨리는데, 행여 그의 기분이 상하였을까 염려가 되었던지 그녀가 조심스러운 목소리로 그를 불렀다.

"전하……."

저를 살피는 불안한 눈동자를 물끄러미 응시하며 그는 손을 뻗어 그녀의 머리카락을 가만히 매만졌다.

언젠가 별리하가 말했었다…….

천신께서 점지하신 하늘의 연(緣)이라면…… 멀리 돌고 돌게 되더라도 언젠가는 필히 다시 연을 맺게 될 것이라고…….

"전하."

"소류……."

"예……?"

"그리 불러 줘……."

난데없는 요구에 놀란 얼굴로 저를 멀뚱히 쳐다보는 그녀의 입술에 가볍게 입을 맞추고는 그는 대답을 기다리듯 빤히 그녀를 응시했다. 어떤 규율에도, 어떤 법도에도 얽히지 않은 채로, 그녀와의 관계가 늘 그렇게 서로 동등할 수 있기를 바랐다. 제 이름을 불러 주길 재촉하는 그의 시선에 그녀가 마지못해 더듬더듬 입술을 달싹였다.

"……소……류……."

"한 번 더……."

"소류……."

"듣기 좋은데. 생각한 것보다 더……."

그리 말하며 다정히 웃는 그를 그녀는 애틋한 얼굴로 바라보았다.

은애하고 또 은애하는 당신…….

당신께 온전히 돌아오기 위해 잠시 당신을 떠나려 합니다…….

부디…… 이런 내 진심이 당신께 안온히 가닿기를…….

"소류……."

"응……."

"나…… 다녀올게요……. 잠시면 돼요. 금방 돌아올 거예요……."

"……."

소류는 그녀의 말간 얼굴을 물끄러미 응시했다. 억지로 그녀를 잡는다면 물론 언제까지고 그저 그렇게 곁에 잡아 둘 수는 있을 것이다. 하지만 만일 그리한다면 저를 가두기 위해 스스로 마음 한구석에 세워 버린 그 감옥을 끝내 무너뜨리지 못한 채로 그녀는 평생을 살아가야 할지 몰랐다.

그는 그녀의 어깨에 얼굴을 파묻었다. 그가 차마 자신을 붙잡지 못할 것이란 걸 안다는 듯 그녀가 그런 그의 등을 가만히 토닥이듯 쓸어내렸다. 연약하지만 애정이 가득한 그 손길을 느끼며 그는 한숨을 토해 내듯 나직이 속삭였다.

"약속해. 오래 기다리게 하지 않겠다고……."

"응, 약속해요……."

"아니, 아마 그때까지 못 견디고 내가 먼저 찾아 나설 테지만."

"……."

타박하듯 작게 투덜대며 제 위로 무겁게 체중을 실어 오는 그를 아리는 두 팔 가득 안았다. 저의 진심을 온전히 이해해 주고 믿어 주는 그로 인해, 그녀가 지금 얼마나 가슴이 먹먹해지도록 벅차오르는지 그는 아마 모를 것이다.

"……아……!"

가는 어깨에 와 닿던 그의 뜨거운 숨결이 목을 타고 올라와 귓가에 훅 끼쳐 왔다. 전신을 타고 흐르는 미묘한 감각에 그녀는 저도 모르게 고개를 뒤로 젖히며 나직한 탄성을 흘렸다.

하얗게 드러난 그녀의 목덜미에 붉은 열꽃을 새겨 넣던 그가 벌어진 그녀의 입술에 뜨겁게 제 입술을 포갰다. 길고도 깊은 입맞춤이 끝나지 않을 듯 한참 동안 이어졌다. 그리고 어느 순간 서서히 둘의 몸짓이 격렬해지며 달뜬 숨결이 뜨겁게 서로를 향해 터져 나왔다.

이 밤이 흐르면 잠시 이별해야 할 그들이기에 더욱 애틋하고 간절한 시간…….

또다시 기약 없는 헤어짐을 앞둔 애절한 밤이었지만, 시간은 야속하게도 더디 흘러가지는 않았다.

# 25

봄의 잔상 I

파안제국의 황성, 여미성.

주인 없는 황궁은 주인의 부재는 상관없다는 듯 여전한 위용을 뽐내며 고고하게 자리해 있었고, 계절은 어느새 여름과 가을을 꿈결처럼 지나 겨울의 중턱에 들어서 있었다.

한겨울의 찬 공기 속으로 허연 입김이 뿌옇게 흩어지는 것을 물끄러미 바라보던 여인이 툇마루에서 힘겹게 몸을 일으켰다. 불룩한 배는 산달이 다 되어 감을 알려 주듯 풍성한 치마로 가려져 있어도 제법 부른 티가 났다.

여인은 까만 밤하늘에 시선을 고정한 채 숨을 크게 들이마시고는 폐부 가득 들이마신 겨울 내음을 다시금 길게 뱉어 내며 바람에 흩어지는 입김을 가만히 눈으로 좇았다. 의미 없이 반복되던 행동들은 머리가 허옇게 센 노상궁이 오고 나서야 멈추었다.

"황후 마마, 왕야께서 도착하셨사옵니다."

"그래, 벌써 시간이 그리되었는가."

"예, 마마. 기다리고 계시옵니다."

"알았네. 가세."

상궁을 앞세워 걸으며 초혜는 전날 장왕 단휼에게서 받은 서찰을 떠올렸다. 닷새 후 도성 중앙군을 움직일 것이라는, 어림잡아 스무날 후면 행궁의 황제군이 무너지고 모든 상황이 깨끗하게 종료될 것이라는 그의 전언.

속이 후련할 것이라 생각하였는데, 막상 행궁에 공격을 개시하겠다는 전갈을 받고 나니 마음이 어지러웠다. 황제에게 추호도 남은 미련이 없다고 스스로에게 우기듯 다짐하였건만, 아등바등 이 악물던 그 노력들도 결국 다 허사였는지 하루에도 수십 수백 번씩 후회의 감정이 밀려들어 가슴을 난도질해 댔다.

하지만 이제 와 후회한들 무엇 할까. 어찌하여도 돌이킬 수 없는 일⋯⋯. 다만 한 가지 바라는 바가 있다면, 그의 마지막이 부디 천하를 호령하던 제국의 지존답게 고고하기만을 바랄 뿐이었다.

"오셨습니까, 황후 마마."

그녀가 들어서자 일어나 상석을 권하는 그에게 눈인사를 건넨 초혜는 별 의미를 두지 않은 채 그가 권한 자리로 가 앉았다. 이제는 익숙해질 법도 한 호칭이 금일따라 유난히 귀에 거슬려 저도 모르게 슬며시 미간이 찌푸려졌다.

"그리 부르실 것 없습니다, 왕야. 소의라 부르세요. 이곳에서는 듣는 귀도 없으니."

"아니 될 일이지요. 하여도 황후 마마이신 것을요."

"그분의 껍데기로 평생을 살아왔습니다. 어쩐지 오늘은 더 지치는군요."

어조는 덤덤하나 상처가 고스란히 드러난 그녀의 말에 단휼이 곤란한 듯 한숨을 내쉬고는 이내 조용히 화제를 돌렸다.

"서찰은 받아 보셨습니까."

"예. 닷새 후라고요. 준비는 잘되어 갑니까."

"준비는 이미 끝났습니다. 때를 기다릴 뿐이지요. 해주의 아라하군이 도성까지 오려면 그 정도의 시간이 필요하니까요."

"그렇군요. 한데⋯⋯."

초혜가 말끝을 줄이자 단휼이 다음 말을 재촉하듯 그녀를 물끄러미 응시했다.

"손파영 그자의 계획을 믿어도 될까요? 아라하군을 해주와 도성으로 분산시켜 격퇴하겠다는 그의 계획 말이에요. 낙안과 해주를 지키는 것도 버거울 텐데, 아라하군이 굳이 도성까지 움직이려 들까요?"

"그 점은 염려하지 않으셔도 됩니다. 그들은 분명히 움직일 겁니다. 도성이 양분되었다는 것을 아라하의 왕도 이미 알고 있을 테니까요. 그처럼 좋은 기회를 놓칠 리가 없지요."

"그런가요. 그렇다면 다행이군요……."

고개를 주억거리던 초혜는 순간 픽 하고 헛웃음이 새어 나오려는 것을 간신히 참았다. 우스운 일이 아니던가. 그의 마지막을 목전에 둔 마당에, 시국이 어찌 흘러가든 나라가 어찌 굴러가든 그것이 대체 자신에게 무슨 의미가 될 수 있다고…….

초혜는 의미 없는 불안감을 내려놓은 채 차분히 입을 열었다.

"왕야, 전 이만 황궁을 떠날까 합니다."

갑작스러운 말에 다소 놀란 듯 장왕이 눈을 커다랗게 뜬 채 되물었다.

"황궁을 떠나시다니요? 어째서 그런 말씀을 하십니까. 마마와 복중 아기씨의 안위는 이 장왕이 보장해 드린다 하지 않았습니까? 궁을 떠나실 필요는 없습니다. 이곳에 남아 계십시오, 마마."

만류하는 단휼을 보며 초혜가 초연히 웃었다.

"마음 써 주신 것은 잊지 않겠습니다. 하지만, 왕야. 천하가 누구 손에 쥐어지든, 이곳에 남는다 하여 과연 이 자리가 제 것일 수 있을까요?"

"꼭 그 자리일 필요는 없지요. 아쉽지 않을 자리를 만들어 드리겠습니다."

아쉽지 않을 자리……. 그가 존재하지 않는데, 세상 어디에 그런 자리가 있을 수 있을까. 처연한 얼굴 위로 쓸쓸한 미소가 스쳐 지나갔다. 아무것도 남지 않은 그녀의 공허한 두 눈동자가 조용히 단휼을 응시했다.

"제 마지막 자리는 제가 선택하고 싶습니다, 왕야."

평생을 단 한 순간조차 감히 바랄 수 없었던 그의 곁⋯⋯. 이 생의 마지막만큼은 그 곁자리가 오롯이 제 것이길 바랐다. 수천 번 수만 번 고민했지만 이 선택에 후회는 없었다. 그와 함께 떠나는 저승길이라면 제법 걸어 볼 만하지 않은가⋯⋯.

"행궁으로 떠나겠습니다."

서글픈 눈동자 가득 서러운 미소가 피어올랐다.

"그의 마지막을 지켜보아야지요⋯⋯."

고요한 공기의 파장에 탁자 위의 호롱불이 미약하게 흔들렸다. 불빛이 일렁이며 초혜의 얼굴 위로 내려앉은 음영이 어지러이 춤을 췄다. 단휼은 그녀의 얼굴을 말없이 응시했다. 결연한 얼굴에 서린 뜻은 너무도 확고해 보였다. 그는 더 만류해 볼 마음을 접은 채 자리에서 조용히 몸을 일으켰다.

"오랜 고민 끝에 내리신 결정일 테지요. 마마의 결정, 존중해 드리겠습니다. 하면 금일의 만남이 황궁에서의 마지막 만남이 되겠군요. 머지않은 날 행궁에서 다시 뵙게 되기를 고대하겠습니다."

"예. 운이 닿는다면 그리되겠지요."

모호한 대꾸를 남긴 초혜는 무거운 몸을 일으키지 못해 송구한 듯 겸연쩍게 웃고는 돌아가는 그에게 눈인사를 건넸다.

단휼이 돌아가고 초혜는 상궁도 물린 채 한참을 홀로 태현궁의 내실을 지켰다.

주인 아닌 곳에 주인으로 머물 날이 머지않았음을 절감하듯, 그녀는 미동 없이 홀로 오래도록 황후의 보료에 앉은 채 자리를 떠나지 않았다.

□ ■ □

젖은 머리카락에서 뚝뚝 떨어진 물방울이 매끈한 살갗을 타고 주르륵 흘러내렸다. 약골 같아 보이는 하얀 피부와는 달리 적당히 골격을 갖춘 탄탄한 몸이었지만, 전보다는 부쩍 마른 몸은 그 주인 된 이의 그간의 일상이 썩 편치 않았음을 짐작게 해 주고 있었다.

곁에서 의건(衣巾)을 들고 대령해 있던 궁인들이 황제가 욕조에서 나오자 서둘러 마른 수건을 들고 다가가 옥체에 묻은 물기를 닦아 주었다. 잠자코 그들에게 몸을 맡긴 채 서 있던 단휘는 곧 궁인이 펼쳐 든 웃옷의 소매를 팔에 꿰었다. 단휘가 양팔을 모두 꿰자 그의 앞으로 바짝 다가선 궁녀가 옷섶을 가지런히 여미고는 옷고름을 정갈히 매듭지었다.

궁녀가 하는 양을 멀거니 응시하다 무심코 고개를 숙이니, 벌어진 앞섶 사이로 채 아물지 않은 화상 자국이 빠끔히 모습을 드러냈다. 찰나 슬며시 구겨지는 듯하던 얼굴이 이내 아무 일도 없었다는 듯 무표정한 얼굴로 되돌아왔다. 그리 겉으로나마 태연해질 수 있기까지, 그는 지옥과도 같은 시간을 헤매며 숱한 고통 속에 몸부림쳐야만 했다.

가슴에 낙인처럼 처참히 새겨진 인두 자국과 같이, 마음속의 상처 역시 아직은 선명하게 남겨져 있었다. 하나둘 들려오는 그녀의 행적은 그 지독한 상처 위에 독한 술처럼 잔인하게 끼얹어져 그냥 두어도 끔찍한 고통을 느끼게 하는 상처를 더욱 쓰라리게 들쑤셔 대고 있었다.

“……가례라고……?”

“…….”

“그놈이…… 아리와 가례를 올렸다고……? 큭, 크큭…… 하하하……!”

혼잣말을 지껄이다 갑자기 실성한 사람처럼 괭소를 터뜨리는 황제를 보며 궁인들은 황공함에 어쩔 줄 몰라 했다. 그런 그들이 성가시다는 듯 단휘는 그들에게 물러나라 손짓했다. 아직 황제의 의관을 제대로 갖추어 입기 전이었지만, 황궁도 아닌 도성 변두리의 행궁에 이리 생쥐처럼 숨어 있는 황제 따위에게 대저 의관이란 것이 무에 중요할까.

“큭…… 크큭큭……!”

단휘는 미치광이처럼 킬킬거리며 폭소를 터뜨리다가 어느 순간 뚝 하고 웃음을 멈추었다. 그러고는 제 곁에 가지런히 개켜진 황금빛 용포를 휙 거칠게 집어 들었다. 용포를 펼쳐 양팔에 소매를 차례로 꿰입은 후 용이 입을 쩍 벌리고 있는 요대를 들어 허리에 둘렀다. 마르지 않은 머리에서는 아직도 물기가 뚝뚝 떨어지고 있었다. 용포를 걸친 어깨가 젖어 들고 있었지만 그는 개의치 않고 그대로 욕탕을 나섰다. 복도로 나서자마자 채 마르지 않은 몸에 으스스한 한기가 훅 끼쳐 왔다.

"폐하, 그리하시다 고뿔에 드십니다."

문밖에서 단휘를 기다리던 자함이 그의 뒤를 바짝 따르며 잔소리처럼 늘어놓았다. 그에 단휘가 피식 웃으며 이죽거렸다.

"계절이 이러한데, 고뿔쯤 한번 드는 것이 어때서."

"옥체에 해롭습니다. 아직 완전히 회복되신 것이 아니니 드리는 말씀입니다."

이어지는 잔소리에 슬쩍 미간을 좁히며 단휘는 건성으로 고개를 끄덕여 보였다.

"알겠네. 내 명심하지. 그러니 잔소리는 그쯤하고……."

이곳까지 찾아와 저를 기다리고 있었다는 것은 무언가 보고할 말이 있다는 뜻이었다. 매번 마음을 다져 먹는데도 또 어떤 견디기 버거운 소식일지 염려가 앞서는 것은 어쩔 수 없었다.

긴 복도를 지나 집무실에 다다르자 대령해 서 있던 궁인이 재빨리 문을 열었다. 집무실에 들어서 상석에 자리한 단휘가 맞은편에 우두커니 선 자함을 물끄러미 쳐다보았다.

"그래서, 또 어떤 소식이기에?"

자함의 꾹 다물린 입을 보니 적이 안심이 되지 않는 것은 사실이었지만, 워낙 충격적인 소식을 접하고 난 직후여서인지 이제는 무슨 말을 듣는다 해도 기실 크게 놀라울 것 같지도 않았다.

"황후가 아라하의 왕비가 되었다는 소식보다는 조금 덜 기가 차는 소식이면 좋겠는데."

마치 남의 집 이야기를 하듯 태평하고 시큰둥한 얼굴로 말을 내뱉었지만, 시들한 얼굴 뒤에 가려진 진심이 어떠한지를 지기인 자함이 모를 리는 없었다. 다행스럽게도 황후의 소식은 아니었지만, 과연 그것을 다행이라 여겨야 할지는 의문이었다. 또다시 그를 기막히게 할 소식인 것만은 분명했다.

"도성의 소식입니다."

자함의 대답에 단휘가 의아한 듯 고개를 모로 기울였다.

"도성? 도성의 소식이라면 더 새로울 것도 없지 않나. 아우들이 곧 군대를 움직일 것이란 소식이야 이미 들어 알고 있는 사실이고…… 당장 오늘 움직인다 해도 이상할 것 없는 상황인데 무어 특이할 만한 일이 있다고……."

"……초혜 소의에게서 다시 연락이 왔습니다. 수일 내에 행궁에서 폐하를 뵙겠다는 전갈입니다."

"……."

자함이 초혜의 서찰을 받아 보았을 때처럼 단휘의 얼굴도 서서히 굳었다. 그러고는 이내 기가 찬 표정으로 되물었다.

"기어이 여길 오겠다 하던가?"

"예, 폐하. 오로지 그 전언뿐이었습니다."

"하, 미쳐도 단단히 미친 게로군. 아우들과 한패가 되어 날 이리로 몰아낼 땐 언제고, 이제 와 그리 뻔뻔하게 제 발로 날 찾아오겠다고?"

일이 이 지경이 되었어도 그녀를 괘씸히는 여기지 않으려 애를 썼었다. 저로 인해 평생을 눈물 바람으로 살았던 그 가여운 삶에 대한 연민과 가책을 차마 외면할 수는 없었으니까……. 한데 은조 그 못난 계집은 이리 끝까지 제 화를 돋울 모양이었다. 단휘는 성난 목소리로 막소리를 내뱉었다.

"정녕 실성을 한 게지. 이 판국에 어디 마실 가는 것도 아니고, 대체 예가 어디라고 함부로 찾아오겠다는 게야. 하, 미련한 계집……! 내 진작 알고는 있었지만 참으로 아둔하기 짝이 없는 계집이다. 그 몸을 해 갖고서······."

성난 말끝에는 스스로조차 깨닫지 못한 짙은 연민과 염려가 섞여 있었지만 단휘 그 자신은 알지 못했다.

"복중 태아를 지키겠다고 그리 날 기만하더니 이제 와 무슨 꿍꿍이속으로······."

"서찰을 직접 읽어 보시겠습니까?"

"되었네. 어차피 이리로 온다니 직접 보면 될 일."

황후의 자리에 앉혀 놓았더니 괜한 고집을 부리는 것마저 본래의 주인과 꼭 닮아 기어이 제 속을 긁어 놓는다. 자함이 조심스레 내민 서찰을 대번에 물린 단휘는 그제야 축축이 젖어 드는 용포가 신경 쓰여 궁녀를 불러들였다. 마른 수건을 들고 대령한 궁녀가 그의 젖은 머리카락을 말린 뒤 가지런히 빗어 하나로 묶어 올릴 때까지 단휘는 잠자코 궁녀에게 몸을 맡긴 채 골몰한 얼굴로 생각에 잠겨 있었다.

무엇도 희망적이지 않은 상황······. 악재가 겹쳐 내란과 전쟁이 동시에 발발하여 안팎으로 제 목을 조여 오는 지금······. 어느 것 하나 바로잡을 수 없는 참담한 처지의 자신이 한심하고 혐오스럽기 짝이 없다. 초혜의 방문 소식으로 골머리를 앓을 만큼의 심적인 여유 같은 건 기실 남아 있지도 않았다.

아리가 아라하의 왕비가 되었다는 충격적인 사실을 전해 듣고도 자신은 그어떤 즉각적인 반응조차 내보일 수 없었다. 아리가 어떤 마음으로 아라하의 왕과 가례를 치르고 그의 비가 되었는가 하는 것은 중요치 않았다. 그 마음이 무엇이건 간에 이리 두 눈 시퍼렇게 뜬 채로 맥없이 제 아내를 빼앗겨 버린 자신이 못나고 한심하기 짝이 없다는 사실 만큼은 변하지 않을 테니까.

더욱이 한심한 것은 만에 하나 아리가 다시 돌아온다손 치더라도 이 같은 악재 속에서 그녀를 무탈하게 지켜 낼 자신이 없다는 점이었다. 군사의 수나 기타 여러 정황들을 따져 보았을 때 승산은 매우 희박했다. 그렇기에 솔직한 심정을 말하자면, 차라리 그녀가 돌아오지 않길 바라는 마음이 큰 것도 사실이었다.

정갈히 묶은 머리 위에 조심스레 황제의 금관을 씌워 주고 나서야 궁녀는 할 일을 모두 마친 듯 황제에게 깊이 읍한 뒤 조용히 물러났다. 궁녀가 나가자 단휘는 갑갑함에 금관을 도로 벗어 탁자에 내려놓았다. 의미 없는 시선이 그 금빛 너머 허공 어딘가를 향해 멍하니 가닿았다.

"얼마나 버틸 수 있겠나. 보름? 아니면 열흘⋯⋯?"

"⋯⋯."

잔잔히 울리는 음성에 자함은 가만히 시선을 들어 단휘를 바라보았다. 중앙군이 전력으로 공격해 온다면 아마 그조차도 버티기 힘들 것이다. 선뜻 대답하지 못하였으나 충분히 알아들었다는 듯 단휘가 고개를 주억거렸다.

"하기야 얼마를 버틴다 한들 부질없을 테지⋯⋯. 자함, 내 그래서 하는 말이네만⋯⋯."

목소리 끝에 미미하게 깃든 머뭇거림은 그 뒷말을 충분히 짐작게 했다. 자함은 굳은 표정으로 친우이자 주군인 사내의 얼굴을 노려보며 무뚝뚝하게 내뱉었다.

"그 말씀은 듣지 않은 것으로 하겠습니다."

"내 무슨 말을 할 줄 알고? 아직 한 마디도 꺼내지 않았네."

"하오면 들은 것으로 치고 답을 드리지요. 소신은 따르지 않겠습니다."

"자함."

"폐하."

닮아 있는 두 시선이 팽팽하게 서로를 향했다.

"입장을 바꿔서 생각해 보십시오. 폐하께서도 하실 수 없는 일을 어찌 제게 강요하려 하십니까? 제 목을 치신대도 소신은 따를 수 없습니다."

"⋯⋯."

자함이 저리 나올 것을 예상치 못한 것도 아니었기에 단휘는 괜한 힘을 빼는 대신 그저 입을 다물었다. 황제인 자신만 백기를 들면 양측에 아무런 손실도 없이 상황은 깨끗하게 종료될 것이었다. 그리되면 파안은 새로운 황제를 맞이할 테고, 양분된 군대는 서로 피 흘리는 일 없이 원래대로 하나가 되어 온전한 힘을 발휘할 것이다. 자신 한 사람만 사라지면 그것으로 파안의 대내적인 모든 문제들이 표면적으로나마 해결되는 것이다.

전시를 앞둔 상황에 내란만이라도 한시바삐 종결이 되어야 함은 마땅한 일이다. 하나 그것이 일평생을 우러르던 군주의 희생으로 말미암은 것이라면 어느 충신이 과연 그 뜻을 받들까. 그것을 희생이라 표현하기도 염치없지만, 군주된 자로서도 그 같은 권고는 차마 못 할 짓이다.

단휘는 씁쓸히 웃었다.

"저승길이 외롭진 않겠군. 같이 가자는 사람이 이리도 많으니."

"저승길보다 더한 어디라도 가시는 길이 외롭지는 않으실 겁니다. 제가 그리 두지는 않을 테니까요. 그러니 어디든 홀로 가실 생각은 마십시오."

"……."

단휘는 아무런 대꾸도 하지 않은 채 자함의 얼굴을 물끄러미 바라보았다. 풍파를 헤쳐 온 그 지난한 세월 동안 항상 곁에서 흔들림 없는 버팀목이 되어 준 존재……. 그가 없었다면 제국의 지존이라는 그 버거운 무게를 이만큼 버텨 오지도 못했을 것이다. 그러니 응당 그 마지막을 함께하는 것이 자함에게는 더없이 명예로운 일일 것이며, 그리할 수 있도록 해 주는 것이 단휘 자신에게는 그와의 신의를 지키는 유일한 길이 될 것이었다.

단휘는 쓴웃음을 삼켰다. 마지막을 각오할 수밖에 없는 작금의 현실이, 일생토록 저를 지탱해 준 벗에게 그저 죄스럽고 면목 없을 따름이다.

"……알겠네."

나직이 대꾸한 단휘는 조용히 교의에서 몸을 일으켰다. 가만히 시선을 들던 자함이 서둘러 따라 일어섰다.

"홀로 바람을 쐬는 것조차 아니 된다 하진 않겠지."

따라나서려는 자함을 돌아보며 단휘가 말하자 자함이 마지못해 멈추어 섰다. 꼭 친우가 아니더라도 그 갑갑증을 이해 못 할 이가 누가 있으랴.

"……하오면 잠시만입니다. 지존의 안위를 염려하는 아랫것들 생각도 하신다면 말입니다."

"내 언제 그리 어진 군주였던 적이 있었어야 말이지."

"폐하."

픽 웃으며 내뱉은 쓰디쓴 자조에 자함이 안타까운 얼굴로 단휘를 응시했다. 단휘는 그런 자함의 시선을 애써 외면한 채 건조하게 대꾸했다.

"알겠네. 잠시만 다녀오지."

이리도 무능하고 한심한 군주를 변함없이 지존으로 받들며 안위를 염려하는 이들이 지금껏 곁에 남아 있다는 사실이 못 견디게 부끄럽고 아프다. 그런 제 마음을 알고도 남을 친우의 얼굴을 차마 바로 볼 낯이 없을 만큼…….

밖으로 나서자 차가운 겨울바람이 온몸을 매섭게 할퀴고 지나간다. 잠시 몸을 움츠리던 단휘는 후원으로 천천히 걸음을 옮겼다.

행궁의 후원은 계절의 시린 기운을 흠뻑 뒤집어써 생명의 온기라고는 찾아볼 수가 없다. 푸른빛을 잃은 채 가시덩굴처럼 삐쭉 날을 세운 메마른 나뭇가지들, 그 삭막한 풍경 위로 불현듯 언젠가 보았던 봄의 잔상이 아스라이 내려앉았다.

봄이 되면 온통 희고 붉은 빛으로, 또 연노랑 분홍 빛깔들로 어화원을 화려하게 수놓던 화사한 봄꽃들…….

흐드러지게 핀 그 봄꽃들 위로 눈부시게 쏟아져 내리던 따사로운 봄볕…….

그리고…… 그 봄꽃보다도 봄볕보다도 더 화사하고 따사로운 미소를 만면에 띤 채 봄이 꿈결처럼 펼쳐진 아름다운 화원을 다정히 함께 거닐던 두 사람…….

마음이 뒤틀어지기 시작한 건 그때부터였을까.

"그렇게 세상천지에 오직 둘뿐이라는 듯이…… 행복에 겨워 죽겠다는 듯이…… 웃는 말지……. 봄꽃이 시샘할라, 봄바람이 성을 낼라, 그리 조금은 속 안에 감추어 놓지……. 그랬더라면 나도……."

단휘는 쓴웃음을 지으며 말끝을 흐렸다. 이런 억지가 아니더라도, 그럴싸한 어떤 말들을 갖다 붙인다 해도 그것은 그저 치졸한 변명일 뿐이다. 그리고 그는 그것을 너무도 잘 알고 있었다.

아리를 다시 만나게 된다면 하고 싶은 말들이 참 많았다. 하지만 요행히 그녀를 다시 만난다 해도 아마 대부분은 입 밖으로 꺼내지도 못할 게 뻔했다. 평생을 그리 입을 닫은 채 소통 없이 살아온 자신이니까. 시국이 불안하다 하여, 마음이 절박하다 하여, 오래도록 막혀 있던 그 길이 삽시간에 뚫릴 리 없잖은가.

그리하여 결국, 사죄도 하소연도 고백도, 무엇 하나 제대로 해내지 못할 테지만…… 당장 벙어리가 되어 말 한마디조차 꺼낼 수 없게 된다 해도 어떻게든 제 속을 끄집어내어 그녀에게 보이고 싶었다. 말로는 전할 수 없더라도 그저 이 마음을…… 뒤틀리지 않은 제 온전한 진심과 뼈에 사무친 뒤늦은 후회를, 한 번쯤은 그녀가 알아차려 주길 바랐다. 용서를 바라는 것은 아니었다. 그로 인해 그녀가 과거의 망령으로부터 조금이나마 벗어날 수 있다면 그것으로 족했다.

하지만 이제는, 그 바람마저 접어야 할 때가 온 듯싶었다.

서쪽으로 뉘엿뉘엿 넘어가는 석양이 붉은 그을음을 길게 토해 냈다. 어둑해지는 하늘을 멍하니 올려다보던 단휘는 이내 발길을 돌려 후원을 벗어나기 시작했다. 자함과의 약조도, 밀려드는 한기도 그가 집무실로 돌아가는 것에 분명 일조는 하였지만, 채 가시지 않은 봄의 잔상이 망령처럼 그에게 들러붙어 아물지 않은 상처를 자꾸 들쑤시는 탓이었다.

언젠가 새로운 봄이 오면 과거의 편린 따위는 깨끗이 지워 낼 수 있으리라 막연히 꿈꾸던 때가 있었다.

그리 봄볕처럼 눈부신 희망을 품어 보던 시절이 있었다.

참으로 덧없고 덧없는 꿈이 아니던가…….

가슴에 사무치도록 절실히 깨달은 채 돌아서는 지금 이 순간 역시도 그저 덧없고 덧없을 뿐이었다.

ㅁ ■ ㅁ

겨울은 시리디시린 칼바람을 언 땅 위로 실어 보내고, 계절의 위용을 뽐내듯 굵은 눈발을 사정없이 흩뿌렸다.

밤새 내린 폭설로 세상이 온통 하얗게 변해 있었다.

"젠장."

무릎까지 쌓인 눈을 치우느라 연병장을 분주히 오가는 병사들을 응시하고 있는 소류의 곁으로 조용히 다가선 진이 짜증 섞인 투로 낮게 욕설을 내뱉었다. 그의 시선은 점점 더 확연히 굵어지고 있는 눈발을 향해 있었다.

소류는 고개를 들어 흐린 하늘을 올려다보며 욕설의 근원을 향해 가만히 손을 뻗었다. 손바닥 위로 떨어진 눈송이들이 잠시 형태를 유지하다 서서히 녹아 사그라졌다. 그 모습을 멀거니 지켜보던 그가 이내 손바닥의 물기를 털어 없애고는 나직이 입을 열었다.

"폭설이 계속될 모양이야."

진은 대꾸 없이 조금은 신경질적으로 고개를 끄덕였다. 어젯밤부터 내리기 시작한 눈은 아직까지도 그치지 않고 있었다. 곧 출정을 앞둔 그들에게는 여간 골치 아픈 일이 아니었지만, 진이 소류를 찾아온 이유는 따로 있었다.

"그래서 어쩔 셈이야?"

"어쩌긴. 사정에 맞춰 최대한 출정을 서둘러야지."

"그 얘기가 아니라는 것 잘 알 텐데."

진이 불퉁스레 내뱉자, 소류가 그런 진을 흘끗 쳐다보고는 다시 연병장으로 시선을 돌렸다. 진의 말대로 그가 하려는 말이 무엇인지 물론 잘 알고 있는 소류였다.

"군장들만 뭐라 할 게 아니야. 나 역시 네가 한 말들을 하나도 알아먹을 수

257

가 없었다고. 도무지 이해도 가지 않고, 이해하고 싶지도 않고."

"이해해. 나도 그런 심정이니까."

"단목소류. 내가 지금 농이나 하자는 것 같아?"

소류는 자조하듯 쓰게 웃었다. 아리의 바람대로 그녀를 순순히 도성의 행궁으로 떠나보낸 자신의 결정을 군장들에게 온전히 납득시킬 방법이 과연 있기는 할까? 자신조차 그러한 결정을 내린 스스로를 납득할 수가 없는데 말이다.

엉킨 실타래를 끊어 내든 풀어내든, 그녀 자신은 원치 않은 그 악연이 더 이상 그녀를 옭아매는 일이 없도록 남은 미련도, 원망도, 혹은 연민이나 회한도 모조리 버리고 돌아오라고…… 또한 아이혜에 대한 그 무거운 마음의 짐도 최소한 숨통이 트일 만큼은 덜어 낸 채로 돌아오라고 그녀를 순순히 보내 줬지만, 보낸 의도와는 전혀 다른 심경이 공존하는 그에게 그들을 이해시킬 재간 따위가 있을 리 없었다.

"일일이 열거하자면 끝도 없을 만큼 말들이 많지만, 그것들을 딱 두 가지로 집약하자면……."

머릿속이 채 정리되지 않았는지 진의 말이 잠시 끊겼다. 소류는 시선을 그대로 연병장의 병사들에게 고정한 채로 진이 다시 입을 열 때까지 그저 묵묵히 기다렸다. 그런 소류를 시퉁하게 바라보던 진이 다시 말을 이었다.

"아직 그녀를 왕비로 받아들이지 못한 쪽에서는 아이혜를 죽인 범인일지도 모르는 그녀를 그리 쉽게 풀어 줘도 되느냐며 펄쩍들 뛰고 있고, 어찌해도 천신의 뜻이라며 그녀를 왕비로 받아들인 쪽에서는 파안의 황후였던 그녀가 저리 떠나 버리면 돌아오기는 하겠느냐, 이 전쟁 통에 무사할 수나 있겠느냐 하며 걱정들을 사서 하고 있고……."

"전자라면 돌아온 날 이미 모두에게 사실을 밝혔고, 후자에 대한 거라면 나도 답을 줄 수가 없어."

그녀를 믿는 쪽으로 마음을 굳히고 행궁으로 떠난 그녀를 다급히 뒤쫓던 순간에도 기실 그는 그녀에 대한 아주 작은 의심의 끈을 완전히 놓아 버리지 못했었다. 살수들과 맞닥뜨린 순간이 되어서야 그는 그 일말의 불신으로 인해 자신이 뒤늦게 후회하고 자책하게 될 것이란 사실을 깨달았다.

살수들과 결투를 치른 백하라는 사내의 얼굴 한쪽에 남아 있던 뚜렷한 톱니바퀴 자국의 상흔. 그것은 분명 아이혜의 시신에서 본 것과 똑같은 모양이었다.

"시신은 화장하였으니 다르다 우긴다면 더는 증명할 도리가 없지."

소류는 대수롭지 않다는 듯 말을 이었다.

"그들 입장도 이해는 해. 하지만 천신의 뜻마저, 증표마저 거짓이라 우길 수 있을는지 궁금하긴 하군."

그들이 아무리 반발해 보아야 결국 소용없는 일이라는 이야기였다. 소류가 그리 자신감을 보이는 것도 어쩌면 당연했다.

아라하 부족 연맹 왕국. 그들이 하나로 모여 나라의 형태를 갖추기도 전, 부족이 하나둘 생겨나기 시작하던 그 먼 옛날부터 그들은 천신을 추앙해 왔다. 그들에게 천신이라는 존재는 완전무결하고 절대적인 것이어서, 기실 그녀를 왕비로 받아들일 명분은 천신의 신탁 하나면 충분했다.

그들이 끝내 그 사실을 받아들이기를 거부한다면 과거 신탁과 관련한 관례들을 일일이 찾아 끄집어내서라도 그들을 압박하고 종내에는 회유할 자신이 있었다. 물론 전시인 만큼 당장은 그리할 여유가 주어질 리 없겠지만 차후에라도 충분히 강행할 수 있는 일이었다. 그러니 그녀에 대한 그들의 불신쯤은 문제가 되지 않았다.

문제는, 그가 답을 줄 수 없는 바로 그 후자의 염려에 대한 것이었다.

"정말 그녀가 돌아올 거라고 생각하는 거야?"

"……찾아와야겠다고는 생각하고 있어."

소류는 슬쩍 찌푸려진 미간을 굳이 바로 펴지 않은 채 나직이 중얼거렸다. 그런 소류를 보며 진이 이죽거렸다.

"꽤나 후회가 막급한 얼굴이로군. 그럴 거면서 도대체 왜 보내 주겠다고 큰 소리는 친 거야?"

비아냥대는 진의 말에 쓴웃음을 짓던 소류는 이내 복잡한 눈으로 먼 곳 어딘가를 응시했다.

제 곁에 온전히 머물기 위해 잠시 떠나는 것이라던 그녀의 그 말을 그저 믿고 싶었던 것뿐이라고, 그리 대답한다면 아마 진은 한심하다는 듯 저를 비웃을 테지.

언젠가는 꼭 그렇게 제 곁에 온전히 머물러 줄 그녀라는 것을 믿고 싶었을 뿐이라고, 그 간절하다 못해 절박한 제 소망이 부디 현실이 되길 절실히 바랐던 것뿐이라고……

"진……"

갑작스러운 진중한 부름에 진이 시선을 들어 소류를 멀거니 응시했다. 알 듯 모를 듯 미세하게 일그러진 표정……. 진이 소류의 곁을 지키며 숱하게 보아 온 얼굴이었다.

깊은 자책……. 아니, 정확히는 깊은 자책이 지나간 후 쉽지 않은 어떤 결심이나 각오를 다질 때 그는 저런 표정을 짓곤 했다.

"……아이혜를…… 이제는 가슴에 묻으려 한다."

"……"

"평생 그리 가슴에 품고서 살아가고자 한다."

"……"

진은 대꾸하지 않은 채 그저 입술을 깨물었다. 소류가 그런 진을 묵묵히 눈에 담고 있었다.

"살아 품어 주지 못한 그녀를 이제 와 가슴에 품겠다는 내가 가증스럽고 역겨울 테지. 나 역시 그러하니까."

덤덤히 말하는 얼굴 위로 찰나 짙은 자조가 피어올랐다. 이내 그것을 힘겹게 지워 낸 소류가 스스로에게 다짐하듯 결연한 얼굴로 나직이 말을 이었다.

"하나 이것 하나만큼은 내 목숨을 걸고 맹세할 수 있어. 평생 그렇게 그녀를 가슴에 품은 채로 그녀에게 늘 부끄럽지 않은 삶을 살 거다. 늘 그런 선택을 할 거고, 늘 그런 길을 갈 거야."

"……."

"맹세해, 진……."

진중한 목소리가 불어오는 바람에 스며들었다. 하늘에서는 여전히 굵은 눈발이 쏟아져 내리고 있었다.

묵묵히 소류의 말을 듣고 있던 진이 흩날리는 눈송이를 잡으려는 듯 불쑥 허공으로 손을 뻗으며 시큰둥하게 내뱉었다.

"그 맹세…… 어디 어기기만 해 봐. 나는 둘째 치고 아이혜가 저승에서 가만 있지 않을 테니까. 저승에서 뛰쳐나와 평생 지겹게 쫓아다니며 괴롭힐 테니 각오하라고."

"여태 들어 본 것 중 가장 무서운 협박인데."

농담처럼 내뱉은 대꾸에 '아무렴.' 하고 받아치며 턱을 치켜드는 진을 물끄러미 응시하던 소류가 이내 무겁게 가라앉은 목소리로 씁쓸히 물었다.

"진, 너는…… 이런 날…… 용서할 수 있겠나."

감히 용서를 바라는 것조차 너무도 지나친 욕심이란 걸 어찌 모를까. 소류의 얼굴에 이내 쓴웃음이 짙게 번졌다.

잠시 그런 소류를 빤히 바라보던 진이 고개를 기울이곤 모호한 투로 대꾸했다.

"……글쎄."

그를 용서할 수 있을까. 아니, 과연 그를 용서할 자격이 제게 있을까.

뜻하지 않게 나타난 황룡의 인으로 인해 모든 관계가 균열이 나 버린 그 혼란한 시기에, 누구 하나라도 비겁하지 않았던 사람이 과연 있었던가.

이제 와 인정하는 사실이지만, 누가 누구를 용서하기엔…… 그때는 우리 모두 서로가 서로에게 죄인이었다.

"……각자가 각자를 용서할 수 있을 때…… 그때쯤에는 용서할 수도 있겠

지. 내가 너를, 그리고 네가 나를……. 그러니까 널 용서하는 건 지금은 보류
야."

두 사람은 시선을 맞부딪친 채 한동안 침묵했다. 한참 그렇게 서로를 응시
하던 두 사람은 이내 조용히 씩 웃음을 지어 보이고는 연병장으로 시선을 돌렸
다.

거세게 흩날리는 눈발이 시야를 간지럽혔다. 소류는 저 멀리 성벽 너머의 하
얗게 눈 덮인 세상을 우두커니 응시했다. 문득 둔덕 너머로 사라져 가던 아리
일행의 모습이 하얀 대지 위에 환영처럼 스쳐 갔다.

그녀는 지금 어디쯤을 달리고 있을까. 요행히 폭설이 그녀의 진로를 비껴간
다면 아마 명일쯤에는 행궁에 당도할 수도 있을 것이다.

그녀가 달려간 길을 한참 눈으로 좇으며 멍하니 생각에 잠겨 있던 소류는 불
현듯 무언가를 떠올리곤 진을 향해 고개를 돌렸다.

"한데 진, 그날 성에서 도망치려던 그녀를 왜 보내 준 거지? 너야말로 그녀
를 믿지도 않으면서."

갑작스러운 질문에 무슨 이야기인가 싶어 눈을 크게 떴던 진이 이내 시들해
진 얼굴로 가볍게 대꾸했다.

"그저 궁금해서."

무언가 대단한 이유가 있었을 거라 짐작했다면 실망했을지도 모를 일이나
정말이지 특별한 이유랄 건 없었다. 그녀가 순순히 포위된 채 제 목숨을 걸며
호소하던 그 순간 정말로 궁금해졌으니까.

"천신의 이 기막힌 유희의 끝에 대체 뭐가 있을지…… 그저 궁금해서."

소류의 시선이 잠시 진의 얼굴에 머물렀다. 이내 그 말에 동의한다는 듯 작
게 고개를 끄덕인 그는 그만 집무실로 돌아가려는 듯 그새 어깨 위에 소복이
쌓인 눈을 툭툭 털어 내고는 혼잣말처럼 중얼거렸다.

"나 역시 궁금해. 이 장난 같은 신탁의 끝이 무엇일지."

분명히 알 수 있는 건…… 이 기막힌 천신의 유희도, 이 장난 같은 신탁

도…… 이제는 그 끝이 그리 머지않았다는 사실이었다. 두 사람 모두가 그것을 직감적으로 느끼고 있었다.


거세지는 눈발 속에서 마침내 고된 행군이 시작되었다.

왕비의 문제로 시끄럽게 아우성치던 여론을 신탁이라는 명분으로 고이 잠재운 채, 또한 좋지 못한 기상 상태에 대한 몇몇 군장들의 염려를 불식시킨 채, 소류는 서둘러 출정 명령을 내렸다.

도성이 혼란하니 적을 치기에는 이만한 때가 없을 것이거니와, 꼭 그 때문이 아니더라도 고작 폭설을 이유로 출정 시기를 늦출 수는 없었다. 아리의 숭고한 노력을 헛되이 만들고 싶지는 않았지만, 뼛속까지 아라하의 천궁인 그가 제국과의 공생을 기대한다는 건 그야말로 어불성설이었다. 또한 불확실한 가능성에 모험을 걸 만큼 현 시국의 아라하는 결코 느긋한 상황이 아니었다.

예상대로 눈발이 거세져 행군을 시작한 지 이틀도 채 되지 않아 잠시 발이 묶이기는 하였지만, 천신의 농락인지 군신의 배려인지 그러한 상황은 생각 외로 오래가지는 않았다.

잦아드는 눈발을 보며 소류는 궂은 하늘을 고요히 응시했다. 신께서 돕고자 하시는 이가 과연 누구일지는 때가 되면 자연히 알게 되리라. 그러니 당장 자신이 신경을 곤두세워야 할 것은, 도성의 전투와 손파영의 술수, 그리고 파안제국의 황제이자 한때 그녀의 지아비이기도 했던 바로 그 사내일 것이었다.


□ ■ □


밤새 꼼짝없이 발을 붙들어 놓던 거센 눈발은 새벽녘이 되자 어느새 잦아들어 있었다.

폭설을 피하기 위해 별수 없이 근처 객잔에서 휴식을 취한 아리 일행은 동이 트기 전 객잔을 나서 다시 행궁을 향하여 전속력으로 내달렸다. 소류가 특별히 왕비의 친위대로 차출한 스무 명의 장정들이 왕비인 아리의 곁을 단단히 보필하고 있었다.

"왕비 마마, 보이십니까? 휘월루입니다!"

한 시진쯤을 내달렸을 때, 곁에서 달리던 친위대원이 불쑥 외쳤다. 어느새 동이 완전히 터 밝아진 시야로 저 멀리 자리한 기루의 화려한 전각이 희미하게 보였다.

아리는 익숙한 그곳을 덤덤히 눈에 담았다. 틀림없는 휘월루였다. 주단휘의 곁에서 살아오는 내내 증오해 마지않던 그곳……

떠나는 마지막 순간까지도 그녀에게는 오로지 증오와 원망만이 가득한 그런 장소였는데, 지금은 그저 꽤 화려한 외관을 지닌 기루, 그 이상도 이하도 아닌 것이 되어 버렸다. 어쩐지 그 사실이 생경하게 느껴져 아리는 휘월루의 전경을 한참이나 바라보았다.

휘월루에 다다르니 그제야 주단휘의 곁으로 돌아가고 있다는 사실이 새삼 실감이 났다. 하지만 10년의 세월 동안 저를 괴롭히던 과거는 더 이상 그녀에게 예전 같은 악몽으로 남아 있지 않았다. 이제 그 과거는 그녀에게 있어 그저 곁을 스쳐 간 먼지처럼 털어 내면 흔적 없이 사라지는 그러한 존재에 불과했다. 그리고 그리 만들어 준 것은 다름 아닌 단목소류라는 사내였다.

다가오는 그를 밀어내고자 부단히도 애를 썼었다. 하지만 폭포처럼 쏟아지는 그를, 폭우처럼 퍼붓는 운명을 막아 낼 힘 같은 건 애당초 그녀에게 허락되지 않았는지도 모른다. 밀어내려 하면 할수록 그와 운명은 오히려 더욱 거세게 그녀를 덮쳐 왔다. 종국에는 그 안에 깊이 잠겨 감히 그를 거부할 생각조차 떠올리지 못하도록……

"마마, 앞으로 이각(二刻: 30분) 정도면 행궁에 충분히 당도할 듯싶습니다."

친위대원의 목소리에 상념에서 깨어난 아리는 그를 물끄러미 바라보았다. 머릿속으로는 그가 전한 그 사실을 가만히 곱씹었다.

이제 이각이 지나면 행궁에 당도한다. 마침내 그 주단휘와 재회하는 순간이

오는 것이다.

그와 마주하면 무슨 말부터 해야 할까. 그가 무언가 먼저 말을 꺼낼 때까지 우선은 그저 기다리는 것이 좋을까. 곧 다가올 재회를 차분히 머릿속으로 그려 보며 아리는 숱한 말들을 떠올리고 또 지워 냈다.

이토록 말을 고르고 고르는 이유를 그녀 스스로도 알 수가 없었다. 지독히도 아픈 시간들이었지만, 그럼에도 그와 함께한 지난날들이 비참하고 서글프지 않 도록 마지막만큼은 서로를 배려할 수 있기를 진정으로 바라기 때문인 걸까. 그 게 아니라면, 증오만큼이나 깊었던 연민과 동지애가 깨닫지 못한 미련으로 남 아 있기라도 한 걸까…….

아리는 저도 모르게 불쑥 튀어나온 생각에 흠칫 놀라며 세차게 고개를 내저 었다.

그에게 미련 같은 것이 남아 있을 리가 없다. 그리도 미워하였는데, 그리도 증오하고 원망하였는데……. 세상이 무너진다 해도, 하여 진실로 이것이 그와 의 마지막이 된다 해도, 그를 향한 미련 따위가 제게 남아 있을 턱이 없었다.

그 당연한 사실을 혹여 잊기라도 할세라 머릿속으로 되뇌고 또 되뇌며 아리 는 달리는 말의 속도를 높였다. 마음이 복잡해지기 전에, 생각이 흐트러지기 전 에, 한시라도 빨리 그를 만나야 할 것 같았다.

그리 다급해진 심정으로 그녀는 행궁을 향해 쏜살같이 내달렸다. 왕비의 친 위대가 그런 그녀를 사방에서 단단히 호위한 채 뿌연 흙먼지를 일으키며 매섭 게 질주하고 있었다.

## 26
## 인연의 끝에서

꼭 닮은 생김새는 여전했다.

분명 아니라는 것을 알면서도 심장이 쿵 하는 소리를 내며 떨어져 내릴 만큼…….

이리 마주하는 것이 얼마 만이던가. 단휘는 자신이 황궁을 떠나 온 시간을 가만히 속으로 가늠해 보았다. 아마 상황이 이리되지만 않았더라면, 오랜만의 만남이 그래도 퍽 반가웠으리라.

냉랭한 얼굴로 마주 선 두 사람의 머리 위로 진눈깨비가 하늘거리며 떨어져 내리고 있었다.

"오랜만이구나, 초혜."

서늘한 얼굴 위로 엷은 웃음이 스쳤다. 의미를 파악하기 힘든, 가볍지만 어딘지 미묘한 그런 웃음.

"실로 오랜만에 뵙사옵니다, 폐하."

그를 따라 설핏 웃은 초혜는 황제를 향해 예를 갖추어 올렸다. 불편한 몸으로 그에게 허리 숙이는 초혜를 단휘는 굳이 만류하지 않은 채 무심히 바라보았다. 인사를 마친 그녀가 고개를 들자 그가 단조로운 투로 입을 열었다.

"무탈해 보이는군. 내 아우들이 너를 살뜰히 보살펴 주고 있다기에 몹시도 고맙게 여기던 참이었다."

다분히 빈정대는 말에 초혜는 반달눈을 만들며 새치름히 웃었다.

"저를 보살펴 주셔야 할 분은 따로 계시지 않습니까? 지금 여기, 바로 제 앞에 계신 분 말이옵니다."

"욕심이 과할 때마다 결국 그 화가 내게로 오더구나."

초혜는 웃는 낯을 지우지 않은 채로 이를 악물고는 단휘를 바라보았다. 무심한 눈동자가 그런 그녀를 서늘하게 응시하고 있었다.

"수일 내로 중앙군이 이곳 행궁을 공격해 올 것이옵니다."

"하면 이곳도 곧 전쟁터가 되겠군. 한데 넌 어찌해서 이리로 온 것이냐. 그 사실을 전하러 예까지 온 것은 아닐 테고……. 그런 몸을 해 갖고는……."

한심하다는 듯 쯧 하고 혀를 찬 단휘가 전에 비해 제법 부른 듯한 초혜의 배로 천천히 시선을 가져가자, 그 시선이 부담스러웠던지 초혜는 불러 온 배가 표 나지 않도록 윗옷 자락을 부러 부해 보이게 매만지며 쌀쌀맞게 대꾸했다.

"신첩이라도 곁에서 지켜봐 드려야 할 것 같아서요."

"지켜보다니 무엇을 말이냐."

"폐하의 마지막을 말이옵니다."

모난 대답에 놀라 잠시 눈을 크게 뜬 단휘가 이내 피식 웃음을 터뜨렸다. 그러나 흘끗 쳐다본 초혜의 얼굴에는 그녀답지 않은 냉기가 흘렀다. 온순하기만 했던 그녀가 저리 변해 버린 것이 못내 쓰라린 자책으로 남아 그의 가슴을 무겁게 짓누르고 있었다.

"그것이 무에 대수라고 그리 보고 싶다 하느냐. 내 지은 죄가 하 많아 마지막이 그리 곱지는 않을 터인데. 잉부(孕婦)가 그런 험한 꼴은 보아 무엇에 쓰려고. 쯧쯧. 시답잖은 소리 말고 어서 궁으로 돌아가거라. 이곳은 위험해."

"싫사옵니다."

"내 마지막을 지켜볼 것이 아니라, 네 배 속의 그 아이를 지켜야 할 것 아닌가. 그러니 고집 그만 피우고 어서 돌아가라, 소의."

"싫습니다. 반기는 이 하나 없는 그 지옥 같은 곳으로는 다신 돌아가지 않을 것이옵니다."

"하면 예서 같이 죽기라도 하겠다는 것이냐."

"못 할 것도 없지요."

"잠시 황후 행세를 하더니 못된 버릇까지 그대로 배웠나 보군. 쓸데없는 고집 그만 부리고 어서 돌아가래도."

그리 말하곤 매정히 시선을 거둔 단휘가 뒤이어 들려오는 초혜의 공허한 목소리에 돌아서려던 행동을 멈추었다.

"아무리 따라 하려 해도 도저히 안 되는 것이 있더군요."

초혜는 고개를 들어 초연히 그를 바라보았다.

"폐하의 마음을 얻는 것……. 아무리 그분처럼 행동해도 그것만큼은 도저히 얻을 수가 없더군요."

"……."

단휘는 아무런 말도 꺼내지 않은 채 그저 묵묵히 그녀의 이야기를 듣고 있을 뿐이었다. 그런 단휘를 쓸쓸한 눈으로 응시하며 초혜가 말을 이었다.

"폐하께는 아주 오래전부터 오로지 그분뿐이셨사옵니다. 폐하와 황후 마마 두 분만 모르시는 사실이지요. 기억하시옵니까? 10년 전…… 황후 마마가 자결을 시도하셨던 그날 말이옵니다……."

"……그만두거라. 떠올릴 가치도 없는 일이니."

"떠올려 내는 것조차 두려울 만큼, 마음이 아파 그러하신 것은 아니시고요?"

단휘의 눈썹이 꿈틀거렸다. 그가 매섭게 초혜를 돌아보았다.

"네 감히 무얼 안다고…… 함부로 지껄이지 마라, 소의!"

"아니요, 금일은 원 없이 지껄여 볼 요량입니다. 마지막을 각오하고 온 마당에 무슨 이야기인들 못 지껄이겠사옵니까?"

"하, 네 정녕……!"

초혜는 거침이 없었다. 제 말대로 마지막을 각오하고 온 사람인 양 구는 그녀를 기가 찬 표정으로 바라보는 그를 향해 그녀는 그 옛날 기녀 은조일 적에 보여 주곤 하던 싱그럽고 새치름한 미소를 지어 보였다.

그녀의 하는 양을 지켜보던 단휘가 잠시 헛웃음을 흘리다 이내 그녀를 다시 물끄러미 보았다. 그래, 떠올려 보면 그리 꽃처럼 곱디고운 미소를 지닌 아이였더랬다. 그러하였던 이를 다디단 말로 꾀어내 황궁이라는 새장 안에 꼭두각시처럼 가두어 놓은 것부터가 화근이었을까.

아무것도 바라지 않는다던 어린 꽃은 해가 갈수록 눈에 띄게 시들어 갔다. 스스로 바라지는 않더라도 그녀에게 필요한 많은 것들을 안겨 주었다고 생각했는데, 그것은 그의 착각이었다. 바라는 단 하나를 얻지 못하는 그녀에게는 사람을 부릴 권세도, 그 어떤 진귀한 보물도 그저 무의미할 뿐이었다.

빤히 응시하는 그의 차가운 시선을 피하지 않은 채 초혜는 묵묵히 제가 하려던 이야기를 이어 갔다.

"자결을 시도했던 그분이 의식을 되찾고 얼마쯤 지난 어느 날이었지요. 평소라면 다닐 일 없는 길이었지만 이상하게도 그날따라 태현궁 앞을 지나가게 되었더랬지요. 마치 폐하께서 그곳에 와 계시다는 것을 꼭 알고 있기라도 한 사람처럼…… 이상하게 굳이 그곳을 피해 가고 싶지가 않더군요."

아픈 과거를 회상하듯 초혜가 아릿한 얼굴로 멍하니 허공을 응시했다.

그날 그 시각, 만일 자신이 태현궁을 지나치지만 않았더라면…….

하필 그동안 다니던 그 수많은 길을 두고 평소에 발길 할 일 없던 그곳을 지나쳐 가지만 않았더라면…….

하여 태현궁 담장을 훌쩍 넘기도록 언성을 높여 다투는 황후와 황제의 그날의 대화를 엿듣지만 않았더라면…….

만일 그리되었더라면 그와 자신의 초야(初夜)가 저의 기억 속에서나마 아름답고 황홀하게 남아 있을 수도 있지 않았을까……. 그 밤, 그가 저를 찾아온 진실한 이유를 영영 모른 채로 제가 만든 환상 안에서나마 영영 행복할 수도 있지 않았을까…….

"그날은…… 폐하께서 소첩을 처음으로 품어 주신 날이었사옵니다."

그리고 그날은……, 처음으로 그의 품에 안긴 날이자, 가슴속에 원망이라는 불씨 하나가 싹튼 날이기도 했다.


'언제까지…… 대체 언제까지 내게 이럴 작정인가……!'

담장 너머까지 들려오는 고성에 초혜는 시비들을 모두 물린 채 중문 앞으로 가만히 다가섰다. 살짝 열린 문틈 사이로 안을 들여다보며 고성의 근원을 찾아 헤매다 마침내 눈에 담았을 때, 위태롭게 마주 서 있는 두 사람의 머리 위에 쏟아지던 햇살은 너무나도 찬연하고 눈이 부셨다. 차마 더는 바라보지 못하고 회피하듯 눈을 감아 버린 저의 행동이 너무도 당연하다 여겨질 만큼……. 쿵쾅거리는 심장이 무얼 의미하는지, 또 무엇을 두려워하는지 머리로는 자각하지 못했지만 가슴은 이미 아는 까닭이었으리라.

호수에 몸을 던져 자결을 시도했던 황후는 다행히 의식을 되찾았지만, 몸을 추스른 지 얼마 지나지 않은 탓인지 한눈에 보기에도 얼굴이 몹시 핼쑥했다. 창백한 얼굴로 버티고 서 있는 그녀의 어깨를 잔뜩 성이 난 그가 거칠게 붙잡아 흔들고 있었다.

'원하는 것은 다 들어주겠다 하였다! 무엇이든 다 해 주겠다고……! 그러니 살라 하지 않았는가!'

'하여 대답을 드린 것이옵니다. 살고 싶지 않노라 말이옵니다!'

'황후! 대체 언제까지 내 속을 뒤집어 놓을 작정이지? 대체 언제까지! 그대의 눈엔 내 노력은 보이지 않는 건가? 내 고통은 조금도 보이지 않는 건가……!'

'폐하야말로…… 신첩의 고통이 보이지 않으시옵니까……?'

더는 들어서는 안 된다고, 두 사람 사이에 어떤 대화가 오가든 그것은 너에게 상처만 줄 뿐이라고…… 그러니 그만 돌아가라고 외치는 마음의 경고를 그 쯤에서 받아들였어야 했다.

'폐하야말로…… 신첩의 노력은 보이지 않으시옵니까……? 제 고통이 보이질 않사옵니까? 지금 신첩의 꼴이 어떤지…… 어째서 폐하께서는 보지 못하시는 것이옵니까. 대체 왜……!'

그녀 안에 단단히 채워 두었던 자물쇠를 마침내 그가 깨부수었을 때, 그녀는 당장이라도 무너질 것 같은 파리한 얼굴로 악을 쓰듯 울부짖었다. 그녀의 마음 속 깊은 곳에 봉인되어 있던 상처가 기다렸다는 듯 헐뜯긴 제 살점을 그를 향해 마구잡이로 토해 냈다. 정리되지 않은 감정이, 추스르지 못한 고통이 아무렇게나 섞인 채 그녀의 마음 밖으로 맹렬히 터져 나오고 있었다.

'폐하를 보면…… 신첩은 너무 비참해서 견딜 수가 없사옵니다……. 폐하께서는 이리 변함없이 고결하신데…… 신첩만 악취 나는 오물을 뒤집어쓴 것 같은 이 참담한 기분을 폐하께서는 아시옵니까? 모두가 그대로인데…… 신첩만 날개가 꺾여 오물로 가득한 구정물 속으로 추락해 허우적거리는 것 같은 이 비참한 심정을…… 이 처참한 기분을 폐하께서는 아시느냐 말이옵니다!'

'……아리…….'

'더럽고, 추하고…… 역겹사옵니다…….'

'…….'

'폐하 곁에 있으면…… 이런 신첩이 더 더럽고, 추하고, 역겹게 느껴져 견딜 수가 없사옵니다……. 아시겠사옵니까……?'

처연히 떨리는 그녀의 어깨를 붙잡고 있던 그의 손이 원망 어린 그녀의 절규에 힘없이 툭 떨어졌다. 제 상처를 감당하기에도 벅찬 그녀는 그것이 그에게 얼마나 큰 상처로 남을지 차마 짐작조차 할 수 없었으리라.

그날 밤 술에 잔뜩 취한 그가 저에게 찾아왔을 때, 초혜는 기쁘기보다 서글프고 서러웠다. 그가 자신을 찾아온 이유를 어쩐지 알 수 있을 것 같아서였다. 그리고 그녀의 그런 짐작은 조금도 틀리지 않았다.

'제아무리 더럽고 추하기로 닳고 닳은 기녀의 몸뚱이만 할까…….'

잔뜩 취한 목소리였지만 알아들을 수 없을 만큼은 아니었다. 심장이 바닥까지 쿵 하고 떨어졌다. 순간 서러운 눈물이 가득 차올라 뿌옇게 앞을 가렸다.

'그리 닳고 닳은 너를 안으면…… 나도 더럽혀지겠지……. 그리하면 내게서도 추하고 역겨운 악취가 난다 할 테지. 토악질이 올라올 정도로…….'

그가 취한 몸짓으로 서툴게 저를 안으며 웅얼거린 그 말은 비수가 되어 제 심장에 박혔다. 그리고 10년이 흐른 지금까지도 그녀의 마음을 아프게 베어 내고 있었다.

그날을 시작으로 황제는 늘 무시하던 상궁 여씨의 권고를 고분고분히도 받아들여 후궁들의 처소에서 침수에 들곤 했고, 후사를 염려하던 궁인들과 신료들은 영문도 모른 채 그러한 황제의 변화에 안도와 놀라움을 금치 못하였다.

멋모르는 후궁들은 황제의 그 같은 변화에 기뻐 어쩔 줄 몰라 했지만, 그 이유를 너무도 잘 알고 있는 초혜는 그네들처럼 마냥 기뻐할 수가 없었다. 가슴에 외로움이 사무치는 기나긴 하루가 저물어 세상이 온통 어둠에 갇힌 밤, 그가 제 처소를 찾아올 때면 그녀는 극락과 지옥을 동시에 겪어야 했다. 그가 저를 찾아 준 것에 더없이 기쁜 마음이 들다가도, 그가 저를 품을 때면 그날 그가 했던 말들이 떠올라 잠든 그를 바라보며 괴로운 마음으로 밤을 지새우기 일쑤였다.

늘 묻고 싶었지만 차마 두려워 지금껏 묻지 못했었다.

그날 저를 품었던 까닭이, 10년 전 황후가 그의 형에게 더럽혀진 것처럼 그 또한 이 더러운 몸뚱이를 안음으로써 스스로를 더럽히기 위함이었느냐고…….

단지 그 이유 하나 때문이었느냐고…….

"그 일이 있기 전까지 저를 안으신 적이 단 한 번도 없으셨지요. 난봉꾼 행세를 하시며 숱하게 많은 휘월루의 기녀들과 밤을 보내셨어도, 실은 그 어느 기녀에게도 그 존체를 허락하신 적이 없으시다는 걸…… 소첩 누구보다도 잘 알고 있사옵니다."

가벼운 행실로 불거진 소문들과는 달리 황가 혈통의 고귀함에 대한 자존과

긍지가 하늘을 찔렀던 황태자 단휘의 실상은 그러했다. 태자 시절 숱하게 기방을 들락거리며 초혜와 한 금침에 부지기수로 몸을 누인 그였지만, 그녀를 안은 적은 단 한 번도 없었다. 휘월루에서 그를 모셨던 다른 기녀들도 마찬가지였다. 입궁하기 전날 기루의 동무들과 이별주를 나눠 마시며 나누었던 대화로 말미암아 확인한 사실이었다.

'태자 전하 말이야, 실은…… 여태 내게 손끝 하나 대신 적이 없어. 대체 내 어디가 마음에 안 드셨던 걸까?'

'뭐? 그게 참말이야? 네게도 그러셨단 말이야?'

'뭐? 그럼 너도? 뭐야, 난 또 나한테만 그러신 줄 알았잖아. 내 방에 오셨을 때도 새벽녘까지 그냥 주무시기만 하다가 가셨지 뭐야.'

'하, 그럼 다들 그랬던 거야? 아니 대체 어찌 그러실 수가 있지? 어찌 우리들 중 아무도 안지 않으실 수가 있어? 혹 태자 전하께 무슨 문제라도 있으신 게 아닐까? 그게 아니면 어찌 그러실 수가 있어? 제대로 된 사내라면 절대 그럴 수가 없지!'

'맞아. 무슨 문제가 있으신 게 분명해! 어찌 우리 같은 어여쁜 기녀들을 두고 그러실 수가 있느냐고!'

난다 긴다 하는 휘월루 기녀로서의 자존심을 지키려 서로 쉬쉬했던 사실들은 그렇게 뒤늦게야 수면 위로 떠올랐다. 하지만 이 사실은 기녀 개인을 넘어서 기루의 명예와 직결되는 문제였기에 휘월루의 담장을 넘지는 못하였다.

단휘에 대한 이 같은 사실은 초혜가 궁에 들어온 이후에 더욱 확실히 증명되었다. 보다 정확하게는, 입궁하고 보름쯤 지난 어느 날 후원에서 혜빈 최씨와 그 어미가 하는 대화를 본의 아니게 엿듣게 된 이후부터였다.

'마마, 궁에 들어오신 지도 이제 이태가 다 되어 가는데, 어찌 여태도 회임 소식이 없으시옵니까? 아무래도 다음번에는 용하다는 의원에게 들러 탕약이라도 지어 올려야……'

'어머니, 그런 말씀 마세요. 회임은 무슨 회임입니까! 그분은 제 몸에 손조차 대지 않으신단 말이에요. 흑……'

'예? 그게 참말이시옵니까? 아니 어째서요? 난봉꾼이라 그리 소문이 자자하신 태자께서 어찌 마마께 손도 대지 않으신단 말씀이옵니까?'

'몰라요. 나도 모른다고요! 왜 내게만 그리하시는지 참으로 모르겠습니다. 혹 제게 정혼자가 있었다는 소문을 들으시기라도 한 건 아닌지……. 어머니, 만일 정말 그런 것이면 저는 어찌하여야 합니까. 흐흑…….'

초혜가 짐작하기로는, 아마 다른 후궁들도 사정이 다를 바 없을 터였다. 다만 기녀들과 마찬가지로 후궁들 역시 알량한 자존심에 아닌 척 쉬쉬하고 있는 것일 뿐…….

그녀가 아는 주단휘는 그런 사내였다.

"……내게서 무슨 말을 듣길 원하느냐."

퍽 나긋한 목소리에 초혜는 회상하던 것을 멈추고 가만히 시선을 들었다. 나긋한 음성과는 달리 텅 빈 듯 무심한 눈빛이 나른히 그녀를 향해 있었다. 그는 어떠한 말이든 네가 원한다면 그저 원하는 대로 기꺼이 지껄여 주마, 하는 그런 얼굴이었다. 초혜는 입술을 깨문 채 처연히 미소 지었다.

"폐하의 진심을 알고 싶습니다."

"이제 와 내 진심 따위를 알면 무엇이 달라지더냐."

"제 원망의 무게가 달라지옵니다. 제 설움의 무게가 달라지옵니다!"

그리 울부짖듯 소리치며 원망스러운 눈빛으로 노려보는 초혜를 단휘는 그저 덤덤한 시선으로 응시했다.

"그 무게가 가장 무거울 때 네 나를 배반하였지 않느냐. 설마 그때보다 더 무거워지기야 할까."

건조한 미소가 그의 메마른 얼굴 위로 스쳤다.

"그러니 지금의 그 무게를 짊어진 채 네 남은 생을 살거라. 사람의 욕심이란 것이 끝이 없어 그 무게를 줄이고 나면 필시 또 다른 마음이 들 것이니. 네게는 고맙고 또 미안한 마음뿐이다. 하나 내게 그 이상의 무엇을 바란다면 나는 무엇도 줄 수가 없구나."

철저하게 완벽한 대답이었다. 그녀가 그간 쌓아 왔던 일말의 기대감들을 가차 없이 와르르 무너뜨려 버리는.

"……폐하의 뜻은…… 역시 그런 것이었군요……."

둥글게 솟아오른 배 속에서 문득 거센 태동이 느껴진다. 초혜는 가만히 자신의 부른 배를 쓰다듬었다. 그러니 이제 그만 꿈에서 깨라고 저를 걷어차는 것인지, 아니면 기특하게도 슬퍼하지 말라 제 어미를 위로하려는 것인지 도무지 모를 일이다.

이미 각오한 일이건만 어찌 이리 새삼스럽게 눈물이 치솟는 것일까. 부른 배를 쓰다듬으며 울음을 참으려 이를 악물어 보았지만, 그런 제 노력을 비웃듯 뜨거운 눈물이 기어이 왈칵 쏟아져 뺨을 타고 흘러내렸다.

"평생토록 원망하고 또 원망하며 살거라. 그리 평생 원망받아 마땅한 놈이다, 나는…… 네 배 속 아이의 아비라는 작자는……."

머뭇거리며 허공을 향해 내뻗은 손은 끝내 눈물 한번 닦아 주지 않은 채 매정히 제자리를 찾아 되돌아간다.

말을 마친 그는 그녀에게 등을 돌린 채로 성큼성큼 걷기 시작했다. 하지만 어째서일까. 어떤 용무도 미련도 더는 남지 않았다는 듯 용포 자락을 휘날리며 대차게 걷던 그가, 불과 몇 걸음도 채 떼지 못하고 불현듯 자리에 우뚝 멈추어 섰다.

초혜는 고개를 들어 가만히 그를 바라보았다. 그칠 줄 모르고 흐르는 눈물로 뿌옇게 흐려진 시야에 저 멀리 우두커니 멈추어 서 있는 그의 뒷모습이 아스라이 맺혔다. 그리고 그 너머…… 그에게 반쯤 가려진 작은 인영(人影)이 흐릿하게 눈에 들어왔다.

눈을 크게 끔뻑이자 잠시 시야를 가렸던 흐릿한 장막이 선명하게 걷혔다. 그와 동시에 그곳의 사정이 확연하게 드러났다.

"……어째서……."

그의 목소리가 떨리고 있었다. 뒷말을 잇지 못하고 마치 귀신이라도 본 사람처럼 굳어 버린 채로 망연자실 서 있는 그의 어깨 너머로, 그와 다를 바 없는 모습으로 위태롭게 서 있는 창백한 얼굴이 보였다.

그래, 어째서…….

대관절 어째서…… 이런 순간에조차 그는 온전히 내 것일 수 없는 것일까…….

"……그대가 어떻게…….”

"……폐하…….”

바람이 불어왔다.

서걱거리는 가슴만큼이나 시린 겨울바람이 고요히 불어와 얼어 버린 마음을 스치고 지나간다.

주단휘와 진아리…… 그리고…… 아마 죽어서도 진아리의 대신이 될 수는 없을 연은조…….

그것이…… 저들 두 사람과 자신의 관계…….

그중 하나가 죽어도, 혹은 둘이 죽는다 해도…… 그도 아니면 셋 모두가 죽어 없어져 영겁이 흐른다 해도 절대 바뀌지 않을…… 서글픈…… 불변의 진리.

창백한 얼굴로 마주 선 두 사람을 뒤로한 채 초혜는 처연히 뒤돌아섰다.

풍성하게 바닥에 드리운 황후의 심청색 치맛자락이 요동치듯 출렁이며 서걱서걱 끔찍한 비명을 내질러 댔다. 폐부 가득 날카로운 가시들이 날아와 박혀 여전히 아물지 않은 가슴속을 온통 헤집어 대고 있었다.

초혜는 쓸쓸히 웃었다. 분명 웃고자 한 것이건만 고운 얼굴이 이내 서럽게 일그러졌다.

죽음을 각오한 채 부른 배를 안고 달려왔건만, 어미임을 포기하면서까지 간절히 바랐던 그 마지막 단 한 순간조차도 온전히 자신의 몫이 될 수는 없을 모양이었다.

등 뒤의 그녀일까, 혹은 마음속의 자신일까……. 누군가 저를 큰 소리로 비웃으며 조롱하는 소리가 귓가를 따갑게 웽웽거리며 맴돌았다.

바보같이 그것을 이제 안 것이냐고…….

주단휘에게 너의 자리 따위는 처음부터 없었노라고…….

□ ■ □

휘월루에서 행궁으로 내달리는 동안 잦아들었던 눈발이 다시 차츰 굵어지고 있었다.

행궁의 외문에 다다랐을 때, 이곳까지 쉼 없이 질주해 온 말들의 심장만큼이나 아리의 심장도 터져 나갈 듯 거세게 뛰어 댔다. 지금 이 순간이 꿈이 아님을 알려 주듯 익숙하고도 생경한 행궁의 경관이 시야에 생생히 담기자 그제야 뒤늦게 후회가 폭풍처럼 밀려들었다.

다른 사내를 마음에 품고, 그 사내와 정을 통하고……. 그러니 옛일 따위는 깨끗이 지워 버린 채 그저 그 사내의 여인으로 안온히 살아가면 그만이련만……. 함께한 세월 내내 서로 으르렁거리며 원수처럼 지내 온 이에게 대체 무엇이 남아 있어 이리 부득부득 다시 그를 찾아온 것일까.

자함이 말해 준 대로 행궁의 후원으로 향하자 멀리 그의 모습이 보였다. 차마 알리지 못한 것인지, 아니면 알려 주는 것을 잊은 것인지, 후원의 그는 혼자가 아니었다.

이런 시국에까지 그가 초혜와 함께 있다는 사실이 놀랍다거나 당혹스럽지는 않았다. 오히려 아무렇지 않은 자신에게 더욱 놀랍고 당혹스러운 마음이 일었다.

10년 전 단유 황자가 난을 일으킨 그날에도 그는 초혜와 함께였다. 딱히 새삼스러울 것이 없어서일까. 아니면 이제는 정말 아무렇지 않게 되어 버린 것일까. 까닭이 무엇이든 중요치 않았다. 중요한 사실은 저 두 사람을 보아도 이제는 분노나 혐오감 혹은 모멸감 따위의, 내내 저를 괴롭혀 왔던 그 비참한 감정들이 더는 자신을 옭아매지 않는다는 점이었다.

경악한 얼굴로 저를 쳐다보던 초혜는 이내 휙 돌아서 홀로 자리를 떴다. 남은 것은 그와 자신, 둘뿐이었다.

아무런 예고도 없이 환영처럼 불쑥 그의 눈앞에 나타난 그녀를 발견한 그 순간부터 얼마쯤 시간이 흐른 지금까지도, 그는 그 자리에서 미동도 하지 않은 채 못 박힌 듯 서 있었다. 지금 이 순간이 꿈이나 환상이 아닌 생시라는 것을 쉬이 받아들이지 못하는 눈치였다. 하긴, 작정하고 찾아온 그녀 자신도 이럴진대 예고도 없이 무방비로 맞닥뜨린 그는 오죽할까 싶었다.

무작정 행궁으로 내달리면서도 사실 걱정이 되지 않은 것은 아니었다. 이 모든 참사의 불씨이며 또한 어쩌면 이미 변절자로 낙인찍혀 있을지도 모를 그녀가 과연 행궁 안으로 무사히 한 걸음이나 들여놓을 수 있을지. 행궁의 담장에서 날아든 화살에 맞아 급사를 한다 해도 그녀가 어디 억울하다 호소라도 할 수 있는 처지던가.

한데 그러한 염려가 무색하게도, 행궁의 외문은 그녀의 존재를 확인하자마자 마치 오랜만에 돌아온 주인을 반겨 주기라도 하듯 활짝 열려 외려 그녀를 당황케 만들었다. 대장군 자함이 그답지 않게 황망히 달려 나와 울컥한 얼굴로 그녀를 맞아 준 것 또한 그러했다.

"……왜 돌아온 거지?"

분명 그 모든 것은 황제인 그의 뜻에 따른 것일진대, 정작 그는 그리 건조하게 물었다.

어째서 돌아온 거냐고…….

그녀 또한 스스로에게 끊임없이 답을 구하던 물음이었다. 소류를 떠나 행궁으로 달려오는 내내…… 아니, 주단휘를 만나야겠다고 작정한 순간부터 마침내 그와 마주하게 된 이 순간까지도…….

물론 아이혜라는 확실한 명분이 있었다. 그러나 그 이외의 또 하나의 이유가 문제였다. 그것의 모순됨에 대해 재차 묻는다면 그녀는 답을 해 줄 수 없었다.

"……전할 이야기가 많사옵니다. ……모두 전해 드리고 나면 그땐…… 폐하의 곁을 떠나고자 하옵니다……."

어렵게 꺼낸 대답에 그가 낮게 실소를 터뜨렸다. 하얗다 못해 창백한 그의 얼굴은 예전보다 많이 야위어 있었다. 어느새 굵어진 눈발이 그의 머리와 어깨 위에 소복이 쌓여 갔다.

"하여 그 말을 전하고자 부득부득 여기까지 온 건가. 전할 방법은 많았을 터인데. 그저 돌아오지 않으면 그만인 것을."

바로 그것에 대한 답을 해 줄 수가 없는 것이다. 빈정대는 말이라 여기기엔 지나치게 부드러운 시선이 조용히 그녀에게 와 닿았다. 비난도 조롱도 아닌…… 진심……. 아리는 그것을 어렵지 않게 알 수 있었다. 그 사실을 깨닫자마자 가슴 한구석에 바늘에 찔린 듯 따끔한 통증이 일었다. 어째서 이리 가슴이 아린 것인지 도무지 까닭을 알 길이 없었다.

대꾸할 말을 잃은 채 빤히 바라보는 그녀에게서 시선을 거둔 그가 이내 머리를 가볍게 흔들어 쌓인 눈을 털어 냈다. 금관을 쓰지 않은 채 풀어 헤쳐진 머리카락이 그의 어깨 아래에서 산란히 흐트러졌다. 황금빛 용포는 단정치 못한 모양새로 요대도 없이 어깨에 아무렇게나 걸쳐져 있었다. 마치 그동안 그의 일신이 어떠했는지를 작정하고 보여 주기라도 하듯 그의 차림새는 엉망으로 흐트러져 있었다.

"아마 그간 폐하께 미운 정이라도 든 모양이옵니다."

"빈말이라도 고맙군."

"빈말이 아니라 진심이옵니다. 폐하께 마지막 인사는 드리고 떠나야 할 것 같아서요."

조용조용한 그녀의 목소리가 작정한 듯 퍽 비장하게 흘러나왔다. 그가 가만히 시선을 들어 그런 그녀를 응시했다.

"그래, 그대는 늘 이런 식이었지……. 이리 뜬금없이 나를 화나게 하고…… 당혹게 하고, 불쾌하게 만들곤 했지."

비난하는 투는 아니었다. 아니, 오히려 이제는 아무래도 상관없다는 듯 나긋한 말투였다. 그렇기에 바로 뒤이어 날아든 그의 말에 아리는 조금도 대비할 여유가 없었다.

"마지막 인사라 했나? 유감스럽게도 난 허락할 생각이 없어. 이리 돌아와 내 곁을 떠나겠다 말하고 나면…… 내 순순히 그대를 보내 줄 거라 여겼나?"

"폐하……."

"시국이 어지러워 잠시 그곳에 두었을 뿐이야. 이리 스스로 돌아온 그대를 내 어찌 다시 보낼까."

그리 말을 내뱉은 단휘가 성큼 그녀에게 다가섰다. 그 기세에 놀라 한 걸음 물러서려던 아리의 어깨를 붙잡아 다시 제 앞으로 끌어다 놓은 단휘는 이내 안심하라는 듯 그녀를 붙들었던 손을 허공 위로 가볍게 들어 올려 보였다.

"……그저 조금…… 가까이에서 보려고 한 것뿐이야."

침잠한 눈동자가 가만히 그녀를 응시했다.

"얼굴이 많이 상했군……. 하지만 이리 내게 돌아와 작별을 고하는 것을 보면…… 그곳에서 잘 지내고 있었다는 뜻일 테지."

검게 일렁이는 눈동자 가득 씁쓸한 빛이 떠올랐다. 잘 지내 주기를, 그곳에서 부디 무탈히 버텨 내 주기를 마음속으로 숱하게 바라고 또 바랐다. 하지만 가슴속에서 뭉근하게 타오르는 야속함을 채 삭여 내지 못한 그의 일그러진 얼굴 위로 자조가 짙게 피어올랐다.

고작 작별 따위를 고할 거면서, 어째서 부득부득 돌아와 제 속을 헤집어 놓는 것이냐고, 애써 억누른 원망들이 그렇게 한차례 마음속을 휘저어 댔다. 이내 원망 끝에 밀려드는 지독한 회한과 자기모멸감에 치를 떨며 단휘는 후원 화단의 앙상한 나무 위에 쌓여 가는 흰 눈을 무겁게 응시했다.

이곳을 찾을 때마다, 볕이 좋던 어느 봄날 알록달록 꽃들이 만개한 황궁의 후원을 함께 걷던 두 사람의 모습이 환영처럼 떠오르곤 했었다. 10년 전의 악몽만큼이나 아릿하고 괴롭기만 한 기억…….

"그 언젠가 형님과 함께 어화원을 걷고 있는 그대를 본 적이 있어."

그를 따라 멍하니 화단을 응시하던 그녀의 시선이 물끄러미 그를 향했다.

"이제 와 생각해 보면…… 그때 난 누구를 질투한 것인지 모르겠다. 내 옆을 그냥 지나치고도 모를 만큼 형님이 온통 관심을 쏟고 있는 그대를 질투한 것인지, 내게는 그리 쌀쌀맞기만 하던 그대가 만면 가득 미소를 띤 채 바라보는 형님을 질투한 것이었는지……."

안하무인이긴 했어도 사랑받고 자란 이들 특유의 그늘 없는 밝음을 지닌 그녀에게 속절없이 끌리는 자신을 인정하고 싶지 않았었다. 알량한 치기와 자존심에 한껏 노여운 마음이 들다가도 문득문득 그녀의 웃는 얼굴이 떠오를 때면 저도 모르게 가만히 따라 웃곤 하던 자신을, 그 알다가도 모를 마음들을 부정하려 부단히도 애를 썼었다.

"아마…… 둘 다 아니었을까……."

그때 그런 자신을 순순히 인정해 버렸다면, 만약 그랬더라면 세 사람의 인생이 조금은 바뀔 수도 있지 않았을까. 이제 와 후회해 본들 소용없다는 것을 알지만 깊은 회한이 밀려드는 것은 어쩔 수 없는 일이었다.

그의 뒤늦은 고백에 적잖이 놀란 아리가 아연히 그를 바라보았다. 파리하게 굳어진 얼굴이 당혹감으로 짙게 물들고 있었다. 그런 그녀를 씁쓸히 응시하던 단휘가 문득 그녀를 향해 가만히 손을 뻗었다. 제 손길에 움찔하는 그녀의 반응에 쓰게 웃은 그는 그녀의 머리와 어깨에 쌓인 눈을 툭툭 털어 주며 덤덤히 입을 열었다.

"그리 겁먹을 필요는 없어. 그래서 무얼 어찌해 보겠다는 건 아니니까."

그저…….

"원점. 다시 원점일 뿐이야."

"……아니요."

아무런 대꾸도 하지 못한 채 위태롭게 서 있던 그녀가 원점이라는 그의 말에 정신을 차린 듯 단호히 부정했다.

"원점이 아니라 끝이옵니다."

단휘는 항변하듯 또박또박 힘주어 말하는 아리를 말없이 바라보았다.

원점이 아닌 끝…….

끝이라는 말을 꺼내기까지, 그녀 역시 쉽지만은 않았으리란 것을 안다. 하지만 너무도 평온히 흘러나온 그녀의 목소리는 마치 죽음을 선고하는 사신의 목소리처럼 음산하고 냉랭하게 그를 덮쳐 왔다.

"……날이…… 춥군."

단휘는 몸을 웅크리며 풀어 헤쳐진 용포를 가만히 여몄다. 딱히 그녀의 말을 끊어 내려는 의도는 아니었다. 정말이지 뼛속마저 시리도록 지독한 한기가 찰나 강하게 엄습해 왔다. 몸이 완전히 회복되지 않은 탓도 있겠지만 그녀가 선고한 끝은 그리도 춥고 시렸다. 용포를 아무리 여며 보아도 오한이 채 가시지 않는 이 혹한의 계절만큼이나.

이제 정말 서로에게 끝을 고해야 하는 순간이 온 것일까…….

맹세컨대 그녀와의 끝을 생각해 본 적은 단 한 순간도 없었다.

아옹다옹 다투며 살아가면서도 그녀 또한 그럴 것이라 여겨 왔건만, 그저 제 이기심이 만들어 낸 착각일 뿐이었던가.

"오늘은 이만 쉬도록 해. 먼 길 오느라 힘들었을 테니."

"아니옵니다. 지금 마저 이야기를 끝내고……."

"10년. 아니, 정확히는 10년 하고도 반년을 더 넘긴 세월이야. 그대 말마따나 내게 미운 정이라도 들었다면 그 긴 세월을 이 짧은 한순간에 정리하려 하는 건 너무 매정한 처사라 생각하지 않나?"

"……."

"내게도 준비할 시간을 줘. 그대는 작정을 하고 찾아왔을 테지만, 나는 지금 길을 걷다 날벼락을 맞은 심정이니까."

눈발은 더욱 거세지고 있었다. 추위에 터져 나갈 듯 핏빛으로 상기된 붉은 피부와 시퍼렇게 질린 입술은 지금 그의 상태가 어떠한지를 한눈에 보여 주고 있었다. 인두에 덴 상처는 다 아물었을까. 그날의 일이 떠오르자 무겁게 조여 오는 심장이 끔찍한 비명을 내질렀다.

아리는 맥없이 선 채 그를 하릴없이 바라보다가, 이내 그에게 예를 갖추고는 순순히 물러났다.

그래, 그만한 시간쯤은 얼마든지 기다려 줄 수 있었다.

질기고 기나길었던 그와의 악연에 종지부를 찍는 그런 순간이 마침내 눈앞으로 다가와 있었다.

□ ■ □

해주에서 출발한 아라하의 군대는 도성을 향해 무서운 속도로 진군했다. 폭설로 인해 이틀간 발이 묶였던 것을 제외하고는 아무런 걸림돌도 없이 순조롭게 행군이 진행되고 있었다.

며칠 전과 다른 점이라면 설유국 왕의 특명으로 뒤늦게 지원군에 합류하게 된 설유의 상장군이 동맹군의 진두에 나선 채 손수 그들을 지휘하고 있다는 점이었다. 상장군의 지휘를 받는 그들은 이전보다 더욱 사기가 넘치고 일사불란했다.

소류가 보낸 친서 한 통으로 설유의 왕은 손파영과의 결탁을 거두고 아라하의 편으로 돌아섰다. 확답을 받기까지는 그리 오랜 시간이 걸리지 않았다.

손파영이 설유의 왕에게 내건 협상의 조건은 아라하의 데오니 생산량의 절반이었다. 아라하의 주토(朱土)에서만 나고 자라는 붉은 꽃 데오니, 그것은 환각뿐 아니라 마취 효과 또한 뛰어났다. 해마다 평원의 부족들과의 크고 작은 전투가 빈번한 설유의 군대에 그것의 쓰임은 이루 말할 수 없이 컸다. 하여 설유의 왕을 회유하는 일은 예상한 것보다도 쉬웠다.

그의 절박한 사정을 같은 군주로서 십분 이해하는 바, 불확실한 미래에 나라의 명운을 내걸고자 한 그의 그릇된 판단을 탓하는 대신 소류는 명확한 해결책을 제시했다. 설유와 아라하의 자유 무역권이라는 꽤 구미가 당기는 협상 조건과 함께. 거기에 더하여, 소류는 자신답지 않게 일곱 해 전 발발한 아라하 대 파안의 전쟁에서 저의 동맹 요청을 거절한 설유로 인해 크나큰 참사를 겪어야 했던 해묵은 과거사까지 들추는 용렬함도 마다하지 않았다.

설유의 왕은 그에 즉각 회신해 왔다. 그의 답서가 소류에게 전달되기까지 만 하루도 채 걸리지 않았으니 그가 얼마나 서둘렀는지 충분히 알 만한 대목이었다.

상장군이 이끄는 동맹군이 후미를 바짝 따르고 있음을 확인한 소류는 다시 전방으로 말 머리를 돌린 뒤 조금 더 속도를 올려 달렸다. 곁을 지키던 진이 그에 맞춰 나란히 속도를 가했다.

행궁까지는 앞으로 닷새쯤이면 당도할 수 있을 터였다. 세작들이 전해 온 정보들에 따르면 도성의 중앙군이 행궁을 치기로 한 것은 닷새 후, 그 소식을 전해 들은 날로부터 이틀이 흘렀으니 오늘부로 사흘이 남아 있었다. 교하에 주둔해 있는 손파영의 군대 역시 움직이기 시작했다는 정보를 입수했다. 그들보다 먼저 행궁에 도착할 수 있는 시간은 충분했다. 그들의 동선을 철저히 파악하여 발각될 염려가 없는 곳에 진을 치고 우선은 전면으로 나서지 않은 채 동태를 관망할 생각이었다.

남은 사안은 하나였다. 소류에게는 다른 무엇보다도 중차대한 사안이 되어 버린 한 가지. 왕비의 친위대로부터 그녀가 무사히 행궁에 입궁했다는 기별을 받았다. 그들은 그곳에 잔류한 채 행궁 주위의 동태를 살피며 저를 기다리고 있었다. 그녀의 귀환으로 인해 행궁 내부의 분위기는 어찌 돌아가고 있는지, 그녀의 신변에는 이상이 없는지 그들에게 물을 것이 많았다.

소류는 무섭게 질주하는 말을 박차며 더욱 속도를 냈다. 귀가 떨어져 나갈 듯 시린 겨울바람이 칼날처럼 날카롭게 전신을 스쳐 갔다. 풀어 헤친 머리카락이 바람에 나부끼며 시야를 어지럽혔지만 달리는 것을 방해할 정도는 아니었다.

그녀의 뜻을 존중하겠다는 명목으로 그녀를 파안의 황제에게 돌려보낸 자신의 결정에 대해서 일말의 후회도 하고 있지 않다면 그것은 명백한 거짓일 터였다. 하지만 소류는 아리를, 그녀와 그 자신을, 천신의 신탁을, 그리고 운명을…… 그가 움켜쥐고 있던 그 모든 속박들을 내던진 채 오롯이 믿어 보기로 했다. 하여 후일 평화롭고 태평한 그 어느 날, 일말의 후회도 미련도 아쉬움도 없이, 은애해 마지않는 그녀를 온 마음으로 사랑하고 보듬어 안아 줄 수 있게 되기를 진심으로 고대하고 있었다.

언 땅을 힘차게 내달리는 말발굽 소리가 육중하게 지축을 울렸다. 선두에 서서 폭풍처럼 질주하는 그의 뒤로 진군하는 병사들의 끝없는 행렬이 장중하게 이어졌다.

성난 군신의 입김처럼 매섭게 몰아치는 광풍이 얼어붙은 대지를 다시금 사납게 할퀴고 지나갔다.

잠시 수그러들었던 전투는, 곧 그렇게 재개될 것이었다.

□ ■ □

똑, 똑······.

탁자 위에서 손가락을 까딱거리며 일정한 간격으로 작은 소음을 만들어 내던 사내의 움직임이 어느 순간 뚝 멈추었다. 황궁을 장악하고 있는 장왕과 황태제로부터 흥미로운 전언을 건네받은 것이 오전의 일이었다. 이리 궁리를 짜내는 동안 어느새 해가 훌쩍 솟아 정오를 넘기고 있었다. 가느다란 입꼬리가 슬며시 휘었다.

초혜 소의 연은조가 언젠가는 기대한 것 이상의 재주를 부려 줄 거라 확신했던 저의 직감은 역시 틀리지 않았던 모양이었다.

"큭, 큭······."

즐거운 듯 나직이 웃음을 터뜨린 손파영은 초혜 소의가 전해 온 행궁의 소식에 대해 골몰히 생각에 잠겼다. 이미 질리도록 궁리를 거듭한 것으로도 부족한 듯 미간을 좁힌 채 한참을 심각하게 얼굴을 굳히고 있던 그가 이내 곁의 수하를 가까이 불러 무언가를 지시하고는 그제야 나른히 기지개를 켜며 조용히 중얼거렸다.

"그저 아라하 왕의 보호 아래 얌전히 있었더라면 일신이 평안했을 터인데. 덕분에 놓친 토끼를 잡게 되었으니 내게는 고마운 일이지만."

황후가 황제가 있는 행궁으로 돌아왔다는 사실은 그를 몹시 흥분하게 만들었다. 그 자신의 이해득실과도 연관이 있기도 했지만, 그들의 사적인 관계 역시 그의 흥미를 끌기에는 충분했기 때문이었다. 삶이란 참으로 길고 무료하지 않던가. 그렇기에 그 무료함을 조금쯤은 달래 줄 유희가 절실히 필요했다.

손파영은 눈을 빛내며 궁리해 낸 묘책을 되새김질하듯 나른히 턱을 쓰다듬었다.

"유희라는 것에는 악당과 희생양이 필요한 법이지. 악당은 물론 내가 되어도 상관없지만, 나 아닌 다른 이가 악당이 되길 자처한다면 더욱 즐거울 터."

흡족한 미소가 손파영의 얼굴 가득 피어올랐다. 진군 명령을 받은 그의 군대는 이미 낙안 너머 어디쯤을 행군하고 있을 것이다. 계획한 바대로만 흘러간다면 정말이지 더할 나위 없이 기막힌 유희를 즐길 수 있게 될 터였다.

기대감으로 가득 찬 손파영의 교활한 두 눈이 반달처럼 휘었다.

□ ■ □

시간을 달리던 단휘에게서는 여태 아무런 기별이 없었다.

금세라도 쓰러질 듯 창백한 그의 모습에 마음이 약해져 결국 아무것도 끝맺지 못한 채 그와 헤어졌다. 그로부터 반시진, 혹은 한 시진쯤 흘렀을까? 아니, 기실 실제로는 일각도 채 지나지 않았을 것이다. 마음이 하 조급하여 일각이 하루처럼 더디게 흘러가고 있을 뿐……

결국 그를 더 기다려 보려던 마음을 고쳐먹고 대장군 자함을 만나기 위해 처소를 나섰을 때였다. 생각지도 못한 이가 그녀를 찾아왔다.

"오랜만에 뵙사옵니다, 황후 마마."

자신과 거울처럼 똑 닮은 얼굴을 하고서 새치름히 미소 짓는 여인을 아리는 물끄러미 응시했다. 제 앞을 가로막고 선 초혜의 모습은 몹시도 이질적이었다. 이리 같은 눈높이로 초혜와 마주 서 본 적이 있었던가? 생경한 느낌이었으나 노여운 마음은 들지 않았다.

"그래. 잘 지냈느냐. 제법 배가 부른 것을 보니 복중 태아도 잘 자라고 있는 모양이구나."

일말의 적대감도 빈정거림도 없는, 심지어 온후하게까지 느껴지는 목소리에 초혜가 새치름히 짓던 미소를 거둔 채 아리를 빤히 바라보았다.

"옷이 바뀌면 사람도 바뀐다더니, 그런 옷을 입고 계셔서 그리 변하신 것이옵니까?"

초혜가 감히 턱짓으로 가리켜 보인 제 옷을 내려다보며 아리는 쓸쓸히 웃었다. 행궁에 도착하고 나서부터 여태껏 쭉 평복 차림이었다는 것을 그제야 깨달았지만 문제 될 것은 없었다. 더는 의관을 갖추어야 할 명분도 까닭도 남아 있지 않은 그녀였으니까.

"이제 황후의 의복은 너에게 주마. 내게는 더 이상 필요 없으니."

"예……? 무슨 뜻으로 그런 말씀을……."

"다른 뜻은 없어. 그저 나는 그 옷을 벗은 지금이 더없이 좋을 뿐……."

감당하기 버거운 것들을 모두 내려놓은 듯 황후는 평온한 얼굴이었다. 초혜는 피가 나도록 세게 입술을 깨물었다.

이런 것을 기대한 게 아니었다. 어째서 이런 순간까지도 마음이 짓밟혀 너덜너덜해지는 쪽은 자신이 되어야 하는 걸까. 보란 듯 황후의 의복을 입고 이제는 아무것도 아닌 그녀와 통쾌하게 마주 서게 될 날을 그리도 고대하였는데. 그런데 어째서……!

"설마설마하였는데, 소문이 사실이었던 것이옵니까?"

진아리가 주단휘의 곁에서 사라져 주기만을 그토록 바라 마지않아 왔지만, 이런 식이기를 바란 적은 결단코 단 한 번도 없었다. 하여 들려오는 소문에 누구보다 기꺼워해야 할 자신이었지만 오히려 누구보다 그 소문을 믿지 않았다. 아니, 차마 믿고 싶지 않았다. 그가 그녀를 놓는 것이 아닌, 그녀가 그를 놓아 버리는 이런 식은……. 이리 끝까지, 마지막 순간까지 그 주단휘만 홀로 아등바등 그 끈을 놓지 못하는 이런 식은……!

온순해 보이던 눈초리가 이내 표독스럽게 치켜 올라갔다.

"그자를 은애하십니까? 제국의 원수, 저 야만족의 수괴를 말이옵니까? 저런,

폐하께서 아무리 마마께 무정하시기로서니 어찌 그런 지경까지 되신 것이옵니까, 황후 마마? 아니, 이제는 왕비 마마라고 불러 드려야 하는 것이옵니까?"

흉측하게 얼굴을 일그러뜨리다가 이내 심히 걱정스럽다는 듯 과장되게 딱한 표정을 지어 보인 초혜가 불현듯 깔깔거리며 경망스레 웃어 댔다. 경박한 웃음소리가 소름 끼치게 사위로 퍼져 나갔다.

예전 같았으면 요사스러운 그 입에 재갈을 물려 냉궁에 처박고도 남을 아리였지만, 아리는 감히 저를 능멸하는 초혜의 경박한 언사에도 스스로조차 믿기지 않을 정도로 차분하게 대처했다. 아니, 사실 대처랄 것도 없었다. 진심으로 역정이 나지도 기분이 상하지도 않았다. 아이혜로 인해 연은조의 힘겨웠을 시간들을 조금은 돌이켜 보게 된 까닭일까.

"그리해야 네 마음이 풀어진다면 마음껏 비웃으렴."

"······나쁘지 않군요. 황후 마마의 그런 태도······. 늘 저를 깔보고 무시하시기 일쑤였는데 말이옵니다."

그리 비아냥대는 초혜를 아리는 얼마쯤 안쓰럽게 바라보았다. 다른 것은 다 차치하고 여인으로서 참담했을 그녀의 지난날들에 이제는 경멸보다는 연민이 느껴졌다. 또한 제 몫의 잘못이 있다면 다만 한마디라도 사과의 뜻을 전하고 싶은 마음도 들었다. 어쩌면 그러한 감정은, 이 모든 것들을 마지막이라 여겨 한 치의 후회도 껄끄러움도 남겨 두지 않으려는 이기적인 욕심에 기인한 것인지도 몰랐다.

"황궁에서의 지난날들을 돌이켜 보니 여인으로서의 네 삶도 나 못지않게 불행했더구나. 내 그간 널 업신여겨 미안했다. 진심으로······."

"······."

이기적일지 모르나 진심을 다한 사과였다. 하지만 고작 몇 마디 말로 10년간 쌓아 올린 원망이 단숨에 허물어지리라 기대하지는 않았다. 죽는 그 순간까지 초혜가 저를 원망한다 해도 할 말이 없는 그녀였다. 자신의 의지는 아니었다 하더라도, 연은조는 진아리로 인해 만들어진 희생양이 분명했으니까.

아무런 동요도 내비치지 않은 채 일자로 꾹 다문 입술과는 다르게 금세 핏빛

288

처럼 붉어진 눈시울이 초혜의 그 치열한 속을 고스란히 보여 주고 있었다. 어쩐지 목이 메어 오는 듯해 잠시 헛기침을 한 아리는 조금은 싸늘해진 투로 말을 이었다.

"하나, 네 감히 사사로운 이유로 역도들과 한통속이 되어 제국을 위험에 빠뜨렸으니, 네 일신 또한 평안치는 못할 것이야. 살아 보니 그렇더구나. 죄를 지으면 어떤 식으로든 그 대가를 치르게 되는 법……. 너 또한 필시 혹독한 대가를 치르게 될 터……."

아리의 말에 초혜는 빙긋이 웃었다. 용종을 품은 몸임에도 마지막을 각오한 채 찾아온 행궁이었다. 어떤 대가가 두려울까.

"……물론 그렇겠지요. 설마 이런 일을 벌이며 그런 각오도 없었겠사옵니까."

우습다는 듯 그리 대꾸하는 초혜를 아리는 노기 띤 얼굴로 바라보았다. 어미가 되어 본 적은 없으나 용종을 품은 초혜가 저리 행동하는 것을 도저히 이해할 수도, 용납할 수도 없었다.

"네 어찌 배 속의 아이는 생각지도 않는 것이냐? 네 어미이거늘 어찌 그리 네 아이에게 가혹할 수가 있느냐 말이다! 더는 괜한 짓 말거라. 더 이상은 폐하와 제국에 해악을 끼치지 마라. 네 이미 씻을 수 없는 대역 죄인이나 네 배 속의 아이가 분명 너를 지켜 줄 것이니…… 원망일랑 그만 내려놓고 이제라도 온전한 폐하의 사람으로 다시 돌아가거라."

"……."

"물론 결정은 오로지 너의 몫이다. 그러니 더는 강요치 않으마. 누군가를 설득하는 것도 이제는 신물이 날 지경이구나. 그리고…… 난 이곳을 떠날 작정이다. 오늘 당장은 힘들겠지만 준비가 되는 대로 이곳을 떠나려 한다."

"……행궁을…… 떠나시겠다고요?"

떠난다는 말에 초혜의 눈이 커다랗게 떠졌다. 그녀는 황망히 되물었다.

"폐하께도 그리 말씀드렸사옵니까? 뭐라 하시던가요? 설마 허락을 하시던가요?"

초혜의 물음에 허공에 시선을 던진 채 잠시 생각에 잠기는 듯하던 아리가 이내 조용히 대꾸했다.

"시간을 달라 하시더구나. 여태 답이 없으시지만…… 보내 주실 것이라 믿는다."

초혜는 확신하는 듯한 얼굴의 아리를 혼란스럽게 응시했다. 황후는 어째서 황제가 저를 보내 줄 거라 철석같이 믿고 있는 것일까. 그가 과연 제게로 돌아온 그녀를 놓아주려 할까. 다른 사내의 품으로 떠나려 하는 것이 뻔한 그녀를 그가 과연 순순히 보내 줄까? 자신이 아는 주단휘는 저처럼 차라리 함께 지옥 불길 속을 걸을 사내이지, 제가 쥔 것을 그리 쉽게 놓아줄 위인이 아니었다.

"만약 폐하께서 허락지 않으신다면, 제가 마마를 도와드리겠사옵니다."

그리 말을 내뱉은 초혜는 마음을 다잡듯 잠시 가만히 숨을 가다듬었다. 황후에 대한 원망이 사라진 것은 아니었지만 떠나려는 그녀를 돕고자 하는 지금의 마음만큼은 진심이었다.

"단, 조건이 있사옵니다. 무슨 일이 있어도 영원히 폐하의 곁으로 돌아오시지 않는 것…… 그것이 제 조건이옵니다."

"……."

흔들림 없는 초혜의 시선이 가만히 아리에게 와 닿았다. 아리는 그런 초혜를, 저와 지독히도 닮은 그 서글픈 얼굴을 복잡한 눈으로 바라보았다. 주단휘와 연은조, 그들 두 사람과 얽힌 과거의 기억들이 두서없이 뒤죽박죽 머릿속에 떠올랐다.

황태자비로 책봉되던 날 기녀 은조를 황궁으로 불러들인 그가 초야부터 저를 소박맞던 일, 그로 인해 밤새 모멸감에 치를 떨던 기억……. 늘 그렇듯 단 한 번도 저를 제대로 바라보지 않던 싸늘한 얼굴, 그러나 멀리서 초혜를 바라보며 애틋해지던 그의 눈빛……. 자결하려던 저를 꾸짖던 그에게 참고 참았던 설움을 터뜨렸던 그날 밤, 그가 초혜의 처소인 운화당에서 침수 들었다 고하던

장 상궁의 분개한 목소리……. 초혜의 회임에 참담한 심정으로 출궁한 날, 폭우를 피해 잠시 들른 휘월루에서 비참하게 바라보았던 그 붉은 금침…….

저를 고통 속으로 몰아넣은 비참하고도 서러웠던 그 무수한 기억들이 스쳐 지나갔다. 그러나 그 잔인했던 기억들이 이제는 더 이상 고통스럽지도 아프지도 않았다.

이 험난한 시국에 군이 이곳까지 달려온 까닭은 대의를 지키는 것만큼이나 주단휘에게 끝을 고하는 것 또한 절실했기 때문이다.

그것은 기실 그녀가 그에게 주는 용서였고 자유였다.

주단휘가 끝내 풀어내지 못한 엉켜 버린 실타래를 부디 이제는 그녀 자신이 풀어낼 수 있기를, 그리하여 엉망으로 뒤엉킨 채 서로를 속박하던 과거로부터 부디 벗어날 수 있기를 간절히 소망했었다. 그토록 간절한 염원으로 이곳까지 정신없이 달려온 그녀였다.

운명이나 인연 따위로 이름 붙여질 그 불가항력적인 무언가가 둘을 갈라놓아 어쩔 도리가 없었던 것이 아니라, 오로지 그녀의 의지로써 이 지독한 악연의 고리를 끊어 내는 것임을, 그 주단휘도 이제는 명명백백히 알게 되었기를 진심으로 바랐다.

시간을 달라던 그를 군이 기다려 줄 필요는 없으리라. 그에게는 그의 사정이 있듯, 그녀에게도 그녀의 사정이 있는 것이니까.

무엇보다도 이제는 진심으로 그녀를 아끼고 은애해 주는 이의 품으로 돌아가고 싶은 마음이 간절했다.

온 마음으로 경애해 마지않는 사내를 너무 오래 기다리게 하고 싶지는 않으니까.

"말은 고맙다만 네 도움이 필요하진 않을 듯싶구나. 시간을 달라 하셨으니 폐하의 답을 기다려 볼 요량이다."

제 호의를 일언지하에 거절하는 아리를 보며 초혜는 이해한다는 듯 새치름히 웃어 보였다. 10년의 반목을 이리 한순간에 뒤엎는다는 것은 어불성설이 아니겠나. 그를 배신하고 반역까지 저지른 저를 어찌 믿고 덜컥 제 도움을 받으려 할까.

"하오면 도움이 필요하시거든 언제든 말씀해 주시옵소서. 기다리고 있겠사옵니다."

마치 제 속을 다 안다는 듯 곰살맞게 휘어진 초혜의 눈초리를 일별하고 돌아서려는데, 문득 아리의 가슴속에 헛헛한 마음이 차올랐다. 가슴속에서 무언가 서걱서걱 베어져 나가는 느낌이 들었다. 그것은 조금은 아프기도 했고 생각보다 후련하기도 했다.

그의 곁에 초혜가 있다는 사실이 이토록 큰 위안으로 다가오는 순간을 맞이하게 되리라고는 꿈에도 생각지 못했었다. 온전히 그의 곁을 떠나려 하는 지금, 덕분에 내딛는 걸음걸음이 그리 무겁지만은 않을 듯하니 참으로 다행한 일이지 않느냐고, 아리는 애써 마음을 가볍게 다잡았다.

필요하다면 언제든 제게 도움을 청하라고 거듭 당부한 초혜가 이내 자신의 별채로 돌아가고, 아리는 그제야 서둘러 대장군의 처소로 향했다. 어서 빨리 자함을 만나 손파영의 계략과 아라하와 설유의 소상한 사정에 대해 빠짐없이 알려야 하리라. 지금 같은 상황에 군이 주단휘를 설득하려 하기보단 차라리 대장군을 설득하고 이해시키는 편이 더 빠를 터였다.

시간을 달라 나직이 내뱉던 그 주단휘의 야위고 창백한 낯빛에, 덤덤히 저를 응시하던 지친 눈빛에 흔들려 그의 부탁대로 무작정 그를 기다리기만 있어서는 안 될 일이었다. 찰나가 아쉬운 이 상황에 그리 무가치하게 흘려보낸 얼마의 시간이 안타까웠다.

자신이 부득부득 행궁으로 달려온 까닭에는 물론 아이혜와의 약조를 지키기 위함이라는 더없이 크고 중차대한 대의와 명분이 있었다. 그것을 한시도 잊은 적 없는 그녀였지만, 고작 주단휘와의 끝이 감히 그것과 경중을 가릴 수 없을 만큼 제게 커다란 의미였다는 사실을 그녀는 끝내 인정하지 않을 수 없었다.

씁쓸함을 뒤로한 채 아리는 대장군의 처소를 향해 성마른 걸음을 재촉했다.

손파영의 군대가 지금쯤 어디에 와 있는지도 모를 일이었고, 제국과 아라하의 공생을 원치 않는다던 소류의 군대 또한 이미 출정에 나서고도 남았을 시간일 터였다.

가슴이 터질 듯 갑갑하게 조여드는 느낌에 아리는 땅이 꺼질 듯 깊은 한숨을 내쉬었다. 그 순간 매섭게 불어닥친 시린 바람이 주위를 사납게 스쳐 지나갔다. 온몸으로 스며드는 한기에 그녀는 본능적으로 몸을 웅크렸다.

혹한의 메마른 겨울바람……. 그것은 문득 그 언젠가 여린 살갗 위를 따갑게 스쳐 가던 북부의 거친 모래바람을 떠올리게 만들었다.

푸른 달빛 아래 붉은 꽃잎이 너울너울 춤을 추며 흩날리던 묘연한 밤, 그와 그녀를 사납게 스쳐 가던 아라하의 붉은 바람…….

그 아찔한 모래바람을 그와 함께 다시 맞는 그런 날들이 과연 오기는 할까…….

불현듯 가슴 가득 꾸역꾸역 차오르는 불안감을 애써 삼킨 채, 그녀는 꿈결처럼 아득한 그날이 머지않아 반드시 올 것이라고 간절히 되뇌며 웅크렸던 몸을 곧추세웠다.

이내 잦아든 바람이 자박자박 내딛는 걸음 끝에 매달리다 발치를 휘돌며 자취 없이 사라졌다.


집무실 중앙에 놓인 커다란 탁자를 가운데 두고 마주 앉은 두 사람 사이로 무거운 정적이 내려앉았다. 자함은 굳게 침묵한 채 군부의 수장답게 칼날처럼 예리한 시선으로 제 앞에 마주 앉은 황후를 조용히 응시했다.

"대장군, 폐하를 설득할 수 있는 사람은 그대뿐입니다."

아리는 초조한 심정으로 그런 자함을 바라보았다. 손파영이 납치된 그녀에게 들려주었던 그 모든 계획들과 아라하와 설유의 동맹 그 이면의 진실에 대해서, 또한 손파영을 잡기 위해선 파안과 아라하가 암묵적으로 동맹을 맺는 것이 유일한 방책이자 최선책인 이유에 대해 빠짐없이 대장군에게 말한 후였다.

자함은 그녀가 전한 말들을 쉬이 사실로 받아들이지 못하겠다는 듯 굳은 얼굴로 탁자 위의 찻잔을 노려볼 뿐이었다. 한참을 그리하던 그가 이내 차분히 시선을 들었다.

"아라하는 파안과 수백 년을 싸워 온 숙적입니다. 적국과의 동맹이라니, 어불성설입니다."

자함의 반응은 당연한 것이었다. 그렇기에 낙담도 실의도 들지 않았다. 그를 설득하기가 쉽지 않으리란 것은 이미 각오하고 있었다.

"알아요. 그들을 믿기 어려울 테지요. 나를 변절자라 여긴다 해도 오히려 그것이 당연한 반응이리란 것도 압니다."

"그런 말씀은 마십시오. 소신은 마마를 믿고 있습니다."

"나를 믿는다고요?"

"예. 믿지 못하는 건 오로지 적국 아라하일 뿐, 소신이 어찌 황후 마마를 불신할 수 있겠습니까."

평생을 그리 우직하게 황실에 충성해 온 사내였다. 아리는 새삼 그가 제게 보여 주는 신의에 울컥 북받쳐 오르는 마음을 애써 누르며 절박한 심정으로 간곡히 청했다.

"하면 저들을 믿어 주세요. 내가 저들을 보장합니다. 아라하도 영원한 동맹을 원하는 것이 아니에요. 손파영의 계략을 알았으니 그를 먼저 처단하려는 것이지요. 그러니 대장군, 부디 아주 잠시만, 손파영을 처단할 때까지만 저들을 믿어 줄 수는 없겠습니까?"

파안과 아라하의 암묵적 동맹. 사실 그것은 소류에게서도 확답을 받아 내지 못한 문제였다. 양국 모두가 같은 입장이니 더 말해 무엇 할까. 하지만 소류 역시 돌아가는 상황을 누구보다 잘 알고 있으니 다른 묘책이 없음을 알 것이다. 마찬가지로, 지금 그것을 인지한 자함의 얼굴도 조금은 복잡해졌다. 아리는 처음과는 미묘하게 달라진 그의 눈빛을 보며 서둘러 말을 이었다.

"내란이 시작되면 어느 쪽이 승기를 잡든 파안군은 반 토막이 나고 말 거예요. 거기에 아라하와 설유가 합세하여 쳐들어온다면 그때는 아마 군대가 전멸하게 될 겁니다. 아라하와 설유의 피해도 만만치 않을 것이고요. 손파영은 바로 그때를 노리려는 겁니다. 그리되면 파안과 아라하 그리고 설유까지…… 삼국이 그의 손에 사라지게 될지도 모르지요."

삼국의 싸움으로 방휼지쟁의 이득을 취하려는 손파영의 계략은 전혀 터무니없지만은 않은 것이었다. 그녀가 군이 더 설명하지 않아도 병법에는 도가 튼 위인이니 이 상황의 심각성을 자함은 이미 깨닫고도 남았을 터였다. 전해야 할 모든 말들은 이것으로 끝이었다. 이제 판단은 그의 몫이었다.

"대장군, 나는 내가 아는 모든 사실들을 그대에게 전했습니다. 군부의 일은 그대가 가장 잘 알 테지요. 그러니 판단은 그대에게 맡기겠어요."

아리는 혼돈으로 가득한 자함의 얼굴을 조용히 일별하고는 가만히 자리에서 일어섰다. 그의 결정을 강요할 수는 없을 테지만, 다만 제 진심만은 알아주기를 바랐다.

"자함……. 나는 이곳을, 파안을 떠날 거예요……. 그러나 내가 떠나더라도 제국이 늘 강건하기를 바랍니다."

그런 그녀를 따라 일어선 자함이 묵묵히 그녀와 시선을 마주쳤다.

"진심으로……."

부디 저의 진심이 그에게 조금이나마 전해질 수 있기를……. 아리는 마음속으로 그리 간절히 빌며 문을 향해 천천히 걸음을 뗐다.

문 앞에 선 채 잠시 그를 돌아보자, 자함이 그녀를 향해 깊이 허리를 숙였다. 아리는 그에 답하듯 조용히 고개를 끄덕여 보이고는 집무실을 나섰다.

그녀가 나가자 문 쪽을 우두커니 바라보던 자함이 이내 시선을 돌려 집무실 한구석에 드리워진 붉은 휘장을 빤히 응시했다. 휘장 뒤에는 집무를 보다 잠시 쉴 용도로 마련해 둔 작은 침상이 자리하고 있었다. 일순 휘장이 휙 걷히는가 싶더니 그 사이로 한 손에 술병을 든 채 침상 위에 비스듬히 누워 있는 단휘의 모습이 보였다. 흘끗 자함을 일별한 단휘가 시퉁하게 중얼거렸다.

"그에게 돌아갈 작정이면서, 제국은 강건하라니. 세상천지에 저리 뻔뻔한 이가 황후 말고 또 누가 있을까."

헛웃음과 함께 그리 이죽거리는 단휘를 보며 작게 한숨을 내쉰 자함이 진중히 입을 열었다.

"폐하. 손파영의 일이 사실이라면 황후 마마의 말씀대로 아라하와의 동맹 외에는 다른 방법이 없습니다."

"하여 그놈과 손을 잡으라고? 크큭, 삶이라는 건 참으로 예측 불허로군. 제 아무리 그것이 사는 묘미라지만, 난 빌어먹게도 단 이만큼도 재미가 없어."

단휘는 씹어뱉듯 내뱉고는 술병을 들어 한 모금 벌컥 들이켰다. 술병 끝이 한껏 치켜 올라간 것을 보니 술이 거의 남지 않은 모양이었다. 자함이 인상을 찌푸린 채 그런 단휘를 나무랐다.

"아직 술을 드시면 안 된다고 누차 말씀드렸지 않습니까."

"그 말이 진심이었으면 자네 방에 있는 이 술병들부터 치웠어야지. 안 그런가?"

"폐하!"

발끈하면서도 자책하는 듯한 자함을 보며 단휘가 못 말린다는 듯 큰 소리로 웃음을 터뜨렸다.

"하하. 그래, 자네 덕에 아주 조금은 사는 묘미가 있었던 것도 사실이야. 덕분에 덜 외로웠고…… 덜 버거웠어……."

그리 덤덤히 말하는 단휘를 바라보던 자함의 얼굴에 깊은 연민과 안타까움이 스쳤다. 자함은 울컥한 표정으로 지그시 입술을 깨문 채 단휘를 응시했다. 고요히 마주친 시선들 속에서 깊은 신의가 배어 나왔다.

"진심으로 고맙게 생각하네."

"갑자기 왜 그런 말씀은 하시는 겁니까."

"왜. 내 아무리 불한당 같은 군주였기로서니, 친우에게 고맙다는 인사조차 하지 말란 법 있나?"

그리 볼멘소리를 내뱉고는 이내 피식 싱겁게 웃은 단휘가 침상에 누였던 몸을 일으켰다. 순간 머리가 핑 도는 느낌이 들었다. 과실주 한 병에 이리 어질한 것을 보니 자함이 염려할 만큼 자신의 몸 상태가 썩 좋지 않은 것이 사실이기는 한 모양이었다.

"물가에 내놓은 아이 보듯 그리 속 태울 것 없어. 어떤 끝이 오더라도 내 스스로 나를 놓는 일은 없을 테니까. 이리 술이나 퍼마시고 함부로 몸을 굴리는 것도 오늘로 마지막이야."

마치 제 자신을 타이르듯 그리 나직이 중얼거린 단휘는 빈 술병을 침상 위에 툭 던지고는 휘청휘청 탁자로 걸어가 조금 전 아리가 앉았던 의자에 앉았다.

"믿어도 믿지 않아도 길은 하나뿐이라 하니 다른 도리가 없겠지. 적국과의 동맹이라……. 뭐, 좋아. ……이깟 수모쯤이야…… 제국의 존망에 비할 바 아니잖나."

단휘는 풀어 헤친 용포의 앞섶 사이로 붉게 드러난 인두 자국에 가만히 손을 가져갔다. 그러곤 고르지 않게 아문 피부를 무심히 쓸었다. 수치심과 모멸감에 치를 떨었던 때가 언제였나 싶을 만큼, 내란으로 엉망이 되어 버린 그의 현실은 그때의 기억 따위는 아무것도 아니라는 듯 걷잡을 수 없는 파국으로 치닫고 있었다.

무정한 그녀는 그렇게 벼랑 끝에 서 있는 그를 찾아와, 비정하게도 끝을 고했다.

제 곁을 떠나기 위해 돌아온 것이 아니라 해도, 결국은 보내 줄 수밖에 없었을 것이다.

한 발 앞을 알 수 없는 까마득한 낭떠러지에 떠밀린 채로는 도저히 그녀를 지켜 줄 수가 없을 테니까…….

보내 주어야 한다고, 바로 지금이 그녀를 온전히 놓아주어야 할 때라고 끝내 스스로 인정하고야 말았을 때, 하필 그리 마음먹은 때에 굳이 자신을 찾아와 흔들고 휘저어 놓는 그녀가 야속했다.

그러나 또한 한편으로는 고맙기도 했다. 고작 제게 작별을 고하겠다고, 그 먼 길을 달려와 주었다는 것이.

그래, 그것이면 충분하지 않던가.

"언제든, 원하는 날 원하는 때에…… 보내 주도록 해."

"폐하……."

"마음 졸이며 도망치듯 떠나지 않도록 그녀에게 온전히 길을 터 줘."

염려 가득한 눈으로 바라보는 자함을 향해 무연히 웃어 보인 단휘는 공허하게 내뱉었다.

"이제 그 자리는 공석이야……. 황후를…… 폐위하겠네."

가만히 눈을 감자 짙은 어둠이 내려앉은 시야로 그녀의 모습이 꿈결처럼 떠올랐다. 그녀가 저를 보며 해사하게 미소 짓는다. 마지막 작별을 고하듯 그렇게…….

환영 속의 그녀를 향해 저 역시 부드럽게 웃어 보이며 그는 들릴 듯 말 듯 작게 속삭였다.

이제 놓아줄게…….

날아가, 훨훨…….

어디로든…… 내가 없는 곳으로…….


유난히 길게 느껴지던 하루가 마침내 저물고, 심란함 속에 어느덧 또 하루가 지나 또다시 밤이 찾아와 있었다.

낮 동안 아리의 처소에는 시중드는 나인 몇을 빼고는 드나드는 이가 아무도 없었다. 적적함을 느낄 새도 없이 온종일 잡다한 상념들을 떠올리느라 골이 다 지끈거리는 그녀였다. 잠자리에 든 지 이미 한참이 지났건만 쉬이 잠도 오지 않았다. 잠이 올 리가 없었다. 또다시 잡념이 꼬리에 꼬리를 물었다.

출정을 나선다던 소류는 어디쯤을 달려오고 있을까.

손파영이라는 위험을 감수하면서도 그는 끝끝내 제국과의 한시적 동맹마저 거부한 채 기어이 황제를 먼저 제거할 생각인 걸까.

손파영은 또 지금쯤 어느 곳에 숨어 어떤 꾀를 짜내고 있을까.

고민해 보아야 답을 알 길이 없는 물음이었다. 속이 버석버석 타들어 갔지만 그렇다고 걱정을 멈출 수도 없는 노릇이었다.

주단휘의 곁을 떠나겠다고 선언했지만, 이대로 파안을, 황궁을 과연 떠날 수나 있을지 그 또한 의문이다.

아니, 떠나든 떠나지 않든, 그러한 것이 지금 이 시국에 무슨 의미가 있을까.

10년을 간절히 바라 왔던 그 꿈은, 마침내 그것을 꺼내어 펼쳐 든 순간 순식간에 화르르 타올라 재가 되어 흩어져 버렸다. 간절했던 바람의 끝은, 그렇게 허망하고 덧없는 찌꺼기만 남겼을 뿐이었다.

악연이라 여기면서도 끝내 그 끈을 놓지 못하고 있었던 것은 어쩌면 그가 아니라 자신이었던 걸까. 허울뿐인 지어미로 평생을 힘겹게 지켜 오던 그 주단휘의 곁을 그저 홀로 조용히 떠날 수 없었던 것은 어쩌면 그런 까닭이었던 게 아닐까. 목 안에서 쓴웃음이 올라왔다.

아리는 몸을 뒤척이며 돌아누웠다. 이제 와 깨닫는다 한들 무엇을 돌이킬 수 있을까. 차오르는 허탈감을 애써 꾸역꾸역 삼키고는 얇은 한지가 발린 장지문 뒤로 어른거리는 복도의 불빛을 멍하니 바라보고 있는데, 일순 불빛이 사라지며 어두운 그림자를 만들어 냈다. 아리는 놀라 몸을 일으켰다. 동시에 스르륵 장지문이 열렸다.

"……."

문이 열렸지만 문 앞에 선 그림자는 선뜻 방 안으로 걸음을 내딛지 못한 채 한참을 그렇게 서 있었다. 그가 누구인지를 명확히 인지하고 나서야 그녀는 겨우 놀란 마음을 추스르며 금침에서 황급히 몸을 일으켰다. 그런 그녀의 귓가로 조용한 목소리가 날아들었다.

"……순순히 보내 줄게. 대신 조건이 있어."

그리 운을 떼고는 그제야 방 안으로 한 걸음 들어선 단휘가 스르륵 방문을 닫았다. 조건을 언급하는 그의 말에 어제 그와 똑같이 언급하던 초혜가 불쑥 떠올라 아리는 저도 모르게 작게 실소했다. 가만 보면 참으로 닮은 구석이 많은 두 사람이 아니던가. 초혜의 조건은 영원히 그의 곁으로 돌아오지 않는 것이었다. 하면 그가 말하려는 조건은 과연 무엇일까. 그녀의 마음은 이미 확고하여 조건의 유무나 경중으로 결과가 달라지지는 않을 테지만 궁금증이 일기는 했다.

"어디 말씀해 보시옵소서. 어떤 조건이옵니까?"

비틀거리는 걸음은 그가 취해 있음을 알려 주고 있었다. 그녀에게 다가와 바로 코앞에 멈춰 선 그에게서 과일주의 달콤하고 알싸한 향이 훅 풍겨 왔다. 그가 피식 한쪽 입꼬리를 올리며 나직이 내뱉었다.

"……그대."

단휘가 그녀를 향해 가만히 손을 뻗었다. 그의 하얗고 긴 손가락 끝에 걸린 자릿저고리의 옷고름이 스르륵 당겨져 맥없이 풀어졌다.

옷고름을 풀어내자 슬며시 벌어진 앞섶 사이로 그녀의 고운 살결이 드러났다. 그가 한쪽 앞섶을 가만히 열어 그녀의 어깨 뒤로 저고리를 젖혀 넘겼다. 드러난 한쪽 어깨로 서늘한 공기가 내려앉는 것이 느껴졌다. 그리고 그 순간 나머지 한쪽 어깨에 겨우 걸쳐져 있던 저고리가 그의 손길에 미끄러지듯 흘러내려 바닥으로 툭 떨어졌다. 완전히 드러난 어깨와 팔의 맨살 위로 오스스 소름이 돋아나고 있었다.

그는 곧 그녀의 가슴 앞에 헐겁게 매인 치마의 매듭으로 거침없이 손을 가져갔다. 마지막이라 여겨 그러한 것일까. 그의 손길에는 일말의 망설임조차 없었다. 또한 서두르거나 조급해하는 기색도 없었다. 오히려 더없이 무심해 보였고, 혹은 그리 보이려 애를 쓰는 듯도 싶었다.

아리는 조용히 그를 올려다보았다. 그러는 동안 어느새 매듭이 풀린 치마가 부스럭 조용한 소리를 내며 바닥으로 떨어졌다. 그는 감정 없는 사람처럼 무표정한 얼굴로 마지막 속곳 하나까지 기어이 그녀의 몸에서 벗겨 내고는 비틀거리는 걸음으로 가만히 뒷걸음질 쳐 문에 기대어 섰다. 그와 몇 발자국 떨어진 거리에 완전히 발가벗겨진 몸으로 덩그러니 서 있는 그녀는 아무런 미동조차 하지 않은 채 떨리는 숨소리만을 가늘게 뱉어 내고 있었다.

단휘는 흐릿한 시선으로 어둠에 반쯤 가려진 그녀의 나신을 멍하니 응시하다 이내 천천히 눈을 감았다 떴다. 자신이 무슨 짓을 하려는 것인지 충분히 짐작하고도 남았을 텐데도 그녀는 무슨 생각인지 아무런 저항도 없이 조용히 서 있을 뿐이었다. 어쩌면 이런 상황에서도 저와의 신의를 굳게 믿고 있기 때문일 수도 있었고, 그게 아니라면 쓰디쓴 대가 하나쯤 기꺼이 치르고 떠나겠다는 마지막 각오 때문일 수도 있었다.

물론, 그는 전자라고 생각했다. 그러면서도 이토록 뻔뻔한 짓을 자행하고 있는 것은 딱히 어떤 불순한 의도가 있어서는 아니었다.

그저, 마지막이라 하니, 그리 끝을 고하겠다 하니 처음이자 마지막으로 용기를 내어 늘 벽처럼 그를 가로막고 있는 과거의 악령을 부수고 싶었는지도 모른다. 그리하여 그 역시 그녀처럼 모든 것을 내려놓은 채 홀가분하게 안녕을 고할 수 있게 되기를 절실히, 너무도 절박하게 바란 탓인지도 몰랐다.

그는 그녀를 향해 성큼 걸음을 내디뎠다. 그녀는 움찔하지도, 물러서지도 않았다. 그것이 어쩐지 도리어 그의 가슴을 아리게 베어 냈다.

가슴에서 휘도는 씁쓸함을 내버려 둔 채 단휘는 조용히 한 걸음을 더 내디뎠다. 이제 남은 거리는 반보도 채 되지 않았다. 그는 제 앞에 선 그녀의 어깨를 가만히 붙들어 제 쪽으로 끌어당겼다. 저항 없이 끌려온 그녀의 턱을 그러쥔 채 닫힌 입술에 가만히 입을 맞추었다.

선뜻 열리지 않는 입술을 고집스럽게 비집고 들어가 그 안을 한참 제멋대로 유영했다. 터질 듯한 심장의 박동에 온몸의 맥박이 요동쳐 댔다. 참고 있던 숨을 한숨처럼 토해 내며 그는 그녀를 거칠게 놓아주었다.

"어째서 날 거부하지 않지……?"

"하오면 폐하께서는…… 어째서 제게 이리하시는 것이옵니까."

숨죽여 가쁜 숨을 고르며 그녀가 되물었다.

피차 질문의 의미는 같았다. 단휘는 낮게 웃었다.

"하여 내가 정말로 그대를 품기라도 할 작정이었으면, 그대 역시 그렇게 순순히 품길 요량이었나? 작별 선물이라도 하듯 그렇게?"

조금은 이죽거리는 투였으나 그는 덤덤히 웃고 있었다.

"그런 선물을 바랄 만큼 후안무치하신 분은 아니라는 것을 잘 알고 있으니까요."

"하면 진작 그런 내색이라도 좀 내비쳐 주지. 그리했으면 떠난다는 사람에게 굳이 내 이런 추태까지는 부리지 않았을 터인데."

몹시 생경한 느낌으로 다가왔다. 그녀와 이런 식으로 대화를 나누는 것은. 호의적이라고까지 할 수는 없지만 적어도 적대적이지는 않은 대화들…….

수년간 저를 괴롭혀 온 끔찍했던 악몽이 별안간 무슨 변덕인지 조금은 느슨히 저를 놓아주고 있는 것만 같았다.

10년 전, 수많은 병사들이 지켜보는 앞에서 그녀는 자신의 형에게 처참하게 유린당했다. 참담하고 끔찍했던 그날의 기억은 10년이 넘는 세월 동안 그를 한시도 놓아주지 않은 채 집요하게 따라다니며 그의 숨통을 짓누르고 그를 고통 속에 몰아넣고는 했었다.

그 벽을 부수기가 그리도 힘들었었다. 그 악몽에서 깨어나기가 이다지도 힘겨웠었다. 온통 곪고 짓무른 제 속의 상처 때문에 그녀를 보듬어 주기가 그렇게도 버거웠었다.

"알고 있을지 모르겠지만……."

그는 묵직한 심호흡을 뱉어 내곤 버석대는 입술을 가만히 혀끝으로 축였다.

바싹 마른 입 안이 지독한 갈증을 호소했지만 애써 다잡고 있는 이 기꺼운 기분을 망칠 정도는 아니었다. 아니, 오히려 그 갈증마저도 지금은 그저 좋았다.

늘 이런 날을 꿈꿔 왔었다. 차마 전하지 못했던 마음을 용기 내어 고백하는 그런 순간을…….

하필 서로가 동의한 끝을 맞이하고 나서야 그리도 바라던 순간이 찾아왔다는 사실이 못내 서글프고 안타깝기는 했지만…….

그렇다 해도, 이제야 고백건대…….

"그대는 늘 빛나는 사람이었다."

속에서 뜨거운 무언가가 울컥 치솟았다. 갈라진 목소리가 아릿하게 목울대를 타고 넘어왔다.

"늘 좋은 향이 나는 사람이었고……."

그녀가 조용히 그런 그를 올려다봤다. 오롯이 그를 향해 있는 까만 눈동자에 서서히 투명한 물기가 차올랐다. 그는 마르고 거친 손을 들어 그녀의 눈가를 조심스럽게 닦아 주었다.

"지난 10년간 오늘처럼 술에 취한 밤에도 손끝 하나 댈 수 없었을 만큼, 감히 그런 꿈조차 꾸지 못했을 만큼…… 10년 전에도 그날 이후에도…… 그리 한결같이 빛나고 고결한 사람이었다. 내게 그대는…….."

마음속에서 무언가가 툭 터져 나가는 소리가 들렸다. 잔뜩 곪아 있던 상처가 툭 하고 터지며 울컥 흘러나온 피고름이 가슴을 뜨겁게 데우고 있었다. 아리는 찰나 주체할 수 없이 터져 나오는 울음을 차마 삼켜 내지 못한 채 모두 터뜨려 토해 냈다.

가녀린 몸이 사정없이 떨렸다. 그녀는 온몸으로 울고 있었다. 단휘는 가만히 그녀를 품에 당겨 안았다.

"용서해……. 그리고 부디 잊어."

더욱 격해진 울음이 하염없이 터져 나왔다. 그 오랜 세월을 묵혀 왔던 상처는 폭주하듯 거세게 비명을 내지르며 그녀를 집어삼켰다.

한참을 그의 품에 안긴 채 울음을 토해 낸 그녀는 조금 진정이 되고 나서야 조용히 고개를 들어 그를 바라보았다. 단휘는 그런 그녀를 마주 보다 이내 짧은 인사를 하듯 가볍게 그녀의 입술에 입을 맞추었다. 그러고는 그녀를 선뜻 품에서 놓아주었다.

"몰래 떠날 필요는 없어. 언제든 떠나고 싶을 때 떠나."

조용히 웃고 있는 그의 얼굴은 금세라도 깨어질 듯이 창백했다.

"이제…… 놓아줄게."

초혜의 도움 같은 건 애당초 필요 없었는지도 몰랐다. 가장 가까워야 할 관계였으나 가장 먼 앙숙보다도 못한 사이로 지내 온 그와 그녀가 과연 서로에 대해 얼마나 잘 알 수 있었을까.

미처 알지 못한 채 흘러간 시간이 안타까웠지만 이제 그들은 서로에게 그저 과거일 뿐이었다.

그가 조용히 뒤돌아섰다. 문을 향해 내딛는 걸음이 위태로웠다. 술에 취했어도 정신은 멀쩡해 보이던 것과는 달리 그의 몸은 전혀 온전치가 못해 보였다.

창백한 안색이 자꾸만 눈에 밟혔다. 아리는 저도 모르게 그를 붙들어 세웠다.

"많이 취하셨사옵니다."

"……."

문을 열던 그의 손길이 멈칫 멈추었다. 그는 아무런 대꾸도 하지 않은 채 그저 그 자리에 우뚝 멈춰 서 있었다. 한번 돌아볼 법도 한데, 그는 돌아볼 생각 조차 하지 않았다.

"밤바람이 몹시 차갑사옵니다."

"……."

그녀가 그렇게 다시 한번 더 그를 붙들고 나서야 천천히 돌아선 그는 도저히 의중을 모르겠다는 듯한 얼굴로 그녀를 물끄러미 응시했다. 아니, 그것은 어쩌면 제멋대로 판단해 버린 저의 짐작이 행여 틀린 것일까 봐 두려워 경계하는 표정에 더 가까운 것인지도 몰랐다.

고개를 삐뚜름히 기울이며 그가 낮은 소리로 물었다.

"……하여?"

"주무시고 가시옵소서."

"……."

팔짱을 낀 채 문에 기대어 서 있던 그가 그녀의 대답에 가만히 제 얼굴을 쓸며 마른세수를 했다. 그러고는 자조하듯 웃었다.

"내 후안무치하게도 작별 선물이라도 바라면 그땐 어찌하려고."

싱거운 농담에 가만히 따라 웃은 아리가 진지한 얼굴로 그를 바라보았다.

"아직 다 회복되시지 않았다 들었사옵니다. 그런 몸에 찬 바람은 해롭사옵니다. 그러니 예서 주무시고 가시옵소서. 제가 다른 곳으로 건너가……."

어느새 앞으로 다가온 그가 그녀의 손목을 가만히 붙잡았다.

"아니, 여기에 있어……. 나와 함께 있어 줘. 오늘 하루만……."

"……."

선뜻 대답하지 못하고 주저하던 그녀는 한참이 지나서야 조용히 고개를 끄덕였다. 손목을 그러쥔 그의 손이 가늘게 떨리고 있었다.

바닥에 떨어진 침의를 주워 들어 다시 그녀에게 조심스레 입혀 준 단휘는 금침 위에 아무렇게나 털썩 몸을 뉘었다. 천장이 잠시 핑그르르 돌았다. 그녀는 앉지도 서지도 못한 채로 한참을 머뭇거리더니 결국 마음을 내려놓은 듯 그의 곁으로 다가와 조심스레 누웠다.

한 금침 위에 나란히 누워 있는 그들의 모습은 두 사람에게 몹시 생경하고 어색한 것이었다. 그렇다고 숨이 막히도록 불편하다거나 긴장되지는 않았다. 그저 복잡하고도 미묘한, 달리 무어라 더 설명하기 어려운 그런 감정들이 마음속에 가득 들어차 있었다.

한참을 뒤치락거리던 그녀는 우느라 진을 뺐는지 그를 곁에 두고서도 어느새 스르르 잠이 들어 버렸다. 가만히 옆으로 돌아누워 그녀의 머리카락을 매만지는데, 순간 베개 끝에서 무언가 하얗게 빛났다. 단휘는 그것을 향해 가만히 손을 뻗었다.

곁눈질로 흘끗 살펴본 그녀는 깊이 잠들어 있었다. 하긴 깨어나 그의 행동을 눈치챈다 해도 피차 서로 딱히 숨겨야 할 것도 없다는 생각에 단휘는 떨떠름히 웃었다. 그는 삐죽 나온 물체의 모서리를 천천히 잡아당겼다. 베갯잇 속에서 빠져나온 것은 반듯이 접힌 하얀 종이였다. 한눈에도 서찰이라 짐작이 되는.

그는 가만히 그것을 들어 소리 나지 않게 펼쳤다. 시원시원하게 뻗은 거침없는 필체가 빼곡히 모습을 드러냈다.

「바라던 일은 잘 해결되었으리라 믿소. 그대의 뜻을 존중하기에 재촉하고자 하는 마음은 없었으나, 행궁의 사정이 더는 여의치 않을 듯싶으니 이제는 그만 내게 돌아오는 게 어떻겠소? 그대가 이 서찰을 받아 볼 즈음엔 나 역시 도성에 보다 가까이 당도해 있을 것이오. 행궁을 빠져나올 수 있는 방법을 모색해 두었소. 늦어도 명일 자정 안에는 그곳을 나오게 될 테니 심려치 말고 마음 편히 있기를 바라오. 그럼 다시 연락하리다.」

피식 쓴웃음이 입 안을 맴돌았다.

명일 자정이라……. 그녀가 그리 빨리 제 곁을 떠나게 될 것이라고는 미처 생각지 못했었다. 이제 그녀와 함께 있을 수 있는 시간은 하루도 채 남지 않았다.

순순히 보내 주기로, 온전히 놓아주기로 제 심장을 짓이겨 가며 지독하게 마음을 다잡은 그였다. 그러니 이리 곁에 누운 채 스멀스멀 피어오르는 욕심 따위는 그에게 하나 도움 될 것 없는 미련한 감정의 찌꺼기일 뿐이었다. 그 뼈저린 사실이 가슴에 사무치게 박혀 왔다.

그녀를 떠나보내는 마지막 순간만큼은 부대껴 사는 내내 단 한 번도 제대로 하지 못한 그의 도리를 다해야겠다고, 문득 그런 다짐이 든 건 그 같은 욕심과는 별개의 것이었다. 어쩌면 조금 전 그녀도 이러한 마음으로 그를 붙잡은 것이리라. 지난날 저의 지아비라 불렸던 사내의 부서진 몸에 행여 찬 바람이 들어 탈이라도 날까 염려하면서…….

새근새근 내쉬는 숨소리를 들으며 단휘는 그녀 곁에 조용히 몸을 뉘었다.

명일 자정……. 그 마지막 배웅을 끝으로, 평생을 모질게 붙든 채 차마 놓지 못하였던 그녀를, 이제는 그리 온전히 놓아주리라.

이제는 그리 기꺼이 떠나보내리라…….

그것이, 그가 어렵게 내린 그와 그녀의 끝이었다.

## 27
## 종막의 시작

"……."

면경 속에 비친 제 얼굴을 멍하니 바라보던 초혜는 이내 정신을 차리듯 머리 꽂이를 고쳐 꽂으며 매무새를 살폈다.

간밤에 다녀간 세작이 전해 준 서찰의 내용이 머릿속을 떠나지 않고 있었다.

수일 내로 아라하의 왕이 반드시 황후에게 접촉을 시도해 올 것이니, 황후의 주변을 샅샅이 살펴 그 흔적을 찾아내라는 손파영의 전언…….

물론 손파영 그자 역시도 그녀가 그의 말을 반드시 따라 주리라 기대하고 있지는 않을 터였다. 손파영의 사람이 되기로 장왕과 황태제에게 단단히 맹세하였고 또한 저 스스로도 그리하기로 마음먹었었지만, 이미 끝을 각오한 자신에게 그까짓 맹세 따위는 먼지보다도 가볍고 하찮은 것이었다.

일생을 걸고자 했던 사랑을 악독히도 저버린 자신이 아니던가. 그러한 마당에 제게 어떠한 신의가 남아 있어 그것을 지킬까……. 저들에게나 자신에게나 신의라는 것은 그저 각자의 잇속을 채우기 위한 얄팍한 꼼수에 지나지 않았다. 변덕을 부리고 싶을 땐 언제든 뒤엎을 수 있는 그 정도의 가치일 뿐인…….

하여 그저 무시해도 그만일 손파영의 전언을 그럼에도 여태 곱씹고 있는 것은 저들에게 협조하기 위해서라기보다는 초혜 자신의 궁금증을 풀기 위함이 더 컸다. 대체 어째서 황후가 제게 도움을 청하지 않는 것인지, 대관절 일이 어찌 돌아가고 있는 것인지 궁금하다 못해 병이 다 날 지경이었다.

황후가 제게 도움을 청해 올 리는 없다고 생각하면서도 내심 그녀가 저를 찾아오리란 기대를 품고 있었던 것이 사실이었다. 하지만 아무리 기다려도 그저 잠잠하기만 한 황후의 그 속내가 참을 수 없이 궁금하여 결국 제 쪽에서 먼저 그녀를 찾아가기로 작정을 한 것이다.

맹세컨대 황후를 찾아가기로 마음먹은 까닭은 손파영의 전언을 이행하기 위함이 아니라 오로지 순수하게 제 궁금증을 풀고자 함일 뿐이었다.

초혜는 자리에서 몸을 일으켰다. 마음이 동한 이상 망설일 필요가 없었다. 황후가 돌아온 그날 이후부터 넝마보다도 못한 가치로 전락해 버린 황후의 심청색 치마가 발 아래에서 펄럭거리며 서늘한 바람을 일으켰다.

무거운 몸을 이끌고 잰걸음으로 얼마쯤을 걸으니 금세 숨이 차올랐다. 이런저런 잡생각들을 끝도 없이 떠올리며 걸은 탓인지 눈 깜짝할 새에 황후의 처소에 다다라 있었다.

초혜는 섬돌 위에 신발을 가지런히 벗어 두고는 방문 앞으로 다가갔다. 그 앞에 서서 한참 숨을 고르고 나니 가쁜 숨이 어느 정도는 진정이 되는 듯싶었다.

"황후 마마, 잠시 들어도 되겠사옵니까? 소첩, 초혜이옵니다."

낭랑한 목소리로 고해 올린 후 황후의 윤허가 떨어지기를 기다렸으나 안에서는 아무런 기척도 대꾸도 들려오지 않았다.

목청을 가다듬고 수차례 더 고해 올렸는데도 안에서 아무런 대답이 없자, 초혜는 잠시 주위를 살피고는 방문 손잡이를 가만히 그러쥐었다.

드르륵—

열린 문틈으로 빠르게 살핀 방 안에는 아무도 없었다. 초혜는 조용히 방 안으로 들어가 문을 닫았다.

지금의 상황은 결코 자신이 의도한 것이 아니었다. 무언가를 캐내려 작정하고 찾아온 것도, 딱히 목적이 있었던 것도 결단코 아니었다. 의도치 않은 시선이 제멋대로 방 안을 어지러이 배회했다.

불이 켜지지 않은 방 안은 초저녁이었음에도 밤중처럼 어둑했다. 어두운 방 안을 한참이나 떠돌던 초혜의 시선이 문득 방 한구석에 가지런히 개켜 놓은 금침과 그 위에 얹어 놓은 한 쌍의 베개에 가닿았다.

"……."

서탁과 보료를 제외한다면 금침과 베개가 방 안에 있는 유일한 물건이었다. 그러나 금침과 베개에 꽂힌 시선을 쉽사리 떼지 못하는 것은 단순히 그런 까닭 때문만은 아니었다.

간밤에 그가 황후의 처소를 다녀간 것을 초혜는 알고 있었다. 이곳에서 침수에 든 것도, 오늘 정오를 한참 넘겨서야 느지막이 그의 집무실로 돌아간 것도…….

단지 그 자신을 더럽히기 위한 수단일 뿐이었다 해도, 그와의 정사는 황후와 그녀 사이에서만큼은 오로지 그녀만의 전유물이었다. 지난 몇 해 동안 그 사실에는 쭉 변함이 없었다. 그렇게 죽는 순간까지 그것은 자신만의 전유물로 남아 있어야만 했다. 황후와 견주어 무엇 하나 내세울 것 하나 없던 그녀에게는 그것이 유일한 위안이었으며 유일한 자부심이었으니까.

그가 다른 후궁들을 안든 안지 않든 그런 것은 초혜에게는 관심 밖의 일이었다. 설령 후궁들 중 누군가 회임을 하여 그에게 용종을 안겨 준다 한들, 끝내 그의 마음을 얻을 수 없으리란 걸 이미 뼈저리게 알고 있는 탓이었다.

일순 지독한 상실감과 형용할 수 없는 깊은 분노가 치밀어 올랐다.

어째서 진아리가 아닌 연은조에게만 허락됐던 그 하나의 행위마저 오롯이 제 것일 수 없게 만드는 것일까, 황후는.

이것만은, 이것 하나만은 오롯이 제 것이길 바라며 절박하게 움켜쥐고 있던 것들을, 어째서 그녀는 늘 이리 쉽게 제게서 앗아 가 버리는 걸까.

치솟는 울분에 온몸이 떨려 왔다. 초혜는 날뛰는 마음을 애써 진정시키며 어쩌면 그가 베고 잠들었을지 모를 베개를 향해 가만히 손을 뻗었다.

손에 닿는 것은 차가운 천의 감촉뿐이었지만, 마치 그의 온기를 찾아내기라도 하려는 듯 천천히 베갯잇을 쓸던 초혜의 손길이 어느 지점에 이르자 불현듯 멈추었다.

"……!"

찰나 손끝에 느껴지는 이질적인 감촉……. 베갯잇의 부드러움이 아니라, 그 아래에서 느껴지는 뻣뻣한 무언가…….

힘없이 풀어져 있던 초혜의 눈동자가 일순 번쩍 뜨였다. 이곳에 걸음을 한 까닭은 결단코 손파영의 전언 때문이 아니었다. 그것만큼은 분명히 맹세할 수 있다. 그러나 사람의 마음이란 것은 참으로 간사하며 간악하지 않던가. 일부러 찾아내고자 걸음을 한 것은 아니지만 저절로 찾아진 것을 애써 모른 척할 필요는 없었다. 더군다나 지금 같은 심정으로는 더더욱…….

초혜는 황급히 문밖을 살피며 아무도 없는 것을 확인한 후 재빨리 베갯잇을 열어 보았다.

짐작한 대로 서찰이었다. 그녀는 다급한 손길로 접혀 있던 종이를 펼쳐 서찰을 읽어 내려갔다. 누구에게서 온 서찰인지는 굳이 알아내는 수고를 할 필요도 없었다. 필시 아라하의 왕이란 사내가 보내온 서찰이리라.

"……명일…… 자정……."

서찰에 써진 명일이 금일인지 아니면 참으로 명일인지는 알 길이 없다. 하지만 자정이라는 정보 하나면 충분했다. 다시 한번 빠르게 서찰의 내용을 훑어본 초혜는 서찰을 원래대로 접어 봉투에 넣고는 처음처럼 베갯잇 속에 감쪽같이 숨겨 두었다. 그와 동시에 잠잠하던 마음도 이내 치열한 고민을 시작했다. 이 사실을 손파영에게 알려 기어이 황후의 처참한 최후를 볼 것인지, 아니면 묵인하여 저의 삶 속에서 황후를 마침내 영원히 떠나보낼 것인지를…….

310

고민에 고민을 거듭하며 울룩불룩해진 베갯잇을 쓸어 가지런히 펴고는 베개에서 막 손을 뗐을 때였다. 문득 문밖에서 두런두런하는 말소리가 들려왔다.

서탁 맞은편 자리로 가 서둘러 몸을 앉힌 초혜는 제가 들어올 때처럼 드르륵 소리를 내며 방문이 열리자 태연히 문 쪽을 돌아보았다.

황후는 방 한가운데에 앉아 있는 초혜를 보고도 놀라거나 당황하는 기색을 내비치지 않았다. 무거운 몸을 애써 일으켜 황실의 예법을 갖추려는 초혜를 조용히 만류할 뿐이었다.

"애써 일어날 것 없다. 한데 여긴 어쩐 일이냐."

불쑥 찾아온 불청객을 보며 잠시 의아한 얼굴을 하였을 뿐 별다른 동요가 없는 황후를 한참 동안 빤히 바라보던 초혜는 이내 슬며시 웃음을 떠올리며 입을 열었다.

"저를 찾지도 않으시고 이리 잠잠히 계시니 궁금하여서요. 행여 제 도움이 필요하실까 싶어 이제나저제나 하고 기다리던 차였사옵니다."

그리 말하며 초혜는 살포시 웃어 보였다. 잠시 말을 멈춘 사이 나인 하나가 재빨리 들어와 어두운 방 안에 불을 밝혔다. 뒤이어 다과상을 들고 들어온 나인이 아리와 초혜에게 조심스레 차를 따라 올리곤 공손히 물러갔다. 김이 모락모락 피어오르는 찻잔을 물끄러미 쳐다보던 초혜가 이내 황후에게로 시선을 옮기며 넌지시 말을 이었다.

"떠나실 궁리는 하고 계시옵니까? 아니면…… 혹 하루 새 무슨 심경의 변화라도 있으셨던 것이옵니까? 설마 떠나지 않으시기로 마음을 바꾸신 건 아니시겠지요?"

간밤에 황제와 황후 사이에 있었던 일의 내막을 알아보려는 심산이었다. 의미심장한 제 물음의 저의를 황후 역시 모를 리 없건만, 그런데도 황후는 그저 덤덤하고 태연하기만 한 얼굴이었다. 속내를 모를 황후의 그 같은 태도에 오히려 속이 타는 것은 초혜였다.

"설마…… 참으로 마음이 바뀌신 것이옵니까?"

초혜가 불안한 얼굴로 그리 되묻자 그런 초혜를 빤히 응시하던 황후가 그제야 가만히 고개를 저었다.

"그럴 리 있겠느냐. 하지만 네 도움은 필요 없게 되었다."

"예? 하오면 궁에서 몰래 빠져나갈 묘책이라도 있으신 겁니까?"

속 시원히 대답을 들려주지 않는 황후에게 원망마저 들려던 차에 나직이 들려온 대답은 초혜를 더욱 혼란에 빠뜨리게 만드는 것이었다.

"폐하께서…… 떠나는 것을 허락하셨다. 언제든 원하는 때에 조용히 떠나라 하셨다."

"폐하께서 허락을 하셨다고요……? 폐하께서 진정 그리 말씀하셨습니까?"

"……그래."

순간 까닭 모를 분노가 치솟았다. 초혜는 울컥한 얼굴로 저도 모르게 쏘아붙였다.

"그럴 리가요! 그럴 리가 없지 않사옵니까? 폐하께서 허락하실 리가요! 그리 보내 주실 리가요!"

어째서 이리 울분이 치솟는 것인지 알 수 없었다. 황후가 그의 곁을 떠나기만을 고대했던 자신이 아니었던가. 한데 어째서 그가 그녀를 순순히 보내려 한다는 그 사실이 오히려 제 심장을 이토록이나 난도질해 대고 있는 것인지 도무지 알 수 없는 노릇이었다.

아니, 기실 너무도 잘 알고 있는 탓이었다.

그녀가 떠나는 것이 아니라, 그가 보내는 것이다.

그 차이는 너무도 확연했다.

용종을 잉태한 몸으로 달려와 마지막 그 순간까지 그와 함께하겠노라고 부득부득 우기던 자신의 고집을 그는 끝내 꺾지 않았다. 그것은 배려도 단죄도, 그 무엇도 아니었다. 지독한 무관심과 무정함이었을 뿐……. 바로 그런 차이였다.

황후가 행궁을 떠나게 될 금일 혹은 명일 자정, 그녀를 떠나보내는 그 마지막 순간까지도 기실 초혜는 고민에 고민을 거듭할 생각이었다. 모든 원망을 내려놓은 채 진심으로 그녀가 떠나는 것을 도울 것인지, 아니면 과거에 비할 바 아닌 끔찍하고 처참한 불행이 다시금 그녀에게 닥쳐야만 이 비틀린 마음이 누그러질 것인지를……

이제, 그 고민을 끝낼 수 있을 것 같았다.

"……잘된 일이로군요."

언제 사납게 굴었냐는 듯 다시 곰살맞게 웃으며 초혜는 가만히 다기를 들어 차를 한 모금 마셨다. 다기를 든 손이 미세하게 떨려 오고 있었지만 애써 태연히 내려놓고는 그만 돌아가 보겠다는 듯 몸을 일으켰다.

"언제 떠나실지는 모르나 미리 인사를 드려야겠군요. 어느 곳에서든 강녕하시길 빌겠사옵니다, 황후 마마."

"……잘 지내거라, 초혜."

초혜는 평온히 저를 올려다보며 짧은 인사를 건넨 황후를 덤덤히 일별했다.

결국 황후와의 인연을 악연으로 끝맺게 되었으나 그것을 애통하게 여길 필요는 없었다. 그것이 애당초 정해져 있던 자신과 황후의 운명일 테니까.

질기고 질겼던 그녀와의 악연도 비로소 온전히 끝을 맺으리라……

마주친 시선을 슬며시 거둔 초혜는 더는 미련이 없다는 듯 훌쩍 처소를 나섰다.

초혜가 떠나고도 한참을 그대로 앉은 채 생각에 잠겨 있던 아리는 방 한구석에 개어 둔 금침을 향해 가만히 시선을 옮겼다.

소류의 서찰을 발견한 것은 새벽녘 깜빡 잠이 들었다가 놀라 눈을 떴을 때였다. 주단휘는 옆으로 돌아누워 제게 등을 보인 채로 죽은 사람처럼 잠들어 있었다. 떨리는 손으로 베갯잇 속에 단단히 갈무리해 둔 서찰을 그가 돌아가고 나서야 제대로 꺼내어 펼쳐 볼 수 있었다.

금일 자정, 소류가 어떤 식으로 제게 손을 써 온다 한들 주단휘는 분명 약조한 대로 행궁을 떠나는 저를 막지 않을 것이다.

찰나, 뼈아픈 회한에 무너질 듯하던 어젯밤 주단휘의 창백한 얼굴이 선연히 뇌리를 스쳐 갔다. 그러자 가슴 한쪽을 베어 내듯 아릿한 통증이 일었다.

행궁을 떠나서도 아마 이 통증은 오래도록 남아 있을 것이다. 그의 곁을 떠나온 뒤로부터 아주 오랜 시간이 흐른다 해도 쉽게 가시지는 않으리라. 과거의 망령이 떨어져 나가며 심장에 남긴 상흔은 생각보다도 꽤나 깊었다.

"……하아……."

자정까지는 이제 두 시진 정도 남아 있었다. 문득 가슴이 답답해져 와 아리는 처소를 나섰다.

밖은 이미 어둠이 짙어져 있었다. 차디찬 밤공기가 폐부 가득히 밀려들어 왔다. 그 시린 한기에 잠시 몸을 떨던 그녀의 기억 속에 문득 초겨울 북부의 시린 공기가 스치고 지나갔다.

창백한 그녀의 얼굴 위로 희미한 미소가 어렸다. 북부의 모든 기억에는 늘 그가 함께했다.

소류와 함께 그곳의 시린 겨울을 맞이하고 싶었다. 그곳의 모든 계절과, 그 계절에 불어 드는 바람과, 그 바람에 흩날리는 붉은 꽃잎들…… 그리고 돌풍처럼 사납게 공중을 휘돌던 거친 모래알 한 톨까지……. 그곳의 그 모든 것들을 그와 함께 사랑하며 살아가고 싶었다. 눈물겹도록 간절한 그 소망이 이 순간 시리게 그녀를 덮쳐 왔다.

행궁에서 나가게 되면 오늘 당장 그를 볼 수 있을까. 사뭇 그가 못 견디게 보고 싶었다. 그의 넓고 따스한 품 안이 사무치게 그리웠다. 저를 안으며 뜨겁게 토해 내던 그의 달뜬 숨결이 미치도록 그리웠다.

찰나 사납게 불어오는 바람에 아리는 어깨를 웅크렸다. 온몸으로 느껴지는 한기는 비단 바람 때문만은 아니었다. 소류를 향한 사무치는 그리움과 넘쳐흐르는 연정…… 그것이 적어도 이 순간만큼은 주단휘라는 고통을 지워 내기 위한 방패막이에 더 가까웠다는 것을 문득 깨달은 탓이었다. 하지만 설령 그렇다

해도 은애하는 이 마음까지 어찌 진실하지 않다 할 수 있을까. 아리는 이내 웅 크렸던 어깨를 바로 펴고 옷깃을 여몄다.

이곳을 떠나면…… 그 주단휘의 곁을 완전히 떠나면…… 사무치도록 그리운 이의 품으로 이제는 온전히 돌아가리라.

하여 다시는 이별하는 일 없이 평생토록 그와 함께 살아가리라…….

상흔의 깊이만큼이나, 그리움의 깊이만큼이나 시간은 더없이 느리게 흘러갔다.

그 더딘 흐름 속에서도 별과 달은 끊임없이 흐르고, 바람은 쉬지 않고 불어오다 또 어디론가 사라졌다.

그렇게 어느새 자정이 가까워지고 있었다.

이제는 떠날 시간이었다.


장대한 행렬이 눈밭 위를 힘차게 행진했다. 살갗을 찢을 듯한 칼바람이 매섭게 그들을 스쳐 지나갔다.

컴컴한 하늘 위를 빙글빙글 돌던 매가 목표 지점을 찾은 듯 빠른 속도로 하강하는 것을 선두에 선 손파영이 가느다란 눈으로 응시했다. 잠시 뒤 병사 하나가 서신을 두 손에 든 채 그에게로 다급히 뛰어왔다.

"주군! 행궁에서 온 서신입니다."

손파영은 행궁이라는 말에 병사에게서 서신을 빼앗아 들 듯 낚아챘다. 행궁에서 온 서신이라면 보낼 이는 딱 한 사람이었다.

그는 손에 든 서찰을 빠르게 펼쳤다. 서신의 내용은 단 한 줄로 더없이 명료했다. 글자에 박힌 손파영의 눈동자가 광기인지 흥분인지 모를 것으로 희번덕거렸다.

"금일…… 혹은 명일 자정……."

명확하지도 않은 시각만이 달랑 적혀 있을 뿐, 정작 무엇이 어떠하다는 이야기는 일절 언급되지 않은 서신이었다. 그러나 그것이면 충분했다. 손파영은 비릿하게 웃으며 곁의 수하를 돌아보았다.

"시각이 어찌 되었느냐."

"해시입니다. 자정까지는 한 시진쯤 남았습니다."

"한 시진이라⋯⋯. 한 시진이 지나면 분명 자정이렷다?"

"틀림없이 그러합니다, 주군."

"큭, 하하하!"

손파영은 허리를 젖히며 한바탕 박장대소했다. 시각도 시각이거니와 지나던 위치 또한 마침맞게도 행궁과 황궁의 중간쯤 되는 곳이었다. 어찌 이리 모든 것이 기가 막히게 맞아떨어질 수가 있단 말인가.

"내 마치 천신과 작당하여 짜 맞추기라도 한 것 같군. 큭. 마침 자정이라 하니 그저 지나쳐 가는 건 도리가 아니지. 유희깨나 즐긴다는 천하의 이 손파영이 말이다. 아니 그러하냐? 하하하!"

진심으로 즐거운 듯 굉소를 터뜨린 손파영이 이내 웃음을 갈무리하곤 서신을 가져온 병사에게 서늘한 얼굴로 지시했다.

"회신해라. 곧 당도할 것이라고."

"존명!"

병사는 서둘러 서신을 작성해 매의 다리에 묶고는 매를 다시 날려 보냈다. 다시금 어둠 속을 비상하는 매를 날카로운 시선으로 일별한 손파영이 긴 행렬을 돌아보며 큰 소리로 외쳤다.

"방향을 틀어라! 행궁으로 갈 것이다!"

그의 외침을 신호로 행렬의 선두에 있던 호위대가 크게 방향을 틀었다. 그들의 뒤를 따라 절도 있게 움직이는 대열을 물끄러미 응시하던 손파영의 눈매가 즐거운 듯 휘어졌다.

"내 받든 적도 없건만 하늘마저 내 편이시려나⋯⋯?"

콧노래처럼 나른한 흥얼거림이 밤바람에 실려 어둠 속으로 고요히 흩어졌다.

방향을 완전히 튼 대열은 이내 다시금 힘차게 행군하기 시작했다.

"……."

서찰을 쥔 손이 걷잡을 수 없이 떨려 왔다. 분한 마음을 못 이겨 결국 그자손파영에게 서신을 띄우고 말았지만, 그가 이리 지척에 다다라 있을 줄은 꿈에도 생각지 못했다.

전서응이 왕복한 시간을 따져 계산한다면 아마 그는 이미 행궁의 코앞까지당도해 이곳을 주시하며 대기 중일 터였다. 이제 곧 자정이었다. 황후는 분명아라하의 왕이 서찰에 언급한 대로 그 시각 행궁의 외문(外門)을 나설 것이다.

심란한 얼굴로 서찰을 노려보고 있는데 방문이 드르륵 열리며 나인 하나가황망히 안으로 뛰어 들어왔다.

"소의 마마! 큰일 났사옵니다!"

"어찌 그리 소란이냐. 무슨 일이기에……."

"폐하께서…… 황제 폐하께서……!"

헐레벌떡 들어와 제 앞에 엎드린 나인은 안절부절못하며 쉬이 뒷말을 잇지못했다. 초혜는 불안한 시선으로 그런 나인을 쳐다보다 버럭 역정을 냈다.

"폐하께서 무엇이 어찌 되셨단 말이냐! 냉큼 고하지 못할까!"

나인에게 버럭 호통을 치자 그제야 나인이 질끈 눈을 감은 채 황망히 고하였다.

"폐하께서 황후 마마를 행궁 밖까지 배웅하신다 하옵니다!"

"배웅……? 행궁 밖까지 말이냐?"

"예, 소의 마마. 틀림없이 그리 들었사옵니다."

초혜는 부른 배를 부여잡고 황급히 몸을 일으켰다. 바닥에 엎드렸던 나인이재빨리 일어나 초혜를 부축했다.

"아니 돼! 절대 폐하께서 행궁 밖을 나서시게 해선 안 된다! 절대로 아니 돼,절대로……!"

초혜는 실성한 사람처럼 악을 쓰며 황제가 있는 집무실을 향해 미친 듯이 달렸다. 반드시 그를 막아야 한다. 그를 막지 못한다면 손파영의 마수가 분명 그에게까지 뻗치리라.

얼마 달리지도 못했건만 금세 숨이 턱 끝까지 차올랐다. 부른 배 속의 아이가 그만 멈추라고 아우성치듯 발길질을 해 댔지만 이런 마당에 그런 것에까지 신경 쓸 여유 따위는 없었다.

아니, 애당초 그런 것 따위는 아무래도 상관없었는지도 모른다. 이제 와 그것에 상관을 한다 하여 무엇이 달라질까……. 어쩌면 이 모든 일들의 원흉일지 모를…… 존재하기 시작한 그 순간부터 제게는 불행이었던 그런 것 따위…….

숨이 가빠진 탓일까. 가슴이 찢기듯 조여 왔다. 초혜는 이를 악문 채 달리고 또 달렸다. 붉게 충혈된 눈동자 가득 찬 공기가 시리게 부딪쳤다. 눈동자가 시려 오고 눈시울이 뜨거워지는 것은 아마도 그런 이유일 터였다.


넓은 집무실을 밝히고 있는 것이라곤 작은 호롱불 하나가 전부였다. 벽에 드리운 그림자가 가느다랗게 흔들리는 미약한 불빛을 따라 희미하게 어룽거렸다.

시각은 이미 자정을 넘기고 있었다. 조금 전 자함으로부터 아리가 처소를 나섰다는 전갈을 받았다. 단휘는 고민할 것 없이 의자에서 몸을 일으켰다.

드르륵―

집무실의 문을 열자 언제부터 와 있었던 것인지 초혜가 문 앞에 서 있었다. 단휘의 미간이 슬며시 좁혀졌다. 오늘, 지금 이 순간만큼은, 그녀와 몹시도 닮아 있는 그 얼굴을 진심으로 보고 싶지 않았다.

"폐하, 어딜 가시려 하시옵니까?"

"알 것 없다. 돌아가라, 소의."

"혹 황후 마마를 뵈러 가시는 것이옵니까? 황후 마마께서는 지금 처소에 아니 계시옵니다."

"……알고 있어."

단휘는 무슨 까닭인지 제 앞을 절박하게 막아서고 있는 초혜를 빤히 응시하다 이내 서늘히 그 곁을 지나쳤다. 그런 그의 등 뒤에 대고 초혜가 황망히 소리쳤다.

"하오면 어딜 가시는 것이옵니까?"

평소라면 무시하고 지나쳐도 그만일 피곤한 투정이라 여기고 그냥 지나쳤을 것이다. 한데, 초혜의 목소리 속에 짙게 밴 까닭 모를 절박함과 불안감이 그의 걸음을 붙들었다. 까닭 없이 심장이 쿵쿵거리며 불안하게 뛰었다. 황후가 떠난다는 것을 초혜 역시 알고 있는 눈치였다. 하여 그 불안감은 더욱 배가되고 있었다.

"······배웅하려 한다. 떠나보내는 길, 내 마지막 도리만큼은 다하고 싶어서."

"폐하, 아니 되옵니다! 그저 이곳에 계시옵소서."

"네 참견할 일이 아니다."

"그분께 가시면 아니 되옵니다! 폐하, 절대로 그분을 따라가시면 아니 되옵니다!"

절박하고 다급한 손길이 용포의 소매를 붙잡고 늘어졌다. 단휘는 붙들린 소매를 아연히 내려다보다 이내 굳어진 얼굴로 고개를 들었다.

"초혜······ 네 행여······."

불안감에 차마 말을 잇지 못하는 그의 시선을 피해 초혜의 고개가 힘없이 숙여졌다. 단휘는 저도 모르게 주먹을 그러쥐었다. 어찌나 힘을 줬는지 손등에 핏줄이 툭 불거진 주먹이 까닭도 모른 채 주체할 수 없이 떨려 왔다.

"네 행여······ 무슨 일을 꾸민 것이냐······? 무엇을 숨기고 있느냐. 네 대체 무슨 짓을······!"

성난 얼굴로 다그치자 초혜는 차마 고개를 들지 못한 채 단휘를 온몸으로 끌어안으며 울부짖었다.

"폐하! 그런 것이 아니옵니다! 소첩은 아무 짓도 하지 않았사옵니다. 그저 폐하가 염려되어······ 폐하께서 상심하실까 저어되어 그런 것이옵니다. 믿어 주시옵소서. 부디 소첩을 믿어 주시옵소서, 폐하!"

비로소 저와의 연을 끊어 내고 제 곁을 떠나가는 아리에게 초혜가 해를 끼칠 수도 있다는 생각은 추호도 하지 못했다. 평생토록 황후가 사라지기만을 바라 왔을 초혜라는 것을 누구보다 잘 알고 있었으니까. 한데 그런 저의 생각이 틀린 모양이었다. 황후를 향한 초혜의 오랜 시기와 증오를 그저 안일하게만 여겼던 제 자신에게 분노가 치밀었다.

"폐하! 따라나서 보았자 상심만 크실 것이옵니다. 참으로 다른 뜻은 없사옵니다. 소첩의 말씀대로 하시옵소서!"

단휘는 용포 자락을 붙들고 있는 초혜의 손을 뿌리쳤다. 이미 초혜의 말은 들리지 않았다. 맥없이 뿌리쳐진 초혜가 휘청거리며 바닥에 풀썩 주저앉은 채 애처로운 얼굴로 그를 올려다봤다. 태동 때문인지 아니면 그저 그에게 보이기 위한 행동일 뿐인지 인상을 쓰며 자신의 배를 감싸는 초혜의 행동에 단휘의 시선이 잠시 흔들렸지만, 이내 싸늘히 변해 버린 시선은 곧 그녀에게서 매정히 거두어졌다.

단휘는 전각을 나와 미친 듯이 내달렸다. 보초를 서던 병사들이 놀라 어쩔 줄 몰라 하며 우왕좌왕하는 사이, 황제를 그림자처럼 따르는 사혼단이 그의 곁에 바짝 따라붙었다.

"황후는."

"이제 막 외문을 벗어난 줄로 압니다."

"막아라. 어떻게든 잡아!"

"존명!"

만일 정말로 아리에게 어떤 변고가 생기게 된다면, 제아무리 용종을 품은 초혜라 해도 이번에는 결코 용서치 않으리라. 단휘는 그리 이를 갈며 대령하고 있던 말에 황급히 올라탔다.

히히힝—!

긴 울음소리를 내며 말이 땅을 박차고 달려 나갔다. 사혼단이 그 곁을 따르며 맹렬히 질주했다.

마지막만큼은 도리를 다하겠노라고 힘겹게 마음을 다졌던 그녀와의 끝이, 아직은 때가 아니라는 듯 저 멀리 달아나고 있는 것만 같았다. 불길한 예감에 사로잡힌 채 단휘는 무서운 속도로 내달렸다. 고삐를 있는 힘껏 틀어쥔 주먹이 새파랗게 질려 갔다. 미친 듯이 땅을 박차며 내달린 그가 막 외문을 벗어나던 순간, 이미 그보다 한참 앞선 채 쏜살같이 질주하는 무리들이 희미하게 시야 끝에 걸렸다.

단휘는 그들을 뒤쫓으며 폭주하듯 내달렸다. 터질 듯한 불안감이 그를 잠식했다. 힘겹게 끝을 받아들였건만, 그리 각오한 끝마저도 아마 쉽지는 않을 모양이었다.

폐부 깊숙한 곳에서 무거운 탄식이 토해져 나왔다. 미친 듯이 질주하는 말에 단휘는 있는 힘껏 박차를 가했다. 그런 단휘의 뒤를 초혜가 탄 마차가 다급히 따르고 있었다.


겨울밤의 칼날 같은 바람이 뼛속까지 얼려 버릴 듯 사납게 몰아쳤다. 사위는 온통 컴컴한 어둠으로 뒤덮여 앞을 잘 분간할 수 없었다. 어둠 속에 뜨거운 입김이 하얗게 부서졌다. 행궁의 외문을 벗어난 지는 이미 한참의 시간이 흘러 있었다.

컴컴한 시야로 전방 얼마쯤 떨어진 곳에 무리 지어 서 있는 거뭇거뭇한 형상이 어렴풋이 보이기 시작하자, 묵묵히 그녀를 인도하던 사내들이 그제야 멈춰 섰다. 자정이 되자 그녀의 처소에 홀연히 나타나 이곳까지 그녀를 데려온 그들은 전하께서 보내신 시위들이라 자신들을 소개했다. 행궁을 몰래 빠져나갈 까닭이 더는 없었지만 요란하게 나올 일도 없었다. 아리는 그들의 은밀한 행로를 따라 조용히 움직여 이곳에 당도해 있었다.

전방으로 다가오고 있는 검은 무리를 바라보는 아리의 얼굴은 긴장으로 잔뜩 경직되어 있었다. 이제 소류에게로 온전히 돌아갈 수 있으리라는 기쁨과, 동시에 영원히 주단휘와 파안제국을 떠난다는 쓸쓸함이 혼재된 복잡한 심정으로 그녀는 다가오는 무리를 우두커니 응시했다. 언뜻 어림잡아 보기에도 기백은 되어 보이는 수였다. 지금쯤이면 분명 지척 어디엔가 소류의 군대 역시 당도해 있을 것이었다. 무리의 선두에 선 이가 곧장 그녀에게 다가왔다.

"마마, 전하께서 기다리고 계십니다."

낯선 얼굴을 한참 바라보다 아리는 잠시 심호흡을 했다. 차디찬 밤공기가 폐부 깊숙이 밀려들어 왔다. 코끝과 뺨은 이미 빨갛게 얼어 있었다. 겨울은 참으로 혹독했으나 지금은 어쩐지 아직 다가오지 않은 봄의 향기가 언뜻 느껴지는 듯도 했다. 머지않아 그곳의 봄을 그와 함께 맞이할 수 있는 그런 날이 분명 오리라. 아니, 기실 그러한 봄의 상념은 지금의 불안을 잠식시키려는 본능적인 방어에 지나지 않는 것인지도 몰랐다.

"모시겠습니다."

나직이 고하는 말에 아리는 가만히 고개를 끄덕였다. 그들은 그녀를 준비된 마차로 안내했다. 고요하고 일사불란한 그들의 움직임에는 서늘한 절도가 배어 있었다.

마차 앞에서 걸음을 멈춘 아리는 뒤돌아 곁에 선 그들을 죽 한 번 둘러보았다. 그가 직접 오지 않는다면 필시 친위대를 보낼 것이라 여겨 아는 얼굴 하나쯤은 섞여 있을 줄로 생각했더랬다. 그러나 가까이에서 저를 보필하는 몇몇 이들의 얼굴 중에는 아는 얼굴이 없었다. 지금은 전시이며 친위대의 사명은 왕을 수호하는 것이니 이 상황이 크게 이해 가지 않는 것은 아니었지만, 그저 조금 심란한 마음이 스쳤다. 마음이 아주 평온하다면 그 또한 말도 안 되는 일이겠지만, 그들의 뒤로 쭉 도열해 선 검은 무복의 시커먼 무리들을 바라보고 있노라니 자꾸만 마음이 불안하게 요동쳤다.

그저 몹시 긴장한 탓이라고, 굳이 그들 때문이 아니었어도 심란할 수밖에 없을 저의 상황 때문이라고, 애써 불안을 가라앉히며 마차에 올라타려던 순간이었다.

두두두두—!

요란한 말발굽 소리가 지축을 울리며 이쪽을 향해 무서운 속도로 질주해 왔다. 흥분한 마차의 말들이 놀라 날뛰어 대기 시작했다. 무시무시한 기세로 어느새 안쪽까지 쏜살같이 치고 들어와 무리와 대치하고 선 의문의 괴한들을 아리는 사색이 된 채 바라보았다.

달빛이 희미하게 그들을 비추었다. 언뜻 스친 몇몇의 얼굴이 낯설지 않았다. 그들을 알아보는 것은 어렵지 않았다. 그녀의 얼굴이 이내 충격과 낭패감에 하얗게 질려 갔다. 그녀를 해주로부터 행궁까지 호위하였던 친위대의 얼굴을 그녀가 몰라볼 리 없었다.

챙! 채앵—!

여기저기서 일제히 검 뽑는 소리가 들려왔다. 친위대가 이들과 대치한다는 것은 이들이 소류가 보낸 자들이 아니라는 뜻일 터였다.

어디서부터 잘못된 걸까. 금일 자정 그녀가 행궁을 떠난다는 정보가 누군가에게 흘러 들어간 것일까. 아니면 애당초 그의 서찰부터가 거짓이었던 것일까. 전자이든 후자이든 그것을 가려내어 막아 낼 방도가 과연 있었을까. 목 끝에서 울컥하고 쓴 물이 올라왔다. 지독한 쓴맛이 입 안 가득 퍼져 나갔다.

스무 명의 친위대는 어느새 치열한 전투를 벌이고 있었다. 그러나 줄지 않는 살수들의 수와 사방에서 들어오는 공격에 친위대는 서서히 힘을 잃어 가기 시작했다. 승세는 얼마 못 가 기어이 한쪽으로 기울어졌다. 그가 그리도 아끼던 이들이 자신을 구하고자 눈앞에서 붉은 피를 흘리며 쓰러져 가고 있었다.

아리는 처참히 도륙 나는 그들을 망연자실한 채 바라보았다. 그리도 강건하였던 이들이 미련 없이 목숨을 내던진 채 그녀를 위해 허망하게 죽어 가고 있었다. 이리 죽어서는 안 될 이들이 또다시 이렇게 처절하고 참혹하게 제 곁에서 쓰러져 가고 있었다. 머리가 빙글빙글 돌았다. 귓속에서 요란한 굉음이 울려 댔다. 숨이 끊긴 채 그녀의 발치께로 내동댕이쳐진 친위대원의 미처 감지도 못한 흐릿한 눈동자와 시선이 마주쳤을 때, 아리는 머리를 움켜쥐며 자리에 곤두박질치듯 주저앉아 비명을 내질렀다.

"아아악……!"

바닥을 뒹구는 시신 아래로 흐른 붉은 피가 진득하게 그녀의 발끝을 적셔 왔다. 이제는 잊을 수 있으리란 기대가 무색하게도, 아비규환 같던 10년 전의 악몽이 불현듯 되살아났다. 그것에 더하여 제 품에서 죽어 가던 아이혜와, 저를 위해 생을 내던지던 백하와 유와의 모습 또한 생생히 떠올라 그녀의 숨통을 옥죄어 왔다.

무섭게 그녀를 엄습해 오는 그 참담한 기억들의 흐릿한 환영 위에, 이쪽을 향해 미친 듯이 질주해 오는 또 한 무리의 형상이 아득히 겹쳐졌다. 달빛 아래 붉은 핏물이 여기저기 튀었다. 충격으로 멎어 버린 사고는 까마득한 장막 속에 갇힌 채 어떤 것이 환상이고 어떤 것이 사실인지 분간하지 못하고 있었다.

"아리!"

불현듯 누군가 큰 소리로 그녀의 이름을 불렀다. 초점 잃은 눈동자가 무연히 그곳을 향했다.

"함정이야! 도망쳐야 돼!"

말에서 훌쩍 뛰어내린 단휘가 제게 달려드는 살수의 검을 쳐 내며 그녀 앞을 막아섰다. 회복되지 않은 몸이라고는 하나 검술 실력은 웬만한 무장과 겨루어도 뒤지지 않는 그였다. 하지만 두엇쯤을 상대해야 하는 것이라면 또 모를까, 지금은 상황이 달랐다. 황제의 곁에 바짝 붙어 그를 보필하며 길을 터 주던 사혼단은 이미 살수들과 치열한 혈투를 벌이고 있었다.

입 안이 바짝 타들어 갔다. 사혼단이 얼마나 버텨 줄지 의문이었다. 설마 하는 마음 끝에는 그럼에도 초혜에 대한 일말의 믿음이 남아 있었던 걸까. 그리도 지독한 배신을 당하고도 끈덕지게 들러붙어 보기 좋게 저를 능멸하는 알량한 신뢰의 찌꺼기를 이제 와 야멸차게 떼어 내 본다 한들 너무 늦어 버린 일이었다.

사혼단만을 대동한 채 조급히 뒤쫓아 온 자신의 성급함과 경솔함에 환멸이 느껴졌다. 곧 연락을 받고 뛰어올 자함이 도착할 때까지 무사히 버티거나 혹은 무사히 도망치거나 방법은 그 두 가지뿐이었으나 이미 둘 모두 불가능한 상황에 이른 듯싶었다. 끝도 없이 밀려오는 살수들의 공격을 당해 낼 도리가 없었다.

저 멀리 이곳으로 거리를 좁혀 오는 검은 행렬을 응시하는 단휘의 눈동자가 위태롭게 흔들렸다. 차라리 그것이 아라하의 군대이기를 단휘는 그 순간 진심으로 빌었다. 그러나 그의 바람은 언제나 간절하면 간절할수록 빗나갔다.

거친 숨이 턱까지 차올랐다. 사혼단은 거의 전멸이었다. 단휘는 아리의 손목을 잡아 제 등 뒤로 이끌었다. 다가오는 행렬을 고요히 노려보고 있는 그의 목 언저리에는 어느새 살수들의 검이 겨누어져 있었다. 뒤늦게 도착한 마차에서 정신 나간 사람처럼 뛰어나온 초혜가 그를 향해 달려왔다.

"폐하!"

단휘는 그런 초혜에게 눈길조차 주지 않은 채 묵묵히 전방을 쏘아보았다. 뼛속까지 시린 칼바람이 대지를 할퀴었다. 늘어선 행렬의 정중앙, 흑마에 탄 사내가 병사들과 함께 여유작작하게 이쪽을 향해 다가왔다. 서너 보 앞으로 다가온 사내가 말을 멈추곤 단휘를 보며 싱긋 웃었다.

"폐하, 참으로 오랜만에 뵙습니다. 이리 두 마리 토끼를 한꺼번에 잡게 될 줄은 몰랐군요."

"손파영…… 네놈이 기어이……!"

"천운일까요? 아니면 그저 요행이려나……?"

그리 비식거리며 웃던 손파영이 말을 이었다.

"하기야 무엇인들 어떻겠습니까? 천운이든 요행이든 더는 폐하의 것이 아니라 제 것인 듯싶으니 말입니다. 이 행운을 어찌할까요? 참으로 고민이 되는군요. 아무래도…… 굳이 살려 둘 필요 없는 토끼는 예서 깔끔하게 없애 버리는 것이 현명한 처사겠지요?"

손파영은 즐거운 듯 웃음을 터뜨렸다. 물론 초혜 소의가 저를 배반하지는 않을 것이라는 기대를 품고는 있었지만 이 정도로 일이 손쉽게 진행될 줄은 몰랐다. 초혜에게서 황후가 행궁으로 돌아왔다는 소식을 전해 들었을 때 온몸에 전율이 일도록 차오르던 희열감은 바로 지금 이런 순간을 위한 것이었으리라. 게다가 이런 뜻밖의 횡재라니. 힘들이지 않고 던진 그물에 황제까지 걸려들 줄이야. 그것은 정말이지 예상치도, 전혀 기대치도 않았던 일이었다.

둘이 있는 것을 보니 자꾸만 짓궂은 장난이 치고 싶어졌지만, 황제는 애당초 죽이는 것이 목적이었으니 유희를 위해 혹시 모를 불씨를 남겨 두는 어리석은 짓은 피해야 함이 마땅할 터였다.

결정을 내린 손파영이 곁에 선 궁병을 향해 고개를 끄덕여 보였다.

"소신의 마지막 충정을 다해서 폐하의 마지막은 피 한 방울 흘리시지 않게 깨끗이 보내 드리지요."

손파영의 말이 끝나자 궁병이 활을 치켜올렸다. 그가 팽팽하게 당긴 활시위를 놓는 찰나 공기를 끊어 내듯 매서운 바람 소리를 내며 화살이 튕겨져 나갔다.

바로 그 순간이었다.

"폐하!"

정말이지 순식간에 일어난 일이었다. 궁병이 활시위를 놓는 것과 동시에 별안간 단휘에게로 달려든 초혜가 온몸으로 그를 감싸 안았다.

"……!"

매달리듯 제 품에 쓰러진 초혜를 받쳐 안은 단휘의 몸이 크게 휘청거렸다. 핏발 선 눈동자가 믿을 수 없다는 듯 크게 치켜떠진 채 경악으로 떨려 오고 있었다. 등 뒤에 선 아리의 찢어질 듯한 비명 소리가 환청처럼 귓가를 울렸다.

"폐하…… 컥……!"

초혜의 입에서 울컥 검붉은 피가 토해져 나왔다. 쓰러지는 초혜를 한 팔로 부둥켜안은 단휘가 넋 나간 얼굴로 그녀를 내려다보았다. 등 뒤로 잡고 있는 아리의 손목은 놓지 않은 채였다.

"……대체…… 왜……."

"폐……하……."

"복중 태아를 지키겠다고 나마저 배반한 네가 아니더냐……! 한데 어째서……!"

분노에 찬 음성에 초혜의 얼굴 위로 처연한 미소가 피어올랐다. 거친 숨을 헐떡거리며 그녀는 힘들게 입술을 달싹였다.

"이 아이도 제 핏줄 귀한 줄 알아…… 천한 몸을 빌어 태어나고 싶지는 않았던 게지요……."

단휘의 얼굴이 고통스럽게 일그러졌다.

"닥쳐라, 소의……! 네 이런다고…… 이제 와서 이리한다고 무엇이 달라질 줄 아느냐!"

초혜는 그저 힘없이 웃었다. 그의 말이 맞았다. 진작…… 그리하지는 말았어야 했다…….

목울대를 타고 다시금 울컥 붉은 피가 솟았다.

"평생을…… 폐하의…… 뒷모습만 보며…… 살아왔사옵니다……."

그것으로 만족하며 그리 살았어야 했다…….

초혜는 고통스러운 미소를 힘겹게 떠올렸다. 마지막 힘을 간신히 쥐어짜 내듯 그녀가 들릴 듯 말 듯 작은 소리로 속삭였다.

"……그러니 이제는…… 저를…… 보아 주셔요……."

이 생에서 그에게 마지막으로 부리는 투정 같은 그런 작별 인사였다.

힘겹게 치켜뜨고 있던 눈꺼풀이 스르륵 조용히 닫혔다. 만삭을 앞둔 여인의 몸이 그의 품에서 서서히 무너져 내렸다. 초혜를 받쳐 안고 있던 단휘의 왼팔이 걷잡을 수 없이 부들부들 떨려 왔다. 손등 위로 툭툭 불거져 나온 힘줄이 터져 나갈 듯 거세게 꿈틀거렸다.

여전히 등 뒤로 붙잡고 있던 아리의 손목을 그는 그제야 힘없이 놓아 주었다. 쓰러지는 초혜를 두 팔로 받쳐 안은 채 단휘는 무너지듯 무릎을 꿇었다.

"일어나라, 소의……."

초혜는 미동조차 하지 않았다. 그녀에게는 이미 미약한 숨조차 남아 있지 않았다.

"일어나! 눈을 떠라, 초혜!"

울컥 터져 나온 노기 띤 음성에도 그녀는 눈도 꿈쩍하지 않았다. 단휘는 그녀를 흔들어 깨우듯 거칠게 고쳐 안았다. 먹먹한 가슴에서 무언가 툭 하고 터져 나갔다. 목이 메어 갈라진 목소리에서 끔찍한 쇳소리가 났다.

"그리 나를 노엽게 하더니…… 네 이제 와 뻔뻔하게…… 마치 나 하나뿐이었다는 듯이…… 나를 위해서라면 네 목숨 하나쯤은 아깝지 않다는 듯이…… 네 몸 던져 나를 살리고 대신 가겠다는 것이냐!"

단휘의 입매가 고통스럽게 비틀렸다. 눈시울이 벌겋게 달아올랐다.

"웃기지 마라. 일어나라, 소의! 내 말이 들리지 않느냐! 어서 일어나란 말이다! 어째서 너는…… 어째서 너는 끝까지 이렇게 나를…… 이것이…… 네가 선택한 복수인 것이냐…… 더없이 훌륭하구나……."

울부짖듯 토해 낸 그의 절규가 사위에 비통하게 울려 퍼지고 있었다.

반쯤 혼이 빠진 채 휘청거리며 그의 앞으로 걸어 나온 아리가 그의 뒷모습에 가려져 보이지 않던 처참한 광경을 눈앞에서 목도하곤 자리에 얼어붙은 듯 멈춰 섰다. 망연자실 고개를 든 그가 침통한 얼굴로 그녀를 응시했다. 핏빛처럼 참담히 마주친 시선이 선뜻 떼어지지 못한 채 서로의 심장을 칼날처럼 베어 내고 있었다. 단휘는 처참하게 고개를 떨구었다.

그대에게 나의 험한 꼴을 어디까지 더 보여야만 이 질긴 인연이 끝이 날까…….

바닥까지 다 내보였다 싶으면, 어느새 더 깊고 더러운 바닥이 드러나 나를 조롱하듯 절망 속에 몰아넣는다.

하여 결국에는 체념하게 만든다.

그래, 나는 이런 놈이었지, 하고 말게끔…….

그리 어쭙잖게 스스로를 위로하면서, 또 이렇게 종국에는 비참하게 뒤돌아서 그대에게 등을 보일 수밖에 없게끔…….

"애달픈 작별의 시간이지만, 더는 시간이 없군요."

말에서 내린 손파영이 초혜를 안은 채 일어선 단휘의 앞을 가로막고 섰다. 그의 입꼬리는 즐거운 듯 휘어 있었다. 분노로 꽉 깨문 단휘의 입술 안쪽에서 붉은 피가 배어 나왔다. 입 안으로 비릿한 피 맛이 번져 갔다.

손파영은 잠시 고민하듯 미간을 좁혔다. 역시 유희를 포기한다는 건 쉽지 않은 일이다. 황제와 초혜 소의의 일은 오늘 하루 내내 그가 지루하지 않도록 즐거움을 선사해 줄 것이었다. 게다가 더욱 흥미로운 인물들이 남아 있지 않던가. 황제를 선뜻 죽이자니 역시 두고두고 아쉬움이 남을 듯싶었다. 결국 손파영은 단휘를 처형하는 것을 잠시 유보하기로 했다.

"소신도 사람인지라 소의 마마의 지극한 연심에 감복하여 차마 오늘은 폐하를 어찌하지 못하겠군요. 하여 폐하의 목숨은 당분간 살려 드릴까 합니다. 단, 황후 마마와 함께 모시도록 하지요. 아마…… 그들이 몹시도 반가워할 겁니다."

손파영의 손짓에 그의 곁에 있던 병사들이 아리와 단휘를 포박했다. 단휘의 품에 안겨 있던 초혜의 시신이 처참히 바닥에 나뒹굴었다. 단휘의 얼굴이 분노와 비통함에 고통스럽게 일그러졌다.

"……함부로…… 대하지 마라……! 그리 함부로…… 그녀를…… 소의를……!"

용종을 품은 고결한 몸이었다. 그러나 단 한 순간도 그리 여겨 준 적 없었다. 핏발 선 눈동자 위로 뜨거운 회한이 치솟았다. 피처럼 붉은 눈시울 가득 투명한 막이 뜨겁게 차올랐다.

그런 단휘를 잠자코 바라보던 손파영이 피식 웃음을 흘리며 말했다.

"소의 마마 살아생전에 가장 함부로 대하신 분이 바로 폐하 아니셨습니까? 그러게 곁에 있을 때 잘 좀 대해 주셨어야지요. 안 그렇습니까, 폐하? ……자, 그럼 이만 가실까요?"

비수 같은 말들을 흥겹게 쏟아 낸 손파영은 친위대와 사혼단 그리고 초혜의 시신이 나뒹구는 바닥을 그새 시들해진 얼굴로 내려다봤다. 딱하다는 듯 혀를 찬 그는 이내 자신의 말에 서둘러 올라탔다.

지금쯤이면 분명 대장군 자함이 군사들을 이끌고 이리로 달려오고 있을 것이다. 조금 더 오래도록 황제의 고통과 회한을 즐기고 싶은 마음이 굴뚝같았지만 그럴 여유가 없었다.

행궁에 주둔 중인 황제의 반쪽짜리 군대와 당장 전면전을 벌인다 해도 충분한 승산이 있었지만, 그리되면 중앙군과 황제군을 싸움 붙이려던 자신의 오랜 계획이 물거품이 되어 버리고 말 것이었다. 다시 계획을 수정해야 하는 번거로움은 사양하고 싶었다. 여기까지 와서 굳이 쉬운 길을 놔두고 돌아갈 필요는 없었다.

"속히 황궁으로 간다!"

손파영의 군대는 본래의 목적지인 황궁으로 빠르게 방향을 틀었다. 거대한 검은 행렬이 먹구름처럼 대지를 뒤덮은 채 황궁을 향해 맹렬하게 번져 나갔다.

차디찬 대지 위에 붉게 스러진 생명의 잔재들이 혹한의 칼바람에 싸늘히 얼어붙어 갔다.

허망하고 참혹하게 끝이 난 그들의 종말처럼, 마침내 그렇게 종막이 다가오고 있었다.

## 28
## 잔인한 유희

장대 끝에 매달린 휘장이 사납게 펄럭거렸다. 검은 천 위에 그려진 붉은 주작이 당장이라도 깃발을 찢고 날아오를 기세로 세찬 날갯짓을 일으켰다.

대열을 따라 길게 늘어선 휘장들의 선두에 있는 소류가 자리에 멈춰 선 채 어둑한 전방을 노려보았다.

짙은 어둠 속, 검은 물결처럼 고요히 일렁이며 거리를 좁혀 오는 긴 행렬…….

파안의 황제군이었다. 황제군과 맞닥뜨려 전면전을 치를 계획은 전혀 없었다. 그것은 아마 지금 저들을 지휘하고 있을 적장 역시 마찬가지일 터였다. 그러니 예상치도 못한 지금의 이 상황이 당혹스러운 것은 비단 저뿐만이 아닐 것이다.

쏜살같이 달려 나가 전방의 사정을 살피고 돌아온 친위대원들이 왕의 곁에 절도 있게 도열해 선 채 보고했다.

"잔류하던 친위대가 전멸한 것 같습니다."

"……."

소류의 짙은 눈썹이 꿈틀거렸다. 친위대의 전멸……. 그들은 결코 쉽게 죽을 이들이 아니었다. 실력도 실력이거니와 왕인 자신을 위해서가 아니라면 목숨이 위태로울 수 있는 상황임을 감지하고도 선뜻 몸을 내던질 이들이 아니었다.

그런 친위대가 전멸했다는 것은 필시 그녀에게 변고가 생겼다는 뜻이었다. 왕비에게 위험이 닥치지 않았다면 아라하군이 당도할 때까지 주변을 정찰하며 대기하고 있으라는 왕명을 받은 그들이 굳이 나설 필요가 없었을 테니까.

뼛속 깊이 깊은 후회가 밀려들었다. 그녀를 보내지 말았어야 했다. 과거의 악연이 그녀를 아무리 괴롭힌다 해도, 아이혜에 대한 죄책감이 그녀를 아무리 고통 속으로 몰아넣는다 해도, 이 생을 사는 내내 그녀가 감당해야 할 몫이라 여기며 모질게 외면했어야 했다. 주제넘게 그 무게를 덜어 주려 했던 것이 끝내 화근이 되어 일을 이 지경으로 만들어 버리고야 말았다.

황제가 그녀를 보호할 것이라는 믿음이 있었다. 물론 그가 그녀를 쉽게 보내 줄지는 의문이었지만 때가 되면 꼭 찾아올 자신이 있었다. 그것이 안일한 생각이었음을 이 지경이 되어서야 깨닫고야 말았다. 그런 자신의 어리석음에 걷잡을 수 없는 분노가 치밀어 올랐다.

"친위대의 시신 곁에 황제의 호위무사들과 만삭인 여인의 시신도 함께 있었습니다."

이어진 보고에 소류가 가만히 고개를 들었다. 별다른 대꾸 없이 그는 다시 전방을 향해 시선을 고정시켰다.

시신들이 뒤엉켜 바닥을 구르는 그 너머, 언 땅 위에서 차디차게 식어 버린 그들을 사이에 둔 채 아라하군과 고요히 대치하며 마주 서 있는 황제의 군대…….

적의 수장 역시 자신과 마찬가지로 공격 명령을 내리지 않고 있었다. 황제의 호위무사들의 시신이 저곳에 있다는 것은 아리에게 변고가 일어난 그때 그 장소에 황제 역시 그녀와 함께 있었다는 뜻이리라. 달려 나온 군대만 봐도 그러했다. 또한 만삭의 여인이라면 초혜 소의임이 분명할 터였다. 일이 어찌 돌아가는 것인지 대충 감이 잡히는 듯도 싶었다.

"친위대의 시신을 수습해라."

"존명!"

명이 떨어지자마자 쏜살같이 달려 나가는 친위대를 조용히 응시한 채 소류는 생각에 잠겼다. 적장 또한 지금 자신처럼 고민이 클 것이다. 그녀가 황제를 찾아간 데는 오랜 악연의 뒤엉킨 실을 풀어내는 것 외에도 그것에 견줄 바 아닌 중차대한 이유가 있었다. 파안과 아라하의 전쟁을 막는 것. 손파영의 간계에 두 나라가 놀아나지 않도록 잠시나마 암묵적인 휴전을 이끌어 내는 것. 그것이 그녀가 부득부득 그를 찾아간 궁극적인 이유였다.

떠나려는 그녀를 끝내 잡지 못한 이유 중에는 기실 그것의 가능성에 대한 고민이 미미하게나마 섞여 들어 있었던 것도 사실이었다. 그런 그녀의 뜻을 적장 역시 분명히 전해 들었으리라. 양측 중 누구도 섣불리 공격을 개시하지 않고 있는 건 아마 그런 까닭임이 분명했다.

작은 마찰조차 일어나지 않은 채, 친위대와 사혼단 그리고 초혜 소의의 시신이 모두 수습되어 각각 양측의 진영으로 옮겨졌다. 소류는 시신을 수습한 즉시 퇴각을 명했다. 먼저 공격해 오지 않는다면 이쪽에서도 지금 당장에 맞붙을 생각은 없었다. 그리 결단을 내리며 말 머리를 돌리려 할 때였다. 친위대원 하나가 다급히 뛰어왔다.

"전하! 아직 숨이 붙어 있는 대원이 있습니다!"

소류는 지체 없이 그에게 달려갔다. 미약하게 생명이 붙어 있는 사내가 제 마지막 소임을 다하려는 듯 힘겹게 숨을 몰아쉬고 있었다.

"어찌 된 것이냐."

왕의 음성에 간신히 눈을 치뜬 사내가 말라 터진 입술을 힘겹게 움직였다.

"……와…… 왕비…… 마……마를…… 납…… 황……제…… 함께…….."

왕비 마마를 납치…… 황제도 함께…….

짐작한 바와 크게 어긋나지 않았다.

"면목…… 없……습……니……다…… 전하…… 용……서……."

숨이 넘어갈 듯 헐떡이며 간신히 말을 마친 친위대원이 별안간 경련하듯 몸을 크게 떨었다. 그런 사내의 움직임이 이내 언제 그랬냐는 듯 우뚝 멈추었다. 마지막 소임을 다한 후 마침내 안식을 얻은 것이리라. 소류는 숨이 다한 사내를 침통히 내려다보았다.

"……고생 많았다. 이제 편히 쉬어도 좋다."

마지막 명을 따르기라도 하듯 그제야 스르륵 눈이 감기는 친위대원을 일별한 소류는 고개를 들었다. 곁에 선 친위대장 무흔이 한 걸음 바짝 다가섰다.

"흔적이 뚜렷합니다. 적의 규모가 상당히 큽니다. 군대를 이동 중인 것 같습니다."

"목적지는, 황궁인가?"

"그리 짐작됩니다. 황궁과 동일한 방향입니다."

"역시 그렇군."

며칠 전 설유의 왕이 보내온 전령에게서 손파영이 황궁으로 향하고 있다는 전갈을 받았다. 그가 설유에 지원군을 더 요청해 왔으며 그의 요구에 수락하였다는 전언과 함께였다. 꼭 그 같은 소식이 아니었더라도 아리를 납치해 간 것이 손파영일 확률은 거의 백이면 백일 터였다. 황제의 이복형제들 휘하의 반란군은 지금쯤이면 이미 황궁을 떠나 행궁으로 진군하고 있을 테니까. 또한 여기서 더 지체한다면 곧 그런 그들과 마주치게 될지도 모를 일이었다.

"진."

소류의 부름에 진이 기다렸다는 듯 다가와 섰다.

"대열을 둘로 나눈다. 황궁으로 가야겠어. 설유의 상장군은 아무래도 내가 모셔 가야겠군."

갑작스럽게 계획을 변경하는 소류의 지시에도 진은 아무런 반박도 하지 않은 채 어느 때보다도 진지하게 그의 말을 경청했다.

"진, 자네는 일단 처음 계획했던 대로 인근에 진을 치고 대기하고 있어. 황제 역시 납치된 게 사실이라면 아마 저들도 더 이상 행궁을 지키고 있지만은 않겠지. 하지만 반란군이 곧 들이닥칠 때가 되었으니 아마 맞붙게 될 확률이 높을 거야."

잠시 말을 멈춘 채 생각을 정리한 소류가 다시금 진중히 입을 열었다.

"기다렸다가 반란군과 저들이 붙게 되면 그 후미를 치도록 해. 황제의 군대는 가급적 건드리지 말고, 우선은 반란군을 진압할 수 있도록 그들을 도와. 그리고 이곳이 정리된 연후에 서둘러 황궁으로 와 줘."

"전하께서는 괜찮으시겠습니까."

역시 모든 사태를 파악한 진이 불평 대신 걱정 어린 얼굴로 소류를 응시했다. 자신이 소류였더라도 저 역시 아마 같은 결정을 내렸을 것이다. 만류한다 하여 멈출 소류도 아니었지만, 애당초 자신 또한 그를 막을 생각이 없었다. 어쩌면 진작부터 각오를 하고 있었던 상황이었다.

굳게 입을 다문 채 걱정스럽게 바라보는 진을 향해 소류가 씩 웃어 보였다.

"괜찮아야지."

저 빌어먹게도 믿고 싶은 얼굴이라니. 진은 불퉁해진 얼굴로 고개를 숙여 보이고는 말 머리를 홱 돌려 서둘러 자리를 떠 버렸다.

소류의 지시에 따라 설유의 상장군이 이끄는 동맹군이 대열에서 따로 갈라져 나와 후미에 도열했다. 아라하군 역시 일사불란하게 움직여 두 대열로 나뉘었다. 잠시 흐트러졌던 대열을 정비한 진이 먼저 휘하의 군대를 이동시켰다. 대열이 빠르게 퇴각했다. 행궁 외곽의 둔덕 너머에는 숲과 경계를 이루는 넓은 평지가 있었는데, 행궁을 정찰하며 대기하기에 안성맞춤인 곳이었다. 군영은 그곳에 설치될 것이었다.

행렬의 검은 물결이 썰물처럼 빠져나갔다. 그것을 지켜보고 있는 파안의 황제군은 그들이 완전히 퇴각할 때까지 공격하지 않았다. 소류는 설유의 상장군과 함께 아라하군과 동맹군을 각각 지휘했다. 밤새 쉬지 않고 행군한다면 동이 틀 무렵쯤에는 황궁에 당도할 수 있을 것이다. 날짜도 이만하면 꼭 맞춘 듯 적당했다. 황궁의 문은 설유의 지원군을 향해 활짝 열릴 것이다. 그리되리란 것까지는 확신이 있었다.

문제는, 그때까지 과연 그녀가 무사할 수 있을까 하는 것이었다.

아무런 상해 없이, 아무런 참사도 없이, 그녀가 과연 그리 무탈할 수 있을까.

손파영은 분명 그녀를 해하지는 않을 것이다. 그녀를 인질로 삼아 자신을 겁박하려는 의도를 모르는 바 아니었기에 그녀의 생사에 대한 불안은 기실 크지 않았다.

그렇기에 지금 자신의 상태를 소류는 더욱 이해할 수 없었다. 어째서 이렇게 뼛속까지 얼어 버릴 듯한 서늘한 불안감이 마음을 잠식해 오는 것인지. 어째서 이렇게 온몸이 주체할 수 없이 떨려 오는 것인지.

살을 에어 낼 듯한 찬 바람에 허옇게 얼어 버린 입술을 지그시 깨물자 거친 표면이 툭 하고 터지며 피가 번졌다. 그러나 그에게는 미미한 통증 따위를 알아챌 만큼의 여유가 없었다. 소류는 전속력으로 달렸다. 노장이 이끄는 동맹군 역시 그의 후미를 바짝 따르며 폭풍처럼 달려 나갔다.


썰물이 빠져나가듯 아라하군의 대열이 빠져나간 자리에는 적막만이 감돌고 있었다.

초혜의 시신 앞에 한쪽 무릎을 꿇고 앉아 있던 자함이 이내 몸을 숙여 그녀를 두 팔로 안아 든 채 일어섰다. 모질게 굴었던 기억들이 가슴을 후벼 파고 있었지만 요동치는 감정의 찌꺼기들을 그는 그저 가슴속에 갈무리했다.

허망한 세월만큼이나 허망한 끝이었다. 황제의 승은을 얻고도, 또 고결한 용종을 배 속에 품고도 비천한 마음으로 평생을 지옥 속에서 살아온 그녀였다. 마침내 그 참담한 지옥 속을 벗어나게 되었으니 차라리 그녀에게는 이것이 잘된 일이라는 생각도 들었다.

그래, 차라리 더할 나위 없이 잘된 일이었다. 자함은 속으로 그리 부단히 되뇌었다.

그러나 그런 노력이 무색하게도 그새 자함의 눈시울이 뜨거워졌다. 자신의 팔

안에 안긴 채 힘없이 뒤로 꺾인 창백한 얼굴을 덤덤히 내려다보는 자함의 붉어진 두 눈 가득 뜨거운 눈물이 차올랐다. 먹먹한 심장에 채 갈무리되지 못한 감정들이 툭 하고 터져 나갈 듯 넘실거렸다. 자함은 이를 악문 채 고개를 치켜들었다.

한때는 제 목숨보다 사랑한 여인이었다. 진정을 나눈 사이였으나, 끝내는 자신을 버리고 황제인 그를 선택한 그런 여인이기도 했다. 원망도 증오도 회한도 컸으나, 지금은 적어도 그런 여인의 죽음 따위로 감상에 젖어 있을 때가 아니었다.

황제와 황후가 납치되었다. 군주 내외의 생사가 불분명한 이때에 사사로운 감정 따위로 정신을 흐리는 것만큼 지독한 불충이 또 어디 있을까. 자함은 초혜의 시신을 곁의 병사에게 매정히 넘겨주었다.

"시신을 수습해라. 용종에 대한 극진한 예를 다하여야 할 것이다."

"예, 합하!"

반란을 도운 그녀를 예우할 수는 없었으므로 용종을 방패 삼아 그리 이르고는, 자함은 행궁에 남아 있는 모든 군사를 행궁 밖으로 집결시키라 명했다. 황제가 없는 행궁을 더는 지키고 있을 이유가 없었다.

아라하의 군대가 둘로 쪼개져 목적지를 달리하여 움직이는 것을 보았다. 그것을 어찌 해석해야 할까. 아라하군이 자신들을 선뜻 공격해 오지 않던 것으로 미루어 보건대 황후가 제게 전한 이야기들이 얼마쯤은 사실이었음이 증명된 셈이었다. 아마 조금 전 그들과 맞붙게 되었다면 황제를 찾아 나서기도 전에 이곳은 이미 쑥대밭이 되어 버렸을 터였다.

행궁 안에 주둔해 있던 군대가 외문을 빠져나와 외곽에 모두 집결하기까지는 족히 반 시진이 넘게 걸렸다. 대열이 정리되자마자 자함은 서둘러 진군 명령을 내렸다. 마지막을 각오하였으니 남아 있는 모든 힘을 다해 후회 없이 싸울 것이다. 군마의 행렬이 언 땅이 패고 갈라지도록 이미 수차례 사납게 훑고 지나간 자리를 황제군이 맹렬히 내디디며 진군했다.

세차게 행군하던 군의 대열이 멈춘 것은 그로부터 얼마 지나지 않아서였다.

"합하! 전방에서 대열이 다가오고 있습니다!"

저 멀리 까마득한 어둠 속에서 붉은 휘장이 물결치듯 넘실거리며 이쪽을 향해 전진해 오는 것이 어렴풋이 보였다. 그것이 반란군임을 자함은 어렵지 않게 알 수 있었다. 어느 정도 예상하고 있던 일이었기에 황망한 마음이 일지는 않았으나 근심이 깊어지는 것은 어쩔 수 없었다.

입 속이 타들어 갔다. 승산에 대한 우려보다도 지체될 시간 때문에 애가 탔다. 황제와 황후의 생사를 장담할 수 없었다. 자함은 이를 악문 채 검을 뽑아 들었다. 우렁찬 포효가 그의 입에서 터져 나왔다.

"반란군이다! 모두 진격하라! 반란군을 진압하라!"

"와아아아!"

군기가 바짝 든 병사들의 함성이 적막한 사위로 요란하게 메아리쳤다. 칼바람이 세차게 그들을 덮쳐 왔다. 군신의 붉은 입김이 대지의 모든 것을 녹여 버릴 듯 뜨겁게 불어닥쳤다. 둘로 갈라진 파안의 군대가 창칼을 휘두르며 서로를 베어 나갔다.

황제군과 반란군. 하나이되 하나일 수 없는 그들의 전투가 그렇게 시작되고 있었다.


같은 시각. 진의 군대는 그런 그들의 후미에서 대기하고 있었다.

"군장님! 척후병이 돌아왔습니다!"

진은 한달음에 달려와 숨이 넘어갈 듯 다급히 보고하는 병사를 뒤돌아보았다. 소류가 지시한 대로 외곽에 진을 치고 기다리던 중에 황제군이 행궁을 비우고 황궁으로 진군을 시작했다는 보고를 받았다. 그게 반 시진 전쯤의 일이었다. 멀찍이서 그들의 후미를 천천히 뒤따르며 전방의 동태를 파악하기 위해 다시 척후병을 보내 소식을 기다리고 있던 참이었다.

"반란군이 들이닥쳤습니다! 전투가 벌어졌습니다!"

척후병의 다급한 보고가 이어졌지만 진의 반응은 그저 시큰둥했다.

"이제야 도착하다니. 느려 터진 놈들."

그도 그럴 것이 입수된 정보에 따르면 반란군이 이미 행궁에 당도하고도 남을 시간이었기에 당장 전투가 발발했다고 해서 놀라울 것도 없었다. 대체 언제 맞닥뜨리게 될는지 그 순간만 이제나저제나 기다리고 있던 차였는데, 그나마 더 오래 기다리는 지루함은 덜었으니 그것으로 족해야 할 터였다.

잠시 투덜거린 진이 말고삐를 힘차게 잡아당겼다. 그가 탄 말이 맹렬히 대지를 박차며 전방을 향해 쏜살같이 달려 나갔다. 의구심이 전혀 들지 않는 것은 아니었다. 자신들이 대놓고 황제군을 돕는다고 해서 과연 그들이 아라하의 그 같은 우호적인 태도를 의심 없이 받아들여 자신들과 함께 움직여 줄지 의문이었다.

기껏 그들을 돕다 행여 역으로 당하는 것은 아닐까, 불안감이 드는 것도 당연했다. 그러나 지금은 서로가 피 흘려서 좋을 것이 없을 때라는 사실만큼은 부정할 수가 없었다. 소류의 혜안을 믿어 보는 수밖에. 또한 왕비의 노력에도 작은 기대를 걸어 보는 수밖에. 아울러 지금은 같은 적을 상대하고 있다는 사실을 적장 또한 충분히 인지하고 있을 거라고, 그리 믿어 보는 수밖에는 달리 방법이 없었다.

부디 적장이 너무 늦지 않게 결단을 내려 양측의 손실이 크지 않기를, 당장 바라는 것은 그 하나였다. 이곳에서 오래 지체하거나 많은 손실을 입어서는 곤란했다.

최소한의 시간과 병력으로 싸워야만 한다.

최후의 전장이, 행궁의 외곽 따위가 되는 일은 결단코 없어야 할 테니까……

□ ■ □

손파영의 군대가 황궁에 당도한 것은 인시(寅時) 무렵이었다.

동이 트려면 아직 한참이나 남은 시각이었지만, 생각지도 못하게 두 마리 토끼를 손에 넣자 한껏 흥에 취한 손파영은 황궁에 도착하자마자 황제의 이복형제들에게 기별을 넣었다.

아침까지 눈을 좀 붙였다가 느긋하게 연락을 취해도 될 터였지만 그는 흥분으로 들뜬 마음을 좀처럼 가라앉히지 못하고 있었다. 이처럼 즐거운 볼거리를 눈앞에 두고 쉬이 잠이 올 리 만무했다. 거사를 치르기까지 하 오랜 세월을 인내해 온 그였으나, 정작 유희를 앞두고는 밀려드는 조급증을 조금도 몰아내지 못하는 그였다.

"황제는?"

"하명하신 대로 태건궁에 데려다 놓았습니다."

"그래. 어떠하더냐. 황제의 전각을 다시 보니 감회에 젖은 얼굴이더냐?"

"그렇습니다, 주군."

"큭큭. 암, 그럴 만도 하지. 바로 그곳에서 천하를 호령하던 자이니 그곳이 얼마나 그리웠겠느냐. 하하하!"

차마 예상치도 못한 일이었다. 이런 뜻밖의 즐거움이 저를 기다리고 있을 줄은. 손파영은 미친 듯이 굉소를 터뜨렸다.

"황태제와 장왕은 오고 있다더냐?"

"이미 태건궁에 도착해 있다고 합니다."

"벌써? 큭큭. 급하셨군, 다들. 형제들의 눈물겨운 상봉이라니, 놓치기 아까운 광경이 아니냐. 서둘러라. 어서 태건궁으로 가자!"

"예, 주군!"

바람을 일으키며 손파영이 성큼성큼 걸음을 내딛자 수하들이 기민하게 움직여 그를 수행했다. 전각을 나서자 마당에 도열한 병사들이 우르르 대열을 움직여 그런 그들의 뒤를 따랐다.

컴컴한 어둠 속에서 끝도 없이 줄지어 선 횃불들이 광인처럼 기괴하게 춤을 춰 댔다. 고요한 황궁에서 넘실대는 불꽃들은, 10년 전 황궁을 휘젓고 들쑤시며 온통 쑥대밭을 만들어 놓던 일 황자 단유의 광기를 떠올리게도 하는 것이었다.

세차게 불어오는 바람이 날카로운 소리를 냈다.

붉게 너울거리는 황궁이 제 주인을 찾아 헤매듯 소리 없는 비명을 내지르고 있었다.

파안제국 황제의 전각, 태건궁……

실로 오랜만에 주인을 맞이한 위용스러운 전각에는 어둡고 적요하고 쓸쓸한 기운만이 가득 넘치고 있었다.

이제 막 인시를 넘긴 시각. 시린 달빛만이 희미하게 비추는 어둡고 스산한 땅 위로 찬 바람이 휘몰아쳤다.

위엄차고 드높으며 고결하기 그지없는 태건궁의 너른 앞마당, 그 한복판에 우악스럽게 내팽개쳐진 단휘가 신음을 삼키며 고개를 들자, 찰나 번쩍이는 무언가가 쨍강 소리를 내며 그의 앞으로 떨어졌다.

바닥을 구르는 물건의 실체를 확인한 단휘의 얼굴이 일순 굳어졌다. 그것을 제게 건넨 의도를 정확히 가늠할 수는 없었으나 어렴풋이 짐작이 가는 바가 있었다. 그 같은 자신의 짐작이 부디 틀리기만을 바랐으나 그 또한 그저 바람으로만 그칠 모양이었다. 그의 바람이란 것이 늘 그래 왔듯이.

"형님. 저희 아우들 이리 형님께 인사 올리는 것이 얼마 만인지요. 소제 몹시도 감개무량하여 눈물이 다 날 것 같습니다."

정말 울기라도 할 듯 과장된 얼굴로 여유롭게 걸어 나오는 장왕 단휼을 보며 단휘는 착잡한 심정으로 입술을 깨물었다. 그런 장왕의 뒤를 따라 황태제 단훤 역시 의기양양한 미소를 띤 채 엉망으로 내팽개쳐진 단휘 앞으로 다가와 섰다.

"황궁을 떠나 고생을 좀 하신 모양입니다. 용안이 예전만 못하신 것을 보니 말입니다."

그리 조롱하는 아우들의 얼굴은 이미 승리감에 잔뜩 도취되어 있었다. 단휘는 쓰게 웃었다. 결국 황가의 형제들 모두가 손파영의 손에 놀아난 채로 끝을 맞는 건가…….

속에서 울컥 치솟는 분노와 허탈감을 삭이고 있을 때, 느닷없이 마당 한편에서 요란한 박수 소리가 들려왔다. 돌아보나 마나 손파영일 터였다. 몹시도 즐거워 더는 못 참겠다는 듯 박장대소하며 그들 사이로 다가선 손파영이 들뜬 목소리로 입을 열었다.

"형제분들께서 이리 재회하신 것을 보니 소신마저 감개무량하여 몸 둘 바를 모르겠군요."

소름 끼치도록 간악하고 뻔뻔한 행태에 분개한 단휘가 제 앞에 던져진 황제의 보검을 집어 든 채 몸을 일으키려 하자 손파영의 곁을 지키던 수하가 재빨리 검을 뽑아 단휘의 검을 쳐 내고는 목을 겨누었다.

"아아, 이런. 폐하의 마음은 백번 이해합니다만 그 검은 그리 쓰시라고 드린 것이 아닙니다, 폐하."

말을 마친 손파영이 동의를 구하듯 두 이복형제를 번갈아 바라보며 고개를 끄덕여 보이자, 황태제와 장왕이 허리춤에서 각자의 검을 뽑아 들고는 단휘와 손파영의 사이를 막아섰다.

"형님께서 검을 겨눌 상대는 이자가 아니라 이 아우들입니다."

"지금 나와 뭘 하자는 게냐."

"저희 아우들과 간만에 검합을 맞춰 보시지요. 참으로 오랜만이 아닙니까? 자, 어서 그 검을 드십시오, 형님."

황제만큼은 자신들 손으로 직접 죽이게 해 달라 늘 입버릇처럼 말하던 그들이었다. 과연 그럴 필요까지 있을까 싶었지만 오늘 보니 그때 흔쾌히 대답해 주지 못한 것이 영 미안해질 지경이었다.

그들의 재회를 흥미롭게 지켜보던 손파영은 어느 틈엔가 홀연히 자리를 떴다. 형제들의 싸움을 관람하기 위해 마련한 자리로 서둘러 이동한 그가 수하에게 무언가 명령을 내렸다. 잠시 후, 주위에 횃불이 하나둘 켜지기 시작했다.

이내 사방이 대낮처럼 환하게 밝아졌다. 바람에 꺼질 듯 타오르며 흙바닥에 기괴한 그림자들을 만들어 내는 횃불들을 굳은 얼굴로 둘러보던 단휘가 고개를 돌려 아우들을 응시했다.

"어찌 이런 번잡한 수고를 하려 드느냐. 그저 병사들을 시켜 내 목을 치면 그만인 것을."

"저희 형제의 손으로 직접 폐하를 단죄하고 싶어 그러합니다."

그 말에 단휘가 코웃음을 쳤다.

"단죄? 네놈들 손으로 친히 날 죽이고 나면 너희들은 무사하리라 보느냐? 손파영 저놈이 너희를 그냥 둘 것 같은가?"

단휼은 조금의 동요도 보이지 않았다. 그러한 상황 또한 이미 충분히 각오하고 있었다. 그의 덤덤한 대꾸가 이어졌다.

"상관없습니다."

"무어라? 상관이 없어? 네놈들 또한 죽는다 하는데도?"

"저희의 목적은 어차피 형님 하나였으니 그것으로 족합니다."

단휘의 미간이 일그러졌다. 자신의 죽음을 불사하면서까지 죽이고 싶은 상대. 아우들에게 저의 존재란 오로지 그러한 것이었던가.

"고작 나였더란 말이냐……? 네놈들이 아등바등 살아가던 이유가 고작……? 크큭, 참으로 어리석고 가엾기 그지없구나."

"마음껏 조롱하십시오. 아울러 부디 이것이 형님과의 끝이기를 바랍니다."

"끝이라……. 그래, 이리 끝낸들 저리 끝낸들 무에 대수일까. 끝은 그저 끝인 게지……. 네놈들이 아주 못 견디게 지긋지긋해지던 참이었는데 차라리 잘되었구나."

단휘는 그리 씹어뱉듯 말하고는 바닥에 떨어진 검을 다시 집어 들었다.

"하지만 네놈들의 그 말만큼은 도저히 인정할 수가 없어. 단죄라고? 저런 악랄한 놈과 결탁하여 반란을 도모한 네놈들 따위에게 감히 나를 단죄할 자격이 있다고 생각하느냐?"

앙상한 손등 위로 힘줄이 툭 불거져 나왔다. 그와 동시에 스르릉 청아한 마찰음과 함께 검푸른 날이 미끄러지듯 검집을 빠져나왔다.

"천만에."

단휘는 검을 단단히 그러쥐었다. 몸 상태는 최악이었다. 딱히 몸 상태 때문이 아니더라도 백이면 백 질 게 뻔한 싸움이었지만, 물러설 마음은 없었다.

기실 그것은 체념에 가까웠다. 달리 물러설 곳도, 후일을 기약할 일말의 희망도 더는 남아 있지 않음을 알고 있는 탓이었다.

"둘이라는 것만 믿고 나 하나를 우습게 보아서는 아니 될 것이다. 온 힘을 다해 나를 막아야 할 것이야!"

하앗! 일갈을 내지르며 땅을 힘껏 박찬 단휘는 전광석화처럼 빠르게 그들을 향해 돌진해 들어갔다. 그에 질세라 단횐과 단휼 역시 민첩하게 몸을 놀렸다.

시퍼런 날이 맹렬하게 허공을 갈랐다. 누가 휘두른 것인지도 알 수 없을 만큼 빠르고 산란하게 흩뿌려지는 검광이 뒤죽박죽 섞여 들었다. 우열을 가리지 못할 정도로 팽팽한 검합이 찢어질 듯한 굉음을 내며 찰나의 멈춤도 없이 숨 가쁘게 이어지고 있었다.

"하아, 하아……!"

숨이 턱까지 차올라 숨 쉬기도 벅찰 지경이었지만, 그보다는 그새 땀으로 흠뻑 젖은 용포가 맨살에 달라붙는 그 느낌이 정말이지 끔찍이도 싫어 단휘는 잔뜩 인상을 구긴 채 넌더리를 쳤다. 이런 와중에도 젖은 용포 따위에 신경 쓰고 있다니, 처한 상황과는 달리 여유로운 자신의 작태에 스스로도 어이가 없어 저도 모르게 실소가 터져 나왔다.

어려서부터 파안 최고의 무장에게 무예를 익혀 온 그였다. 스승이 이따금씩 군주보다는 장수와 더 어울린다 우스갯소리를 꺼낼 만큼 실력이 출중했지만 이제 와 그것들이 다 무슨 소용일까 싶었다.

애당초 결말이 정해진 싸움이었다. 승자는 아우들도 자신도 될 수 없었다. 싸우는 것 자체가 무의미하고 허망한 일이었으나 아우들이 진정 바라는 것이 오로지 저의 죽음뿐이라 하니 그들을 멈추게 할 재간 따위가 있을 리 없었다.

꽤 오랜 시간을 버틴 듯싶었다. 처음에는 그런대로 버틸 만하다고 여겼으나, 그 상태로 일각, 이각 조금씩 시간이 흐르자, 단휘는 둘을 상대로 싸우는 것이 몹시도 힘에 부치는 일임을 절감해야 했다. 하나에게 일격을 가하면 그 하나가 검을 막아 내는 동안 다른 하나가 재빨리 공격해 들어왔다. 처음에는 수월하게 공격을 막아 내던 검의 속도가 어느새 현저히 느려져 있었다.

수십 합이 오가고 나니 누가 보더라도 한눈에 척 우열을 가릴 수 있을 정도로 뚜렷하게 힘의 차이가 나기 시작했다. 옷자락이 여기저기 베어져 나가기는 했지만 그리 깊은 상처는 입지 않은 단휼, 단훤 형제와는 달리, 단휘는 크고 작은 상처들과 함께 옆구리에 깊은 검상을 입은 채 붉디붉은 선혈을 쏟아 내고 있었다.

딛고 선 바닥의 흙이 먹물이 번지듯 서서히 붉게 물들어 갔다. 숨도 쉴 수 없을 것 같은 극심한 고통이 한차례 전신을 강타했다. 그리고 그것에 무디어질 무렵, 목구멍 안에서 뜨겁고 비릿한 무언가가 울컥 치솟아 오르는 것이 느껴졌다.

"쿨럭……!"

왈칵 피를 토해 내고 나니 순간적으로 시야가 뿌옇게 흐려져 몸이 크게 휘청거렸다. 단휘는 이를 악문 채 바닥에 검을 힘껏 내리꽂았다. 이 이상 겨뤄 봤자 무의미하다는 것을 몸이 먼저 알아 버린 까닭이었다.

형편없이 무너지는 모습 따위를 저들에게 보이고 싶지는 않았다. 죽어 완전히 이승과 이별하기 전까지는, 저승 강을 건너 이곳에서의 의식을 완전히 놓아 버리기 전까지는, 마지막까지 강건하고 고결한 군주의 모습이어야만 하리라. 그것이, 자신에게 죽임을 당한 형과, 남은 아우들에게 그가 지킬 수 있는 유일한, 그리고 최선의 예의일 테니까…….

바닥에 내리꽂은 검에 의지한 채 간신히 몸을 지탱하고 서 있는 그를 표정 없이 바라보던 단휼이 건조한 목소리로 입을 열었다.

"저승에서 단유 형님을 만나시거든, 꼭 사죄드리십시오."

차가운 쇠의 감촉이 목 언저리에서 느껴진다. 어느새 바로 앞까지 다가선 단휼이 자신의 목에 검 끝을 겨누고 있었다.

단 한 번도…… 이런 끝을 생각해 본 적은 없었다…….

마치 어릿광대라도 된 듯 누군가의 즐거운 구경거리로 전락해 버린 채 형제의 손에 피를 흘리며 죽어 가는 이런 끝은……

비릿한 미소가 단휘의 입가를 타고 흘렀다. 우우웅. 주인의 마음을 읽기라도 한 것인지, 바닥에 꽂혀 있는 황제의 보검이 장중한 소리를 내며 긴 울음을 토해 냈다.

어딘가에 신이 있어 저를 돕지 않는 한, 이 이상 버틴다는 것은 불가능한 일이다. 아니, 어딘가에 정말로 신이 있다 한들 그가 저를 도울 리 없었다. 죽어 가는 이 순간에조차 신 따위는 믿지 않는 저를, 무엇이 어여뻐 신이 돕겠는가 말이다.

그의 삶을 휘젓고, 흔들고, 망가뜨려 놓은 신 따위…… 절대 믿지 않으리라.

설령 이것이 삶의 끝이라 해도, 신이라는 그 존재 유무조차도 불분명한 허상에 기대는 나약하고 어리석은 짓 따위는 하지 않으련다.

그 어느 날이던가, 이미 신은 존재하지 않음을 뼈저리게 깨달았던 자신이 아니던가.

"큭…… 큭큭……."

잇새를 비집고 억눌린 웃음이 터져 나왔다. 지는 걸 누구보다도 끔찍이 싫어했던 자신이건만, 형제들과의 싸움에서 보기 좋게 지고도, 또 이리 허망한 죽음을 목전에 두고서도 이상하리만치 마음이 편했다.

그래, 어쩌면 썩 괜찮은 결말일지도 모른다……

"사죄라……. 하면 너희는 내게 사죄해야겠구나."

쿨럭. 말을 잇는 간간이 피가 울컥 쏟아져 입언저리를 붉게 적셨다. 단휘는 소매로 입가를 쓱 닦아 냈다. 찬연하던 황금빛 소매가 주인의 피로 붉게 물들어 갔다.

"저희가 사죄할 까닭은 없지요. 저희야 당연한 걸 돌려드리는 것뿐이니까요."

"나 역시 당연한 걸 돌려주었을 뿐이다."

"아니요, 애초에 형님께서 먼저 시작하셨으니, 형님께서 돌려주셨다 하심은

346

말이 되지 않습니다."

"무슨 뜻이지?"

"본인이 더 잘 알고 계실 텐데요. 죽음을 목전에 두고도 발뺌을 하시는 겁니까."

"……."

"좋습니다. 그럼 말씀드리지요. 형님의 그 악랄한 장난만 아니었더라면 아마 황후 마마는 단유 형님의 비가 되셨겠지요. 만약 그리만 되었다면 돌아가신 형님이 반미치광이가 되어 황궁을 피바다로 만드는 일도 없었을 겁니다. 물론 황후 마마를 욕보이는 일 또한 없었을 테지요. 소제, 형님 폐하께 군주께의 마지막 예를 다하여 진심으로 여쭙겠습니다. 그것이……."

그래, 어쩌면……

"……결국 누구의 책임입니까."

썩 괜찮은 결말이다…….

"지금에라도 폐하께 책임이 있음을 시인하신다면, 혈육의 목숨을 거둔 오늘의 죄는 저 또한 훗날 저승에서 사죄드리겠습니다."

아니, 아니다……. 그것이 아니란다, 아우야.

그리하여 되돌릴 수만 있다면 내 천 번 만 번도 그리하겠지만…… 이제 와 그것을 시인한다 하여 무엇이 달라진단 말이더냐…….

이 형은 그저 모든 것이 덧없고 덧없구나…….

단휘는 쓸쓸히 웃으며, 이 순간 자신과 참으로 닮았다 여겨지는 두 아우의 얼굴을 차례차례 눈에 새겨 넣었다.

어찌하여 이리도 모진 인연으로 태어나야만 했던가. 피를 나눈 형제이되, 피를 나누었기에 형제일 수 없었던 그들과의 서글픈 인연이 마지막까지 그의 가슴에 사무쳤다.

"저승에서 받을 네놈의 사죄 따위, 필요 없다. ……죽이거라."

그러나 떠나는 마당에 굳이 진심을 내보일 필요는 없었다. 입가 가득 비릿한 웃음을 머금은 채 단휘는 부러 더 아우들을 자극했다.

자신의 경험상 이별, 죽음, 절망 따위의 것들은 질질 끌어 봐야 좋을 것이 없었다.

"하오면, 실수 없이 단칼에 보내 드리지요. 아우로서의 마지막 정리입니다."

마지막이라 여긴 탓일까. 퍽 나긋하게 흘러나온 음성을 끝으로, 마침내 단휼의 손에 들린 장검이 달빛을 가리며 허공 위로 번쩍 치켜올려졌다.

어디선가 스산한 바람이 불어와 단휘의 길고 검은 머리카락을 산란히 흩뜨렸다. 시야를 간질이는 머리카락을 쓸어 올린 그는 아우의 검에 반쯤 가려진 희푸른 달을 시린 눈으로 덤덤히 바라보다가 이내 천천히 눈을 감았다.

하늘을 향했던 단휼의 검이 방향을 바꾸어 단휘에게 겨누어진 채로 잠시 허공에 멈추었다가, 다음 순간 단휘의 복부를 노리며 가차 없이 박혀 들어갔다.

"크윽⋯⋯!"

검 자루를 단단히 그러쥔 단휼의 손끝이 부들부들 떨렸다. 고통스러운 신음을 내뱉는 제 이복형을 망연자실 바라보던 그의 얼굴이 차츰 형편없이 일그러졌다. 단휼은 단휘의 복부에 찔러 넣은 검을 있는 힘껏 비틀었다가 신경질적으로 빼내곤 바닥에 내동댕이쳤다.

그리도 기다려 온 순간이건만. 그리도 꿈꿔 온 순간이건만⋯⋯! 어찌하여 조금도 기쁜 마음이 들지 않는 것인가! 생각처럼 후련하지도 통쾌하지도 않은 기분에 당혹스러움을 느낀 단휼은 괴로워하며 두 손으로 얼굴을 감쌌다. 혈육을 베어 낸 비정한 손마디가 불에 덴 듯 쓰리고 아렸다.

단휼은 복잡한 시선으로 고개를 들어 무섭게 피를 쏟아 내고 있는 제 형을 응시했다. 원망, 증오, 회한, 안타까움⋯⋯ 어떤 것이 더 큰지는 단휼 그 자신도 알 수 없었다.

"⋯⋯형님 잘못입니다. 모든 것이, 형님 잘못입니다!"

아우의 원망 어린 탄식에 힘겹게 눈꺼풀을 들어 올린 단휘가 마치 그의 말을 인정한다는 듯 자조 섞인 미소를 떠올렸다.

"큭, 쿨럭……!"

검이 빠져나간 자리에서 선혈이 분수처럼 콸콸거리며 쏟아져 나왔다. 단휘는 제 몸에서 쏟아져 나오는 붉은 액체를 무연히 응시했다. 거친 숨을 내쉬며 입에서 검붉은 피를 한 움큼 토해 낸 그의 얼굴은 마치 백자처럼 핏기 하나 없이 파리하고 창백했다.

극심한 고통에 얼굴을 일그러뜨린 채 바닥에 내리꽂은 검에 의지하여 겨우 버티어 서 있던 그의 몸이 서서히 기울어지기 시작했다. 찬란한 황금빛이 분명하였을 용포는 이미 그 빛을 잃고 붉게 변해 버린 지 오래였다.

"형님……."

친형을 죽인 원수이자 또한 저의 반쪽짜리 형이기도 하였던, 단휘가 장중히 쓰러져 가는 처참한 모습을 참담히 눈에 담으며 단휼은 마지막 예우를 다하듯 깊이 국궁한 채 먹먹히 잠겨 드는 목소리를 겨우 쥐어짜 냈다.

"편히 가시기를…… 형님……. 후일 저승에서 뵙지요."

지척이었음에도, 멀리 있는 것처럼 아우의 목소리가 아주 희미하게 들렸다.

생명의 불꽃이 꺼져 가고 있는 것임을, 어쩌면 이것이 이 생의 마지막임을 단휘는 어렵지 않게 알 수 있었다. 그는 힘겹게 눈을 감았다. 이제는 제 몸의 어느 부분도 저의 의지대로 쉽사리 움직여 주지 않는다.

이 생에서의 시간이 얼마나 남아 있는 걸까…….

물론 이대로 가는 것도 나쁘진 않았다. 마음에 걸리는 단 하나의 사실만 제외한다면…….

"폐하……!"

가장 먼저 놓아주어야 할 그녀가 자꾸만 눈에 밟혀 기어이 마지막까지 놓을 수 없게 만든다. 의식 저편에서 해사하게 웃고 있는 그녀의 모습이 손에 잡힐 듯이 생생하게 어른거려 와 그는 거친 숨을 고통스럽게 몰아쉬는 와중에도 희미하게 미소 지었다.

내가 그대를 놓지 못하는 것인지, 그대가 나를 놓지 않는 것인지…… 이제는 그조차 모르겠다.

그러나 아무려면 어떠한가. 내 이리 눈감고 나면…… 우리의 이 오랜 악연
도 비로소 끊어져, 더는 서로를 고통스럽게 옭아매는 일 따위 없을 텐데.

"폐하! 정신 차리시옵소서! 폐하! 흑흑……!"

다만, 끝내 그대를 지켜 주지 못한 채 떠나는 것이 통탄스러울 뿐…….

차마 그럴 면목이 없어 이 생에 작은 미련조차 두지 못하는 나를 부디 용서
해 주길…….

지난하고 힘겨웠던 나와의 시간들은…… 부디…… 잊어 주기를…….

의식 속의 그녀를 어루만지듯 힘겹게 허공을 더듬던 앙상한 손가락이 바닥
에 쓰러지듯 주저앉아 그를 붙든 채 서럽게 울부짖고 있는 그녀의 젖은 뺨에
가만히 가닿았다. 축축하고 따스한 감촉이 손끝으로 희미하게 느껴지자, 힘없
이 풀려 있던 그의 흐릿한 눈동자가 일순 미약한 생기를 머금은 채 일렁였다.

환상이 아니었던가……. 장막을 친 듯 흐려진 시야로 그녀의 얼굴이 어렴풋
이 보였다. 단휘는 힘겹게 입술을 움직였다.

"아……리……."

잦아들었던 바람이 다시 세차게 불어닥쳤다. 아직은 때가 아니라고 그를 흔
들어 깨우듯 거세게 몰아치는 바람을 맞으며, 죽는 것마저도 제 허락이 필요하
다는 듯 오만한 얼굴을 한 손파영이 마당 한편에서 휘적휘적 걸어 나왔다.

"이런, 이런. 아직입니다, 폐하. 이리 서둘러 가 버리시면 곤란하지요. 제가
준비한 연극은 이제부터가 시작이란 말입니다."

손파영이 신호하듯 고개를 끄덕이자 그의 곁에 서 있던 우람한 체구의 병사
하나가 단휘를 끌어안고 있는 아리에게 성큼성큼 다가섰다. 그러곤 그녀를 우
악스럽게 단휘에게서 떼어 내 바닥에 쓰러뜨렸다.

손파영의 의도는 너무도 뻔했다. 엄습하는 공포감에 저항조차 하지 못한 채
뻣뻣하게 굳어져 있던 그녀의 몸이 이내 발작하듯 무섭게 떨려 왔다. 끔찍했던
악몽이, 참담했던 그날의 기억이…… 이제는 지워 낼 수 있으리라 여겼던 과거

의 그 시간들이, 잠시나마 잊으려 한 그녀를 비웃듯 재현되려 하고 있었다.

"흑, 흐흑…… 아아악!"

공포와 절망으로 가득 찬 처절한 흐느낌 끝에 터져 나온 새된 비명이 귓가를 찢을 듯 날카롭게 울려 퍼졌다.

"……그, 그……만…… 커헉……!"

몸을 웅크린 채 괴롭게 숨을 몰아쉬던 단휘가 그녀의 비명 소리에 남은 힘을 쥐어짜 내듯 덜덜 떨리는 손으로 바닥을 짚고는 상체를 일으키려 안간힘을 썼다. 그런 단휘의 모습에 손파영이 그제야 흡족한 듯 입꼬리를 올려 웃었다.

"암요. 그리하셔야지요."

쉬이 생을 놓지 못하고 버둥거리는 황제의 모습은 처참하다 못해 참담할 지경이었다. 차가운 흙바닥에 내동댕이쳐진 채 벌벌 떨고 있는 황후의 몰골 또한 마찬가지였다.

마당에 도열한 병사들이 저도 모르게 눈살을 찌푸렸다. 만인이 우러르던 제국의 황제와 황후였다. 그런 그들의 끔찍하고 처참한 모습은 병사들에게 손파영에 대한 강한 공포심을 불러일으켰다.

악귀처럼 웃고 있는 손파영의 흉악스럽고 기괴한 모습에 어느 누구도 감히 숨소리조차 내지 못한 채 아연실색한 얼굴로 제자리를 지키고 서 있을 뿐이었다.

□ ■ □

손파영은 전대 낙안성주 명원공의 삼남 중 막내아들이었다.

어릴 적 아버지를 따라 며칠 머물다 온 낙안성에서 아리는 그를 처음 만났다.

유독 눈길이 가는 소년이었다. 호탕하고 쾌활한 장남, 차남과는 달리 유난히 말수가 적고 얌전한 데다가 우락부락한 형들과는 대조되도록 하얗고 마른 체구를 지닌 조용한 소년…… 늘 있는 듯 없는 듯 했지만 오히려 그런 이유들로 그는 형제들 사이에서 더욱 눈에 띄었다.

부친을 쏙 빼닮은 형들과는 달리 유일하게 외탁을 한 그의 외모는 지금도 사내치고 퍽 곱상한 편에 속했지만, 어려서는 웬만한 계집아이들은 그 앞에서 고개도 내밀지 못할 만큼 참으로 곱고 예쁘장했다. 별것 아닌 일로 치부해 넘어갈 수도 있었을 그날의 일이 간혹 악몽으로 재현되곤 했던 것은 아마도 그의 그 고운 외모 탓인지도 몰랐다.

낙안성에서의 마지막 날을 보내고 난 다음 날 아침, 낙안성이 발칵 뒤집히는 일이 벌어졌다. 명원공 차남의 애마가 누군가에게 잔인하게 죽임을 당한 것이었다.

댕강 목이 잘려 나간 채 마구간 바닥을 구르는 마수는 눈두덩이 끔찍하게 파여 있었다. 소식을 듣고 달려온 명원공과 그의 아들들 그리고 하인들이 아연실색한 채 말의 참담한 몰골을 내려다보고 있을 때, 아리는 떠나기 전 마지막 산보나 할 요량으로 아버지와 함께 일찍 처소를 나와 때마침 그곳을 지나던 중이었다.

마구간을 둘러싼 채 웅성대는 사람들 틈에서 곱상한 소년의 모습이 보였다. 늘 감정 없는 사람처럼 무표정하던 그가 눈을 반달처럼 뜨고 입꼬리를 올린 채 웃고 있었다.

무엇에 홀린 듯 한참이나 그를 쳐다보고 있던 아리는 고개를 돌린 그와 눈이 마주쳤다. 그곳의 상황을 알 리 없었던 그녀는 흔히 볼 수 없는 그의 웃음에 괜스레 마음이 벅차오르고 기분이 들떴다. 그리 한참 시선을 마주친 채로 그녀는 그를 향해 진심을 다해 환히 웃어 주었었다.

본가인 흑무문으로 돌아오고 난 후 한참 뒤에야 알았다. 그날 그곳에서 무슨 일이 벌어졌었는지를. 그날 이후부터 잊을 만하면 늘 악몽과 함께 나타나고는 했었다. 경악한 얼굴로 웅성대는 사람들 틈에서 처참히 죽은 말을 바라보며 홀로 하얗게 미소 짓던 그 곱상한 얼굴이……

당시에는 몇 날 며칠 잠을 푹 이루지 못할 정도로 끔찍한 악몽이었으나, 몹시도 충격적이라 무의식이 부단히 지워 내려 애쓴 까닭인지 자라면서 어느새 완전히 잊고 있던 기억이었다.

어린 시절 악몽 속에서 소름 끼치도록 환히 미소 짓던 그 얼굴이 지금 눈앞에서 다시 생생히 되살아나고 있었다.

"생각만 해도 너무 즐겁습니다. 형제들의 결투라. 너무 흥분이 돼서 온몸에 전율이 다 일어날 지경입니다. 마마, 우리 누가 이길지 내기할까요?"

파랗게 질린 채 악귀라도 보듯 끔찍한 얼굴로 저를 쳐다보고 있는 그녀의 턱 끝을 검지로 가만히 들어 올리며 싱긋 웃어 보인 손파영이 킬킬거렸다. 정말로 악귀가 있다면 아마 이와 같은 모습이리라.

태건궁 앞마당. 마주 선 형제들의 손에는 각자의 검이 들려 있었다. 아리는 몸이 결박된 채로 손파영의 옆에 마련된 의자에 앉혀졌다.

"그만둬, 제발…… 그만……!"

"그만두라는 그 말씀이나 이제 좀 그만두시지요. 이러다 귀에 딱지가 앉겠습니다. 포기하실 때도 되었지 않습니까? 마마께서도 그저 즐기십시오. 하 무료한 삶에 흔치 않은 구경거리가 아닙니까?"

그리 말하고는 자리에 착석한 손파영과 아리의 양옆에 커다란 화로가 놓였다.

"자, 이제 추위도 걱정 없으니 우리는 그저 즐기기만 하면 되는 겁니다. 아시겠습니까?"

차마 떨어지지 않는 시선을 겨우 든 아리가 형제들이 선 곳을 불안하게 응시했다. 가슴이 터질 것처럼 두방망이질했다. 심장이 미친 듯이 경련을 일으키고 있었다. 호흡이 불규칙해 가쁜 숨을 내쉬다 멈추기를 반복했다. 숨을 쉬는 것조차 힘겹게 느껴졌다.

차라리 이대로 숨이 멎어 버렸으면 좋겠다고 생각한 순간, 단휘가 검을 뻗으며 한 발로 땅을 박차고 날아올랐다.

"오호, 역시 폐하답게 기상이 남다르십니다. 저런 상황에서도 선공을 펼치시다니요? 큭큭."

손파영이 그녀를 조롱하듯 깐족거렸지만 이런 지경이 되고 보니 모욕감이나 수치심 따위도 들지 않았다. 손파영의 손에 놀아나며 저리 대치하고 있는 형제들이, 그럴 수밖에 없는 그들의 악연이 그저 안타깝고 비통할 뿐이었다.

"어느 쪽에 거시겠습니까? 먼저 선택하실 기회를 드리겠습니다."

손파영이 간살스럽게 말을 붙여 왔지만 그가 하는 말 따위는 아리의 귀에 들어오지도 않았다. 세 사람은 이미 쨍강거리는 날카로운 굉음을 내며 치열한 검합을 벌이고 있었다.

검이 오갈 때마다, 검에 베인 듯 단휘가 몸을 움찔할 때마다 아리는 사색이 된 채 벌벌 몸을 떨었다. 장왕과 황태제는 어려서부터 황태자인 단휘와 함께 쭉 무예 수련을 받아 오기는 하였으나 무예에 아주 뛰어난 재능이 있지는 않았다. 그러나 일대일의 대결이라면 혹 모를까, 회복되지도 않은 몸으로 혼자서 둘을 상대하는 것은 이야기가 전혀 달랐다.

단휘는 초장부터 수세에 몰리고 있었고, 얼마가 지나서는 멀리서 보아도 그의 부상이 이미 심각한 지경에 이르렀다는 사실을 알 수 있었다. 아리의 몸이 사시나무 떨리듯 떨려 왔다. 그런 아리의 모습에 손파영이 턱을 괸 채 안쓰럽다는 듯 히죽거렸다.

"저런, 쯧쯧. 제국의 황후께서 그리 담이 작으셔서야 되겠습니까. 고작 그 정도로 벌써 그리하시면 곤란하지요."

마치 가락을 흥얼거리듯 즐거운 투로 손파영이 말을 이었다.

"기회를 드려도 마다하시니 그럼 어디 제가 먼저 걸어 볼까요? 전 황제 폐하께서 이기는 쪽에 걸겠습니다. 물론 그럴 가능성은 희박해 보이긴 합니다만 인생이란 것이 그렇더군요. 끝까지 가 봐야 아는 것이지요. 혹시 또 누가 압니까? 우리 왕비 마마 덕에 아라하의 천신께서 도우실지? 하하!"

손파영은 한바탕 폭소를 터뜨리고는 다시 흥미진진한 얼굴로 형제들이 싸우는 마당으로 시선을 던졌다.

그때 마침 장왕 단흅이 황제의 옆구리를 베며 치명상을 입혔다. 단휘가 고통스러운 듯 몸을 웅크린 채 바닥을 구르자 아리가 벌떡 몸을 일으켰다. 그러나 다리가 결박되어 있어 그녀는 그만 중심을 잃고 바닥으로 고꾸라지고 말았다.

흙바닥에 엉망으로 나뒹굴며 결박을 풀기 위해 몸부림치는 아리의 모습에 손파영이 못 말린다는 듯 이마를 짚으며 고개를 내저었다.

"하아, 황후 마마께서 나서신다고 무슨 도움이 될 것 같습니까? 그저 제 옆에서 얌전히 구경이나 하십시오. 때가 되면 풀어 드릴 것이니."

야심 차게 계획한 진짜 유희는 아직 시작도 하지 않았다. 그 생각을 하니 아찔한 기대감에 몸이 떨릴 정도로 흥분이 밀려왔다.

손파영은 숨이 넘어가도록 끅끅거리며 웃음을 터뜨리고는 병사들에 의해 다시 제자리에 앉혀진 아리를 돌아보았다. 두려움과 안타까움으로 가득한, 처참하게 일그러진 그녀의 얼굴이 아주 마음에 들었다. 눈물과 흙먼지로 잔뜩 얼룩진 황후의 얼굴을 일별하며 손파영은 달빛처럼 곱고 나긋하게 웃었다.

"자, 마음껏 울어 두십시오. 아무래도 다음은 폐하의 차례가 될 것 같으니까요. 아, 제가 말씀드렸던가요? 내기의 조건 말입니다. 제가 폐하께 준비한 선물이 있습니다. 한데 마마의 도움이 꼭 필요합니다. 마마께서 그것에 협조해 주시는 것이 제 조건입니다. 아시겠지요?"

아리에게 의미 모를 말을 지껄인 손파영은 다시 마당으로 시선을 던졌다. 형제들의 결투는 그의 생각보다도 훨씬 시시하게 끝나 가고 있었다. 예상한 일이었기에 크게 실망스럽지는 않았다.

땅에 박아 넣은 검에 의지한 채 겨우 몸을 지탱하고 있는 단휘를 한참 물끄러미 쳐다보던 손파영은 이내 기지개를 켜고는 자리에서 몸을 일으켰다. 형제들이 나누는 대화 소리가 잘 들리지 않은 탓도 있었지만, 그보다는 아직은 황제의 숨이 끊어져서는 곤란한 탓이었다. 자신이 야심 차게 마련한 유희에는 황제의 역할이 아주 중요했으니까. 그가 빠지게 된다면 기껏 완벽하게 구상한 유희가 단박에 싱겁고 지루해질 터였다.

"자, 이제 드디어 기다리던 시간이 다가온 것 같군요. 제가 분명 풀어 드리겠다 말씀드렸지요? 이제 황후 마마께서 나서실 시간입니다. 무엇 하느냐! 마마의 결박을 풀어 드려라!"

"예, 주군!"

곁의 병사에게 그리 소리치는 사이, 장왕 단휼이 황제의 가슴 아래를 향해 검을 찔러 넣었다. 손파영이 아차 싶은 얼굴로 미간을 구겼다.

"하, 당장 죽이지는 말라 내 그리 일러두었거늘……!"

짜증스럽게 중얼거린 손파영이 잔뜩 인상을 구긴 채 곁의 수하들에게 눈짓하자 그들은 순식간에 검을 뽑아 들어 망연자실 서 있던 두 형제를 가차 없이 베어 버렸다.

참으로 허망하게 형제의 목이 날아갔다. 눈도 감지 못한 채로 바닥을 구르는 장왕의 얼굴을 발로 툭 차 옆으로 치워 버린 손파영이 불쾌하다는 듯 미간을 좁히며 고개를 들었다.

"네놈들은 당장 죽어도 상관없지만, 황제는 그리되면 곤란하단 말이다……."

그리 중얼거린 손파영의 시선이 결박이 풀리자마자 미친 사람처럼 정신없이 황제에게 달려가는 황후의 뒷모습을 좇아 느른히 움직였다. 형제들의 죽음 따위는 그녀의 안중에도 없어 보였다. 아니 더 자세히는 그들의 목이 그리 허망하게 잘려 나갔다는 사실조차 그녀는 아직 인지하지 못하고 있었다. 피식 웃은 손파영은 이내 앞쪽으로 휘적휘적 걸음을 내디뎠다.

마당 한복판의 상황은 더할 나위 없이 완벽했다. 아우들이 휘두른 검에 쓰러져 붉은 선혈을 흘리는 황제와, 그런 황제의 곁에 무너지듯 주저앉은 채 세상을 다 잃은 사람처럼 오열하는 황후…… 그리고 목이 잘려 나간 채 그런 두 사람의 뒤에서 차디차게 식어 가는 이복형제들까지…….

민가의 흔한 사연들도 그러할진대, 고결한 황가의 뒤틀린 가정사는 오죽이나 흥미로울까.

손파영은 팔짱을 낀 채 슬며시 고개를 기울였다. 숨을 헐떡거리는 황제의 옆구리에서 흐른 붉은 선혈이 마당의 흙을 붉게 적셔 가고 있었다. 황제는 끔찍한 고통에 신음조차 흘리지 못한 채 몸을 떨고 있었지만 다행히 숨은 붙어 있었다. 물론 저대로 방치해 둔다면 출혈로 인해 얼마 버티지 못할 테지만, 지금 같은 상태라면 남은 유희를 마저 함께할 시간 정도는 충분해 보였다. 손파영은 흐느껴 우는 아리의 곁을 스쳐 황제의 앞에 섰다.

"이런, 이런. 아직입니다, 폐하. 이리 서둘러 가 버리시면 곤란하지요. 제가 준비한 선물은 이제부터가 시작이란 말입니다."

옅은 숨을 힘겹게 내쉬는 황제를 측은하다는 듯 내려다보던 손파영이 이내 활짝 웃음을 머금으며 한껏 들뜬 얼굴로 곁의 병사에게 손짓했다. 그와 동시에 우람한 체구의 병사가 아리에게 다가가 그녀를 단휘에게서 우악스럽게 떼어 놓으며 바닥에 밀치듯 눕혔다.

긴장한 채 그들을 지켜보던 병사들의 얼굴이 경악으로 굳어졌다. 병사가 저지르려는 짓을 충분히 짐작한 탓이었다.

"자, 폐하께서 이리 홀로 살아남으셨으니 제가 내기에서 이긴 겁니다, 황후마마? 그러니 제 조건을 들어주셔야지요. 소신이 폐하를 위해 준비한 마지막 선물이니 마마께서도 기꺼이 일조를 해 주셨으면 합니다. 아울러 제 선물이 폐하의 마음에도 드셨으면 좋겠군요."

손파영이 말을 마치자마자 병사가 기다렸다는 듯 그녀를 향해 짐승처럼 달려들었다. 병사의 포악한 손길에 그녀의 저고리가 무지막지하게 찢겨져 나갔다. 속절없이 드러난 맨살 위로 내려앉는 겨울밤의 시린 공기보다도 더 끔찍한 과거의 악몽이 다시금 그녀를 무섭게 덮쳐 오고 있었다.

미약(媚藥)에 취한 병사의 흐리멍덩한 눈동자는 10년 전 황태자비궁에서 보았던 단유 황자의 광기 어린 눈동자와 닮아 있었다. 마당 뒤편에 도열해 서 있는 병사들의 모습 또한 그러했다. 이제는 황태자비가 아닌 황후가 되어 있을 뿐, 치욕을 당하며 처참히 바닥을 구르는 그녀의 모습 또한 마찬가지였다. 떨쳐 냈다고 생각한 과거의 악몽이 그대로 재현되고 있었다. 그날의 그 끔찍한 악몽이, 숨 막히게 그녀를 짓누르던 그 끝 모를 공포가 다시 생생히 뇌리에서 되살아나고 있었다.

아리는 새파랗게 질린 채 그대로 얼어붙어 버렸다. 병사의 우악스러운 손길에 순식간에 허리께까지 들추어 올려진 치맛자락 아래로 그녀의 하반신이 훤히 드러났다. 여체의 부드러운 허벅지를 옥죄듯 깔고 앉아 거친 숨을 헐떡거리던 병사가 그녀의 아찔한 가슴골에 얼굴을 처박고는 게걸스럽게 탐하기 시작했다. 뱀의 혓바닥 같은 끔찍한 살덩이가 그녀의 얼어붙은 몸 위를 끔찍하게 유린하고 있었다.

"……시, 싫어……! 싫…… 꺄악……!"

찢어질 듯한 비명 소리가 태건궁 앞마당을 날카롭게 울렸다. 그녀의 비명 소리에 단휘의 몸이 꿈틀거렸다. 웅크린 몸이 발작하듯 경기를 일으켰다. 앙상한 손가락이 남은 힘을 쥐어짜 내듯 처참히 바닥을 할퀴었다. 흙바닥을 움켜쥔 채 상체를 일으키려 안간힘을 쓰던 그가 이내 다시 바닥으로 고개를 처박듯 고꾸라졌다.

여태 숨이 붙어 있는 것도 용하다 싶을 정도로 치명적인 검상을 입은 그였다. 그러나 운이 좋다고 해야 할지 나쁘다고 해야 할지, 장왕과 황태제가 휘두른 검은 모두 단휘의 급소를 피해 들어갔다. 쏟아 낸 피의 양만으로도 위급한 상태임에는 분명했지만 당장에 숨이 끊어질 정도는 아니었다. 단휘의 상태를 다시금 확인한 손파영이 안도하듯 짧게 한숨을 내쉬고는 황제를 향해 몸을 숙이며 살갑게 말을 건넸다.

"폐하, 제 부친에 대해 누구보다도 잘 알고 계시지요? 청렴하고 검소하기 그지없는 분이셨지요. 그런 부친 덕에 저는 늘 형님들 것을 물려받으며 변변한 제 것 하나 갖지 못한 채 자랐습니다. 가신의 자식 놈들만도 못하게 말입니다. 무어 그렇다고 남의 것을 탐내 본 적은 없었습니다. 한데 언제부턴가 제 것에는 병적으로 집착을 하게 되더군요."

뜬금없는 이야기를 꺼낸 손파영이 아리를 겁탈하려는 병사를 잠시 멈추게 했다. 병사가 힘겹게 움직임을 멈추자 그녀가 하얗게 질린 얼굴로 튀어 오르듯 몸을 일으켜 들추어진 치맛자락을 다급히 잡아 내렸다. 가느다란 팔이 벌벌 떨리는 것이 육안으로 느껴질 정도로 그녀는 극심한 공포감에 사로잡힌 채 안쓰럽게 떨고 있었다. 그런 그녀와 그 곁에 쓰러진 채 힘겹게 숨을 몰아쉬는 황제를 잠시 딱한 얼굴로 내려다보던 손파영이 단휘 앞에 사붓이 몸을 앉히며 말을 이었다.

"어렸을 적에 작은형님께서 늙은 하인이 제게 만들어 준 목검을 빼앗아 가신 적이 있었지요. 제가 어떻게 했을 것 같습니까? 전 그날로 형님이 가장 아끼시는 것을 알아내 없애 버렸지요. 부친께서 형님의 생일에 선물하신 애마였습니다. 다음 날 파랗게 질린 형님의 얼굴을 보니 얼마나 기분이 통쾌하던지요. 아, 황후 마마께서도 기억하시지요? 그날 저와 눈이 마주쳤을 때 어찌나 환히 웃어 주시던지, 꼭 칭찬이라도 받은 듯해 자꾸만 웃음이 새어 나와서 아주 혼이 났습니다."

손파영은 그때를 회상하듯 눈을 가늘게 뜨며 웃었다. 당시 그답지 않게 많은 고민을 했었다. 저의 수족 외에 제 본성을 알아차린 상대를 그냥 두어도 되는 것인지. 그녀에 대한 기억이 계속 찝찝하게 남아 있었지만, 우려와는 달리 그날의 일에 대해 딱히 들려오는 소문은 없었다. 하여 손파영은 그날의 마주침을 그냥 넘어가 주기로 했다. 당시의 어린 그로서는 흑무문의 여식을 어찌해 볼 힘도 없었으니 기실 넘어가 준다기보다는 별도리 없이 포기한 셈이었다.

새삼스레 그때의 이야기를 꺼내는 것은 황후 때문이 아니었다. 손파영은 제 발치 아래 몸을 웅크리고 있는 황제를 조용히 내려다보았다. 창백한 뺨 위에 피로 범벅이 된 채 엉겨 붙어 있는 머리카락을 가만히 떼어 내 준 손파영은 살갑게 눈웃음을 지으며 나른하게 입을 뗐다.

"제 정혼녀가 폐하의 후궁이 된 것을 아십니까? 아마 모르실 테지요? 모두가 폐하 앞에서는 쉬쉬하였을 테니 모르실 만도 하지요. 무어 솔직히 말해 이것도 그저 가져다 붙인 핑계가 아니겠습니까? 정혼녀에게 애정 따위는 없었으니까요.

가져 보려 노력도 해 보았지만 도무지 그 감정을 모르겠더군요. 사람을 좋아한다는 것, 은애한다는 것…… 그저 제게는 뜬구름 잡는 소리 같기만 하더군요."

당시 그러한 풍문이 황궁에 나돌아 황후인 아리가 직접 나서 궁인들을 입단속했던 적이 있었다. 단휘가 그 같은 소문에 대해 알지 못하는 것은 아리가 직접 나서 빠르게 수습한 까닭이 컸다. 그 후궁의 정혼자가 손파영이었다는 사실은 교하성에 감금되었을 때 손파영에게 직접 들어 이미 알고 있었지만, 그와의 악연에 새삼 소름 끼치도록 치가 떨려 와 아리는 발작하듯 몸을 떨었다.

"애정은 없었지만 제 것을 빼앗기니 화가 치미는 건 어쩔 수가 없더군요. 폐하께서 가장 아끼시는 게 뭘까 생각을 해 봤습니다. 총애한다는 소문이 자자한 초혜 소의일까 싶어 은근히 떠보았더니, 황궁에서 오래도록 폐하를 모신 이들이 한결같이 아니라고 말하더군요. 하면 대체 뭘까……. 황위일까? 파안제국일까? 아니면…… 황후일까? 도무지 모르겠지 뭡니까. 하여 그 모든 것들을 다 망가뜨리기로 결심을 하였지요."

잠시 그때를 떠올리듯 골몰히 생각에 잠겨 있던 손파영이 이내 싱긋 웃으며 말을 이었다.

"모든 것이 너무도 쉽게 제 계획대로 흘러갔습니다. 한데 너무 순탄하기만 하니 지루해 못 견디겠더군요. 그리 지겨워하던 차에 문득 기막힌 생각이 떠오르지 뭡니까. 마침 황후 마마께서 행궁으로 돌아오셨다고 하니 두 분께 그날의 일을 재현해 드리면 어떨까 하고 말입니다."

10년 전 황궁에서 일어난 비극은 그날의 악몽을 영원히 덮어 두고만 싶었을 황제와 황후의 바람과는 달리 날개라도 달린 듯 황궁 담장을 훌쩍 넘어 멀리 멀리 퍼져 나갔다. 민가의 우매한 백성들이야 그 믿기 어려운 엄청난 이야기를 그저 경을 칠 뜬소문으로만 치부하고 넘어가는 것이 보통이었지만, 황실의 사정을 소상히 아는 이들은 그것이 소문이 아닌 진실임을 알고 있었다. 손파영도 물론 그중 하나였다.

"10년이 넘게 흘렀으니 이제는 희미해진 기억이실 겁니다. 그러니 소신이 충심을 다해서 그날의 추억을 떠올려 드릴까 합니다만? 어떻습니까, 폐하? 제가 마지막으로 준비한 선물이 마음에 드십니까? 큭, 하하하!"

손파영은 어깨까지 들썩이며 큰 소리로 웃음을 터뜨렸다. 주위는 소름 끼치도록 고요한 적막으로 가득 차 있었다. 그때, 광인처럼 웃어 젖히는 손파영의 곁으로 병사 하나가 다급히 달려왔다. 병사의 보고를 듣는 손파영의 눈이 잠시 크게 떠졌다가 곧 즐거운 듯 휘어졌다.

설유의 지원군이 당도하였다는 보고였다. 설유의 상장군이 직접 군을 인솔하여 왔다는 병사의 말이 이어지자 잠시 골똘히 눈썹을 쓸던 손파영이 쿡 하고 웃음을 터뜨리곤 못 말린다는 듯 고개를 저었다. 설유의 왕이 마음이 급하기는 급한 모양이었다.

"큭큭. 노인네, 똥줄이 탔나 보군."

"성문 밖에서 대기 중입니다. 주군, 어찌할까요?"

"어찌하긴. 어서 성문을 활짝 열어 드려라. 우리를 위해 대신 죽어 주실 분들이 아니냐? 크큭! 상장군을 극진히 모시거라! 알았느냐?"

"존명!"

지체 없이 달려가는 병사의 뒷모습을 만족스럽게 응시하는 손파영의 눈동자가 웃음기를 머금은 채 번뜩하고 빛났다. 당초 계획한 대로 설유의 지원군이 무탈히 합류하였으니 더는 신경 쓸 일도 마음 졸일 일도 남아 있지 않았다. 이제는 그저 느긋하게 때를 기다리는 일만 남았다.

모든 준비는 그렇게 완벽하게 끝나 있었다.

이제야 비로소, 진짜 유희가 시작되는 것이다.

## 29
# 격통의 시간Ⅱ

먼동이 터 오고 있었다. 소류는 어슴푸레 번지는 희미한 빛의 파장을 멍하니 응시하다 이내 미명 속에 아스라이 모습을 드러내는 황궁을 향해 조용히 시선을 던졌다.

곁에 묵묵히 서 있던 설유의 상장군이 그런 소류의 시선을 따라 황궁을 주시한 채 입을 열었다.

"전하. 소장이 선두에 서겠습니다. 위험을 배제할 수 없으니 전하께서는 앞으로 나서지 마십시오."

소류는 사내를 돌아보았다. 당초 예상한 것보다도 더 빠르게 황궁에 당도할 수 있었던 데는 동맹군을 독려하여 이끈 상장군의 노력이 컸다. 상장군은 아라하군과 합류한 이후부터 내내 동맹국에 대한 예우를 지키며 동맹군의 수장으로서의 소임을 다하기 위해 노력하고 있었다. 한평생을 전장에서 누빈 노장의 명예를 걸고 동맹에의 굳은 신의를 다 바쳐 올곧게 전투에 임하고자 하는 것이리라. 상장군의 그 같은 결의는 왕인 소류에게뿐만 아니라 병사들에게까지 진심으로 전해졌다. 그리고 그것은 병사들에게 큰 귀감이 되어 동맹군과 아라하군 모두의 사기와 투지를 한껏 올려 주고 있었다.

"장군께서 아무래도 수고를 해 주셔야겠소."

"수고라니요. 당치 않습니다. 소장은 그저 맡은 소임을 다할 뿐입니다."

"고맙소."

진심을 담아 감사를 전한 소류는 다시금 어둑한 황궁을 응시했다. 밤새 이어진 행군으로 흐트러졌던 대열을 정비한 지는 이미 오래였다. 성문 앞에 도착하여 설유의 지원군이 당도하였노라고 망루의 보초에게 알렸던 시각은 아직은 사위에 짙은 어둠이 깔려 있을 때였다. 저 성문 너머 황궁의 어디엔가 있을 손파영에게 한 치의 의심도 받지 않은 채 황궁에 순조롭게 입성해야만 한다. 당초 실패하리란 계산은 아예 배제해 두었을 만큼 자신이 있었지만, 그렇다고 전혀 초조하지 않은 건 아니었다. 은근히 조바심이 일 때쯤, 마침내 황궁의 허가가 떨어졌다.

"성문을 열어라! 설유군의 입성을 허가한다!"

어느새 동녘 하늘 끝으로 슬며시 솟아오른 태양이 찬연한 빛을 뿜어내고 있었다. 굳게 닫혔던 성문이 강하게 비추어 오는 서광에 밀려나듯 서서히 열리기 시작했다. 열린 문틈으로 절도 있게 도열해 선 병사들의 모습이 드러났다. 그들은 상기된 얼굴로 상장군을 향해 예를 갖추었다. 앞서 손파영에게 보내어진 설유의 군사들이었다.

"합하! 오시느라 고생 많으셨습니다. 모시게 되어 영광입니다!"

설유군의 환대를 받으며 상장군과 소류를 선두로 한 거대한 대열이 황궁 안으로 물밀듯이 밀려들어 갔다. 검은 물결이 파도치듯 성문을 빠르게 통과하며 마침내 제국의 중심부를 밟았다. 붉은 대지 위로 스며든 서광이 치열하게 미명을 몰아내고 있었다.

숱하게 제국을 드나들었지만 황궁에 입성하는 것은 이번이 단연코 처음이었다. 소류는 고고하게 제 자태를 뽐내고 서 있는 화려한 전각들을 건성으로 훑으며 빠르게 걸었다. 이곳이 제국의 중심임을 새삼 느끼게 해 줄 황궁의 웅장함이나 화려함에 눈길을 빼앗길 여유 따위가 지금의 그에게 있을 리 만무했다.

상장군의 뒤를 따라 큰 보폭으로 성큼성큼 내딛는 성마른 걸음만이 그가 지금 얼마나 조급해하고 있는지를 유일하게 대변해 주고 있었다.

설유의 지원군은 태현궁 옆에 위치한 시화호에 임시로 설치된 훈련장 주위로 이동했다. 병사들이 대열을 나누고 진영을 설치하는 사이, 설유의 상장군과 소류는 마중 나온 장수의 안내를 받아 휘하 일백의 군사들을 대동한 채 손파영이 있는 곳으로 향했다. 시화호에 남게 된 장수들은 소류로부터 하명받은 대로 각자의 책임 아래 있는 군사들을 언제라도 일으킬 수 있도록 만전을 기하고 있었다.

커다란 현판이 내걸린 화려한 전각을 빠르게 지나쳐 가며 소류는 그곳을 애써 덤덤히 눈에 담았다. 직접 와 본 것이 처음일 뿐 황궁의 구조는 눈을 감고서도 떠올려 낼 수 있을 만큼 수없이 외우고 또 외워 이미 그의 뇌리에 완벽하게 새겨져 있었다. 태현궁. 이곳이 파안의 황후가 쓰는 전각이라는 것을 모르려야 모를 수가 없었다. 미명이 걷힌 전각은 그 화려한 외관에도 불구하고 몹시도 황량하고 을씨년스러웠다. 일순 심장이 저릿하게 저며 왔다.

그녀는 무사할까…….

저의 곁으로 온전히 돌아오겠다던 그녀의 그 맹세를, 이리 혼란한 시국 속에서도 여전히 믿고 있는 그였다.

부디 천신께서 그녀의 그 맹세를 외면치 않으셨기를…….

설령 그분의 가호가 미처 닿지 못하였더라도, 부디 그대 버텨 내 주기를…….

태현궁의 후원을 지나자 높다란 돌담이 죽 이어졌다. 돌담을 따라 일렬로 절도 있게 늘어서 있는 보초병들을 보건대 손파영이 있는 곳에 거의 도착한 듯싶었다.

소류와 상장군을 이곳까지 안내한 장수의 지시대로 돌담 중앙의 널따란 목문 앞에 다다라 잠시 대기하자, 이윽고 입장을 허가한다는 외침 소리가 문 너머에서 쩌렁쩌렁하게 울렸다. 그와 동시에 굳게 닫혀 있던 목문이 활짝 열렸다.

열린 문틈 사이로 위엄차고 웅장한 황제의 전각이 모습을 드러냈다. 황제의 위용에 걸맞은 거대한 전각 못지않게 넓디넓은 앞마당엔 병사들이 빽빽이 도열해 있었다. 곳곳에 밝혀진 횃불은 서서히 사그라져 가는 미명 속에서 제 용도를 다하지 못한 채 그저 의미 없이 제 몸을 사르고 있을 뿐이었다.

"주군! 설유의 상장군이 도착했습니다!"

장수의 외침에 마당을 꽉꽉 메웠던 병사들이 일사불란하게 양 끝으로 물러서며 마당 중앙에 넓은 길이 만들어졌다. 답답하게 막혀 있던 시야가 그제야 훤히 트였다.

전방에서 50보쯤 떨어진 그곳. 참담하기 이를 데 없는 상황을 눈으로 먼저 확인하기도 전에 역한 피비린내가 바람을 타고 훅 끼쳐 왔다. 목이 잘려 나간 시신 두 구는 아무렇게나 내동댕이쳐진 채 바닥을 나뒹굴고 있었다. 물론 그것이 아리가 아니라는 것쯤은 금세 알아차릴 수 있었다. 그러나 그럼에도 심장을 날카롭게 베어 내며 격렬히 몰아치는 분노의 이유가 도대체 무엇에 기인한 것인지를 소류는 그 순간 짐작조차 할 수 없었다.

쿵쿵, 폭발할 듯 미친 듯이 뛰기 시작하는 심장의 박동에 전신이 떨려 왔다. 훤히 트인 마당 저편에 있는 손파영이 잠시 이쪽을 돌아보며 뭐라 소리치는 듯싶더니 다시 고개를 홱 돌려 한 곳을 뚫어지게 응시했다. 분노와 불안감에 꽉 깨문 입술 안쪽에서 비린 피 맛이 느껴졌다. 소류는 손파영의 시선을 따라 천천히 시선을 옮겼다.

발가벗겨진 채로 병사의 육중한 몸 아래 깔려 버둥거리는 여린 여체가 그의 시야에 들어왔다. 그리고 그 여체의 곁에선 한 사내가 한쪽 얼굴을 움켜쥔 채 고통스럽게 몸을 웅크리고 있었다.

"⋯⋯."

우려했던 것보다도 더 암담하고 처참한 모습에 심장이 굳어져 금이 가듯 가슴에 날카로운 통증이 일었다. 과거의 그 어느 날 그녀가 겪었을 끔찍한 악몽을 제 눈으로 직접 확인하게 되는 일은 생각보다도 더욱 비통하고 참담하게 그의 심장을 부수어 댔다.

이성을 잃어 눈이 뒤집힌다는 것이 어떤 지경인지를 이보다 더 처절히 깨달았던 적이 있던가. 그러나 동요한다면 일을 크게 그르치고 말리라.

살아 있음에도 외려 살아 있다는 게 더 혹독하다 여겨질 만큼 처참하기 그지없는 모습으로 유린당하는 두 사람을 핏대 선 두 눈으로 묵묵히 지켜보던 소류가 이윽고 곁에 선 궁수의 어깨를 향해 가만히 제 투박한 손을 뻗었다.

태건궁의 마당에서 벌어지고 있는 참사를 목도하고 있는 병사들은 처음에는 경악에 찬 얼굴로 눈살을 찌푸리다가, 얼마쯤 시간이 흐르자 서서히 그와는 상반된 반응을 보이기 시작했다. 눈알을 굴리며 흘끔거리는 병사들, 아예 까치발까지 든 채 넋을 놓고 쳐다보는 병사들까지……. 모든 것이 그날과 같았다.

황제는 바로 지척에서 유린당하는 황후를 지켜 주지도 못한 채 만신창이가 된 몸으로 바닥을 뒹굴고 있었다. 참혹하고 잔인하기 그지없는 광경이었으나 병사들은 가슴속 저 밑바닥 어딘가에 스멀스멀 피어오르는 미묘한 쾌감을 떨쳐 내지 못한 채 그런 자신들의 비인간성에 당혹해 하면서도 노골적인 시선을 차마 거두지 못했다. 인간의 본성이란 참으로 알 수 없는 것이 아니던가.

그런 병사들을 쓱 훑어보며 피식 웃은 손파영이 다시 황제를 응시했다. 바닥에 널브러진 채 바들바들 떠는 황제의 모습은 퍽 안쓰럽기 그지없었으나 자신이 준비한 유희는 이제부터 본격적으로 시작될 터였다.

"기분이 어떠십니까, 폐하? 어디, 10년 전으로 다시 돌아간 것 같은 기분이 드십니까? 즐거우십니까? 아니면…… 괴로우십니까?"

자신의 피로 흥건한 바닥을 손으로 짚으며 황제가 황후에게로 기어가려 안간힘을 썼다. 손파영은 잠시 그런 황제의 반응을 물끄러미 살피다 이내 병사를 향해 다시 고개를 끄덕여 보였다.

손파영의 고갯짓에 마치 기다렸다는 듯 단숨에 아리의 몸 위로 올라탄 병사가 그녀가 애써 잡아 내린 치맛자락이 성가셨는지 허리끈을 잡아 뜯을 듯이 끌러 내 치마를 완전히 벗겨 내고는 바닥으로 휙 내동댕이쳤다. 사색이 된 채 발버둥을 쳐 대는 그녀의 한쪽 다리를 깔고 앉듯 제 허벅지로 단단히 제압한 병사가 그녀의 다른 한쪽 다리를 한 손으로 잡아 들어 올렸다. 병사의 끔찍한 손아귀에서 벗어나려 필사적으로 몸부림치는 그녀의 눈물겨운 노력은 거구의 병사에게는 한낱 미약한 저항에 불과할 뿐이었다.

버둥거리는 그녀의 한쪽 다리를 마저 결박하듯 옆구리에 단단히 끼운 병사가 그제야 제 바지춤을 성마르게 끌어 내렸다. 탄탄히 올라붙은 성난 둔부가 욕정을 참기 힘든 듯 흉물스럽게 꿈틀거렸다. 딱딱하게 발기된 성기를 손에 쥔 채 게슴츠레하게 저를 내려다보는 병사를 보며 그녀가 경기를 일으키듯 새된 비명을 질러 댔다.

귓가를 찢을 듯 울리는 그녀의 날카로운 비명 소리에 단휘가 움찔 몸을 떨었다. 피로 범벅된 앙상한 손마디가 처절하게 흙바닥을 움켜쥐었다.

"……그만둬…… 제……발…… 그만…… 커헉……!"

바닥을 긁어 대며 아리에게 다가가려 안간힘을 쓰던 단휘가 울컥 피를 토해 내며 다시 풀썩 고꾸라졌다. 바닥에 처박았던 얼굴을 힘겹게 들자 불현듯 쨍강하는 쇳소리와 함께 무언가 번쩍하며 눈앞에 떨어졌다. 검푸르고 서늘한 무언가가 미명의 푸르스름한 새벽빛에 차갑게 빛났다.

"증명해 보십시오."

나긋한 음성으로 그리 툭 내뱉은 손파영이 단휘의 곁에 쭈그리고 앉아 바닥에 떨어진 단검을 집어 들었다. 단휘의 얼굴을 턱 끝에서부터 쭉 쓸고 올라간 예리한 칼날이 그의 한쪽 눈두덩 위에서 슬며시 멈추었다.

"진정으로 괴로우시다면…… 황후 마마가 저리되시는 것을 차마 두 번 다시는 그 두 눈에 담지 못하시겠다면, 어디 폐하의 그 진심을 제게 증명해 보십시오. 그 진심이 제게 통한다면 저도 다시 한번 생각이란 것을 해 보지요. 이대로 계속할지, 아니면 멈출지를."

그리 말하며 손파영은 고통스럽게 바닥을 움켜쥔 단휘의 손아귀 사이로 가만히 단검 자루를 밀어 넣고는 나긋이 웃었다. 자루 위에 포개지듯 힘없이 얹어진 단휘의 손이 애잔하게 꿈틀거렸다. 이제 와 무엇을 두려워하랴. 그녀를 위해 무언가 할 수 있는 게 남아 있다면 도리어 감사할 일이 아니던가. 앙상한 손마디가 칼자루를 쥐어 보려 안간힘을 썼다. 그러나 단검은 그의 손아귀 안에서 미끄러지기만 할 뿐 도통 잡히지를 않았다.

"폐하……! 저자의 말에 속지 마십시오. 제발 그리하지 마세요, 제발…… 폐하!"

비통함과 안타까움이 가득 실린 그녀의 외침 소리가 찰나 애처롭게 공기를 갈랐다. 온몸으로 발버둥 치던 것을 멈추고 체념하듯 몸을 늘어뜨리고 나서야 주위의 상황이 그녀의 의식을 두드려 깨웠다. 손파영이 단휘에게 하려는 짓을 뒤늦게 깨달은 그녀는 그의 잔악성에 다시 한번 치를 떨었다.

"폐하, 그리하셔도 저자는 절대 멈추지 않을 겁니다. 하오니 내려놓으셔요! 제발…… 꺄악……!"

단검을 쥐려 안간힘을 쓰는 단휘를 만류하며 고래고래 악을 써 대는데, 그 순간 병사가 그런 그녀의 두 다리를 잡아 벌리며 그녀의 몸 위로 제 육중한 몸을 덮쳐 왔다. 찢어질 듯한 비명 소리가 다시 한번 날카롭게 공기를 뒤흔들었다. 그리고 그 순간 거짓말처럼 단휘가 제 손아귀 안에 정확히 단검을 움켜쥐었다.

손아귀에 온 힘을 쏟아 내듯 핏기 없이 창백한 마른 손등 위로 불거진 핏줄이 애처롭게 꿈틀거렸다. 남아 있는 모든 생명을 간신히 쥐어짜 내듯 처절하고 절박한 그의 몸짓에 몇몇 병사들이 차마 못 보겠다는 듯 눈을 돌렸다. 칼자루를 바르쥔 그의 손이 덜덜 떨리고 있었다. 더없이 즐거운 얼굴로 그런 단휘를 지켜보던 손파영이 흥분되어 못 참겠다는 듯 벌떡 몸을 일으켰다.

"암요, 그리하셔야지요! 잘하셨습니다, 폐하! 참으로 잘하셨습니다! 크하핫!"

"……멈……춰…… 제발……."

단검을 가슴께까지 겨우 들어 올린 단휘가 금세라도 숨이 넘어갈 듯 거친 숨을 몰아쉬었다. 입 안 가득 피를 머금어 혀가 제멋대로 미끄러졌다. 헐떡이듯 잔기침을 토해 낸 그가 작은 소리로 웅얼거리듯 내뱉었다.

"……부탁……이다……. 황후……를…… 보내…… 줘……."

자꾸만 맥없이 풀리는 악력에 단휘는 단검을 놓치지 않으려 안간힘을 썼다. 그 진심이 하늘에 닿기라도 한 것일까. 무섭게 떨려 오던 손마디가 찰나 거짓말처럼 잠잠해졌다. 그와 동시에 기합처럼 짧게 혹 하고 토해 낸 거친 날숨과 함께 남은 힘을 짜내어 번쩍 치켜올린 단검이 이내 단휘의 눈두덩을 예리하게 파고들어 갔다.

"……커헉!"

말로 다 형용할 수 없을 만큼 끔찍하고 처참한 광경에, 그 모습을 지켜보던 병사들이 저도 모르게 눈을 질끈 감거나 움찔하며 고개를 돌렸다. 작은 비명조차 내지르지 못한 채 제 눈을 감싸 쥐며 부들부들 떨고 있는 황제의 모습은 처참하기 그지없었다.

"안 돼!…… 안 돼요…… 폐하…… 흑…… 폐하! ……아악! 아아아악……! 손파영 이 악귀 같은 놈! 천벌을 받을 놈! 용서 못 해! 절대 용서 못 해! 아아악……!"

아리는 고통스럽게 몸부림치며 절규했다. 심장이 멎어 버릴 듯한 불안감 속에서도 설마 하며 끝내 부정하려던 일이 기어코 벌어지고야 말았다. 도대체 왜, 어째서 그와 자신은 끝까지 이리 참담한 격통의 시간을 겪고야 마는 것일까. 그 악연이 치가 떨리도록 증오스러웠다. 인연 아닌 인연이 서글프고 서럽게 심장을 헤집고 난도질했다.

미친 듯이 악을 쓰며 발광하듯 몸부림치던 아리의 몸이 일순 힘없이 축 늘어졌다. 극심한 충격에 까무러친 그녀를 안쓰럽다는 듯 내려다보던 손파영이 짐짓 서운한 투로 말을 건넸다.

"이런, 황후 마마. 저와의 정리는 잊으신 겁니까? 시기로 치자면 폐하보다 저와의 인연이 먼저 아닙니까, 예? 하아, 이거 몹시 서운한데요?"

간드러지는 콧노래를 부르며 황후와 황제 주위를 어슬렁거리며 서성대던 손파영의 곁으로 병사 하나가 헐레벌떡 달려왔다.

"주군! 지원군이 모두 입성했습니다. 설유의 상장군이 중문 밖에서 알현을 청하고 있습니다. 어찌할까요?"

"어찌하긴. 당장 이리로 뫼셔라! 이 즐거운 유희를 혼자만 즐기는 것은 도리가 아니지 않느냐! 큭큭!"

손파영은 대꾸하며 괴소를 터뜨렸다. 이 얼마나 완벽한 유희인가! 그의 명령에 닫혀 있던 목문이 활짝 열렸다.

열린 문으로 설유의 상장군과 그의 군사들이 절도 있게 안으로 들어섰다. 마당을 가득 메웠던 병사들이 양옆으로 갈라지며 그 사이로 마당 뒤편에 있는 그들의 모습이 서서히 보이기 시작했다. 시각은 묘시를 훌쩍 넘겨 어느덧 미명이 밝아 오고 있었다. 흥분에 들뜬 두 눈동자가 사위를 물들이는 아침 해처럼 더욱 짙어진 광기로 번뜩였다.

"상장군, 환영하오! 먼 길 달려와 주신 그 노고에 내 작은 선물을 준비하였으니, 사양치 말고 함께 즐겨 주시길 바라겠소! 큭큭, 하하하!"

군사들의 선두에 선 풍채 좋은 사내, 아마도 그가 설유의 그 이름난 상장군 해수이리라. 마침맞게도 이런 순간에 꼭 맞추어 당도한 것을 보면 저치 역시 즐길 자격이 충분한 것이 아니겠나. 손파영은 픽 웃고는 마치 그런 제 호의에 감사하라는 듯 어깨를 쭉 편 채 사내를 향해 호탕하게 웃음을 터뜨렸다. 그러고는 이내 성마르게 몸을 휙 돌려세웠다. 희열로 들떠 마음이 조급해져 더는 여유를 부릴 짬이 남아 있지 않은 탓이었다.

"자, 관객이 늘었으니 다시 시작해 볼까요, 황후 마마? 우리 순진하신 황제 폐하께서는 차마 두 눈 뜨고 보시기 힘드실 듯하여 제가 배려해 드린 것이니 소신의 지극한 충정을 부디 헤아려 주시기를. 아울러 폐하께서도 제 선물을 마지막까지 기꺼이 즐겨 주신다면 소신 더할 나위 없이 기쁠 듯싶군요."

생글거리며 말하던 손파영이 이내 단휘를 내려다보며 측은하다는 듯 미간을 찌푸리더니 고개를 설레설레 내저었다. 벌벌 떨리는 손으로 제 눈두덩을 파고

들어 간 단검을 뽑아낸 단휘가 발작하듯 몸을 떨었다. 아직도 더 흘릴 피가 남았는지 깊게 팬 눈두덩에서 붉디붉은 선혈이 흘러나오고 있었다. 그런 단휘를 보며 짐짓 딱하다는 듯 시선을 거둔 손파영이 혼절한 아리를 향해 대뜸 소리쳤다.

"황후 마마! 그만 정신을 차리셔야지요? 폐하께서 누구 때문에 저리되셨는데 마마 혼자만 이리 평온하시면 어찌합니까? 저렇게 가시면 어디 억울하셔서 눈이나 감으시겠습니까? 마마? 황후 마마! 어서 깨어나 폐하를 보시란 말입니다!"

손파영이 고래고래 고함을 치자, 마치 그의 말을 알아듣기라도 한 듯 그녀의 눈이 스르륵 떠졌다. 풀어진 동공 위로 검은 그림자가 내려앉았다. 여전히 그녀의 몸 위에 올라탄 채 육중하게 내리누르는 거구의 병사가 약에 취한 듯 흐리멍덩한 눈동자로 그녀를 내려다보고 있었다.

왜 이리 가슴이 저며 오는 것인지, 조금 전 무슨 일이 벌어진 것인지를 생각할 겨를도 없이, 그녀는 여린 살에 와 닿는 끔찍한 감각에 몸서리를 치며 달아나려 발버둥을 쳐 댔다.

필사적으로 저항하는 여린 여체를 제 몸 아래 단단히 가둔 채 병사가 기어이 그녀를 범하려 할 때였다.

……픽!

고막을 울리는 소름 끼치는 파열음과 함께 찰나 미동 없이 굳어 버린 병사의 몸이 돌연 옆으로 기우뚱 기울어졌다. 침몰하듯 무너지는 병사의 머리끝으로 붉은 궁깃이 언뜻 시야에 스쳤다. 병사의 관자놀이에 정확히 꽂혀 들어간 화살이 거구가 쓰러진 반동에 일순 파르르 제 몸을 떨었다.

"……!"

계획에 없었던, 전혀 예상치 못한 상황에 손파영이 눈을 치켜뜬 채 경악한 얼굴로 화살이 날아온 방향을 망연자실 돌아보았다. 다시금 이쪽을 겨누어 활시위를 당기는 것을 목격한 수하들이 그의 앞을 에워싸며 다급히 소리쳤다.

"주군! 피하십시오! 함정에 빠진 듯싶습니다. 설유가 배신을 한 모양입니다."

"배신……? 설유가 어째서…… 설유의 왕이 어찌 감히 나를……!"

이해할 수 없었다. 그가 저를 배신할 하등의 이유가 없었다. 그와 자신은 처음부터 서로 간에 이해득실이 기막히게 맞아떨어졌었고, 시국 또한 자신이 계획한 바대로 차근차근 흘러가고 있었기에 그가 저와의 계약을 거스를 까닭이 없었다. 그런데 배신이라니, 정말이지 납득이 가지도, 납득하고 싶지도 않은 기가 찬 상황인 것이다.

"우선은 몸부터 피하셔야 합니다! 서두르시지 않으면 위험합니다!"

"말도 안 돼! 제길! 아율타난! 이 간사한 놈 같으니! 시시덕거리며 내게 붙을 땐 언제고 감히 날 배신해? 이 악렬한 놈! 천하에 막돼먹은 놈 같으니! 육시를 할 놈! 독살 맞아 뒈질 놈!"

분에 못 이겨 씩씩대며 한 차례 바락바락 욕설을 퍼부어 대고 나서야 겨우 냉정을 되찾은 손파영은 수하들의 호위를 받으며 서둘러 피신했다.

바닥에 널브러진 황제와 황후를 스치듯 일별하는 그의 얼굴은 아쉬움으로 가득 차 있었다. 이제 한참 즐거워지려던 차에 생각지도 못한 방해꾼이라니! 미간을 찌푸린 채 둘을 아쉽다는 듯 쳐다보던 그가 입맛을 다시며 짜증스럽게 한숨을 내쉬었다. 그러고는 이내 별수 없다는 듯 미련 없이 시선을 거두고는 바람처럼 그곳을 벗어났다.

아리를 겁탈하려던 병사의 머리에 날아가 꽂힌 화살을 신호로 설유군의 선제공격이 시작되었다. 한때 지원군이라 믿어 의심치 않았던 그들이 창칼을 겨누며 우르르 밀려들어 오자 예기치 못한 공격에 당황한 황궁의 병사들은 선뜻 맞서 싸울 생각조차 하지 못하고 있었다.

"적…… 적이다! 적군을 공격하라!"

어찌 된 상황인지조차 판단하지 못한 채 경악한 얼굴로 우왕좌왕하던 병사들을 향해 장수가 그리 외치고 나서야 그들은 뒤늦게 허둥지둥 공격을 개시했다.

설유군과 황실 군사들이 한데 뒤엉키며 태건궁 앞마당은 순식간에 아수라장으로 변해 버렸다. 황궁의 병사들은 누구를 위하여, 무엇을 위하여 싸우는지도 모른 채 오로지 제 목숨을 보존하기 위해 필사적으로 창칼을 휘두르고 있었다.

한때 그곳의 주인이었던 사내를, 그리고 그의 지어미이자 황실의 안주인이었던 여인을 신경 쓰는 사람은 아무도 없었다. 한쪽 눈을 잃은 채 죽어 가는 황제도, 그의 곁에서 울부짖는 황후도, 그곳에서 사투를 벌이고 있는 이들 가운데 그 누구의 관심도 끌지 못했다.

"폐하……."

아리가 힘겹게 차가운 흙바닥을 기어 단휘에게 다가갔다. 더는 찢길 심장이 남아 있지 않은 듯한데도, 끔찍한 격통이 가슴속을 끝없이 난도질한다.

결국 이런 것이…… 당신과의 끝인 걸까…….

"폐하…… 어찌 그리하셨습니까……. 그저 모른 체하시지…… 어찌 그러셨어요……. 폐하…… 흑…… 폐하……."

그리 서글피 내뱉으며 아리는 피가 홍건한 그의 옆구리 위에 다급히 제 손을 올려놓았다. 손바닥으로 느껴지는 따스한 체온에 순간 울컥 눈물이 치솟아 올라 시야를 방해했다. 서럽게 눈물을 쏟아 내는 그녀의 귓가에 꺼질 듯 미약한 음성이 들려왔다.

"……지켜…… 주……고…… 싶었……어……."

눈물인지 핏물인지 모를 것들이 그의 창백한 뺨을 타고 붉게 흘러내렸다. 힘겹게 말을 내뱉는 입술은 새붉은 피로 물들어 있었다.

"……너무…… 무력해서…… 죽……도록…… 못나서…… 그대……를…… 지키지…… 못하였다……. 그때도…… 지금……도……."

그가 말을 할 때마다 그의 입 안에서 붉은 피가 울컥 흘러나왔다. 고통과 회한으로 일그러진 그의 얼굴은 파리하게 질려 핏기조차 찾아볼 수가 없었다.

"……부디…… 용……서……하길……."

마치 이 순간이 마지막인 듯 성한 한쪽 눈으로나마 그녀의 모습을 담으려 애쓰던 그가 더는 힘에 부치는지 스르르 눈을 감았다.

"……진……아리…… 나의 황후…… 나…… 주……단휘의…… 아내…… 은애해…… 마지……않는…… 나의…… 컥……!"

"폐하! 폐하……!"

경련하듯 몸을 떠는 그를 불안하게 지켜보는 아리의 얼굴이 이내 두려움으로 사색이 되어 갔다. 그의 죽음에 대해 단 한 번도 생각해 본 적이 없었다. 물론 그를 원망하고 증오하여 그의 심장에 제 손으로 직접 비수를 찔러 넣고 싶었던 적도 부지기수였지만, 그의 죽음을 진심으로 진지하게 떠올려 본 적은 단 한 순간도 없었다. 그가 이 세상에서 사라진다는 것이 그녀에게 진정 어떤 의미일지를, 제대로 느끼고 대비할 시간이 그녀에게는 조금도 주어지지 않았었다.

그렇기에 지금은 받아들일 수 없었다. 이대로 그를 보낼 수는 없었다. 아직은 그를 떠나보낼 아무런 준비도 되어 있지 않았다. 아리는 이를 악물며 붉은 피로 축축하게 젖어 든 용포를 힘껏 틀어쥐었다.

"폐하! 폐하……! 눈을 뜨십시오. 당장 눈을 뜨셔요! 이리 가 버리시면 죽어서도 용서해 드리지 않을 것입니다! 어서 일어나십시오, 폐하……! 어서요…… 제발…… 흑흑, 폐하……!"

가없는 슬픔과 통한의 눈물이 서럽게 북받쳐 올랐다. 맹세코 이런 끝을 바란 것이 아니었다. 미워하고 혐오해 온 시간이 하 길었어도, 증오와 원망이 씻어 낼 수 없으리만치 하 깊었어도 그의 끝이 이리 참담하기를 바란 적은 결단코 단 한 순간도 없었다.

어째서 신은 기어이 그와의 끝마저 이토록 고통스럽고 참혹하게 만드시는가. 어째서 신은 그와 저에게만큼은 이리도 너그럽지 않으신 걸까. 어째서 조금의 자비도 없으신 것일까.

정말로 신이 존재해 지금 그와 저를 굽어보고 계신다면 부디 이 절규를 들어 주시기를…….

부디 그와 저를 더는 외면하지 마시기를……!

부디 그를 저대로 버려두지는 말아 주시기를…… 부디……!

차가운 흙바닥 위에 주저앉은 채 간절히 비는 아리의 얼굴에는 절박함보다는 체념의 빛이 더 짙게 어려 있었다. 주위가 소란했지만 아무것도 눈에 들어오지 않았다. 아무것도 의식할 수 없었다. 지척 어딘가에 떨어져 있을 옷가지를 주워 들 생각조차 하지 못한 채 아리는 차가운 바닥 위에 쓰러져 있던 단휘를 맨몸으로 절박하게 끌어안았다.

두려움에 파랗게 질린 얼굴로 피가 솟구쳐 흐르는 그의 옆구리의 상처를 필사적으로 누르고 있는 그녀의 손이 덜덜 떨렸다. 의식이 꺼져 가는 듯 그는 더 이상 아무런 말도 잇지 못한 채 미동조차 하지 않고 있었다. 꺼질 듯 미약한 숨소리만이 금세라도 끊어질 듯 간헐적으로 이어지고 있을 뿐이었다. 무너질 듯한 몸을 지탱하려 힘겹게 짚은 흙바닥의 차디찬 감촉이 서러운 가슴으로 시리게 스며들었다.

"폐하…… 눈을 떠 보십시오……. 어찌 이런 곳에서 잠들려 하십니까…… 폐하…… 어서 눈을 떠 보셔요……. 제발…… 흑…… 폐하……."

아리의 얼굴이 비탄과 절망으로 고통스럽게 일그러졌다. 아무리 애원하고 울부짖어 보아도 신은 끝내 제 존재를 증명치 않으리라. 격통의 시간 속을 헤쳐 오는 내내 그러했듯이…….

아리는 단휘의 얼굴로 가만히 손을 가져갔다. 파인 왼쪽 눈 위를 조심스럽게 쓸어내리는 그녀의 일그러진 얼굴에 깊은 슬픔과 안타까운 회한이 가득 차올랐다. 붉어진 두 눈에서 눈물이 하염없이 흘러나왔다. 온몸으로 울부짖듯 가녀린 몸이 안쓰럽게 떨렸다. 겨울의 혹독한 바람이 그런 그녀를 잔인하게 할퀴고 지나갔다. 아리는 마치 단휘를 제 몸으로 덮어 주듯 가만히 그의 몸 위에 제 몸을 포갰다.

함께 지나온 모든 날들 동안 뜨겁게 경애하고 또한 사무치도록 경멸하였던 당신…….

당신과 나를 지독히 옭아매던 그 모든 연(緣)으로 바라건대, 부디 이 생에서의 당신의 마지막이 춥지 않기를……

그녀의 눈가를 타고 흐른 뜨거운 눈물이 그의 뺨 위로 서럽게 떨어져 내렸다. 아리는 지친 듯 눈을 감았다. 칼날 같은 바람이 그녀의 의식을 어디론가 실어 보내려는 듯 쉴 새 없이 불어닥쳤다. 혹독한 추위가 이미 얼어 버린 그녀의 몸을 매섭게 덮쳐 왔다.

젖은 속눈썹 끝으로 스미듯 흐른 눈물이 그의 붉어진 용포를 투명하게 적셔 갔다. 너무 지친 걸까. 살을 에는 듯한 추위도, 심장을 짓이기는 듯한 고통도 더는 느껴지지 않는다. 불어닥치는 칼바람을 맞으면서도 서서히 참을 수 없는 졸음이 밀려왔다.

감았던 눈을 슬며시 떴다가 다시 눈꺼풀을 내리까는데, 혹한에 움츠러든 앙상한 등 위로 옷자락의 감촉이 서걱거리며 내려앉았다. 그와 동시에 축 늘어진 그녀의 몸이 허공으로 번쩍 들어 올려졌다.

"……아……!"

억센 손이 그녀를 번쩍 들어 올려 품 안에서 뒤집듯 돌려 안자 한순간에 하늘과 땅이 뒤집혔다. 그와 동시에 풀어진 동공으로 햇살이 들이쳤다.

아리는 눈이 부셔 인상을 찡그린 채 앞을 보려 애를 써 보다가 이내 그만두었다. 세상에는 눈으로 보지 않고도 느낄 수 있는 것들이 분명히 존재한다. 그 사실이 이 순간 서글픈 위안으로 다가왔다.

햇살을 등진 채 저를 안아 든 사내의 단단한 팔 위로 천둥처럼 뛰는 맥박이 고스란히 느껴지는 듯했다. 거친 숨을 억누른 너른 품의 희미한 떨림이 생생하게 전해져 오고 있었다.

어째서 몸이 먼저 알아채고야 마는 것일까. 어째서 온몸의 모든 감각이 깨어나 지금 저를 안은 사내가 그라는 것을 이리 극렬히 알려 주고 있는 것일까.

"……소……류……?"

옅은 숨을 내쉬며 꺼질 듯한 목소리로 조용히 그의 이름을 부르자, 그가 대답하는 대신 탄식 같은 한숨과 함께 그녀를 제 품 안으로 바짝 당기며 으스러질 듯 끌어안았다. 메마른 입술을 타고 힘겹게 갈라져 나온 목소리는 겨우 쥐어짠 듯 잔뜩 억눌려 있었다.

"……아리……."

무너져 내리듯 힘겹게 그녀의 이름을 뱉어 내는 비통한 목소리가 미처 억누르지 못한 떨림으로 가득했다.

그만은 결코 몰랐으면 했던 그런 일들을, 끔찍하고 참담하기 이를 데 없었던 그 순간들을…… 그는 기어이 보고야 말아 버린 걸까.

"……잊어……."

거친 호흡을 토해 내는 그의 너른 가슴이 불규칙적으로 오르내리고 있었다. 저를 안은 팔이 걷잡을 수 없이 떨려 왔다.

"……잊어…… 제발……."

그가 애원하듯 간절히 속삭였다. 자신의 고통은 이를 악문 채 삼키며 그녀를 위로하고 있는 것이다. 그가 받은 충격은 아무것도 아니라는 듯이, 그로 인한 그의 고통들은 아무래도 괜찮다는 듯이……. 놓치면 사라지기라도 할 것처럼 그녀를 품 안에 으스러질 듯 꽉 끌어안은 채로 그는 절박하게 애원하며 사정하고 있었다. 제발, 잊으라고…… 잊어 달라고…….

고작 나 따위가 무엇이라고……. 티끌처럼 홀연히 사라져 버린대도 그만일 내가, 태산 같은 당신 앞에서 대체 무엇이 될 수 있다고…….

지고지순한 그의 진정에 가슴이 미어지듯 아려 왔다. 그의 얼굴을 보고 싶은데 그의 등 뒤에서 쏟아지는 아침 햇살에 눈이 부셔 제대로 눈을 뜰 수조차 없었다. 차라리 다행한 일이다. 저로 인해 가슴 아파하는 그를 보는 것은 견딜 수 없는 또 다른 고통일 테니까. 저로 인해 무너지고 있을 그의 얼굴을 지금만큼은 마주 볼 자신이 없었다.

괜찮다고…… 나는 아무렇지 않다고…… 그를 안심시켜 주고 싶지만 작은 미소를 떠올려 낼 여력조차 남아 있지 않았다. 몰아닥치는 혹한과 심장이 찢기는 듯한 격통을 더는 버텨 낼 재간이 없었다.

격통 끝에 지독하게 덮쳐 오는 짙은 장막을 끝내 거둬 내지 못한 그녀가 힘겹게 치뜨고 있던 눈꺼풀을 스르르 내리깔며 의식을 놓아 버렸다. 이내 그녀의 고개가 힘없이 떨어졌다. 축 늘어진 가는 팔이 허공에서 애처롭게 흔들렸다.

"전하…… 괜찮으십니까."

친위대장 무흔이 소류의 안색을 살피며 염려스럽게 물어 왔다. 터질 듯한 분노를 가까스로 억누른 채 피와 눈물로 얼룩진 참담한 얼굴을 침통히 내려다보던 소류가 그녀를 한쪽 어깨에 조심히 둘러멨다.

폭주하듯 끝없이 요동치는 들끓는 심장을 달래려 부단히도 애를 쓰며 소류는 냉정히 표정을 갈무리했다. 주체할 수 없는 분노에 온몸이 떨려 왔지만 지금은 필히 억눌러야만 하리라. 그녀를 이 아수라장에서 무사히 구해 낸 연후에, 참고 참았던 그 모든 분노들을 터뜨려도 늦지 않을 것이다. 그는 밭은 숨을 고르며 그녀를 들고 있는 팔에 힘을 주었다.

의도치는 않았으나 의식조차 하지 않았다면 거짓일 터였다. 냉랭히 내리깐 시선이 종내에는 제 발아래 쓰려져 있는 꽤 낯익은 얼굴의 사내에게로 가닿았다. 본래는 찬연한 황금빛이었을 사내의 용포는, 그가 흘린 피로 붉게 물든 채 넝마처럼 처참히 찢겨 있었다.

소류는 메마른 입술을 지그시 깨물었다. 생각 같아서는 당장이라도 사내를 도륙 내 버리고 싶지만 차마 그리할 수가 없다. 그를 온몸으로 감싸며 지키려 했던 그녀의 진정을 저의 두 눈으로 똑똑히 보았지 않나. 오늘 이후로 평생을 그녀에게 지울 수 없는 상처로 남게 될 사내를, 이자로 인해 또 그렇게 평생토록 아파할 그녀를, 어떻게도 떼어 놓을 수 없는 그 둘의 관계를 소류는 결국 쓰디쓰게 인정할 수밖에 없었다.

잔뜩 메말라 터져 나간 입술이 저를 비웃듯 사납게 비틀렸다. 그저 물러 터진 마음 때문이라면 차라리 나을지도 몰랐다. 가슴 한편으로 지독한 패배감이 씁쓸하게 번져 나갔다.

"아직 숨이 붙어 있습니다. 어찌할까요, 전하."

곁에 선 무흔이 조심스레 물어 왔다. 더 이상 망설이는 것은 기실 시간 낭비에 지나지 않을 터였다. 자조 섞인 한숨이 묵직하게 새어 나왔다.

"……함께…… 데려간다."

"존명!"

소류의 명령에 친위대원이 바닥에 쓰러진 단휘를 번쩍 들어 어깨에 둘러멨다. 나란히 어깨에 둘러메진 두 사람을 번갈아 일별한 소류가 이내 시선을 거두고는 성큼 걸음을 뗐다.

황급히 그런 저를 앞서가며 길을 트는 친위대장 무흔의 등 뒤에 시선을 고정한 소류는 제 어깨 위에 축 늘어져 힘없이 흔들리는 그녀를 단단히 붙들었다. 팔 안에 와 닿는 여린 체온은 서글프도록 희미한 온기를 품고 있었다. 문득 가슴속에서 뜨거운 것이 울컥 치밀어 올라 소류는 가만 숨을 멈추었다가 길게 내뱉었다.

한때는 그런 꿈을 꾸기도 했었다. 저와 그녀를 닮은 아이들을 낳고, 그 아이들이 커 가는 것을 지켜보며 함께 늙어 가는 소박하고 평범한 일상을……. 소박하고 평범하기에 오히려 아득히 멀게만 느껴지는 그런 꿈을…….

여인으로서 마땅히 누려야 할 그 소소한 꿈조차 차마 제 것이라 여기지 못한 채 살아갈 그녀가 안쓰럽고 애처로워 가슴이 저며 왔다.

"전하. 동문까지 길을 트겠습니다. 지척이라 수월히 닿을 것입니다. 하오니 심려치 마십시오."

저를 안심시키는 무흔의 목소리 속에 깃든 미미한 불안감을 다른 사람도 아닌 그가 놓칠 리 없었다. 소류는 정신을 다잡듯 입을 악다문 채 전방을 노려보았다. 어쭙잖은 감상 따위에 젖어 들 때가 아니었다. 그는 활화산처럼 타오르는 감정들을 뒤로한 채 대검을 고쳐 쥐었다. 그녀와 자신의, 그리고 친위대의, 나아가 아라하 부족 전체의 사활이 걸린 절체절명의 순간이었다.

설유의 상장군과 병사들은 태건궁의 황실 군사들을 진압하는 데 온 힘을 쏟아붓고 있었다. 그들이 사투를 벌이는 동안 소류와 친위대는 아리와 단휘를 데리고 서둘러 동문을 향해 내달렸다.

이미 동문까지의 퇴로는 확보되어 있었다. 방해물이 끼어들지만 않는다면 이곳에서 동문까지는 일각이면 충분했다. 손파영의 군대가 황궁을 차지한 이후로 쭉 동문을 지키고 있었던 것은 설유의 왕이 일전 그에게 지원군으로 보낸 설유의 군사들이었다. 그들과 접촉하여 새로운 왕명을 전달하고 퇴로로 쓰일 동문을 사수하라고 이미 상장군의 군사들에게 지시해 둔 터였다.

태건궁을 벗어나자마자 저 멀리 동문의 견고한 자태가 시야에 들어왔다. 아리를 어깨에 둘러멘 소류와 단휘를 맡은 친위대원의 앞뒤를 나머지 대원들이 바짝 붙어 호위한 채 동문을 향해 서둘러 퇴로를 밟아 나갔다.

동문 주변은 고요한 적막으로 가득 차 있었다. 예상보다도 수월하게 황궁을 벗어날 수 있으리라 얼마쯤 마음을 놓으며 마침내 동문 앞에 거의 다다랐을 때였다.

"저쪽이다! 저쪽에 그자가 있다! 황제와 황후가 도망친다!"

"동문이다! 동문을 막아라!"

방해물이 아예 없을 것이란 기대는 하지 않았지만 동문을 단 몇 보 앞에 남겨 둔 지점에 이르러 부리나케 들이닥친 손파영의 군사들이 후미에서 저돌적으로 돌진해 들어왔다. 동문의 궁수들이 그들을 저지하려 활을 쏘아 댔지만, 손파영의 군사들은 화살비를 뚫으며 거세게 공격해 왔다. 아리를 어깨에 둘러멘 채로 대검을 든 한 손만 이용해 적들을 상대하는 것은 명백히 무리가 따르는 일이었다.

쉬익—!

공기를 찢는 날카로운 소리와 함께 예리한 창끝이 소류를, 정확히는 그의 왼쪽 어깨에 늘어진 아리를 향해 매섭게 날아들었다. 소류는 그녀를 붙든 팔에 힘을 가하며 재빨리 몸을 틀었다. 서슬 퍼런 창끝이 그의 반대편 어깨를 찢으며 허공에 날카롭게 꽂혔다.

"전하!"

왕의 부상에 친위대가 그를 엄호하며 바짝 간격을 좁혀 왔다. 소류의 얼굴에 난색이 떠올랐다. 이리 붙어 있으면 움직임이 수월치 않아 공격이 힘들어질 터였다. 친위대가 저를 엄호하지 않는다면 저뿐 아니라 그녀의 생사 또한 위험해질 것이 자명했지만 친위대를 방패막이로 희생시킬 수는 없었다. 그들의 희생으로 저와 그녀가 무사하리라는 보장 따위는 어디에도 없었으니까.

소류는 동문의 성벽 위를 흘끗 일별했다. 동문의 출입문까지는 고작 스무 보쯤이 남아 있을 뿐이었다. 성벽에 늘어선 궁수들의 사정거리 안에 들어와 있다는 사실이 그나마 작은 희망으로 다가왔다. 수차례 겪어 본 바 결코 소문처럼 녹록한 위인이 아닌 설유의 왕 아율타난이 아마도 온 힘을 기울여 훈련시켰을 그의 병사들을 믿어 보는 수밖에는 달리 방법이 없었다.

"엄호를 풀어라! 나아가 죽을 각오로 싸워라! 나 또한 그럴 것이다!"

소류는 포효하듯 외치고는 쏜살같이 병사들을 치고 나갔다. 달려드는 적들을 가차 없이 베어 버리는 그의 뒤에 포진한 친위대가 지엄한 왕의 명령을 받들어 엄호를 푼 채 필사의 공격을 펼쳤다. 몰려오는 적들의 허리를 끊듯 거센 화살비가 저 너머로 시커멓게 쏟아지고 있었다.

"하잇!"

소류는 수없이 날아드는 검과 창을 민첩하게 쳐 내며 무시무시한 기세로 대검을 휘둘렀다. 가히 압도적인 그 가공할 위력에 맞닥뜨린 병사들이 움찔하며 물러서다 이어진 공격에 분수처럼 피를 흘리며 바닥으로 내리꽂혔다. 발아래 병사들의 시신이 쌓여 갔다. 팔다리가 잘린 채 고통에 울부짖는 병사들을 짓밟아 넘으며 그들은 조금씩 동문과의 거리를 좁혀 갔다.

물밀듯이 달려드는 적들을 베어 나가며 한 발 한 발 동문을 향해 퇴각하는 동안 어느새 동문까지의 거리는 반으로 좁혀져 있었다. 어느덧 머리 위에서 궁수들의 화살이 장렬히 쏟아져 내리고 있었다.

"저놈들을 막아라! 몇 놈이나 된다고 저걸 막지 못하는 것이냐! 저놈들이 여기 빠져나간다면 네놈들 모두를 살려 두지 않을 것이다! 죽을힘을 다해 막아라! 당장 저놈들을 막아!"

소식을 듣고 달려온 손파영이 궁수의 사정거리 밖에 멈춰 선 채 발을 동동 구르며 잔뜩 분개하여 바락바락 악을 써 댔다. 그가 곁의 수하에게 뭐라 지시를 내리자 잠시 자리를 뜬 사내가 곧 활을 대령한 채 돌아왔다. 손파영이 성마르게 손을 내뻗자 사내가 서둘러 그에게 활을 건넸다. 그러자 손파영이 화살을 활시위에 걸고는 비릿하게 웃었다.

"활은 네놈만 다룰 줄 아느냐! 어디 두고 보자. 네놈이 내 화살을 얼마나 잘 피하는지! 크하핫!"

그리 이죽거리며 손파영은 활시위를 힘껏 잡아당겼다. 시위를 떠난 화살이 소류를 향해 맹렬히 날아들었다.

"윽……!"

"……전하!"

사색이 되어 황급히 제게 달려오는 무흔을 저지한 소류가 이를 악문 채 미간을 찌푸렸다. 왼팔에 날아와 박힌 화살은 다행히 그녀에게는 조금의 상해도 가하지 못했지만, 아마 조금만 빗나갔다면 분명 그녀는 무사치 못하였을 것이다. 심장을 쓸어내린 것과 동시에 걷잡을 수 없는 분노가 솟구쳐 올랐다.

반드시 도륙을 내고야 말리라. 살가죽을 벗겨 내어 뼈마디 하나 남김없이 무참히 도륙 내 짓밟아 주리라.

시야를 방해하는 화살대를 검으로 쳐 내 단숨에 부러뜨린 소류는 동문을 향해 한 걸음 한 걸음 조금씩 물러서며 다가오는 적들을 인정사정없이 베 나갔다. 거친 날숨 들숨이 바투 넘나드는 목울대에서 아린 통증과 함께 비릿한 피 맛이 느껴졌다. 어느새 이마 위에 굵게 맺힌 땀방울이 관자놀이를 타고 죽 흘러내렸다. 흐르는 땀을 닦을 새도 없이 가차 없이 흑양검을 휘두르던 그의 움직임이 동문의 문턱을 넘어간 순간 거짓말처럼 멈추었다.

동문을 무사히 통과하고 나서야 소류는 대검을 치켜들고 있던 오른팔을 내려 무리하게 혹사시킨 근육을 잠시 풀었다. 그러고는 여태 화살이 꽂혀 있는 왼팔에 다시금 힘을 준 채 아리를 번쩍 들어 고쳐 멨다. 활촉이 박혀 있어 피가 흐르지는 않았지만 화살이 파고든 자리에서 상당한 통증이 일었다. 자꾸만 처지려는 팔을 힘주어 치켜올린 소류는 아리의 몸이 흔들리지 않도록 단단히 감쌌다.

"전하! 괜찮으십니까!"

동문을 통과하자마자 무흔이 쏜살같이 소류의 곁으로 달려와 그의 팔에 난 상처를 살폈다.

"활촉부터 빼내야겠습니다. 상처가 꽤 깊습니다. 속히 치료를 하셔야 합니다, 전하."

"서두를 것 없다. 우선 진영으로 복귀한다."

"하오나 전하, 그리 내버려 두시면……!"

거세게 만류하는 무흔을 물린 소류는 준비된 말에 아리를 태우고 자신도 그 뒤에 훌쩍 올라탔다. 염려스러움에 잠시 표정을 굳힌 무흔도 이내 별수 없다는 듯 말에 올라탔다. 괜한 실랑이로 시간을 지체하기보다는 차라리 소류의 뜻에 따라 조금이라도 빨리 진영에 도착하는 게 나을 것이라 판단한 것이었다. 친위대의 마지막 한 명까지 모두 동문을 통과하고 나자 동문을 지키던 설유의 병사가 큰 소리로 외쳤다.

"동맹군이 동문을 모두 벗어났다! 출구를 봉쇄하라!"

"동문을 봉쇄하라! 황궁의 병사들이 밖으로 나오는 것을 막아라!"

성벽의 궁수를 제외한 설유의 나머지 병사들은 동문 밖에 자리 잡은 채 안쪽의 사태를 주시하며 진작부터 대기하고 있었다. 소류와 친위대 모두 동문을 빠져나오자 그들은 손파영의 군사들이 나오지 못하도록 동문의 출구를 완전히 봉쇄했다. 아마 지금쯤이면 태건궁의 상황을 이미 정리한 상장군이 설유의 군사를 하나로 모으려 애를 쓰고 있을 터였다.

상장군과 함께 황궁에 입성하기 전 외성 밖에 포진시켜 둔 아라하군과, 반란군의 진압을 돕기 위해 지체 중인 진의 군대가 돌아와 황궁의 전투에 합류할 때까지, 저들이 조금만 더 버텨 준다면 충분히 전세를 뒤집어 손파영을 제압할 수 있으리라.

그때까지 부디 버텨 주기를……. 소류는 동문에 늘어선 설유의 병사들을 죽 둘러보며 마음속으로 그리 당부했다.

아라하군이 포진한 외성에 도착해서야 소류와 친위대는 겨우 한숨을 돌렸다. 소류는 아리를 말에서 내려 바닥에 조심히 눕혀 놓았다. 어느새 아침이 훤히 밝아 있었다. 찬란히 비추는 아침 햇살 아래 드러난 그녀의 처참한 모습에, 소류 외에는 감히 그 누구도 그녀 쪽으로는 시선조차 두지 못했다.

까마득히 의식을 잃은 채 잠든 그녀의 얼굴을 바라보는 참담한 얼굴 위에 비통한 미소가 스쳤다. 그래, 그리 한잠 푹 자고 나면 모든 것이 제자리로 돌아와 있을 것이다. 맹세컨대 반드시 되돌려 놓으리라…….

"아리……."

하얗게 드러난 어깨 위에 급히 둘러 주었던 치마를 그제야 제대로 입혀 주고는 소류는 아리의 창백한 뺨을 가만히 쓰다듬으며 그녀의 이름을 불렀다. 가슴속을 헤집어 대며 휘몰아치는 분노와 고통이 그의 심장을 갈기갈기 찢어 놓고 있었지만, 그 괴로움을 사실로 인정하고 싶지는 않았다. 그리 인정해 버리고 나면, 그녀에게도 그것이 영원히 참혹한 현실로 남아 버릴 것만 같아서…… 두렵고 또 두려웠다.

"괜찮아……. 그저 꿈을 꾼 거야……. 한낱 먼지처럼 스쳐 지나가는 그런 꿈……."

그래, 굳이 떠올려 내 아파하고 괴로워할 일말의 가치도 없는, 그런 고약한 악몽이었을 뿐이다.

소류는 제 자신에게 다짐하듯 되뇌며 그녀를 두 팔로 안아 들었다. 친위대는 이미 그의 곁에 대령한 채 그의 하명을 기다리고 있었다. 그녀를 친위대와 함께 해주로 보낼 것이다. 그녀가 깨어났을 때 이 모든 일들을 그저 꿈으로 여길 수 있도록, 오늘의 일에 대해서는 모두에게 단단히 함구령을 내리리라. 가능하다면 영원히…….

곁에 대령해 선 친위대장 무흔에게 아리를 조심히 안겨 준 소류는 무흔과 친위대원들의 얼굴을 하나하나 눈에 담듯 둘러보았다. 신뢰 가득한 눈동자가 흔들림 없이 그들을 향하고 있었다.

"해주까지…… 무사히 당도할 수 있겠지."

"심려치 마십시오, 전하. 친위대의 명예를 걸고 왕비 마마를 반드시 지키겠습니다."

"모두, 부탁한다."

"존명!"

친위대원들의 어깨 너머에서 아침 햇살이 눈부시게 쏟아져 내리고 있었다. 혹한의 겨울바람도 그 찬연한 빛에 힘을 잃었는지 어느새 잠잠하게 잦아들었다. 참으로 다행한 일이 아니던가. 이런 날 햇살마저 숨어 버린다면 그녀가 너무 안쓰럽고 가여우니까……. 이런 날 매정하게도 바람마저 혹독하게 불어온다면 그녀가 너무 처참하고 비통할 테니까…….

아리를 준비한 마차에 태우고 돌아온 무흔이 고민의 흔적이 역력한 얼굴로 조심스럽게 물었다.

"전하. 하온데 어째서 저자를……. 저자는 어찌하면 되겠습니까?"

소류는 무흔의 시선을 따라 흘끗 시선을 옮겼다. 바닥에 눕혀진 사내의 황금빛 용포는 찬연한 태양 아래에서도 더는 빛나지 않았다. 한눈에도 생사를 장담할 수 없을 지경으로 엉망이 된 사내를 냉랭히 내려다보던 소류가 이내 낮게 입을 열었다.

"……처치해라."

"예?"

모순적이게도 전혀 상반된 두 뜻을 지닌 모호한 단어를 굳이 선택해 대꾸하

385

는 소류를 보며 무흔이 그답지 않게 난감한 얼굴로 되물었다. 참으로 어느 쪽이 제 주군의 진심인지 짐작조차 할 수 없었기 때문이었다.

무흔의 당혹감을 읽은 소류가 비식 쓴웃음을 흘렸다.

"……치료해 줘라."

쓴웃음이 트적지근하게 입가를 맴돌았다. 전에도 이런 적이 있었다. 그 어느 날 제게 고문을 당해 처참히 망가진 저 사내의 처분을 묻던 병사에게도 소류는 지금처럼 대답했었다.

그때도 지금도 전혀 달라진 게 없었다.

그녀에게 어떤 의미로든 결코 가볍지 않을 그를, 저는 응당 지켜 주지 않을 테지만, 차마 부수어 놓을 수도 없다. 제 평생의 염원대로 그를 이 자리에서 잔인하게 도륙 내 버린다면, 분명 그녀는 그조차 결국 스스로의 탓이라 자책하며 평생토록 고통과 회한 속에 몸부림치며 살아갈 테니까. 결코 인정하고 싶지 않지만, 자신이 헤아린 바가 맞는다면 그녀에게 그라는 존재는 그런 것이었다. 하여 잠시 보류하고자 하는 것이다. 그리 자책할 그녀를 너무도 잘 알아 조금이나마 그 마음의 무게를 덜어 주고 싶어서.

일렁이는 눈동자 속에 무수한 것들이 스쳐 갔다. 단휘를 싸늘히 노려보던 소류는 그 곁에 가만히 한쪽 무릎을 세우며 앉았다. 눈두덩에 난 검상 외에도 칼로 이곳저곳을 난도질당한 얼굴은 이미 숨이 끊겨졌다 해도 이상스럽지 않을 만치 창백하고 처참했다.

한때는 오로지 적국의 군주로서만 그를 증오했었다. 그런데 지금은……. 까닭 모를 쓸쓸함이 입 안을 껄끄럽게 맴돌았다. 소류는 의식적으로 그것을 몰아내며 뒤틀린 목소리로 입을 뗐다.

"이것이 너의 업인지, 나의 업인지 이제는 그조차 모르겠지만…… 설령 나의 업이라 해도 나는 네놈을 용서 못 하겠어."

끝까지 그녀에게 끔찍한 상처를 입히고 마는 사내가 저주스러웠다. 결국 이런 지경까지 끌고 오고 나서야 그 지독한 악연을 끊어 내려는 사내의 이기와 미련이 증오스럽고 원망스러웠다. 소류는 분노를 삭이듯 주먹을 그러쥐었다. 성한 몸으로 마주쳤더라면 아마 검을 뽑아 들기도 전에 주먹부터 날려 흠씬 두들겨 패 주고도 남았을 테지만, 그리할 수 없는 지금 이 상황이 한이 맺힐 만치 유감스러울 뿐이었다.

가장 치명적인 옆구리의 깊은 상처를 서둘러 처치한 친위대원이 단검이 박혔던 단휘의 왼쪽 눈을 마저 살피며 조심스레 보고했다.

"요행히 목숨을 건지더라도 본래의 제구실을 할지는 모르겠습니다. 왼쪽 눈은 완전히 실명한 상태입니다."

친위대원의 보고에 소류는 묵묵히 고개를 끄덕였다. 한때 제국을 호령하던 사내였다. 그런 사내의 처참한 몰골에 쓰디쓴 마음이 이는 것은 아마도 자신이 그와 같은 일국의 군주이기 때문이리라. 그 외의 다른 이유가 있을 리 없었다.

"전하! 아뢰옵니다! 후비군(後備軍)으로부터 기별이 왔습니다!"

그때 헐레벌떡 달려온 병사 하나가 가쁜 숨을 내쉬며 황급히 보고를 올렸다. 내내 기다려 온 진의 소식이었다. 계획대로 황제의 군대를 도와 반란군을 제압하고 함께 황궁으로 진군 중이라는 진의 전언을 서둘러 고해 올린 병사가 깊이 국궁하며 물러났다. 이제 모든 준비가 끝났다. 더는 시간을 지체할 이유가 없었다.

소류는 그길로 사내를 번쩍 들어 어깨에 둘러멨다. 당장이라도 숨이 끊어질 듯한 사내에게 해 준 것이라고는 지혈 등의 간단하고 기본적인 응급처치뿐이었다. 필사적으로 온 힘을 기울여 살려 냈다고 말하기엔 퍽 군색스러웠지만, 그렇다고 죽게 방치한 것도 아니었다. 적국의 왕인 소류로서는 그만하면 최대한의 인내를 발휘해 자비를 베푼 것이라 해도 결코 과언이 아니었다.

잠시 허공을 노려보듯 응시하던 소류가 이내 성큼성큼 걸음을 내디디며 사내에게 차마 전하지 못한 말들을 나직이 뱉어 냈다.

"도저히 용서가 안 되지만 그럼에도 네놈을 살려 두는 건…… 그녀의 과거에 대한 내 마지막 예우이자…… 네 마지막 도리에 대한 감사의 표시다."

사내가 죽을힘을 다해 시간을 벌어 주지 않았더라면, 이미 오래전 무참히 짓밟혔던 그녀의 가련한 순결은 또다시 짐승 같은 완력 앞에 더욱더 처참하게 찢기고 부서졌을 것이다. 만일 그녀가 병사에게 그리 끝까지 끔찍하고 참혹하게 짓밟혔더라면, 끝내 그것을 온전히 막아 내지 못한 스스로를 용서할 수 없었으리라. 그러한 까닭에, 사내에게 건네는 이 말만큼은 저의 오롯한 진심이었다.

"할 수 있었던 최선으로 그녀를 지켜 주어서…… 고맙다."

그 말을 끝으로 소류는 입을 꾹 다문 채 병사들 사이를 휘적휘적 헤치며 걸어 나갔다. 아마 병사들 중에는 왕의 이러한 처사를 도무지 납득하지 못하여 속으로 분개하고 있는 이들도 분명 존재할 것이다. 그들에게 지금의 상황에 대해 명징하게 해명해야만 하는 순간이 언젠가는 분명 닥쳐오리라. 변명거리조차 없어 골치깨나 썩을 것이 불 보듯 뻔했다. 그러게 왜 쓸데없는 짓을 하여 사서 고생을 하느냐며 진은 아마 또 그렇게 타박 아닌 타박을 늘어놓겠지만, 이러한 자신의 결정에 후회는 없었다.

아라하의 그 모든 것들, 이를테면 따가운 모래바람, 노을빛처럼 새붉은 주토, 고혹적인 붉은 데오니, 찌를 듯 높이 솟은 바위기둥들……. 살갗을 스치는 모래알 한 톨에게조차도 아마도 배반이며 배덕일 그것이, 지금 그가 그녀에게 해 줄 수 있는 유일한 배려라는 사실이 못내 쓰라리게 가슴을 후벼 팠다.

그녀와 아라하……. 끊임없이 상충하는 둘의 관계가 힘에 겹지 않다면 명백한 거짓이리라. 하지만 제가 감내해야 할 몫이라면 그것이 무엇이든 그는 버텨 낼 각오가 되어 있었다. 스스로조차 용납 못 할 지금의 이러한 처사도 그가 버텨 내야 할 무수한 것들 가운데 하나에 불과했다.

사내와 다시금 적으로 돌아간 연후에는 전력을 다해 싸울 것이다. 어쩌면 지금의 이 같은 호의는, 후일 아무런 거리낌 없이, 그녀에 대한 일말의 가책도 없이 치열하게 싸울 제 자신에 대한 배려일는지도 몰랐다.

왕이 지척으로 다가오자 황망히 길을 터 준 병사들 사이를 가로질러 마침내 진영의 후미를 벗어난 소류가 저 멀리 후방을 응시했다. 대지 끝에서 붉게 이는 흙먼지가 아스라이 시야에 맺혔다.

양측으로 나뉜 채 짙은 흙먼지를 일으키며 서서히 다가오는 두 대열의 선두에는 각기 다른 깃발이 내걸려 있었다. 양측의 깃발에 새겨진 익숙한 두 문장을 확인한 그가 새삼 기가 찬 듯 헛웃음을 터뜨렸다. 드팀없이 견고한 얼굴 위로 복잡한 심정이 내려앉았다.

"하…… 혼자 보기엔 아까운 광경이군. 함께 보지 못하는 것이 진심으로 아쉬울 지경이야."

마치 아군과도 같은 모습으로 나란히 늘어선 파안과 아라하의 군대를 보며 자조인지 고소인지 모를 뒤틀린 웃음을 한바탕 호방하게 터뜨린 그가 이내 웃음을 뚝 그치고는 양측 중 왼편의 군대를 향해 기세 좋게 걸음을 내뻗었다.

위압적인 흑룡이 날카롭게 발톱을 세운 채 몸체를 비틀며 승천하고 있는 문장은 파안제국의 것이었다. 파안의 흑룡기를 노려보며 소류는 계속해서 전방을 향해 걸어 나갔다.

100보쯤을 남겨 둔 채 멈춰 선 소류가 그때껏 어깨에 메고 있던 단휘를 그제야 땅바닥에 털썩 던지듯 내려놓았다. 둔탁한 마찰에 뿌옇게 이는 흙먼지 사이로 단휘의 몸이 땅 위에 힘없이 축 늘어졌다. 소류는 모로 쓰러진 단휘의 어깨를 발로 툭 차 똑바로 돌려 눕혔다. 기실 옆구리의 상처를 보호하기 위함이었으나, 어떤 행동으로 비쳐지든 상관없었다. 아마도 자신의 일생을 통틀어, 이것이 그에게 베푸는 처음이자 마지막 호의가 될 테니까.

"이제…… 사는 것도 죽는 것도 네놈의 몫이다. 내 아량은 여기까지야."

검으로든 주먹으로든 제대로 승부 한번 겨뤄 보지도 못한 채 이리 시시하게 끝이 나 버린다면, 지금껏 두 나라가 싸워 온 숱한 세월들이 허망하지 않겠나.

하여 바라건대, 너 또한 나와 같다면 부디 죽을힘을 다해 살아남기를…….

서늘한 얼굴로 단휘를 오만하게 내려다보던 소류는 이곳을 향해 전속력으로 질주해 오는 검은 말의 형상을 일별하고는 이내 미련 없이 뒤돌아섰다.

문득 고개를 들자 아침 햇살이 시야로 맹렬히 들이쳤다. 그 어느 날보다도 찬연하고 눈부신 아침이 시린 대지 위로 가득 쏟아져 내리고 있었다. 동이 터 오던 새벽녘, 천둥처럼 심장을 뒤흔들며 처참히 베어 내던 그 비통하고 참담했던 기억은…… 마치…… 그저 한낱 스쳐 가는 꿈일 뿐이라는 듯이…….

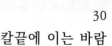

"반란군을 물리쳐라!"

"역도를 처단하라! 적장의 목을 베어라!"

"와아아아!"

사기충천한 병사들의 외침이 황궁 곳곳을 요동치며 누볐다. 반란군을 진압하고 황궁으로 진군한 황제의 군대와 진과 소류가 각기 이끌고 온 아라하군이 합세하면서 황궁의 전투는 본격적으로 불이 붙었다.

맹렬한 기세로 삽시간에 동문을 뚫고 들어와 공격에 가세한 아라하군과 황제군의 지원에 힘입어, 홀로 황실 군사를 상대하느라 잠시 열세에 몰렸던 설유의 군대마저 다시금 활개를 치며 손파영의 퇴로를 안팎으로 차단해 나가고 있었다.

전투는 더없이 치열했다. 아귀처럼 달려드는 적들을 쉴 새 없이 베어 나가며 소류는 매섭게 치켜뜬 눈으로 황궁 구석구석을 샅샅이 훑었다. 활촉을 뽑아냈으나 창상이 깊은 팔과 찢긴 어깨의 통증 따위를 느끼고 있을 새조차 없었다. 그만큼 상황은 급박하게 돌아가고 있었다.

어딘가에 숨어 있을 손파영을 끝내 찾아내지 못한다면 맹세컨대 평생토록 제 자신을 용서치 못하리라. 떠올릴 때면 늘 가슴 한 곳을 묵직하게 짓누르며 저를 압박하곤 하던 제국의 찬연한 황실, 이제 그곳은 그동안과는 별개의 의미로 그를 사무치도록 치 떨리게 만들 것이다.

사나운 눈초리가 쉴 새 없이 흔적을 찾아 움직였다. 이 순간 가장 시급하게, 또한 가장 처참하게 도륙 내야 할 대상을 찾아 헤매는 성마른 눈동자가 매섭게 번뜩이고 있었다.

전투의 승세는 예상보다 빠르게 아라하 쪽으로 기울고 있었다. 초반 우위를 점하고 있던 손파영의 군대는 아라하와 파안 그리고 설유, 삼국의 합공에 차츰 힘을 잃어 가며 주춤주춤 물러나기 시작했다. 이토록 손쉽게 손파영의 군대를 진압할 수 있었던 것은 단연 삼국이 힘을 합친 덕이 컸다.

삼국의 동맹이라니, 어디 짐작이나 할 수 있는 일이었겠는가. 정말이지 꿈에서조차 계획해 본 바 없는 가당치도 않은 결탁이었다. 그것은 비단 그 결과로서 피해를 본 손파영뿐만 아니라 삼국 모두의 군주들에게 역시 마찬가지였다. 500년간의 역사를 통틀어 삼국의 동맹은 단연코 처음 있는 일이었다. 다투는 양국 사이에서 늘 중립만을 지켜 오던 설유의 역사에도 그것은 이례적인 사건으로 기록될 것이었다.

전투가 수세에 몰리자 슬슬 꽁무니를 빼는 황실 군사들을 맹렬한 기세로 공격 중인 병사들을 일별한 소류가 잠시 멈춰 선 채 주변을 휘둘러보았다. 그런 소류의 곁으로 다가가던 진을 향해 병사 하나가 매섭게 돌진해 오자, 민첩하게 공격을 피한 진이 병사의 목을 가차 없이 쳐 내고는 자신의 얼굴로 확 튄 피를 쓱 닦아 내며 짜증스럽게 내뱉었다.

"하, 이 쥐새끼 같은 새끼. 어디로 숨었지? 내 손에 잡히기만 해. 아주 도륙을 내 줄 테니까!"

씹어뱉듯 말하며 분통을 터뜨리는 진을 흘끗 바라본 소류는 이내 전방에서 달려드는 적들을 향해 다시금 거침없이 대검을 휘둘렀다. 쓰러지는 병사의 어깨 너머에 있는 한 사내가 문득 그의 시야에 들어왔다.

"……"

파안의 대장군. 오랜 세월 싸워 온 적장이자, 지금은 뜻하지 않게 잠시 아군이 되어 있는 사내. 자타공인 황제의 둘도 없는 지기이며 충신이라는 자.

그 역시 손파영을 찾아내고자 혈안이 되어 있을 것이다. 황제를 그리 만든 자를 당장 찾아내어 도륙 내고 싶은 마음이 그 또한 굴뚝같을 터였다. 서로를 뼛속까지 적이라 여겨 온 두 나라를 잠시나마 아군으로 돌려놓았을 만큼, 파안과 아라하 양국 모두에게 손파영은 반드시 제거해야만 하는 공동의 적이 되어 있었다.

사내가 무시무시한 기세로 황실 군사들을 베 나가는 것이 보였다. 입을 악다문 채 맹렬히 검을 휘두르는 그의 얼굴은 침통하게 굳어 있었다. 한때 제 휘하의 군사였을 것이 분명한 병사들을 베어 내는 그 심정이 오죽하랴. 내일이면 다시 적으로 부딪치게 될 테지만, 소류는 수장 된 자로서 지금 그가 겪고 있는 통탄스러운 일에 마음으로나마 심심한 위로를 건넸다.

그때 문득 전방으로 달려 나가려던 사내의 몸이 일순 멈칫하더니 적을 겨눈 검 끝이 흔들렸다. 그에게서 짙게 배어 나오는 당혹감과 주저함이 얼마쯤 떨어져 서 있는 소류와 진에게까지 느껴졌다.

"뭐지? 아는 자인가?"

그새 병사 몇을 해치운 진이 소류의 시선이 닿은 곳을 눈으로 좇으며 그리 중얼거렸다. 소류가 가만히 고개를 끄덕였다.

"그런 것 같군."

그들의 짐작대로 자함은 너무도 잘 아는 이와 마주해 있었다. 도저히 모르려야 모를 수가 없는 그런 사내. 좌장군 서정. 유년 시절부터 지금에 이르기까지 지기이자 선의의 경쟁자로서 오랜 세월을 함께해 온 사내……

늘 서로를 존중하고 진심으로 신뢰하고 있다고 철석같이 믿어 왔던 건 그저 저 혼자만의 착각이었던 걸까. 지금 이 순간, 그리 믿었던 이가 비정하게 적으로 돌아선 채 저의 발등을 무참히 내리찍고 있었다. 어째서…… 대체 왜……!

"네 이놈, 서정!"

자함은 포효하듯 일갈을 내질렀다. 감쳐문 입술이 터져 입 안으로 피가 번졌다. 분노와 배신감으로 걷잡을 수 없이 떨려 오는 손을 애써 진정시킨 그가 검을 고쳐 잡았다. 그러곤 한때는 둘도 없는 지기라 여겼으나 이제는 배신자로 전락해 버린 비정한 사내를 향해 사나운 검 끝을 치켜들었다. 좌장군 서정이 그런 자함의 공격을 손쉽게 쳐 내며 그의 빈틈을 예리하게 치고 들어왔다.

곁에서 둘의 결투를 지켜보던 진이 답답한 듯 혀를 찼다.

"거참 그 양반 성질머리하고는. 어떤 사이인지는 모르겠지만 저리 감정적으로 달려들어서 뭘 어쩌겠다는 거야?"

혀를 차던 진은 방금 제가 내뱉은 그 말들이 무색하게도 얼마쯤 격앙된 얼굴로 그쪽을 향해 날쌔게 달려 나갔다. 그런 진을 조용히 응시하는 소류의 얼굴이 미묘하게 변했다. 잠시 함께 싸우며 반란군을 진압하는 동안 어떤 동지애라도 생긴 걸까. 전투라는 것은 그리 참으로 미묘한 것이었다. 철천지원수처럼 서로 사납게 창칼을 겨누다가도, 때로는 진심을 다한 전투에 상대에게 더없는 경의를 표하기도 하는.

"감히 폐하를 배신하고도 무사할 줄 알았더냐! 이 배신자! 천벌을 받을 것이다!"

일갈을 내지르며 검을 뻗은 자함의 공격을 민첩하게 피한 좌장군 서정이 그 틈을 놓치지 않고 자함의 목덜미를 향해 맹렬히 검을 내찔렀다. 전광석화처럼 날아드는 예리한 칼날이 공기를 찢듯 무시무시한 소리를 냈다.

"……!"

피할 수 없는 공격임을 자각했을 땐 이미 늦어 버렸다. 자함은 제 목을 향해 날아드는 검을 막지 못한 채 두 눈을 부릅떴다. 기어이 제 목이 잘린다면 남은 몸뚱이만이라도 부디 움직여 저놈의 목을 함께 치기를. 생의 마지막임을 절감하는 이 순간, 그가 간절히 바라는 것은 오직 그 하나뿐이었다.

그때였다. 눈앞에서 번쩍하는 빛이 허공을 갈랐다. 동시에, 믿을 수 없게도, 제게 달려들던 서정의 목이 순식간에 날아가 바닥에 곤두박질쳤다. 이죽거리는 목소리가 지척에서 들려왔다.

"누가 누굴 나무라는 거야, 대체? 군주보다 먼저 가는 것도 불충이고 배신이야. 기를 쓰고 살아남은 댁의 황제를 위해서라도 이리 가는 건 예의가 아니지 않나? 안 그래?"

자함은 얼얼한 얼굴로 여태 붙어 있는 제 목덜미를 쓰다듬으며 사내를 멍하니 올려 보았다. 함께 싸울 때도 느낀 것이지만, 아라하의 왕은 꽤 좋은 장수를 곁에 둔 듯싶었다. 저의 지기이며 군주인 사내에게 한없이 부끄럽고 죄스러운 마음이 치밀 만큼. 끓어오르는 자책을 겨우 억누른 자함은 애써 덤덤히 사내를 응시한 채 불퉁스레 내뱉었다.

"괜한 참견을 하는군."

무뚝뚝한 제 말에 사내가 피식 웃었다.

"보통은 이런 걸 도움이라고 하지. 아, 공짜는 아니야. 잊지 말고 다음 전장에서 꼭 갚으라고."

자신만만한 얼굴로 호기롭게 대꾸하는 사내를 노려보며 자함은 검을 고쳐 쥐었다. 그래, 반드시 그런 날이 오기를. 그러니 지금은 치욕이나 자기모멸 따위의 사치스러운 감정을 앞세울 때가 아니었다. 자함은 좌장군 서정의 죽음으로 대번에 사기를 잃고 우왕좌왕하는 황실 군사들을 향해 엄중한 목소리로 일갈을 내질렀다.

"모두 들어라! 나는 대장군 자함이다! 역도 서정은 참수되었다! 지금이라도 무기를 버리고 투항한다면, 군령을 어길 수 없었던 너희의 처지를 고려하여 그 죄를 가벼이 물을 것이다! 하나, 끝까지 대항한다면 모두 역도로 간주하여 단 한 놈도 살려 두지 않으리라!"

대장군의 우레와 같은 포효에 잔뜩 겁을 집어먹은 황실 군사들이 하나둘 무기를 바닥에 버리며 투항했다. 사기가 하늘까지 치솟아 오른 황제군 병사들의 의기양양한 외침 소리가 사방에서 터져 나왔다.

"와아아아! 대장군이 반역자 서정을 물리쳤다! 역도의 무장이 참수되었다!"

"대장군이 반역자 서정의 목을 베었다! 모두 무기를 버리고 투항하라! 대항하는 자는 모두 참할 것이다!"

황제군의 들끓는 외침에 완전히 사기를 잃은 채 두려움에 떨던 황실 군사들이 이윽고 앞다투듯 자신의 무기를 내던졌다. 좌장군 서정의 죽음은 물살을 타고 흐르듯 병사들 사이를 흐르며 황궁 곳곳으로 빠르게 번져 나갔다. 투항의 물결이 거세게 퍼져 나갔다. 무섭게 치솟는 불길처럼 걷잡을 수 없던 내란은 모든 불씨를 꺼 버린 듯 그렇게 서서히 끝을 향해 치닫고 있었다.

"저쪽은 슬슬 마무리가 되어 가는 것 같은데?"

진의 말에 소류가 조용히 고개를 끄덕였다.

"우리도 저쪽과 정리를 해야겠지만, 우선은 그놈부터 잡아야겠지."

"지당하신 말씀."

선뜻 대꾸한 진이 뭔가 할 말이 남은 듯한 얼굴로 소류를 쳐다보았다. 소류가 그런 진을 물끄러미 바라보자 잠시 뜸을 들이던 진이 이내 입을 열었다.

"아이혜를 죽인 게 그놈 짓이라는 거, 분명한 사실인 거지?"

다시금 확인하고자 하는 것은, 소류를 향한 신뢰가 바래졌다거나 흔들린 탓이 결코 아니었다. 다만 제 스스로를 향한 굳은 다짐이 필요했던 것일 뿐. 하여 아이혜를 위해 반드시 그놈을 잡아 도륙을 내고 말리라는, 그런 확신.

저의 물음에 대답 없이 그저 조용히 고개를 끄덕이는 소류를 보며 진이 씩 입꼬리를 말아 올렸다.

"좋아. 이 쥐새끼 같은 새끼, 잡히기만 해 봐. 내 아주 도륙을 내 줄……."

호기롭게 외치던 진의 말이 불현듯 끊겼다. 날카롭게 주변을 훑던 소류의 시선이 한 곳에 멈춘 채 칼날처럼 매섭게 번뜩이고 있었다.

"……미안하지만 이번은 나도 양보 못 하겠는데."

혼잣말처럼 나직이 내뱉은 소류를 따라 시선을 옮기자 손파영과 그의 호위

무사들이 전각의 모퉁이를 끼고 돌아 순식간에 사라지는 것이 보였다. 진의 눈매가 가늘게 휘어졌다.

"그럼 공평하게 먼저 잡는 놈이 임자 해."

진이 코웃음을 치며 이죽거리자 소류가 피식 웃고는 손파영이 사라진 쪽으로 쏜살같이 내달렸다. 진이 그에 질세라 무서운 속도로 튀어 나가자 친위대와 병사들이 그런 두 사람을 황급히 뒤따랐다.

히히힝―!

내달리던 말을 멈춰 세우고는 시선을 들자, 그새 눈에 익은 거대한 전각이 두 사람의 눈앞에 펼쳐졌다.

제 주인의 생사 따위야 어찌 되든 홀로 고고하게 자리한 채 여전히 제 위용을 뽐내고 있는 황제의 전각, 태건궁……. 공교롭게도 손파영과 다시 조우하게 된 장소는 바로 그곳이었다.

"저, 저놈들을 막아라!"

손파영의 다급한 외침에 그의 호위무사들이 필사적으로 공격을 해 왔지만 수적 열세를 극복하지 못한 그들은 허무하리만치 순식간에 진압되었다.

손파영은 제 수하들이 한순간에 진압되는 것을 그저 물끄러미 바라보다가 이내 제 운이 다하였음을 인정하듯 묘한 미소를 떠올린 채로 자신을 결박하는 병사에게 의외로 순순히 제 몸을 내맡겼다.

"……."

새벽녘 참변이 일어났던 마당의 풍경은 여전히 참혹했다. 광기가 훑고 간 처참한 광경을 하나하나 찬찬히 새기던 소류의 눈동자가 이내 그 중앙에 우뚝 서 있는 손파영을 향했다. 단단히 포위당한 채로 저와 마주하고 있는 뱀 같은 사내는 이 지경이 되어서도 그 간악한 얼굴에서 교활한 미소를 거두지 않고 있었다.

전투를 치르는 내내, 새벽녘 이곳에서 일어난 끔찍한 악몽의 잔상이 쉴 새 없이 뇌리를 들쑤시며 저를 괴롭혀 댔었다. 최대한의 자제력을 발휘하여 애써 냉정함을 유지하기는 했지만, 들끓는 분노는 기실 조금도 사그라지지 않은 채였다.

"어찌하면 가장 잔인하게, 가장 즐겁게 네놈을 죽일 수 있을까."

소류가 나진이 뇌까린 말에 손파영이 비식거리며 웃었다.

"글쎄요. 당신이 과연 날 죽일 수 있을까요?"

손파영은 여유 만만하게 대꾸했다. 배짱부릴 처지가 아니라는 걸 모르는 바는 아니었지만, 일이 아주 크게 틀어졌다는 걸 인정한 이상 살아남는 것에 대한 미련 따위는 없었다. 어려서부터 삶 자체에 어떤 의미를 부여해 본 적이 없는 그였다. 그에게 삶과 죽음이란, 그저 숨을 쉬고 쉬지 않는 것, 눈을 뜨고 뜨지 않는 것의 차이일 뿐이었다. 다만 닥쳐오는 순간순간에, 그가 애써 얻은 더할 나위 없는 즐거움들을 원 없이 즐기면 그뿐······.

그리 살기 위해 그 나름의 많은 노력들을 해 왔다고 자부할 수 있었다. 예를 들자면, 저들 두 사람에 대한 모든 것들을 속속들이 파헤쳐 둔 것. 저들의 성격, 저들의 관심사, 저들의 관계····· 저들을 둘러싼 그 모든 것들에 대해.

"아라하 연맹 왕국의 군주로서 한 점 부끄럼 없이, 모든 군장들을 보호할 의무를 다하였다고 자부하실 수 있으십니까?"

태연자약하게 내뱉은 자신의 말에 왕의 눈빛이 찰나 흔들리는 것을 손파영은 놓치지 않았다. 왕의 곁에 선 사내, 그의 오른팔이자 친우인 서문진 역시 단숨에 인상을 찌푸린 채 저를 죽일 듯이 노려보았다. 매 순간에 필요 이상으로 충실하고 진지하니 이런 단순한 도발에도 걸려드는 것이다. 손파영은 간살맞게 웃었다. 고맙게도 저들이 쉽게 넘어와 주니 본론을 꺼내기가 아주 수월할 듯싶었다.

"혜노부족의 군장 설아이혜, 그녀를 죽인 자가 과연 누구라 생각하십니까?"

아마 그 이름만으로도 가슴이 서걱거리며 베어져 나갈 터였다. 목을 조르듯 묵직하게 짓눌러 오는 죄책감에 숨을 뱉어 내기조차 버거우리라. 그간 알아낸 바에 의하면 단목소류라는 사내에게 설아이혜라는 여인은 그런 존재였다. 그의 죄의식과 죄책감을 끊임없이 헤집고 들쑤셔 대는.

"그녀를 죽인 건, 그녀의 군주이자 반려였던 단목소류 바로 당신입니다. 오래도록 당신의 비가 되기만을 기다리며 살아온 그녀를 배신한 건 바로 당신이니까요."

손파영은 자신의 말이 틀렸냐는 듯 눈을 크게 치뜬 채 말을 이었다.

"아마 그녀는 자신의 존재가 하찮게 느껴졌을 겁니다. 당신의 소중한 여인을 대신해 죽어도 상관없다고 여길 만큼 말입니다. 사실 그녀는 그날 도망칠 수도 있었어요. 그러나 도망치지 않았지요. 자신의 반려인 당신이 분명 자신보다 더 소중히 여길 여인의 목숨을 지켜야 한다고 생각했을 테니까요. 그러니 그녀를 죽인 건 바로 당신입니다! 그녀의 가치를 그렇게 바닥내 버린 건 바로 당신이니까! 내 말이 틀렸습니까?"

반응을 살피듯 잠시 의도적으로 말을 끊은 손파영이 이내 소류를 비난하듯 쏘아붙였다.

"만일 설아이혜가 아닌 다른 여인을 이유로 날 죽이려 한다면, 당신은 정말이지 최소한의 양심조차 없는 사람입니다! 설아이혜를 죽게 만든 건 다름 아닌 단목소류 당신과, 당신이 사랑한 바로 그 진아리라는 사실을 결코 잊지 마십시오."

어디까지나 제 짐작일 뿐이긴 했지만, 영 틀린 소리만은 아닐 것이다. 저의 독설에 드림없던 얼굴이 미세하게 일그러졌다. 소류의 표정 변화를 잠자코 지켜보던 손파영은 한결 여유로운 얼굴로 그의 곁에 서 있는 또 다른 사내에게로 찬찬히 시선을 옮겼다.

저를 잡아먹을 듯 노려보고 있는 사내, 서문진. 단목소류의 죄의식과 죄책감을 들쑤시는 바로 그 두 번째 이유. 단목소류의 둘도 없는 친우이자, 죽은 설아이혜를 누구보다 아꼈던 사내.

이들 세 사람의 관계는 파안의 황제와 황후 그리고 초혜 소의의 관계만큼이나 흥미진진하여 그에게 뜻밖의 즐거움을 선사해 주었다. 누군가를 은애하고 연모한다는 것……. 참으로 알 수 없는 그 감정에 대한 의문만큼은 아마 죽는 순간까지도 해소되지 않을 테지만, 그보다 더 크게 다가올 즐거움들을 떠올린다면 그 정도 갑갑증쯤은 기꺼이 감당할 수 있었다.

손파영은 잠자코 진을 응시하며 은근한 목소리로 입을 열었다.

"서문진, 당신도 분명히 알고 있을 테지요. 만약 당신의 왕이 파안의 황후를 사랑하지 않았더라면 설아이혜는 결코 죽지 않았을 겁니다. 자신이 왕의 반려라 평생을 믿고 살아온 그녀를 버리고 다른 여인을, 그것도 적국의 황후를 사랑한 당신의 왕이 아니었더라면…… 아마 그녀는 예정대로 왕비가 되어 있겠지요. 적국의 황후가 그녀 대신 왕비가 되는 기막힌 일이 벌어지지도 않았을 테고요. 안 그렇습니까?"

말을 쏟아 내던 손파영이 잠시 말을 끊은 채 빠르게 진의 반응을 살폈다. 일그러진 사내의 표정을 보건대 저의 도발이 먹혀들어 가고 있는 것이 틀림없었다. 손파영은 속으로 회심의 미소를 지었다.

"어디 그뿐입니까? 아마 당신의 왕은 그녀가 그렇게 죽어 버려서 차라리 다행한 일이라고 생각할 겁니다. 물론 사람이니 일말의 자책은 들겠지요. 그러나 어느 쪽이 더 클까요? 돌아가는 상황을 보아 하니 양국이 손을 잡은 것 같더군요. 파안과 아라하가 손을 잡다니, 세상에, 어디 누가 예상이나 할 수 있었겠습니까? 제 뒤통수가 다 얼얼할 지경이더군요. 저를 잡기 위해서였다면 현명하신 처사임에는 분명하나, 생각을 해 보십시오. 그게 다 누구를 위한 결정이었을지를요."

잠시 말을 끊은 채 머릿속이 복잡한 듯 구겨진 진의 얼굴을 들여다보던 손파영이 나직한 목소리로 말을 이었다.

"설아이혜의 죽음 따위는 안중에도 없이, 오로지 연모하는 여인을 구하기 위해서 적국과도 손을 잡는 당신들 왕의 그 애끓는 연심을…… 서문진, 당신은 용서할 수 있습니까? 설아이혜를 죽게 만든 장본인인 바로 그 진아리를 사랑한 당신의 왕을, 진정으로 용서할 수 있느냔 말입니다! 그를 용서하는 건 그녀에 대한 배신이며 배덕입니다! 그를 용서한다면 당신도 그녀에게 배신자가 되는 겁니다!"

입술을 깨문 채 우두커니 서 있는 진의 어깨가 희미하게 떨려 왔다. 소류가 그런 진을 말없이 응시했다. 손파영은 끓어오르는 희열을 미처 감추지 못한 채 눈을 희번덕거리며 그런 두 사람을 지켜보고 있었다.

뱀처럼 교활하기 짝이 없는 미치광이의 말 따위에 흔들릴 신의가 아님을, 그리 굳게 믿고 있는 저의 신뢰가 틀리지 않았음을 추호도 의심치 않는다. 소류는 진과 자신을 이간질하려 간계를 부리는 손파영을 내버려 둔 채 진을 묵묵히 응시했다. 모두가 다 거짓이라고, 그저 살기 위해 패악을 떠는 것뿐이라고, 당당히 말할 수 없었다. 진이 우두커니 서 있는 소류를 천천히 돌아보았다. 거센 바람 소리가 귓전을 때리며 그들 사이를 스쳐 갔다.

"그래, 늘 원망해 왔어……. 다른 사람도 아닌 네가, 어떻게 아이혜를 저버릴 수 있었는지."

진이 괴롭게 얼굴을 일그러뜨리며 책망하듯 내뱉었다. 쏟아지는 아침 햇살을 등진 채 돌아선 그의 얼굴 위에 짙은 음영이 드리워졌다.

"너만을 보아 오던 아이였는데, 어떻게 그 애를 두고 감히 다른 이를 품을 수 있었는지…… 어떻게 그 애 가슴에 그리 큰 비수를 꽂을 수 있었는지! 다른 사람도 아닌 네가! 단목소류가……!"

잔뜩 격앙된 목소리가 목청을 짓찢을 듯 터져 나왔다. 붉게 충혈된 눈동자가 깊은 원망을 담은 채 소류를 노려보고 있었다. 서너 걸음을 사이에 두고 마주선 그들을 집어삼키듯 더욱 거세진 바람이 두 사람 사이를 매섭게 휘몰아치고 지나갔다.

"진심으로 널 죽이고 싶다는 생각을 했다. 너 같은 배신자 따위, 못 죽일 까닭도 없으니까. 이제 넌 내게, 그리고 아이혜에게 벗도 군주도 그 무엇도 아니라 생각했지. 먼저 우리를 배신한 건 다름 아닌 너였으니까!"

"암요. 지당하신 말씀입니다. 명백한 배신이었지요. 그로 인해 그녀가 죽은 것이고요."

원망 가득한 진의 일갈에 손파영이 기다렸다는 듯 잽싸게 끼어들며 맞장구를 쳤다. 흥분과 희열로 번뜩거리는 손파영의 눈동자는 뱀의 그것처럼 음흉하고 간악했다.

소류는 잠시 그런 손파영을 일별하다 다시금 진에게로 시선을 돌렸다. 찰나휙 하고 바람을 가르는 소리와 함께 눈앞에서 무언가가 섬뜩하게 빛났다. 그와 동시에 차갑고 날카로운 감촉이 목 언저리를 지그시 눌러 왔다. 예리한 칼날이 아슬아슬하게 살갗을 파고들고 있었다.

제게 검을 겨누고 있는 진을 덤덤히 응시하던 소류의 시선이 침잠하게 가라앉았다. 서서히 벌어지고 있는 상처가 따끔거렸지만 정작 고통을 호소해 오는 건 목의 상처가 아니라 먹먹하게 조여드는 심장 한편이었다.

"전하!"

"진 님! 검을 거두십시오!"

진의 돌발 행동에 놀란 친위대와 병사들이 일제히 진을 향해 검을 뽑았다. 숨 막히는 긴장 속에 깨질 듯 위태로운 대치가 이어졌다. 입가를 가늘게 늘인 채 그런 그들을 바라보고 있던 손파영이 소류와 시선이 마주치자 안타깝다는 듯 측은한 표정을 지으며 어깨를 으쓱해 보였다.

그러게 왜 그런 잘못을 저지른 것이냐고, 죄를 지었으면 응당 벌을 받아야 마땅하지 않겠느냐고, 그리 질책하듯 간살맞게 웃어 보이는 손파영을 향해 무감한 시선을 던지며 소류는 제 목에 서늘히 와 닿은 진의 검을 그저 묵묵히 받아 내고 있었다. 제게 검을 겨눈 진을 뿌리치지도, 진을 에워싼 친위대를 저지하지도 않은 채로 그는 우두커니 서 있을 뿐이었다.

벌어진 상처에서 스며 나온 붉은 피가 목선을 타고 주르륵 흘러내렸다. 선연히 그어진 붉은 선을 잠자코 바라보던 진이 이윽고 입을 뗐다.

"반드시 내 손으로 널 죽일 거라고, 그리 이를 갈았었다. 군주답지 못했던 너를, 아이혜를 저버렸던 너를, 기어이 내 신의마저 무너뜨렸던 너를…… 내 손으로 죽여 버릴 거라고……!"

늘 그만을 바라보던 한결같은 순정을 매정히 외면했던 그를, 왕의 반려가 될 운명이라는 신탁을 철석같이 믿으며 평생을 그를 위해 헌신한 그녀를 끝내 저 버렸던 그를…… 어떻게 해도, 아무리 이해하려 노력해 봐도, 결코 용서할 수 없었던 때가 있었다. 그저 원망만이 가득해서, 치미는 배신감에 하루하루를 어찌 살아 내고 있는 것인지조차 모를 만큼 증오로 가득해서, 저 역시 모두 저버리고 싶을 만큼 마음이 괴로워서, 진심으로 그를 죽이고 싶었던 때가 있었다.

고통스럽게 악다물려 있던 입가에 돌연 피식하는 미소가 스쳤다.

"하지만…… 인정해야겠지."

사납게 일렁이던 시선이 쓸쓸함을 안은 채 이내 서서히 잦아들고 있었다. 원망하고 미워하던 그 모든 순간들에조차 어쩌면 이미 알고 있었는지도 모르겠다. 애써 부정하고 있던 그 모든 것들을 결국엔 인정할 수밖에 없는 순간이 오리라는 것을.

"철저히 외면하고 부정해 왔었다. 너도 그저 한 사내일 뿐이라는 것을……. 때론 흔들리고 아파할 수 있는 그런 사내라는 것을."

채 억누르지 못한 옅은 자책이 소류를 향해 우련히 가닿았다.

"그건 군주에 대한 충심도, 벗으로서의 신의 때문도 아니었지. 그저 내 이기심이었다. ……나의 벗이며 아라하의 천궁인 너 단목소류는, 절대 그런 시시한 사내가 아니어야 한다고…… 그리 끔찍이 믿고 있던 내 비틀린 충심이고 신의일 뿐이었어."

그것을 시인한다는 듯 진이 어깨를 으쓱했다.

"그래, 이제는 깨끗이 인정할게. 그건 너의 잘못이 아니라 명백한 나의 잘못이었다."

군주임을 이유로, 또한 아이혜와 저의 벗이라는 이유로 그를 용납할 수 없었던 건 오로지 제 자신의 이기였으며 욕심일 뿐이었다. 그것을 온전히 인정하기까지가 이리도 어려웠다. 스스로를 지옥 불구덩이 속에 몰아넣은 채 숨이 멈출 듯한 격통의 시간들을 흘려보낸 후에야, 마침내 그를 그저 단목소류라는 한 사내로서 어렵사리 받아들일 수 있었다.

"그러니까, 용서하겠다고……."

바람에 나부끼는 머리카락이 잠시 시야를 방해했다. 헝클어진 머리카락을 가만히 쓸어 넘긴 진이 조용히 소류를 응시했다.

"내가 너를, 이 서문진이 단목소류를 이제 진심으로 용서하겠다고……."

또한 자신 역시 이제는 그만 그녀를 편히 보내 주겠노라고…….

공허함과 평온함이 공존하는 묘한 미소가 잠시 진의 얼굴을 스쳤다. 그러고는 돌연 사납게 눈썹을 치켜뜬 진이 저를 에워싼 친위대의 검을 순식간에 쳐내며 전광석화처럼 몸을 돌려세웠다.

챙―!

"……!"

저를 향해 갑작스레 돌아선 진을 본 손파영이 놀라 눈을 커다랗게 뜬 채 주춤거리며 물러났다. 진이 씩 입꼬리를 올려 웃었다.

"알아들었어? 그러니까 그딴 헛소리는 저승에서나 지껄이고……."

"……자, 잠깐……!"

"그만 꺼지라고!"

때마침 불어닥치는 돌풍만큼이나 거센 바람을 일으키며 진의 검이 큰 반월을 그렸다.

퍽―!

순간 둔탁한 소리와 함께 손파영의 어깨에서 피가 분수처럼 솟구쳤다. 순식간에 잘려 나간 왼팔이 바닥으로 떨어졌다. 잘린 팔의 손가락이 기괴하게 꿈틀대고 있었다.

"으…… 으으……!"

찰나 고통도 느끼지 못한 채 제 몸뚱이에서 떨어져 나간 팔을 믿을 수 없는 눈으로 쳐다보던 손파영이 피가 콸콸 흐르는 어깨를 부여잡은 채 두려운 듯 뒷걸음질 쳤다. 그러나 잘려 나간 팔에서 느껴지는 고통보다 더 큰 의문이 이 순간 손파영의 뇌리를 온통 잠식한 채 그를 혼란과 광기 속에 몰아넣고 있었다.

"왜…… 왜, 어째서! 그를 원망했잖아, 증오했잖아! 저놈 때문에 네가 사랑하는 여자가 죽었다고! 저놈도 그걸 부정하지 못하잖아……! 그런데 왜! 도대체 왜, 어째서 저놈을 용서하는 거야! 어째서 그리 쉽게 용서하는 거야, 등신같이……! 서로 악귀처럼 싸워야지, 물어뜯고 싸워야지! ……왜! 대체 왜! 어째서!"

실성한 사람처럼 발악하는 손파영을 쳐다보며 진이 딱하다는 듯 고개를 저었다.

"죽어선들 네놈이 알까. 짐승만도 못한 네놈이, 과연 죽어 다시 태어난다 한들 그것을 알까."

고요히 선 진의 머리 위로 찬연한 아침 햇살이 내리쳤다.

"……신의(信義)……."

불어오는 바람을 등진 채 진은 시야 끝에 시리게 펼쳐진 하늘을 일별하며 나직이 내뱉었다.

"바로 신의라는 거다……. 아마 네놈은 절대 모르겠지. 살아서도, 죽어서도, 다시 태어난다 해도 네놈은 절대로 모를 거야. ……그것이 신께서 네게 내리신 형벌일 테니까."

혼란스럽게 치뜬 손파영의 눈동자가 피처럼 붉게 달아올랐다. 팔의 고통도 잊은 채 몸을 부들부들 떨며 눈을 부라리고 선 손파영이 악다구니를 쳐 댔다.

"그게 뭔데! 대체 그까짓 게 뭔데! 신의라는 게, 연정이라는 게 그까짓 게 대체 뭐길래! 그런 거 나는 몰라! 그런 거 알 게 뭐야! 나는 몰라! 모른다고! 아아아악!"

알 수 없는 분노와 혼란에 휩싸인 손파영은 두려움에 뒷걸음질 쳤다. 서너 걸음쯤 물러났을 때에야 팔이 잘려 나간 어깨로 끔찍한 고통이 벼락처럼 밀려들었다. 새하얗게 질린 손파영의 얼굴이 처참하게 일그러졌다. 이내 고통과 공

공포로 가득 찬 비명 소리가 손파영의 입에서 처절하게 터져 나왔다.

"으으…… 으아아악!"

고통에 몸을 떠는 손파영을 서늘히 지켜보던 진은 바닥에 떨어진 손파영의 팔을 발로 툭 차 저만치 날려 버렸다. 그리고는 소류를 향해 획 돌아서더니 선심 쓰듯 말했다.

"양보할게."

소류가 되묻듯 눈을 치뜨자, 진은 아쉬운 듯 입맛을 다시며 어깨를 으쓱해 보였다.

"나 혼자 날로 먹기엔 너무 악랄한 놈이라서."

소류가 조용히 웃었다.

"듣던 중 고마운 소리인데."

"그럼, 당연히 고마워해야지. 세상천지에 나만 한 벗이 또 있을 줄 알아?"

생색내듯 으스대는 진에게 선선히 웃어 보인 소류가 이내 시선을 거두고는 손파영을 향해 성큼 걸음을 내디뎠다.

몇 걸음 내딛자 발치에 무언가 툭 하고 딱딱한 것이 차였다. 발밑을 쓱 내려 다보니 피 묻은 작은 단검이 흙먼지를 잔뜩 뒤집어쓴 채 바닥을 뒹굴고 있었 다.

"……."

짐작건대, 파안의 황제가 기를 쓰고 제 눈에 찔러 박던 그 단검이리라.

소류는 허리를 숙여 가만히 단검을 집어 들었다. 하필 그것이 지금 그의 눈에 띈 까닭이나 의미 같은 것들을 굳이 헤아려 볼 필요는 없었다.

성큼성큼 걸음을 내디뎌 손파영 앞에 멈춰 선 소류가 여태도 웅크린 채 몸을 떨며 비명을 내지르고 있던 손파영의 목덜미를 우악스럽게 잡아채 얼굴을 들어 올렸다.

"히익……!"

고통으로 처참하게 일그러진 손파영의 새하얀 얼굴이, 공포에 질려 커다랗게 떠진 그의 희멀건 눈동자가 격한 떨림을 안은 채 두려운 듯 소류를 향했다.

자꾸만 뒤로 달아나려는 그의 얼굴을 가까이 당기며 소류가 나직이 내뱉었다.

"두려움…… 참혹한 고통…… 지옥 같은 기억…….

손파영의 목덜미를 잡은 손아귀에 힘을 준 채, 소류는 다른 한 손에 들린 단검을 가만 고쳐 쥐었다.

"그것들을 네놈도 가슴 깊이 안고 가야 공평하지 않겠나."

소류가 무엇을 하려는 것인지를 알아차린 손파영의 희멀건 눈동자가 무섭게 떨려 왔다. 눈을 감았다 뜰 새조차 주지 않고, 소류는 악귀처럼 희번덕거리는 눈동자를 향해 인정사정없이 단검을 힘껏 찔러 박았다.

퍽―!

흙먼지가 잔뜩 묻은 단검이 살갗을 뚫는 소름 끼치는 소리를 내며 손파영의 눈에 정확히 박혀 들어갔다. 손파영의 찢어질 듯한 비명 소리가 사위에 처절하게 울려 퍼졌다.

"으아아악! 으아아아악!"

그녀를 진정으로 아프게 한 것은 아마도 이것이었겠지. 저를 구하기 위해 스스로 제 눈을 찌르던 사내의 그 애틋함과 절절한 진심……. 그것이 연정이든 미련이든 죄책감이든, 그 무엇이 되었든…….

서걱거리는 가슴의 통증을 애써 몰아내며 소류는 손파영의 눈에 박힌 단검을 도로 휙 뽑아냈다. 벌어진 눈두덩에서 피가 콸콸 솟았다. 솟구쳐 튄 피가 소류의 얼굴마저 붉게 물들여 그를 더욱 섬뜩하고 잔혹해 보이도록 만들었다.

남은 한 팔로 제 눈을 감싸 쥐며 아픔에 몸부림치던 손파영이 엄습해 오는 고통에 몸의 균형을 잃고 쓰러져 바닥을 나뒹굴었다. 소류는 그런 손파영의 몸 위에 올라타 앉은 뒤 비정하고 냉담한 조소를 만면에 떠올렸다. 경멸에 가득 찬 시선이 제 아래 깔린 채 버둥대는 악귀 같은 사내에게 불같이 가닿았다.

"그래, 기분이 어떤가. 즐거운가? 고통스러운가? 응……?"

나긋이 묻는 말에 손파영이 벌벌 떨며 고개를 저었다.

"내…… 내가…… 잘못…… 제발…… 그, 그만…….."

"그만……? 겨우 이 정도로?"

진심으로 우습다는 듯 돌연 굉소를 터뜨린 소류가 이내 웃음을 뚝 그치고는 싸늘한 눈으로 손파영을 내려다보았다.

"꿈도 크군."

정말이지 기도 차지 않는다는 듯 소류가 코웃음을 쳤다. 그 어떤 잔혹한 방법으로 손파영을 죽이든, 그가 저지른 잔악무도한 짓들의 절반의 절반에도 미치지 못할 것이다.

"내 친히 네 사지를 하나하나 잘라 내어 도성 밖 동서남북에 골고루 뿌려 주마. 물론 네 그 남은 한쪽 눈마저 도려내 준 후에."

"으, 으으…… 그, 그만……!"

온몸을 떨며 사정하는 손파영을 냉혹하게 내려다보며 소류가 단검을 높이 치켜들었다. 어깨 위로 치켜든 검 끝에 비친 태양 빛이 그의 머리 위로 찬연히 부서져 내렸다.

소류가 입매를 비틀며 노기 띤 음성으로 나직이 읊조렸다.

"아이혜를 죽인 죄……."

어디선가 불현듯 바람이 거세게 불어왔다.

"감히 아리를 욕보이려 한 죄……."

또 그렇게 어디론가 불어 가는 바람이 검 끝을 재촉하듯 스쳐 지나갔다.

소류는 단단히 검을 고쳐 쥐며 마지막으로 씹어뱉듯 내뱉었다.

"……너 따위 악귀가 감히 인두겁을 쓰고 태어난 죄."

그 말을 끝으로, 사정을 두지 않은 싸늘한 검날이 소류의 손을 떠나 손파영의 남은 오른쪽 눈동자를 향해 매섭게 날아가 꽂혔다.

"으…… 으아아악!"

단검이 박힌 제 눈을 움켜쥔 손파영이 처절하게 비명을 토해 내며 발작하듯 몸을 떨었다. 그런 손파영을 잔혹하게 내려다보던 소류가 그의 오른쪽 눈에 꽂혀 있는 단검을 뽑지 않은 채 몸을 일으키곤 허리춤의 대검을 뽑아 들었다.

스르릉—

검집에서 뽑혀 나온 검날이 아침의 태양 빛을 받아 붉은빛을 흩뿌렸다.

생에 가장 참혹했던 오늘, 흑양검의 검푸른 검날에 마지막으로 묻힐 피는 인간의 것도, 금수의 것도 아니었다.

그렇기에, 검 끝에 인정을 둘 필요가 전혀 없었다.

"으아아악!"

휘익, 바람이 불자 검날에 묻은 붉은 피가 사방으로 튀었다. 단칼에 마저 잘려 나간 손파영의 오른팔이 끔찍하게 바닥을 굴렀다.

또다시 휙 바람이 스칠 때마다 붉은 피가 솟아 흙바닥을 붉게 적셨다. 왼쪽 다리, 오른쪽 다리가 차례로 손파영의 몸뚱이에서 잘려 나가 바닥을 아무렇게나 나뒹굴었다. 어느 순간부터인가, 손파영의 처절한 비명 소리는 더 이상 들려오지 않았다.

아직 미약하게나마 숨이 붙어 있는 손파영이 얼굴을 씰룩거리며 무슨 말을 하려 했지만, 그마저 힘에 부치는 듯 그저 기괴한 표정만을 만들어 낸 채 꺼질 듯한 숨을 뱉어 냈다.

소류는 그런 손파영을 향해 조용히 내뱉었다.

"내생에는 그 무엇으로도 태어나지 마라. 무엇으로 존재하든 내 너를 알아보아 반드시 숨통을 끊어 놓을 테니."

말을 마친 소류가 검을 단단히 고쳐 쥐었다. 한때는 간악하고 교활하게 번뜩였으나, 이제는 처참히 도려내진 채 붉게 벌어진 상처만을 드러내고 있는 끔찍한 눈두덩을 건조하게 내려다보던 소류가 이내 머리 위로 들어 올린 흑양검을 손파영의 목을 향해 사정없이 내리찍었다.

퍽—!

동강 나 바닥을 구르는 손파영의 얼굴이 찰나 스쳐 간 바람에 흙먼지를 흠뻑 뒤집어썼다. 붉게 벌어진 눈두덩 안에 감춰진 간악한 눈동자는 이 순간 또 누군가를 찾아 헤매며 집요하게 굴러가고 있으려나. 죽어서도 그 교활한 성정을 버리지 못한 듯 두 눈을 잃은 채로도 기괴하게 웃고 있는 손파영의 얼굴을 잠시 서늘히 내려다보던 소류가 이내 미련 없이 시선을 거두고는 몸을 돌려세웠다.

파안제국의 황궁……. 그중에서도 가장 심처인 황제의 전각, 태건궁…….

소류는 주인의 생사조차 알 길 없을 그 위엄찬 전각과, 광풍이 몰아치고 지나간 그곳의 드넓은 마당을 잠시 새기듯 천천히 둘러보았다. 오늘 황궁에서 벌어진 참담한 일을 아마 평생토록 잊지 못할 테지만, 평생을 잊은 듯이 살아 내야만 하리라.

그사이 바람이 쉼 없이 불어오고 불어 갔다. 소류는 불어오는 차가운 바람을 맞으며 잠시 눈을 감았다 떴다.

잠시 저를 스치고 사라지는 바람처럼, 악몽 같던 오늘의 그 모든 기억의 편린들은 이제 저와 그녀의 삶에서 완전히 자취를 감출 것이다. 반드시 그리되도록 제게 허락된 그 모든 날 동안 그는 온 힘을 다해 치열하게 싸울 것이다. 그 무엇과든, 그 누구와든…….

소류를 따라 주위를 휘둘러본 진이 이만 가자는 듯 고갯짓을 해 보였다. 소류가 그런 진을 향해 고개를 끄덕였다. 소류는 더는 지체하지 않고 성큼 걸음을 뗐다. 그는 큰 보폭으로 태건궁 마당을 빠르게 가로지르며 처음 이곳에 들어서기 위해 지나온 목문으로 향했다. 진이 조용히 그런 소류의 곁을 따랐다.

어느 때보다도 찬연한 아침 햇살이 태건궁의 너른 마당 위로 가득 쏟아져 내리고 있었다.

뒤늦게 태건궁에 몰아닥친 대장군 휘하 병사들의 함성 소리가 마당이 떠나갈 듯 요란하게 울려 퍼졌다.

"역적의 수괴 낙안성주 손파영이 참수되었다! 역모의 배후가 모두 참수되었다!"

사방으로 난 출입문을 통해 동시에 밀려들어 와 어느새 앞마당을 가득 메운 황제군을 뒤로한 채, 소류와 진은 친위대와 병사들을 이끌고 태건궁을 빠르게 벗어났다.

광풍처럼 몰아닥쳤던 내란이 그렇게 끝나 가고 있었다.

제국의 내란이 종결됨과 함께 모든 사태는 종장을 향해 치달았다. 삼국의 관계 정리가 무엇보다도 시급해졌음은 두말할 필요도 없는 사실이었다.

한시적 동맹……. 서한이나 증표 따위도 오가지 않은 암묵적 결탁이었기에, 손파영이라는 공동의 적을 제거한 지금 그들은 다시금 아군이 아닌 본래의 적대 관계로 돌아와 있었다. 하지만 삼국 중 누구도 섣불리 서로를 공격할 수 있는 입장이 아니었다. 지금 싸운다면 전장은 그야말로 혼돈으로 가득할 터였다. 누가 적이고 누가 아군인지를 명확히 판단할 수 없을 만큼 삼국의 관계는 실로 복잡하게 얽혀 있었다.

잠시 암묵적인 동맹을 맺었던 파안과 아라하의 관계는 논외로 치더라도, 비록 내란은 종결되었으나 한때나마 둘로 갈라진 채 서로에게 창칼을 겨누었던 파안제국 군사들의 관계가 그러했고, 손파영과 아라하에 각기 지원되었던 설유국 군사들의 관계 또한 그러했다. 아군이되 잠시 적군이기도 했던, 혹은 적군이되 잠시 아군이기도 했던 관계의 모호성은 깊은 혼란을 불러와 한껏 타오르던 병사들의 사기마저 한풀 꺾어 놓고 있었다.

하여 삼국 모두에게 당장 시급한 것은 관계를 확실히 해 둘 시간과 휴식이라는 결론에 이르렀다. 이 같은 결론을 내린 소류는 고민할 것도 없이 파안과 설유에 휴전을 제의했고, 자함과 설유의 상장군은 기다렸다는 듯 두말 않고 그것을 받아들였다.

휴전을 맺은 후, 아라하군은 황궁에서 즉각 철수하여 해주성으로 향했다. 설유군 역시 그 즉시 본국으로의 귀환을 서둘렀다. 아라하군과 설유군이 도성을 떠나자 자함은 내란의 핵심 인물들을 색출하여 모조리 숙청하고 둘로 갈라졌던 군대를 정비하는 등 본격적으로 도성을 수습하는 데 만전을 기했다.

그렇게 전쟁은 잠시의 휴식기를 맞았다.

혹자는 적국의 성을 점령한 채로, 또 혹자는 적국에게 성을 빼앗긴 채로, 또 다른 혹자는 한때는 동맹이었다가 언제든 그 관계를 뒤집을 수 있는 모호한 관계로 남은 채로…….

이노하 대륙은 잠시 그렇게 불완전한 평온을 되찾았다.

## 31
# 이른 봄의 속삭임

 결코 끝나지 않을 것처럼 기승을 부리던 혹심한 추위도 계절의 주인이 바뀌었음을 시인하듯 서서히 물러나고 있었다.

 대지는 여전히 차갑게 얼어붙어 있었지만, 따사로이 볕이 내려앉는 양지 주위에는 겨우내 바싹 말라 있던 삭막한 나뭇가지들 위로 연둣빛 새순이 하나둘 빼꼼히 얼굴을 내밀고 있었다.

 마른 가지 위에 파릇파릇 돋아난 여린 잎을 가만히 쓰다듬던 고운 손가락이 망설이듯 잠시 멈칫하더니 이내 허공으로 완전히 거두어졌다. 곁을 따르던 시녀가 그런 제 상전을 보고는 조심히 다가가 고했다.

 "마마. 싹이 튼 가지들을 거두어 침소에 올릴까요?"

 성심을 다해 왕비를 보필하라, 왕으로부터 직접 그리 명받은 시녀는 왕비의 행동 하나하나를 허투루 흘리는 법이 없었고, 그런 그녀의 행동은 때때로 아리를 숨 막히게 만들었다.

 배려 가득한 눈길로 저를 보며 묻는 시녀를 멍하니 응시하던 아리는 이내 황급히 고개를 저었다.

"그럴 것 없다. 힘겹게 틔운 싹을 꺾어서야 되겠느냐."

"소인의 생각이 짧았사옵니다. 용서하소서, 왕비 마마."

아리는 시녀를 향해 조용히 웃어 보이고는 후원의 연못을 향해 걸음을 옮겼다.

모든 것이 생경하게 다가왔다. 그러나 그 생경함은 단순한 낯섦에서 오는 것이 아니라 깊은 불안과 두려움에 기인한 것이었다.

해주로 온 이후 처음으로 마주하는 바깥 풍경이었다. 근 두 달 동안을 침실에만 틀어박힌 채 외부와 철저히 단절된 생활을 해 온 그녀였다. 세상과 단절된 그 공간을 벗어나고 싶은 마음은 추호도 없었다. 오늘의 급작스러운 외출역시 시녀들의 권유에 마지못해 따라나선 것이었다. 금일따라 유난히 봄볕이 따사롭다며 간절히도 청하는 그 따스한 온정들을 차마 뿌리치지 못한 탓이었다.

연못의 수면 위로 내려앉은 햇살이 너울너울 은빛 가루를 흩뿌렸다. 그 눈부신 광경을 물끄러미 응시하던 아리는 햇살의 찬연함에 치를 떨듯 저도 모르게 몸을 움츠린 채 두 눈을 질끈 감았다.

역시 아직은 무리였을까. 봄볕은 따사롭기 그지없고 봄바람은 산들산들 청량히도 불어오건만, 가슴은 오히려 갑갑하게 조여들어 속이 울렁거리고 현기증이 났다.

힘겹게 새싹을 틔운 여린 생명의 고결함도, 눈부시게 쏟아지는 빛의 찬연함도, 감히 그녀가 넘볼 수 없는 것들이었다. 감히 그녀가 그것들을 넘본다면, 필시 생명은 빛을 잃어 시들해질 것이며, 빛 또한 생명을 잃어 어둠에 삼켜지고 말 터였다.

제 손이 닿는 순간, 그 모든 것이 망가지고 부서져 버릴 것만 같은 끔찍한 느낌들을 그녀는 도저히 떨쳐 낼 수가 없었다. 그런 불안감은 그녀를 집어삼킬 듯 눈덩이처럼 불어나 시시각각 그녀를 괴롭혀 대고 있었다.

돌이켜 보면 황궁에서도 늘 그랬었다. 애당초 시작부터가 그랬다. 그녀가 주단유와 주단휘를 알게 된 그 시작부터.

그녀로 인해서 두 사람 모두 뒤틀리고 어그러져 서로를 잔인하게 해치고 엉망으로 망가뜨렸다. 그녀가 그들 앞에 나타나기 전까지는 적어도 겉으로 보기에는 더없이 우애 좋은 형제들이었다. 그러니 원하든 원치 않았든, 그들을 피흘리며 아귀처럼 다투게 만든 것은 다름 아닌 그녀였다.

어디 그 시작뿐이던가. 고집스럽게 출궁하여 하필 적국의 왕을 만나 아라하에 발이 묶이게 된 것도, 그로 인해 내란이 일어나게 된 빌미를 제공한 것도, 양국의 전쟁에 불을 지핀 것도 결국 그녀였다. 손파영이 활개를 치며 패악을 부리게 되었던 것 또한 결국은 그녀가 저질러 놓은 그 모든 과오들이 빚어낸 결과였다.

그렇다. 모든 것이, 불운이라 여기었던 그 모든 일들이, 실은 전부 다 그녀의 잘못으로 말미암은 것이다.

아이혜를, 주단휘를…… 떠나간 모두를 죽인 건 바로 그녀 자신이었다.

"……아…… 으윽……!"

일순 심장이 조여 오는 듯한 끔찍한 고통이 엄습해 왔다. 갑자기 가슴을 틀어쥔 아리가 웅크려 앉아 발작하듯 숨을 몰아쉬자, 놀란 시녀들이 황망히 왕비의 곁에 모여들어 그녀를 부축했다.

"마마! 왕비 마마! 미편하시옵니까? 어서 소인의 등에 업히소서. 침소로 모시겠사옵니다."

잠시 소란이 일었으나 자주 있는 일인 듯 시녀들은 놀란 와중에도 일사불란하게 움직였다. 시녀 둘이 왕비의 양팔을 붙잡아 일으키자 체구가 큰 젊은 시녀 하나가 기다렸다는 듯 자신의 넓은 등을 내밀었다. 왕비를 조심히 등에 업은 시녀가 앞장선 채 뛰다시피 걸음을 재촉하며 걷자 나머지 시녀들 역시 황급히 그 뒤를 따랐다.

그 같은 소동은 요란하지는 않았으나 멀리서 보기에도 어떤 변고가 생겼다는 것쯤을 짐작하기에는 충분한 것이었다.

앞을 살피며 서둘러 걸음을 놀리던 젊은 시녀가 갑자기 놀란 듯 헛숨을 들이켜며 불현듯 자리에 멈추어 섰다. 다른 시녀들의 사정 역시 다를 것이 없었다.

"저, 전하!"

이제 막 후원 옆 돌담을 돌아 이쪽으로 걸어오고 있는 왕을 발견한 시녀들이 사색이 된 채 황망히 국궁했다. 왕비의 심신이 몹시도 쇠약하여 천궁의 윤허가 있을 때까지는 무리한 외출을 금한다는 왕명이 있었건만, 공허한 얼굴로 창밖을 하염없이 바라보던 왕비가 오늘따라 몹시도 측은하게 느껴져 부득부득 그녀를 후원으로 인도한 그들이었다.

하여 이 같은 변고가 생긴 것에는 왕명을 어기고 왕비를 제대로 보필하지 못한 자신들의 책임이 컸다. 시녀들은 예기치 못한 왕의 걸음에 놀란 가슴이 되어 마음을 졸일 수밖에 없었다.

"……"

소류가 잠시 멈췄던 걸음을 옮겨 가까이 다가가자 그들은 더더욱 어쩔 줄 몰라 하며 죄인처럼 깊이 머리를 조아렸다.

소류는 젊은 시녀의 등에 업힌 아리를 가만히 응시했다. 어찌 된 일이냐고 굳이 묻지 않아도 상황을 짐작하기는 어렵지 않았다.

"……이리 다오. 내가 안으마."

"저, 전하. 송구하옵니다. 소인들이 감히 전하의 명을 어기고 왕비 마마를 제대로 보필하지 못하였사옵니다! 죄를 물으신다면 달게……."

황망함에 안절부절못하는 시녀의 애타는 읍소가 채 끝나기도 전에 그녀의 등에서 아리를 내려 제 품에 안아 든 소류가 우왕좌왕하는 시녀들을 뒤로한 채 성큼성큼 걸음을 뗐다. 그러자 이내 정신을 차린 시녀들이 우르르 그 뒤를 따랐다.

그녀를 안아 든 팔에는 무게감이 거의 느껴지지 않았다. 본디 가냘팠던 사람이지만, 지난 두 달 사이 더없이 가벼워져 버린 여린 육신의 무게가 그녀의 상태를 대변해 주는 것만 같아 소류는 마음이 쓰리고 심장이 베여 나가듯 아프기만 했다.

어느덧 계절은 봄을 노래하는데, 그녀의 세계는 여전히 혹독한 겨울에 머물러 있었다.

아리를 침소로 데려와 눕힌 소류는 그녀가 깨어날 때까지 조용히 곁을 지켰다. 감당할 수 없는 고통이 몰아닥칠 때면 그녀는 오늘처럼 정신을 놓아 버리고는 했다.

소류는 침상에 걸터앉아 그녀의 이마 위에 흐트러진 머리카락을 단정히 정리해 주고는 창백한 뺨을 조심스레 쓰다듬었다.

미동 없이 누워 있던 그녀가 그 작은 기척에 스르륵 눈을 떴다. 소류는 그런 그녀를 안쓰럽게 내려다보며 조용히 입을 열었다.

“……정신이 드나. 아직은 찬 바람이 몸에 해로우니 외출은 삼가라 내 분명히 일러두었건만…….”

시야에 드리운 흐릿한 장막을 거둬 내려 애를 쓰고 있는데 곁에서 소류의 목소리가 들려왔다. 그녀의 파리한 얼굴 위에 찰나 혼란스러운 기색이 스쳤다. 아리는 그의 시선을 피한 채 들릴 듯 말 듯 한 목소리로 대꾸했다.

“……제가…… 나가겠다고 고집을 피웠습니다……. ……봄이 왔다 하기에…….”

저로 인해 곤경에 처할지 모를 시녀들을 감싸고도는 아리의 말에 소류가 그 속사정을 훤히 안다는 듯 부드럽게 웃어 보였다.

“봄이라……. 그래, 어떻던가. 나가 보니 좋던가? 후원에 나가 무엇을 했지?”

“……돋아난 새싹도 만져 보고…… 봄 햇살도 쬐고…….”

“잘했군.”

그래, 아직은 바람이 차다 해도 방 안에만 틀어박혀 있는 것보다는 잠시라도 나가 숨통을 틔우는 것이 그녀에게는 더 절실히 필요한 일일지도 모른다. 소류는 속으로 그리 생각하며 고개를 주억거리다 이어지는 그녀의 여린 목소리에 고개를 들어 그녀의 얼굴을 물끄러미 응시했다.

"……새싹이 너무…… 여리고 맑아서…… 봄볕이 너무 눈이 부셔서……."

"……."

"……그래서…… 참으로 좋았습니다……."

툭 하고 건드리면 깨어져 버릴 것 같은 위태로운 얼굴을 하고서 혼잣말처럼 그리 조용히 중얼거리는 아리를 보며 소류가 무겁게 한숨을 내쉬었다.

휴전 이후 낙안성과 이곳 해주성을 차지한 채 앞으로의 전쟁에 대비하며 그가 지난 두 달을 눈코 뜰 새 없이 바삐 흘려보내는 동안, 그녀는 홀로 자기 자신과 치열하게 싸웠다. 그가 그런 그녀를 위해 해 줄 수 있는 일이라고는 그저 오늘처럼 이렇게 묵묵히 곁을 지켜 주는 것뿐이었다. 결국 그 싸움을 끝낼 수 있는 것은 오로지 그녀 자신뿐일 테니까.

하지만 그를 마주할 때마다 늘 지금처럼 불편하고 어려운 기색인 그녀에게 서운함이 느껴져 가슴이 아릿해지는 것은 어쩔 수 없었다.

소류는 그런 제 마음을 내색하지 않은 채 엷게 웃으며 입을 열었다.

"하면 자주 산보를 나서는 것이 좋겠군. 저녁에 다시 올 테니 나와 함께……."

"아니요……. 다시 오시지 않으셔도 됩니다. 설유국에 대한 보상 문제로 군장 회의가 한창이라 들었습니다."

"잠시 산보할 시간 정도는……."

"귀한 시간을 허투루 쓰지 마십시오. 그리 한가하신 분이 아니지 않습니까……. 군주가 군주답지 못하면 나라가 허물어지는 법입니다. 이리 격변하는 시기에는 더더욱 그럴 테지요. 그러니 제게 신경 쓰실 것 없습니다. 저는 괜찮습니다."

소류는 부득부득 만류하는 그녀를 빤히 응시했다. 바늘처럼 따끔한 그 말이 진정 누구를 향한 것인지 도무지 모를 노릇이다. 어리석은 과오로 나라를 망칠 뻔한 과거의 황제를 향한 것인지, 아니면 오로지 지금의 저를 향한 것인지…….

분명한 건, 지금 저를 이토록이나 밀어내는 까닭도, 이토록이나 의도적으로 제 시선을 피하려 애쓰는 까닭도, 가슴속에 비수처럼 박힌 그날의 참상이 조금도 옅어지지 않은 때문이었다.

그것을 감히 모르는 바 아니지만, 이리 저를 밀어낼 때마다 위태롭게 버티고 있는 그의 세상 또한 처참히 부서지고 무너져 내린다는 사실을 부디 그녀가 조금쯤은 헤아려 주기를……. 하여 그런 그를 위해서라도 부디 그녀가 조금만 더 단단히 버텨 내 주기를, 염치없게도 그는 바라고 있었다.

그 같은 참상을 겪은 그녀 앞에서 고작 제 아픔이 벅차 이토록 이기적인 마음을 품고 있는 자신이었다. 그런 제게 온갖 욕설을 퍼부어도 모자랄 것 같은 심정이었지만, 한편으로는 주체할 수 없을 만큼 서운한 마음이 이는 것도 사실이었다.

진심이 아니란 걸 알면서도 저를 밀어내는 차가운 마음 한 자락에 매번 심장이 베이고 가슴이 온통 헤집어지기 일쑤였다. 천궁이라는 단단한 껍데기 속에 숨어 있는 단목소류라는 사내 그 본연의 모습은 이렇듯 참으로 하찮고 옹졸하기 그지없는 것이었다.

소류는 더는 권하지 않은 채, 다소 굳어진 얼굴로 자리에서 일어났다.

"영영 내 오지 않길 바라는 사람 같군. ……그대의 말대로, 바쁘지 않은 날 다시 오도록 하지."

반쯤 돌아선 그가 무연히 덧붙였다.

"……이제껏 천궁의 자리가 바쁘지 않았던 날이 없어, 참으로 영영 오지 말란 소리인지도 모르겠지만……."

날 선 말들을 뱉어 내곤 주저 없이 돌아서는 소류의 뒷모습을 멍하니 올려다보는 아리의 시선이 불안하게 흔들렸다. 밀어낼수록 더 가까이 다가오던 이전까지와는 달리 그답지 않게 제게서 차갑게 시선을 거둔 채 훌쩍 물러나는 소류가 순간 서운하고 야속하게만 느껴졌다. 정말이지 눈물이 핑 돌 만큼이나…….

제 쪽에서 그리 밀어낼 때는 언제고 정작 그가 등을 돌리니 오히려 마음이 더 괴롭고 아팠다. 모순적인 제 마음을 도무지 이해하려야 이해할 수 없는 그녀였다.

"그럼 편히 쉬시오, 왕비."

어딘지 냉담하게까지 느껴지는 건조한 인사를 끝으로 그가 횅하니 침실을 나섰다. 펄럭이는 은의 자락 끝에서 찬 바람이 휘돌았다. 그런 소류를 붙잡고 싶은 마음이 굴뚝같았지만 아리는 차마 제 진심을 내비치지 못한 채 그가 시야에서 완전히 사라질 때까지 그저 멍하니 바라볼 뿐이었다.

혼란스럽고 힘에 겨워 마음이 하루에도 몇 번씩이나 변덕을 부렸다. 죽고 싶다가도, 또 살고 싶어지고…… 차마 보고 싶지 않다가도, 또 죽을 것처럼 보고 싶어지기 일쑤였다. 그렇게 하루에도 수천수만 번씩 바뀌는 제 변덕스러운 마음에 이제는 그녀 스스로가 넌더리가 나 지쳐 떨어져 나갈 지경이었다.

그도 사람이니 그런 제 변덕에 지치지 않았을 리 없었다.

홀로 남겨진 아리는 소류가 머물다 간 횅한 빈자리를 한참이나 멍하니 바라보다가 가만히 무릎을 세운 채 얼굴을 파묻었다.

얼마의 시간이 흘러야만 잊고 살아갈 수 있을까…….

앞으로 얼마나 더 오랜 세월이 흘러야만, 아무 일도 없었다는 듯 잊은 채 살아갈 수 있는 걸까.

누군가 그 답을 제게 알려만 준다면 남은 목숨마저 서슴지 않고 내어 줄 수 있을 것 같았다.

무릎 위에 얼굴을 파묻은 채 미동 없이 앉아 있는 그녀의 가녀린 몸이 안쓰럽게 떨리기 시작했다.


"아직 별다른 움직임들은 없는 것 같습니다. 왕비 마마께 불만이 있어도 황룡의 인을 무시할 수는 없으니 지금은 그들도 쉽게 움직이지 못할 겁니다."

무흔의 보고에 진은 고개를 끄덕였다. 무릇 왕비의 자격이란 것은 황룡의 인과 한 몸이나 마찬가지였기에 아리를 왕비로 인정하지 않는 부족들의 의견은 그저 무시하는 것만으로도 해결될 일이었다. 분명 마땅히 그리 여겨지던 때가 있었다. 하지만 그것은 예전의 이야기였다. 작금에 이르러서는 사정이 몹시 달라져 있었다.

파안과의 전쟁 이후, 시대는 무섭게 격변하여 감히 그 신성한 천신의 증표에 강한 의심과 불만을 품는 부족들이 하나둘 늘어나 아라하를 이루는 여덟 부족 중 절반을 차지하고 있었다. 사정이 그렇다 보니 왕비에 대한 문제는 언제 터질지 모를 화산처럼 늘 지독한 불안감을 떠안게 했다.

"더 신경 써서 지켜보도록 해. 머리가 모이면 일을 벌이기 마련이니까."

"예, 진 님. 그리고…… 이건 보고라고 말씀드리기엔 좀 그렇지만…….'

"뭔데 그리 뜸을 들이나. 무흔, 너답지 않게."

"그게…….'

선뜻 말을 꺼내지 못하는 무흔을 진이 빤히 쳐다보았다.

"전하 말입니다. 전하께서 며칠째 왕비 마마를 찾지 않고 계시다는 것을 아십니까?"

무흔의 보고 아닌 보고에 검날을 손질하던 진의 손길이 문득 멈췄다.

전쟁을 잠시 종결하고 해주로 돌아온 이후의 두 사람의 관계는 소류 쪽에서 일방적으로 끈덕지게 그녀에게 다가가던 것이 전부였다. 이해 못 할 일도 아니었고, 감히 참견할 일도 아니었기에 그저 알아도 모른 척 조용히 지켜보고 있을 뿐이었다.

한데 그 아슬아슬하고 답답한 관계마저 지금은 무슨 영문인지 뚝 끊겨 있다고 무흔이 말하고 있었다. 무흔의 편치 않은 표정을 보건대 두 사람에게 정말로 무슨 일이 있기는 한 모양이었다.

진은 다시 검을 닦는 데 집중하려 애쓰며 툭 던지듯 물었다.

"왜? 이유가 뭔데."

잠시 대답할 말을 고르던 무흔이 이내 입을 열었다.

"설유국에 대한 보상 문제로 연일 군장 회의가 이어지고 있고, 처결하실 사안들도 많아 그리하시는 듯합니다."

무흔의 대답에 진이 슬며시 검을 바닥에 내려놓고는 팔짱을 낀 채 심드렁히 중얼거렸다.

"소류와 내가 처음으로 그 군장 회의라는 것에 참석했을 때부터 그 망할 군장 회의는 단 한 번도 연일 이어지지 않았던 적이 없었고, 천궁의 처결을 기다리는 사안들은 늘 차고 넘쳤지. 이유라고 하기엔 너무 군색스러운데?"

"음……."

진의 반론에 말문이 막힌 무흔이 잠시 그대로 입을 다물었다가 이내 고민하듯 눈동자를 굴렸다.

"그게……."

"그게?"

"확실하지는 않습니다만…… 왕비궁 시녀들의 말을 빌리자면 두 분께서 조금 다투신 것 같다고도 합니다."

"다퉈……? 누구랑 누가 다퉈? 두 분이? 어느 두 분이? 전하와 왕비 마마가?"

두 사람이 다퉜다는 말에 앉아 있던 자리에서 벌떡 일어선 진이 무흔에게 바짝 다가선 채 대답을 재촉하듯 자부락댔다. 그러자 그런 진이 부담스러웠던지 냉큼 한 발 뒤로 물러선 무흔이 뜸 들이지 않고 대꾸했다.

"다투신 거라고 보기엔 조금 모호하지만 썩 좋은 분위기가 아니었던 것만은 확실한 모양입니다. 마지막으로 다녀가신 후로 전하께서 왕비궁으로는 일절 걸음도 하지 않고 계시니, 영 틀린 짐작도 아닌 듯하고 말입니다."

"썩 좋은 분위기가 아니었다……? 하하! 하하하!"

난데없이 박장대소하는 진을 무흔이 어안이 벙벙한 얼굴로 바라보았다.

"아무렇지 않은 척 고상들을 떨고 있으니 차라리 그 편이 백번 낫지. 그동안 내가 저 답답이들을 지켜보느라 속이 얼마나 새까맣게 탔는지 알아?"

지난 두 달간 호수처럼 평온하기 그지없는 두 사람을 지켜보며 영 마음이 거북하고 편치 않던 진이었다. 언제 터질지 모를 화산처럼, 언제 휘몰아칠지 모를 폭풍처럼, 겉으로는 평온과 고요를 가장하며 기를 쓰고 버티던 그들도 이제 더는 버틸 수 없게 된 모양이었다.

"그럼 이제 슬슬 이 서문진이 나서 줄 차례겠지."

그리 능청을 떨던 진이 이내 조금은 복잡한 미소를 떠올린 채 덤덤히 말을 이었다.

"아이혜가 목숨 던져 지켜 낸 인연이니, 그 뒤를 책임지는 건 당연히 나여야지. 안 그래? 아무래도 저 둘 뒤치다꺼리나 하다가 늙어 죽는 게 내 남은 일생의 숙명인 모양이야. 빌어먹을 팔자하고는."

"겨우 일생으로 되겠습니까? 제가 보기엔 전생, 현생, 내생의 업인 것 같습니다만……."

제 말을 잠자코 듣던 무흔이 슬쩍 말을 보태자 진이 눈을 동그랗게 뜬 채 무흔을 쳐다보았다.

"오호, 악담하는 재주도 있었어?"

"진 님과 가까이 지낸 것이 벌써 몇 년째인데요."

"기분이 살짝 나빠지려고 하니까 그 말은 칭찬으로 받아들이지."

한 방 먹고도 즐거운 듯 쿡쿡거리던 진이 이내 가볍게 한숨을 내쉬었다.

아이혜를 떠나보내고 힘겹게 받아들인 새 왕비는 어째 먼저 간 그 녀석보다도 제 손이 더 많이 가면 갔지, 덜 갈 것 같지가 않았다. 전생에 대체 무슨 죄를 지었길래 천궁의 반려라는 여인들은 하나같이 다 제 속을 끓게 하고 뒤집어지게 하는 것인지, 천신이 제 앞에 있다면 멱살이라도 잡아 흔들며 따져 묻고 싶은 심정이었다.

"무흔, 너도 알다시피 나는 정말이지 명주실보다도 아주아주 가늘고 길게, 되도록이면 무조건 오래오래 살고 싶은 사람이야. 전장에 나갈 때마다 내가 입버릇처럼 말한 사실이니 너도 잘 알고 있겠지? 한데 저 답답이들을 이대로 지켜만 보다가는 내 속이 터져 죽을 것만 같아."

잠시 말을 멈춘 진이 정말로 속이 터져 죽겠다는 듯 과장스럽게 가슴을 움켜 쥔 채 말을 이었다.

"그래서 하는 부탁인데 말이야."

"에둘러 말씀하지 마십시오. 무슨 속셈이신 겁니까?"

"속셈은 무슨. 충정이 넘쳐흘러서 그러지. 무흔, 네놈은 내 충정을 너무 우습게 여기는 경향이 있어. 건방진 놈."

이죽거리는 말에도 그저 우직하게 서 있을 뿐인 무흔을 향해 진이 휘휘 손사래를 치고는 말을 이었다.

"네놈 건방진 거야 하루 이틀 일도 아니니, 뭐 그건 됐고. 아무튼, 내가 다 책임질 테니까 무흔 넌 지금 당장 친위대 놈들 대여섯 명만 대기시켜 줘. 이왕이면 간이 배 밖으로 나온 놈들로."

"뭘 어쩌시려는 겁니까? 제게도 조금은 언질을 주셔야 저도 결정을……."

심란해하는 무흔에게로 다시금 한 걸음 바짝 다가선 진이 귓속말로 뭐라 쏙닥거리자, 무흔이 놀라 화들짝 뒤로 물러섰다. 그러고는 진심으로 하는 소리냐는 듯 뜨악한 얼굴을 한 채 한참이나 진을 쳐다보았다.

경악과 충격으로 가득 찬 시선이었지만 무흔은 진이 말한 그 황당하고 위험한 계획에 딱히 이의를 달지는 않았다. 동참을 거부할 의사 따위도 일절 내비치지 않았다. 다만 조심스럽게 한마디를 물었을 뿐이었다.

"저희들 목이 남아 있겠습니까?"

황겁히 묻는 말에 진이 씩 웃었다.

"남아 있다 뿐일까. 상을 줘도 모자랄 판에."

자신만만하게 대꾸한 진은 검 손질을 어찌나 열심히 했던지 뻐근해진 팔을 주무르고는 크게 기지개를 켰다. 번쩍거리는 검날을 휘휘 둘러보던 그는 이내 느릿느릿 처소를 벗어났다. 수련장에서 무흔과 오랜만에 검술 대련이나 한판 벌일 요량이었다.

방 안에 홀로 남아 심각한 얼굴로 한참 골몰히 생각에 잠겨 있던 무흔이 이 내 제 머리를 쥐어뜯듯 헝클어뜨리고는 서둘러 그런 진을 따라나섰다.

어스름한 저녁이 조금씩 물러나는 중이었다.

밤이 소리 없이 다가오고 있었다.

대지를 밝게 비추던 태양은 어디론가 꼭꼭 숨어 버리고, 어느덧 밤이 깊어 가고 있었다.

이제 막 자시를 넘긴 시각. 밤의 시간과는 어울리지 않게도 곱게 단장을 하 느라 바쁜 손길은 도통 멈출 기미가 없어 보였다.

정성 들여 얼굴에 분을 바르던 손길이 이내 입술을 붉게 칠하고 볼에도 붉은 꽃물을 진하게 펴 발랐다. 창백하던 얼굴에 그제야 생기가 감도는 것도 사실이 었지만, 진하고 서툴기만 한 화장은 퍽 기괴한 인상을 풍기게도 하는 것이었 다.

면경 속의 얼굴을 멍하니 들여다보던 아리는 들고 있던 연지를 내려놓고는 이번엔 머리단장을 하기 시작했다. 아까보다 더욱 분주해진 손길이 까만 비단 결 같은 머리카락을 빗으로 한참 부지런히 빗어 내렸다. 서툰 솜씨로 머리카락 을 반쯤 잡아 틀어 올리자 결 고운 머리카락이 양어깨로 쏟아지듯 흘러내렸다.

서툴게 단장한 머리는 아무렇게나 흐트러져 있어도 제 주인의 단아함을 조 금도 퇴색시키지 못했다. 그것은 기괴하리만치 서툴고 붉기만 한 화장 또한 마 찬가지였다. 분명 괴상하고 기이한 몰골이었음에도 아리를 흉측해 보이게 만드 는 대신 처연함과 왠지 모를 애잔함을 풍기게 해 주고 있었다.

굳이 공들여 치장이란 것을 하지 않아도 누구보다도 곱고 단아한 그녀였다. 그러나 지금 그녀의 안색은 화장기가 없이는 조금의 생기도 느껴지지 않을 만 큼 너무도 초췌하고 수척하여 시중드는 이들의 염려와 안타까움을 사고 있었 다. 어디 그들뿐일까. 왕비궁에 발길을 뚝 끊은 채 이곳의 사정을 속속들이 전 해 듣고 있는 소류의 애타는 심정은 감히 그들과 비할 바가 아니었다.

단장을 모두 마친 아리는 이내 작게 한숨을 내쉬었다. 면경에 비친 자신의 모습을 물끄러미 응시하던 그녀의 눈동자가 흐릿하게 가라앉았다.

여린 잎의 순결함을, 눈부신 봄볕의 찬란함을, 그 숭고한 생명력을 감히 더럽혀진 제 손으로 느끼고 생기 잃은 제 눈에 담은 것이 실수라면 실수였을까.

여린 생명의 싹은, 시리도록 찬란한 봄볕은, 눈물겹도록 벅찬 느낌으로 다가왔지만, 마치 딴 세상에 와 있는 것처럼 아득히 멀고 생경하게만 느껴져 그녀를 절망케 했다. 그 소름 끼치는 생경함에 치를 떨고 나니 저와 마주하는 그 모든 생명과 빛의 기운이 제게 아우성을 쳐 댔다.

너는 이곳에 어울리지 않는 사람이라고. 그러니 어둠 속에 꼭꼭 숨어만 있으라고. 절대로 빛 속으로 나오지 말라고…….

제 몸에 빛이 내려와 닿는 만큼 발가벗겨지는 끔찍한 환영이 사실인지 허상인지 분간하기 힘들 정도로 생생하게 눈앞에 펼쳐져 시시각각 숨통을 조이고 그녀를 불안에 떨게 만들었다.

불도 켜지 않은 어두컴컴한 침실 안에 스스로를 가둔 채 그녀는 그렇게 끔찍한 고통과 불안 속에서 허우적대며 까마득한 시간을 흘려보냈다. 그리 어둠 속에 단단히 저를 숨긴 채 꿈인지 현실인지도 모를 끔찍한 환영에 몸부림치며 고통스러운 시간을 흘려보내는 동안, 소류는 단 한 번도 그녀를 찾아오지 않았다.

그런 그의 속을 헤아려 알 것 같다가도, 애써 헤아린 모든 것이 그저 제 착각일 뿐인 것만 같아 불안했다. 그렇게 하루에도 수천 번씩 뒤바뀌는 마음을 그녀 자신도 어찌지 못해 괴롭기만 했다.

오지 않는 그를 하루 종일 기다리며, 또 그렇게 하루 종일 밀어내며, 그리 오락가락 널뛰는 마음을 다잡고 달래며 하루하루를 어찌 버텨 낸 것인지 모르겠다. 괴로운 시간들, 숨 막히는 고통의 나날들로부터 이제는 벗어나고 싶은 생각이 간절했다. 이대로 어둠 속에 홀로 갇혀 지내다가는 끝 간 데 없는 어둠에 잠식당해 참으로 숨이 막혀 죽을 수도 있겠다는 생각이 들었다.

딱히 살고 싶은 마음이 드는 것은 아니었다. 하지만 그렇다고 아주 살고 싶지 않은 것도 아니었다.

제 속을 저도 도무지 알 수가 없었다.

분명한 것은, 이리 살지도 죽지도 못한 채로는 더 이상은 버텨 낼 수 없을 거라는 사실이었다. 죽든 살든 스스로를 세상과 단절시킨 이 공간을 이제는 벗어나야 할 것만 같았다.

시녀들의 권유에 못 이겨 잠시 산보를 나섰던 그 잠깐을 제외하고는 해주성에 온 이후로 단 한 번도 침실 밖을 나서 본 적이 없는 그녀였다. 곁의 시녀들 몇몇을 빼고는 그 누구와도 마주쳐 본 일이 없었다. 사람뿐 아니라 짐승이든 벌레든, 살아 있는 그 모든 것들과 찰나도 마주치고 싶지가 않았다. 누구와든 마주친다면 모두가 저를 비웃고 조롱할 것만 같아서……

스스로 쌓아 올린 그 감옥에서 이제는 정말이지 벗어나고 싶었다.

"……"

아리는 결연히 몸을 일으켜 천천히 문 앞으로 다가갔다.

문고리를 그러잡은 손이 무섭게 떨려 왔다. 굳게 닫혀 있는 이 문을 처음으로 제 손으로 활짝 열 작정을 하니 심장이 요동치고 손바닥에는 그새 식은땀이 배어 나왔다.

"……하아……"

문고리를 당기려 몇 차례나 힘을 주던 그녀의 손은, 깊은 한숨과 함께 속절없이 제자리로 되돌아왔다. 불안과 두려움에 잔뜩 굳어진 몸은 마음처럼 쉽게 움직여 주지 않았다.

아리는 긴장으로 축축해진 손바닥을 옷자락에 문지르고는 돌연 침상 뒤편에 놓인 문갑으로 다가갔다. 혹시라도 이럴 것을 염려하여 시녀들에게 미리 부탁해서 구해 놓은 물건들이 그 안에 들어 있었다. 아리는 그것들을 가만히 꺼내어 협탁 위에 나란히 올려놓았다.

차면과 너울이었다. 검은 천으로 만들어진 그것들은 한눈에 보기에도 제구실을 톡톡히 해내고도 남을 듯싶었다.

아리는 면경을 들여다보며 차면으로 눈 밑을 전부 가렸다. 그것으로도 모자라 머리 위에 너울까지 뒤집어쓴 뒤 몇 번이나 이리저리 제 모습을 살폈다. 가슴까지 내려와 하늘거리는 너울의 검은 천은 그녀의 얼굴을 어둠 속에서보다도 더욱 완벽하고 철저하게 가려 주었다.

힘겹게 밖으로 나설 결심은 하였지만 세상 밖에 온전히 저를 드러낼 용기까지 생긴 것은 아니었다. 그리 완벽하게 가려진 제 모습을 확인하고 나서야 아리는 안심한 듯 몸을 일으켰다.

다시 문 앞으로 다가선 그녀는 이번에는 주저 없이 문고리를 휙 당겨 열었다.

큰 동작은 아니었지만 침실의 문은 그녀의 앙상한 몸이 빠져나갈 충분한 틈을 허락했다.

스스로 작심하여 나서기로는 첫 외출이었다.

아리는 열린 문틈으로 조용히, 조심스럽게 걸음을 내디뎠다.


먹물을 흠뻑 머금은 듯한 까만 밤하늘 위로 둥근 달이 휘영청 떠올랐다.

검은 너울이 시야를 방해하고 있었음에도 쏟아져 내리는 달빛 덕분에 주위를 분간하기가 생각보다 수월했다. 크고 작은 돌멩이가 몇 차례 발끝에 차이기는 하였으나 그녀는 가고자 한 목적지의 근처까지 어느새 무사히 당도해 있었다.

해주성에서 그녀에게 익숙한 장소라 한다면 이곳이 유일할 터였다.

왕비궁 바로 뒤편에 자리한 후원의 작은 호수……. 며칠 전 시녀들의 권유에 못 이겨 따라나섰던 그곳…….

그녀가 손파영에게 납치되어 그의 수하들에게 아이혜를 허망하게 잃고 난 후 해주로 돌아와 매일같이 해진 마음으로 하염없이 서성이곤 하던 곳이었다.

1년도 채 되지 않는 시간이건만, 체감하기로는 10년도 더 훌쩍 지나 버린 일인 것처럼 까마득하게 느껴졌다. 아리는 만감이 교차하는 얼굴로 주변을 둘러보았다.

"……."

깊은 밤의 고즈넉한 향취는 낮에 보았던 것과는 사뭇 다른 느낌을 자아냈다. 연둣빛 생명들은 그 찬연한 빛을 감추고 잔뜩 숨죽인 채 깜깜한 어둠 속에 스며들어 있었다.

며칠 전 내키지 않는 걸음으로 나섰을 때는 여유 있게 둘러보지 못했던 풍경들이 이제야 그녀의 시야에 고스란히 담겼다. 계절이 바뀐 것을 빼고는 그곳은 예전 그대로의 모습으로 그녀를 반겼다. 변함없는 그 모습들에 저도 모르게 코끝이 찡해져 왔다. 예전처럼 그렇게 이곳을 홀로 서성이고 있자니 그때의 아릿한 기억들이 주마등처럼 스쳐 갔다.

아리는 고개를 젖혀 크게 숨을 들이마시고는 너울 너머로 가득히 펼쳐진 까만 밤하늘을 멍하니 응시했다. 마치 그런 그녀에게 인사라도 하듯 동쪽 하늘 끝에 걸린 별 하나가 유난히 크게 반짝였다. 마치 그 별이 떠나간 벗이라도 되는 양 아리가 조용히 말을 건넸다.

"……아이혜…… 잘 지내고 있어요……?"

시간은 참으로 위대한 힘을 지녔다. 이곳을 서성이며 떠올릴 때마다 괴롭게 마음을 가르고 후벼 파내던 고통스러운 기억들은 이제는 희미하게나마 미소를 지어 볼 만큼 아련한 추억이 되어 있었다.

지금의 이 고통들도 시간이 흐른 뒤에는 그저 추억처럼 떠올려질 수 있을까…….

"나는…… 그런대로요……."

서걱거리며 스쳐 가는 그녀와의 추억들이 밀려오는 파랑처럼 마음을 끝없이 뒤흔들었다.

꿈에라도…… 아이혜가 제 앞에 나타나 준다면 이런 저를 위로해 줄까…….

아니면…… 어째서 자신과의 약조를 지키지 않는 것이냐고 호되게 저를 꾸짖으려나…….

부디 그를 지켜 달라던 아이혜의 마지막 그 당부가…… 꺼져 가던 그 처연한 목소리가 불현듯 어제 일처럼 생생하게 뇌리를 스쳐 갔다. 아릿하게 떠오른 추억 한 자락이 그녀의 가슴을 온통 헤집고 아프게 들쑤셔 댔다.

먹먹한 가슴을 부여잡은 채 한참을 우두커니 서 있던 아리는 이내 비틀거리며 힘겹게 몸을 돌려세웠다. 바로 그때였다.

바스락—

마른 잎을 밟는 소리가 지척에서 들려왔다. 사위가 온통 적막뿐이라 그 작은 소리가 천둥처럼 크게도 귓전을 울렸다.

"……!"

아리는 흠칫 놀라며 소리가 난 쪽을 돌아보았다. 아직은 누구와도 마주치고 싶지 않았고, 늦은 밤이라 더욱 긴장이 되었다. 차마 환한 대낮에 나올 용기가 나지 않아 부득이 이 늦은 시각을 선택한 것이었다. 물론 홀로 나서겠다는 저를 제 시녀들은 한사코 따라나섰을 테니 크게 걱정할 일은 없을 터였지만, 아리는 잔뜩 경계한 채 제게로 다가서는 인영을 긴장한 얼굴로 응시했다.

달빛이 휘영청 밝았으나 그녀가 쓰고 있는 검은 너울은 가뜩이나 달빛을 등진 인영의 얼굴을 단 세 보 앞에서야 겨우 알아보는 것을 허락했다.

"……아……."

그 인영이 누구인지 알게 된 순간, 그녀의 심장은 더욱 거세게 두방망이질하기 시작했다. 저도 모르게 내뱉은 한숨 섞인 탄식이 공기 중에 아스라이 흩어졌다.

아마도 아이혜는 저를 꾸짖기로 한 모양이다. 아니, 어쩌면 위로하려는 것일 수도 있었다.

묵직한 심장의 통증만큼이나 무겁게 흐르는 정적 위로 이내 나직한 음성이 내려앉았다.

"……사방이 이리 어두운데, 길은 보이나."

그답지 않게 냉랭히 제게서 돌아선 이후로, 실로 며칠 만에 들어 보는 그립고 그리운 목소리였다. 그만 왈칵 눈물이 쏟아져 나올 것만 같아 입술을 깨문 아리는 겨우 목소리를 쥐어짜 내어 대꾸했다.

"……예. 생각하시는 것보다는 잘 보입니다."

그러자 그가 성큼 두 걸음을 더 걸어와 그녀 앞에 바짝 다가섰다.

"하면…… 내 얼굴도 잘 보이나."

"……."

"나는 그대 얼굴이 하나도 안 보이는데."

어느 때보다도 조심스러운 손길로 그가 그녀의 가녀린 어깨를 그러쥐었다. 하지만 그리 말하면서도 그녀를 가린 검은 너울을 차마 걷어 내지는 못하는 그였다. 지금의 그 모습 하나로 그녀의 심신의 상태가 어떠한지를 모두 헤아려 짐작한 탓이었다.

아무리 그라 해도 그 장막을 거둬 내기까지는 더 많은 시간이 필요하리라. 그녀가 너무도 보고 싶지만 지금은 이리 같은 공간에 함께 있는 것으로 만족해야 한다고 그는 스스로를 거듭 타일렀다.

그럼에도 미련이 남는 듯 힘겹게 그녀를 놓아준 소류는 천천히 걸음을 옮겼다. 망설이듯 우두커니 서 있던 그녀가 이내 그런 그의 뒤를 조용히 따라 걸었다.

"……."

두 사람이 함께 호수를 바라보던 낙안성의 그 어느 밤처럼, 달빛은 고요한 수면 위로 쏟아져 금빛을 흩뿌리고 밤바람은 시리게 그들 곁을 스쳐 갔다. 모닥불을 피울 정도의 추위는 아니었으나 꽤 쌀쌀한 바람에 그가 겉옷을 벗어 아리의 어깨에 걸쳐 주었다. 그러자 그녀가 당황한 듯 제 어깨를 폭 감싼 그의 옷자락을 움켜쥐며 그를 향해 황망히 몸을 돌려세웠다.

"저는 괜찮습니다. 그러다 고뿔에 걸리시기라도 하면 어찌하시려고……."

아리가 그를 만류하자 너울 속 그녀의 얼굴을 꿰뚫어 보기라도 하듯 한참이나 빤히 내려다보던 소류가 이내 슬며시 미간을 모은 채 대꾸했다.

"내 걱정을 하기는 하는 건가? 난 또 아예 날 잊은 줄 알았지."

"……."

토라진 사람처럼 그리 내뱉은 소류는 이내 그런 자신이 퍽 우스웠던지 픽 하고 나직이 웃음을 터뜨렸다. 뭐라 대꾸할 말을 찾지 못한 아리가 그런 그를 혼란스럽게 바라보다 다시 호수로 시선을 돌리자, 그가 그녀의 시선을 따라 달빛이 아련히 내려앉은 수면 위를 물끄러미 응시했다.

잔잔한 물결이 만들어 낸 은빛 가루가 수면 위로 명멸하듯 흩어졌다. 그 눈부신 광경을 말없이 바라보던 소류가 조용히, 그러나 어딘지 건조하고 무덤덤한 음성으로 입을 열었다.

"……전장에서는…… 흔히들 겪는 일이지."

퍽 갑작스럽게 흘러나온 그의 말에 까닭 모르게 신경이 곤두섰다. 그가 하려는 말의 의중을 도무지 모르겠기에 아리는 그런 그를 물끄러미 바라보았다.

"베고…… 베이고…… 팔다리가 잘리고, 목이 잘려 나가고……."

"……."

그가 그리 서두를 던지고 나서야 아리는 그의 의중을 어렴풋이나마 이해했다. 이는 아마 주단휘로 인한 그녀의 상처를 염려한 것이리라.

"……광기 들린 병사들은 민가의 재물을 약탈하고…… 백주에 부녀자들을 겁탈하기도 하고……."

또한 이는 아마도 오롯이 그녀를 염려한 것일 터였다.

"전쟁 중에는 아주 예사로 벌어지는 일들이야."

"……."

"내 이리 말하면 그대에게 너무 잔혹한가."

하지만 그의 말대로, 이는 지금의 그녀에게는 너무도 잔혹한 이야기였다. 전쟁 중에는 예사로 벌어지는 일들…… 누구에게든 일어날 수 있으나, 누구도 막을 수 없는…… 전쟁의 참상…….

알지만, 그것을 너무도 잘 알고 있지만, 그 같은 참상을 왜 하필 자신이 겪어야 하는 것이냐고, 그녀는 누구에게든 따져 묻고 싶었다. 그것이 신이라 해도, 신보다 더 대단한 무엇이라 해도…… 설령 제가 그리도 은애하는 그 단목소류라 해도…… 그렇게 악을 쓰고 대들며 따져 묻고 싶은 심정이었다.

아리의 표정이 삽시간에 싸늘하게 굳어졌다. 무심하고 냉정한 그 말 그대로의 뜻이 결코 아니라는 것을, 그가 진정 그녀에게 전하고자 하는 그의 진심은 따로 있다는 것을 모를 리 없는 그녀였지만, 그것을 헤아리기에는 아직은 때가 너무 일렀다. 아직은 그의 저 냉정한 말들을 곡해 없이 모두 헤아릴 수 있을 만큼 마음이 너그럽지도 넉넉하지도 못한 그녀였다.

얼굴을 가린 너울 때문에 그는 그녀의 표정을 볼 수 없겠지만, 잔뜩 날이 서고 가시가 돋아난 말들은 그녀의 불편한 심기를 그에게 충분히 전달해 줄 터였다.

"아니요. 사실이 그러한 것을요! 전장을 누비시는 전하께는 당연히 아주 흔하디흔한 일이겠지요. 하여 별일 아니니 그리 혼자만 별스럽게 굴지 말라 충고라도 하고 싶으신 겁니까?"

삐딱하게 쏘아붙이는 아리의 반응에 소류가 조금은 충격을 받은 얼굴로 그녀를 돌아보았다.

"……그리 비꼬아 들으면 그대 속이 편해지나."

깊은 상처로, 고통으로 마음이 너그럽지 못한 것은 비단 그녀뿐만이 아니었다. 사랑 앞에, 상처 앞에, 한없이 서툴고 무력한 것은 그 역시 마찬가지였다. 천궁의 후계로 누구보다 강건히 자라 왔다고 자부해 온 그였지만 지금의 그에게 그런 것은 그저 무용한 사실일 뿐이었다. 그 역시 이런 순간에만큼은 길을 잃은 채 방황하고 아파하는 한낱 인간에 불과했다.

"흔하디흔한 일이라고, 별일 아닌 일이라고 그리 치부해 버리는 편이 차라리 그대에게도 나은 일일지 몰라. 잔인하고 냉정한 말로 들린대도 하는 수 없어. 돌이킬 수 있는 일이라면 내 무슨 짓을 해서든 돌이키겠지만, 이 심장을 꺼내 바친다 해도 절대…… 절대로 돌이킬 수가 없으니까…… 그럼에도 그대가 버텨 내고 살아가 주길 바라니까…… 그러니 마음만이라도 그리 먹으며 제발 살아 달라 내 이리 간곡히 청하는 것 아닌가!"

그의 역정에 그녀가 울컥 치솟는 울음을 겨우 삼킨 채 씁쓸히 미소 지었다.

"그리 살아갈 수도 있었겠지요……. 그저 전쟁의 가엾은 희생양이 되었을 뿐인 흔하디흔한 그런 여인들과 제가 같았다면요."

"그들과 무엇이 다르다고!"

갑갑한 마음에 그가 버럭 노성을 내지르자 아리의 눈초리가 사나워졌다.

"아니요! 저는 다르지요. 명백한 죄가 있지 않습니까, 제게는……! 모든 게 다 저로 인해 벌어진 일인 것을요……!"

결국 지난 두 달간 지겹게 되풀이해 오던 그 결말 없는 논쟁이 또다시 되풀이되고 있었다. 아무리 좁혀 보려 해도 도저히 좁혀지지 않는 그녀와 그의 거리를 새삼 깨달을 때마다 무언가가 날카롭게 심장을 베어 냈다. 그것은 숨이 멎을 만큼 고통스러웠고, 지독하게 아팠다.

"그대의 잘못이 아니라고 내 몇 번을 더 말해야 알아듣겠나! 언제까지 그런 마음으로 살아갈 텐가! 대체 언제까지!"

"언제까지냐고요……? 평생이면 또 어떻습니까? 모든 게 다 제 잘못이니 평생이라도 감당해야 할 테지요!"

상처 입은 마음은 늘 진심 아닌 말들을 잘도 골라내어 진심인 양 내뱉는다. 돌이켜 후회하는 순간에는 이미 늦어 버린 일이라는 것을 내번 지독히 깨달으면서도…….

"그래? 하면 어디 평생을 그리 살아 보아. 죽을 때까지 그리 미련하게 모든 것이 제 탓이라 여기면서……!"

성난 얼굴로 그리 내뱉은 그가 휙 돌아서자, 그의 뒷모습을 바라보는 아리의 눈가에 눈물이 고였다.

그녀에게서 돌아선 순간 이미 지독한 후회와 자책에 사로잡힌 그였지만 주워 담기엔 이미 늦어 버렸다. 요즘따라 그답지 않게 부쩍 감정적으로 과민하게 반응하는 스스로가 누구보다도 당혹스러운 건 오히려 소류 자신이었다. 두 사람이 모든 것들을 극복해 내기까지는 과거의 그녀와 그 사내처럼 10년의 세월이 흘러도 부족할지 모를 일이건만, 이제 고작 두 달이 지났을 뿐인데 벌써부터 이리 휘청거리고 있는 그였다.

몇 걸음을 대차게 걷던 그의 걸음이 얼마 못 가 우뚝 멈추었다.

소류는 괴롭게 얼굴을 일그러뜨렸다. 위태롭게 흔들리는 잿빛 눈동자 위에 짙게 드리운 죄의식과 쓰디쓴 패배감이 그를 집요하게 옭아맸다. 이제는 그녀의 과거가 되어 버린 한 사내가 불현듯 어지러운 뇌리를 헤집고 튀어나와 저를 한껏 비웃어 댔다.

너였다면, 10년 전 그날을 겪고도 과연 그리 의연하게, 고상을 떨며, 마치 성인군자처럼…… 그 더럽고 경멸스러운 사내라는 짐승의 몸뚱이로 감히 그녀 앞에 온전히 설 수 있었겠느냐고…….

일그러진 얼굴 위에 무너질 듯한 짙은 자조가 스쳤다. 한때는 그 사내를, 그녀의 지아비였던 파안의 황제를 세상천지에 옹졸하고 비겁한 놈이라 조롱하며 경멸했다. 그러나 저야말로 형편없지 않던가.

소류는 제 안에서 휘몰아치는 그 치졸한 자격지심과 뒤늦은 자각을 순순히 시인했다.

그래……. 내 분명 그 점만큼은 네놈에게 사과해야겠다…….

고통의 깊이를 미처 알지 못한 채 네놈을 비겁하다 욕했던 지난날의 나는 경솔하기 짝이 없었다.

비겁하게 숨어 버린 네놈을, 곪아 버린 상처 속에 감추었던 그 처연한 진심을…… 이제야 조금은 헤아려 알 것도 같다.

깊이 자조하던 소류가 무겁게 고개를 들었다. 그러나 휘청이는 마음처럼 횡하게 내딛던 발걸음은 얼마 못 가 또다시 멈추었다.

"……."

제 편협함과 이기심을 책망하며 이미 진작에 그녀에게 되돌아가려 마음먹은 그였지만, 처음과 달리 이번엔 자의가 아닌 타의에 의해 멈춰 선 것이었다.

소류는 불현듯 나타나 막무가내로 제 앞을 가로막고 선 진을 날카롭게 노려보았다.

"……비켜라, 진. 아무리 너라 해도 주제넘다 생각지 않나."

경고하듯 나직이 내뱉은 소류의 말에 진이 짓궂게 웃으며 어깨를 으쓱해 보였다.

"송구합니다, 전하. 더욱 송구한 말씀입니다만 이보다 더 주제넘은 짓을 지금 제가 감히 두 분께 한번 해 볼까 합니다. 전하, 그리고…… 왕비 마마."

그리 말한 진이 아리를 돌아보았다. 그러곤 마치 신호를 보내듯 한 손을 들어 올리자 별안간 친위대원들이 나타나 그녀를 순식간에 에워쌌다.

"용서하십시오, 왕비 마마!"

"……!"

우렁차게 외친 친위대원들이 곧 그녀의 머리 위에 커다란 자루를 뒤집어씌웠다. 너무 놀라 그대로 굳어 버리기라도 한 것인지 그녀는 비명이나 작은 저항조차 없었다.

행여 그녀가 충격이라도 받았을까 싶어 놀라 굳어진 얼굴로 그녀에게 황급히 다가선 소류가 자루에 갇힌 그녀를 제 품에 바짝 끌어다 안으며 버럭 역정을 냈다.

"무슨 짓들이냐!"

진은 오히려 되묻는 얼굴로 그런 소류를 돌아보았다.

"그건 제가 전하께 여쭤고 싶은 말씀입니다. 전하와 왕비 마마야말로 무슨 짓들을 하고 계신 겁니까? 제가 이런 꼴이나 보자고 두 분을 용서해 드린 줄 아십니까? ……아무튼 죽은 녀석이나 이리 살아 계신 분들이나 어째서 제가 편한 꼴을 못 보시는 건지 도대체……."

"진, 도가 지나치다! 당장 그만둬."

"도가 지나치신 건 두 분이시지요. 눈치 보는 아랫것들 생각도 좀 해 주셔야

436

할 것 아닙니까. 부부의 일은 부부답게 해결하십시오. 방법을 모르시는 것 같아 전하의 충신 이 서문진이 이리 충심을 다해 알려 드리려 함이니…….”

진이 그리 내뱉으며 소류의 품에서 아리를 거칠게 떼어 냈다. 이런 하극상도 이런 하극상이 또 있을까. 소류가 하 기막힌 얼굴로 진과 친위대를 번갈아 보자 곁의 친위대원이 들고 있던 나머지 자루 하나를 눈 하나 깜짝 않고 감히 제 군주에게 뒤집어씌웠다.

“용서하십시오, 전하!”

감히 군주께 이런 불경한 짓을 서슴지 않았으니 목숨을 내놓은 것이나 다름 없었다. 그러나 그것을 모를 리 없는 그들의 행동에는 일말의 망설임도 없었다.

주위가 떠나갈 듯 그리 큰 소리로 외친 친위대원들은 저항하는 소류를 너무도 간단히 제압했다. 자루에 갇힌 채로 장정 여럿을 상대하기란 누구라 해도 불가능한 일일 터였다. 그 모습에 진이 썩 흡족한 미소를 떠올리며 세상 태평한 투로 하던 말을 마저 이었다.

“그러니 혹 나중에라도 감사한 마음이 생기시거든 여기 이놈들에게 거하게 상이나 내려 주시든지요.”

진은 능청스레 내뱉고는 이내 친위대원들을 향해 고개를 끄덕여 보였다.

그러자 친위대가 자루에 가둔 왕과 왕비를 번쩍 들어 올렸다. 그러고는 달빛을 등진 거대한 전각을 향해 바람처럼 내달리기 시작했다.


“단단히 걸어 잠가! 명일 오시(午時)가 되기 전에 이 문을 여는 놈이 있으면 이 서문진이 가만 안 둘 테니 명심들 하고! 법보다 주먹인 거, 여기서 모르는 인간들은 설마 없겠지?”

진의 의기양양한 목소리가 굳게 닫힌 문 너머에서 쩌렁쩌렁하게 들려왔다.

그 의중이란 것을 알아차리고 나니 답답함이 얼마쯤 가시기는 했지만 당혹스럽고 어이없는 마음까지 모두 사라진 것은 아니었다. 뒤집어쓴 자루를 벗어

던진 소류는 기가 막힌 듯 한숨을 내뱉고는 황당한 얼굴로 주위를 둘러보았다.

몹시도 익숙한 그곳은 다름 아닌 자신의 침실이었다. 그와 그녀가 함께 내던져진 침상 위에는 평소 그가 사용하던 것과는 다른 새붉은 금침이 보란 듯 펼쳐져 있었다. 조금 전 두 사람을 이곳에 내려놓은 친위대는 번개보다도 빠르게 꽁무니를 뺐다.

"……하……."

하 기막히고 어처구니없는 상황에 한숨인지 헛웃음인지 모를 것들이 그의 입에서 간헐적으로 터져 나왔다. 하지만 침실 밖으로 나가 볼 생각은 들지 않았다. 굳이 확인해 보지 않아도 진의 저 기세등등한 외침대로 이미 밖에서 문을 단단히 걸어 잠가 두었을 테니까. 대체 언제부터 군주의 침실 문 바깥쪽에 쇄금이 달려 있었던 것인지는 모르겠지만 말이다.

한참을 기막힌 얼굴로 서 있다 가만히 고개를 돌리자, 침상 위에 내려진 그 상태 그대로 자루를 폭 뒤집어쓴 채 미동 없이 앉아 있는 아리가 그의 시야에 들어왔다. 그런 그녀를 바라보는 그의 눈동자에 안쓰러움과 염려가 짙게 번졌다.

"……괜찮소?"

행여 놀라지는 않았을까. 이런 짓을 꾸민 진에게 진심으로 중죄의 벌을 물어야겠다고 단단히 작심하며 소류는 그녀에게 다가가 서둘러 자루를 벗겨 주었다.

그러나 자루를 벗은 그녀는 자루에 씌워져 있을 때와 별반 차이가 없어 보였다. 자루보다도 더 시커먼 검은 너울이 그녀의 머리에서부터 가슴께까지를 단단히 가리고 있는 탓이었다. 초립의 끈을 어찌나 단단히 잡아매 둔 것인지 초립 겉에 달린 너울은 조금 기울어진 것을 빼고는 여태 멀쩡하게 그녀의 머리 위에 씌워져 있었다.

그런 아리를 안타까운 시선으로 바라보던 소류가 이내 안쓰러운 목소리로 입을 열었다.

"그리 꼭꼭 숨어 있으면…… 조금은 숨이 트이나."

"……."

438

아리는 그저 묵묵부답이었다. 소류는 깊이 한숨을 내쉬고는 너울을 향해 가만히 손을 뻗었다. 그녀 스스로 이 장막을 거둬 낼 때까지 참고 기다려 보려 했지만 더는 버텨 낼 인내심이 남아 있지 않았다. 소류는 그녀의 얼굴에 드리운 검은 너울을 천천히 머리 위로 들추어 올렸다.

"······."

너울을 들춘 소류의 손이 일순 멈칫했다. 검은 너울을 걷어 올리고 나니 이번에는 얼굴을 반쯤 가리고 있는 검은 차면이 나타났다. 차면 위로 두 눈동자만 겨우 내놓은 채 그를 조용히 올려다보는 그녀를 아연히 바라보던 그가 이내 고개를 저었다.

"정말 단단히도 숨었군······. 머리카락 한 올 들키지 않으려 작정한 사람처럼······."

"······저는······ 죄인이니까요······. 그러니 이리 단단히 숨을밖에요······."

"하······ 또 그런 소릴 하는군. 제발 그런 생각은 마. 그대 앞에서 감히 그리 떠드는 자가 있다면, 내 맹세컨대 도륙을 내 줄 테니······."

"그리한다고······ 지은 죄가 사라지겠습니까."

"아리······."

소류가 안타깝게 제 이름을 부르자 아리는 고개를 푹 숙인 채 넋두리처럼 힘없이 중얼거렸다.

"그저 싫습니다······. 누군가 저를 보는 것이 끔찍이도 싫습니다. 그 시선들이 불편하고······ 불쾌합니다······."

"그 누군가가······ 나여도?"

"······."

"그것이 나라도 끔찍한가. 지금 마주 보고 있는 내 시선도 불편하고 불쾌한가?"

"······."

재차 묻는 물음에도 그녀가 여전히 고개를 숙인 채 아무런 대답도 하지 않자, 소류는 그런 그녀의 흐트러진 머리카락을 다정히 쓸어 넘겨 주며 말을 이었다.

"거짓으로라도 그렇다고는 답을 하지 않으니 천만다행이로군. 그렇다 하면 참으로 속이 막혀 죽을 것만 같았는데."

농을 하듯 말하며 씁쓸히 미소 짓던 소류는 이내 그녀의 얼굴에 드리운 차면을 조심히 벗겨 냈다.

여린 뺨을 가만히 감싸 쥐자 그녀가 그를 향해 머뭇머뭇 시선을 들었다. 그런 그녀를 안쓰럽게 내려다보던 그가 작게 타박하듯 나직이 입을 열었다.

"내 이 얼굴이 얼마나 보고 싶던지······."

"······."

"하루 종일 머릿속을 떠나지 않아 눈을 감고 그리래도 그릴 수 있을 것 같은데······. 한데도 어찌나 보고 싶던지······."

뭐라 더 말을 하려던 소류는 돌연 미간을 좁힌 채 아리의 얼굴을 빤히 들여다보았다. 입술과 뺨에 온통 붉은 칠을 해 놓은 괴상스러운 화장이 그제야 눈에 들어온 탓이었다.

소류는 저도 모르게 얼굴을 찌푸렸다. 괴이한 모습이 한심하다거나 불쾌해서가 아니었다. 밖으로 나오기를 작심하기까지 그녀가 느꼈을 그 깊은 불안감과 두려움을 속속들이 알 것만 같아 가슴이 아파서였다.

그녀는 집요하게 저를 향해 있는 그의 시선이 버겁다는 듯 제 뺨에 닿은 그의 손을 뿌리치며 고개를 놀렸다. 그의 입에서 무거운 한숨이 흘러나왔다.

"아리······ 나를 봐······."

"······."

"제발 나를 봐······."

먹먹하게 잠겨 든 음성이 적막하게 가라앉은 공기를 처연히 뒤흔들었다. 하루아침에 나아질 상처가 아니라는 것을 모르는 바 아니었다. 그 역시도 잔뜩 베이고 난도질당해 형편없이 망가져 있건만, 하물며 그녀의 그 깊은 상처가 어찌 쉬이 나아지리라 기대할 수 있을까.

서로가 쉬이 회복되기를 감히 바라진 않았지만, 격통의 시간이 지나간 후 그들에게 남겨진 상처는 스스로의 의지로 감당해 내기에는 너무도 처참하고 잔혹했다.

간곡한 그의 청에도 오히려 더욱더 멀리 달아나는 그녀의 시선을 절박하게 좇으며 그가 침잠한 음성으로 입을 열었다.

"그대 잘못이 아니야. 그저 지독히도 운 나쁜 날에 지독히도 운 나쁜 일을 겪은 것뿐……. 그러니 이제는 더 이상 죄인처럼 숨지 말고 마음을 다잡아……. 다들 그렇게 버텨 내고 또 그렇게 살아가."

그의 말에 아리의 얼굴이 일순 미세하게 굳어졌다.

남의 이야기를 꺼내듯 무덤덤한 그의 저 말들은 썩 틀린 말도, 가시 돋친 말들도 아니건만 자꾸만 그녀의 마음을 아리게 베어 냈다. 도무지 태연히 받아들일 수가 없을 만큼.

"다들 그렇게 살아간다고요……? 또 아까와 같은 말씀을 꺼내실 요량이십니까? 흔하디흔한 일이고 모두가 그렇게들 살아가니 저 또한 그렇게 살아가라, 또다시 그리 말씀하고 싶으신 겁니까……? 아니요! 제가 말씀드리지 않았습니까! 저는 그들처럼 강하지 못해요! 그래서 전 그들처럼 강하게 버티고 살아갈 수가 없어요!"

울컥한 아리가 소리치자 터져 나오려는 한숨을 겨우 억누른 그가 나직이 대꾸했다.

"그들도 처음부터 강하지 않았어. 지켜 내야 하기에 다들 강해지는 것이지. 저 없으면 죽고 말 젖먹이들, 어린 동생들…… 혹은 병든 노모…… 지킬 것이 있기에 다들 버티고 살아가는 거야."

아리는 혼란스러운 얼굴로 그를 응시했다. 근래 들어 부쩍 보게 되는 그의 무덤덤한 모습들이 낯설고 또 낯설었다. 서운함일까, 원망일까…… 어떤 감정이 더 큰지는 그녀도 알 수 없었다. 하지만 분명한 건 요 며칠 그녀가 그에게 품고 있는 감정이 결코 썩 좋은 감정은 아니라는 사실이었다.

제아무리 간절한 진심이라 해도 강요로만 되지 않는 것들이 분명 있지 않던가. 그것을 모를 리 없는 그가 어째서 제게 이리 무심하고 잔인한 말들을 서슴지 않는 것인지 그녀는 도무지 이해할 수 없었다.

"예, 물론 지킬 것이 있는 그들은 그렇겠지요! 하지만 전 지킬 것이 없어요."

"……."

"젖먹이도, 어린 동생도…… 병든 노모도……! 그들에게는 있지만 내게는 아무것도 없어요! 이 몸뚱이 빼고 제게 지켜야 할 것이 무엇이 더 있겠습니까?"

그녀가 냉소를 띤 채 싸늘히 대꾸하자 그가 그런 그녀를 위태롭게 응시했다. 혼란하게 일렁이는 시선 끝에는 어느덧 일말의 분노와 원망이 서늘히 자리하고 있었다.

"왜…… 아무것도 없다 하지……?"

마른세수를 하듯 한 손으로 얼굴을 쓸던 그가 이내 얼굴을 일그러뜨린 채 입매를 비틀며 웃었다.

"그대가 그리도 지켜 내려 했던 그 사내가 더는 곁에 없어서……?"

"……!"

"하면 나는……."

"……."

"하면…… 나는……!"

나직이 터져 나온 원망 서린 일갈에 아리가 깨질 듯 창백한 얼굴로 그를 바라보았다. 감정을 억누르듯 고개를 푹 숙인 그가 잇새로 내뱉듯 침통한 음성으로 중얼거렸다.

"흔하디흔한 일이라고…… 전장에서 숱하게 봐 온 일들이라고…… 그래, 그러니 그대 말처럼 홀로 유난 떨 것 없다고……."

여전히 고개를 들지 않은 채 그가 힘겹게 말을 이었다.

"잔인하게 내뱉은 그 모든 말들이…… 실은 그대가 아니라 내게 하는 말들이었다……."

그러쥔 주먹이, 넓고 단단한 그의 어깨가 고통을 참듯 미세하게 떨리고 있었다.

"그리도 흔히 겪어 온 일인데…… 도저히 견딜 수가 없어서…… 숨이 막혀서…… 더는 버틸 수가 없어서……."

바닥까지 침잠하는 그의 고통 어린 목소리에 귀를 기울이던 아리는 이내 무너져 내리듯 그대로 눈을 감았다. 심장을 저미듯 아릿한 슬픔이 폐부 가득히 북받쳐 올랐다. 순식간에 왈칵 차오른 눈물이 뺨 아래로 후드득 떨어져 내렸다.

"매일매일을…… 하루에도 수천 번 수만 번씩…… 후회하고 또 후회해……."

고통에 잠긴 그의 목소리가 그녀의 심장을 베어 내며 해진 가슴속으로 쓰라리게 스며들었다. 거세게 덮쳐 오는 비탄을 차마 몰아내기 힘든 듯 치켜뜬 그의 눈시울이 그예 벌겋게 달아올라 있었다.

"조금만 더 서둘렀더라면……."

"……."

"한 번씩만 덜 숨을 고르고…… 한 보씩만 더 빨리 내디뎠더라면……."

그리했더라면…….

그 한 번이 모이고…… 그 한 보가 모여서…… 어쩌면…….

"……내가 먼저 그대에게 닿을 수도 있었을 텐데……."

일그러진 그의 얼굴 위에 고통스러운 미소가 처연히 피어올랐다. 단단한 어깨가 스스로에게 분노하듯 걷잡을 수 없이 떨려 왔다. 여전히 혹독한 계절에 머물러 있는 건 기실 그녀뿐만이 아니었다. 그의 시간 역시 그 계절에 멈춘 채 조금도 흐르지 못하고 있었다.

그녀에게로 향하던 그 절박하고도 고된 길, 잠시 멈춰 서고 도리 없이 지체

해야 했던 그 모든 순간순간마다 지독한 후회와 자책이 남아 그를 뼈저린 고통 속으로 몰아넣으며 숨 막히게 만들었다. 매일 밤 가슴을 치며 뜬눈으로 밤을 지새우게 했다. 삭일 수 없는 분노와 닿을 곳 없는 원망으로 까맣게 타들어 가는 가슴을 끌어안은 채, 밤새 지독한 불면의 시간을 버티며 제 심장을 사르고 또 사른 후에야 매일 그렇게 아침이 겨우 찾아왔다.

"자책이라는 칼날로 하루에도 수천 번씩 내 팔다리를 자르고…… 목을 쳐 내고…… 심장을 찌르고 도려내면서…… 매일 매 순간을 지옥 속에 살아……."

그의 눈가에 투명하게 차오른 액체가 이내 붉은 금침 위로 툭툭 떨어져 옅은 얼룩을 만들어 냈다. 아리는 그의 눈물이 만들어 낸 그 붉은 얼룩을 아릿하게 응시했다. 처연한 그의 목소리가 칼날처럼 그녀의 마음을 저미고 있었다.

"하루에도 수만 번씩 억장이 무너져 내려……. 지키지 못해서…… 지켜 주지 못한 내가 원망스러워서…… 그렇게 또 자책하며 나를 베고 또 베어 내……."

넋두리를 하듯 고요한 음성과는 달리 핏대 선 눈동자는 그가 느끼는 지독한 고통을 여실히 보여 주고 있었다.

"기억하나……. 그대는 내 세상이라 했지……."

"……."

"내 세상이 처참히 무너지는 모습을 내 이 두 눈으로 똑똑히 지켜보면서도…… 나는……."

"……."

"……끝내…… 지키지 못하였다……."

가슴이 미어지는 듯한 고통에 아리는 제 심장을 짓이기듯 움켜쥐었다.

이런 그를 조금도 생각지 못했었다. 그는…… 단목소류는…… 아라하의 천궁이라는 그 강건한 사내는…… 그저 늘 그렇게 강하고 굳센 사람이라고만 여겨 왔었다. 늘 강하게 이겨 내고 버텨 내는 게 당연한 사람이라고, 추호의 의심도 없이 믿어 왔었다. 제 아픔을 참아 내기가 버거워, 제 상처가 못 견디게 쓰라리고 따가워 그의 상처는 차마 조금도 들여다보지 못했다.

"이 회한을…… 사무치는 이 고통을…… 차마 그대가 알아주길 바란 것은 아니지만……."

힘겹게 말을 내뱉는 그의 음성이 탁하게 잠긴 채 떨려 왔다. 북받쳐 오르는 슬픔에 그녀의 시야가 뿌옇게 흐려졌다. 그가 그런 그녀를 향해 떨리는 손을 뻗었다. 눈물로 얼룩진 그녀의 뺨을 소중히 어루만지며 그가 서글프게 미소 지었다.

"하여도…… 어찌 이리 날 아프게 하나……."

"……."

"어찌 이리 날 애끓게 하나……."

"……."

"어찌 이리 날……."

처연히 시선을 떨군 채 차마 말을 잇지 못하는 그를 그녀가 아픈 눈으로 바라보았다. 그가 그런 그녀를 끌어당겨 애틋이 품에 안았다. 아리는 그의 따스하고 너른 품에 뺨을 기댄 채 서럽게 눈을 감았다. 서글프리만치 따뜻한 그의 온기가 그녀의 여린 어깨를 다정히도 감싸고 있었다.

참으로 그립고도 그립던 그의 따스한 품……. 귓가를 울리는 그의 심장의 뜨거운 박동이 그녀의 심장으로 고스란히 밀려들어 와 마음속에 단단히 걸어 두었던 빗장을 세차게 두드리고 조각내어 부서뜨린다. 저를 단단히 옭아매고 가두었던 족쇄가 그제야 툭 하고 완전히 떨어져 나가는 소리가 들렸다.

아리는 더는 버티지 못한 채 그의 품에 무너지듯 안겼다. 그의 옷자락을 서럽게 부여잡고서 끝내 소리 내어 울음을 터뜨렸다. 뜨겁게 북받쳐 오르는 회한의 눈물이 쉬지 않고 뺨을 타고 흘렀다.

"미안해요……. 정말 미안해요……. 내 안이 온통 내 아픔과 내 고통으로 가득해서…… 그토록 힘들어할 당신을 차마 헤아리지 못했어요……."

꼭꼭 숨어 버린 채 제 상처마저 외면하려 발버둥 치던 자신이었다. 그런 제가 어찌 그런 그를 알아챌 수 있었을까…….

스스로를 책망하며 서럽게 눈물을 쏟아 내는 그녀를 품 안 가득 끌어안은 그가 그녀의 어깨에 깊이 얼굴을 묻었다. 깊은 한숨 끝에 묵직하게 터져 나온 안쓰러운 탄식이 그녀의 여린 어깨 위로 시리게 내려앉았다. 아리는 북받치는 슬픔에 아릿하게 눈을 감았다.

"……당신 말이 맞아요……. 우린 그저 지독히도 운이 나빴을 뿐이에요……. 당신 말대로 우린 그저…… 누구든 겪을 수 있는 그런 흔하디흔한 일들을 겪은 것뿐이야……. 당신도 나도…… 그 누구의 잘못도 아니에요……."

폐부를 가르듯 깊게 흘러나오는 그의 쓰라린 탄식이 애처롭고 처연하게 가슴을 헤집고 울려서…….

"그러니 다시는……."

매일 밤 그리 수천 번 수만 번을 저를 베어 내고 또 베어 냈을 그가 가여워서…… 안타까워서…….

"……다시는…… 그리 자책하지 말아요……."

하여 나는 살아야겠다…….

평생을 자책이라는 칼날로 제 생살을 가르며 고통 속에서 피 흘리면서 살아갈 당신을 위해서라도…….

"……두 번 다시는…… 나로 인해 아파하지 마……."

이제는…… 꿋꿋이 살아 내야겠다…….

아리는 그의 품에 절박하게 파고든 채 애처로이 그를 올려다봤다. 호롱불의 옅은 불빛이 그의 젖은 속눈썹에 반사되어 반짝였다. 가만히 손을 뻗어 그의 젖은 눈가를 조심스레 쓸어내리자, 그가 그런 그녀의 손을 제 뺨 위에서 감싸듯 그러잡았다. 애틋한 그 손길을 느끼며 아리는 그의 뺨을 소중히 감싼 채 살며시 입을 맞추었다.

"……은애해요……."

"……."

"단목소류 당신을…… 진심으로 은애하고 있어요……."

밀물처럼 밀려드는 그녀의 진심에 가슴속에 켜켜이 쌓아 둔 채 애써 누르고 식혀 왔던 델 듯이 뜨거운 연정이 그의 가슴속에서 거세게 소용돌이쳤다. 소류는 그녀를 으스러뜨릴 듯 품에 끌어안았다.

"……아리……."

스치듯 입 맞추고 달아나던 그녀를 붙들어 품 안에 가둔 그가 그녀의 입술을 찾아 다시금 뜨겁게 삼켰다. 순식간에 달아오른 숨결이 한데 뒤엉켜 억눌러 온 정념을 자극하며 새붉은 열꽃을 터뜨렸다.

"……은애해…… 그대를……."

달뜬 고백과 함께 침상 위에 그녀를 눕힌 소류가 제 몸에 걸친 거추장스러운 은의를 거칠게 벗어 던졌다. 인내심도 자제력도 지금만큼은 그에게 전혀 필요치 않은 덕목이었다. 침상 아래로 툭 떨어진 옷가지들이 아무렇게나 흐트러진 채 나뒹굴었다. 호롱불의 옅은 불빛이 그의 나신 위로 어른어른 내려앉았다.

불빛을 따라 흔들리는 음영 속에서 그의 탄탄한 근육들이 드러났다 사라지기를 반복하는 것을 아리는 홀린 듯 바라보았다. 무예로 단련된 그의 군더더기 없는 나신은 더없이 황홀하고 아름다웠다. 매일 밤 그 단단한 품에 지독히도 안기고 싶었을 만큼……. 그리도 참담한 일을 겪었음에도 그 같은 뜨거운 열망이 조금도 사그라지지 않았을 만큼…….

소류가 그녀의 입술에 뜨겁게 입을 맞추며 그녀의 옷가지를 성마르게 벗겨 냈다. 잠시 그녀가 몸을 움츠렸다. 침실의 공기는 조금도 서늘하지 않건만, 드러난 맨살 위로 오소소 소름이 돋았다. 제 몸속 깊은 곳에서 열꽃처럼 피어나 불꽃처럼 터질 그 짜릿한 격정을…… 아마도 몸이 먼저 안 까닭이리라.

"……아아……!"

철저히 본능에 순응한 채 나직한 신음을 터뜨리던 그녀의 달뜬 몸은, 그러나 얼마 못 가 돌연 차갑게 식으며 얼음처럼 굳어졌다.

까맣게 잊고 있던…… 아니 그리 새까맣게 잊고만 싶던 망령 같은 기억이 끝내 불현듯 뇌리를 스친 탓이었다.

짐승처럼 저를 유린하던 악귀 같은 병사와…… 붉은 피를 흘리며 처참히 죽어 가던 그 순간에조차 그녀를 지키기 위해 제 눈에 스스로 검을 찔러 넣던 그 주단휘의 잔상…….

평생토록 지워 낼 수 없으리라 감히 확신할 만큼 처절하고도 참담했던 사내의 마지막 모습이 하필 지금 이 순간 지독히도 생생하게 떠올라 그녀를 고통스럽게 옭아맸다. 악몽 같은 기억을 떨쳐 내기 위해 처절하게 몸부림치던 그녀는 끝내 서럽게 소류를 밀어 냈다.

"……안 되겠어요……. 아직…… 아직은……."

어찌…… 안길 수 있을까……. 또다시 다른 사내의 품에…….

지워 내겠다고, 그럼에도 나는 살겠다고, 어떻게든 살아 보겠다고…… 그런 그를 알면서…… 어찌…….

"……미안……해요……. 아직 나는…… 나는…… 내가 경솔했어요……."

힘겹게 말을 뱉어 내는 그녀를 복잡한 눈으로 내려다보며 그가 고통스럽게 한숨을 내쉬었다. 소류는 가만히 손을 뻗어 제 아래 갇힌 채 안쓰럽게 떨고 있는 그녀의 뺨을 조심스레 어루만졌다. 마주친 까만 눈동자가 파르라니 떨리다 이내 그의 시선을 피해 달아났다. 달아나는 시선 끝에 매달린 짙은 자책과 죄의식의 의미를 괴롭게도 그는 알 것 같았다. 그것을 깨닫는 순간 깊은 상실감이 묵직하게 그를 덮쳐 왔다.

참담하기 그지없던 격통의 그날, 그를 지독한 불안과 상심 속에 몰아넣던 것은, 사실 그녀의 몸에 남은 끔찍한 상흔보다도 이러한 까닭이 더 컸던 것인지도 모르겠다. 처참히 죽어 가는 사내를 절박하게 끌어안고 있는 그녀를 눈에 담은 그때, 이미 그것을 직감하여 그토록 마음이 저미듯 괴로웠던 것인지도 모르겠다.

어찌해도 끊어 낼 수 없는 그 사내와 그녀의 관계…….

제아무리 그녀의 상처를 보듬고 달랜다 해도…… 영영 사라지지도, 치유되지도 않을 그 질기고 지독한 관계…….

아무리 깨부수고 무너뜨리고 싶어도 차마 건드릴 수조차 없는 그 하릴없는 관계…….

"……후회하나……. 내게 안기던 그 모든 순간들을……."

깨질 듯 위태로운 그의 시선이 그녀에게 단단히 박힌 채 파랑처럼 거세게 일렁였다. 그런 그를 그녀가 힘겹게 마주 보고 있었다.

"……그래요……. 후회해요……."

"……."

"처참하던 그 마지막이…… 지독히도 눈에 선해서…… 그리 자꾸 눈에 밟혀서……."

무너지듯 균열이 이는 그의 얼굴을 차마 더는 마주 볼 자신이 없어 아리는 고개를 돌렸다. 끝도 없이 터져 나오려는 눈물을 꾹꾹 눌러 담은 채로 그를 냉정히 외면하려 애썼다. 그러나 독해지리라 마음먹었던 다짐이 무색하게도 떨리는 입술은 야속하게도 마음속 진심을 기어이 끄집어냈다.

"후회하지 않는다고 말해 버리면…… 그리 뻔뻔하게 또다시 당신에게 안기고 나면……."

"……."

"……그런 내가 괘씸해서…… 노여워서…… 진노한 신이 또다시 날 벌하실 것 같아……."

속절없이 토해 낸 진심과 함께 애써 참고 있던 눈물이 다시금 투둑투둑 떨어져 내렸다.

"더는 어떤 벌도 받고 싶지 않아요……. 더 이상은 정말이지 견딜 수가 없을 것 같아……. 그래서 후회해요. 미치도록 후회해……. 천 번 만 번…… 후회하고 또 후회해요……."

가슴이 미어진다는 게 이런 걸까. 먹먹한 가슴 가득 쓰라린 통증이 날카롭게 스며들었다. 소류는 서럽게 흐느껴 우는 아리를 조심히 끌어안았다. 품에 안고 있는 것조차 죄책감이 들 만큼 앙상하게 야윈 그녀가 애처롭게 몸을 떨며 그의 가슴을 밀어 내려 애를 썼다. 소류는 그런 아리를 품에 꽉 끌어안은 채 야윈 등을 토닥이듯 한참 쓸어내렸다. 완강히 그를 밀어 내던 그녀의 손길도 끝내는 그 다정함에 힘을 잃은 채 서서히 잦아들었다.

"더는 어떤 신도 그댈 벌하시지 않아……. 그 벌은 내가 다 받을 테니까……."

"……."

"그러니, 살아……. 내 사람으로, 내 곁에서…… 살아 줘. 부디……."

나직이 뱉어 낸 간절한 애원 속에 스민 절박함과 서글픈 고통이 그녀의 심장을 헤집었다. 붉어진 그의 눈시울 가득 투명하게 차오른 물기를 한참 동안 아릿하게 바라보던 아리는 서럽게 눈을 감았다. 그녀의 눈가에도 꼭 같이 차오른 서러운 눈물이 뜨겁게 뺨을 적시며 흘러내렸다.

언제쯤이면…….

대체 언제쯤이면…… 서로가 아프지 않은 몸짓으로 서로를 보듬을 수 있게 될까…….

과연 그런 날이…… 오기는 할까…….

"내 사람으로 살아, 제발……."

고통스럽게 내뱉는 그의 안쓰러운 목소리를, 그 간절한 눈빛을 끝내 외면하지 못한 채 그녀는 그의 목에 매달리듯 서럽게 그를 끌어안았다.

그가 그런 아리를 뜨겁게 안으며 다시금 그녀에게로 밀려들어 왔다. 아픈 몸짓이 서럽고 서글퍼 더는 밀어낼 생각조차 하지 못한 채, 아리는 제게로 폭풍처럼 들이닥치는 그를 품 안에 가득 안았다.

"……아……!"

아물지 않은 상처 사이로 서로의 뜨거운 숨결이 끝없이 흘러들었다. 벌어진 상처마다 간절한 마음들이 스며들어 끝없이 그들을 옭아매던 고통도 잠시 그렇게 무너져 갔다. 지금껏 견고하게 세워져 있던 벽이 마침내 균열을 일으키며 조금씩 허물어져 내리고 있었다.

그 벽 또한 두 사람이 켜켜이 쌓아 올린 마음이라 무너뜨리는 데엔 크나큰 고통이 뒤따를 것이 자명했지만, 그 벽을 허물지 못한 결과로서 닥쳐왔던 악몽 같은 시간들을 이미 충분히 겪어 알고 있는 그들이었기에, 그만한 고통쯤은 감수할 용기가 생긴 것인지도 몰랐다.

그리고 그것에는, 이제는 그녀에게 과거가 되어 버린 한 사내의 공로 또한 컸음을 소류는 쓰디쓰게 인정할 수밖에 없었다.

"······하아······ 하아······!"

처음으로 뜨겁게 서로를 안던 예전 그 어느 날보다도 더 조심스럽고 애틋한 몸짓으로 격정을 나누는 두 사람 사이로 어느새 뜨겁게 데워진 끈적한 열기가 휘돌았다. 땀에 젖은 채 끈끈하게 달라붙는 서로의 살결마저 가슴 떨리도록 마냥 벅차기만 해서, 소류는 그 후텁지근한 열기 속에서도 그녀를 보듬고 또 보듬어 품에 바짝 끌어안았다.

"······아리······. 은애해······ 은애해······."

"······은애해요······."

"하아······!"

오래도록 참아 왔던 정념을 남김없이 쏟아 내듯 격정 속에서 전율하던 그가 마침내 무너지듯 그녀의 몸 위에 쓰러졌다. 그녀의 하얀 어깨에 얼굴을 묻은 채 한참 동안 거친 숨을 고르다 고개를 든 그가 이내 벅차오르는 눈으로 그녀를 응시했다.

저를 피하지 않는 까만 눈동자가 더없이 사랑스럽고 소중하기만 해서 소류는 한참이나 그런 그녀를 홀린 듯 바라보았다. 그녀의 이마에 맺힌 땀방울을 애정 가득한 손길로 닦아 준 그는 저를 물끄러미 응시하는 그녀의 사랑스러운 얼굴 곳곳에 입맞춤을 했다.

"······."

한참을 입 맞추던 그의 얼굴이 일순 묘하게 일그러졌다.

그녀의 입술에 길게 입 맞추고 고개를 든 그의 까슬한 입술 사이로 한숨 섞인 옅은 자조가 나직이 흘러나왔다.

"소류……."

아리가 걱정스러운 얼굴로 바라보자, 그가 그녀를 안심시키듯 다정히 웃어 보이고는 그녀를 품 안에 꼭 보듬어 안은 채 덤덤히 입을 열었다. 미미하게 일그러졌던 표정은 갑갑한 심사를 얼마쯤 내려놓은 듯 그새 누그러져 있었다.

"……그저 못난 사내라고만 여겼었어……. 그대를 가질 자격이 없는 그런 사내라고……."

그녀와 사랑을 나누고 난 이런 순간에마저 그 망령 같은 사내를 늘 떠올려야 한다면 죽어서도 통탄할 노릇이겠지만, 오늘만큼은 그날 이후 계속 저를 괴롭히던 못난 자격지심을 그녀에게 순순히 털어놓고 싶었다.

하여 더는 스스로를 그리 못난 놈이라 여겨 자책하지 않도록…… 저를 좀먹는 그 헛되고 무용한 감정들을 오늘로써 아주 깨끗이 털어 낼 수 있도록…….

"이렇게 두렵고 아픈 것인 줄 알았으면, 아마 조금은 덜 한심한 작자라 여겼을지도 모르지……."

그가 말을 할 때마다 머리 위로 스며드는 뜨거운 숨결을 느끼며 아리는 그의 말에 조용히 귀를 기울였다.

"그러니 존중할게. 그대가 그로 인해 아파하는 것……. 그를 위해 흘릴 눈물까지도……. 하지만 오늘 이 순간까지만이야."

꼭 안고 있던 그녀를 가만히 품에서 떼어 낸 그가 저를 올려다보는 말간 눈동자와 시선을 맞추며 나직이 말을 이었다.

"이제는 그를 보내 줘……. 그대가 붙들고 있는 건 과거의 허상일 뿐이야. 더는 자책하며 괜한 마음 쏟지 말고…… 그만 그를 놓아줘……."

더없이 진중하지만 평온한 얼굴과 다정하고 미더운 눈동자가 오롯이 그녀를 향하고 있었다.

452

아리는 그런 그의 깊은 두 눈동자를 시리게 바라보았다. 가슴을 갑갑하게 옭아매고 있던 질기고 묵직한 허물이 한 꺼풀 툭 터져 나가듯 서글픈 해방감이 그녀를 휘감았다. 그 주단휘로 인한 죄책감과 죄의식은 그리도 깊고 질기게 그녀를 옭아맸었다.

"하나씩 천천히 잊어 가고, 하나씩 천천히 다시 쌓아 가면 되는 거야……. 쉽게 떨쳐지지 않을 거라는 것 알아. 서두르지 않아도 돼. 그리 하나씩 천천히 함께 이겨 내면 돼……."

대답을 구하듯 그녀를 조용히 내려다보는 그를 물끄러미 응시하던 아리가 한참을 망설이다 이내 작게 고개를 끄덕였다. 소류가 그런 그녀를 안으며 이마에 부드럽게 입을 맞추었다. 그녀의 동그란 이마 위에 새겨진 황룡의 인은 여전히 찬란한 황금빛을 머금은 채 눈부시게 빛나고 있었다.

"잊을게요……. 그리 하나씩 천천히…… 잊어 볼게요……."

그가 조용히 미소 지었다.

"은애해……. 진심으로……."

여린 뺨을 감싸 쥐며 소류가 애틋하게 속삭이자 아리가 일렁이는 눈으로 그를 바라보았다. 그녀의 까만 눈동자 속에 담긴 무수한 마음들이 그에게로 고요히 흐르고 또 흘러들어 갔다.

"은애해요……. 은애해요, 소류……."

그녀의 까만 눈동자를 물끄러미 바라보던 그의 눈이 부드럽게 휘었다. 그의 고개가 그녀를 향해 다시금 천천히 숙여졌다. 제게 다가오는 그를 애틋하게 응시하던 그녀의 눈꺼풀이 파르르 떨리다 이내 슬며시 감겨 들었다.

"……."

그러나 한참을 기다려도 그의 숨결이 느껴지지 않자 의아해진 아리가 슬며시 눈을 떴다. 그녀에게로 다가오던 그가 무슨 영문인지 그대로 멈춰 있었다. 부드럽던 눈동자가 돌연 혼란함을 가득 안은 채 위태롭게 흔들리고 있었다. 그리 한참을 굳어져 있는 그를 아리가 불안한 눈으로 응시했다.

"……소류…… 왜 그래요? ……왜 그런 눈으로……."

위태로운 그의 모습에 까닭 모를 불안감이 폐부를 터질 듯이 조여 왔다. 불안함을 고스란히 내비치며 영문을 묻던 그녀의 얼굴이 어느 순간 그와 마찬가지로 일순 창백하게 굳어져 갔다.

그와 다름없이 혼돈과 당혹감으로 가득 찬 눈동자가 그의 얼굴, 정확히는 그의 이마에 날아가 박힌 채 걷잡을 수 없이 떨려 오고 있었다.

"소류…… 당신……."

붉은 꽃비가 흩날리던 화우월야(花雨月夜), 그 가슴 떨리던 축제의 밤…….

생각지도 못하게 두 사람에게 나타난 이래로 늘 서로의 이마 위에서 찬란히 빛나며 제 존재를 증명해 오던 황룡의 인…….

검은 동공을 물들이던 짙은 황금빛이 차차 빠르게 빛을 잃어 갔다.

"당신…… 증표가……."

찬연했던 황금빛 증표가 바람에 등불이 꺼지듯 거짓말처럼 사그라져 가고 있었다. 그것은 찰나 번쩍하고 눈부시게 빛을 발하더니 이윽고 옅은 흔적조차 남기지 않은 채 순식간에 자취를 감추었다.

망연자실 뻗어진 소류의 거친 손이 아리의 하얀 이마 위에 혼란스럽게 가닿았다.

"……황룡의 인이…… 사라졌어……."

위태롭게 흔들리는 두 사람의 불안한 시선이 증표가 사라진 서로의 허전한 이마 위로 어지럽게 가닿았다.

달갑지 않게 찾아와 혼란만을 안겨 주었던 황룡의 인은, 정작 그것을 진정으로 받아들일 준비를 마친 그들에게 꼭 필요한 순간이 되어서야 그렇게 신기루처럼 사라져 버렸다.

시작부터 그러했듯…… 마치 신의 짓궂은 장난처럼.

# 32

# 격변하는 시간 속에서

휴전을 맞이한 이후, 파안, 아라하, 설유 삼국은 새로운 변화에 맞추어 자국의 안정을 위해 각기 숨 가쁜 나날들을 흘려보냈다.

혹한의 정점, 칼바람 속에 시작된 그것은 언 땅 위로 따스하게 불어오는 봄바람을 만끽할 무렵에야 차차 마무리가 되어 갔다.

봄이 되자 파안제국은 기다렸다는 듯 아라하에 선전 포고를 해 왔다. 제국이 언제고 전쟁을 재개할 것이라 여겨 왔지만, 시기가 이렇게 빠를 줄은 기실 예상치 못했다. 하여 소류는 적잖이 골머리를 앓고 있는 중이었다. 파안과의 전쟁에 대비하는 일보다 앞서 시급하게 처리해야 할 문제가 남아 있는 까닭이었다. 설유국에 대한 전쟁 보상 문제가 바로 그것이었다.

연일 이어지고 있는 군장 회의에서는 벌써 며칠째 지리멸렬한 논의가 계속되고 있었고, 오늘 역시 예외는 아니었다. 원탁에 둘러앉은 군장들의 얼굴 위로는 하나같이 피로한 기색들이 짙게 내려앉아 있었다. 물론 누구도 그것을 내색하는 이는 없었다.

"설유의 왕이 데오니의 수확 시기를 앞당겨 달라고 요구해 왔다는 것은 이

제 그만 이 전쟁에서 발을 빼겠다는 뜻이 아니겠습니까?"

세절부 군장 진의 발언에 군장들 모두가 동의한다는 듯 고개를 주억거렸다.

"소장도 같은 생각입니다, 전하. 데오니의 수확기가 5월과 9월이라는 것을 설유의 왕이 모를 리가 없습니다. 한데도 굳이 시기를 앞당겨 달라 청한 것을 보면…… 필시 제국의 선전 포고가 그의 귀에까지 흘러들어 간 것이 틀림없습니다. 하여 우리와의 동맹을 파기할 생각에 마음이 조급해진 것이겠지요."

"그렇습니다. 전하께서도 아시다시피 지금 데오니를 수확하면 그 효능이 절반에도 미치지 못합니다. 그 정도 손해를 감수하고서라도 확실히 관계 정리를 하겠다는 뜻이 아니면 무엇이겠습니까? 저번 전쟁 때와는 달리 이번은 우리 아라하가 전적으로 불리하다는 것을 설유의 왕도 모르지 않을 겁니다."

소류는 군장들의 발언을 들으며 골몰히 턱을 쓸었다. 설유의 동맹 파기에 대해서는 충분히 예상했던 일이므로 크게 놀랍거나 당황스러울 것도 없었다. 양국의 사이에 낀 곤란한 군주로서는 당연한 처사였다. 문제는 그런 그의 결심을 다시 되돌릴 방법이었다. 쉽지 않을 것은 당연지사였고, 영영 불가능할 수도 있었다. 그리되면 앞으로 재개될 전쟁의 결과는 기실 안 봐도 뻔한 것이었다.

"그러나 약조는 약조요. 시기를 앞당기길 바란다면 들어주는 수밖에."

"하오나 그리하시면 분명 동맹을 곧장 파기할 것입니다. 오히려 보상 시기를 어떻게든 최대한 뒤로 늦추어 그들을 더 설득해야 한다는 것이 소장의 생각입니다. 설유의 도움이 없이는 제국과의 전면전은 불가능한 일입니다. 더군다나 성 두 곳에 양분되어 있는 전력으로는 이길 가능성이 전무하다고 봐도 무방합니다."

아밀부 군장 사미타가 강한 어조로 반박해 왔다. 소류는 천천히 좌중을 둘러보았다.

"말이 설득이지 보상을 빌미로 한 우격다짐과 무엇이 다르오? 동맹이란 나라 간의 신뢰를 바탕으로 맺어지는 것이오."

"하오나……."

"전쟁의 양상이 언제 어떤 식으로 변하게 될지는 누구도 장담할 수 없는 문제요. 지금은 저들도 입장이 곤란하여 저리 나오는 것이겠지만, 곤란하지 않을 순간에마저 아라하에 등을 돌리게 만들어선 아니 될 것이오."

소류의 말에 군장들이 잠시 말문이 막힌 듯 입을 다물었다. 그러나 왕의 그러한 주장은 한 치도 반박하기 힘든 모범적인 해답인 것만은 분명했지만, 그것만으로는 자신들의 주장을 철회시키기에 턱없이 부족한 것 역시 사실이었다. 그 같은 주장을 뒷받침할 만한 마땅한 대안이 나오지 않았기 때문이었다.

"하오면 전하께서는 다른 대안이 있으십니까?"

사미타가 조심스레 묻자, 모두의 시선이 소류에게 집중되었다. 제게로 날아든 시선들을 하나하나 마주치며 소류가 차분히 대답했다.

"한 가지 생각하고 있는 것이 있소."

"그것이 무엇입니까?"

"본영을 낙안으로 옮겨 모든 병력을 그곳으로 집결시키는 것이오."

소류의 대답에 군장들이 술렁거렸다.

"그 말씀은…… 이곳 해주를 포기하시겠다는 말씀이십니까?"

"그렇소."

낮은 탄식이 여기저기서 흘러나왔다. 심란한 웅성거림은 군주들의 충격과 혼란을 대변해 주는 것이었다.

소류는 분위기를 환기하듯 목소리에 힘을 주었다.

"한 곳조차 제대로 지켜 내기 어려운 상황이라는 것은 군장들께서도 알고 계실 것이오. 둘을 욕심낸다면 둘 모두를 잃게 될 것이 자명하오. 설유와의 동맹에 만약이라는 일말의 가정조차 남겨 두고 싶지 않소. 동맹 파기를 기정사실화했을 때 우리가 취할 수 있는 최선의 방법은 분산된 병력을 하나로 집결시키는 것뿐이오. 다른 방법은 없소."

하지만 군장들은 그의 뜻을 납득하면서도 다분히 회의적인 반응을 보였다. 그도 그럴 만했다. 낙안과 해주. 인고의 시간들을 헤쳐 오며 어렵사리 이룩해 낸 성과였다. 선뜻 하나를 포기한다는 것이 어찌 쉬울 수 있을까. 그리 결정을 내린 소류 자신에게조차도 결코 쉽지 않았던 일이건만.

많은 고민 끝에 쓰디쓰게 내린 결정이었다. 그리 결정한 이후에는 둘 가운데 보다 나은 하나를 선택하기 위해 고민하고 또 고민했다. 그 고민은 앞선 사안보다는 훨씬 수월했다.

해주와 비교했을 때 낙안은 미우강과 인접해 있고 동쪽으로는 얕은 산맥을 끼고 있어 지리적으로도 보다 유리하며, 북서쪽으로는 가달 평원과 북동쪽으로는 설유와 맞닿아 있어 상업적 발달 또한 두드러지는 지역이었다. 본국 아라하와도 미우강 하나를 사이에 두고 있기에 오고 가기가 쉬웠다. 둘 중 하나를 택해야 한다면 단연 낙안이었다. 그것에는 군장들 역시 이견이 없을 터였다. 이곳 해주를 깨끗이 포기하는 것에 대해 모두가 찬성만 한다면 말이다.

"다른 대안이 있다면 말씀해 보시오. 나 역시 다른 방법이 있기를 간절히 바라는 바이니."

낙안과 해주 둘 모두를 지킬 방도가 있다면 무슨 짓인들 하지 못할까. 하지만 방도가 없음을 군장들도 잘 알 것이다. 군장들은 입을 다물었다. 침묵 사이로 간간이 묵직한 한숨 소리가 들려왔다. 그것으로 결론은 난 셈이었다.

"하면 모두가 찬성한 것으로 알고 본영을 옮기는 것부터 차근차근 진행시키도록 하겠소. 각 부대의 인원과 이동에 필요한 세부적인 사항들을 빠짐없이 파악하여 다시 의논하도록 합시다."

"예, 전하. 속히 준비하여 올리겠습니다. 하오면 쉬십시오."

회의를 마친 소류가 피로한 듯 관자놀이를 지그시 누르며 군장들의 인사에 고개를 끄덕이자 그의 이마에 둘려 있는 흑건의 금박 문양에 등불이 반사되어 금빛으로 반짝였다. 그 반짝임과 함께 고요히 번뜩이는 시선 하나가 금빛으로 빛나는 흑건의 문양 위에 집요하게 머물렀다.

군장 회의를 위해 집무실에 자리한 순간부터 모두가 논의에 한창일 때조차도 줄곧 그것에서 시선을 떼지 못한 채 눈여겨보고 있던 아태부의 군장 아타란이 다들 돌아가려 웅성대는 그 작은 소란 사이에서 불쑥 입을 열었다.

"하온데."

두런대는 낮은 웅성거림 속에 던져진 또렷한 음성은 소류를 포함한 모두의 시선을 그에게로 쏠리게 만들기에 충분했다. 고요하게 날아드는 시선들을 느끼며 잠시 헛기침을 내뱉은 아타란이 왕의 얼굴을 빤히 응시한 채 말을 이었다.

"그 흑건 말입니다."

집무실로 오는 동안 우연찮게 마주친 왕비의 이마에도 어쩐 일인지 타란이 씌워져 있었다. 몇 달 전 황룡의 인을 공표한 이후로 두 사람은 흑건과 타란을 더는 착용하지 않았었다. 더 이상 증표를 감출 필요가 없었기 때문이었다.

하면 오늘의 경우는 뭐라고 설명해야 할까. 아무런 의미도 없는 일이라고 대수롭지 않게 치부해 넘겨도 괜찮은 걸까? 분명한 의심을 고스란히 내비쳤고 그러한 자신의 의중을 분명히 헤아려 알 텐데도 아무런 대꾸도 없는 왕의 얼굴을 주시하며 아타란은 머릿속에 차오르는 궁금증들을 가감 없이 입 밖으로 꺼냈다. 제 의심이 틀렸다면 이 자리에서 깨끗이 증명되는 편이 서로를 위해서도 좋으리라.

"오는 길에 우연히 왕비 마마를 뵈었습니다. 왕비 마마께서도 타란을 쓰고 계시더군요. 황룡의 인을 공표하시기 전에는 두 분께서 그것을 감추려는 의도로 착용하신 줄로 압니다만, 하오나 지금은 군이 그것을 쓰고 계실 이유가 없지 않습니까? 한 분도 아닌 두 분께서 모두 말입니다."

왕은 굳게 입을 다문 채 허공 어딘가를 고요히 노려보듯 응시하고 있을 뿐이었다.

"설마 증표에 무슨 문제라도 생긴 것입니까?"

"……."

"소장의 언사가 경망했다면 용서하십시오. 하오나 염려가 되는 것이 사실이오니, 부디 전하께서는 지금 이 자리에서 진실을 명확히 밝혀 주십시오."

아타란의 주청에 군장들이 술렁이기 시작했다. 진은 다소 굳은 얼굴로 입을 다문 채 사태를 주시할 뿐이었다. 만에 하나 아타란의 의심대로 증표에 어떠한 문제가 생긴 것이라면 아라하를 이루고 있는 혈맹 부족들 간의 관계에도 균열이 생길 것은 자명했다. 이미 오래전부터 그런 움직임이 암암리에 있어 왔지만, 그동안은 균열의 동기가 될 만한 어떤 뚜렷하고도 특별한 계기가 주어지지 않아 유지될 수 있었던 것이다.

보수와 개혁. 부족 연맹 왕국 아라하의 각 부족들은 국정 전반의 모든 문제들에 대해 늘 상생과 대립을 끊임없이 반복해 왔다. 그 대립의 중심에 놓여 있는 것은 다름 아닌 '천신'이었다. 모순적이게도 그들을 오랜 세월 하나로 단단히 결속해 온 바로 그 천신이라는 초월적인 존재, 언제부턴가 그것이 그들의 발목을 붙잡기 시작했다. 예전으로 되돌릴 수도 더 나아갈 수도 없도록.

천신의 이름으로 내려지는 모든 신탁들이 그 어떤 중차대한 사안보다도 최우선시되는 그 미개하고도 맹목적인 신앙, 그로 인해 벌어지는 폐단들. 그럼에도 그것을 굳건히 지키려는 자들과, 과감히 타파하려는 자들. 그들 중 어느 한쪽으로 치우쳐 갈등과 대립의 폭을 좁히기란 쉽지 않은 일이었다. 현재를 살면서는 감히 그 선택의 옳고 그름을 판단할 수 없는 문제였으므로.

크고 작은 문제들이 보수와 개혁이라는 이름하에 끊임없이 부딪쳐 왔지만, 그들을 날 세우며 대립하게 만드는 가장 큰 이유는 단연 '천신의 증표'였다. 왕과 왕비의 증표, 황룡의 인. 그것의 존재를 인정하며 전통을 계승할 것을 주장하는 온건파와, 증표의 존재를 철저히 부정하며 왕비의 간택 방식에 혁신을 바라는 개혁파. 전쟁을 앞둔 지금, 두 파벌의 대립이 심화되는 일만큼은 무슨 수를 써서든 막아야 했다.

그들은 왕이 어느 쪽으로든 결단을 내려 주길 바랐으나, 소류로서는 어느

편에도 힘을 실어 줄 수 없었다. 그것은 왕으로서도 사내로서도 마찬가지였다. 온건파의 손을 들어 준다면 증표가 사라진 아리는 그길로 왕비의 자격을 박탈당하게 될 것이 자명했고, 개혁파의 손을 들어 준다면 그들은 응당 자신들이 속한 부족에서 왕비가 배출되기를 바랄 것이니 그 역시 아리를 내모는 것과 다름없었다. 게다가 그로 인해 연맹 부족 모두에게 불어닥칠 여파는 너무도 컸다.

황룡의 인이 다시 나타나지 않는 한, 다시금 불거진 이 혼란을 잠재우기는 힘들 것이다.

"……."

하지만 더 이상 사실을 숨기는 것은 무의미했다. 소류는 자신의 이마 위로 손을 가져갔다.

소류가 흑건을 풀어 내리자 집무실 안이 일순 경악으로 가득 찼다.

"……허, 이런…… 증, 증표가……!"

"어찌…… 이런 일이……!"

혼란스러운 기색으로 한참을 웅성거리던 군장들이 아타란의 손짓에 이내 소란을 거두었다. 무겁게 가라앉은 집무실 안의 공기가 찬물을 끼얹은 듯 고요한 적막으로 가득 찼다.

그 무거운 정적을 깨고 아타란이 나직이 입을 열었다.

"천신의 신탁. 그 절대적인 명분 하나로 혜노군장의 죽음에 대한 모든 의심과 분란들을 불식시키셨지요."

황룡의 인이 사라진 소류의 허전한 이마를 날카롭게 응시하며 아타란이 묵직한 음성으로 힘주어 말했다. 서늘한 이마 위로 따갑게 날아와 박히는 군장들의 시선이 소류의 숨통을 숨 막히게 조여 오고 있었다.

"이제 증표는 사라졌습니다."

승자처럼 여유로운 얼굴로 나긋이 내뱉은 아타란이 가만히 턱을 치켜들었다.

"자, 이제는 어떤 명분으로 또다시 그분을 지키시겠습니까. 이번에는 또 어떤 구실로 저희 군장들을 설득하고 회유하시겠습니까?"

소류는 폐부에 꾹꾹 들어차 비식비식 새어 나오는 쓴웃음을 겨우 삼켜 넣었다.

무소불위의 권력자. 세인들이 군주를 가리켜 흔히들 일컫는 말. 그러나 정작 왕이기에, 일국의 군주이기에 할 수 없는 일들, 참아야만 하는 일들은 무수히 많았다.

결국은 저들의 뜻대로 흘러가게 되리라는 것을 뼈저리게 알면서도, 그저 무력하게 그것을 지켜볼 수밖에 없는, 지금처럼…….

□ ■ □

파안제국, 여미성.

아직은 때 이른 봄날이었으나 오늘따라 유난히 따스하게 내리쬐는 햇볕이 태건궁의 너른 마당을 포근하게 감싸고 있었다.

이제 막 정오를 넘긴 시각. 하늘 꼭대기에 걸린 태양을 피해 발밑으로 숨어든 그림자가 완전히 모습을 감추던 그 무렵, 고요한 황궁에 한바탕 소란이 일었다.

그 소란의 근원은 늘 그렇듯 한 사내에게서 비롯되었다.

"태의 영감! 태의 영감, 안에 계십니까!"

다짜고짜 외치는 소리와 함께 쿵쾅거리는 발걸음 소리가 복도를 요란하게 울리는가 싶더니 이내 고요한 침실의 문이 드르륵하고 거칠게 열렸다.

붉으락푸르락한 얼굴로 침실 안으로 성큼 들어선 사내가 바닥에 깔린 금침 곁에 등을 보인 채 앉아 있는 늙은 사내의 뒷덜미를 노려보았다. 금침 위에 창백한 낯빛으로 누워 있는 이는 다름 아닌 제국의 지존이었다. 감히 황제의 침실에 요란하게 들어선 사내의 행동은 더없이 경망스럽고 무엄하기 짝이 없으나, 지금은 그조차 묵인될 만큼의 타당한 사정이 있었다.

"태의 영감! 어찌 된 일입니까? 폐하의 맥이 한참이나 뛰지 않았다 들었습니다. 그 사실을 어째서 소장에게 먼저 알리지 않으신 것입니까!"

자함은 그 소식을 전해 듣자마자 침전으로 한달음에 달려온 길이었다. 태의에게 따지듯 단숨에 말을 뱉어 낸 그가 숨이 넘어갈 듯 가쁜 호흡을 몰아쉬자, 흰 수염을 늘어뜨린 지긋한 노관이 곤란한 미소를 띤 채 그를 달랬다.

"앉으십시오, 대장군. 심려하실까 저어되어 일부러 알리지 않았는데 그새 누군가 전한 모양이군요."

"일부러 알리지 않으셨다니요! 제게 폐하의 일보다 중한 일은 없다는 것을 아시잖습니까."

"폐하의 빈자리를 대신하고 계시지 않습니까. 그런 분의 심사를 어지럽혀 드리는 것 또한 폐하께 불충을 저지르는 것이니, 이 사람은 이 사람대로 충정을 다해야 하지 않겠습니까."

"태의 영감."

"염려 마시지요, 대장군. 심혈이 막혀 잠시 맥이 약해지셨던 것뿐입니다. 폐하께서는 금세 안정을 되찾으셨습니다. 옥체의 문제라기보다는 성심의 문제입니다. 아마도 무의식 속에서 괴로운 기억들을 떠올리고 계신 것일 테지요."

그리 안심시키는 태의의 말에도 자함은 도무지 안심이 되지 않는 얼굴이었다. 그도 그럴 만했다. 황제는 벌써 석 달째 깨어나지 않고 있었다. 물론 목숨을 부지하였다는 사실 자체만으로도 기적 같은 일이었지만, 하여 충분히 놀라고 감사한 마음이 들었지만, 그저 살아만 계시라 간절히 바랄 때는 언제고 막상 이리 살아 계시니 자꾸만 더한 욕심이 드는 것이었다. 굳건히 살아 내시어 부디 예전처럼 천하를 호령하시며 강건히 살아가시라고……

"이제는 모든 고비를 넘기셨다 하시지 않았습니까? 한데도 어째서 여태 깨어나지 않으시는 것입니까? 상처도 하루가 다르게 아물어 가고, 전에 비해 혈색도 분명 좋아지셨습니다. 한데 왜 아직도 사경을 헤매시느냔 말입니다! 모든 방법을 총동원해 반드시 폐하를 살려 내십시오. 만일 폐하께서 잘못되신다면 내 맹세컨대 태의를 용서하지 않을 것입니다!"

자함의 노성에 태의가 고개를 흔들며 낮게 한숨을 내쉬었다.

"대장군, 소관 역시 폐하께서 무사하시기를 누구보다 바라 마지않는 사람입니다. 이 사람을 믿고, 또한 폐하를 믿고 기다려 주십시오. 누구보다도 강건한 분이십니다. 이리 허망하게 가실 분이 아니라는 것, 장군께서도 잘 알고 계시질 않습니까."

불안해하는 자함을 보며 태의가 안타까운 표정으로 달래듯 말하자, 자함이 그제야 이성을 되찾은 듯 얼굴 가득했던 노기를 누그러뜨리며 한풀 꺾인 목소리로 입을 열었다.

"폐하의 맥이 뛰지 않았다는 말을 듣고 소장이 잠시 정신이 어찌 되었나 봅니다. 소장의 무례함을 용서하십시오, 태의 영감."

"그 마음을 어찌 모르겠습니까. 개의치 마시지요."

한숨 놓인 얼굴로 괜찮다는 듯 웃어 보인 태의가 그제야 몸을 바로 하고 황제에게 집중했다. 황제의 어깨와 가슴에 꽂았던 대침을 조심스레 빼낸 그가 사용한 침을 넣어 둔 침통을 의녀에게 건네주며 가만히 화두를 돌렸다.

"아라하에 선전 포고를 하셨다 들었습니다. 대장군께서 모두의 의견을 수렴하여 어렵게 결정을 내리셨겠지만, 너무 이른 것은 아닌지 이 노관은 염려가 되는 게 사실입니다."

태의의 조곤조곤한 음성을 묵묵히 듣던 자함이 덤덤히 대꾸했다.

"폐하께서 잃으신 그 모든 것들을 되찾아 드리는 것이 소장의 책임이자 의무입니다."

"하나 너무 성급하지 않습니까."

"성급하지 않습니다. 수선스럽던 황실도 이제는 안정을 되찾았고, 군대 또한 모든 정비를 마친 지 오래입니다."

확신에 찬 자함의 말에 태의가 천천히 고개를 끄덕였다.

"나이가 들면서 늘은 것이라곤 노파심뿐입니다. 충분히 심사숙고하신 후 내리신 결정이실 테지요. 소관이 주제넘게 참견을 했나 봅니다."

"태의 영감의 진심을 소장이 어찌 모르겠습니까. 마음 쓰실 것 없습니다."

주거니 받거니 하면서 서로의 사정을 헤아린 두 사람이 잠시 서로를 마주 보며 덤덤히 웃었다. 제국을 광풍처럼 휩쓸고 지나간 전쟁과 내란, 그 혹독한 시기를 겪고 난 후임에도 여전히 신뢰를 나눌 수 있는 이가 존재함에 감사한 그들이었다.

"혹 폐하께 무슨 일이 생기면 즉시 사람을 보낼 테니 심려치 마시고 돌아가 계십시오. 대장군께서도 틈틈이 휴식을 취하셔야지요. 혈색이 좋지 않으십니다."

자함은 낮게 한숨을 내쉬고는 마지못해 고개를 끄덕였다. 황제를 대신해 국정을 두루 살피려니 잠이 부족한 것이 사실이었다. 자함은 단휘의 곁에 다가가 앉아 앙상하게 마른 그의 손을 조심히 움켜쥐었다.

"폐하……. 반드시 이겨 내셔야 합니다. 행여 이대로 평생을 깨어나지 않으신다면 소신 죽어서도 절대 용서해 드리지 않을 것입니다. 아시겠습니까."

자함은 대답 없는 황제의 얼굴을 빤히 응시했다. 그리 빤히 쳐다보고 있으면 정말로 제 진심이 그에게 닿아 지금이라도 당장 번쩍 눈을 떠 주기라도 할 것만 같아서.

하지만 소망이 간절하면 간절할수록 기적은 늘 저만치로 달아나 버리곤 했다. 기적이란 놈이 제게 그리 쉽게 찾아와 줄 리 없었다. 자함이 쓴웃음을 지으며 잡은 손을 놓으려 할 때였다.

"……!"

저의 협박 아닌 협박에 항변하듯, 혹은 또다시 절망과 체념에 집어삼켜지려던 저를 꾸짖듯, 황제의 야윈 손가락이 제 투박한 손안에서 미약하게 꿈틀거리는 것을 자함은 분명히 느꼈다.

놀라 눈을 치켜 뜬 자함이 황제의 손에서 시선을 떼지 못한 채 실성한 사람처럼 태의를 불러 댔다.

"태의 영감! 폐하께서 지금! 분명 폐하께서 지금 손가락을 움직이셨습니다!"

자함의 황망한 외침에 황급히 그의 곁으로 바짝 다가가 앉은 태의가 한참이나 황제의 상태를 지켜보았다. 그러나 아무리 시간이 흘러도 황제는 잠잠할 뿐이었다. 혹시나 했던 작은 기대감 위에 적잖이 드리우는 실망감을 몰아내며 태의가 나직이 한숨을 뱉어 냈다.

"대장군. 돌아가 계시면······."

"참말입니다! 참말로 폐하께서 손가락을 움직이셨단 말입니다!"

막무가내로 우기는 자함을 보며 태의가 안쓰러운 얼굴로 그의 어깨를 달래듯 두드렸다. 미미하게 번져 가던 일말의 기대감이 여지없이 부서져 내리고 이내 헛헛한 상실감이 삭풍처럼 불어와 모두의 가슴을 휘감는 순간이었다.

"태의 영감! 폐, 폐하께서······!"

내내 말없이 자리를 지키던 곁의 의녀가 소스라치게 놀라며 황망히 소리쳤다. 의녀의 날카로운 외침에 모두의 시선이 다시금 황제에게로 일제히 향했다.

"······!"

지난 석 달 동안 굳게 닫혀 있던 눈꺼풀이 파르르 떨리며 미약한 경련을 일으키고 있었다.

점점 격해지던 떨림이 어느 순간 멈추더니, 이내 거짓말처럼 스르륵 눈꺼풀이 열리며 드러난 혼탁한 잿빛 눈동자가 그들을 향했다.

"폐······ 폐하!"

"폐하! 정신이 드십니까! 폐하!"

모두의 감격에 찬 외침에도 황제에게서는 아무런 반응이 없었다. 비로소 깊은 잠에서 깨어난 것만은 분명하나 의식을 온전히 되찾은 것인지는 더 두고 보아야 알 수 있을 터였다. 다만 이 순간 작게나마 위안이 되는 사실이 있다면 그의 왼쪽 눈을 가린 붕대가 더 이상 예전처럼 처참히 붉지는 않다는 것이었다.

"……어찌…… 어찌 이런 기적 같은 일이……! 대장군! 폐하께서…… 폐하께서 참으로 깨어나셨습니다!"

"그것 보십시오! 제가 분명 손가락을 움직이셨다 하지 않았습니까! 폐하! 소신을 알아보시겠습니까? 소신 자함입니다, 폐하! 크흑……!"

방 안에서 일어난 믿을 수 없는 기적을 알아차린 태건궁의 모든 궁인들이 그 순간 일제히 바닥에 엎드린 채 황공히 목 놓아 외쳤다.

"황제 폐하! 만세! 만세! 만만세!"

"황제 폐하! 만세! 만세! 만만세!"

북받친 목소리로 모두가 감격스레 외치는 소리를 들으며 자함과 태의는 지금 자신들의 눈앞에서 벌어진 기적을 직접 보면서도 차마 믿지 못하겠다는 듯 감격과 환희로 넋을 놓은 채 황제를 바라보고 또 바라보았다.

"……."

그 황망한 소란 속에서 허공을 배회하던 흐릿한 눈동자가 잠시 껌벅 느리게 감겼다가 다시금 힘겹게 떠졌다.

여전히 세인들로부터 제국의 지존이라 변함없이 일컬어지는 그 사내, 주단휘…….

위태로웠던 생사의 고비를 숱하게 버텨 넘기고, 금세라도 끊어질 듯한 여린 생의 끈을 악착같이 움켜쥐어 끝내 놓지 않으며, 그는 마침내 그렇게 눈을 떴다.

그 언젠가 시린 가슴에 담았던 그 찬연한 봄날을 닮은, 아직은 때 이른 봄…….

유난히 볕이 따스하게 내리쬐던 어느 봄날의 일이었다.

□ ■ □

"진군하라!"

"모두 진군하라! 와아아!"

"와아아아!"

장대한 행렬을 이룬 군사들이 지엄한 군령을 목청이 터지도록 따라 외치며 절도 있게 전방을 헤쳐 나아갔다.

황룡의 인을 둘러싼 온건파 군장들과 개혁파 군장들의 날 선 대립과 갈등, 그 혼돈한 사태를 잠시 덮어 둔 채 아라하의 군대는 마침내 낙안으로의 대이동을 시작했다.

해주를 과감히 포기하자는 것에 군장들 모두가 동의하고 난 이후의 상황은 거칠 것 없이 흘러갔다. 제국의 선전 포고와 설유의 때 이른 보상 요구, 그 불안한 시국은 소류와 군장들 모두에게 찰나의 여유를 부릴 틈조차 허락지 않은 채 모두를 긴박하게 몰아붙였다.

봄이 한껏 온기를 머금어 바야흐로 생명이 움트는 계절. 대지 위로 쏟아지는 봄볕 아래 여린 숨을 틔운 생명의 빛은 찬연하고 숭고했지만, 봄의 눈부신 풍광을 오롯이 눈에 담고 있는 순간순간에도 여전히 겨울에 머물러 있듯 삭막하게 메마른 마음에는 일말의 여유도 남아 있지 않았다. 비단 그것은 전쟁을 앞둔 소류와 군장들만의 이야기는 아니었다.

소멸된 황룡의 인으로 인해 군장들과 소류 사이에 빈번히 마찰이 일어나고 있다는 사실을 아리는 시녀를 통해 빠짐없이 전해 듣고 있었다. 소류의 곁에 머무는 자신의 존재가 또다시 그에게 어떤 식으로든 해악을 끼칠 것임이 불 보듯 뻔했다.

증표가 사라짐과 동시에 그녀에게 주어진 왕비로서의 자격 또한 완벽하게 박탈되었다. 더는 그의 곁에 머무를 명분이 없는 것이다. 이런 상태로 그의 곁에 고집스럽게 남는다는 것은 그녀 스스로 그를 진창 속으로 떠미는 것이나 다름없었다. 여태껏 그래 왔듯이 그는 분명 그녀로 말미암은 그 모든 곤경과 시련을 당연하다는 듯이 감수하려 들 테고……

아리는 진저리를 치듯 머리를 흔들었다. 자신은 그에게 끝까지 그런 존재밖에 될 수 없다는 사실이 그녀를 깊이 절망케 했다.

어제저녁, 온건파 군장들이 그녀를 찾아왔다. 낙안으로의 행군을 하루 앞둔 정신없는 때에 그들이 그녀를 찾아올 이유라면 오로지 단 하나였다.

그녀는 군장들이 그녀에게 다녀간 사실을 소류에게 알리지 않았다. 행여 누군가 그녀를 위하는 마음에 그 사실을 그에게 전하려 했다면 그녀가 먼저 나서 어떻게든 그의 귀에 들어가는 것을 막았을 것이다. 굳이 군장들이 저를 찾아와 목에 핏대를 세우며 일장 연설을 늘어놓지 않아도, 그가 그녀로 인해 매우 곤란한 상황에 빠져 있다는 사실을 누구보다도 잘 알고 있는 그녀였으니까.

온건파 군장들은 진심으로 왕을 위해 그녀가 그의 곁을 잠시 떠나 있어 주기를 간절히 바라고 있었다. 그들은 천신을 맹신하는 무리였다. 그들은 그녀에게 이미 한 번 천신의 증표가 나타난 이상 그것만으로도 왕비로서의 자격은 충분하다고 굳게 믿고 있었고, 증표가 사라진 데에는 분명 그럴 만한 이유가 있을 것이며 머지않아 증표는 반드시 다시 나타날 거라고 강력히 주장했다. 그러니 부디 그때까지만 왕의 곁을 떠나 있어 달라는 게 그들의 유일한 바람이자 요구였다. 자신들의 그러한 진심을 헤아려 달라는 듯 그 어느 때보다도 극진히 그녀에게 왕비에 대한 예우를 갖췄다.

아리는 승낙도 거절도 하지 않았지만 그녀가 결국 어떤 답을 내릴지는 이미 그 자리의 모든 이들이 짐작하고 있었을 터였다. 그를 진심으로 섬기는 그들의 충정에 대한 예우의 의미로 돌아가는 그들에게 길게 답읍하고 돌아서던 순간부터 마침내 낙안으로의 대이동에 몸을 실은 지금까지, 아리는 고민에 고민을 거듭했다. 백번 생각해도 그를 위해 떠나는 것이 옳았지만 상심할 그를 떠올리면 자꾸만 결심이 흔들리고 무너졌다.

군장들의 말마따나 그저 잠시 곁을 떠나 있는 것뿐이건만 무엇이 불안하여 이리 고민을 거듭하는지 모를 일이다. 그들의 말로는 낙안의 외성 밖 어느 작은 마을에 이미 그녀가 머무를 거처를 물색해 두었다고 하니, 굳이 분란을 조

장하며 부득부득 그의 곁에 남아 있기보다는 조금 먼발치에서 마음 편히 그를
그리워하는 것이 응당 현명한 처사이리라.

더는 고민할 필요도 없는 문제였다. 아리는 재차 다짐하듯 가만히 눈을 감았
다 떴다.

시야를 가득 메운 마차의 작은 창으로는 봄의 풍경이 아스라이 펼쳐져 있었
다.

"무슨 생각을 그리 골똘히 하나."

창밖을 멍하니 응시한 채 생각에 잠겨 있는데 나직한 음성이 그런 그녀의 상
념을 깨뜨렸다. 아리는 퍼뜩 정신을 차리며 목소리가 들린 쪽을 돌아보았다. 언
제 깨어난 것인지 소류가 저를 조용히 바라보고 있었다.

긴 행군을 앞두고도 쪽잠 외에는 잠을 제대로 자 본 적이 없는 그였다. 오후
가 되자 그도 더는 버티기 힘들었는지 결국 친위대장의 닦달에 못 이긴 척 마
차에 올라 잠을 청했다. 노곤히 잠긴 목소리로 그녀와 몇 마디 말을 겨우 나눈
그는 마차 벽에 머리를 기대기가 무섭게 그대로 곯아떨어지듯 잠에 빠져들었
다.

곤히 잠든 그 얼굴을 한참 안쓰럽게 바라보다 어젯밤 군장들의 권유에 대해
다시금 떠올려 보던 중이었다. 잠든 지 일각도 채 지나지 않았건만 금세 깨어
나 정신을 다잡으며 제게 말을 걸어오는 그가 안쓰러워 아리는 속상한 투로 잔
소리처럼 늘어놓았다.

"소류, 왜 벌써 일어나는 거예요? 조금 더 자도 돼요. 조금만 더 눈을 붙여
요."

"충분히 잤어."

"충분하긴 뭐가 충분해요? 자꾸 그렇게 고집을 피우다간 그때처럼 또 쓰러
질지도 몰라요. 쉴 수 있을 때 조금이라도 더 자 둬요."

"자려고 해도 더 잘 수가 없어."

"왜요? 혹시 또 몸이 불편한 거예요?"

마른세수를 하며 노곤히 대꾸하는 그를 걱정스레 바라보다 그리 조심히 되묻자, 그가 씩 웃으며 그녀의 뺨을 가만히 쓰다듬었다.

"보고 싶어서……. 눈 뜨면 이리 그대가 내 앞에 있는데, 눈 붙이는 시간이 아까워서 도무지 잘 수가 있어야지."

천연덕스러운 그의 농에 아리가 밉지 않게 눈을 흘겼다.

"자는 데 방해가 된다니, 그럼 내가 나가 있는 수밖에 없겠네요. 나 없는 곳에서 푹 자도록 해요."

소류는 짐짓 일어나는 시늉을 해 보이는 그녀의 손목을 잡아 제 품으로 힘껏 끌어당겼다. 그의 품에 넘어지듯 안긴 그녀가 작게 비명을 터뜨렸다. 그의 품에서 빠져나가려는 그녀와 그런 그녀를 더 단단히 가두려는 그 사이에 한참 동안 실랑이가 벌어졌다. 결국 지친 그녀가 졌다는 듯 얌전히 그의 품에 안겨 오고 나서야 실랑이는 끝이 났다.

그녀를 한참 품에 안고 있던 소류가 그녀의 고개를 들어 올려 저를 바라보게 했다. 오롯이 마주쳐 오는 눈동자는 깊고도 다정하여 서로의 마음을 애틋하게 휘감아 흔든다. 수없이 살을 섞고 수없이 서로의 뜨거운 숨을 삼켜도, 이리 마주 보고 있노라면 어김없이 가슴이 떨려 오고 심장이 떨어져 나갈 듯 쿵쾅대며 요동쳤다. 마치 그대로 인해 내가 살아 박동한다는 듯이.

"낙안에 당도하면…… 그대에게 할 얘기가 있어."

"……나도 당신에게 할 얘기가 있어요."

"……."

무어라 더 되묻지도, 대꾸하지도 않은 채 두 사람은 그저 말없이 서로를 응시했다. 그러다 이내 막연하게 스며 오는 어떤 먹먹한 예감에 그들은 누가 먼저랄 것 없이 서로의 시선을 피해 고개를 돌렸다.

마차는 덜컹거리며 쉴 새 없이 내달렸다. 소류는 아리를 품에 바짝 당겨 안은 채 그 불규칙한 흔들림에 가만히 몸을 맡겼다.

사라진 중표는 혼돈과 분란을 야기하며 불씨처럼 잔존하던 파벌의 대립에 기름을 부었다. 온건파의 군장들은 증표가 다시 나타날 때까지 왕비를 폐위시킬 것을 끊임없이 주청했고, 개혁파의 군장들은 그것을 만류했지만 그 끝이 지금의 왕비를 위한 것이 아님을 소류는 알고 있었다.

갑갑함에 저도 모르게 무거운 한숨이 흘렀다. 그의 가슴에 머리를 기댄 채 안겨 있는 그녀에게 분명히 들렸을 것임에도 그녀는 그 시름 어린 한숨의 까닭을 캐묻지 않는다. 아마 그녀 역시 그처럼 깊은 상념에 빠져 있는 탓일 테지만, 그녀의 그 상념들까지 그가 온전히 헤아려 알 길은 없었다.

무겁게 내려앉은 적막을 깨부수듯 마차는 대지를 요란하게 구르며 쉼 없이 질주했다. 소류는 제게 기대어 안긴 그녀의 어깨를 가만히 힘주어 감싸며 흔들리는 창밖 풍경을 무연히 응시했다.

보름쯤 후면 지금의 어수선한 상황도 서서히 정리될 것이다. 낙안을 정비한 후에는 설유와의 남은 문제들을 매듭짓기 위해 아라하 본국에 닷새간 다녀오는 것으로 대략적인 일정을 잡아 두었다. 보상 문제를 마무리 짓고 나면 파안과의 전쟁 대비에 본격적으로 박차를 가할 것이다.

호기롭게 전쟁을 선포해 온 제국은 어째서인지 여태 움직임이 잠잠했다. 도성에 심어 놓은 세작들에게서는 딱히 이렇다 할 보고가 들어오지 않고 있었다. 설유와의 동맹이 지속될지 그 여부는 알 수 없으나, 수성에 만전을 기할 충분한 시간이 남아 있다는 사실이 그나마 작은 위안으로 다가왔다.

기실 제국과의 전쟁은 그가 살아온 삶 자체와도 같았기에 특별히 더 골치를 앓거나 괴로워할 까닭도 없었다. 그러나 이제 막 그의 삶 속으로 스며든 그녀라면 얘기가 달랐다.

애써 부릅뜨고 있던 피로한 눈꺼풀을 가만히 감으니 제 품에서 미약하게 꿈틀거리는 여린 온기가 더 간절하게 그의 품속을 파고든다. 소류는 그 온기의 근원을 갈무리하듯 품 안으로 더 꼭 끌어안았다.

일생토록 찾아 헤맨 그 간절한 온기를 제 모든 것을 걸어 반드시 지켜 내리라. 스스로에게 주문을 걸듯 되뇌고 또 되뇌면서, 그는 흩어져 사라질 것만 같은 신기루를 끌어안듯 절박하고 조심스럽게 그녀를 제 시린 가슴 안에 가득 안 았다.

□ ■ □

봄은 서두르는 기색도 없이 조용히 찾아와 겨우내 얼어붙어 있던 대지를 녹 였다.

온기가 스며든 땅 위로 불어온 따스한 봄바람이 달콤한 꽃향기를 가득 머금 은 채 성안 곳곳을 누비고 다녔다.

해주를 버리고 대이동을 감행한 아라하군이 낙안에 당도한 지도 어느덧 보 름이라는 시간이 훌쩍 흘러 있었다.

그 보름 동안 아라하는 하나로 집결시킨 군대를 재편성하고 새로운 본영을 정비하며 제국과의 전쟁 대비에 온 힘을 쏟았다. 그러나 모든 준비가 그렇게 순조롭게 진행되어 가고 있었음에도, 날마다 열리는 군장 회의는 단 하루도 조 용히 마무리되는 법이 없었다.

"세절부, 혜노부, 미루부 저희 삼부의 군장들은 왕비 마마를 폐위시킬 것을 강력히 주청하는 바입니다! 천신의 신탁을 잃은 그분께는 더 이상 왕비의 자격 이 없습니다. 왕비를 폐위함이 마땅합니다!"

온건파 군장들은 오늘도 피를 토하듯 열변을 터뜨렸다. 세절부의 군장인 진 은 적당히 물러나 있었지만 그의 입장도 저들과 크게 다르지는 않을 것이었다. 어떠한 입장 표명도 하지 않은 채 그저 묵묵히 자리를 지키고 있는 진을 소류 가 조용히 응시했다. 문득 해주에서의 일이 뇌리를 스쳤다.

진의 그 당혹스럽도록 짓궂던 도움 덕에 그날 밤 그녀와 오롯이 서로의 진심 을 나눌 수 있었다. 진과 친위대의 그 황당무계한 작당 모의가 아니었다면 아 마 그리되기까지는 아주 오랜 시간이 필요했으리라. 그 결과가 하필 황룡의 인 의 소멸이라는 이토록 당혹스러운 현상으로 나타나게 된 것은 유감이었으나,

그리 인과를 단정 짓기엔 작금의 모든 것이 다 불확실한 것투성이였다.

하여 소류는 진이 농처럼 내뱉은 말을 잊지 않고 며칠 전 뒤늦게나마 그들을 불러 거하게 상을 내렸다. 고작 술상이냐며 타박 아닌 타박을 듣기도 했지만, 나중에는 다들 거나하게 취해서는 상 중의 상이 술상 아니냐며 모처럼 흥청망청 기꺼운 시간들을 보낸 터였다.

잠시 그날의 일을 떠올리던 소류는 이내 온건파 군장들의 열변에 다시금 신경을 집중시켰다. 그들의 주장은 앵무새처럼 똑같이 되풀이되고 있었다. 소류는 피곤한 듯 미간 아래를 지그시 눌렀다.

온건파 군장들이 사사로이 소류를 찾아와 설득하기를, 황룡의 인은 필시 다시금 나타날 것이니 그저 눈가림으로 잠시 왕비를 폐위하여 우선은 이 위기를 모면해야 함이 옳지 않겠느냐고, 그들은 매일같이 그리 한목소리를 내며 소류를 압박해 왔다.

그들이 그르다고 할 수만은 없는 문제였다. 증표가 사라져 왕비의 자격을 잃은 그녀를 군주인 그가 감싸려 하면 할수록 왕권마저 위태로워짐은 당연한 이치였다. 그러지 않아도 개혁파의 군장들은 천궁의 왕위 계승에 늘 알게 모르게 불만을 품어 온 터였다. 일이 한번 뒤틀리기 시작하면 그것을 바로잡는 데에는 몇 배의 시간과 노력과 대가가 뒤따른다. 민가의 대소사도 그러할진대 하물며 나라의 일임에야.

온건파 군장들이 제 주장들을 피력하고 난 후에는 어김없이 개혁파 군장들의 반론이 이어졌다.

"저희 아태부, 아밀부, 사나부 삼부의 군장들은 저들의 주장을 받아들일 수 없습니다! 소장들은 저들이 주장하는 왕비 마마의 폐위를 강력히 반대하는 바입니다. 아라하의 번영과 발전을 방해하는 그 미개하고 오래된 관습을 이제는 타파해야 합니다. 신탁에 의해 왕비가 배출되는 낡은 방식을 버리고 모든 부족에게 왕비 간택의 기회가 균등히 주어지도록 왕실의 예법을 새로이 바로잡아야 합니다. 그리하지 않고는 아라하는 더 이상 앞으로 나아갈 수 없습니다. 전하,

아라하의 미래를 위해 부디 현명한 결단을 내려 주시기를 간청드립니다."

소류는 턱을 괴었던 손을 들어 흐트러진 머리를 쓸어 넘겼다. 매일같이 반복되고 있는 이와 같은 설전에 선뜻 종지부를 찍지 못하는 것은 답을 정하지 못해서가 아니었다.

지난밤, 낙안에 당도한 이후 근 보름간 바쁜 정무를 핑계로 그가 의식적으로 미루고 미뤄 두었던 이야기를 그녀가 먼저 꺼냈다.

연푸른빛 은의를 곱게 차려입은 그녀는 언젠가 가달 평원에서 보았던 신기루처럼 손을 뻗으면 사라질 듯 신비로웠고 깨어질 듯 창백하게 아름다웠다. 저를 돌아보며 웃는 얼굴이 어찌나 어여쁘던지, 하마터면 그 고운 웃음 뒤에 감춰진 먹먹한 슬픔을 헤아리지 못할 뻔했다.

'소류, 그들의 말대로 해요.'

'……'

언제부터 그리 작정하고 있었던 걸까.

황룡의 인이 사라지고 난 이후의 상황들에 대해 그녀가 모르고 있을 것이라고는 생각하지 않았다. 하지만 그간 조금도 내색하지 않던 그녀의 더없이 밝았던 모습들이 그제야 비수가 되어 모질게 그의 가슴을 헤집었다.

'매일 매 순간을…… 당신에게 해가 될까, 마음 졸이며 살고 싶지는 않아요. 당신 곁에 남아 그리 사느니, 조금 먼발치에서 당신을 기다리고 그리워하면서 살아가는 것이 우리 두 사람에게는 더 행복한 일일 거예요.'

왕비가 아닌 무엇으로든 그저 제 곁에 남아만 달라는 이기적인 말은 내뱉을 수 없었다. 오로지 저 하나의 욕심을 채우자고 어찌 그녀에게 그런 뻔뻔한 바람을 내비칠 수 있을까.

이 또한 천신의 뜻이라 여겨 받아들여야겠지. 맹목적이고 미개하다 할지라도 평생을 우러러 온 그 절대적인 존재를 또다시 핑계 삼으며, 또 그렇게 방패 삼아서…… 더없이 비겁하고 비참하게, 결국 그녀를 떠나보낼 수밖에 없으리라.

아라하(阿羅夏)……. 천신을 숭상하는 여덟 부족이 하나로 모여 피의 맹약을 맺으며 세운 나라.

제국에 빼앗긴 천신의 성지 차라를 되찾기 위해 아라하는 지난 수백 년간 제국과 끊임없는 전쟁을 치러 왔다.

천신을 부정한다면, 미개한 관습이라 치부하며 신탁을 부인한다면, 아라하는 저를 존재케 하고 단단히 일으켜 세워 존립하게 만든 그 뿌리를 스스로 뒤흔들게 되는 것이나 다름없다.

천신에 대한 맹목적인 숭배가 없었더라면, 지금의 아라하는 결코 존속될 수 없었다.

개혁파의 바람대로 오래된 관습을 타파하여 신탁을 부정하는 것으로써 설령 그녀를 곁에 둘 수 있게 된다 해도, 그것이 부족들 간의 결속을 뿌리째 흔드는 치명적인 악수가 될 것임이 자명한 이상 개혁파 군장들의 손을 들어 줄 수는 없었다.

여전히 핏대를 세운 채 서로를 물어뜯으며 왕왕대는 군장들을 피로한 눈으로 응시하던 소류가 그런 그들을 만류하며 나직이 입을 뗐다.

"그만들 하시오. 더는 그리 다투실 것 없소."

며칠 밤잠을 설쳐 퍼석거리는 얼굴 위로 짙은 자조가 피어올랐다. 천궁의 침묵은 더는 무의미한 일이었다.

"지금 이 자리에서 모두에게 공표하는 바이니……."

쌓인 피로로 뻑뻑하게 감겨드는 눈꺼풀을 다시금 치켜들며 소류는 미루고 미뤄 두었던 그 마지막 결정을 쓰디쓰게 내뱉었다.

어느 날의 주단휘가 그랬던 것처럼…….

"……왕비를…… 폐위하겠소."

다만 그것은, 오롯이 진아리만을 위함이었던 주단휘의 결정과는 그 성질과 온도가 사뭇 달랐다.

심화되어 가던 두 파벌의 대립에 그리 종지부를 찍은 소류는 자리를 박차고

476

일어섰다. 찬물을 끼얹은 듯 잠시 정적으로 얼어붙었던 집무실이 군장들의 탄성과 항변으로 이전보다 더욱 소란스러워졌으나 그가 더 이상 그곳에 남아 있어야 할 까닭은 없었다.

붉게 충혈된 눈동자 속에 차오르는 뜨거운 그 무엇이 슬픔인지 노여움인지는 알 수 없었다. 다만 이 순간 그녀가 미치도록 간절히 보고 싶었다.

당장 그녀에게로 달려가 아무런 시름도 없이 그녀를 안을 수만 있다면……. 늘 그렇게 서로의 곁에서 서로를 마주 바라보며 오손도손 정답게 근심 없이 살아갈 수 있다면 얼마나 좋을까.

온 마음을 다하여 은애하고 또 은애해도 결국엔 이리 또다시 서로를 밀어낼 수밖에 없는 현실이 그를 분노케 했다. 어둠 같은 절망과 상심이 그렇게 또다시 그를 집어삼켰다.

이 순간 그녀는 그에게 슬픔이자 고통이며 절망이고 나락이었다. 그러나 또한 동시에 그 모든 고통과 절망들을 이겨 낼 단 하나의 빛이자 희망이었으며, 그가 끝내 안식할 낙원이기도 했다.

시련 후에 눈부신 낙원이 펼쳐질 것이란 그 막연한 희망을, 그 불확실한 믿음을 신앙처럼 절박하게 붙든 채로 비겁하게 달아나는 제 자신을 향해 소류는 쓰디쓴 고소를 머금었다.

어떤 시련이 닥친다 해도 결코 그녀를 포기하지 않을 것임에는 변함없으나, 결국 아라하를 저버리지 못한 그는, 아라하의 천궁 단목소류는 그녀에게 더없이 무정하고 비겁한 사내일 뿐이었다.


왕비의 폐위 결정에 개혁파 군장들의 반발이 얼마간 이어졌으나 왕은 번복하지 않았다. 불평하던 그들은 때를 보아 적당히 한발 물러섰다. 기회를 틈타 잠시 왕왕거리긴 하였으나 천신을 무턱대고 부정한다는 것이 아직은 시기상조임을 잘 아는 까닭이었다. 강경하게 밀고 나가다간 오히려 역풍을 맞을 수도 있었다.

왕비의 폐위가 결정되자마자 그 즉시 폐비의 퇴출 날짜가 정해졌다. 이미 결정이 난 이상 누구도 시간 끌기를 바라지 않았다. 그녀가 성에 남아 있을 수 있는 시간은 고작해야 단 며칠뿐이었고, 길지 않은 그 시간은 더딘 듯 빠르게도 흘러가 어느새 그녀가 성을 떠나야 하는 날이 하루 앞으로 다가와 있었다.

폐비라고는 해도 실상은 거처만 옮기는 것에 불과했기에 성을 떠나서도 그녀의 생활이 자유롭고 부족함이 없을 것임에는 의심할 여지가 없었다. 하여 크게 염려스러울 것은 없었지만, 서로의 곁에 머물 수 없다는 그 사실 하나가 가시처럼 따갑게 박혀 아릿한 생채기를 만들었다.

폐비가 운서촌으로 떠나는 시각에 앞서, 동트기 전 묘시가 되면 그녀보다 먼저 왕과 친위대가 아라하의 본국으로 떠날 것이다. 소류는 가급적 일정을 최대한 서두르고자 했다. 그는 그녀가 떠나는 것을 무맥하게 지켜보는 대신, 한시라도 빨리 그곳의 일을 마치고 돌아와 그녀에게 달려가는 것을 택했다. 지금으로서는 그것이 그가 그녀를 위해 할 수 있는 최선의, 또한 유일한 일이라는 사실이 그의 마음을 더없이 비참하게 헤집어 댔다.

"……."

달빛이 쏟아져 내리는 후원은 어둠 속에서도 봄의 기운이 완연했다. 검은 먹물을 쏟아 놓은 듯 짙고 어두운 밤하늘 위로 이름 모를 별들이 명멸하며 빛났다. 고운 빛깔로 화사하게 피어난 봄꽃들이 푸르스름한 달빛과 쏟아지는 별빛 아래 서로 다투듯 고개를 내밀었다.

코끝을 간질이는 은은한 꽃향기에 취해 말없이 후원을 거니는 두 사람의 발밑에서 자박자박 자갈들이 부딪치는 말간 소리가 났다. 어여쁜 봄꽃에 온전히 시선을 빼앗긴 아리는 느리게 내딛는 걸음마다 연신 작은 탄성을 내뱉었다.

그리 평화로운 순간에도 문득문득 막연한 서글픔이 마음을 잠식해 왔지만 그녀는 시리게 파고드는 상념들을 애써 몰아냈다. 굳이 슬픈 예감을 떠올려 먹먹함을 더하고 싶지는 않았다. 그런 감정들에 휩싸여 시간을 흘려보내기엔 지금 그와 함께 다정히 후원을 거니는 이 순간이 그녀에게는 너무도 간절하고 소중했으니까.

흘끗 살펴본 그의 표정도 어둡지 않았다. 그러나 밝음을 가장한 그 얼굴 뒤에 숨은 그늘을 어찌 모른다 할 수 있을까. 수천 번 수만 번 무너지고 또 무너졌을 그의 마음을……

이별을 앞둔 마지막 밤이었지만 그도 그녀도 그 어느 누구도 감히 슬픔을 내색하려 들지 않았다. 배려라 이름 붙일 수 있겠지만, 진정 상대를 위한 것인지, 자신을 위한 것인지는 알 수 없었다.

"소류, 이 꽃 좀 봐요. 어쩜 이리 고울까요. 빛깔도 모양도……."

그녀의 손짓을 따라 옮겨진 그의 시선이 활짝 피어난 진분홍빛 꽃에 잠시 머물다 이내 장난스러운 미소를 머금은 채 그녀에게로 되돌아왔다.

"그리 고운가? 글쎄. 내 눈에는 그대가 더 고와 보이는데. 그러니 나도 꽃을 볼 때처럼 다정한 눈길로 좀 들여다봐 줘."

능청스럽게 건넨 농에 아리가 싫지 않다는 듯 새초롬한 웃음을 지으며 소류를 향해 빙글 돌아섰다.

"……이렇게 말이에요?"

불쑥 팔을 뻗어 그의 목을 끌어안은 그녀가 고개를 들어 그를 수줍은 듯 사랑스럽게 올려다보았다. 만개한 꽃처럼 활짝 핀 그녀의 해사한 미소가 그의 눈동자 가득 스며들었다. 소류는 까치발을 들고 선 그녀를 위해 슬쩍 몸을 낮춰주고는 허리를 당겨 안으며 가만히 눈동자를 마주쳤다.

고통과 인고의 시간들은 참으로 더디게도 흘러가건만, 이리 벅차오르도록 눈부시고 다디단 행복의 시간들은 그야말로 찰나처럼 빠르게 스쳐 지나간다.

그 사실이 새삼 사무치도록 야속하게 느껴질 만큼…….

잡을 수 없는 순간…… 머무를 수 없는 시간들……. 그렇기에 더욱 소중하고 간절한 지금 이 순간…….

"은애해요……. 숨이 다하는 날까지…… 은애해요, 소류……."

진심을 다해 고백해 오는 맑고 까만 눈동자를 한참이나 넋을 잃은 듯 바라보던 소류는 천천히 고개를 숙였다. 머리 위로 쏟아지는 포근한 달빛처럼 부드러운 온기가 그녀의 입술 위에 내려앉았다. 밤공기에 차가워진 입술이 서로의 달뜬 숨에 삼켜져 뜨거운 온기를 내뿜었다.

밤은 아직 겨울을 닮아 있어 맞닿은 입술 사이로 쏟아져 나온 옅은 입김이 어둠을 미미하게 흩어 놓았다. 델 듯이 뜨겁고 애틋한 입맞춤이 열띤 욕망만큼이나 숨 가쁜 몽환으로 그들을 이끌었다. 뜨겁게 그녀의 입술을 삼키던 그가 이내 밭은 숨을 토해 내며 입술을 떼어 냈다. 그가 그녀의 어깨에 얼굴을 묻은 채 갈라진 목소리로 속삭였다.

"……은애해……. 죽는 날까지 그대를……."

"사랑해요, 소류……."

단단한 손길이 그녀의 손목을 잡아채 어딘가로 서둘러 이끌었다. 갑작스러운 행동이었으나 그의 뜻을 헤아리는 것은 어렵지 않았다. 이 순간 그녀도 그와 똑같은 것을 원하고 있었으니까. 성마른 손길이 이끄는 대로 아리는 걸음을 재촉해 뛰다시피 걸었다.

내달려 온 곳은 그의 침실이었다. 왕비의 자격이 상실된 까닭에 그녀가 그의 침실에 드는 것이 마치 어떤 금기를 깨는 것처럼 느껴지기도 했지만 그러한 것은 이 순간 그들에게 전혀 문제가 되지 않았다.

금침 위에 내던져지듯 눕혀진 그녀가 턱까지 차오른 숨을 가쁘게 토해 냈다. 그 밭은 숨결 위로 그의 뜨거운 숨이 폭풍처럼 밀려들었다.

"하아…… 하아……!"

탄성 같은 그녀의 숨소리를 귓가에 담으며 그가 거친 손길로 그녀의 옷을 벗겨 냈다. 실오라기 하나 걸치지 않은 그녀가 그의 품에 매달리듯 안기자, 서둘러 제 옷을 벗어 던진 그가 그녀를 제 아래 가두곤 가녀린 몸 위에 올라타 단단히 제 몸을 포갰다.

육중하게 저를 내리누르는 그 아찔한 압박감에 아리는 몽롱하게 풀린 눈으로 그를 올려다봤다. 완력으로 저를 가두는 이 느낌이 싫지 않았다. 사내에게 취하여지는 이 행위가 더는 두렵지 않았다. 아니, 이 단단하고 듬직한 품에 더는 안기지 못할 것을 떠올리면, 이제는 오히려 서글프도록 두려워졌다.

"곁에 없을 때…… 안기고 싶어지면 어쩌죠?"

진심으로 염려된다는 듯이 진지하게 묻자, 열락에 성마르게 그녀를 탐하던 그가 잠시 행위를 멈추더니 웃음을 터뜨렸다.

그녀답지 않은 음란한 언사에는 물론 진심도 담겨 있었겠으나, 순수한 목적은 아마도 그를 웃게 만드는 것이었으리라. 하여 그는 한술 더 떠 대꾸했다.

"하여 청상이 된 이들이 밤마다 바늘로 제 허벅지를 찌른다고들 하지 않던가."

"예? 바늘로 허벅지를 찌른다고요? 그럼 나더러 청상과부처럼 그리하라는 거예요?"

"……."

소류는 대답 대신 픽 웃어 보이고는 이내 고개를 숙여 그녀의 연분홍빛 유륜을 삼키듯 빨아들였다.

"아아……!"

여린 신음이 그의 뜨거운 욕망을 자극했다. 거친 숨결이 훑고 지나간 자리마다 열락의 붉은 꽃이 피어났다.

달뜬 숨을 뱉어 내는 작은 입술에 다시 뜨겁게 입을 맞추며 그는 그녀의 허벅지를 부드럽게 휘감아 들어 올렸다. 이미 뻐근해지도록 딱딱하게 발기된 그의 물건이 그녀의 벌려진 다리 사이로 단단히 자리를 잡았다. 여린 성의 입구를 지분대던 그것은 성안으로 조심스레 제 몸체를 밀어 넣었다.

"아……!"

마침내 그가 깊숙한 곳까지 완전히 밀려들어 가 그녀 안을 뜨겁게 채우자 그녀가 고통인지 환희인지 모를 신음을 내뱉었다. 제 아래 갇힌 채 가쁜 숨을 토해 내는 그녀를 그가 혼미한 시선으로 응시했다.

황궁에서의 참사가 있고 난 후 그녀를 쉽게 안을 수 없을 줄 알았다. 그녀 역시 제게 쉽게 안길 수 없을 줄로만 알았다. 정작 그리 피를 말리고 속을 태우던 쓰린 상처는 서로를 향한 애틋한 진심과 간절함으로 놀랍도록 빠르게 치유되었건만, 예상치도 못한 문제가 자신들을 기다리고 있을 줄은 꿈에도 몰랐다.

천궁인 그가 그와 그녀 사이의 모든 위기를 불식시킬 수 있게 해 준 절대적인 명분, 바로 그 황룡의 인이 사라질 줄은…….

부족 연맹 아라하의 천궁은 명분이나 대의가 없이는 그 자신을 위해 할 수 있는 일이 아무것도 없었다. 각 부족을 통솔하는 군장들의 대표이자 대리자에 불과할 뿐, 왕권은 절대적인 것이 아니었다.

"비겁하다고…… 그리 날 욕해도 돼."

"……."

"겁쟁이라고 비난하고 원망해도 돼."

"……."

그의 무거운 자책과 괴로움이 그녀의 마음을 저미듯 베어 냈다. 아리는 그를 품 안 가득 끌어안았다.

"……비겁하지 않아요. 겁쟁이도 아니야."

그것은 오히려 그가 그녀를 택했을 때의 이야기일 터였다. 필부가 아닌 일국의 군주인 그는 군왕으로서의 삶에 알맞은 선택을 해야 했다. 그녀 또한 황후로서 오랜 세월을 살아왔다. 비록 그처럼 올곧게 살아 낸 삶은 아니었지만, 그 자리가 결코 본인 자신을 위해서는 살아갈 수 없는 자리라는 것쯤은 잘 알고 있었다.

"소류, 당신은 아라하의 천궁이에요……. 당신에게 우선시되어야 할 것은 응당 내가 아니라 아라하예요. 당신은 옳은 선택을 했어요……. 그러니 내게 미안해하지 말아요. 절대 그런 마음으로 날 보내지 말아 줘요……. 당신이 그리하면 떠나는 내 마음이 지금보다 더 무겁고 아플 것 같으니까……. 응? 소류, 내 말 알아들었어요?"

"……."

대답 없는 그를 재촉하며 빤히 올려다보자 그가 묵직한 한숨과 함께 그녀를 으스러뜨릴 듯 끌어안았다. 아리는 그런 그를 품 안 가득 안은 채 가만히 그의 등을 토닥였다.

쉽지 않은 일이란 것을 알지만 그와의 이별을 초연히 받아들이고 싶었다. 아리는 그녀답지 않게 짓궂은 웃음을 떠올린 채 짐짓 엄한 말투로 훈계하듯 말했다.

"내 말 명심해요. 그보다 지금은 당신이 지금 당장 해야 할 일에 최선을 다하는 게 좋을 거예요."

아리송한 말에 그가 비뚜름히 고개를 들어 뜻을 묻는 얼굴로 그녀를 바라보자, 그녀가 장난스럽게 웃으며 대꾸했다.

"내가 밤마다 바늘로 허벅지를 찌르는 일을 조금이나마 줄여 주고 싶다면 말이에요."

"……하하!"

바닥까지 기분이 가라앉아 있던 탓에 그녀의 말을 한 박자 늦게 이해한 그가 그제야 큰 소리로 웃음을 터뜨렸다. 그녀 덕분에 무겁게 침잠하던 마음이 제동을 건 듯 얼마쯤은 숨통이 트였다. 그렇다고 자책이 깨끗이 사그라진 것은 아니지만 최소한 그것에 무력하게 집어삼켜져 그녀와 저를 스스로 난도질하는 일만큼은 피할 수 있을 듯싶었다.

"그건 줄이는 게 아니라 외려 늘리는 일인 것 같은데. 아니 그런가?"

"흠, 그럴 수도 있겠네요. 인정해요."

"언제부터 이렇게 뻔뻔한 여인이 되었지?"

"당신이 날 그리 만든 후부터요?"

"명답이로군."

서로를 지분대며 속살거리던 두 사람의 몸짓이 누가 먼저랄 것 없이 다시금 뜨거워졌다. 바스락거리는 금침의 작은 소음이 달아오른 숨소리에 묻혀 흔적 없이 사그라졌다.

부부라는 관계가 딱히 특별할 것이 있을까. 관습이 정한 그 틀을 떠나 남녀의 순수한 관계란 이러한 것이 아닐까. 거칠 것 없이 서로를 뜨겁게 갈망하고 탐닉하는…… 그 순수한 애욕과 타오를 듯한 열망…….

서로를 향해 뜨겁게 치솟는 그 올곧은 정념들을 굳이 관계 속에 가두어 속박할 필요는 없을 터였다.

하여 천신이 내린 이 굳건한 관계가 깨어져도, 그로 인해 서로의 곁에 머물 수 없게 된다 해도, 물론 조금은 서글퍼지는 것이 사실이겠으나 그 잠시의 이별이 절망과 체념으로 얼룩져야 할 까닭 또한 없으리라. 이리 뜨거운 갈망을 서로에게 품고 있는 한, 어떤 고난이 닥쳐와도 시련에 굴하여 서로를 포기하는 일은 없을 테니까.

뜨겁게 밀려오는 열락과 환희에 녹아내릴 듯 아찔한 쾌락이 그들의 전신을 휘감았다. 형용할 수 없는 그 혼미한 느낌에 몸을 맡긴 채, 그들은 내일로 성큼 다가온 작별의 시간을, 그 서글프고 아릿한 순간을 덤덤하고 의연하게 받아들일 마음의 준비를 했다.

폐위된 그녀가 머물 곳은 외성 밖 서른 남짓의 민가가 모여 사는 작은 마을이었다. 운서촌이라 이름 붙여진 그곳은 언제든 원한다면 한달음에 달려갈 수 있는 곳이었고, 언제든 원한다면 그녀를 찾아가 뜨겁게 안을 수도 있는 그런 곳이었다. 그런데도 치미는 불안감과 상실감을 차마 떨쳐 내기 힘든 그였다.

"하아……!"

아래로부터 뭉근히 퍼져 나가는 쾌감에 그의 고개가 한껏 뒤로 젖혀졌다. 상념이 깊어도 욕망은 조금도 사그라지지 않는다. 벌어진 입술로 거친 신음이 터져 나왔다. 조각처럼 매끈한 이마를 타고 굵은 땀방울이 흘러내렸다.

매달리듯 그런 그의 어깨를 끌어안은 그녀가 내쉬는 가쁜 숨이 그의 귓가에 스미듯 흘러들었다. 땀으로 미끌미끌한 제 어깨 위를 노니는 여린 손길이 마냥 어여쁘고 애틋하게 그의 마음을 휘젓는다. 물끄러미 저를 올려다보다 이내 몽롱하게 감겨드는 까만 눈동자가 가슴 떨리도록 사랑스럽기만 해서 소류는 벅찬 희열을 느끼며 눈을 감았다.

찬란하고 눈부시게, 절망 속에서 희망의 빛을 품은 채로 운명을, 순리를, 또 그렇게 이별을 맞이하리라고 다짐했었다. 서로를 향한 올곧은 마음만은 변치 않을 것이기에 그들을 얽는 관계 따위에 연연하지는 않으리라고, 어쩌면 서글프기 짝이 없는 자기합리화에 지나지 않을 미련한 생각들을 품어도 보았었다.

감았던 눈을 천천히 뜨자 흐릿한 시야로 저를 올려다보는 영롱한 눈동자가 또렷이 박혀 든다. 땀에 젖은 그녀의 머리카락을 이마 위로 쓸어 넘겨 준 소류는 고개를 숙여 다시금 그녀의 입술에 길고 뜨겁게 입을 맞추었다.

명일, 폐비가 된 그녀가 성을 떠나는 시각에 앞서, 아라하로 향하는 천궁의 행렬 또한 행군을 시작할 것이다. 지난 전투의 남은 과제를 해결키 위한 그 닷새간의 일정을 끝마치고 나면 열 일을 제쳐 두고 낙안으로 속히 귀환하리라. 소류는 그리 단단히 마음먹었다.

그리하여 돌아오는 그 즉시 그녀에게로 달려가 지금처럼 다시 뜨겁게 그녀를 안으리라.

오매불망 서로를 그리고 그리워했을 저와 그녀를 위해 제 모든 것을 불태우듯 그렇게 온 마음을 다해 뜨겁게 사랑하고 또 사랑하리라.

이 밤이 끝나지 않을 것처럼…… 다시는 내일이 오지 않을 것처럼 그렇게…….

□ ■ □

"마마, 떠나실 시간이옵니다."

조심스럽게 고해 올리는 시녀를 잠시 멍하니 응시하던 아리는 이내 고개를 끄덕였다. 문득 고개를 들어 바라본 창으로 희미하게 밝아 오는 여명의 푸른빛이 고요히 스며들고 있었다.

동이 트기 전 이른 새벽녘 천궁과 친위대가 아라하로 떠났다. 아리는 그들이 떠나는 시각에도 지금처럼 이렇게 방 안에 우두커니 앉아만 있었다. 그가 떠나는 모습을 보면 마치 그것이 마지막인 것처럼 느껴질 것만 같아서 굳이 그런 심란함을 보태면서까지 그의 가는 길을 배웅하고 싶지는 않았다. 아마 그 역시 그것을 원치 않았을 것이다.

닷새 후면 틀림없이 그를 다시 볼 수 있으리라. 저를 숨 막히게 옥죄는 이 거대한 성채의 호화로운 전각이 아니라, 작고 보잘것없지만 평온한 여유가 넘쳐 흐르는 운서촌의 작고 아늑한 제집에서…….

불안한 마음 한 귀퉁이로 스며들 듯 차오르는 기대감에 이내 뱃속이 간질거려 왔다. 지금 그와의 이별은 끝이 아니라 새로운 관계의 시작이었다. 그렇기에 절망이 아닌 희망과 벅찬 기대감을 품고 떠난다 해도 어리석다 나무랄 일만은 아닐 터였다. 밤잠을 이루지 못해 핼쑥해진 얼굴 위에 이내 덤덤한 미소가 스쳤다.

"가자꾸나."

아리가 몸을 일으키자 시녀 둘이 공손히 옆으로 물러섰다. 이제는 친숙함마저 느껴지는 그녀들의 얼굴을 잠시 멀거니 바라보던 아리는 가만히 방을 나섰다.

섬돌을 밟고 내려서니 문득 그리운 얼굴들이 떠올랐다. 늘 제 걱정으로 시름이 마를 날 없던 장 상궁과 퍼붓는 잔소리의 양만큼이나 저를 끔찍이 위하던 유와, 그리고 그림자처럼 묵묵히 저를 지켜 주던 백하……. 그들이 곁에 있어 주었다면 낯선 곳으로 떠나는 지금이 조금은 덜 두렵고 덜 힘에 부쳤으리라. 그러나 한편으로는 그들이 곁에 없는 것이 차라리 다행이라는 생각도 들었다. 소중한 이들을 더는 제 순탄치 못한 삶 속으로 끌어들이고 싶지는 않았으니까.

소류는 종종 그녀에게 유와와 백하의 소식을 전해 주곤 했다. 두 사람 모두 조금씩 차도를 보이고 있다는 소식이었지만 어느 정도 호전이 됐는지까지는 자세히 알 수 없었다. 그저 죽지 않은 채 겨우겨우 목숨을 연명하고 있다는 것인지, 아니면 정말로 기적처럼 치유되어 건강을 되찾고 있다는 것인지……. 부디 후자이기를 그녀는 매일매일 간절히 기도했다.

물론 그리 바라는 것조차 욕심이라는 것을 잘 알고 있었다. 그들이 살아 있다는 사실 자체만으로도 평생을 감사해도 모자랄 일이 아니던가. 만일 그들 중 하나라도 끝내 세상을 등졌다면 그렇게 만든 제 자신을 또 얼마나 탓하고 원망하며 괴로운 시간들을 보내야 했을까. 무사히 버텨 준 그들에게 진심으로 감사하고 또 감사했다.

아직은 새벽이 다 가시지 않아 사위가 어슴푸레한 시각. 아리는 어둑한 마당에서 저를 기다리고 서 있는 가마에 서둘러 몸을 실었다. 조심히 가마를 들어 올린 가마꾼들이 성큼성큼 걸음을 옮기기 시작하자 시녀들이 잰걸음으로 그 뒤를 따랐다.

크고 작은 전각들 사이를 지나쳐 출입문에 다다른 가마가 문밖으로 고요히 빠져나갔다. 한참을 이동하여 내성을 벗어난 후에도 가마꾼들은 계속해서 쉬지 않고 걸었다. 반 시진쯤 지나 마침내 운서촌에 도착했을 때는 어느새 완전히 동이 터 사위가 훤히 밝아져 있었다.

아리는 가마의 창을 열어젖혔다. 이른 아침의 밝은 햇살이 내려앉은 마을은 한적하고 평화로웠다. 크지 않은 기와집들과 초가가 차례로 그녀의 시야에 들어왔다. 운서촌에는 하급 귀족들과 평민들이 함께 살고 있다고 들었다. 드문드문 보이는 기와집들은 아마도 귀족들이나 부를 축적한 상인들의 거처일 터였다.

가마는 얼마쯤을 더 마을 안으로 들어가 작은 기와집 앞에 멈춰 섰다. 가마꾼들이 조심스레 가마를 땅에 내려놓았다. 가마가 바닥에 내려진 것이 느껴지자 아리는 심호흡을 한 후 천천히 가마에서 내렸다.

"……."

가만히 몸을 일으키곤 고개를 들자 아담한 기와집 한 채가 시야에 들어찼다.

네댓 칸 정도 되어 보이는 작은 규모의 기와집은 그녀와 시비 둘이 지내기에는 충분해 보였다. 지어진 지 얼마 되지 않은 듯 외관이 정갈하여 한눈에 보기에도 지내기에 썩 나쁘지 않을 듯싶었다.

"마마, 고단하실 텐데 어서 안으로 드시옵소서. 조금 쉬고 계시면 소인들이 얼른 조반을 차려 올리겠사옵니다."

입맛이 없어 아침을 거른 것이 오는 내내 시녀들의 마음을 불편하게 만든 모양이었다. 예까지 걸어오느라 저들이 더 고생을 하였을 것임에도 그들은 도착하기가 무섭게 그녀의 끼니부터 챙겼다.

"아니다. 나야 이리 편히 가마를 타고 왔는데 뭐가 고단하다고……. 시장하지 않으니 너희들이야말로 어서 들어가 좀 쉬렴."

"소인들은 괜찮사옵니다. 이런 때일수록 끼니를 든든히 챙기셔야 하옵니다. 얼른 준비해 올리겠나이다."

아리가 시녀들과 잠시 실랑이를 벌이는 사이 가마꾼들은 부지런히 짐을 집 안으로 옮기고 정리했다. 시녀들은 아리를 안방으로 떠밀 듯 안내하고는 부산을 떨며 조반을 준비했다.

고단한 쪽은 그들일 것임에는 분명했지만, 기실 한눈에 보기에도 더 피로해 보이는 쪽은 아리였다. 근래 들어 유독 신경을 많이 쓴 탓이겠지만, 요즘 부쩍 피곤하고 기운이 없는 것이 사실이었다. 뚝딱 차려진 밥상이 제법 푸짐하고 맛깔나 보였지만, 애써 조반을 차려 준 시녀들의 정성이 무색하게도 아리는 채 몇 술 뜨지도 못한 채 수저를 내려놓았다.

"속이 좋지 않아 도저히 넘길 수가 없구나……. 차리느라 고생했을 텐데 미안하구나……."

아리가 미안한 얼굴로 상을 물리자 시녀들이 심려 가득한 표정으로 아리의 안색을 살폈다.

"마마, 혹 체기라도 있으신 게 아니옵니까? 어제도 석반을 거의 드시지도 못하고 이리 물리지 않으셨사옵니까?"

"아니, 딱히 체한 느낌은 없는데도 이러는구나. 그저 긴장한 탓이 아니겠느냐. 낯선 곳에서 지낼 생각을 하니 속마저 편치 않은 게지."

아마 사나흘쯤 전부터 속이 울렁거리고 유독 피로하다 느꼈던 것 같다. 그야말로 속이 말이 아닐 수밖에 없는 상황이니 정말로 속에서도 탈이 난 것이려니 여기고 말았다.

"마마, 혹시……."

"……."

쉬이 말을 잇지 못하며 묘한 눈으로 저를 바라보는 시녀들의 얼굴이 놀라움인지 아니면 기대감인지 아리송했다. 그 미묘한 눈빛들을 보고서야 퍼뜩 뇌리를 스치는 것이 있었다.

아리는 멍하니 그들을 바라보다가 이내 찬찬히 기억을 되짚어 보았다. 그간 전혀 신경 쓸 필요가 없었던 탓에 날짜를 기억해 내는 데는 조금 시간이 필요했지만, 이내 정확하게 기억이 났다. 마지막으로 달거리가 찾아온 것이 지난달 스무날이었다. 금일은 삼월 스무날 하고도 나흘. 물론 하루 이틀쯤 늦어지는 달도 있었지만, 이미 그 하루 이틀을 훌쩍 넘긴 날짜임에는 틀림없었다.

"마마, 혹 회임을 하신 것이 아니옵니까?"

"……회……임……?"

떠듬떠듬 내뱉는 낱말이 너무도 낯설었다. 그녀 자신과는 평생토록 아무런 상관도 없을 거라고 여겨 왔던 낯설고도 낯선 단어…….

"틀림없사옵니다. 아무래도 회임을 하신 듯싶사옵니다."

"……아니야. 설마……."

아리는 부정하면서도 저도 모르게 자신의 배 위로 손을 가져갔다. 만일 그러한 것이 사실이라면 응당 기뻐해야 할지 아니면 슬퍼해야 할지 이 순간 그조차 선뜻 판단하기가 쉽지 않았다.

그러나 가슴속에서 몽글몽글 피어오르는 벅찬 기대와 환희를 차마 모두 갈무리해 억누르기란 힘든 일이었다. 살아온 삶이 어떠하든 그녀에게도 여인으로서 누릴 수 있는 축복에 대한 갈망이 누구보다도 절실하게 남아 있었던 것이 사실이었으니까.

"마마, 참으로 회임을 하신 것이라면 속히 전하께도 기별을 드려야 하지 않겠사옵니까? 당장 의원을 부르겠나이다."

"……."

아리는 얼마쯤 넋이 빠진 채 멍하니 고개를 끄덕였다. 태몽 비슷한 꿈이라도 꾸었던가 하고 곰곰이 떠올려 봤지만 떠오르는 것이 하나도 없었다. 곧 실망으로 변질될지 모를 기대감을 애써 꾹꾹 누른 채 그녀는 내려놓았던 수저를 다시 들었다.

미지근해진 국 한술을 꾸역꾸역 떠 넣어 보았지만 여전히 울렁거리고 부대끼는 속은 고작 단 한 술 삼키는 것을 겨우 허락했을 뿐이었다.

□ ■ □

전신을 매섭게 할퀴어 대는 거친 모래바람이 지금 와 있는 이곳이 어디인지를 알려 주고 있는 듯했다. 사납게 몰아치는 돌풍은 사방에 희뿌연 흙먼지를 일으키며 솟아올랐다가 이내 잦아들기를 수없이 반복했다.

우뚝 솟은 돌기둥 사이로 연신 불어닥치는 따가운 모래바람과 메마른 공기 속에 짙게 스며들어 후각을 자극하는 지독한 화향……. 아라하에 돌아왔다는 사실을 실감 나게 하는 것은 비단 자연이 주는 그러한 것들뿐만은 아니었다.

"천신 가호. 전하, 무탈하셨습니까."

"천신 가호. 전하, 어서 오십시오. 실로 오랜만에 뵙습니다."

소류는 반가운 얼굴들을 향해 돌아섰다.

"별리하. 융. 모두 잘들 지냈나."

해주로 급히 달려온 별리하가 저와 아리의 혼례식을 도맡아 치르고 다시 훌쩍 아라하로 돌아갔던 것이 언제였더라. 아마 벌써 반년쯤은 지난 일이리라. 시

종장 융과 마지막으로 얼굴을 본 것은 그보다도 한참 더 전이니 그 주름 자글자글한 얼굴이 새삼 반갑고 아리게 다가오는 것도 비단 제 성정이 무른 탓만은 아닐 터였다.

"하온데 어찌 직접 오셨습니까. 설유의 보상 문제 때문이라면 제게 당부하셨어도 되었을 터인데요. 신녀에게만 맡겨 두는 것이 마음이 놓이지 않으셔서 그러하신 것입니까?"

별리하가 짐짓 서운한 투로 물었다. 그러나 그 표정에는 장난기가 가득해서 누가 봐도 농이라는 것을 쉬이 알아챌 수 있었다. 소류는 조용히 웃었다. 그러고 보면 별리하와 진은 다른 듯 참 많이도 닮았다.

"설마. 내 그대가 미덥지 않을 리 있나."

"하온데 어찌 이 바쁜 시국에 먼 길을 오셨습니까."

"그저…… 겸사겸사……."

말끝을 흐리며 소류가 묵묵히 꺼내 든 물건을 향해 별리하의 시선이 고정되었다. 장난기 가득하던 눈빛이 이내 더없이 고요하고 진지해졌다.

"이제 그만 보내 달라고…… 자꾸 내게 청하는 것 같아서."

그리 운을 뗄 땐 소류의 목소리는 무겁고 진중했지만, 자책을 거둔 듯 얼마쯤 평온했다. 소류에게서 아이혜의 유골함을 가만히 받아 든 별리하가 미소를 지은 채 작게 고개를 끄덕였다.

"잘 오셨습니다, 전하. 그 아이가 기뻐하겠군요."

"원망이나 하지 않으면 다행이겠지……. 아니, 차라리 실컷 원망이라도 했으면 좋으련만……."

"마음에도 없는 말씀은 마셔요. 그 아이가 죽어서도 이승의 미련을 못 버린 채 전하를 원망하고 또 원망하면 참으로 전하의 마음이 편해지시겠습니까?"

별리하의 말에 시인하듯 어깨를 으쓱한 소류가 자조하며 쓸쓸히 웃었다.

"……그것도 끔찍하군."

"그것 보십시오. 그러니 자책은 거두셔요. 혹 투정이라면 얼마든지 받아 드리겠지만 말이에요."

그저 가볍게 툭툭 털어 내듯 덤덤히 이야기를 주고받는 두 사람의 얼굴 위에 부드러운 미소가 어렸다. 아이혜의 이야기를 이리 가볍게 흘려버릴 수 있는 건 그간 그녀를 떠나보낼 준비를 부단히도 해 왔기 때문인지 모르겠다. 아니, 기실 그보다는 지금 저를 위로해 주는 상대가 다름 아닌 아이혜의 쌍둥이 언니인 별 리하라는 사실이 더 크게 작용한 것이리라.

"진 님은요? 함께 오지 않으셨습니까?"

"오지 않겠다 하더군."

"그러셨군요."

별리하는 별말 없이 그저 고개를 끄덕였다. 진의 그러한 행동이 소류를 배려한 것임을 짐작하기는 어렵지 않았다. 서문진이라는 사내는 늘 본인보다는 벗이자 주군인 소류가 우선인 사람이었으니까. 물론 어쩌면 그것은 아이혜에 대한 배려일 수도 있었다. 행여 저에 대한 자책이나 미안함으로 아이혜를 떠나보내는 그 성스러운 의식에 소류가 조금이라도 소홀해지는 일이 없기를, 서문진 그가 진정으로 바란 것은 아마 그러한 것이리라.

"하오면 장례는 언제가 좋겠습니까?"

"지금."

"예?"

"격식 차릴 것 없이 그대와 나 단둘이서 조용히 치렀으면 해."

"……예, 전하. 하오면 지금 바로 제단으로 가시겠습니까?"

그의 뜻을 알아들은 별리하가 조용히 권하자 소류가 고개를 끄덕였다. 이미 오래전 해주에서 군장들과 함께 예를 갖추어 화장을 마친 터였다. 하지만 풍장은 그녀를 아끼고 사랑한 이들만이 남아 조용히 치르고 싶었다. 그렇기에 진 역시 이 자리에 함께해 주길 바랐으나 저를 배려하는 그 마음 또한 거절키가 어려워 끝내 홀로 돌아오고 말았다.

"……."

제단으로 올라가자 바람이 더욱 거세게 불었다. 별리하가 팔을 높이 들어 올리자 눈처럼 하얀 신녀의 순백색 의관이 바람에 춤을 추듯 펄럭였다. 그녀의 손끝에 들린 팔주령이 바람 속에서 영롱한 소리를 내며 흔들렸다.

밀봉된 유골함을 향해 소류가 조심히 손을 뻗었다. 안으로 손을 넣어 한 움큼 가득 쥐어 꺼내자 손가락 사이로 빠져나간 고운 가루가 거친 바람 속에서 산란히 흩어졌다.

분명 이 순간 제 곁에 있을 아이혜를 느끼며 소류는 가만히 두 눈을 감은 채 마음으로 진심을 다해 전했다.

네 부디 그곳에서 자유로워지기를…….

어디에서 무엇으로 다시 태어나든, 이제는 부디 더는 누구에게도 속박되지 않는 삶을 살기를…….

하여 다음 생에는 오롯이 네 자신만을 위해 한평생 안온히 살다 가기를…….

"……천신께 바라옵건대, 부디 그녀를 거두어 주소서."

바람을 타고 흐르듯 유려한 신녀의 춤사위가 고아하고 성스러운 기운을 사방으로 흩뿌렸다. 제단 아래로 멀리 내려다보이는 아라하의 드넓은 대지, 그 붉고 거친 땅 위에 오지 그들 세 사람만이 존재하는 듯 살아 지닌 모든 감각을 의식에 쏟아부은 채, 소류와 별리하는 마침내 그렇게 혈육이자 벗이자 누이인 아이혜를 천신께 온전히 돌려보냈다.

차랑―

춤사위를 마친 별리하가 양손에 든 팔주령을 힘차게 한 번 흔들고는 소류를 향해 천천히 돌아섰다. 청명하게 울려 퍼지는 소리가 이제 이곳에는 정말로 두 사람뿐이라고 알려 주는 것만 같아 마음 한편이 아릿해져 왔다. 의식을 끝낸 별리하의 이마 위에 송골송골 맺힌 땀방울이 부는 바람에 흩어졌다.

"그만 가시지요, 전하. 아직 이곳은 저녁 바람이 찹니다."

"내 이곳에서 나고 자랐다는 사실을 그대는 종종 잊는 것 같아."

소류의 농에 별리하가 가만히 웃었다. 그런 별리하를 따라 나직이 웃던 소류가 이내 예를 갖춰 공읍했다.

"수고하셨소. 신녀께 감사드리오."

"별말씀을요. 그저 신녀의 본분을 다하였을 뿐입니다. 그보다도 이제……."

잠시 말을 끊은 별리하가 소류를 물끄러미 응시했다. 그런 그녀를 소류가 조용히 마주 바라보았다.

"저를 찾아오신 진짜 이유를 듣고 싶군요."

거두절미하고 직설을 내뱉는 게 참으로 별리하답다는 생각에 소류는 낮게 웃음을 터뜨렸다.

"딱히 속이려던 것은 아니지만 역시 그대의 눈은 못 속이겠군."

설유의 때 이른 보상 요구를 해결키 위해 부리나케 달려온 것도 사실이었고, 아이혜의 장례를 마저 치러 주어야겠다고 마음먹은 것도 사실이었지만, 아라하의 정신적 지주이자 천신의 대리자인 신녀 별리하가 정말로 필요한 이유는 따로 있었다.

"그대가 내어 줘야 할 것이 있어."

"그게 무엇입니까?"

기실 하명이나 당부로 그쳤어도 그만이었을 일에 군이 부득부득 직접 나선 이유에 대해서라면, 쫓겨나듯 민가로 떠나는 아리를 배웅하지도 않은 채 미친 사람처럼 이리 내달려 온 까닭에 대해서라면…… 설명하기는 매우 쉬웠다.

"……맹약의 서(序)."

천신 아래 하나 되기를 맹세한 초대 군장들의 혈서.

"어찌하여 그것이 필요하십니까."

지난 수백 년간 대대로 신궁의 심처에 고이 간직해 온 그것이 이제 와 그에게 절실히 필요하게 된 까닭이 대관절 무엇이냐고 그녀는 묻고 있었다.

"하나를 버리고 하나를 얻으려 하기에."

"무엇을 버리고 무엇을 얻고자 하십니까?"

"이 나라를 버려 또 다른 나라를 얻고자 하오."

흔들리는 나라의 기강을 바로잡기 위해 우선적으로 버려야 할 것은 어떻게든 나라의 명맥을 유지하고자 했던 나약한 군주의 우유부단함과 성마른 조바심, 그리고 절박함이었다. 그것을 더 늦게 깨닫지 않아 다행이라 생각했다.

아라하를 수백 년간 결속시켜 온 단 하나의 명분, 천신(天神)……

그 근본을 흔들고 어지럽히려는 자들에게 아라하의 명운을 내건 마지막 선택의 기회를 줄 것이다. 초대 군주들이 피로써 혈맹을 다짐했던 그 맹약의 서를 파기할 것인지, 아니면 존속시킬 것인지를……

파기한다면 오롯이 적대 관계로서, 존속을 원한다면 왕권(王權)이 곧 신권(神權)인 완벽한 군신(君臣)과 주종(主從)의 관계로서 천궁과 군장의 관계를 새로이 정립할 것이다.

왕권이 약한 상태로는 아무것도 지킬 수 없다는 그 간단한 사실을 참으로 멀리도 돌고 돌아와서야 절실히 깨달았다. 늦었다면 늦은 일이겠지만 이제라도 바로 세우고자 다짐하고 각오하였으니 다른 상념은 필요치 않으리라. 이제 그에게 남은 일은 내기를 걸듯 나라의 존망을 걸고 군장들과 크게 한판 담판을 짓는 것뿐이었다.

"결심은 서셨습니까?"

소류는 느리게, 그러나 단호하게 고개를 끄덕였다. 그런 그를 찬찬히 응시하던 별리하가 희미한 미소를 띤 채 수긋이 고개를 숙여 보였다.

"하오면 맹약의 서를 내어 드리지요."

바람을 등지고 선 그가 묵묵히 하늘을 올려다봤다. 별리하는 가만히 그 시선을 따라 어둑해진 북쪽 하늘을 아스라이 응시했다.

지난밤, 북쪽 하늘 끝에서 그의 탄생성인 천궁의 활이 잠시 빛나다 사라지는 것을 똑똑히 보았다. 아직은 떠오를 때가 아니건만, 하늘 같은 사내가 변한 것을 알아 천기도 바뀌어 흐르는 것일까. 반짝이는 천궁의 활 뒤로 꼭꼭 숨었던 운명의 별 또한 강렬한 빛을 내뿜으며 처음으로 제 존재를 선명히 드러냈다.

신탁이라 확신할 수는 없지만 별리하는 그 순간 직감했다.

거침없이 굴러가는 수레바퀴와도 같던 그 거부할 수 없는 운명의 흐름 속에 머지않아 다시금 격변의 시간이 찾아올 것임을…….

〈3권에서 계속〉